Alle Rechte, einschließlich das des vollständigen oder
auszugsweisen Nachdrucks in jeglicher Form, sind vorbehalten.

Der Preis dieses Bandes versteht sich einschließlich
der gesetzlichen Mehrwertsteuer.

Umwelthinweis:
Dieses Buch wurde auf chlor- und säurefreiem Papier gedruckt.

Affäre in Washington
Shelby Campbell stammt aus einer einflussreichen Familie und ist in Washington auf jeder Party ein gern gesehener Gast. Doch im Grunde geht sie nur selten zu gesellschaftlichen Anlässen. Und sie hat sich geschworen, niemals einen Politiker zu heiraten! Bis sie bei einem Dinner Senator Alan MacGregor, der vor einer viel versprechenden Karriere steht, kennen lernt und sich heftig in ihn verliebt ...

Stunde des Schicksals
Wie betäubt sitzt Anna im Krankenhaus, während ihr Mann Daniel operiert wird. In dieser Stunde der Angst wandern ihre Gedanken in die Vergangenheit: Nur noch ein Jahr an der Universität, und dann wird sie endlich Chirurgin sein. Da begegnet sie in ihrer Heimatstadt Boston dem vermögenden Daniel MacGregor. Er besitzt Banken, Verlage – nur eins fehlt ihm: eine Frau, die alles mit ihm teilt. Und diese Frau soll Anna sein ...

MIRA® TASCHENBUCH
Band 25086
1. Auflage: Mai 2004

MIRA® TASCHENBÜCHER
erscheinen in der Cora Verlag GmbH & Co. KG,
Axel-Springer-Platz 1, 20350 Hamburg
Deutsche Taschenbucherstausgabe

Titel der nordamerikanischen Originalausgaben:
All The Possibilities/For Now, Forever
Copyright © 1985/1987 by Nora Roberts
erschienen bei: Silhouette Books, Toronto
Published by arrangement with
Harlequin Enterprises II B.V., Amsterdam

Konzeption/Reihengestaltung: fredeboldpartner.network, Köln
Umschlaggestaltung: pecher und soiron, Köln
Titelabbildung: by GettyImages, München
Autorenfoto: © by Harlequin Enterprise S.A., Schweiz
Satz: Berger Grafikpartner, Köln
Druck und Bindearbeiten: Ebner & Spiegel, Ulm
Printed in Germany
ISBN 3-89941-113-7

www.mira-taschenbuch.de

Nora Roberts

Affäre in Washington
Roman

Aus dem Amerikanischen von
Christiane Schmidt

Nora Roberts

Die MacGregors 2

1. KAPITEL

Shelby wusste, dass Washington eine verrückte Stadt war. Doch gerade deshalb lebte sie dort so gern. Man konnte hier Eleganz finden und Tradition, aber auch einen exzentrischen Club aufsuchen oder ein Kabarett mit witzig-frechen Darbietungen.

Durchstreifte man die Stadt von einer Seite zur anderen, stieß man auf viel Gegensätzliches. Schimmernd weiße Monumente und imponierende Regierungsgebäude standen neben modernsten Stahl- und Glaskästen, dazwischen versteckten sich alte Backsteinhäuser. Würdige Statuen, schon vor so vielen Jahren oxydiert, dass sie sich selbst nicht mehr daran erinnern konnten, wann sie grün geworden waren. Straßen mit holprigem Kopfsteinpflaster führten zum Watergate.

Aber die City hatte sich nicht planlos zu diesem Durcheinander entwickelt, das Herz von allem war das Capitol. Und um Politik drehte sich der Reigen.

Washington brodelte wie kochendes Wasser, aber es war ganz anders als das unpersönliche New York. Hier ging man freundlicher miteinander um. Man war in der Regel höflich, rücksichtsvoll und oft sogar liebenswürdig.

Für die meisten Männer und Frauen, die in Washington ihrer Arbeit nachgingen, hatten die Jobs nur von einer Präsidentschaftswahl bis zur nächsten Gültigkeit. Man war hier also nicht gerade von Sicherheit umhüllt.

Aber genau diese Art Leben entsprach Shelbys Geschmack. Für sie war jede Garantie gleichbedeutend mit monotoner Selbstzufriedenheit, und sie hatte es zu ihrem obersten Grundsatz gemacht, dass Langeweile in ihrem Leben keinen Platz haben sollte.

Im Stadtteil Georgetown fühlte sie sich rundum wohl. Georgetown war nicht das Zentrum von Washington, aber hier dominierte die Universität. Jugendliche Unbekümmertheit drückte sich in den Schaufenstern der Boutiquen aus, zeigte sich an Sonnentagen auf den Gehsteigen vor den Caféterias. Das Bier kostete mittwochabends nur den halben Preis. Hübsche kleine Häuser schmückten sich mit bunten Fensterläden, und ehrbare Damen führten wohl erzogene Hunde an der Leine spazieren.

Man tolerierte einander, das gefiel Shelby.

Ihr Laden lag in einer der engen älteren Gassen, im zweiten Stockwerk befand sich ihre kleine Wohnung. Dort war sogar ein Balkon, von dem aus sie in warmen Sommernächten das Leben und Treiben in der Stadt beobachten konnte. Alle Fenster ließen sich vor neugierigen Blicken mit Bambusrollos abschirmen, doch davon machte sie höchst selten Gebrauch.

Shelby Campbell war kein Eigenbrötler. Sie liebte Unterhaltung, Publikum und Bewegung. Lärm sagte ihr mehr zu als Stille, und mit Fremden redete sie genauso gern wie mit alten Freunden. Da sie jedoch selbst über sich bestimmen und ihrem eigenen Geschmack und Rhythmus gemäß leben wollte, hatte sie als Hausgenossen nicht Menschen, sondern Tiere gewählt.

Der einäugige Kater hieß Moische und der Papagei Tante Emma, der sich standhaft weigerte, mit irgendjemandem ein Wörtchen zu sprechen. Friedlich lebten die drei in dem genialen Durcheinander zusammen, das Shelby als ihr Heim bezeichnete.

Von Beruf Töpferin, war Shelby gleichzeitig eine gute Geschäftsfrau. Der kleine Laden, den sie vor drei Jahren unter dem Namen „Calliope" eröffnet hatte und wo sie ihre Erzeugnisse verkaufte, lief ausgezeichnet. Der Umgang mit den Kunden machte ihr genauso viel Freude wie die Arbeit an ihrem Töpferrad, wo sie aus einem Klumpen Ton mit viel Fantasie die hübschesten Dinge zu zaubern verstand. Der Papierkram, den sie als Inhaberin des Geschäfts erledigen musste, war ihr zwar ein ständiger Dorn im Auge, aber solche kleinen Unannehmlichkeiten machten für Shelby eigentlich erst den wahren Reiz des Lebens aus. So war „Calliope" zum Vergnügen ihrer Familie und dem Erstaunen vieler Bekannten unbestreitbar ein Erfolg geworden.

Um sechs Uhr pünktlich begann der Feierabend. Von Anfang hatte es sich Shelby zur Regel gemacht, ihre Freizeit nicht zu opfern. Natürlich kam es vor, dass sie bis in die frühen Morgenstunden an einem besonderen Stück arbeitete, Glasuren mischte und den Brennofen in Gang hielt. Aber in solchem Falle war die Künstlerin am Werk, die clevere Geschäftsfrau hielt überhaupt nichts von Überstunden.

Am heutigen Abend jedoch musste sie wohl oder übel etwas tun, das sie gern vermieden hätte: einer Verpflichtung nachkommen. Sie löschte das Licht und kletterte die Treppe hinauf zur zweiten Etage. Der Kater erwachte, als seine Herrin erschien. Er streckte sich und sprang vom Fensterbrett herunter. Wenn Shelby kam, konnte das Abendessen nicht weit sein. Auch der Vogel schüttelte seine bunten Flügel und knackte mit dem krummen Schnabel.

„Wie geht es dir?" erkundigte sich Shelby bei Moische und kraulte ihn hinter den Ohren, was er immer besonders genoss. Mit freundlichem Schnurren schaute der Kater zu ihr auf und drückte seinen Kopf gegen die Hand seiner Herrin. „Die schwarze Augenklappe steht dir ausgezeichnet", lobte Shelby und holte das Futter für Moische.

Dabei wurde ihr deutlich, wie hungrig sie selbst war. Zum Essen hatte sich einfach keine Zeit gefunden, und jetzt musste sie sich beeilen, um nicht zu spät auf der Party zu erscheinen. Hoffentlich gibt es ausnahmsweise etwas mehr als Snacks und Salzgebäck, dachte sie. Sie hatte es ihrer Mutter fest versprochen, dass sie zu dem Empfang des Abgeordneten Write kommen würde, da half alles nichts. Deborah Campbell, ihre Mutter, verstand keinen Spaß, wenn man sein Wort nicht hielt.

Shelby liebte ihre Mutter sehr, mehr und auf eine andere Art, als es bei Kindern im Allgemeinen üblich war. Trotz der fünfundzwanzig Jahre Altersunterschied wurden Deborah und Shelby Campbell manchmal für Schwestern gehalten. Beide hatten leuchtendes kastanienrotes Haar. Deborah trug es kurz geschnitten, eng am Kopf anliegend. Um Shelbys Gesicht wogte eine lange, lockige Mähne, und Ponyfransen, die meist dringend einer Kürzung bedurften, fielen ihr in die Stirn. Bei Deborah Campbell wirkte diese Kombination zart und vornehm. Shelby erinnerte mit ihrem schmalen Gesicht und den betonten Backenknochen, die sie etwas hohlwangig erscheinen ließen, ein wenig an ein verlassenes Waisenkind, das an der Straßenecke kauerte und Blumen zum Verkauf anbot. Gelegentlich unterstrich sie diesen Eindruck noch durch geschicktes Make-up und leicht antik wirkende Kleidung, für die sie eine besondere Vorliebe hatte.

Shelby mochte äußerlich viel von ihrer Mutter haben, sonst aber glich sie ihr nicht. Es war ihr nicht bewusst, dass sie besonders eigenständig oder exzentrisch war. Diese Züge gehörten einfach zu ihrem Wesen.

In Washington aufgewachsen, vor dem Hintergrund hoher Politik, lebte sie mit größter Selbstverständlichkeit in dieser Umgebung. Wochenlang hatte die Familie den Vater nicht zu Gesicht bekommen, wenn Wahlfeldzüge ihn in Atem hielten, finanzielle Transaktionen organisiert und durchgeführt wurden und Parteiinteressen oberstes Gebot waren. All das bildete einen nicht wegzudenkenden Teil ihrer Vergangenheit.

Sie erinnerte sich gut an sorgsam geplante Kindergesellschaften, die wie Pressekonferenzen vorbereitet werden mussten. Die Kinder von Senator Campbell gehörten zu seinem Image, und alle Bemühungen in dieser Richtung hatten ein gemeinsames Ziel: den Sessel hinter dem großen Schreibtisch im Weißen Haus.

Dabei war sich Shelby absolut im Klaren, dass ihr Vater es nicht nötig hatte, sich und anderen etwas vorzumachen. Er war ein ausgezeichneter, fähiger Mann, fair, großzügig und vortrefflich geeignet für dieses hohe Amt.

Aber sein Sinn für Humor und sein politischer Weitblick hatten ihn nicht vor der Revolverkugel eines Wahnsinnigen schützen können.

Seitdem waren fünfzehn Jahre vergangen. Shelby war damals zu der Erkenntnis gelangt, dass die Politik ihren Vater getötet hatte. Jeder Mensch musste sterben – so viel hatte sie schon als elfjähriges Kind verstanden. Aber der Zeitpunkt kam zu früh für Robert Campbell. Wenn der Tod sogar einen Mann wie ihn, den sie für unverwundbar gehalten hatte, vorzeitig treffen konnte, dann war niemand in diesem Geschäft davor sicher. Jeder befand sich täglich in Lebensgefahr.

Seinerzeit, als verzweifeltes, unglückliches kleines Mädchen, hatte Shelby sich fest vorgenommen, jeden Moment ihres Lebens zu genießen und so viel wie möglich aus diesem Erdendasein herauszuquetschen. Und an diesem Entschluss hatte sich bis heute nichts geändert.

Auch bei der Write'schen Cocktailparty in der geräumigen Villa auf der anderen Flussseite würde irgendetwas amüsant und unterhaltsam sein. Einen verlorenen Abend akzeptierte Shelby nicht.

Shelby hatte sich verspätet, aber das war bei ihr nichts Außergewöhnliches und hätte deshalb niemanden verwundert. Nicht aus Nachlässigkeit war sie so oft unpünktlich oder etwa deshalb, weil sie Aufmerksamkeit erregen wollte, keineswegs. Die Dinge, die sie sich vorgenommen hatte, dauerten einfach immer ein bisschen länger als vorausgesehen. An diesem Abend jedoch waren so viele Menschen in dem großen weißen Landhaus versammelt, dass Shelbys Eintreffen nicht einmal bemerkt wurde.

Der Empfangssaal war riesig, ihre Wohnung hätte leicht darin Platz gehabt. Helle Farbtöne dominierten und ließen alles noch weiträumiger erscheinen. Einige wertvolle französische Ölbilder in Goldrahmen hingen an den Wänden. Diese Umgebung gefiel Shelby, obwohl sie darin nicht hätte leben mögen. Auch den Geruch von Tabak, Parfüms und Eau de Cologne mochte sie. Es war der Duft gepflegter Partys mit elegantem Publikum.

Die Konversation drehte sich um typische Themen: Kleider, andere Leute, Golfturniere. Interessanter aber waren die leisen Töne, das Gemurmel über Preisindex, neueste Nachrichten von der NATO und das Aufsehen erregende Fernsehinterview mit dem Staatssekretär.

Shelby kannte die meisten der elegant gekleideten Gäste. Sie nickte grüßend nach allen Seiten und fand mit sicherem Instinkt den Weg zum kalten Buffet. Essen war für Shelby eine ernst zu nehmende Angelegenheit.

Als sie die leckeren, fingerdicken Kanapees erspähte, erkannte sie mit Genugtuung, dass es sich tatsächlich für sie gelohnt hatte, zu dieser Party zu kommen.

„Grüß dich, Shelby! Es ist mir überhaupt nicht aufgefallen, dass du gekommen bist. Aber ich freue mich sehr, dass du es einrichten konntest." Carol Write, in pastellfarbenem Chanelkostüm elegant wie immer, war durch die Reihen der Gäste zu Shelby geschlüpft, ohne auch nur einen Tropfen ihres Sherrys zu verschütten.

„Ich habe es leider nicht eher geschafft." Shelby küsste die Freundin ihrer Mutter auf die Wange, was mit dem vollen Teller in der Hand gar nicht so einfach war. „Ihr Haus ist wunderschön, Mrs. Write."

„Danke, Shelby. Ich zeige dir gern später die anderen Räume, wenn ich etwas mehr Zeit habe." Mit dem prüfenden Blick einer vollendeten Gastgeberin, der das Wohl ihrer Gäste am Herzen lag, sah sich Carol Write um. Erst nachdem sie befriedigt festgestellt hatte, dass alles klappte, sprach sie weiter. „Wie läuft's in deinem Shop?"

„Danke, vorzüglich! Ich hoffe, der Herr Abgeordnete ist wohlauf?"

„Oh ja. Er wird dich begrüßen wollen. Du kannst dir nicht vorstellen, wie sehr er sich über den großen Aschenbecher gefreut hat, den du ihm für sein Büro angefertigt hast." Obwohl Carol Write ihre texanische Herkunft in der Sprache nicht verleugnen konnte, redete sie mit der Schnelligkeit eines New Yorker Straßenhändlers. „Er sagte, das sei bei weitem sein hübschestes und praktischstes Geburtstagsgeschenk gewesen. Aber du solltest dich unter die Gäste mischen und nicht allein hier stehen."

Carol hatte Shelbys Arm ergriffen und führte sie vom Buffet weg. Shelby bedauerte das, sie hätte gern ihren Teller noch einmal aufgefüllt.

„Wirklich, niemand kann besser Konversation machen als du. Zu viel einseitige Unterhaltung ist für eine Party tödlich. Die meisten Leute kennst du, aber ... Oh, da ist ja Deborah! Ich lasse euch einen Augenblick allein. In ein paar Minuten komme ich zurück und entführe dich wieder."

Erleichtert drehte sich Shelby um und ging erneut zum Buffet. „Hallo, Mom."

„Ich fürchtete schon, du hättest gekniffen." Deborah Campbell musterte die Tochter kritisch. Der bunte Rock, die weiße Trachtenbluse und das Bolerojäckchen standen ihr vorzüglich. Wie war es möglich, dass Shelby Dinge tragen konnte, die bei anderen jungen Frauen wie ein Faschingskostüm gewirkt hätten?

„Wie könnte ich? Hab's doch versprochen." Mit Kennerblick prüfte Shelby die Speisen auf der reich gedeckten Tafel, bevor sie ihre Wahl traf. „Das Essen ist besser, als ich annahm."

„Shelby! Du darfst nicht immerzu an deinen Magen denken." Mit einem halben Seufzer hakte Deborah ihre Tochter unter. „Falls du es noch nicht bemerkt haben solltest ... hier sind einige recht nette, gut aussehende Männer."

„Versuchst du schon wieder, mich unter die Haube zu

bringen?" Shelby küsste die Mutter liebevoll auf die Wange. „Dabei habe ich dir den Kinderarzt noch nicht verziehen, den du mir vor ein paar Wochen aufschwatzen wolltest."

„Das ist ein sehr charakterstarker, tüchtiger junger Mann."

„Hm." Taktvoll verschwieg Shelby ihrer Mutter, dass sie den „charakterstarken" Mediziner als einen Zudringling kennen gelernt hatte, der seine Hände nicht unter Kontrolle halten konnte, und dass sie sich deshalb seine Gesellschaft hatte verbitten müssen.

„Im Übrigen will ich dich beileibe nicht unter die Haube bringen", fuhr ihre Mutter fort. „Ich möchte nur, dass du glücklich bist."

„Bist du denn selbst glücklich?" konterte Shelby lächelnd.

„Natürlich, warum nicht?" Gedankenverloren drehte Mrs. Campbell an dem Brillantclip in ihrem linken Ohr. „Weshalb fragst du?"

„Weil es mich wundert, dass du noch nicht wieder vor dem Traualtar warst."

„Aber Shelby! Schließlich bin ich lange Jahre verheiratet gewesen, habe einen Sohn und eine Tochter ..."

„... die dich anbeten", unterbrach Shelby die Mutter. Dann wechselte sie das Thema. „Für den Ballettabend im Kennedy Center habe ich zwei Karten. Hast du Lust, mitzukommen?"

Die Wolke des Unmuts verflog aus Deborah Campbells Gesicht. Sie konnte Shelby einfach nicht böse sein. „Gut, dass du ablenkst. Selbstverständlich, mit dem größten Vergnügen komme ich mit."

„Gibt's vorher bei dir was zu essen?" erkundigte sich Shelby und nickte im nächsten Moment einem jungen Mann zu. „Hi, Steve! Du schaust gut aus. Wo hast du gesteckt?"

Amüsiert beobachtete Deborah Campbell, wie ihre Tochter sich gleichzeitig unterhielt und den Obstsalat entdeckte. Der sportliche Pressesekretär und ein neuer Direktor von EPA traten hinzu. Freigiebig versprühte Shelby ihren Charme, die jungen Männer fühlten sich in ihrer Gesellschaft sichtbar wohl.

Warum wehrt sich meine hübsche Tochter so gegen jede festere Bindung? überlegte Deborah. Dabei hat sie offensichtlich im Prinzip nichts gegen eine Eheschließung einzuwenden. Aber sie zieht eine hohe Mauer um ihre Privatsphäre.

Mit Freuden hätte sie Shelby tröstend oder beratend zur Seite gestanden, doch dafür ergab sich keine Notwendigkeit. Es war Mrs. Campbell nicht entgangen, dass ihre Tochter seit fünfzehn Jahren um tiefe Gemütsbewegung und jedweden Seelenschmerz bewusst und mit großem Erfolg einen Bogen machte. Aber ohne Schmerz gab es kein Glücklichsein, keine Erfüllung. Ohne Schatten kein Licht ...

Deborah Campbell seufzte. Wie oft hatte sie versucht, mit der Tochter darüber zu sprechen. Es war zwecklos. Und wenn sie Shelby betrachtete, wie sie sorglos lachte und mühelos plauderte, strahlend, jung und hübsch – dann erschienen ihr alle Befürchtungen unsinnig. Vielleicht sehe ich Gespenster, tröstete sie sich. Glück ist eine sehr persönliche Sache. Wer kann in einen anderen Menschen hineinsehen?

Alan MacGregor beobachtete die junge Frau mit dem Flammenhaar, die wie eine wohlhabende Zigeunerin gekleidet war. Er hörte, wie ihr Lachen klang – sinnlich und unschuldig zugleich. Ein interessantes Gesicht, stellte er fest. Es ist außergewöhnlich, nicht unbedingt schön. Wie alt mag sie sein? Achtzehn oder dreißig? Sie war kein Partytyp. Alan hatte, seit er in Washington war, schon genug solcher Gesellschaften besucht, um das beurteilen zu können. Sie gab sich weder geziert noch scheu, sie war einfach natürlich. Diesen bunten Rock hatte sie bestimmt nicht in einem der üblichen Modegeschäfte gekauft, wohin alle Politikerfrauen liefen. Und ihre Frisur entsprach weder der augenblicklichen Geschmacksrichtung noch schien sie einen teuren Salon dafür bemüht zu haben. Aber es passt alles, dachte Alan. Das Flair von Los Angeles und etwas New Yorker Paprika, und trotzdem stimmt eins zum anderen. Wer, zum Teufel, ist ...

„Wie geht's, Senator?" Der Hausherr legte Alan freundschaftlich seine Hand auf die Schulter. „Freut mich, Sie auch außerhalb der Arena zu treffen. Wir sollten öfter mal ausbrechen."

„Der Scotch ist hervorragend, Charlie." Alan hob sein Glas zum Nachschenken. „Er bringt einen immer in Stimmung."

„Nach allem, was man hört, werden Sie ja langsam Experte auf diesem Gebiet." Der Ältere winkte gut gelaunt einen Kellner herbei und wies auf Alan.

Der lächelte. „In Washington bleibt nichts verborgen. Ja, augenblicklich tut sich so allerhand."

Charlie Write nickte zustimmend. „Mich würde Ihre Meinung über das Breiderman'sche Papier interessieren, das nächste Woche besprochen werden soll."

Alan blickte den Abgeordneten ruhig an. Write unterstützte diese Sache, das wusste er. „Ich bin dagegen", sagte er einfach. „Wir können auf dem Bildungssektor keine Abstriche mehr verkraften."

„Na, na, Alan! Wir beide wissen doch, dass man solche Dinge nicht schwarz und weiß sehen kann."

„Manchmal wird die Grauzone zu breit, dann sollte man besser zum Grundsätzlichen zurückkehren." Alan merkte erstaunt, dass ihm an einer politischen Unterhaltung augenblicklich gar nichts lag. Durfte ein Senator überhaupt kein Privatleben haben? Aber Alan MacGregor war immerhin Diplomat genug, sich seine Gedanken nicht anmerken zu lassen. Er schaute wie unabsichtlich in Shelbys Richtung. „Ich glaubte, hier langsam jeden zu kennen. Aber Sie müssen mir helfen – wer ist die junge Frau dort drüben, die ein Mittelding zu sein scheint zwischen Prinzessin und Landfräulein?"

„Wen meinen Sie?" Writes Neugier war erwacht, und er folgte Alans Blick mit den Augen. „Oh, nun sagen Sie nur nicht, dass Sie Shelby noch nicht kennen!" Er lachte, die Beschreibung gefiel ihm. „Soll ich Sie vorstellen?"

„Danke, nicht nötig. Ich werde mich mal heranpirschen."

Alan schlenderte durch die Reihen der Gäste. Er plauderte hier und lachte dort, hielt sich aber nirgendwo länger auf. In dieser Beziehung hatte er viel Ähnlichkeit mit Shelby, denn es gelang ihm mühelos, das rechte Wort zum richtigen Zeitpunkt zu finden. Seine Freundlichkeit war ungekünstelt, und für Gesichter besaß er ein ausgezeichnetes Gedächtnis. Bei einem Mann, dessen Karriere ebenso sehr von der Gunst des Publikums abhängig war wie vom eigenen Können, waren diese Fähigkeiten eine grundlegende Voraussetzung. Alan verstand sein Handwerk.

Nach gründlichem Studium der Rechtswissenschaften war er auf allen juristischen Gebieten bewandert. Sein Bruder Caine hatte sich mit der gleichen Ausbildung für den Anwaltsberuf entschieden. Aber Alan war damit nicht zufrieden, er wollte mehr erreichen. Ihn faszinierte die Gesetzgebung in Theorie und Anwendung und die entsprechende verfassungsmäßige Nutzung für das Wohl des Volkes. Deshalb hatte er die politische Laufbahn eingeschlagen, und sein bisheriger Weg führte steil bergauf. Mit fünfunddreißig Jahren bereits Senator zu sein war sehr zufrieden stellend. Und eine viel versprechende Zukunft mit fast unbegrenzten Möglichkeiten lag griffbereit vor ihm.

„Sind Sie allein, Alan?" Myra Ditmeyer, die Frau eines der obersten Richter, legte ihre Hand auf seinen Arm, als er vorüberging.

Alan blieb stehen und küsste mit dem Vorrecht eines alten Freundes ihre Wange. „Soll das ein Angebot sein?"

Myra lachte schallend. „Wenn ich zwanzig Jahre jünger wäre, würde ich Sie beim Wort nehmen, Sie schottischer Herzensbrecher." Mit klugen, freundlichen Augen strahlte sie den jüngeren Mann an. „Warum hängt heute Abend keines dieser bemalten, nichts sagenden Mädchen an Ihrem Arm?"

„Weil ich hoffte, Sie zu einem Wochenendausflug nach Puerto Vallerta überreden zu können."

Myra tippte mit ihrem langen, rot gelackten Fingernagel nachdrücklich auf Alans weiße Hemdbrust. „Sie meinen wohl, es sei kein Risiko, mit einer alten Frau derartige Scherze zu treiben, was? Aber leider haben Sie damit Recht." Gut gelaunt seufzte sie und fuhr fort: „Warten Sie nur ab. Man müsste eine ganz gefährliche Person auf Sie ansetzen. Ein Mann in Ihren Jahren und noch allein – ich werde mir darüber Gedanken machen." Sie zog die Augenbrauen hoch und meinte neckend: „Die Amerikaner mögen es lieber, wenn ihre Präsidenten ordentlich verheiratet sind, mein lieber Alan."

„Das sagt mein Vater auch immer." Mit gespieltem Ernst ging er auf ihren Ton ein.

„Dieser alte Pirat!" Die Unterhaltung amüsierte sie aufs Äußerste. „Manchmal hat er nicht Unrecht, Sie täten gut daran, hin und wieder auf ihn zu hören. Zu einem erfolgreichen Politiker gehört die richtige Partnerin."

„Sie raten mir demnach, nur meiner Karriere zuliebe vor den Traualtar zu treten?"

„Versuchen Sie nicht, mich auf den Arm zu nehmen, mein Junge." Myra bemerkte, dass Alans Blick in eine bestimmte Richtung gelenkt wurde, aus der ein dunkles, wohl bekanntes Lachen ertönte.

Hoppla! dachte sie und wurde sofort aufmerksam. Wäre das wohl eine interessante Zusammenstellung? Der Fuchs und der Schmetterling!

„Ich gebe nächste Woche ein Abendessen", sagte sie und erwähnte natürlich nicht, dass diese Idee ihr soeben erst eingefallen war. „Nur ein paar Freunde kommen. Meine Sekretärin ruft Ihr Büro an und gibt alles Nähere durch." Sie tätschelte Alan mit ihrer reich beringten Hand die Wange und entfernte sich, um einen günstigen Platz zu suchen, von dem aus sich die weitere Entwicklung des Abends gut beobachten ließ.

Alan sah, dass Shelby sich von den Gästen abwandte, mit denen sie eben noch gesprochen hatte. Sofort bewegte er sich in ihre Richtung. Das Erste, was er bemerkte, als er in ihre Nähe kam, war der Duft, der von ihr ausströmte. Nicht Blüten, Kräuter oder Moschus, sondern eine aufreizende, völlig unbekannte Mischung aus allen drei Substanzen. Seine Nase nahm diesen Geruch nicht als Parfüm wahr, sondern als unvergessliches Signal.

Shelby hatte sich vor eine Glasvitrine gekauert und presste beinahe ihre Nase an die Scheibe. „Porzellan aus dem achtzehnten Jahrhundert", wisperte sie, als er hinter ihr stand. „Ist es nicht wunderschön?"

Alan betrachtete die hauchdünne Schale und ließ dann seinen Blick zu Shelbys schimmernd rotem Haar wandern, das ihm bei weitem besser gefiel. „Wirklich Aufsehen erregend", sagte er anerkennend.

Shelby schaute über ihre Schulter zu ihm auf und lächelte. Das war so überraschend und bezaubernd wie ihr Duft. „Hallo!"

„Guten Abend." Alan ergriff die ausgestreckte Hand, die hart und kräftig war und absolut nicht zu ihrer Erscheinung passte, und half Shelby aufzustehen. Gegen seine sonstige Gewohnheit hielt er ihre Finger fest.

„Ich wurde von meinem Ziel abgelenkt", erklärte sie freundlich. „Würden Sie mir einen Gefallen tun?"

Alan blickte sie erstaunt an. „Und was?"

„Nur stehen bleiben und mir Rückendeckung geben." Blitzschnell nahm sie einen Teller vom Buffet und belud ihn. „Immer ist mir jemand dazwischen gekommen", erklärte sie. „Ich hatte nämlich keine Zeit zum Abendessen und bin schrecklich hungrig. So, das genügt." Zufrieden drehte sie sich zu Alan um. „Wir könnten auf die Terrasse gehen." Schon war sie auf dem Weg. Alan folgte ihr verblüfft.

Die Luft war lau und voller Fliederduft. Das Mondlicht fiel silbern auf frisch gemähten Rasen und verzauberte die herabhängenden Zweige einer knorrigen alten Weide.

Mit einem tiefen zufriedenen Seufzer angelte sich Shelby eine frittierte Krabbe und steckte sie in den Mund. „Was das hier ist, weiß ich wirklich nicht", meinte sie und betrachtete eine Pastete von allen Seiten. „Probieren Sie mal und sagen Sie's mir."

Als handle es sich um die wichtigste Sache der Welt, nahm Alan ein Stückchen von Shelbys Teller, kostete mit prüfender Miene und erklärte dann: „Gänseleber in Blätterteig mit einem Hauch von Maronen."

„Hmm, könnte stimmen." Shelby vertilgte den Rest der Speise. „Ich bin Shelby", bemerkte sie kauend und stellte den halb leeren Teller auf einen Beistelltisch.

„Und ich Alan." Ein belustigtes Lächeln huschte über sein Gesicht, während sie sich beide auf eine Gartenbank setzten. Wo in aller Welt war dieses bemerkenswerte Geschöpf einzuordnen? Das musste er unbedingt herausfinden. Außerdem war die frische Frühlingsluft eine willkommene Abwechslung nach dem Tabakrauch und der Wärme im Haus. Einladend deutete er auf sein Glas. „Wie wäre es mit einem Schluck?"

Shelby betrachtete ihren Begleiter aufmerksam. Er war ihr schon vorher aufgefallen, wahrscheinlich wegen seiner Größe und athletischen Figur. Sportler traf man nicht sehr oft auf diesen Washingtoner Partys. Die meisten Herren achteten auf ihre Figur, sie joggten und spielten Squash, aber dieser erinnerte mehr an einen Schwimmer. Ein Langstreckenschwimmer vielleicht? Sie konnte sich gut vorstellen, wie er mühelos durch die Wellen glitt.

Sein Gesicht war hager und rassig, der Mund schmal unter einer Nase, die ein wenig schief stand. Das gefiel Shelby. Auch das

Affäre in Washington

Zwinkern in seinen Augen mochte sie leiden. Das dunkle Haar und die dunklen Augen erinnerten sie an einen Ritter in ihrem Kindermärchenbuch. Er wirkte verlässlich und beruhigend, andererseits auch wieder ein wenig aufregend. Ihre Lippen verzogen sich zu einem Lächeln.

„Was trinken Sie denn?"

„Scotch – Whisky on the rocks."

„Ich freue mich, dass man Ihnen trauen kann." Sie nahm ihm das Glas ab und nippte an dem Whisky. Ihre Augen blitzten Alan über den schimmernden Rand fröhlich an, das Mond- und Sternenlicht stand ihr vorzüglich. Sie sah aus wie eine kleine Waldelfe, die jeden Augenblick von einem Windhauch durch die Lüfte davongetragen werden konnte.

„Weshalb sind Sie hier?" fragte er neugierig.

„Mütterlicher Druck. Kennen Sie das auch?"

Er verstand sie sofort. „Väterlicher Druck trifft bei mir eher zu."

„Das dürfte kein großer Unterschied sein." Shelby nahm noch einen Schluck Whisky. „Wohnen Sie auf dieser Flussseite?"

„Nein, in Georgetown."

„Was Sie nicht sagen! Wo denn?"

Das Mondlicht glitzerte jetzt in ihren Augen, die so leuchtend silbergrau waren, wie Alan noch nie welche gesehen hatte. „In der P-Street."

„Seltsam, dass wir uns noch nie begegnet sind. Mein Laden liegt dort ganz in der Nähe."

„Sie führen ein Geschäft?" Wahrscheinlich ausgefallene Kleider, Samtjäckchen und Modeschmuck, mutmaßte er.

„Ich bin Töpferin."

Impulsiv nahm Alan Shelbys Hände, drehte die Innenflächen nach oben und betrachtete sie prüfend. Es waren schmale Hände mit langen Fingern und kurz geschnittenen, unlackierten Nägeln. Sie waren angenehm zu halten, das galt auch für das schlanke

Handgelenk unter einem schweren goldenen Armband. „Sind Sie gut?" fragte er.

„Ich bin fantastisch!" Shelby spürte erstaunt, dass es ihr heute schwer fallen würde, nach ihrer selbst erdachten Vorsichtsmaßnahme zu verfahren. Normalerweise hätte sie schon längst aufstehen und den Kontakt zu diesem Mann abbrechen müssen. Wenn ich es jetzt nicht tue, ist es vielleicht zu spät, und er hält meine Hände morgen auch noch, dachte sie. Doch sie forschte weiter. „Sie stammen nicht aus Washington, woher kommen Sie?"

„Aus Massachusetts."

„Ah ja! Eine Spur von Harvard ist geblieben. Aber Mediziner sind Sie gewiss nicht", überlegte sie laut und bewegte ihre Finger in Alans Hand, ohne sich seinem Griff zu entziehen. „Für einen Arzt sind Ihre Ballen nicht weich genug."

Welchen Beruf mochte er haben? War er Künstler? Der leicht träumerische, grüblerische Ausdruck in seinen Augen ließ auf einen Menschen schließen, der dazu neigte, die Dinge erst gründlich durchzudenken, ehe er handelte.

Alan hatte sich die ernsthafte Inspektion geduldig gefallen lassen, doch nun schien es ihm an der Zeit, seine Gesprächspartnerin aufzuklären. „Jurist", sagte er und fügte, als er Shelbys verwirrte Miene sah, hinzu: „Enttäuscht?"

„Nur überrascht", erwiderte sie. „Das liegt wohl daran, dass ich mir alle Anwälte mit weißer Perücke und dicken Augengläsern vorstelle. Bei einer Menge alltäglicher Dinge können einen Gesetze ganz schön nerven, finden Sie nicht auch?"

Alan hob verwundert die Brauen. „Bei Mord und Totschlag etwa?"

„Nein, das meine ich natürlich nicht, das ist doch nichts Alltägliches, oder? Ich dachte an die endlosen bürokratischen Vorschriften. Sie können sich kein Bild machen, wie viele Formulare ich ausfüllen muss, nur um meine Töpferwaren zu verkaufen. Das muss doch gelesen und bearbeitet, von neuem verschickt und sortiert werden und so weiter. Wäre es nicht praktischer, man ließe mich die paar Vasen einfach so gegen Entgelt unter die Leute bringen und meinen Lebensunterhalt damit verdienen?"

„Das würde problematisch, wenn's in die Millionen ginge." Alan hatte vollkommen vergessen, dass er nicht diskutieren wollte. Unbewusst spielte er mit dem Ring, der an Shelbys kleinem Finger steckte. „Nicht jeder Einzelhändler würde sich an faire Geschäftsgrundlagen halten, niemand wäre bereit, Steuern zu zahlen. Und schließlich hätte der ehrliche Kaufmann dabei das Nachsehen, denn er wäre genauso ungeschützt wie jeder Verbraucher."

„Es ist schwer verständlich, dass die Basis für all diese Dinge meine dreifach einzureichenden Steuererklärungen sind."

Die Berührung seiner Hände war keineswegs unangenehm, lenkte jedoch kolossal ab, und sein Lächeln noch mehr. Nie in ihrem Leben hatte Shelby bei einem Mann ein so unwiderstehliches Lächeln gesehen.

„Es wird immer eine Überschneidung zwischen Bürokratie und Notwendigkeit bestehen." Alan hörte erstaunt seiner eigenen Stimme zu. Was, zum Teufel, sollte das? Warum unterhielt er sich in dieser schönen Frühlingsnacht über so trockene Themen mit einem Mädchen, das einem Märchenwesen glich und einen aufreizenden Duft verbreitete?

„Das Beste an den Gesetzen ist, dass man unzählige Möglichkeiten hat, sich drum herum zu schlängeln", erklärte Shelby und lachte verhalten. „Wahrscheinlich ist das nun wieder Ihre Existenzgrundlage."

Durch das geöffnete Fenster drang die kühle, autoritäre Stimme eines Mannes: „Mag sein, dass Nadonley seinen Finger genau am Puls der amerikanisch-israelischen Beziehungen hat, aber mit dieser Politik macht er sich keine Freunde."

„Seine mittelmäßige, nachlässige Kleidung wirkt auch etwas merkwürdig", entgegnete ein anderer.

„Typisch", sagte Shelby leise und verzog ihren Mund. „Wie doch auf Äußerlichkeiten geachtet wird, vielleicht mehr als auf die erbrachte Leistung. Dunkler Anzug und weißes Hemd – man ist ein Konservativer. Legerer Look und Kaschmirpullover steht für liberale Gesinnung."

Alan bemerkte erstaunt den kritischen Unterton in Shelbys Stimme. An mehr oder weniger unsachliche Urteile über seinen Beruf war er gewöhnt. Meistens überhörte er solche Bemerkungen. Von ihr mochte er dergleichen nicht hören, ihre Worte ärgerten ihn. „Sie vereinfachen gern, nicht wahr?"

„Nur dann, wenn mir etwas nicht wichtig genug ist, Geduld dafür aufzubringen." Sie zuckte mit den Schultern. „Die Politik ist ein ärgerliches Nebenprodukt der gesellschaftlichen Ordnung, seitdem Moses sich auf Debatten mit Ramses eingelassen hat."

Um Alans Mund spielte wieder das besondere Lächeln. Shelby kannte ihn nicht, sonst hätte sie es deuten können. Diese Unterhaltung amüsierte ihn nun doch, und er wollte sie herausfordern. „Sie scheinen Politiker nicht besonders zu mögen", stellte er fest.

„Was diese Leute betrifft, so kann ich nur verallgemeinern, was ich sonst nicht so leicht tue", erwiderte Shelby. „Es gibt sie in verschiedenen Spielarten. Sie sind entweder Pedanten oder Fanatiker, manche sind machthungrig, andere schwach. Es hat mich immer bedrückt, dass unsere komische Welt von einer Hand voll Männer allein regiert wird. Deshalb", und sie schob den Teller energisch zurück, „versuche ich mir vorzumachen, ich hätte absolute Kontrolle über mein eigenes Schicksal." Die Schatten der Bäume malten eigenartige Linien auf Alans Gesicht, und Shelby hätte sie gern mit ihren Fingerspitzen nachgezogen. „Möchten Sie wieder hineingehen?"

„Nein." Alan strich mit dem Daumen über die Innenhaut ihres Handgelenks. Erstaunt fühlte er, wie ihr Puls sich beschleunigte. „Wie sehr ich mich dort drinnen gelangweilt hatte, merkte ich erst, als wir beide uns hier niedergelassen haben."

Spontan leuchtete Shelbys Lächeln auf. „Das ist ein sehr nettes Kompliment, und so unterkühlt gebracht. Sind Sie etwa irischer Abstammung?"

Er schüttelte den Kopf, weil er sich gerade vorstellte, wie diese frischen, mädchenhaften Lippen schmecken würden. „Ich bin Schotte", sagte er dann.

„Gütiger Himmel, ich auch!" Shelby runzelte die Stirn, als gefiele ihr diese Tatsache gar nicht. „Allmählich glaube ich, hier ist die Vorsehung am Werk. Aber die war mir immer schon unheimlich."

„Warum eigentlich? Da Sie doch Ihr Schicksal so souverän lenken." Alan führte ihre Hand zum Mund und küsste die schlanken Finger.

„Allerdings", gab sie zu. „Ich nehme das Steuer lieber selbst in die Hand, das gehört zur Campbell'schen Lebensweisheit."

Erstaunt sah sie auf, denn Alan brach jäh seine höchst angenehmen Zärtlichkeiten ab und lachte laut und herzlich. „Auf die alte Familienfehde!" rief er und hob sein Glas. „Ich gehöre nämlich zum Clan der MacGregors. Ihre und meine Vorfahren haben sich unter den Klängen von Dudelsackmusik gegenseitig umgebracht."

Shelby stimmte in sein Gelächter ein. „Mein Großvater würde mich bei Wasser und Brot einsperren, wenn ich Ihnen auch nur Auskunft darüber gäbe, wie spät es ist. Ein verrückter, verflixter MacGregor also!" Alan freute sich, aber Shelbys Gesicht wurde ernst. „Sie sind demnach Alan MacGregor", stellte sie leise fest. „Der Senator von Massachusetts."

„Getroffen."

Seufzend erhob sich Shelby. „Das ist sehr, sehr schade. Ich muss jetzt leider gehen."

Alan hielt ihre Hand fest und stand auch auf. Sie waren jetzt einander so nahe, dass sich ihre Körper berührten, nahe genug, um sich der gegenseitigen Attraktion bewusst zu werden.

„Was meinen Sie damit?"

„Vielleicht hätte ich dem Zorn meines Großvaters getrotzt", sagte Shelby und wunderte sich, wie heftig ihr Herz klopfte. „Ja, ich glaube, das hätte ich gewagt." Nachdenklich blickte sie in Alans Augen. „Aber ich verabrede mich nie mit einem Politiker."

„Tatsächlich?" Alan konnte sich nicht an ihrem Mund satt sehen. Eigentlich hatte er doch noch gar nicht um ein Wiedersehen gebeten, und Frauen, die so direkt waren, lagen ihm sonst in keiner Weise. Aber Shelby gehörte zu einer besonderen Art, und es passte zu ihr. „Ist das eine von Shelbys Regeln?"

„Ja, eine der wenigen."

Sie benutzte keinen Lippenstift, sicher wäre sie einem Kuss nicht ausgewichen. Aber statt sein Glück zu versuchen, zog Alan nur wieder ihre Hand an seinen Mund. Forschend schaute er sie an. „Das Beste an den Gesetzen", zitierte er, „sind die unzähligen Möglichkeiten, sich drum herum zu schlängeln."

„Gefangen in der eigenen Schlinge", gab Shelby zögernd zu und entzog ihm ihre Hand. Es erschreckte sie, wie ihre Nerven auf diesen Alan MacGregor reagierten. Der Ausdruck in seinen dunkelbraunen Augen zeigte deutlich, dass es ihm ähnlich erging.

„Gut, Senator", verabschiedete sie sich mit fester Stimme. „Es war nett, Sie kennen zu lernen. Aber nun wird's Zeit, dass ich mich wieder bei den anderen Gästen sehen lasse."

Alan wartete, bis Shelby fast die Tür erreicht hatte, dann erst antwortete er: „Wir sehen uns wieder, Shelby Campbell."

Sie blieb stehen und schaute über die Schulter zurück. „Das liegt im Bereich der Möglichkeiten."

„Nein, es ist ganz sicher."

Dort stand er im Mondlicht – groß, geheimnisvoll und sprungbereit. Sein Gesicht verriet nichts, aber Shelby hatte das Gefühl, dass sie ihm nicht den kleinen Finger reichen dürfte, ohne

Gefahr zu laufen, mit Haut und Haaren verschlungen zu werden. Es reizte sie ungemein, das auszuprobieren. Lässig warf sie den Kopf mit dem störenden Pony zur Seite.

Alan lächelte über die ungeduldige Bewegung, und plötzlich setzte Shelby ihren Weg fort. Sie wusste genau, dass sie sonst kehrtmachen und direkt in seine Arme laufen würde. Als sie dann zwischen den anderen Gästen in Sicherheit war, redete sie sich ein, dass damit das Kapitel Senator MacGregor als erledigt abgehakt werden konnte.

2. KAPITEL

Zu ihrer Entlastung hatte Shelby vor einiger Zeit als Stundenhilfe einen jungen Mann eingestellt. Das ermöglichte es ihr, dann und wann einen Nachmittag freizunehmen oder sich tagelang ununterbrochen ihrer Töpferei zu widmen, wenn ihr danach zu Mute war. Kyle, ein Dichter, der sich verzweifelt bemühte, auf einen grünen Zweig zu gelangen, war der Idealtyp für diesen Job. Er hatte einen flexiblen Stundenplan, und sein Temperament sagte Shelby zu. Kyle kam regelmäßig mittwochs und samstags und sonst nur, wenn sie ihn anrief. Als Gegenleistung wurde er gut bezahlt und hatte in Shelby eine verständnisvolle Zuhörerin für seine Gedichte. Ersteres half ihm, sich am Leben zu erhalten. Das Zweite labte seine Seele.

Shelby hatte die Samstage fest für ihre Töpferarbeit eingeplant, obwohl sie jedem widersprochen hätte, der sie einer geregelten Arbeitsweise bezichtigte. Sie war der festen Meinung, dass sie arbeitete, wenn sie Lust dazu hatte, und beileibe nicht aus Gewohnheit. Wie viel diese ruhigen Stunden mit frischem Ton auf der Töpferscheibe für sie bedeuteten, wusste Shelby selbst nicht.

Der Arbeitsraum lag im hinteren Teil des Erdgeschosses. An zwei Wänden standen große Regale, die ein heilloses Durcheinander an fertigen und halb fertigen Gegenständen, Werkzeugen und Material enthielten. Ordentlich und übersichtlich dagegen hatte Shelby die Dosen mit unzähligen Glasuren angeordnet, die in allen Regenbogenfarben schillerten. Bei den Werkzeugen befanden sich lange Nadeln mit Holzgriffen, verschieden große Bürsten, Pinsel und Feuerpfannen.

Die rückwärtige Wand wurde von einem mächtigen begehbaren Brennofen beherrscht. An diesem Tag waren seine schweren Stahltüren geschlossen, weil die Roste mit bunt glasierten oder bemalten Tongefäßen voll standen, um im letzten Brennvorgang fertig gestellt zu werden.

Die Temperatur in dem kleinen Raum war hoch, und Shelby saß nur mit einem T-Shirt bekleidet an ihrer Scheibe. Ihre Beine steckten in Shorts, und zum Schutz gegen Spritzer hatte sie eine große weiße Arbeitsschürze umgebunden.

Die beiden einzigen Fenster zeigten zum Hof, deshalb drangen nur wenige Wochenendgeräusche von der Straße herein. Shelby summte leise zur Radiomusik und betrachtete sinnend den Tonklumpen, aus dem für heute das letzte Stück entstehen sollte. Ihr leuchtend dunkelrotes, langes Haar hatte sie mit einem Lederband zurückgebunden.

Diesen Arbeitsgang mochte sie am liebsten. Die Scheibe begann sich zu drehen, und ihre Hände betasteten das weiche Material. Noch wusste sie nicht, was daraus entstehen würde. Eine Vase vielleicht? Oder eine Schale? Gedrungen oder schlank, verziert oder glatt? Es könnte eine Urne werden, an die später noch die Henkel geklebt würden, aber auch ein Topf für Jasmintee oder würzigen Kaffee. Wie viele Möglichkeiten gab es! War das nicht faszinierend?

Der nächste Schritt würde das Auftragen der Farben sein. Die Zusammenstellung der verschiedensten Töne und das Entwerfen von Mustern entsprach einer anderen Seite ihres künstlerischen Wesens. Das hieß dann Fertigstellung und wollte überlegt sein. Shelby musste sich dabei entscheiden, ob sie großzügig oder sparsam kolorieren, ein abgezirkeltes Muster oder kecke Flecken auftragen wollte. Die Arbeit mit dem Ton dagegen war primitiver und reizte sie deshalb mehr.

Mit bloßen Händen ging sie nun ans Werk. Sie presste, drückte und streichelte einen formlosen Ball aus dem frischen Tonklumpen. So ähnlich versuchten manche Menschen, sich gegenseitig zu beeinflussen, ihre Kinder nach einem festen Bild zu gestalten. Das fand Shelby nicht gut, und sie war froh, sich an diesem Material austoben zu dürfen. Das konnte sie verändern, umarbeiten oder auch wegstellen und neu damit beginnen, bis sie mit ihrem Werk zufrieden war. Zu leicht sollte es auch nicht sein, ein gewisser Widerstand war ihr lieber. Allzu nachgiebige, anpassungsfähige Personen waren deshalb nicht nach ihrem Geschmack. Wer sich nie wehrte und es allen Leuten recht machen wollte, der war schon halb tot!

Mit geschicktem Griff drückte sie die Luftblasen aus dem Ton. Das Material war feucht und frisch. Shelby hatte es nach einem speziellen Verfahren sorgfältig vorbereitet, um die richtige Konsistenz zu bekommen. Ein feuchter Schwamm lag greifbar an der Seite.

Shelby legte beide Hände gleichmäßig um den Ton, als die Drehungen der Scheibe sich beschleunigten. Dann verstärkte sie den Druck und spürte, wie der nichts sagende Klumpen eine bestimmte Form anzunehmen begann, so wie sie es wollte.

Völlig auf ihre Arbeit konzentriert, achtete Shelby nicht auf die Zeit. Nur die Scheibe summte, und das Radio spielte im Hintergrund. Wie durch Zauberei reagierte die hellbraune Masse auf jede Bewegung ihrer Finger, die dadurch Shelbys schöpferische Fantasie in eine gegenständliche Form übersetzten.

Zuerst hatte sie die Knöchel in die Mitte der Kugel gepresst, das ergab einen dickwandigen Ring. Langsam und ganz vorsichtig zog sie nun dessen Seiten zwischen Daumen und Fingern in die Höhe, bis ein zylindrischer Körper zu erkennen war. Durch Flachdrücken würde eine Platte entstehen, aus der sich dann eine gewölbte Schale aufrichten ließe, je nachdem, wie Shelbys Hände es dem weichen Material abverlangten. Sie beherrschte den gefügigen Ton, so wie sie selbst von ihrer Kreativität beherrscht wurde. Eine ganz bestimmte symmetrische Form schwebte ihr heute vor. Etwas Starkes, Maskulines sollte dieser Gegenstand ausdrücken, mit klaren, gleichmäßigen Linien von unauffälliger Eleganz.

Die Rotation der Scheibe und Shelbys modellierende Finger zauberten nach und nach aus der unansehnlichen Masse ein besonderes Stück von eigenwilliger Gestalt und Schönheit. Geschickt und sicher bearbeitete sie die bauchige Schale innen und außen, ein Falz entstand als Fuß und oben ein breiter geschwungener Rand. Auch über die Bemalung war Shelby sich im Klaren: hartes Jadegrün und unter der dicken Glasur gelegentlich kleine Tupfen – aber wirklich nur eine Spur – von weicherem Farbton. Die klare Fläche durfte nicht durch Muster oder Verzierungen unterbrochen werden. Geradlinig, schlicht und streng, würde die Schüssel nur durch ihre Form und Farbe wirken.

Zufrieden ließ Shelby die Hände sinken. Es war besonders wichtig, mit einer Arbeit an einem bestimmten Zeitpunkt aufzuhören und nichts mehr zu verändern. Übertriebene Sorgfalt konnte ebenso großen Schaden anrichten wie zu wenig. Sie stellte den Drehmechanismus der Scheibe ab, betrachtete ihr Werk noch einmal kritisch und brachte die große Schale dann vorsichtig auf einen besonderen Platz zum Trocknen.

Am nächsten Tag würde die Masse fest sein wie Leder. Dann könnte mit feinem Werkzeug nachgearbeitet, geschliffen und gesäubert werden.

Die Kolorierung wird perfekt sein, überlegte sie. Und beim Glasieren kann ich die sanften Tupfen in den leuchtenden Untergrund einfließen lassen. Schade, dass der Ton noch zu frisch ist und die Farbe jetzt nicht hält.

Seufzend streckte sie ihren Rücken, nun spürte sie die Anstrengung der konzentrierten Arbeit. Ein heißes Bad würde ihr gut tun.

Shelby drehte sich zur Tür um und holte erschrocken tief Luft.

„Das war ein bemerkenswerter Anschauungsunterricht." Alan nahm die Hände aus den Hosentaschen und trat auf Shelby zu. „Wissen Sie gleich, wenn Sie mit einem neuen Stück beginnen, wie es fertig aussehen wird, oder kommt die Inspiration während der Arbeit?"

Shelby pustete sich die Haare aus der Stirn, bevor sie antwortete. Keinesfalls wollte sie ihn das Nächstliegende fragen, nämlich, was er hier suchte und wollte. „Es kommt darauf an", erwiderte sie schließlich.

Alan trug Jeans und Polohemd. Ein neuer, ungewohnter Anblick. Der elegante Herr von gestern hatte sich erstaunlich verändert. Seine Kleidung war gepflegt, aber nicht neu. Das galt auch für die Sportschuhe, die allerdings recht teuer gewesen sein mussten, und für die dünne goldene Uhr an seinem Handgelenk. Er machte den Eindruck eines Mannes, der über genügend finanzielle Mittel verfügte, doch auch gut mit seinem Geld umzugehen verstand. Sicherlich war er über seinen Kontostand genau im Bilde, was Shelby von sich nicht behaupten konnte. Und welche Wertpapiere er besaß und welchen Kurs diese augenblicklich hatten, das wusste er bestimmt ebenfalls.

Alan ließ Shelbys musternden Blick über sich ergehen, ohne mit der Wimper zu zucken. Er war daran gewöhnt, in der Öffentlichkeit zu erscheinen und eingehend betrachtet zu werden. Außerdem hielt er das nur für recht und billig, denn schließlich hatte er während der vergangenen Stunde seinerseits still an der Tür gestanden und Shelby beobachtet.

Ein amüsiertes Lächeln huschte über Shelbys Gesicht. „Jetzt müsste ich wohl gestehen, dass ich überrascht bin, Sie hier zu sehen, Senator", sagte sie. „Es war doch Ihre Absicht, mich zu überraschen, oder?"

Alan nickte zustimmend. „Sie arbeiten hart", stellte er fest und schaute beziehungsvoll auf Shelbys tonverschmierte Hände. „Anscheinend verbrauchen Künstler im gleichen Maße Energie wie Artisten bei einem Auftritt, wenn der Adrenalinspiegel in die Höhe schnellt. Ich muss sagen, Ihr Laden gefällt mir."

„Danke." Das Kompliment hatte ehrlich geklungen, und Shelby zeigte offen ihre Freude darüber. „Sind Sie gekommen, um sich umzusehen?"

"Gewissermaßen." Alan widerstand der Versuchung, noch einmal einen Blick auf Shelbys Beine zu werfen, die viel länger und hübscher waren, als er sie sich vorgestellt hatte. "Aber anscheinend habe ich die verkehrte Zeit erwischt. Als ich kam, war Ihr Assistent gerade dabei, die Vordertür abzuschließen. Das soll ich Ihnen übrigens von ihm ausrichten."

"Oh!" Shelby warf einen Blick zum Fenster. Es begann tatsächlich schon dunkel zu werden. Wenn sie an der Töpferscheibe arbeitete, trug sie nie eine Uhr. Mit ihrer rechten Schulter rieb sie sich einen lästig juckenden getrockneten Tonspritzer von der Wange. Dabei verschob sich das knappe T-Shirt und betonte ihren festen kleinen Busen.

"Es ist praktisch, wenn man beim Geschäft wohnt", meinte sie leichthin. "Man kann öffnen und schließen, wie's einem passt. Sehen Sie sich ruhig hier um, während ich mich wasche."

"An sich hatte ich an etwas anderes gedacht …" Alan griff vorsichtig in Shelbys zusammengebundenes Haar und spürte, wie weich es sich anfühlte. "Wie wäre es, wenn wir zusammen essen gingen? Sie haben doch sicher noch nichts zu sich genommen."

"Das stimmt", gab Shelby zu, "aber trotzdem möchte ich nicht mit Ihnen ausgehen, Senator." Mit einer großzügigen Handbewegung wies sie auf die Regale: "Interessiert Sie vielleicht eine Vase im orientalischen Stil? Oder ein Aschenbecher?"

Alan trat einen Schritt näher. Shelbys offensichtliche Ruhe und Beherrschtheit gefiel ihm. Gleichzeitig reizte ihn der Versuch ungemein, beides zu erschüttern. Deshalb bin ich ja gekommen, dachte er und sagte: "Wir könnten etwas besorgen und hier bei Ihnen bleiben, ich bin nicht anspruchsvoll." Seine Hand glitt spielerisch unter ihr Haar auf den Nacken.

"Alan!" Shelby seufzte übertrieben und bemühte sich, die wohligen kleinen Schauer, die bei seiner Berührung über ihren Rücken liefen, nicht zu beachten. "Ihr Beruf ist die Politik, davon verstehen Sie etwas. Außenpolitik, Haushaltspolitik oder Verteidigungspolitik. Meine Art von Politik habe ich Ihnen gestern erklärt."

„Mmm." Wie schlank ihr Hals ist, dachte Alan. Wenn sich die Haut hier schon so gut anfühlt, wie zart muss sie erst unter der Schürze und dem T-Shirt sein.

„Dann gibt's also kein Problem." Shelbys Stimme sollte energisch klingen, was jedoch nicht recht gelingen wollte. Sie überlegte, womit sich Alan in seiner Freizeit beschäftigen mochte. Von Schreibtischarbeit konnten seine Hände unmöglich so fest und muskulös geworden sein. Die Schärfe in ihrem Ton musste verbergen, dass Alan auf dem besten Weg war, ihre Verteidigungslinie zu durchbrechen. „Sie sind sicher zu intelligent, als dass man Ihnen etwas zweimal sagen muss."

Mit leichtem Druck zog Alan Shelby näher an sich. „Es gehört zu den üblichen Prozeduren, dass man seine Politik von Zeit zu Zeit ändert."

„Wenn ich meine ändere, werde ich es Ihnen ..." Shelby hatte ihre Hand gegen seine Brust gelegt, um ihn zu bremsen. Im selben Augenblick dachten beide an Shelbys nasse, schmutzige Finger, und sie blickten gleichzeitig erschrocken auf sein Hemd. Shelby lachte zuerst los, und ihre Blicke trafen sich. „Das geschieht Ihnen recht!" rief sie übermütig.

Alans Augen leuchteten auf. Ihr Gesicht war in diesem Moment zum Küssen hübsch! Mit gespieltem Ernst schaute er auf den deutlichen braunen Abdruck von fünf Fingern – unmittelbar über seinem Herzen.

„Das könnte ein neuer Modegag werden", sagte Shelby. „Wir sollten das Muster ganz schnell patentieren lassen. Was meinen Sie?"

„Keine schlechte Idee." Alan betrachtete wieder sein Hemd und dann ihre lachenden Augen. Der Fleck war den Spaß wert. „Es würde aber mit viel Papierkram verbunden sein."

„Damit dürften Sie Recht haben. Und weil ich es ablehne,

noch zusätzliche Formulare auszufüllen, vergessen wir es lieber." Shelby wandte sich ab und schrubbte ihre Hände und Arme unter fließendem Wasser an einem breiten doppelten Spülbecken.

„Ausziehen", forderte sie Alan auf. „Man muss den Ton entfernen, bevor er angetrocknet ist." Ohne seine Reaktion abzuwarten, nahm sie ein Handtuch und ging zum Brennofen, um dort die Temperatur zu kontrollieren.

Alan war einigermaßen verblüfft. Offensichtlich machte es Shelby nichts aus, einen halb nackten Mann um sich zu haben. „Stammen diese Arbeiten alle von Ihnen?" fragte er, nachdem er sein Hemd über den Kopf gezogen hatte. „Ist jedes Stück Ihre eigene Produktion?"

„Ja."

„Wie haben Sie ursprünglich angefangen?"

„Wahrscheinlich dadurch, dass meine Gouvernante mir Knetmasse zum Spielen gab, um ihre Ruhe zu haben. Das ist ihr zwar nicht gelungen, aber das Modellieren hat mir Spaß gemacht. Für Holz oder Stein habe ich nie das gleiche Gefühl empfunden." Shelby prüfte die Ventile am Ofen. „Was macht die Wäsche?"

Sie hatte sich vorgebeugt, und Alan erhaschte einen Blick auf ihre äußerst reizvolle Kehrseite. Ihm wurde heiß, und sein Herz schlug schneller. Ärgerlich auf sich selbst, bearbeitete er das verschmutzte Polohemd. Was war los mit ihm? Er beschloss, darüber ernsthaft nachzudenken – morgen! Nicht den Abend verderben!

Er drehte den Wasserhahn zu. „Der Heimweg dürfte interessant werden", bemerkte er. „Mit bloßem Oberkörper läuft nicht einmal hier jemand durch die Straßen." Das tropfnasse Hemd ließ er auf dem Spülbecken liegen.

Shelby sah sich um. Gut schaute er aus, das musste man ihm lassen. Sein kräftiger Oberkörper zeigte nur Muskeln und Sehnen, da war kein Gramm Fett zu erkennen. Die Schultern waren breit und die Taille schmal. Ein bemerkenswertes Exemplar der männlichen Spezies, dachte sie und wusste plötzlich, was ihr bei der

Arbeit am Nachmittag vorgeschwebt hatte. Keinesfalls durfte Alan merken, wie sie auf seine körperliche Nähe reagierte.

„Sie sind ja recht gut in Form", sagte sie beiläufig. „Da sollte es doch für Sie möglich sein, in weniger als drei Minuten bis nach Hause zu sprinten."

„Shelby, Sie sind ausgesprochen ungastlich."

„Ich wollte sogar unhöflich sein", meinte sie und verbarg ihr Lachen, „aber wenn ich mir Mühe gebe, könnte ich das Hemd in meiner großen Güte auch in den Trockner stecken."

„Es war schließlich Ihre Hand und Ihr Ton."

„Aber Ihr Annäherungsversuch", gab Shelby zurück, griff aber trotzdem nach dem nassen Polohemd. „Okay. Kommen Sie mit rauf." Mit der freien Hand band sie die Schürze ab und warf sie zur Seite, schlüpfte dann an Alan vorbei durch die Tür. „Einen Drink haben Sie sich verdient, das muss ich zugeben."

„Sie sind zu liebenswürdig", spottete Alan und folgte ihr die Treppe hinauf.

„Ja, meine Großzügigkeit ist allgemein bekannt." Shelby stieß die Tür auf und deutete mit der Hand auf einen Schrank. „Wenn Sie Scotch mögen, bedienen Sie sich."

Sie verschwand in der anderen Richtung, und Alan schaute sich um. Sein Interesse wuchs. In Shelbys Wohnung dominierten leuchtende Farben, doch die Blau- und Grüntöne und das gelegentliche Rot dazwischen harmonierten miteinander. Ungewöhnlich, aber typisch für eine produktive Künstlerin, dachte Alan. Es gefiel ihm hier, er fühlte sich wohl. Zu seinem eigenen Lebensstil passte allerdings weder die Frau noch ihr ausgefallener Geschmack.

Das geniale Durcheinander von Möbelstücken, Grünpflanzen und übergroßen Stofftieren in Shelbys Wohnung lud nicht gerade zu besinnlichem Nachdenken und gemütlichem Feierabend ein, aber anregend wirkte alles, sehr, sehr anregend!

Alan trat auf den Schrank zu, wo er die Whiskyflasche vermutete. Wie angewurzelt blieb er stehen. Auf einem Sessel räkelte sich Moische und betrachtete aufmerksam den Fremden mit seinem einen Auge. Der Kater rührte sich nicht, und Alan musste zweimal hinsehen, um festzustellen, ob es sich tatsächlich um ein Lebewesen handelte. Die schwarze Augenklappe hätte eigentlich lächerlich wirken müssen, tat es aber keineswegs. Warum soll eine Katze so etwas nicht tragen? Direkt über Moische hing der große Käfig von Tante Emma. Der Papagei starrte Alan an und verfolgte neugierig jede seiner Bewegungen.

„Soll ich dir auch einen Drink mixen?" fragte Alan den Kater und kraulte ihn unter dem Kinn. Genüsslich kniff Moische das Auge zusammen.

„Das Trocknen dürfte nicht länger als zehn oder fünfzehn Minuten dauern", kündigte Shelby an, als sie jetzt wieder hereinkam. Das Schnurren des Katers war deutlich zu vernehmen. „Sie haben sich ja bereits mit meinen Untermietern bekannt gemacht."

„Offensichtlich! Warum die Schutzklappe?"

„Moische hat sein Auge im Krieg verloren, er mag darüber nicht reden. Haben Sie den Scotch gefunden?"

„Ja. Spricht der Vogel?"

„In den letzten zwei Jahren hat er kein Wort gesagt." Shelby goss Whisky in die Gläser. „Das war der Zeitpunkt, als Moische hier eingezogen ist. Tante Emma ist sehr nachtragend, dabei hat Moische ihren Käfig nur einmal – ganz am Anfang – umgestoßen." Sie reichte Alan seinen Drink.

„Danke." Alan musste sich eingestehen, dass sein Selbstbewusstsein einen Knacks bekommen hatte. Er war fest davon überzeugt gewesen, von Frauen etwas zu verstehen. Aber jetzt bei Shelby mit Moische und Tante Emma – so etwas war für ihn völlig neu – wurde er unsicher. „Wie lange leben Sie schon hier?" fragte er.

„Ungefähr drei Jahre." Shelby ließ sich auf das Sofa fallen, zog die Beine hoch und hockte sich hin wie ein Indianer. Auf dem

Tisch davor lag eine Schere mit orangefarbenem Griff, die Washington Post – aufgeschlagen beim Comic-Teil –, ein einzelner Saphirohrclip, allerlei ungelesene Post und eine Macbeth-Ausgabe, die recht abgegriffen wirkte.

„Ich habe gestern nicht sofort geschaltet", sagte Alan und setzte sich neben Shelby. „Robert Campbell war Ihr Vater."

„Ja, das stimmt." Shelby nippte an ihrem Drink. Der Scotch war gut, braun und milde. „Kannten Sie ihn?"

„Nicht persönlich. Ich besuchte noch das College, als er getötet wurde. Aber gehört habe ich viel über ihn. Natürlich wurde ich Ihrer Mutter vorgestellt. Sie ist eine bemerkenswerte Frau."

„Ich habe mich oft gewundert, warum sie nie selbst kandidiert hat. Sie liebte das Leben mit Vater sehr."

War da ein Unterton von Verdruss zu hören gewesen in Shelbys Stimme? Alan nahm sich vor, gelegentlich danach zu fragen. „Sie haben einen Bruder, wenn ich recht informiert bin."

„Grant, meinen Sie? Ja, er ist aber nur sehr selten hier in Washington." Draußen heulte eine Sirene und verklang wieder. „Er zieht den Frieden und die Abgeschiedenheit von Maine vor. Wir scheinen beide nicht den Ehrgeiz für eine Tätigkeit im öffentlichen Dienst geerbt zu haben."

„Warum sind Sie so bitter?" Alan spürte das Seidenkissen kühl und weich an seinem Rücken. Sicher würde Shelbys Haut sich ähnlich anfühlen.

„Die berühmte Hingabe an das Volk, Vorliebe für Papierkrieg und natürlich ein Hauch von Macht." In Shelbys Ton lag jetzt deutlich Arroganz und ein wenig Verachtung.

„Was ist dagegen zu sagen?"

„Mich geht nur mein eigenes Schicksal an, in das anderer Menschen will ich mich nicht einmischen."

Alan spielte mit dem Lederband an Shelbys Nacken, bis sich der Knoten löste. War er zum Debattieren gekommen? Musste er sich hier verteidigen? Shelby schwieg, als ihre offenen Haare über ihren Rücken hinabfielen. Wie selbstverständlich saßen sie und Alan nebeneinander, beide nur leicht bekleidet, und unterhielten sich tiefernst über das Leben.

„Vielleicht ist Ihr Hemd trocken, ich werde nachsehen." Shelby machte Anstalten, sich zu erheben. Aber Alan hielt ihr Haar fest. Als sie ihm den Kopf zudrehte, blickte sie direkt in die forschenden dunkelbraunen Augen.

„Sie sollten sich daran gewöhnen, dass sich zwischen uns etwas anbahnt, Shelby."

„Alan, ich sagte Ihnen bereits, dass da nichts läuft! Nehmen Sie's nicht persönlich." Jetzt lächelte sie. „Sie sind sehr attraktiv. Aber ich bin einfach nicht interessiert", erklärte sie und bemühte sich, kühl und beherrscht zu wirken.

„Tatsächlich nicht?" Mit seiner freien Hand umspannte Alan ihr Handgelenk. „Ihr Puls rast."

Ärgerlich schob Shelby das Kinn vor, ihre Augen blitzten. „Eingebildet sind Sie wohl gar nicht, was? Ich hole jetzt Ihr Hemd."

Ein Kuss nur, überlegte er, und ich bin zufrieden. Widerspenstige, aggressive Frauen sind nie mein Fall gewesen. Und zu denen gehörte Shelby mit Sicherheit. Ein Kuss also, und das wär's dann.

Auf so viel Hartnäckigkeit war Shelby nicht gefasst gewesen. Aber auch nicht auf ihre eigene Reaktion, als sie seinen Atem auf ihrem Mund spürte. Trotzdem – nachgeben durfte sie nicht. Sie seufzte, als fühlte sie sich belästigt. Wenn der Senator von Massachusetts bei einer freischaffenden Töpferin sein Glück versuchen will, bitte schön. Einen Kuss kann er haben, dass ihm Hören und Sehen vergeht. Anschließend schnüre ich ihn zum Paket zusammen und setze ihn vor die Tür!

Aber Alan berührte ihre Lippen noch nicht, er sah sie nur an. Ganz langsam kam er näher, Shelby schloss die Augen und wartete. Erst berührte Alan ihren Mund mit der Zungenspitze, tastete und liebkoste, bis jeder Widerstand in Shelby erstarb. Dann war sein Gesicht über ihr, und im gleichen Moment loderte zwischen ihnen Leidenschaft auf, die beide erschreckte.

Shelby nahm all ihre Kraft zusammen und drehte das Gesicht zur Seite. „Alan, bitte", wisperte sie. „Es ist genug."

„Durchaus nicht", widersprach er und drückte sie fest auf die bunten Seidenkissen. Shelby erschrak über den Sturm der Empfindungen in ihrem Körper. Nichts hätte sie lieber getan, als sich Alans fordernder Zärtlichkeit hinzugeben.

„Sie sollen aufhören!" Ihre Augen waren dunkelgrau, die Stimme klang rau. Aber es gelang ihr, sich freizumachen.

Alan spürte Ärger über Shelbys Widerstand, doch er hatte sich sofort unter Kontrolle. Sein Verlangen zu unterdrücken fiel ihm entschieden schwerer.

„Also gut", sagte er leise und wich etwas zurück. „Warum?"

Shelby hatte auch Schwierigkeiten, sich ihre Gefühle nicht anmerken zu lassen, aber sie zwang sich zur Ruhe. „Sie küssen gut", meinte sie beiläufig.

„Für einen Politiker?"

Wie konnte er nur so spöttisch sein? Wenige Minuten vorher hatte er sie im Arm gehalten, jetzt war sein Ton kalt und verletzend. Shelby vergaß, dass sie an dieser Ironie selbst schuld war.

Draußen war es dunkel. Shelby knipste eine Lampe an und nahm sich vor, sich nicht herausfordern zu lassen.

„Sie haben meine Frage nicht beantwortet." Alan setzte sich bequem zurecht und genoss die Berührung mit den seidenen Kissen, die ihn an Shelbys Haut erinnerten.

„Vielleicht habe ich mich gestern nicht klar genug ausgedrückt", sagte Shelby. „Aber ich meinte es ernst, glauben Sie mir."

„Ich auch." Alan sah ruhig zu ihr auf. „Sie haben viel Ähnlichkeit mit Ihrem Papagei. Sie sind nachtragend." Als er merkte, dass seine Worte ins Schwarze getroffen hatten, tat es ihm Leid.

„Im Allgemeinen kümmern mich alte Wunden wenig." Trotz größter Bemühungen gelang es ihr nicht, den Schmerz zu verbergen. Alan hätte sie am liebsten sofort wieder in seine Arme genommen. Es war unglaublich, dass sie sich erst einen Tag lang kannten. Aber die Tatsache ließ sich nicht leugnen, und er hatte kein Recht, sich Shelby aufzudrängen.

„Es tut mir Leid", sagte er und stand auf.

Shelby fasste sich sofort. „Ist schon in Ordnung", meinte sie und verließ das Zimmer. Wenig später kehrte sie mit seinem Hemd zurück. „Fast wie neu!" Jetzt lachte sie wieder und warf es ihm zu. „War wirklich nett mit Ihnen. Lassen Sie sich nicht aufhalten, Senator."

Alan ging auf ihren leichten Ton ein. „Werde ich zur Tür begleitet?"

„Oh, war ich zu deutlich?" Der Plauderton gelang jetzt mühelos. „Gute Nacht, Senator, und schauen Sie sich um, bevor Sie die Straße überqueren." Weit hielt sie die Tür für ihn auf.

Alan zog sein Polohemd über den Kopf, dann trat er auf Shelby zu. „Die MacGregors haben nie ein Nein für bare Münze genommen. Wir Schotten sind dickköpfig, das wissen Sie doch."

„Wem sagen Sie das? Hier steht eine Campbell, vergessen Sie das nicht." Bei diesen Worten öffnete sie die Tür noch ein bisschen weiter.

„Also gilt das für uns beide." Alan fasste Shelby unters Kinn und küsste sie hart und kurz auf den Mund. „Bis zum nächsten Mal."

Sein Kuss hatte sich fast wie eine Drohung angefühlt. Shelby schloss die Tür hinter ihm und lehnte die Stirn an das kühle Holz. Mit dem wird es noch Ärger geben, dachte sie. Ich bin sicher, der Fall Alan MacGregor entwickelt sich zu einem echten Problem.

3. KAPITEL

Für einen Montag war das Geschäft an diesem Morgen sehr lebhaft. Bis elf Uhr hatte Shelby schon mehrere Stücke verkauft, drei davon waren beinahe noch warm vom Brennofen. Sie saß zwischen ihren Kunden und zog Drähte durch eine Lampe, der sie Form und Gestalt einer griechischen Amphore gegeben hatte. Einfach nur herumstehen und nichts tun, das war für Shelby unmöglich. So konnte jeder sich in Ruhe alles ansehen und je nach Belieben wieder verschwinden oder etwas kaufen. An warmen Tagen stand die Ladentür sowieso immer offen. Shelby wusste, dass das einladender wirkte.

Das fortwährende Kommen und Gehen von neugierigen Leuten machte ihr nichts aus. Wenn sie auch nichts kauften, so bestand doch immerhin die Möglichkeit, dass sie später ihre Kunden wurden. Außerdem bedeutete die Anwesenheit anderer Menschen für Shelby immer willkommene Gesellschaft.

Ein junger Mann erschien, um das Schaufenster zu putzen. Er hatte ein tragbares Kofferradio bei sich, und laute Musik begleitete seine emsigen Bemühungen, die große Scheibe blank zu reiben. Das alles war ganz nach Shelbys Geschmack. Die Arbeit ging ihr gut von der Hand. Sie knüpfte gerade geschickt die Drähte zusammen, als Myra Ditmeyer auftauchte.

In ihrem modischen hellroten Kostüm mit dem dazu passenden Lippenrot war sie nicht zu übersehen. Ihr schweres Parfüm erfüllte alsbald den Verkaufsraum.

„Shelby, Liebes, immer bist du so fleißig."

Mit herzlichem Lächeln beugte sich Shelby über den Ladentisch und küsste Myras gepuderte Wange. Wenn man sich gelegentlich für etwas würzigen Klatsch interessierte oder auch nur lachen wollte, gab es keine Bessere als Myra. „Ich fürchtete, du müsstest zu Hause bleiben und all die köstlichen Dinge vorbereiten, die ich heute Abend bei dir zu essen bekommen soll."

„Gütiger Himmel, dann würden meine Gäste verhungern müssen." Myra stellte ihre Krokotasche auf den Ladentisch. „Der Koch ist in viel versprechender kreativer Stimmung."

„Du weißt, dass ich schrecklich gern bei euch bin." Shelby zog eine Schlinge durch das Oberteil der Lampe. „Es kommt immer etwas Reelles auf den Tisch, nicht diese modernen kleinen Schnickschnacks, die exotisch sein sollen und nach deren Genuss man vor Hunger nicht in den Schlaf kommt." Geistesabwesend klopfte sie mit dem Fuß den Takt zur Radiomusik. „Mom wird auch erscheinen?"

„Ja, mit Botschafter Dilleneau."

„Ach natürlich, der Franzose mit den großen Ohren."

„Ist das die feine Art, über einen Diplomaten zu sprechen?"

„Mom ist eigentlich recht oft mit ihm zusammen", sagte Shelby nachdenklich. „Ob ich wohl einen pariserischen Stiefpapa bekomme?"

„Schlimmeres könnte dich treffen."

„Mag sein. Sag mal, Myra, wen hast du denn für mich vorgesehen?" Shelby drehte mit sicherer Hand die Fassung auf den Lampenhals.

„Vorgesehen? Das klingt ja scheußlich!" Myra rümpfte die Nase. „Wie unromantisch, Shelby."

„Dann will ich mich besser ausdrücken: Gegen wen sollen Amors Pfeile gerichtet werden?"

„Wenn du so hinterhältig dazu lachst, dann hört sich das auch nicht besser an." Myra beobachtete interessiert, wie Shelby eine Birne in die Fassung schraubte. „Wie geschickt du bist, mein Schatz! Aber ich will lieber nicht mehr verraten. Es soll eine Überraschung werden. So etwas magst du doch so sehr."

„Eigentlich gebe ich lieber, als dass ich nehme."

„Das weiß ich doch. An eine gelungene Überraschung von dir

und deinem Bruder erinnere ich mich noch ganz genau. Ihr wart erst acht und zehn Jahre alt ungefähr, deine Mutter gab einen Empfang in eurem eleganten Salon. Die Gesellschaft bestand aus lauter einflussreichen Leuten. Ihr Kinder kamt herein, und in den Händen trugt ihr höchst unschmeichelhafte, aber sehr treffende Karikaturen der Kabinettsmitglieder, die ihr uns stolz gezeigt habt."

„Oh ja, aber das war leider Grants Idee und nicht meine." In Shelbys Stimme lag deutlich Bedauern darüber, dass ihr dieser Spaß nicht selbst eingefallen war. „Dad hat noch nach Tagen darüber gelacht."

„Er besaß einen einmaligen Sinn für Humor", sagte Myra trocken.

„Hast du damals nicht das Bild vom Staatssekretär kaufen wollen? Wenn ich mich recht erinnere, botest du Grant zweitausend dafür."

„Und der Schlingel hat es mir nicht gegeben. Schade", meinte Myra nachdenklich. „Es wäre jetzt ein Vermögen wert. Er hatte es sogar signiert. Wie geht es Grant eigentlich? Seit Weihnachten habe ich ihn nicht mehr gesehen."

„Gut, denke ich. Ein verdrießliches Genie – wie immer." Shelby lachte liebevoll bei dieser Beschreibung. „Er sitzt in seinem Leuchtturm wie in einer gut bewachten Festung. Ich will ihm im Sommer zwei Wochen lang auf die Nerven fallen."

„So ein großartiger, viel versprechender junger Mann. Es ist ein Jammer, dass er sich dort an der Küste verkriecht und nicht mehr aus sich macht."

„Er will es so haben", entgegnete Shelby einfach. „Wenigstens im Moment."

„Verzeihen Sie!" Beide Frauen sahen zur Tür, wo ein junger Mann in Botenlivree stand, der einen Korb am Arm trug.

„Was kann ich für Sie tun?" fragte Shelby.

„Miss Shelby Campbell?"

„Ja, das bin ich."

Der Bote trat auf Shelby zu und überreichte ihr den Korb. „Das soll ich bei Ihnen abgeben, Miss Campbell."

„Danke." Automatisch griff Shelby in die Wechselkasse, nahm einen Dollar heraus und gab ihn dem jungen Mann als Trinkgeld. „Wer schickt mir das?"

„Es liegt eine Karte drin", erklärte der Bote und steckte das Geld ein. „Vielen Dank, Miss."

Ein unerwartetes Geschenk zu erhalten, ohne die leiseste Ahnung zu haben, von wem es sein könnte und was zum Vorschein kommen würde, hatte Shelby schon immer mit größtem Entzücken erfüllt. Sie betrachtete den hübschen Deckelkorb von allen Seiten und dachte gar nicht daran, ihn sofort zu öffnen.

„Mach schon auf, Shelby!" Myra trat ungeduldig von einem Fuß auf den anderen. „Ich sterbe vor Neugier."

„Warte noch, Myra, lass uns raten. Dem Aussehen nach könnte es ein Picknickkorb sein. Aber das ergibt überhaupt keinen Sinn. Oder ein junger Hund?" Sie beugte sich über den Korb und lauschte. „Nein, da bewegt sich nichts. Aber es riecht ..." Sie schloss die Augen, um den Duft besser identifizieren zu können. „Das ist komisch. Es riecht nach ...", rasch öffnete sie den Deckel, „... Erdbeeren!"

Tatsächlich war der Korb mit auserlesenen, dicken roten Erdbeeren gefüllt. Frisch und sauber, boten die Früchte einen prächtigen Anblick. Shelby nahm eine heraus und biss hinein. „Lecker!"

Myra tat das Gleiche. „Mmm, schmeckt wundervoll. Wer könnte dir die geschickt haben? Willst du nicht nach dem Absender sehen?" fragte sie kauend.

Langsam zog Shelby den länglichen weißen Umschlag zwischen Korb und Verpackung hervor. Sie wog ihn auf der Hand, hielt ihn ans Licht und drehte ihn immer wieder um.

„Shelby!" Myra konnte die Spannung nicht länger ertragen.

„Ja, ja, schon gut!" Shelby riss das Kuvert auf und nahm die Karte in die Hand.

Shelby,

ihr Anblick hat mich an Sie erinnert!

Alan.

Myra beobachtete aufmerksam Shelbys Gesicht. Überraschung war darauf zu erkennen, Freude und noch etwas anderes. War das Bedauern oder vielleicht Angst? Schwer zu sagen.

„Jemand, den ich kenne?" fragte sie endlich, als Shelby noch immer schwieg.

„Wie bitte? Ach so, ja, höchstwahrscheinlich." Doch dann steckte sie die Karte in den Umschlag zurück. „Myra", sagte Shelby und seufzte tief, „ich fürchte, ich bin in Schwierigkeiten."

„Das ist eine gute Nachricht." Myra nickte zufrieden. „Es wird auch langsam Zeit. Möchtest du, dass ich meinen Koch der Gefahr eines Nervenzusammenbruchs aussetze und ihm sage, dass ich in letzter Minute eine weitere Person eingeladen habe? Wer ist es?"

Die Versuchung war groß, Shelby hatte Alans Namen schon auf der Zunge, aber dann schluckte sie und verriet nichts. „Nein, lassen wir es lieber. Es wäre wahrscheinlich unklug."

„Ihr junges Volk wisst eben alles besser", stellte Myra fest und rümpfte die Nase. „Dann sehen wir uns also pünktlich um sieben." Sorgfältig wählte sie eine weitere Beere aus und steckte sie sich in den Mund. Dann griff sie nach ihrer Tasche, warf einen prüfenden Blick auf die fast fertig gestellte Lampe und sagte im Gehen: „Sie gefällt mir ausnehmend gut, sie würde genau in mein Gartenzimmer passen. Pack sie ein und bring sie heute Abend mit, Shelby, und die Rechnung auch."

Ich muss Alan anrufen und mich bedanken, überlegte Shelby. Verflixt nochmal, das passt mir gar nicht.

Gedankenverloren biss sie in die nächste Erdbeere. Der Geschmack nach Sonne, Süße und Natur erinnerte sie völlig unnötigerweise an Alans Kuss.

Warum hat er mir nicht einfach Blumen geschickt? Ein Strauß ist unverbindlich, den kann man zur Kenntnis nehmen und wieder vergessen. Aber diese köstlichen Früchte sind ein individuelles Geschenk. Was soll ich mit einem Mann anfangen, der mir zum Frühstück einen Korb mit taufrischen Erdbeeren offeriert? Es ist von ihm reine Berechnung gewesen, überlegte sie weiter. Er weiß ganz genau, dass ich eine solch wunderhübsche Aufmerksamkeit nicht einfach ignorieren kann. Kennt er mich schon so gut? Das passt mir eigentlich gar nicht. Aber schlau ist er, das muss man ihm lassen.

Sie hob den offenen Korb auf und trug ihn zum Telefon.

Alan hatte ausgerechnet, dass ihm ungefähr fünfzehn Minuten verblieben, bis der Senat wieder einberufen würde. In dieser Pause wollte er die vorgeschlagenen Etatkürzungen noch einmal überfliegen. Bei einem Defizit von fast zweihundert Milliarden mussten selbstverständlich viele Ausgaben gestrichen werden. Aber im Bildungsbereich durfte man nach seiner Meinung nichts mehr streichen. Der Kongress hatte die Haushaltbeschränkungen schon teilweise zurückgewiesen. Alan war sicher, auch für seine Argumente bezüglich des Bildungswesens genügend Unterstützung zu finden.

Seine Gedanken waren jedoch nicht hundertprozentig bei der Sache. Obwohl seit der letzten Präsidentschaftswahl erst ein knappes Jahr vergangen war, hatte seine Partei deutlich durchblicken lassen, dass sich alle Hoffnungen und Wünsche für die nächste Dekade auf seine Person konzentrierten. War das auch sein Ziel? Wollte er wirklich so hoch hinaus?

Er war kein Narr und ganz bestimmt nicht ohne Ehrgeiz. Aber seine Pläne erstreckten sich auf einen späteren Zeitraum. In fünfzehn oder zwanzig Jahren hätte er seine Stunde kommen sehen. Wenn die Partei ihn nun schon früher in den Vordergrund drängen wollte, so war das ein Schritt, der sorgfältig überlegt werden musste.

Sein Vater allerdings war schon längst davon überzeugt, dass sein ältester Sohn bei der nächsten Präsidentschaftswahl kandidieren – und gewinnen würde! Daniel MacGregor hielt die Zügel des Familiengeschehens fest in der Hand, und seine Kinder ließen ihm die Illusion, dass er über ihren Lebensweg bestimmen durfte. Doch das war beileibe nicht immer einfach. Alan dachte dankbar an die Zeit im vergangenen Jahr, als seine Schwester das erste Baby ankündigte und sein Bruder Caine sich entschloss zu heiraten. Dadurch war der Druck der väterlichen Fürsorge vorübergehend spürbar von Alan genommen worden. Aber diese schöne Zeit würde nur zu bald vorüber sein, und der nächste Anruf seines alten Herrn lag sozusagen schon in der Luft.

„Deine Mutter vermisst dich. Sie macht sich Sorgen deinetwegen. Wann nimmst du dir endlich wieder die Zeit für einen Besuch? Warum bist du noch nicht verheiratet? Deine Schwester kann die MacGregor-Linie nicht allein weiterführen!"

Solche und ähnliche Sprüche musste er sich anhören, wenn er mit seinem Vater telefonierte. Bisher hatte sich Alan immer über die väterlichen Wünsche amüsiert und nicht im Traum daran gedacht, sie ihm zu erfüllen. Aber war das wirklich so von der Hand zu weisen?

Warum ließ ihn die Frau, der er erst vor wenigen Tagen begegnet war, plötzlich an Eheschließung und Kinder denken? Er kannte sie kaum, sie entsprach nicht einmal dem Typ weiblicher Wesen, die ihm bisher gefallen hatten. Shelby war nicht glatt und kühl. Sie würde sich nicht einfach unterordnen oder eine bequeme Gastgeberin für offizielle Staatsempfänge abgeben. Sie würde nicht liebenswürdig sein und ganz bestimmt nicht taktvoll. Und – Alan lächelte vor sich hin – vorläufig lehnte sie sogar ab, mit ihm zum Essen zu gehen.

Eine Abwechslung? Das wäre sie ganz gewiss. Etwas Neues war immer reizvoll. Doch auch das konnte nicht der Grund dafür sein, dass seine Gedanken immer wieder zu ihr wanderten. Shelby war ein Geheimnis, und Geheimnissen auf die Spur zu kommen war von jeher eines seiner Lieblingsspiele. In diesem Falle aber gab es eine recht einfache Erklärung: Sie besaß den Schwung ihrer Jugend, die Geschicklichkeit einer Künstlerin und das Feuer einer Rebellin. Sie war nicht maßvoll, sondern leidenschaftlich. Ihre Augen erinnerten an einen nebligen Sommerabend, und ihr Mädchenmund harmonierte überhaupt nicht mit dem verführerischen Reiz ihrer Fraulichkeit. Shelbys Geist würde sich niemals seiner Schritt-für-Schritt-Logik anpassen.

War das alles etwa eine einfache Erklärung?

Und dennoch – sollte ein Mann von fünfunddreißig Jahren nicht an das Wunder der Liebe auf den ersten Blick glauben dürfen? Er würde also mit seiner Geduld und Beharrlichkeit gegen Shelbys stürmisches, temperamentvolles Wesen zu Felde ziehen und zusehen, wer am Ende Sieger bliebe. Falls es im Kampf zwischen Öl und Wasser überhaupt einen Gewinner geben konnte.

Das Telefon auf seinem Schreibtisch klingelte. Alan kümmerte sich nicht darum, doch dann fiel ihm ein, dass seine Sekretärin zum Essen gegangen war. Ärgerlich, weil er in seinem Gedankengang gestört wurde, drückte er auf den rot leuchtenden Knopf. „Senator MacGregor."

„Danke schön."

Alans Lippen umspielte ein Lächeln, während er sich im Stuhl zurücklehnte. „Gern geschehen. Wie schmecken sie?"

Shelby steckte eine besonders rote, saftige Frucht in den Mund und flüsterte: „Fantastisch. Mein Laden duftet wie eine Erdbeerplantage. Zum Teufel mit Ihnen, Alan!" Sie schluckte, und ihre Aussprache wurde deutlicher. „Erdbeeren sind eine unfaire Taktik. Man greift mit Orchideen an oder mit Brillanten.

Mir hätten ein mehrkarätiger weißer Diamant oder fünf Dutzend afrikanische Orchideen auch genügt."

Alan spielte mit dem Bleistift, der vor ihm lag. „Sie können sich darauf verlassen, dass ich Ihnen weder das eine noch das andere schenken werde. Wann sehen wir uns, Shelby?"

Sie schwieg einige Sekunden lang, war hin- und hergerissen, hätte nur zu gern Ja gesagt. „Alan, es hätte wirklich keinen Zweck. Ich erspare uns beiden eine Menge Ärger, indem ich ablehne."

„Nach meinem Eindruck sind Sie nicht der Typ, der dem Ärger unbedingt aus dem Weg geht."

„Sonst vielleicht nicht, aber in Ihrem Fall ganz bestimmt. In vielen, vielen Jahren, wenn Sie zehn Enkelkinder haben und einen langen Bart, werden Sie mir dankbar sein."

„Muss ich tatsächlich so lange warten, bis Sie mit mir zum Essen gehen?"

Shelby lachte herzlich und verwünschte ihn gleichzeitig. „Ich mag Sie wirklich." Dann hörte er sie seufzen. „Versuchen Sie es nicht weiter mit Ihrem Charme, Alan. Wir geraten beide auf dünnes Eis. Ich könnte es nicht ertragen, noch einmal einzubrechen."

Alan wollte etwas entgegnen, aber da leuchteten die Signallampen auf. Das war das Zeichen für die Abgeordneten, sich wieder zu versammeln. „Shelby, ich muss zur Sitzung. Wir reden ein andermal weiter."

„Nein", entgegnete Shelby mit fester Stimme. Sie ärgerte sich, dass sie schon länger als beabsichtigt mit Alan geplaudert hatte. „Ich wiederhole mich ungern, es langweilt mich. Denken Sie daran, dass ich Ihnen soeben einen großen Gefallen erwiesen habe. Leben Sie wohl, Alan."

Sie warf den Hörer auf die Gabel und schob den Korb heftig zur Seite. Wie war es ihm nur so schnell gelungen, sich in ihr Herz zu schleichen?

Während sich Shelby für Myras Dinnerparty ankleidete, hörte sie einem alten Bogart-Film zu. Diese Art von Sprechfunk hatte sich ergeben, als ihr Fernsehgerät vor zwei Wochen teilweise den Dienst versagte und sich plötzlich weigerte, ein normales Bild zu liefern. Erst hatte Shelby aus Bequemlichkeit keinen Reparaturservice in Anspruch genommen, und dann gefiel ihr nach und nach diese Lösung sogar besser. Der Ton drang klar und deutlich aus dem Gerät, und der leere Bildschirm regte ihre Vorstellungskraft an.

Während Bogart mit seiner typischen müden Heldenstimme jemandem etwas erzählte, schlüpfte Shelby in ihre knappe, perlenverzierte Seidenweste, aus dem die weiten Rüschenärmel einer weißen Spitzenbluse hervorschauten.

Sie hatte die gedrückte Stimmung des Nachmittags energisch beiseite geschoben. Es war stets ihre Überzeugung gewesen, dass man Depressionen einfach ignorieren musste, um sie aus der Welt zu schaffen. Dem hartnäckigen Alan MacGregor hatte sie jedenfalls heute zum dritten Mal ihre Meinung gesagt. Es stand zu hoffen, dass er es nun endlich kapierte. Dass danach keine Erdbeerkörbchen oder ähnliche Überraschungen mehr eintreffen würden, ließ sich nicht ändern.

Shelby entschied sich für hochhackige Abendsandalen und stopfte einige notwendige Utensilien in ihre Handtasche: die Hausschlüssel, einen abgenutzten Lippenstift und eine halbe Rolle Pfefferminz.

„Bleibst du heute Abend zu Hause, Moische?" erkundigte sie sich im Vorbeigehen bei dem Kater, der nur müde mit seinem Auge zwinkerte und sofort weiterschlief. „Dann bis später, meine Lieben!" Sie griff vorsichtig nach dem Karton mit der Lampe, als jemand an der Ladentür klopfte. „Erwartest du Freunde, Tante Emma?" fragte sie den Papagei. Der rollte nur mit seinen runden Augen und schwieg wie immer. Shelby vollführte eine Art Balanceakt mit ihrem unförmigen Paket und öffnete.

Ihr Herz schlug schneller, aber gleichzeitig war sie verstimmt, als sie Alan erkannte. „Wieder ein nachbarlicher Besuch?" Shelby blieb in der Tür stehen und versperrte so den Eingang. Der Senator trug einen dunklen Abendanzug. „Sie schauen nicht aus, als wollten Sie einen Bummel machen."

Ihr Sarkasmus störte Alan nicht, denn er hatte gesehen, wie ihre grauen Augen bei seinem Anblick aufleuchteten. „Als Diener des Volkes habe ich die Aufgabe, mich um das Wohl und die Sicherheit meiner Mitmenschen zu kümmern." Er beugte sich vor und steckte eine Gardenienblüte in Shelbys Haar. „Es ist mir eine Ehre, Sie zu den Ditmeyers begleiten zu dürfen. Man könnte es als eine Transport-Interessengemeinschaft bezeichnen."

Zarter Duft aus der Gegend ihres rechten Ohres stieg Shelby in die Nase. Gern hätte sie die feine Blüte mit der Hand berührt. Es war unglaublich, wie Alan es verstand, ihr eine Freude zu bereiten. „Gehen Sie denn auch zu Myras kleinem Abendessen?"

„Ja. Sind Sie fertig?"

Shelby runzelte die Stirn und überlegte, wie es Myra gelungen war, den Absender der Erdbeeren herauszufinden. „Wann haben Sie Ihre Einladung bekommen?"

„Wie bitte?" Alans Blick ruhte mit Wohlgefallen auf der zarten Spitze, die Shelbys Hals umschmeichelte. „Letzte Woche, bei den Writes."

Ihr Misstrauen schwand. Demnach handelte es sich wohl doch nur um einen Zufall. „Ich danke Ihnen für das Angebot, Senator, aber ich fahre lieber selbst. Wir sehen uns dann bei der Vorspeise wieder."

Alan ließ sich nicht ohne weiteres abschütteln. „Wenn es so ist, kann ich eigentlich bei Ihnen einsteigen", sagte er. „Man soll nicht mehr Abgase in die Luft puffen, als unbedingt nötig ist. Darf ich das zu Ihrem Wagen bringen?"

Shelby umklammerte den Karton, als hinge ihr Leben davon ab. Dieses verflixte ernste Lächeln und sein fürsorglicher Blick geben einem fast das Gefühl, man sei die einzige Frau, die er je so angesehen hat, dachte sie verzweifelt.

„Alan, was bezwecken Sie eigentlich? Was soll das Ganze?"

„Das", sagte er freundlich, lehnte sich vor und küsste die hilflose Shelby an dem Paket in ihren Armen vorbei mitten auf den Mund. „Das hätten unsere Vorfahren als eine Belagerung bezeichnet. Und die MacGregors waren ausgezeichnete und höchst erfolgreiche Belagerer."

Shelbys Finger gruben beinahe Löcher in die feste Pappe. Sie atmete heftig und beherrschte sich nur mit Mühe. „Im Nahkampf scheinen Sie auch Erfahrung zu haben."

Alan lachte und hätte sie aufs Neue geküsst, wenn es Shelby nicht gelungen wäre, einen Schritt zurückzutreten. Aber seine Hartnäckigkeit hatte sich doch gelohnt.

„Na schön. Ich möchte mich nicht unnötiger Luftverschmutzung schuldig machen. Sie dürfen chauffieren, Alan", fügte sie hinzu und lächelte listig. „Dann kann ich nämlich ein Glas mehr trinken." Sie drückte ihm den sperrigen Karton in die Arme, wodurch nun Alans Bewegungsfreiheit arg eingeschränkt wurde. „Dann fahren wir eben nur mit einem Auto."

„Ihr Fernseher läuft noch", erinnerte Alan und trat zur Seite, um Shelby vorbeizulassen.

„Das macht nichts, der ist sowieso kaputt." Shelby klapperte auf ihren hohen Stöckelschuhen leichtfüßig wie eine Gazelle die steilen Stufen hinunter. Die Sonne war fast untergegangen, nur wenige orangerote Strahlen färbten den fahlen Abendhimmel. Sie blieb einen Moment stehen. „Schön, nicht wahr?" Dann setzte sie ihren Weg fort bis zu Alans Wagen, der in der engen Gasse parkte.

„Dass ich mit Ihnen eine Fahrgemeinschaft eingehe, Alan, ist aber nicht gleichbedeutend mit einem Rendezvous", erklärte sie. „Wir werden es als zivilisiertes Beförderungsübereinkommen bezeichnen. Klingt das nicht schön bürokratisch? Ihr Mercedes gefällt mir." Anerkennend klopfte Shelby auf das glänzende Blech der Limousine, wie man einem schönen Pferd die Flanken klopfte. „Sehr beeindruckend."

Alan öffnete den Kofferraum und setzte das Paket hinein. Als er den Deckel wieder schloss, warf er Shelby einen Blick zu. „Sie können einen in höchst interessanter Manier auf den Arm nehmen", bemerkte er dabei.

Shelby lief zu ihm hin und lachte in ihrer herzlichen, freimütigen Art. „Oh Alan! Ich mag Sie wirklich!" Impulsiv schlang sie die Arme um seinen Hals und drückte sich an ihn, dass ihm Hören und Sehen verging.

„Das ist keine Lüge", fügte sie hinzu, warf den Kopf zurück und strahlte ihn mit blitzenden Augen an. „Diese Bemerkung hätte ich sicherlich zu einem Dutzend anderer Männer machen können, und keinem wäre aufgefallen, dass es Flachs war."

„So", sagte er ruhig und legte seine Hände auf Shelbys Hüften, „ich bekomme demnach Pluspunkte für Einfühlungsvermögen."

„Auch noch für ein paar andere Dinge." Ihr Blick ruhte auf seinen Lippen, und die Sehnsucht nach Zärtlichkeit wurde übermächtig. „Ich werde es mir nie verzeihen", murmelte sie, „aber ich möchte Sie küssen, und zwar sofort – das Licht ist so verführerisch."

Dunkle Augen trafen auf geheimnisvolle rauchgraue. „Darf man nicht in der Dämmerung zauberhafte Dinge tun, ohne dass es Folgen nach sich zieht?"

Sie drückte sich eng an Alans Brust und berührte mit ihren Lippen seinen Mund. Alan ließ sie gewähren, ohne die Situation auszunutzen. Sie sollte freiwillig zu ihm kommen und sie beide zu dem Ziel führen, wohin es ihn schon lange mit Macht drängte. Der Kuss dauerte an.

Von der Straße her erklang die ungeduldige Hupe eines Wagens. Durch das offene Fenster der Wohnung auf der anderen

Straßenseite drangen der kräftige Geruch von Spaghettisoße und die Klänge einer alten Melodie von Gershwin. Shelby spürte, wie Alans Herz klopfte. Wie hatte sie nur ohne den Geschmack seiner Lippen und das Gefühl der Geborgenheit in seinen Armen so lange leben können?

Aber würde er sie nicht auch an den Rand des Abgrundes leiten, den sie bisher so schlau vermieden hatte? Shelby spürte die Gefahr, doch seine Zärtlichkeit war zu verführerisch, seine Nähe zu verlockend. Sie gab sich dem Reiz des Augenblicks länger hin, als sie beabsichtigt hatte. Andererseits auch nicht so lange, wie sie am liebsten wollte. Widerstrebend löste sie sich aus seinen Armen, und Alan versuchte nicht, sie zurückzuhalten.

„Ich glaube, es ist besser, wir fahren jetzt los", flüsterte Shelby fast unhörbar. „Es ist schon beinahe dunkel."

Das Haus der Ditmeyers und die dazugehörige Auffahrt waren hell erleuchtet. An beiden Seiten wucherten blühende Stauden aus grünen Mooskissen in gepflegten, steingartenartigen Rabatten. Shelby erkannte zwischen den parkenden Wagen einen Lincoln mit Diplomaten-Kennzeichen.

„Meine Mutter ist schon da", sagte sie. „Kennen Sie den französischen Botschafter Dilleneau?"

„Nur flüchtig", erwiderte Alan und half ihr beim Aussteigen.

„Er ist in meine Mutter verliebt." Shelby strich die Stirnhaare zur Seite, als sie ihm das Gesicht zuwandte. „Das trifft zwar für die meisten Männer zu, aber Mom scheint ihn auch zu mögen." Sie lachte leise. „Komisches Gefühl, wenn man als Tochter beobachtet, wie die Mutter wegen eines Verehrers errötet."

„Belustigt Sie das?" Alan drückte auf die Klingel.

„Ein wenig", gab Shelby zu, „aber es ist lieb."

„Sie werden niemals rot, oder?" Alan legte die Finger auf Shelbys Wangen und liebkoste ihr Kinn und ihren Hals.

„Doch, einmal ist mir das passiert." Shelby fühlte seine Berührung bis hinab in ihre Zehenspitzen und sprach schnell weiter. „Ich war zwölf und er zweiunddreißig. Die Heizung musste repariert werden. Er trug eine blaue Mütze."

„Deshalb erröteten Sie?"

„Er hat mich angelächelt. Da bemerkte ich, dass er einen abgebrochenen Vorderzahn hatte, und das gab ihm ein so ungemein attraktives Aussehen."

Alan lachte hell auf, legte den Arm um Shelbys Schultern und gab ihr einen kräftigen Kuss, just in dem Moment, als Myra die Tür öffnete.

Myra versuchte erst gar nicht, ihr zufriedenes Gesicht zu verbergen: „Ihr kennt euch schon, wie ich sehe."

„Wie kommst du denn darauf?" konterte Shelby mit Unschuldsmiene und trat ein.

Myra blickte von einem zum anderen. „Riecht es hier nach Erdbeeren, oder täusche ich mich?"

„Hier ist deine Lampe", lenkte Shelby ab und wies auf den Karton, den Alan abgestellt hatte. „Wo soll sie hin?"

„Macht euch keine Mühe, ich lasse sie auspacken." Myra hakte die Gäste unter und führte sie in den Salon. „Wir sind nur ein kleiner Kreis, deshalb können wir uns herrlich ungestört unterhalten. Gib uns noch zwei von deinen wundervollen Aperitifs, Herbert", rief sie ihrem Mann zu. „Die müsst ihr unbedingt versuchen. Es ist seine neueste Erfindung."

„Hallo, Herbert." Shelby trat auf den Hausherrn zu und umarmte ihn herzlich. „Sie sind wieder mit dem Boot draußen gewesen." Lächelnd wies sie auf seine sonnenverbrannte Nase. „Und wieder mal ohne mich. Wann nehmen Sie mich mit zur Küste zum Surfen?"

„Das Kind tut immer so, als könnte ich das tatsächlich", freute sich der Richter. „Wie geht's Ihnen, Alan? Nett, dass Sie gekommen sind."

Sein Gesichtsausdruck war gütig wie der eines liebevollen Großvaters. Nichts erinnerte daran, dass er zu den Spitzenleuten im Gerichtswesen des Landes gehörte. „Ich glaube, ihr kennt alle anderen Gäste, nicht wahr? Ich hole jetzt eure Drinks."

„Guten Abend, Mom." Shelby küsste ihre Mutter auf die Wange. Ihr Blick fiel auf funkelnde, offensichtlich neue Brillanttrauben in Deborahs Ohrläppchen. „Die kenne ich noch gar nicht, sonst hätte ich sie mir längst ausgeborgt."

Zarte Röte huschte über das Gesicht von Shelbys Mutter. „Ein Geschenk von Anton", erklärte sie. „Zum Dank für die Party, die ich ihm neulich arrangiert habe."

„Aha!" Shelby wandte sich dem stattlichen Franzosen zu, der neben ihnen stand. „Sie haben einen ausgezeichneten Geschmack, Herr Botschafter." Galant küsste dieser Shelbys Hand.

„Sie sehen zauberhaft aus wie immer, Shelby." Und dann zu Alan: „Wie erfreulich, dass man sich in so gemütlicher, intimer Runde trifft, Senator."

„Oh, Senator MacGregor", Deborah Campbell sah zu Alan auf, „ich wusste nicht, dass Shelby und Sie sich kennen."

„Wir bemühen uns, eine alte Familientradition zu durchbrechen."

„Er meint die Fehde", erklärte Shelby, als sie den verblüfften Gesichtsausdruck ihrer Mutter bemerkte. Dann setzte sie sich auf die Lehne von Myras Sessel.

„Ach ja, natürlich. Die Campbells und die MacGregors waren in Schottland verfeindet – allerdings weiß ich nicht recht, warum und weshalb."

„Die Campbells haben unser Land gestohlen", meinte Alan freundlich.

„Das ist nicht wahr", mischte sich Shelby ein und nippte an ihrem Cocktail. „Wir erwarben MacGregor'schen Besitz durch königlichen Erlass, aber die wollten das nicht anerkennen."

Alan schaute interessiert auf. „Es wird mir ein Vergnügen sein zuzuhören, wenn Sie diesen Punkt mit meinem Vater diskutieren."

„Welch faszinierende Vorstellung!" Myra war entzückt. „Herbert, kannst du dir ausmalen, wie unsere Shelby und Daniel MacGregor einander gegenüberstehen?" Sie klatschte in die gepflegten Hände. „Diese Unmengen von rotem Haar und die unglaubliche Sturheit auf beiden Seiten! Das müssen Sie in die Wege leiten, Alan."

„Ich dachte auch schon daran."

„Stimmt das?" Shelby zog erstaunt die Augenbrauen hoch.

„Allerdings, sogar ziemlich intensiv."

„Ich bin einmal zu Besuch gewesen in Hyannis Port, auf diesem sagenhaften Landsitz der MacGregors", schwärmte Myra und tätschelte Shelbys Arm. „Das liegt hundertprozentig auf deiner Linie, Shelby. Du liebst doch alles, was echt ist und einmalig."

„Das stimmt", mischte sich Mrs. Campbell ein. „Allerdings konnte ich nie herausfinden, warum das so ist. Meine beiden Kinder hatten stets einen merkwürdigen Geschmack. Bei all ihrer Intelligenz und ihrem Talent sind sie ruhelos und ständig auf der Suche nach Neuem. Ich hoffe sehr, dass sie dennoch sesshaft werden." Sie lächelte Alan mit ihren schönen Augen an. „Sie sind auch noch nicht verheiratet, Senator?"

„Wenn es euch lieber ist, kann ich ja inzwischen in die Küche gehen", meinte Shelby trocken. „Dann könnt ihr in aller Ruhe über die Höhe meiner Mitgift sprechen."

„Aber Shelby!" Ihre Mutter war schockiert, doch der Richter amüsierte sich großartig.

„Es ist stets für Eltern schwierig, ihre Kinder als erwachsene Menschen zu betrachten", bemerkte der Botschafter mit seinem charmanten französischen Akzent. „Meine beiden Töchter haben selbst schon Kinder, trotzdem hört die väterliche Sorge nie auf. Wie geht es Ihren Sprösslingen, Myra? Ist da nicht ein neuer Enkelsohn angekommen?"

Niemand hätte das Thema auf diplomatischere Weise in eine

andere Richtung lenken können. Shelby zwinkerte dem sympathischen Verehrer ihrer Mom anerkennend zu, während Myra eine begeisterte Beschreibung des kürzlich geborenen Erdenbürgers zum Besten gab.

Der Botschafter passt zu Mutter, dachte Shelby und beobachtete das Paar unauffällig. Sie gehört zu den Frauen, die sich ohne Mann unvollkommen fühlen. Auf politischem Parkett ist sie seit Jahren zu Hause, der Glanz früherer Zeiten mit Vater umgibt sie noch immer. Perfekte Manieren, eleganter Stil und Geduld. Shelby seufzte leise. Wie können sich zwei Frauen äußerlich so ähnlich sehen und doch in ihrem Wesen so grundverschieden sein wie sie und ich?

In Shelbys Augen hatte sich das Leben ihrer Mutter von jeher in einem mit Seide bezogenen Käfig abgespielt. Mochte die Seide noch so glänzen – ein Käfig blieb immer ein Käfig. Und Shelby liebte ihre Freiheit über alles.

Sie erinnerte sich an allerlei unangenehme Beschränkungen in ihrer Jungmädchenzeit, an die diskreten, aber stets gegenwärtigen Leibwächter, die sorgfältig bewachten Partys und die komplizierte Alarmanlage. Immer tauchten dennoch von irgendeiner Seite Fotografen auf. Man war nie sicher, trotz aller Vorsicht. Der Todesschütze war zwar auf einen Film gebannt worden, aber ihrem Vater hatte das nichts mehr nützen können.

Shelby wusste genau, was sich hinter der Pracht verbarg, was neben den Staatsempfängen, zwischen den Ansprachen und Galadinners vor sich ging. Hunderttausend kleine Momente der Furcht und viele Zweifel an der ausgefeilten Wachsamkeit hatte sie durchgemacht. Zu oft waren die politischen Attentate während der vergangenen zwanzig Jahre erfolgreich verlaufen.

Aber Deborah Campbell war für dieses Leben geschaffen. Tolerant, doch stahlhart unter der zarten Haut, verkörperte sie den Wunschtraum eines jeden ehrgeizigen Politikers. Shelby dagegen würde dieses Leben nie wählen und keinen Mann lieben, der sie damit wieder in Berührung bringen würde und der auf so grausame Weise wieder von ihrer Seite gerissen werden könnte wie damals ihr Vater.

Die Unterhaltung rauschte leise an ihren Ohren vorüber. Sie hob ihr Glas und leerte es, dabei traf ihr Blick Alans Augen. Da war sie wieder, diese ruhige, schlummernde Geduld, die sich ein Leben lang nicht abnutzen würde. Sie spürte förmlich, wie er sich stetig durch eine ihrer schützenden Hautschichten nach der anderen durcharbeitete, bis er dann endlich auf den kleinen Kern stoßen würde, den sie so gern für sich allein behalten wollte.

Du Schuft! Fast hätte Shelby es laut gesagt. Aber in ihrem Blick mussten sich die Gedanken deutlich gespiegelt haben, denn sie erkannte das amüsierte Aufleuchten in seinen Augen, und sein Lächeln zeigte ihr, dass Alan MacGregor sie durchschaute wie Glas. Die Belagerung dauerte offensichtlich an.

Hoffentlich habe ich genügend Reserven, damit er mich nicht aushungern kann, wünschte sich Shelby.

4. KAPITEL

Shelby stürzte sich eine ganze Woche lang in ihre Arbeit. Sie war gerade in einer ihrer besonders kreativen Phasen, die sie alle paar Monate überkamen. Kyle musste dann auf das Geschäft achten, während seine Chefin sich im Arbeitsraum einschloss und stundenlang an der Töpferscheibe saß oder mit ihren Farben umging. Sie begann oft schon um sieben Uhr morgens und war spät am Abend immer noch aktiv. Sie wusste genau, dass eine solche schöpferische Stimmung ausgenutzt werden musste, und akzeptierte die damit verbundene Besessenheit. Jedes irgendwie störende Element wurde rücksichtslos von ihr abgeblockt.

Shelby war ehrlich genug sich einzugestehen, dass es sich bei diesem Beschäftigungsdrang um eine Art Selbsthilfe ihres Wesens handelte. Er trat nämlich meistens dann auf, wenn etwas sie beunruhigte oder sie sich bedroht fühlte.

Während sie arbeitete, konzentrierten sich ihre Gedanken und Gefühle völlig auf das Projekt unter ihren Händen. Dadurch erübrigte sich jedes Problem, wenigstens für diesen Zeitraum. In den meisten Fällen hatte sich dann eine Lösung gefunden, wenn ihre kreative Phase sich dem Ende näherte. Aber dieses Mal klappte das leider nicht.

Die ungestüme Arbeitswut, die Shelby fast acht Tage lang in Atem gehalten hatte, legte sich in der Nacht zum Samstag. Aber Alan, den sie inzwischen eigentlich hätte vergessen haben müssen, war in ihr lebendiger denn je. Sie ärgerte sich darüber, war unzufrieden mit sich selbst. Aber das änderte nichts daran, dass er durch all ihre Gedanken geisterte, frisch und munter wie bei ihrem letzten Zusammensein.

Alan hatte Shelby nach jenem Abend bei den Ditmeyers wieder an ihrer Haustür abgeliefert. Ein kurzer Kuss war seine Verabschiedung gewesen, nicht mehr. Mit hereinkommen wollte er nicht – zu Shelbys Erleichterung. Aber das war natürlich ein Teil seiner Belagerungstaktik: Er trachtete den Feind zu verunsichern, ihn nervös zu machen und Zweifel zu wecken. Sehr kluge Strategie!

Dann war Alan für einige Tage nach Boston gefahren. Das wusste Shelby, weil er sich bei ihr – völlig unnötigerweise – telefonisch abgemeldet hatte. Höchst angenehm, denn dadurch konnte er nicht plötzlich unerwartet im Laden stehen. Shelby nahm sich fest vor, ihn in Zukunft gar nicht erst wieder eintreten zu lassen, und sie hoffte sehr, das würde ihr gelingen.

Die Hälfte der Woche war vorbei, als das Schwein eintraf. Ein großes, lavendelfarbenes, prall ausgestopftes Stoffschwein mit Samtohren und vergnügtem Grinsen. Shelby packte es zunächst in einen Schrank und versuchte, keinen Gedanken mehr daran zu verschwenden. Alan hatte demnach schon erkannt, dass ein direkter Weg zu ihr über Humor und harmlose Blödelei führte. Bei ihm hätte sie allerdings kein Gespür für solchen Unsinn vermutet.

Alan gab ihr wirklich Rätsel auf. Wie kam ein nüchtern denkender Jurist, dessen Leben aus strengen, schnurgeraden Richtlinien und Gesetzen bestand, plötzlich auf die Idee, ein lustiges lila Stoffschwein zu verschenken? Irgendwie ist das eine reizende Geste, dachte Shelby gerührt und freute sich, dass anscheinend sie diese liebenswerte Seite an ihm hervorgelockt hatte. Trotzdem sollte er sich nicht einbilden, dass er mit diesem albernen Kinderspielzeug ihren Widerstand schwächen konnte!

Sie taufte das Stofftier MacGregor und legte es auf ihr Bett. War es nicht ein herrlicher Spaß, dass sie von nun an mit einem MacGregor schlafen würde?

Trotz aller Anstrengungen konnte Shelby aber keinen Einfluss auf ihre Träume nehmen. Egal, wie hart sie gearbeitet hatte oder in welcher Gesellschaft ihre Abende ausklangen – sobald sie in das breite Messingbett sank und der Schlaf sie übermannte, erschien Alan. Einmal träumte sie, ein Dutzend MacGregors hätten ihr Haus umzingelt und sie könnte nicht hinaus. Shelby erwachte von ihrer eigenen Stimme, die Alan und seine Sippe laut verwünschte. Danach konnte sie nicht wieder einschlafen.

Als sich die Woche dem Ende näherte, hatte Shelby sich fest dazu entschlossen, keinerlei Zustellungen mehr anzunehmen und einfach den Hörer aufzulegen, wenn Alan anrief. Wenn er es nicht anders haben wollte, musste sie eben unhöflich werden. Sogar ein MacGregor würde sich nicht ewig Grobheiten gefallen lassen.

Während der letzten Tage hatte Kyle es übernommen, das Geschäft gegen zehn Uhr zu öffnen. Shelby wollte am Samstag gründlich ausschlafen und irgendwelche Reste kreativen Schaffensdranges einfach nicht beachten. Sie hatte so viel vorgearbeitet, dass es für die kommenden Wochen reichte. So fleißig sie gewesen war, so faul wollte sie eine Zeit lang sein.

Shelby hörte, dass jemand an der Wohnungstür klopfte. Erst vergrub sie das Gesicht im Kissen, doch dann stolperte sie verschlafen aus dem Bett. Es wäre einfach gegen ihr Naturell gewesen, ein derartiges Zeichen nicht zu beantworten. Ihre Füße verfingen sich in den Falten des achtlos hingeworfenen Morgenrocks, deshalb hob sie ihn auf und zog ihn über. Blinzelnd öffnete sie die Tür.

„Morgen, Miss Campbell. Das soll ich hier abgeben." Es war derselbe Bote, der neulich die Erdbeeren gebracht hatte und dann das Schwein. Er grinste von einem Ohr zum anderen.

„Danke."

Shelby hatte ihre Vorsätze völlig vergessen. Noch leicht benommen fasste sie zu und hielt plötzlich ein Band in ihren Fingern, an dem zwei Dutzend rosa und gelbe Luftballons baumelten. Der junge Mann war längst verschwunden, als Shelby die Tür wieder schloss und begriff, was vor sich gegangen war.

„Oh nein!" Sie blickte auf und sah, wie die Ballons durcheinander tanzten. An dem einen Ende des Seidenbandes hing eine kleine weiße Briefkarte.

Die lese ich nicht! nahm sie sich vor. Ich weiß schließlich ganz genau, wer der Absender ist. Eine Nadel werde ich mir suchen und jeden Ballon kaputtstechen, damit nichts übrig bleibt. Um ihre Entschiedenheit zu beweisen, ließ sie die Seidenschnur los, und die bunte Pracht schwebte sanft zur Decke.

Er glaubt, dass er mich mit lächerlichen kleinen Geschenken und geistreichen Sprüchen gewinnen kann. Wie Recht er doch hat – zum Teufel mit ihm!

Shelby hüpfte in die Höhe, aber sie konnte das flatternde Band nicht erhaschen. Laut schimpfte sie auf ihre unzureichende Körpergröße, angelte sich einen Stuhl, kletterte hinauf und holte den Umschlag.

Gelb bedeutet Sonnenschein, und rosa ist der Frühling.
Lassen Sie uns beides gemeinsam genießen!
Alan.

„Er macht mich noch verrückt!" murmelte Shelby. Sie stand auf dem wackeligen Stuhl, hielt die weiße Karte in der einen Hand und vierundzwanzig Luftballons in der anderen.

Wie kann er ahnen – ach was! – wissen, worauf ich reagiere? Erst die Erdbeeren, dann das Schwein und jetzt die Ballons. Es ist hoffnungslos. Shelby betrachtete die Abgesandten von Sonnenschein und Frühling und musste gegen ihren Willen lächeln.

Es ist an der Zeit, dass ich energisch werde, ermahnte sie sich, als sie von ihrem Stuhl zu Boden stieg. Wenn ich gar nicht reagiere, kommt wieder etwas Neues. Ich muss ihn anrufen und ihm verbieten, mir irgendwelche Geschenke zu schicken. Ich werde ihm sagen, dass es mich stört, nein, dass es mich langweilt. So klingt es besser, beinahe wie eine Beleidigung.

Shelby wickelte das Seidenband um ihr Handgelenk und griff nach dem Telefon. Alan hatte ihr seine Nummer gegeben. Obwohl sich Shelby geweigert hatte, sie zu notieren, saß jede einzelne Zahl unauslöschlich in ihrem Gedächtnis fest. Als sie wählte, war sie wild entschlossen, ihn kühl zurechtzuweisen.

„Hallo."

Ihr Puls flatterte, als Alans Stimme erklang.

„Shelby." Sein ruhiger, sicherer Ton war der erste Angriff auf ihre Beherrschung.

„Alan", beschwor sie ihn, „das muss ein Ende haben."

„Warum? Noch hat überhaupt nichts begonnen."

„Aber", Shelby umklammerte den Hörer, „ich meine es ernst. Bitte schicken Sie mir nichts mehr. Es ist nur schade um Ihre Zeit."

„Ich kann etwas davon erübrigen", entgegnete er leichthin. „Wie haben Sie die vergangene Woche verlebt?"

„Mit Arbeit. Hören Sie ..."

„Ich hatte Sehnsucht nach Ihnen."

Diese einfache Feststellung warf alle ihre guten Vorsätze über den Haufen. „Alan", begann sie nachdrücklich, doch er unterbrach ihren Satz.

„Jeden Tag habe ich Sie vermisst", fuhr er fort, „und jede Nacht. Sind Sie schon einmal in Boston gewesen, Shelby?"

„Oh ja", stammelte Shelby, völlig aus der Fassung.

„Im Herbst, wenn die Blätter fallen und es nach Frost riecht und man heiße Kastanien auf den Straßen kaufen kann, fahren wir zusammen dorthin."

Shelby versuchte mit aller Gewalt, das heftige Klopfen ihres Herzens nicht zu beachten. „Hören Sie, Alan, ich rufe Sie nicht an, um über Boston zu reden", sagte sie verzweifelt. „Um es ganz klar auszudrücken: Ich will mit Ihnen nichts mehr zu tun haben! Sie sollen mich nicht besuchen, keine Geschenke machen, nicht anrufen ..." Ihre Stimme wurde laut, weil sie deutlich sein nachsichtig lächelndes Gesicht vor Augen hatte. „Ist das klar?"

„Vollkommen. Wollen wir heute zusammen etwas unternehmen?"

Woher nahm dieser Mann nur seine Geduld? Shelby hasste beharrliche Männer. „Oh, verdammt! So begreifen Sie doch!"

„Wir könnten es als die Durchführung eines Experiments betrachten und nicht als eine Verabredung." Sein Tonfall hatte sich um keinen Deut verändert.

„Nein!" Shelby kämpfte noch immer. „Nein, nein, nein."

„Nicht bürokratisch genug? Vielleicht fällt mir eine bessere Formulierung ein: Tagesausflug zwecks Förderung freundschaftlicher Beziehungen zwischen gegnerischen Familienclans."

„Sie wollen mich schon wieder überreden."

„Und? Mit Erfolg?"

„Ich weiß wirklich nicht, was ich noch tun soll!"

„Sie haben eine wundervolle Telefonstimme, Shelby. Wussten Sie das? Wann kann ich Sie abholen, wann sind Sie fertig?"

Shelby überlegte. Vielleicht war auf dem Verhandlungsweg doch etwas zu erreichen. „Sollte ich tatsächlich einwilligen, mit Ihnen ein oder zwei Stunden zu verbringen, werden Sie dann damit aufhören, mir Geschenke zu machen?"

Jetzt war die Reihe an Alan, über ihre Forderungen nachzudenken. „Würden Sie das Wort eines Politikers akzeptieren?"

Shelbys Lachen perlte durch das Telefon direkt in Alans Herz. „Na gut. Ich gebe mich für den Augenblick geschlagen."

„Der Tag ist herrlich, Shelby. Ich hatte seit Monaten keinen freien Sonnabend mehr. Gehen wir doch zusammen bummeln."

Unbewusst spielte sie mit der Schnur. Es wäre wirklich albern, wenn sie ihm einen Korb gäbe. Was war schon dabei, wenn sie mit ihm spazieren ging? Und außerdem wünschte sie nichts sehnlicher, als Alan wiederzusehen. „Na gut, Senator, jede Regel muss dann und wann ein wenig abgewandelt werden, damit bewiesen wird, dass es sich überhaupt um einen Grundsatz handelt."

„Wenn Sie das sagen! Wohin möchten Sie gehen? In der Nationalgalerie findet eine Ausstellung über flämische Kunst statt."

Shelby verzog den Mund. „In den Zoo", sagte sie und erwartete gespannt seine Reaktion.

„Fein", stimmte Alan zu, ohne auch nur eine Sekunde zu zögern. „In zehn Minuten bin ich bei Ihnen."

Shelby seufzte. Dieser Mann ließ sich tatsächlich durch nichts erschüttern. „Ich bin noch nicht angezogen, Alan."

„Oh, dann werde ich es in fünf Minuten schaffen."

Hell auflachend warf Shelby den Hörer auf die Gabel.

„Schlangen mag ich, die sind so ekelhaft arrogant."

Während sich Shelby dicht an das Glas presste und eine Boa studierte, wurde sie selbst eingehend von Alan beobachtet. Die Einzige, die sich hier für gar nichts interessierte, war die große Boa.

Warum Shelby ausgerechnet einen Zoobesuch vorgeschlagen hatte, war Alan nicht recht klar. Stand ihr wirklich der Sinn danach, oder hatte sie nur prüfen wollen, wie er darauf reagierte? Wahrscheinlich war es eine Mischung aus beiden Beweggründen gewesen.

Allein waren sie hier jedenfalls nicht. Der sonnige Samstag hatte viele Besucher angelockt, lärmende Kinder mit den dazugehörigen Eltern schoben sich Ellbogen an Ellbogen durch das Reptilienhaus. Das Gewühl schien Shelby überhaupt nicht zu stören. Jetzt manövrierte sie sich geschickt vor die dicken Pythons.

„Haben sie nicht Ähnlichkeit mit dem Abgeordneten von Nebraska?" fragte Alan.

Shelby stellte sich sofort die besagte Person hinter Glas vor und drehte sich vergnügt zu Alan um. Dabei bemerkte sie, dass er auf Tuchfühlung hinter ihr stand. Natürlich hätte sie ihm ausweichen können, auch wenn sie dabei ein paar anderen Zoobesuchern auf die Zehen treten müsste. Eine andere Möglichkeit wäre gewesen, ihren Kopf wieder der Schlange zuzuwenden. Doch sie tat weder das eine noch das andere. Sie hob ihr Kinn und blickte Alan in die Augen.

Was reizte sie nur so sehr an ihm, dass sie ihr Schicksal derart herausforderte? Genau das wäre wahrscheinlich der Fall, wenn es nicht bei diesem harmlosen Ausflug bleiben würde. Alan war gewiss kein Mann, von dem sich eine Frau ohne weiteres wieder trennen könnte, wenn sie ihn erst näher kannte. Er verstand es, die Menschen seiner Umgebung ganz methodisch und unauffällig zu umgarnen, um sie dann zu beherrschen. Schon deshalb war besondere Vorsicht geboten. Dazu kam, dass Shelby nicht vergessen konnte, wen sie vor sich hatte, nämlich einen höchst hoffnungsvollen jungen Senator, der mit größter Selbstverständlichkeit das höchste Ziel anstrebte.

Nein, um beiden Seiten Schmerz und Enttäuschung zu ersparen, musste sie dafür sorgen, dass die Beziehung oberflächlich blieb, ganz gleich, wie sehr sie sich zu Alan hingezogen fühlte.

„Ganz schön voll hier", stellte sie unnötigerweise fest, als sich ihre Blicke trafen.

„Je länger wir hier stehen", meinte er ruhig und ließ sich von dem Besucherstrom noch enger an Shelbys Körper drücken, „desto besser gefallen mir die Schlangen."

„Ja, mir geht es ebenso", gestand Shelby. In dem immer dichter werdenden Gedränge berührten ihre Beine seine Schenkel. „Der Urhauch des Bösen weht uns an und übt seine Anziehungskraft auf uns aus."

„Der erste Sündenfall", spann Alan ihren Gedankengang fort, während ihm Shelbys typischer Duft in die Nase stieg. „Die Schlange führte Eva in Versuchung, und die verführte dann Adam."

„Meiner Meinung nach ist Adam aber in dieser Sache zu gut weggekommen", überlegte Shelby weiter. Ihr Herz klopfte schnell und etwas unregelmäßig, was sie sehr störte. Trotzdem machte sie zu ihrem eigenen Erstaunen keine Anstalten, von Alan abzurücken, um seiner Berührung zu entgehen. „Die Schlangen und die Frauen werden für alles verantwortlich gemacht. Der Mann gilt seither als unschuldiger Dritter."

„Oder als ein Wesen, das kaum der Versuchung widerstehen kann, wenn sie ihm in Gestalt eines Weibes gegenübertritt."

Alans Stimme klang zu tief und zärtlich. Shelby hielt einen strategischen Rückzug für angebracht, deshalb ergriff sie Alans Hand und steuerte mit ihm dem Ausgang zu. „Jetzt schauen wir nach den Elefanten."

Während Alan vorzugsweise langsam durch die Menge schlenderte, schien Shelby nur höhere Geschwindigkeiten zu kennen. Behände überholte sie Kinderwagen, wich Bällen und Knabenbeinen aus und setzte sich, ohne dabei ihr Grundtempo zu verringern, eine überdimensionale Sonnenbrille mit dunkelblauen Gläsern auf die Nase.

Typischer Raubtiergeruch – streng und primitiv – lag in der Luft. Man hörte Papageien kreischen, Esel schreien und Mütter schimpfen, weil ihren Kindern Eiscreme über die Sonntagskleider getropft war. Shelby störte der Lärm und das Getümmel nicht im Mindesten.

„Sehen Sie dort, Alan, der erinnert mich an Sie." Ihre Hand wies auf den Käfig der schwarzen Panther. Ein besonders schönes Exemplar lag faul in der Sonne und betrachtete desinteressiert den vorbeiziehenden Menschenstrom.

„Ach ja?" Alan blieb stehen und studierte die Raubkatze. „Gleichgültig? Zahm geworden?"

Shelby lachte fröhlich. „Oh nein, Senator. Geduldig und abwartend. Dabei ist er so arrogant, dass er sich einbildet, sein Gefängnis mache ihm nichts aus." Sie hatte sich auf die Barriere gestützt und beobachtete gespannt die Wirkung ihrer Worte.

„Er hat sich mit der gegenwärtigen Situation abgefunden, weil er einsieht, dass ihm keine Wahl bleibt. Ich möchte wissen", Alan runzelte die Brauen und konzentrierte sich auf das Untersuchungsobjekt, "was er wohl tun würde, wenn er tatsächlich böse wäre. Wie er da so friedlich liegt, ist kein Zeichen von Leidenschaft an ihm zu sehen. Das scheint mir charakteristisch zu sein für Katzen. Sie bleiben lange ruhig, aber ein Tropfen kann doch das Fass zum Überlaufen bringen. Und dann wird es schlimm." Alan schaute mit undurchsichtigem Lächeln in Shelbys Augen, ergriff dann ihre Hand und zog sie weiter. "Aber ich vermute, dass er nur ganz, ganz selten böse wird."

Shelby warf den Kopf zurück und begegnete ruhig seinem Blick. "Jetzt möchte ich die Affen sehen, ihr Felsen ähnelt sehr der Senatsgalerie."

"Das war garstig", schalt Alan und zog an einer ihrer leuchtend roten Locken.

"Ich weiß", sagte Shelby schuldbewusst und legte ihren Kopf einen Moment lang an Alans Schulter. "Es ist mir so herausgerutscht. Ich bin oft nicht nett. Diesen Hang zum Sarkasmus oder vielleicht sogar Zynismus haben Grant und ich wahrscheinlich von unserem Großvater väterlicherseits geerbt. Er ist wie einer dieser Grizzlybären dort drüben – ein mürrischer Geselle, der schnüffelnd umherstreift."

"Aber Sie vergöttern Ihren Großvater."

"Ja." Plötzlich schlug ihre Stimmung um, und sie zog Alan fröhlich an einen Verkaufsstand. "Ohne Popcorn kann man wirklich nicht im Zoo herumwandern."

Sie fischte einen Geldschein aus der Jeanstasche und zeigte auf die Preistafel. "Eine große Packung, bitte."

Dann klemmte sie die Tüte unter den Arm und stopfte das Wechselgeld in die hintere Hosentasche. "Alan", begann sie zögernd, schwieg aber wieder und setzte ihren Weg fort.

"Ja?" Er streckte die Hand nach Popcorn aus und kaute.

"Ich war drauf und dran, Ihnen ein Geständnis zu machen. Aber so gut ist diese Idee wohl doch nicht. Wir müssen ja auch noch die Affen betrachten."

„Glauben Sie im Ernst, dass ich mich mit einer so spannenden Ankündigung begnüge?"

„Na gut, Sie sollen es hören." Shelby holte tief Luft und sprach weiter: „Ich hatte gehofft, Sie zu entmutigen, wenn ich Sie heute durch den überfüllten Zoo schleppe, und dass Sie sich bestimmt zum Umfallen langweilen würden. Außerdem wollte ich mich bei dieser Gelegenheit so widerwärtig wie nur möglich verhalten."

„Haben Sie sich widerwärtig benommen?" Alans Ton war ruhig und verdächtig entgegenkommend. „Ich dachte, das sei Ihr natürliches Wesen."

„Autsch, jetzt haben Sie es mir aber gegeben!" Shelby verzog das Gesicht. „Jedenfalls kann ich mich des Eindrucks nicht erwehren, dass es mir keineswegs geglückt ist, Sie abzuschrecken."

„Tatsächlich?" Alan lehnte sich sehr dicht an Shelby, um wieder in die Tüte zu greifen. Dabei flüsterte er ihr ins Ohr: „Woraus schließen Sie das?"

Sie räusperte sich. „Nur ein unbestimmtes Gefühl, weiter nichts."

Alan war aufs Höchste mit sich zufrieden. Das Puzzle vervollständigte sich Stück für Stück. Demnach war er auf dem richtigen Weg. Er beschloss, einen Schritt nach vorn zu wagen. „Ihr Gefühl trügt Sie nicht", sagte er. „Aber Sie scheinen einen sechsten Sinn zu haben, denn seit wir hier sind, habe ich nicht einmal angedeutet, dass ich mich viel lieber in einem kleinen, halb dunklen Zimmer mit Ihnen aufhalten würde, um Sie in die Arme zu nehmen – immer, immer wieder."

Shelby blickte zu ihm auf. „Es wäre besser, Sie würden so etwas nicht sagen."

„Ihr Wunsch ist mir Befehl." Alan legte seinen Arm kameradschaftlich um Shelbys Taille. „Solange wir im Zoo sind, will ich nicht mehr davon sprechen."

Gegen ihren Willen musste sie lächeln, doch dann schüttelte sie traurig den Kopf. „Es wird mit uns nicht so weit kommen, Alan, ich kann es nicht."

„In diesem Punkt sind wir ganz und gar gegensätzlicher Meinung." Sie blieben auf einer Brücke stehen und betrachteten die stolzen Schwäne, die ruhig ihre Kreise zogen. „Ich bin nämlich fest davon überzeugt, dass es sein muss."

„Sie verstehen mich nicht." Shelby wandte sich ab, um Alan nicht ansehen zu müssen. „Wenn ich einen Entschluss gefasst habe, dann bin ich hart wie Stein."

„Das bedeutet nur, dass wir einander sehr ähnlich sind."

Sonnenstrahlen ließen Shelbys langes Haar wie Flammen aufleuchten. Alan stellte sich vor, dass diese Lockenpracht auf einem weißen Kissen läge. „Ich habe Sie begehrt, Shelby, vom ersten Moment an, als ich Sie sah. Und mit jeder Minute begehre ich Sie mehr."

Seine Worte und der raue, sinnliche Tonfall erregten Shelby. Sie wusste, dass sein Geständnis keine leere Phrase war. Alan MacGregor sagte genau, was er meinte.

„Und wenn es mir um eine Sache so ernst ist", fuhr er fort und streichelte mit den Fingerspitzen Shelbys Kinn, „dann gebe ich niemals auf."

Ihre Lippen öffnete sich, als sein Daumen sie berührte. Shelby konnte nichts dagegen tun und auch nichts gegen das Zittern in ihren Beinen. Doch sie wollte sich keinesfalls eine Blöße geben.

Beiläufig spielte sie mit dem Popcorn und fütterte die Vögel im Wasser. „Sie verschwenden viel Energie darauf, Senator, mir einzureden, dass auch ich mit Ihnen schlafen möchte."

Alan lächelte. Langsam und genussvoll glitten seine Hände unter Shelbys Haar und legten sich um ihren Nacken. „Das ist überhaupt nicht mehr nötig", sagte er und zog sie an sich. „Dieser Punkt ist längst geklärt. Sie sollen nur erkennen, dass Ihr Zögern unproduktiv, selbstzerstörerisch und zwecklos ist."

Sie spürte, wie ihr seine Worte unter die Haut drangen und wie groß ihre Bereitschaft war, sich überzeugen zu lassen. Alans Lippen näherten sich ihrem Mund. Aber er zögerte, war vorsichtig. Jetzt nur nichts verkehrt machen! Außerdem scheute er sich instinktiv davor, seine Gefühle in der Öffentlichkeit zur Schau zu stellen.

Shelby hatte in dieser Beziehung keinerlei Hemmungen, und seine Vorsicht ärgerte und reizte sie. Myras Vergleich von dem Fuchs und dem Schmetterling kam der Wirklichkeit nahe.

Unbeweglich standen Shelby und Alan dicht beieinander auf der Brücke. Keiner wollte den ersten Schritt zur Annäherung tun, doch trennen mochten sie sich noch weniger. Da zupfte jemand ungeduldig an Shelbys T-Shirt.

Verwirrt wandte sie sich nach dem Störenfried um. Es war ein kleiner, ungefähr achtjähriger Junge mit orientalischen Zügen und riesengroßen schwarzen Augen, der jetzt lebhaft auf sie einzureden begann. Er hat seine Eltern verloren, dachte Shelby sofort und kauerte sich nieder, um sein Kauderwelsch besser zu verstehen. Es schien sich um eine fernöstliche Sprache zu handeln. Der Junge gestikulierte temperamentvoll, und man konnte ihm ansehen, wie frustrierend die verständnislosen Menschen um ihn herum auf ihn wirken mussten. Schließlich seufzte er tief und zeigte Shelby zwei kleine Geldstücke. Dann wies er auf den Automaten mit Vogelfutter, der in der Nähe stand.

Jetzt begriff sie. Der Kleine besaß den verlangten Betrag, aber nicht die erforderliche Münze. Noch ehe sie in ihre Tasche greifen konnte, hielt Alan ein Silberstück in die Höhe. Mit wenigen einfachen Handbewegungen machte er dem Kind klar, dass zwei von der einen Sorte dem Wert der anderen Münze entsprachen.

Die Augen des Jungen leuchteten auf, er schnappte sich das Silberstück aus Alans Hand und legte stattdessen das Wechselgeld hinein. Alan hatte das nicht annehmen wollen, aber ein Blick in das Kindergesicht belehrte ihn eines Besseren. Mit der Andeutung einer Verbeugung zog er seine Hand zurück. Der dankbare Wortschwall und das höfliche Kopfneigen des Jungen zeigten, dass sein Gefühl richtig gewesen war.

Shelby hatte die kurze Szene schweigend beobachtet. Sie freute sich, dass Alan rechtzeitig gemerkt hatte, dass auch Kinder ihren Stolz haben, und es mit dieser Mann-zu-Mann-Transaktion respektierte. Dabei hatte es keines Wortes bedurft.

Sie lehnte sich über das Brückengeländer und sah zu, wie die Schwäne und Enten nach den Brocken tauchten. Alans Hände ruhten rechts und links neben ihr auf der Brüstung.

Shelby vergaß für eine Weile all ihre Bedenken und Ängste, lehnte sich an ihn und legte den Kopf an seine Schulter. „Es ist ein wunderschöner Nachmittag", sagte sie leise.

„Mein letzter Zoobesuch liegt schon sehr lange zurück", erzählte Alan. „Ich war zwölf, und Vater hatte uns alle nach New York mitgenommen. Er bestand darauf, dass wir geschlossen von einem Käfig zum anderen marschierten." Alan streifte Shelbys Haar mit seiner Wange und genoss die zarte, intime Berührung. „Ich tat so, als wäre ich schon zu erwachsen, um meine Freude daran zu haben. Wahrscheinlich durchlebt jedes Kind diese Phase."

„Bei mir hat sie volle sechs Monate gedauert", sagte Shelby. „Damals nannte ich meine Mutter bei ihrem Vornamen, das weiß ich noch genau. ‚Deborah', sagte ich in affektiertem Ton, ‚meinst du nicht, dass ich alt genug bin, um mir blonde Strähnen ins Haar bleichen zu lassen?' Sie versprach, darüber nachzudenken, und betonte, sie sei stolz darauf, dass ihre Tochter schon so reif sei, um Erwachsenen-Entscheidungen zu treffen."

„Das hat Ihnen natürlich gefallen, und die blonden Strähnen haben Sie darüber vergessen."

„Stimmt", lachte Shelby, hakte sich bei Alan ein, und sie spazierten weiter. „Es hat lange gedauert, bis ich erkannte, wie klug sie ist. Grant und ich sind keine einfachen Kinder gewesen."

„Ähnelt er Ihnen sehr?"

„Grant? Mir?" Sie überlegte. „Eigentlich kaum. Er ist ein Eigenbrötler. Das war ich niemals. Wenn sich Grant unter Leuten bewegt, dann beobachtet er, nichts entgeht ihm. Er merkt sich alles, und irgendwann kommt es wieder zum Vorschein. Er ist lieber allein, wochen- und monatelang. Das könnte ich nicht."

„Sicher nicht, aber Sie registrieren und behalten auch alles. Ich kann mir nicht vorstellen, dass Sie jemals einem Mann Ihr Herz geöffnet haben."

Shelby wollte ärgerlich etwas entgegnen, sagte aber dann in gemäßigtem Ton: „Das klingt so, als wären Sie sauer, dass ich Sie nicht erhört habe."

„‚Noch nicht' ist die bessere Formulierung", korrigierte Alan und küsste ihr liebevoll die Hand. „Schließlich sind wir erst am Anfang."

„Mmm." Shelby sah auf, denn dicht neben ihnen begann ein Baby aus bemerkenswert kräftigen Lungen zu brüllen, worauf die besorgten Eltern eilig mit dem Kinderwagen davonfuhren. „Und außerdem in sehr intimer, verführerischer Umgebung."

„Wir sind beide an Menschen gewöhnt."

In einem Anflug von Übermut blieb Shelby – ungeachtet der vielen Leute – mitten auf dem Weg stehen, schlang ihre Arme um Alans Nacken und drückte sich an ihn. „Wie Recht Sie haben, Senator!"

Sie hatte erwartet, dass Alan sich lachend freimachen und weitergehen würde. Doch er dachte gar nicht daran. Sein Mund war greifbar nahe, die dunklen Augen blickten sie viel sagend an, und das Spannungsfeld zwischen ihnen lud sich zusehends auf. Ihre Herzen schlugen im gleichen Rhythmus. Drohend und gleichzeitig verheißungsvoll erwachte in ihren Körpern die Leidenschaft. Das hatte Shelby nicht beabsichtigt. Diese plötzliche Reaktion ängstigte sie.

„Lassen Sie uns lieber umkehren und nach Hause fahren", sagte sie seufzend.

„Dafür ist es längst zu spät", grollte Alan und schob Shelby in Richtung Zooausgang. Zum ersten Mal klang deutlich Verdruss in seiner Stimme. Shelby hörte den ärgerlichen Unterton, obgleich sich Alan sofort beherrschte.

Vielleicht ist das ein Weg, überlegte sie, ihn zu veranlassen, seine Pläne aufzugeben. Ich muss mit seinen Gefühlen spielen. Aber das kann auch für mich gefährlich werden, die Sache geht mir mehr und mehr unter die Haut. Dabei halten wir noch gebührenden Abstand – trotzdem wird mein Widerstand schwächer, das merke ich deutlich. Doch ein rascher Abbruch unserer Beziehung wird möglicherweise weniger schmerzhaft sein.

Shelby war sehr nachdenklich, als sie in Alans Wagen einstieg.

Während Alan den Mercedes aus der Parklücke manövrierte, versuchte sie Konversation zu machen. „Es war schön mit Ihnen im Zoo", sagte sie. „Ich bin froh, dass Sie mich überredet haben, mit Ihnen auszugehen. Bis sieben Uhr heute Abend hätte ich eigentlich nicht gewusst, was ich tun sollte."

Die folgende Pause war bedrückend. Alan rutschte auf seinem Sitz herum in der Hoffnung, die Muskelverspannung in der Magengrube würde sich lösen. „Ich bin immer froh, wenn ich eine klaffende Lücke ausfüllen kann." Er verringerte die Fahrgeschwindigkeit und konzentrierte sich auf den Straßenverkehr. Ihren Körper so deutlich zu spüren war eine Folter für ihn gewesen und weckte die drängende Sehnsucht nach mehr.

„Der Umgang mit Ihnen ist unkompliziert, Alan, was man nicht von jedem Politiker behaupten kann." Shelby wunderte sich über ihre eigenen Worte. Wie konnte sie derart lügen? Sie öffnete das Fenster an ihrer Seite und hielt ihr heißes Gesicht in den kühlen Wind. Hoffentlich treffe ich nie auf eine komplizierte Person, dachte sie, wenn ich Alan schon als unproblematisch bezeichne. "Ich meine", fügte sie lahm hinzu, "dass Sie so gar nicht eingebildet sind."

Aus den Augenwinkeln heraus warf er ihr einen erstaunten und keineswegs freundlichen Blick zu. "Meinen Sie?" fragte er.

"Ja, wirklich." Shelby lächelte zuckersüß. "Vielleicht werde ich Sie sogar wählen."

Alan musste an einer Ampel bei Rot anhalten. "Ihre spitzen Bemerkungen waren schon besser."

"Aber Alan, ich wollte Ihnen etwas Nettes sagen! Wählerstimmen sind doch wichtig für Sie."

Grünes Licht zeigte freie Fahrt an, aber es dauerte ein paar Sekunden, bis Alan es bemerkte. "Seien Sie vorsichtig", warnte er Shelby, während er auf das Gaspedal trat.

Ich falle ihm auf die Nerven, dachte Shelby und hasste sich selbst dabei, war aber fest entschlossen, auf diesem Weg weiterzugehen. "Sie sind empfindlich, doch das macht nichts." Shelby wischte mit der Hand ein wenig Staub von ihren Jeans. "Es gehört zu Ihren Privilegien, etwas übersensibel zu sein."

"Darum geht es gar nicht", antwortete Alan gereizt. "Aber Sie benehmen sich höchst widerwärtig."

"Dann ist es ja gut, dass die Fahrt zu Ende ist", gab Shelby zurück. "Wir sind angelangt. Ich danke Ihnen, Alan. Jetzt werde ich ein Bad nehmen und mich in Ruhe für den Abend ankleiden. Danke, Alan – bis demnächst!" Sie beugte sich zu ihm hinüber, küsste ihn leicht auf die Wange und sprang aus dem Wagen.

Innerlich verwünschte sie ihre Taktik. Als sie die Haustür erreicht hatte, seufzte sie tief. Einen Augenblick später spürte sie Alans harten Griff an ihrem Arm.

"Was sollte das alles?" fragte er böse. "Versuchen Sie keine derartigen Spielchen mit mir, Shelby!"

Sie gab sich größte Mühe, ihrem Gesicht einen gelangweilten Ausdruck zu geben. "Ich habe mich doch schon bedankt, Alan. Der Tag war wirklich reizend. Mal etwas anderes, nicht wahr?"

Sie schloss die Tür auf und wollte in ihre Wohnung schlüpfen, doch Alan hinderte sie daran.

Wutausbrüche kamen bei Alan MacGregor höchst selten vor, Unbeherrschtheit lag zwar in seiner Familie, aber ihm gelang es meistens, sein Temperament zu zügeln. Auch in diesem Moment zwang er sich zur Ruhe. „Und?" fragte er.

„Und? Was meinen Sie damit?" Shelby zog erstaunt die Augenbrauen hoch. „Es gibt kein ‚und', Alan. Wir haben ein paar angenehme Stunden zusammen im Zoo verbracht und uns gut amüsiert. Das bedeutet aber gewiss nicht, dass ich mit Ihnen schlafen müsste."

Shelby erschrak über den Zorn in seinen Augen. Instinktiv trat sie zurück, ihre Kehle wurde trocken. War das noch derselbe Mann?

„Glauben Sie wirklich, dass ich nur mit Ihnen schlafen will?" fragte er mit eiskalter Stimme und folgte Shelby in den Korridor. „Wenn ich Sie ausschließlich fürs Bett hätte haben wollen, dann wären Sie längst dort gelandet." Spielerisch legte er die Hand an Shelbys Hals.

Sie zuckte unter seiner Berührung zusammen, entgegnete aber dennoch mit fester Stimme: „Meine Wünsche zählen wohl überhaupt nicht?"

„Zum Teufel mit Ihren Wünschen!" rief Alan und schob Shelby weiter in den Flur. Ihr Fuß verfing sich im Teppich, und sie wäre gefallen, wenn er nicht blitzschnell zugefasst hätte. Jetzt standen sie ganz dicht beieinander. Shelby warf den Kopf zurück. Sie war zornig darüber, dass ihre Knie wie Watte waren und ihr das Blut stürmisch in den Adern pochte.

Will er mich küssen? dachte sie. Warum sehne ich mich so sehr nach diesem Mann wie noch nach keinem vorher?

„Alan", flüsterte sie, „du kannst doch nicht ..."

„Du?" fragte er erstaunt mit rauer Stimme, „nicht mehr Senator? Und ob ich könnte! Nichts wäre leichter, das wissen wir doch beide." Ich hätte diese rothaarige schottische Rebellin schon längst nehmen sollen, dachte er wütend. Doch gleichzeitig wusste er, dass er Shelby nie absichtlich wehtun würde, mochte sein Ärger auf sie auch noch so groß sein. „Du begehrst mich mit der gleichen Ungeduld wie ich dich, gib es zu, Shelby", sagte er.

Shelby drehte den Kopf zur Seite, als Alans Finger ihren Nacken berührten. Sie musste plötzlich an den Panther im Zoo denken. War er erwacht und böse geworden? „Nein, das tue ich nicht."

„Du reizt mich, ärgerst mich und forderst mich heraus, Shelby, damit kommst du nicht ewig ungestraft durch." Sein Griff wurde fester, und seine dunklen Augen blitzten.

Shelby schluckte, aber ihre Kehle blieb trocken. „Du benimmst dich, als hätte ich dich ermuntert, Alan MacGregor", protestierte sie. „Dabei habe ich genau das Gegenteil getan. Lass mich los!"

„Erst, wenn ich mit dir fertig bin." Alans Mund kam näher. Shelby hielt den Atem an – ob vor Erwartung oder aus Abwehr, wusste sie selbst nicht.

Doch Alan zögerte noch, als er merkte, wie Shelby anfing zu zittern. „Weshalb, zum Teufel, finde ich dich eigentlich begehrenswert, Shelby? Du bist überhaupt nicht mein Typ. Du nimmst nichts ernst, was mir wichtig ist und mir etwas bedeutet."

Shelby zuckte zusammen. Obwohl Alans Reaktion genau der entsprach, die sie beabsichtigt hatte – hören mochte sie seine Worte ganz und gar nicht. „So bin ich nun mal", wehrte sie sich heftig, „und so will ich auch sein. Warum lässt du mich nicht allein? Such dir doch eine von den kühlen Blonden, die so maßgeschneidert an die Seite des Herrn Senators passen. Ich sehne mich nicht nach dieser Rolle."

„Mag sein." Alans Beherrschung wurde auf eine schlimme Probe gestellt. „Das stimmt vielleicht. Aber sag mir ...", sein Griff wurde fester, „... sag mir, dass du mich wirklich nicht willst."

Shelby atmete flach. Ihr war nicht einmal bewusst, dass sich ihre Finger in seine Schulter gruben und sie sich mit der Zunge nervös über die Lippen fuhr. Sie wusste, es war angebracht zu lügen. „Ich will dich nicht."

Aber diese Zurückweisung endete in einem zittrigen Aufstöhnen, als Alan den Mund auf ihre Lippen legte in einem Kuss, der hart und rücksichtslos war. Noch nie hatte es ein Mann gewagt, sie so zu küssen.

Shelby spürte Alans Zorn und kam ihm doch mit einer Leidenschaft entgegen, die drohte, zu einem lodernden Feuer zu werden. Sie küsste Alan heftig, wollte, dass er noch mehr von ihr verlangte.

Alan zog sie dichter an sich heran, vergaß, dass Zärtlichkeit bislang ein wichtiger Teil seines Werbens gewesen war. Er ließ seine Hand unter ihr T-Shirt gleiten, um ihre nackte Haut zu fühlen.

Sie war weich und aufreizend, und Shelbys Herz klopfte mit der Kraft eines Marathonläufers. Sie presste sich gegen ihn und stöhnte seinen Namen. Sie war so wild und so frei wie ihr Duft, und er wusste, dass er keinen Widerstand finden würde, wenn er sie jetzt nähme, hier auf dem Fußboden des Korridors, wo sie standen.

Und wenn er sie jetzt nähme ... obgleich sie willig war, würde er es riskieren, dass ihm hinterher nichts bliebe. Mit einer ihrer scharfen Bemerkungen würde sie ihn auf den Weg schicken, und alles wäre aus.

Mit einem für ihn uncharakteristisch derben Fluch riss Alan sich von Shelby los. In seinen Augen stand noch immer der Zorn, und sie sahen noch genauso hart drein wie vorher. Keiner von ihnen sagte ein Wort, nur heftiges Atmen war zu hören. Schweigend drehte Alan sich um, stieß die Tür auf und war verschwunden.

5. KAPITEL

Shelby hatte sich fest vorgenommen, nicht mehr an den gestrigen Tag zu denken. Vor ihr stand heißer Kaffee, ihre Beine ruhten bequem auf dem Tisch, und sie blätterte lustlos in der Sonntagszeitung. Moische lag lang ausgestreckt auf der Sofalehne, als wolle er über ihre Schulter mitlesen. Der Artikel über französische Kochkunst war nicht dazu angetan, Shelbys Gedanken zu fesseln. Sie ließ das Blatt sinken.

Es half alles nichts, der gestrige Tag drängte sich immer wieder in den Vordergrund.

Alles war ihretwegen schief gelaufen. Es hatte keinen Sinn, das zu leugnen. Zwar benahm sie sich höchst selten ungezogen und grob, aber Alan gegenüber hatte sie ihr Meisterstück geliefert. Es war ihr gelungen, ihn nicht nur zurückzuweisen, sondern auch seine Gefühle zu verletzen. Dass sie sich dabei selbst hatte schützen wollen, machte die Sache nicht besser. „Weshalb will ich dich eigentlich haben?" hatte er gefragt. Ja, warum eigentlich?

Es lag von Anfang an klar auf der Hand, dass sie beide nicht zueinander passten. Trotzdem war schon damals auf der Party bei den Writes ein Funke übergesprungen. Sie hatten sich gleich so gut verstanden, als wären sie alte Freunde. Aber dennoch lagen Welten zwischen ihnen. Alan gehörte nicht in Shelbys Leben und sie nicht an die Seite eines Senators.

Ob ich ihn wohl für immer verscheucht habe? überlegte sie und war ehrlich genug sich einzugestehen, dass der Wutausbruch und die eisige Kälte in seinem Blick absolut berechtigt gewesen waren. Dass sie über diesen beherrschten Mann so viel Macht hatte, wunderte sie und – ja, es gefiel ihr auch gleichzeitig.

Die Bosheit war reiner Selbsterhaltungstrieb, entschuldigte Shelby vor sich selbst ihr Verhalten. Alan war drauf und dran, ihr Selbstwertgefühl zu zerstören. Seltsam war nur, dass er in ihr ein

Gefühl hinterlassen hatte, das sie selbst als ruhelose Sehnsucht beschrieb.

Shelby fuhr sich mit der Zunge über die Lippen, eine Stelle dort tat noch weh. Unglaublich, wie heftig er sein konnte! So ausgeglichen und vernünftig einerseits und auf einmal hart und rücksichtslos. Aber diese gefährliche Mischung erschien ihr äußerst reizvoll – und äußerst gefährlich, fügte sie in Gedanken hinzu.

Jedenfalls war es ihr gelungen, Alan fürs Erste abzuweisen. Auch wenn er sich nicht mehr sehen lassen würde – was sie von ganzem Herzen hoffte –, das war schließlich ihr Ziel gewesen. Shelby schob die Zeitung beiseite und stand auf, um im Zimmer herumzulaufen. Sollte sie sich bei Alan entschuldigen? Was für eine dumme Idee! Das würde die Dinge nur noch mehr komplizieren.

Sie könnte ihn natürlich darauf hinweisen, dass es sich nur um eine förmliche Entschuldigung handelte und nichts weiter beabsichtigt sei ... Nein. Shelby schüttelte den Kopf. Das wäre unklug, schwach und glatter Selbstbetrug. Die Entscheidung war gefallen, und dabei musste es bleiben.

Sie lächelte traurig, als ihr Blick auf die Ballons fiel, die lässig über den Küchentisch rollten. Sie hatten in der Zwischenzeit ihren Aufwärtsdrang eingebüßt und erinnerten an müde Überbleibsel einer fröhlichen Fete. Shelby seufzte.

Ich hätte ihnen auf der Stelle die Luft herauslassen und sie in den Müll werfen sollen, aber das ist nun zu spät. Ihr Finger glitt zart über weiches, runzeliges Gummi.

Wenn ich anriefe, jede Konversation ablehnen und mich nur kurz entschuldigen würde, drei Minuten höchstens, wäre meinem Gewissen damit gedient? Shelby überlegte schon, wo die Eieruhr sein mochte, mit der sie die Zeit des geplanten Gesprächs kontrollieren könnte. Ungefährlich wäre das Unternehmen allerdings nicht. Hatte nicht ein ebenso harmloses Telefonat gestern das ganze Elend erst ausgelöst?

Shelby überlegte noch, als jemand an die Tür klopfte. Erwartungsvolle Freude huschte über Shelbys Gesicht, und im nächsten Moment hatte sie auch schon die Tür aufgerissen.

„Ich wollte dich gerade ... Oh! Hallo, Mom."

„Tut mir Leid, dass ich nicht die erwartete Person bin." Deborah küsste ihre Tochter auf die Wange und trat ein.

„Wahrscheinlich ist es besser so", murmelte Shelby und schloss die Tür. „Ich mache frischen Kaffee. Es ist schließlich eine Seltenheit, dass du dich am Sonntagmorgen hier sehen lässt."

„Ich bin mit einer halben Tasse zufrieden, wenn du noch jemanden erwartest."

„Keine Sorge, die Gefahr besteht nicht." Shelbys Ton war flach und entschieden.

Deborah Campbell sah die Tochter forschend an, doch dann schüttelte sie bekümmert den Kopf. Seit über zehn Jahren schon wusste sie nicht mehr, was im Inneren ihres Kindes vorging. „Wenn du für heute keine Pläne hast, könntest du mich begleiten. In der Nationalgalerie gibt es eine Ausstellung über flämische Kunst."

Ein heftiges, nicht salonfähiges Wort entfuhr Shelby, und sie steckte ihren Daumenknöchel in den Mund.

„Hast du dich verbrannt, Liebes? Zeig mal her."

„Nicht der Rede wert, lass nur, Mom." Shelby hatte sich wieder in der Gewalt. „Es waren nur ein paar Tropfen heißer Kaffee. Setz dich doch." Mit einer fast heftigen Bewegung fegte sie die Ballons vom Tisch auf den Küchenboden.

„Verändert hast du dich jedenfalls nicht. Deine Art aufzuräumen ist noch immer sehr genial." Deborah lächelte nachsichtig. Dann wartete sie ab, bis Shelby sich ihr gegenüber hingesetzt hatte. „Stimmt etwas nicht?" fragte sie teilnehmend.

„Ob etwas nicht stimmt?" Shelby tat, als ob sie nicht verstünde. „Nicht, dass ich wüsste."

„Du bist im Allgemeinen nicht so sprunghaft." Deborah

Campbell rührte ihren Kaffee um und sah Shelby dabei prüfend an. „Ah, die Sonntagszeitung! Hast du sie schon gelesen?" fragte sie mit undurchsichtiger Miene.

„Natürlich." Shelby zog einen Fuß unter sich. „Um nichts in der Welt möchte ich Grants Exposee vermissen."

„Das meinte ich diesmal nicht."

Gleichgültig blickte Shelby auf. „Ich habe nur die erste Seite und ein paar Schlagzeilen überflogen, zu mehr bin ich noch nicht gekommen. Sollte ich etwas von Bedeutung übersehen haben?"

„Offensichtlich." Ohne ein weiteres Wort stand Mrs. Campbell auf und ging zum Sofa. Sie suchte zwischen den verstreuten Blättern, bis sie einen bestimmten Teil fand. Lächelnd reichte sie ihrer Tochter die gewisse Seite. Shelby schaute auf das gelungene Foto und schwieg.

Es handelte sich um einen ziemlich scharfen Schnappschuss von der Schwanenbrücke. Alans Hände lagen auf Shelbys Armen, und sie hielt sich am Geländer fest. Ihr Oberkörper und Kopf lehnten an Alans Brust, der dicht hinter ihr stand. Shelby erinnerte sich genau an diesen Augenblick. Dem Fotografen war es vortrefflich gelungen, ihren Ausdruck von Ruhe und Zufriedenheit festzuhalten.

Der dazugehörige Text war kurz. Shelbys Name und Alter wurden angegeben, mit Hinweis auf ihren verstorbenen Vater und einer kurzen Würdigung ihrer selbst als Töpferin. Bei Senator MacGregor wurde sein Eintreten für die Heimatlosen hervorgehoben. Der ganze Absatz endete mit ein paar spekulativen Bemerkungen bezüglich ihrer beider Beziehung. Es war nichts Bösartiges an dieser kleinen, für Washington typischen Klatschreportage. Trotzdem reagierte Shelby beim Lesen ungewöhnlich. Sie war überrascht, gleichzeitig aber fühlte sie sich in ihrer Meinung bestätigt.

Ich hatte von Anfang an Recht, dachte sie bitter, als ihr Blick zu dem Bild zurückwanderte. Politik im weitesten Sinne würde sich immer zwischen sie und Alan drängen. Nicht einen einzigen Nachmittag lang würden sie sich wie normale Menschen bewegen dürfen. Es würde nie anders werden.

Shelby schob die Zeitung heftig beiseite und griff nach ihrer Kaffeetasse. „Dank dieser vorzüglichen Reklame wäre es nicht weiter verwunderlich, wenn ich am Montag reichlich Publikumsverkehr im Laden hätte", sagte sie. „Im letzten Jahr kam eine Frau von Baltimore bis her zu uns, nachdem sie mich zusammen mit Myras Neffen in einer Illustrierten gesehen hatte. Sie platzte beinahe vor Neugierde und kaufte mir einige schöne Vasen ab." Sie nippte an ihrem Kaffee und war sich wohl bewusst, dass sie Unsinn redete. „Wie gut, dass ich kürzlich meinen Lagerbestand aufgestockt habe. Möchtest du vielleicht einen Keks zum Kaffee, Mom? Irgendwo müssten welche sein."

„Shelby!" Deborah Campbell nahm beide Hände ihrer Tochter in ihre eigenen und zwang Shelby dadurch, auf ihrem Platz sitzen zu bleiben. Sie lächelte nicht mehr, sondern blickte besorgt drein. „Seit wann hast du etwas gegen öffentliches Interesse einzuwenden? Grant ist in dieser Beziehung krankhaft empfindlich, dich hat es doch immer nur amüsiert."

„Es stört mich überhaupt nicht", protestierte Shelby mit schlecht gespielter Gleichgültigkeit. „Für meinen Umsatz kann es nur vorteilhaft sein. Manche Leute mögen sogar hoffen, Alan hier anzutreffen. Es ist eine harmlose Sache."

„Ja", Mrs. Campbell nickte und streichelte Shelbys nervöse Hände, „das ist es."

„Nein, im Gegenteil." Shelby sprang auf. „Eine große Gemeinheit ist es!" Sie lief ziellos im Zimmer umher, wie Deborah es an ihr schon unzählige Male beobachtet hatte. „Ich kann es nicht einfach hinnehmen und will es auch gar nicht." Heftig stieß sie mit dem Fuß gegen einen Hocker. „Warum ist Alan nicht Atomphysiker oder betreibt eine Kegelbahn? Weshalb schaut er mich an, als kenne er mich seit eh und je und als machten ihm meine

Fehler überhaupt nichts aus? Er soll mich nicht belästigen. Ich ertrage es nicht!"

Die Zeitung mit dem Bild flog in die Ecke.

„Aber es ist ja egal", Shelby fuhr sich mit den Händen durch das Haar und versuchte vergeblich, sich zu beruhigen. „Es ist ja egal", wiederholte sie. „Ich hatte mich ja vorher schon entschieden." Sie schüttelte den Kopf und hob die Kaffeekanne. „Möchtest du noch Kaffee, Mom?"

Temperamentvolle Ausbrüche ihrer Tochter waren für Deborah Campbell nichts Neues. „Einen Schluck, bitte. Was hast du denn entschieden, Shelby?"

„Ich werde mich nicht mit ihm einlassen." Nachdem sie ihrer Mutter nachgeschenkt hatte, stellte Shelby die Kanne auf die Wärmeplatte zurück und setzte sich wieder an den Tisch. „Wir könnten im Restaurant bei der Galerie zu Mittag essen."

Mrs. Campbell nickte. „Gern. War es ein netter Tag im Zoo?"

Shelby zuckte mit den Schultern. „Ja, es war nett." Sie schob die Gegenstände auf dem Tisch hin und her, ohne dass sie sich dessen bewusst war.

„Ich nehme an, dass du Senator MacGregor gegenüber deinen Standpunkt klar dargelegt hast, oder?"

„Gleich von Anfang an habe ich Alan gesagt, dass ich mich mit ihm nicht verabreden möchte."

„Aber du bist letzte Woche mit ihm zu den Ditmeyers gekommen."

„Das war etwas anderes." Shelby sah ihre Mutter nicht an. „Und gestern – das war ein einmaliges Versehen."

„Er erinnert dich an deinen Vater, nicht wahr?"

Ihre Augen trafen sich plötzlich, und Deborah Campbell erschrak über den tiefen Schmerz, der aus Shelbys Blick sprach.

„Er ähnelt ihm so sehr", wisperte Shelby. „Es ist schrecklich. Die gleiche Ruhe und Bestimmtheit, der feste Glaube an das große Ziel, das er mit Sicherheit auch erreichen wird, es sei denn

..." Sie brach ab und schloss die Augen. „Es sei denn, irgendein Irrer schießt ihn aus undurchsichtigen Gründen nieder. Oh Gott, ich glaube, ich habe mich in ihn verliebt, dabei möchte ich am liebsten wegrennen."

Deborah drückte Shelbys Hand. „Wohin?"

„Irgendwohin." Sie atmete tief und öffnete die Augen. „Es gibt ein Dutzend Gründe, warum ich mich in ihn nicht verlieben möchte. Wir sind zu unterschiedlich, Alan und ich."

Deborah Campbell lächelte zum ersten Mal wieder. „Und ist das so schlimm?"

„Bring mich bitte nicht durcheinander, wenn ich versuche, es dir logisch zu erklären." Shelbys freundliche Natur gewann langsam wieder die Oberhand. „Versteh doch, Mom, ich würde diesen Mann innerhalb einer Woche ins Irrenhaus bringen. An meine Art Leben könnte er sich nicht gewöhnen. Du solltest dich einmal mit ihm unterhalten, nur wenige Minuten, dann merkst du sofort, dass es sich um einen ordentlichen Menschen handelt, der sicherlich ein vorzüglicher Schachspieler ist. Er möchte bestimmt seine Mahlzeiten pünktlich zu festgesetzten Zeiten, und er weiß mit Sicherheit ganz genau, welche seiner Hemden in der Wäsche sind."

„Liebes, sogar du musst einsehen, wie töricht deine Gründe sind."

„Mag sein." Shelbys Blicke wanderten über die schlappen Ballons auf dem Fußboden. „Aber das andere kommt eben noch dazu."

„Damit meinst du, dass er Politiker ist." Shelby zuckte zusammen und verriet somit deutlich, dass ihre Mutter den Finger auf die Wunde gelegt hatte. „Man kann sich den Mann nicht schneidern lassen, in den man sich eines Tages verliebt."

„Deshalb verliebe ich mich auch nicht in Alan." Aus Shelbys Stimme sprach Trotz. „Mein Leben gefällt mir gut, wie es jetzt abläuft. Niemand wird mich zwingen, meine Gewohnheiten zu ändern, wenn ich es nicht will. Schluss damit. Lass uns jetzt etwas für unsere Bildung tun und flämische Kunst betrachten, und dann essen wir zusammen."

Deborah beobachtete Shelby, die durch ihre Wohnung lief und an den unmöglichsten Stellen nach einem bestimmten Paar Schuhen suchte.

Nein, dachte sie, ich wünsche ihr wirklich kein Leid, aber sie wusste, dass es sich wohl nicht verhindern lassen würde. Shelby würde allein damit fertig werden müssen.

Alan saß vor einem riesigen antiken Schreibtisch im Arbeitszimmer seines Hauses. Durch das geöffnete Fenster drang der Duft von Flieder. Der hatte auch das erste Zusammentreffen mit Shelby begleitet. Dieser Gedankenstütze bedurfte er allerdings nicht, denn ihr Bild war ihm nur zu gegenwärtig.

Zum hundertsten Mal versuchte er sich auf die Akten zu konzentrieren, die dringend durchgesehen werden mussten. Er sortierte wichtige Schriftstücke aus und legte sie beiseite. Nach einer Stunde hatte er sein Pensum bewältigt und packte die notwendigen Unterlagen für eine Besprechung mit dem Bürgermeister von Washington ein, die am nächsten Morgen stattfinden sollte.

Alan lehnte sich zurück und entspannte sich noch zehn Minuten, dann würde Besuch eintreffen.

Diese Umgebung war wohltuend. Er liebte große Räume mit Holztäfelung, dicken Teppichen und schweren Möbeln. Im Winter brannte den ganzen Tag über ein Feuer im Kamin. Unwillkürlich fiel sein Blick auf den breiten Marmorsims mit den Bildern seiner Familie, angefangen von den Urgroßeltern, die nie ihren Fuß von der schottischen Erde auf ein Schiff gesetzt hatten. Ganz am Rande standen Fotos von seinen Geschwistern. Bald würde Renas Baby zur Welt kommen, dann reichte der Platz fast nicht mehr aus.

Er betrachtete das Konterfei seiner eleganten Schwester. Rena war blond, ihre fröhlichen Augen standen in reizvollem Gegensatz zu ihrem eigensinnigen Mund. Es war schon seltsam, wie verschieden Haar sein kann, überlegte er. Renas wohl geordnete Frisur hatte so überhaupt nichts mit Shelbys undisziplinierten feuerroten Locken gemein.

Undiszipliniert ... Das Wort passte gut zu Shelby. Erstaunlicherweise störte es Alan nicht im Mindesten. Mit ihr umzugehen würde lebenslange Herausforderung bedeuten, sie zu besitzen ein Leben voller Überraschungen. Er konnte es selbst nicht begreifen, dass für ihn, dessen Dasein stets ausgewogen und geordnet war, auf einmal nichts mehr vollkommen erschien, ohne dass hin und wieder dieser regelmäßige Ablauf unterbrochen wurde.

Alan schaute sich um. Die Bücher standen peinlich genau sortiert in großen Regalen entlang der drei Innenwände des Raumes. Jedes Möbelstück hatte seinen festen Platz, keines der Gemälde hing auch nur einen Millimeter aus dem Lot. Das Gleiche galt für seinen Tagesrhythmus – jedenfalls bisher. Und jetzt verlangte es ihn plötzlich nach einem Wirbelwind! Wollte er Shelby unterwerfen oder sich ihr anpassen?

Die Türglocke ertönte. Myra war wie immer auf die Minute pünktlich.

„Guten Morgen, McGee." Myra schwebte herein mit einem freundlichen Lächeln für den kräftigen schottischen Butler.

„Guten Morgen, Mrs. Ditmeyer." McGee war ein Hüne an Gestalt, solide wie eine Steinmauer und näherte sich der Siebzig. Seit drei Jahrzehnten war er bereits in Alans Familie als Butler tätig gewesen, bevor er Hyannis Port auf eigenen Wunsch verließ, um Alan nach Georgetown zu begleiten. Als Grund hatte er angegeben, Mr. Alan würde ihn dort brauchen. Dagegen konnte niemand etwas einwenden, und so musste man ihm seinen Willen lassen.

„Sie haben nicht zufälligerweise Ihre Spezial-Pasteten gebacken?" fragte Myra hoffnungsvoll.

„Mit geschlagener Sahne, Madam." Der Anflug eines Lächelns huschte über McGees unbewegliche Miene.

„Wundervoll, McGee, Sie sind ein Schatz! Hallo, Alan." Sie streckte ihre Hände dem Hausherrn entgegen, der aus seinem Zimmer in die Halle trat. „Wie reizend von Ihnen, mich an einem Sonntag zu empfangen."

„Es ist mir immer eine Freude, Myra." Alan küsste sie auf die Wange und führte sie in den Salon.

Aufatmend ließ Myra Ditmeyer sich in einen Chippendale-Sessel mit gerader Lehne fallen und schlüpfte unbemerkt aus ihren engen Pumps mit den hohen spitzen Absätzen. „Welch eine Wohltat", murmelte sie erleichtert und bewegte genussvoll die gequälten Zehen. „Ich habe einen überaus netten Brief von Rena erhalten", sagte sie. „Sie fragt, wann Herbert und ich nach Atlantic City kommen können, um in ihrem Casino etwas Geld zu verlieren."

„Mir ist es letztens ähnlich ergangen", erwiderte Alan lachend. Er wusste natürlich genau, dass Renas Brief nicht der Grund war, weshalb Myra ihn besuchte.

„Wie geht es Ihrem Bruder Caine?" erkundigte sich Myra. „Wer hätte vermutet, dass aus diesem Schlingel ein so brillanter Anwalt werden würde?"

„Das Leben ist voller Überraschungen."

„Wie wahr, wie wahr – oh, hier kommt der köstliche Angriff auf meine schlanke Linie." McGee war mit einem angerichteten Teetablett eingetreten. „Ich schenke selbst ein, tausend Dank, McGee."

Myra hantierte geschickt mit dem Meißner Porzellan, und Alan beobachtete sie amüsiert. Was auch immer auf ihrer Seele lasten mochte, Tee und Gebäck würde Myra in jedem Fall erst in Ruhe genießen.

„Dass ich Sie um Ihren Butler glühend beneide, dürfte Ihnen bekannt sein." Myra reichte Alan eine Tasse. „Wussten Sie, dass ich McGee vor zwanzig Jahren Ihren Eltern stehlen wollte?"

Alan lachte hellauf. „Nein, natürlich nicht. McGee ist viel zu diskret, um über einen solch frevelhaften Versuch zu sprechen."

„Und außerdem viel zu treu ergeben, um auf meine raffinierten Bestechungsversuche hereinzufallen. Damals habe ich seine Pasteten zum ersten Mal probiert." Myra biss in einen der kleinen Kuchen und schloss genießerisch die Augen. „Natürlich hatte ich zuerst geglaubt, dass die Köchin sie gebacken habe und wollte Ihrer Mutter diese abwerben, doch dann erfuhr ich den wahren Hergang und versuchte es bei McGee. Wenn es mir gelungen wäre, würde ich wahrscheinlich heute wie ein Elefant daherkommen." Sie betupfte ihre Mundwinkel mit einer Damastserviette. „Dabei fällt mir ein, dass Sie neuerdings Interesse für exotische Tiere zeigen."

Aha, also daher weht der Wind, dachte Alan. Ohne sich zu äußern, führte er seine Tasse zum Mund.

„Hat es Ihnen im Zoo gefallen?" wollte Myra wissen.

„Anscheinend haben Sie die Sonntagszeitung gelesen, Myra."

„Selbstverständlich! Und ich muss gestehen, Sie beide schauen sehr gut aus miteinander. Aber das hatte ich erwartet." Zufrieden lächelnd nippte Myra Ditmeyer an ihrem Tee. „War Shelby sehr über das Foto verärgert?"

„Ich weiß es nicht." An diese Möglichkeit hatte Alan überhaupt noch nicht gedacht. Er war schon längst daran gewöhnt, dass sein Privatleben in die Öffentlichkeit gezogen wurde, es störte ihn nicht mehr. „Meinen Sie, dass Shelby es sein könnte?"

„Normalerweise nicht", überlegte Myra, „aber sie ist bekannt dafür, überraschend zu reagieren. Ich möchte nicht aufdringlich sein, Alan – und es geht mich natürlich auch nichts an", Myra lächelte entschuldigend, „aber ich kenne Sie und Shelby ja schon seit Ihrer Kinderzeit. Und ich mag Sie beide gern." Myra zögerte eine Sekunde, doch die Versuchung war zu groß. Sie griff noch einmal auf den Teller mit dem ausgezeichneten Gebäck. Dann sagte sie: „Alan, Sie können sich nicht vorstellen, wie mich das Foto gefreut hat."

Alan hatte schon als kleiner Junge eine Vorliebe für Myra gehabt, und diese Unterhaltung heute amüsierte ihn sehr. „Warum?" erkundigte er sich scheinheilig.

„Eigentlich wollte ich selbst euch zusammenbringen, und dass ihr euch ohne mein Zutun näher kennen gelernt habt, kränkt meinen Stolz. Aber mit dem Ergebnis bin ich höchst zufrieden."

Alan erkannte Myras Gedankengang, was auch nicht weiter schwierig war. „Ein Nachmittag im Zoo bedeutet noch keine Heirat."

„Da spricht der echte Politiker!" Myra lehnte sich bequem zurück. „Wenn ich Ihrem McGee nur das Rezept für seine Kuchen entringen könnte ..."

Alan schüttelte lachend den Kopf. „Ich halte das für völlig unmöglich, Myra."

„Wahrscheinlich haben Sie Recht, leider. Als ein Korb mit köstlichen Erdbeeren bei Shelby abgegeben wurde, war ich zufälligerweise dort", kam sie beiläufig wieder zum Thema zurück. „Sie wissen natürlich absolut nichts darüber, mein Freund, oder?"

„Erdbeeren?" Alan lächelte unverbindlich. „Die mag ich sehr gern."

„Hören wir auf, um die Sache herumzureden", meinte Myra entschieden. „Außerdem kenne ich Sie viel zu gut. Ein Mann Ihrer Art schickt keine solchen Präsente an eine Frau und verbringt auch nicht mit ihr kostbare Stunden im Zoo, wenn er nicht verrückt nach ihr ist."

„Ich bin nicht verrückt nach Shelby", verbesserte Alan diese Behauptung und trank zwischendurch einen Schluck Tee, „sondern ich bin in sie verliebt."

Myra konnte einen überraschten Ausruf nicht zurückhalten. „Das ging ja noch schneller, als sogar ich es erwartete."

„Ich war sofort in sie verliebt", gestand Alan und war selbst überrascht, dass er das ausgesprochen hatte.

„Ausgezeichnet!" Myra lehnte sich vor und tätschelte sein Knie. „Niemand verdient diesen Schock mehr als Sie, Alan", fügte sie hinzu, und ein leichter Unterton von Schadenfreude schwang in ihrer Stimme mit.

Alan musste lachen, obwohl ihm nicht danach zu Mute war. „Leider beruht dieses Gefühl nicht auf Gegenseitigkeit."

„Was soll das heißen?" forschte Myra verblüfft.

„Genau das, was ich gesagt habe." Widerstrebend musste sich Alan eingestehen, dass ihn diese Erkenntnis schmerzte. Shelbys verletzende Worte klangen noch immer in seinem Ohr. „Sie hat nicht einmal Lust, mich zu sehen."

„Dummes Zeug!" Mrs. Ditmeyer stellte jetzt sogar ihren Kuchenteller beiseite. „Dass ich bei ihr war, als die Erdbeeren eintrafen, sagte ich schon. Und mir kann Shelby nichts vormachen." Mit ausgestrecktem Zeigefinger unterstrich sie ihre Bemerkung. „So habe ich Shelby noch nie erlebt. Ich bin überzeugt, dass sie ebenfalls sehr angetan von Ihnen ist."

Alan war keineswegs überzeugt. „Sie ist eine sehr eigensinnige junge Frau", meinte er nachdenklich, „und es ist ihr fester Wille, sich in keiner Weise mit mir einzulassen – meines Berufes wegen."

„Aha, so ist das." Myra überlegte und klopfte mit ihren sorgsam manikürten Fingernägeln auf die Stuhllehne. „Das hätte ich mir allerdings denken können."

Alan erinnerte sich, wie leidenschaftlich Shelbys Mund seinem Kuss entgegengekommen war. „Ich weiß, dass ich ihr nicht gleichgültig bin", fuhr er fort. „Nur ist sie eben äußerst halsstarrig."

„Das ist der falsche Ausdruck", korrigierte ihn Myra. „Sie hat Angst. Sie müssen wissen, dass Shelby ihrem Vater sehr nahe stand."

„Ich dachte mir das, Myra. Es muss für Shelby ein furchtbares Erlebnis gewesen sein, den Vater auf solche Weise zu verlieren. Aber was hat das mit uns zu tun?" Alan konnte nicht länger still sitzen. Seufzend erhob er sich und ging im Zimmer auf und ab. „Wenn er Architekt gewesen wäre, würde Shelby dann auch einfach alle Architekten ablehnen? Das ist doch der reine Unsinn!" Er fuhr sich mit der Hand durch die vollen dunklen Haare. „Zum Teufel, Myra, ist es nicht lächerlich, dass sie nichts von mir wissen will, nur weil ihr Vater Senator war?"

„Sie denken logisch, Alan. Von Shelby kann man das kaum behaupten. Oder besser gesagt, sie hat ihre eigene, ganz persönliche Art von Logik. Shelby hat Robert Campbell im wahrsten Sinne des Wortes angebetet." Echtes Mitgefühl sprach aus Myra Ditmeyers Stimme. „Sie war erst elf, als er so brutal ermordet wurde, keine zwanzig Schritte von ihr entfernt."

Alan blieb stehen. „Shelby hat das Attentat miterlebt?"

„Ja, und Grant auch." Myra wünschte in diesem Augenblick, sie könnte sich nicht mehr so genau an den schrecklichen Tag erinnern. „Ein wahres Wunder, dass es Deborah gelungen ist, diese Tatsache nicht durch die Presse ausschlachten zu lassen. Sie musste dafür alle Verbindungen einsetzen, die sie hatte."

Tiefes Mitgefühl ergriff Alan. „Mein Gott, es ist kaum vorstellbar, wie entsetzlich grausam das für die Kinder gewesen sein muss."

„Shelby hat tagelang nicht mehr gesprochen, kein einziges Wort. Ich hatte sie viel bei mir, denn Deborah wollte nicht, dass Shelby im Haus blieb, solange sie selbst mit all den Formalitäten und dem ganzen Drum und Dran voll ausgelastet war." Myra schüttelte den Kopf in der Erinnerung, wie Deborah versucht hatte, Shelby zu trösten, und wie Shelby sich immer mehr in sich verkroch. „Eine sehr, sehr schlimme Zeit ist das gewesen, Alan. Politischen Attentaten ist man so hilflos ausgeliefert."

Ein langer, tiefer Seufzer entrang sich ihrer Brust, Ausdruck einer so starken Gemütsbewegung, wie man sie an dieser fröhlichen Frau selten erlebte. Leise berichtete sie weiter. „Bis zum Tag nach der Beerdigung hat sich Shelby tapfer gehalten. Dann brach sie zusammen. Wie ein verwundetes Tier muss sie gelitten haben. Dieser Zustand dauerte so lange wie vorher ihr Schweigen. Dann war plötzlich alles vorüber – wenigstens nach außen hin."

Wie gebannt lauschte Alan Myras Worten und wünschte gleichzeitig, sie möge ihn mit weiteren Einzelheiten dieser Tragödie verschonen. Weil er Shelby liebte, litt er mit ihr. Er sah das unglückliche kleine Mädchen deutlich vor sich. Er selbst hatte damals gerade sein zweites Studienjahr in Harvard begonnen. Heute war er fünfunddreißig Jahre alt, noch immer lebte seine Familie in guter Gesundheit und war leicht erreichbar, wenn er sich nach Sicherheit und Geborgenheit sehnte. Der Gedanke, seinen vitalen, robusten Vater plötzlich verlieren zu müssen, erschien ihm unmöglich. Nachdenklich starrte er aus dem Fenster auf die frühlingsgrünen Büsche und Bäume.

„Was tat sie dann?" fragte er mit gepresster Stimme.

„Sie ließ sich nichts mehr anmerken, nutzte jedes Bisschen ihres unerschöpflichen Vorrats an Energie. Als Shelby sechzehn war", entsann sich Myra, „hat sie mir einmal gesagt, dass sie ihr Leben als ein Spiel betrachte, dessen Regeln keiner kennt. Sie würde jede Chance nutzen, weil man nie wissen könnte, wann man ausgetrickst wird."

„Das sieht ihr ähnlich."

„Ja, und alles in allem ist sie heute der ausgeglichenste Mensch, den ich kenne. Zufrieden mit sich selbst, vielleicht sogar stolz auf ihre wenigen Mängel. Ein Wirbelwind an Gefühlen – je mehr sie verbraucht, desto stärker sind ihre Reserven. Aber ich fürchte, dass ihre Trauer um den Vater in ihrem tiefsten Inneren nie aufgehört hat."

„Mag der Tod ihres Vaters ihr auch noch so nahe gegangen sein, deshalb kann sie doch ihre Gefühle für einen anderen Mann nicht willkürlich abschalten", bemerkte Alan bitter.

„Natürlich nicht, aber wahrscheinlich bildet sie sich ein, sie könnte es."

„Shelby bildet sich allerlei ein."

„Sie sind ungerecht, Alan. Shelby fühlt intensiver als andere."

Alan zwang sich dazu, wieder seinen Platz einzunehmen. „Seit ich Shelby kenne, sind einfache Frauen mir ein Gräuel." Die Dinge waren ihm durch Myras Bericht klarer geworden. War es nicht seine Spezialität, mit schwierigen Situationen fertig zu werden? Was hatte Shelby gestern Nachmittag gesagt? Sollten ihre verletzenden Worte ihn nur abschrecken? In ihren Augen hatte er unmissverständlich Bedauern gelesen. „Gestern hat sie mir den Abschied gegeben", sagte er ruhig.

Myra setzte klirrend ihre Tasse ab. „Was für ein Unsinn. Das Mädchen brauchte eine ..." Dann verbesserte sie sich: „Wenn Sie sich so schnell entmutigen lassen, Alan, weiß ich wahrhaftig nicht, warum ich mir so viel Mühe gebe. Ihr jungen Menschen wollt heutzutage alles auf einer Silberplatte serviert bekommen. Ein kleiner Stolperstein, und ihr gebt auf. Mein lieber Alan, Ihr Vater", fuhr sie fort und kam dabei mächtig in Fahrt, „der ist durch alle Schwierigkeiten wie ein Panzerwagen gedonnert, wenn es anders nicht klappte. Und Ihre Mutter – ich glaubte immer, dass Sie dies Talent von ihr geerbt hätten – löst jedes Problem so elegant, dass die Wasseroberfläche sich danach nicht mal kräuselt. Sie würden einen feinen Präsidenten abgeben", beendete sie grollend ihre Vorhaltungen. „Ich werde mir überlegen müssen, ob ich Sie überhaupt mit gutem Gewissen wählen kann."

„Ich kandidiere ja gar nicht als Präsident", warf Alan ein.
„Noch nicht."
„Noch nicht", stimmte er zu. „Und ich werde Shelby heiraten."

6. KAPITEL

Sechs von den sieben Tagen der Woche hatte Shelby recht und schlecht überstanden, aber am Freitagnachmittag fielen ihr für ihre schlechte Laune und ständige Geistesabwesenheit keine Entschuldigungen mehr ein.

Erst hatte sie gemeint, es sei ihre Schlaflosigkeit, die sie so lustlos machte, und an der wiederum sei die viele Arbeit schuld. Doch das Erfinden von Ausreden war täglich schwieriger geworden. Weil sie in dieser Woche jede Einladung angenommen hatte, war sie tatsächlich völlig übermüdet und vergaß regelmäßig zu essen. Der gewohnte Zeitablauf ihres normalen Lebens war total durcheinander geraten. Dadurch wurde sie reizbar und verlor obendrein ihren gesunden Appetit.

Shelby wusste genau, dass etwas mit ihr nicht stimmte, aber sie brachte nicht ein einziges Mal Alan damit in Verbindung. Im Gegenteil, sie redete sich ein, sie denke überhaupt nicht mehr an ihn. Darauf war sie stolz und so lange mit sich zufrieden, bis sie einmal eine fast fertig gestellte Vase in Delfterblau an die Wand ihres Arbeitsraumes schmetterte.

Darüber erschrak sie, denn es war sonst nicht ihre Art, gelungene Werkstücke durch die Gegend zu werfen.

Nun nahm sie ihr normales Leben wieder auf. Konnte sie nicht einschlafen, dann arbeitete sie sich müde und stand trotzdem morgens rechtzeitig wieder im Geschäft. Wenn sie mit Freunden ausging, gab sie sich übertrieben lustig und unbeschwert, sodass die Leute, die sie näher kannten, allmählich schon misstrauisch wurden und sich um sie Sorgen machten. Andererseits vergaß sie getroffene Verabredungen und vergrub sich in ihrer Werkstatt.

Lag es vielleicht am Wetter? Shelby saß hinter dem Ladentisch und schaute hinaus auf die Straße. Den Kopf auf die Hände gestützt, hörte sie laute Radiomusik und die immer wiederkehrende

Affäre in Washington

Vorhersage, dass der Regen bestimmt zum Wochenende vorüber sei. Wie viele Lichtjahre waren es noch bis zum Sonntag?

Viele Menschen werden durch Dauerregen depressiv, überlegte Shelby. Sie selbst war nie wetterempfindlich gewesen, aber könnten solche Symptome nicht auch plötzlich auftreten? Es goss schon zwei volle Tage, und sie wurde immer missmutiger.

Shelby vermochte nicht einmal zu erkennen, wer auf der Straße vorbeihuschte. Die erst kürzlich geputzten Schaufensterscheiben würden schön schmutzig aussehen, wenn erst die Sonne wieder herauskäme.

Auch für meinen Umsatz ist das Wetter katastrophal, dachte sie weiter. Kaum ein Kunde hatte sich während der letzten Tage in ihren Laden verirrt. Normalerweise hätte Shelby mit den Schultern gezuckt und einfach die Tür abgeschlossen. Heute aber beschloss sie, mürrisch auszuharren.

Vielleicht sollte ich übers Wochenende wegfahren? Der Gedanke gefiel ihr. Ich könnte einen Flug buchen und Grant überraschen – er würde entsetzt sein! Diese Vorstellung war Balsam für ihre schlechte Stimmung. Er würde mich beschimpfen, wenn ich unangemeldet erscheine, und dann könnten wir uns gegenseitig ärgern. Richtig spaßig ist so etwas eigentlich nur mit ihm.

Aber Grant würde mich sofort durchschauen. Shelby seufzte. Er wüsste genau, dass ich Kummer habe. Obgleich er sein eigenes Privatleben hütet wie einen kostbaren Schatz, wird er so lange bohren, bis ich ihm mein Problem erzähle. Dann schon eher ein Gespräch mit Mom, wenn ich überhaupt reden will. Grant würde mich nämlich nur allzu gut verstehen ...

Also in Georgetown bleiben und mich weiter quälen. Oder aber mit dem Wagen ins Blaue fahren? An die Küste vielleicht oder zum Skyline Drive nach Virginia? Tapetenwechsel ist jedenfalls gut. Auf geht's!

Shelby sah sich gerade nach dem Schild mit der Aufschrift

„Geschlossen" um, da öffnete sich die Tür, und eine weibliche Gestalt in gelben Gummistiefeln und Regenmantel betrat den Laden. Eine Wolke feuchtkalter Luft begleitete sie.

„Scheußliches Wetter!" sagte die Kundin freundlich.

„Das Allerletzte", stimmte Shelby zu.

Sie musste ihre Ungeduld zügeln, das war nicht einfach. Noch vor zehn Minuten wäre sie über jede Unterbrechung glücklich gewesen, hätte am liebsten Leute mit Gewalt hereingezerrt. „Suchen Sie etwas Bestimmtes?"

„Ich seh mich erst einmal um."

Natürlich! dachte Shelby, und ihr Lächeln wurde etwas frostiger. Bis sie sich umgesehen hat, könnte ich schon halbwegs an einem sonnigen Strand sein. Soll ich ihr zehn Minuten geben? „Lassen Sie sich nicht stören", sagte sie stattdessen. „Es hat keine Eile."

„Ich hörte von Ihnen durch meine Nachbarin", erzählte die Fremde. „Sie hat hier ein Kaffeegeschirr mit hellblauem Stiefmütterchen-Muster gekauft."

„Ja, ich erinnere mich. Ich mache keine Duplikate, aber ich habe eins mit einem ähnlichen Muster, falls Sie sich für ein Kaffeeservice interessieren." Shelby überlegte angestrengt, in welchen Schrank Kyle das betreffende Service gestellt hatte.

„Wegen eines Kaffeegeschirrs bin ich gar nicht gekommen", fuhr die Dame fort. „Die Kunstfertigkeit Ihrer Arbeiten hat es mir angetan."

Shelby wünschte, die Kundin würde sich etwas aussuchen und gehen. Oder nur gehen – jedenfalls sollte sie die Ladentür von außen schließen. „Ich habe meine Töpferscheibe hinten in der Werkstatt, dort kann ich auch brennen und glasieren", sagte sie und dachte: Hoffentlich will sie sich nicht auch noch da umsehen!

Die Kundin hockte vor einer Urne und betrachtete sie genau. „Verwenden Sie gelegentlich Gussformen?" erkundigte sie sich.

„Nur selten." Shelby trat von einem Fuß auf den anderen.

„Bei dem Stier zum Beispiel oder dem Zwerg daneben. Aber meine Scheibe ist mir lieber."

„Sie wissen sicher selbst, dass Sie sehr talentiert und enorm tüchtig sind." Die Besucherin war ziemlich jung, blond und sehr sympathisch.

„Wenn man Spaß an dieser Arbeit hat, fällt sie einem nicht schwer." Shelby wurde zusehends freundlicher.

„Ich weiß das, ich bin nämlich Innenarchitektin." Sie zog eine Karte heraus und legte sie vor Shelby auf den Ladentisch: Maureen Francis, Innenausstattungen. „Augenblicklich richte ich mich gerade selbst ein. Ich möchte diesen Topf kaufen, die Urne dort und die große Vase daneben." Sie deutete mit dem Finger auf die einzelnen Stücke. „Kann ich Ihnen eine Anzahlung geben, und Sie heben mir die Sachen bis Montag auf? Es ist mir zu mühsam, sie bei diesem Wetter herumzuschleppen."

„Selbstverständlich. Ich lasse alles einpacken, und Sie können es abholen, wenn es Ihnen passt."

„Fein." Maureen Francis schrieb einen Scheck aus. „Wir werden bestimmt noch mehr Geschäfte zusammen machen. Ich komme von Chicago hierher, weil ich einige interessante Aufträge habe."

Shelby vergaß ihre Reisepläne, die Fremde gefiel ihr. „Sie sind selbstständig?"

„Ja, neuerdings, nachdem ich zehn Jahre bei einer Firma tätig gewesen bin. Ich wollte den Sprung wagen."

Während Shelby die Quittung ausfüllte, erkundigte sie sich frei heraus: „Können Sie etwas?"

Maureen stutzte, lachte und entgegnete: „Wesentlich mehr als alle anderen zusammen."

Sie ist wirklich nett, dachte Shelby, und sie hat Humor. Spontan, wie es ihre Art war, schrieb sie Myras Namen und Adresse auf ein Blatt Papier. „Wenn Ihnen jemand behilflich sein kann, dann ist es Mrs. Ditmeyer", sagte sie, während sie Maureen

Francis den Zettel gab. „Sie weiß immer, wer sich neu einrichten will. Sagen Sie, dass ich Sie geschickt habe. Prozente brauchen Sie ihr nicht zu zahlen, wenn sie Ihnen Aufträge vermittelt, aber vielleicht müssen Sie ihr Ihre Lebensgeschichte erzählen. Myra ist eine wunderbare Frau. Ich kenne ..."

Die Ladentür wurde geöffnet, und Alan trat ein. Shelby hatte noch nie an sich selbst erlebt, was man totale Benommenheit, Leerphase oder Blackout nennen könnte. Jetzt war es so weit.

Sie kam erst wieder zu sich, als Alan ihr Kinn hochhob und sie küsste, nachdem er bereits seinen nassen Mantel aufgehängt und Maureen Francis freundlich nickend gegrüßt hatte. „Ich bringe dir ein Geschenk", sagte er.

„Nein." Die Angst in Shelbys Stimme war nicht zu überhören. Sie schob Alans Hand beiseite und trat rasch einen Schritt zurück. „Geh wieder."

Er lehnte sich an den Ladentisch und sah fragend zu Maureen: „Ist das ein angemessener Empfang, wenn man etwas geschenkt bekommt?"

„Ich weiß nicht ..." Maureen blickte von Alan zu Shelby und machte eine unverbindliche Handbewegung.

Alan zog eine Schachtel aus der Tasche und stellte sie vor Shelby hin.

„Ich werde es nicht öffnen." Shelby wich Alans Augen geflissentlich aus, einen zweiten Schock wollte sie keinesfalls riskieren. „Außerdem ist schon Feierabend."

„Shelby ist manchmal etwas barsch", erklärte Alan der Kundin. „Es ist noch gar nicht so spät. Möchten Sie sich anschauen, was ich ihr gebracht habe?"

Maureen zögerte, hin- und hergerissen von Neugier und dem Wunsch, der peinlichen Situation zu entfliehen. Doch da hatte Alan schon den Deckel zur Seite gelegt und hob aus dem rosa Wattebett ein geschliffenes buntes Glas in Form eines Regenbogens – einen allerliebsten Glücksbringer.

Shelby griff impulsiv danach, aber sie besann sich noch rechtzeitig. „Zum Teufel, Alan!" Woher wusste er, wie bitter nötig sie gerade heute einen Glücksbringer brauchte?

„Das ist Shelbys normale Reaktion", meinte Alan zu Maureen gewandt. „Es bedeutet, dass sie sich sehr freut."

„Hab ich dir nicht ausdrücklich gesagt, du sollst mir nichts mehr schicken?"

„Ich habe es nicht geschickt, ich habe es selbst gebracht." Alan sprach nachsichtig, wie mit einem ungezogenen Kind. Dabei ließ er den bunten Glasstein in Shelbys Hand gleiten.

„Ich will es nicht haben", rief Shelby, aber ihre Finger hatten sich bereits fest um den Glücksbringer geschlossen. „Wenn du nicht ein elefantenhäutiger, dickköpfiger MacGregor wärst, dann ließest du mich endlich in Ruhe!"

„Glücklicherweise haben wir immerhin einiges gemeinsam." Alan hatte Shelbys Hand ergriffen und hielt sie fest. „Dein Puls ist beschleunigt, Shelby."

Maureen räusperte sich. „Ich will mich auf den Weg machen. Also bis Montag." Da keiner der beiden sich um sie kümmerte, öffnete sie die Tür. „Wenn mir jemand an einem so scheußlichen Tag wie heute einen Glücksbringer schenken würde, wäre es garantiert um mich geschehen", sagte sie und verschwand.

Um mich geschehen! wiederholte Shelby in Gedanken und zog ihre Hand zurück. Dann drehte sie das Radio ab. Die plötzliche Stille – bis auf das Klopfen der Regentropfen gegen die Fensterscheiben – war gefährlich, doch Shelby merkte es zu spät. „Ich möchte zuschließen, Alan." Ihre Stimme klang unsicher.

„Gute Idee." Er trat zur Tür, drehte das Schild auf „Geschlossen" um und schloss ab.

„Was tust du da?" begann sie wütend. „Du kannst nicht einfach hier ..." Sie brach ab, als Alan näher kam, und wich unter dem entschlossenen Ausdruck in seinem Gesicht bis zur Wand zurück. „Das ist mein Laden und ..."

Alan stand direkt vor ihr. „... und wir gehen zusammen zum Essen", vollendete er den Satz.

„Ich gehe nirgends hin."

„Aber natürlich", verbesserte er.

Shelby starrte Alan verwirrt und verärgert an. Sie wusste nicht, was sie von seinem unvermuteten Auftauchen halten sollte. Sein Ton war weder scharf noch ungeduldig, in seinen Augen las sie keinen Ärger.

Ein wütender Alan wäre ihr viel lieber gewesen. Seine ruhige Zuversicht wirkte irgendwie entwaffnend. Sie nahm sich fest vor, genauso beherrscht zu bleiben. „Alan", begann sie, „du kannst mir nicht vorschreiben, was ich tun muss. Immerhin ..."

„Ich verfüge einfach über dich", konterte er lässig, „denn ich bin zu der Überzeugung gekommen, dass man dich in deinem Leben viel zu oft nach deiner Meinung gefragt hat, anstatt dir einfach Order zu geben."

„Deine Rückschlüsse interessieren mich nicht im Geringsten", gab Shelby zurück. „Wer, zum Teufel, gibt dir das Recht dazu?"

Als Antwort zog Alan sie näher zu sich heran.

„Ich verlasse das Haus auf keinen Fall, wenigstens nicht mit dir", fuhr sie wütend fort. „Außerdem habe ich feste Pläne. Ich reise übers Wochenende ans Meer."

„Wo ist dein Mantel?"

„Alan, ich sagte ..."

Er entdeckte Shelbys Jacke am Kleiderständer hinter dem Ladentisch. Er nahm sie herunter und gab sie Shelby. „Und deine Handtasche?"

„Bekommst du das nicht in deinen Kopf, dass ich nicht mitgehe!"

Ohne auf Shelbys Protest zu hören, suchte er ihre Tasche und fand sie unter dem Ladentisch. Die Schlüssel, die daneben lagen, steckte er ein. Dann schob und zog er Shelby zum Hinterausgang.

„Verdammt, Alan, ich sagte, ich gehe nicht!" Shelby fand sich plötzlich auf der Straße im Regen wieder. „Ich will mit dir nirgendwohin gehen."

„Das tut mir Leid." Alan schloss die Tür ab und verstaute die Schlüssel in seiner Manteltasche.

Shelby wischte sich die nassen Haare aus der Stirn und erklärte dickköpfig: „Du kannst mich nicht zwingen."

Er hob die Augenbrauen und musterte Shelby mit einem langen, abschätzenden Blick. Sie war zornig und auf eine ihr eigene Weise schön. Und er bemerkte mit einiger Befriedigung, dass sie ein klein wenig unsicher war. Es wurde höchste Zeit. „Vielleicht sollten wir von jetzt an zählen, wie oft du dich noch wiederholst." Alan nahm Shelbys Arm mit festem Griff und schleifte sie förmlich zu seinem Wagen.

„Wenn du dir einbildest ..." Ihre Worte verhallten ungehört, denn er schubste sie ohne weitere Umstände auf den Beifahrersitz.

Als Alan neben Shelby Platz genommen hatte, begann sie von neuem: „Du irrst dich, wenn du denkst, dass du mir imponierst, wenn du dich wie ein Höhlenmensch aufführst." Es war selten, dass Shelby sich hochtrabend benahm, aber wenn sie sich Mühe gab, konnte es keiner besser als sie, sogar im durchnässten Zustand. „Gib mir meine Schlüssel zurück." Gebieterisch streckte sie ihm die Hand mit der Innenfläche nach oben entgegen.

Alan ergriff ihre Hand, drückte einen Kuss auf die Innenseite und startete den Motor.

Shelby schloss ihre Hand zur Faust, seine Berührung elektrisierte ihren ganzen Körper. „Alan, ich weiß nicht, was in dich gefahren ist, aber so geht das nicht weiter. Nun, ich möchte die Schlüssel wiederhaben und zurück in meinen Laden gehen."

„Nach dem Essen", sagte er freundlich und manövrierte den Mercedes aus der Parklücke. „Wie war deine Woche?"

Shelby lehnte sich zurück und verschränkte die Arme. Dabei

bemerkte sie, dass sie Alans Regenbogen-Glücksbringer immer noch fest in der Hand hielt. Sie steckte ihn in die Jackentasche, dann entgegnete sie patzig: „Ich esse nicht mit dir."

„Ein nettes, ruhiges Restaurant würde uns gefallen, denke ich." Alan konzentrierte sich auf den Straßenverkehr. „Du schaust ein wenig müde aus, Liebes. Hast du schlecht geschlafen?"

„Ich habe herrlich geschlafen", log sie. „Ich war gestern bis spät in der Nacht aus." Sie drehte sich zu ihm um und fügte hinzu: „Mit einem Freund."

Alan verspürte Eifersucht, ließ sich aber nichts anmerken. Sie weiß genau, womit sie mich reizen kann, dachte er grimmig. Beiläufig erkundigte er sich: „War es ein netter Abend?"

„Es war ein fantastischer Abend! David ist Musiker und sehr feinfühlig. Sehr leidenschaftlich", fügte sie genüsslich hinzu. „Ich bin ganz verrückt nach ihm." David wäre überrascht, denn er war mit einer ihrer besten Freundinnen verlobt. Shelby bezweifelte es, dass das Thema jemals wieder aufkommen würde. „Übrigens kommt er gegen sieben Uhr und holt mich ab", fuhr sie fort und gab damit einer plötzlichen Eingebung nach. „Ich wäre dir sehr verbunden, wenn du jetzt umdrehtest, um mich wieder nach Hause zu fahren."

Alan fuhr ungerührt weiter. Er wurde auch nicht böse, er sah nur auf die Uhr. „Zu dumm", meinte er. „Das werden wir kaum schaffen. Zieh deine Jacke an, wir sind da."

Da Shelby sich nicht rührte, beugte sich Alan über sie, um die Tür auf ihrer Seite zu öffnen. Dabei strichen seine Lippen zärtlich über ihr Ohr. „Es sei denn", fügte er hinzu, „dass du lieber im Wagen bleiben und mit mir schmusen möchtest. Das wäre mir natürlich auch sehr recht."

Sofort riss Shelby die Tür auf, sprang hinaus und legte sich die Jacke über.

Meinetwegen können wir diese Szene durchspielen, dachte sie

und zwang sich zur Ruhe. Wenn ich erst wieder im Besitz meines Hausschlüssels bin, soll er mir für jede Minute büßen.

Alan war neben Shelby getreten, fasste sie um die Taille und blieb ruhig stehen. Ihr Widerstand ließ plötzlich nach. „Du hast nach Regen geschmeckt", flüsterte er und musste sich sehr zusammennehmen, um sie nicht erneut zu küssen. Die eine Woche ohne Shelby war für ihn die Hölle gewesen.

Mit einem Male veränderte sich die Welt für Shelby: Es goss in Strömen, das erinnerte sie an malerische Gebirgsbäche. Die Jacke rutschte ihr von den Schultern, aber sie hatte nur Angst um ihren Regenbogen. Wie war ein Leben ohne Alan überhaupt möglich gewesen, wenn ein paar Tage der Trennung sie schon halb verrückt machten?

Widerstrebend schob Alan sie vorwärts, ein wenig weg von sich. Eine Sekunde länger so dicht bei Shelby, und er könnte vergessen, dass sie sich auf einer belebten Straße befanden. Ihr Gesicht erinnerte an schimmerndes Elfenbein, an den langen Wimpern hingen glänzende Tropfen und umrahmten die geheimnisvollen grauen Augen. Warum sind wir nicht allein im einsamen Forst oder irgendwo am Meer? Dann müsste ich mich nicht von ihr losreißen. Behutsam zog er die verrutschte Jacke gerade.

„Ich mag es, wenn dein Haar nass ist." Langsam und besitzergreifend strich Alan über Shelbys Wange. Sein Arm blieb auf ihren Schultern liegen, als sie weitergingen.

Das Restaurant war eines der besten, Shelby kannte es. Allerdings war sie noch nie zu so früher Stunde hier gewesen, sondern immer erst gegen zehn Uhr, wenn kein Stuhl mehr frei war und man sein eigenes Wort kaum verstehen konnte. Ein Mann wie Alan würde natürlich die ruhigere Besuchszeit vorziehen, so wie jetzt.

„Guten Abend, Senator." Der Geschäftsführer begrüßte Alan erfreut, dann fiel sein Blick auf Shelby, und er strahlte. „Es ist eine besondere Ehre, Sie bei uns zu haben, Miss Campbell."

„Guten Abend, Mario", entgegnete Shelby, aus ihren Träumen gerissen.

„Ihr Tisch ist reserviert." Mario geleitete sie zu einer Nische. Kerzen brannten in blanken Messingleuchtern, und eine Rose stand daneben. Mit südländischem Instinkt hatte Mario den Hauch einer beginnenden Romanze verständnisvoll geahnt. „Eine Flasche Wein?" erkundigte er sich und hielt Shelbys Stuhl.

„Poilly Fuissé, Bichot", bestellte Alan, ohne nach Shelbys Meinung zu fragen. „1979er."

Mario nickte anerkennend. „Der Kellner kommt sofort."

Shelby hatte inzwischen ihre Fassung wiedergewonnen. Sie wischte energisch den feuchten Pony aus der Stirn. „Vielleicht hätte ich lieber ein Bier gehabt."

„Beim nächsten Mal", entgegnete Alan freundlich.

„Das wird es nicht geben, Alan, glaub es mir." Sie zuckte zusammen, als sein Finger über ihren Handrücken strich. „Wenn du mir nicht die Haustür vor der Nase zugeschlossen hättest, wäre ich jetzt auch nicht hier. Und fass mich nicht so an", fügte sie wütend hinzu.

„Wie soll ich dich denn anfassen? Deine Hände sind sehr sympathisch, Shelby." Er streichelte sie weiter und merkte, dass sie zitterte. Du wirst heute noch mehr zittern, mein Liebling, versprach er im Stillen, und wie! „Wie oft hast du während der letzten Tage an mich gedacht?"

„Gar nicht." Shelby warf den Kopf zurück und hatte ein schlechtes Gewissen wegen dieser neuen Lüge. „Also gut. Und wenn es so wäre?" Sie wollte ihre Hand wegziehen, aber Alan verflocht seine Finger mit ihren und hielt sie fest. Das war eine zivilisierte, konventionelle Geste, die in der Öffentlichkeit nicht weiter auffiel. Den angenehmen Schauer, der Shelby bis in die Fußspitzen fuhr, konnte glücklicherweise niemand sehen. „Ich hatte Gewissensbisse", sagte sie weiter, „weil ich neulich so garstig zu dir war. Aber nach deinem Auftritt heute wünschte ich,

ich wäre noch viel garstiger gewesen. Ich kann nämlich ziemlich scheußlich sein, wenn ich es darauf anlege."

Alan lächelte nur über diese versteckte Drohung, denn Mario war mit dem Wein an den Tisch getreten. Alan probierte, doch sein Blick lag unverwandt auf Shelby. Dann nickte er. „Sehr gut. Das Aroma spürt man noch nach Stunden. Später, wenn ich dich küsse, wird es noch immer zu schmecken sein."

Shelby errötete. „Ich bin nur hier, weil du mich hergeschleift hast."

Es war Mario hoch anzurechnen, dass er beim Einschenken keinen Tropfen danebengoss, obwohl er das Gespräch mit anhörte.

Shelbys Augen funkelten, weil Alan lächelnd schwieg. „Da du es abgelehnt hast, mir meine Schlüssel zurückzugeben, werde ich den nächsten Schlosser anrufen und ein neues Schloss einbauen lassen. Auf deine Kosten."

„Nach dem Essen werden wir sehen, wie es weitergeht." Alan hob sein Glas und trank Shelby zu. „Magst du den Wein? Ich finde ihn ausgezeichnet."

Unwirsch nahm Shelby einen viel zu großen Schluck. „Er schmeckt gut", gab sie zu. „Das hier ist kein Rendezvous, das ist dir hoffentlich klar."

„Eher eine Entführung? Noch Wein?"

Er spielt wieder den nachsichtigen, geduldigen Gentleman, dachte Shelby gereizt. Ich sollte mit der Faust auf den Tisch hauen und den Leuten Futter für den Stadtklatsch geben, das geschähe ihm recht.

Die Versuchung war groß, doch dann erinnerte sich Shelby an den Artikel über den Zoo, und sie biss die Zähne zusammen. Als Alan nachschenkte, zuckte sie nur gleichgültig mit den Schultern. „Wein und Kerzenlicht werden dich auch nicht weiterbringen, Alan MacGregor."

„Nein?" Er versagte es sich, darauf hinzuweisen, dass Shelby seine Hand inzwischen fest umklammert hielt. „Ich fand, wir sollten langsam traditionsgemäß vorgehen."

„Tatsächlich?" Sie musste lachen. „Warum dann keine Bonbonniere und Rosen? Das wäre stilvoll."

„Ich wusste, dass du dich mehr über einen Regenbogen freust."

„Was du nicht sagst." Shelby versteckte ihr Gesicht hinter der Speisekarte.

Eigentlich könnte man sich auch richtig satt essen, entschied sie. Warum hatte er diese Regentour erzwungen? Sie würde in sich hineinessen, was gut und teuer war. Außerdem war erstaunlicherweise ihr gesunder Appetit in vollem Umfang zurückgekehrt, ihre Energie übrigens auch. Seit Alan den Laden betreten hatte, war die Teilnahmslosigkeit wie weggezaubert.

„Möchten Sie bestellen, Miss Campbell?" erkundigte sich der Oberkellner.

Verschmitzt lächelnd sah Shelby auf. „Ja, es kann losgehen. Zuerst den Scampi-Salat mit Avocado, dann die Kraftbrühe, die Kalbsnieren mit Sauce Bearnaise, eine gebackene Kartoffel und dazu Artischockenherzen. Den Nachtisch suche ich mir später aus."

Ohne mit der Wimper zu zucken schrieb der Kellner ihre Wünsche auf. „Senator?" Fragend sah er Alan an.

„Den Salat des Hauses, bitte", Alan konnte sich kaum das Lachen verbeißen, Shelbys unschuldiger Gesichtsausdruck war zu komisch, „und die Scampis. Ich freue mich", sagte er zu Shelby, „dass dir der Spaziergang im Regen Appetit gemacht hat."

„Wenn ich schon einmal hier bin, kann ich auch einen Bissen essen", gab sie zurück. Dann verschränkte sie die Arme auf dem Tisch, beugte sich zu Alan hinüber und fragte überraschend gut gelaunt: „Wir müssen sicherlich eine Weile auf das Essen warten. Worüber wollen wir uns unterhalten, Senator? Was machen die Regierungsgeschäfte?"

„Man hat zu tun."

„Welch klassische Untertreibung! Du wirst ganz schön geschuftet haben, um den Gesetzentwurf von Breiderman abzublocken. Ich muss zugeben, dass es dir gut gelungen ist. Dein Lieblingsprojekt dürfte dich auch ziemlich beanspruchen. Hat man dir vom Bund nun endlich finanzielle Unterstützung zugebilligt?"

„Ich bin ein paar Schritte vorangekommen." Alan sah Shelby prüfend an. Sie war gut informiert, obwohl politische Dinge sie angeblich nicht interessierten. „Der hiesige Bürgermeister ist einverstanden damit, dass wir unser Bostoner Modell auch in Washington einführen. Allerdings stehen uns nur Spenden zur Verfügung und freiwillige Mitarbeit. Der Staat müsste sich beteiligen, dann könnten wir in größerem Umfang tätig werden."

„Das dürfte nicht leicht fallen bei der augenblicklichen Finanzlage und den geplanten Haushaltskürzungen."

„Ich weiß, aber ich werde es schon schaffen." Er lächelte. „Ich kann sehr geduldig sein bis zu einem gewissen Punkt, und dann ziemlich ... hartnäckig."

Shelby traute dem Aufblitzen in seinen Augen nicht ganz und schwieg deswegen.

„In der Angelegenheit bist du einigen Leuten ganz schön auf die Zehen getreten", setzte sie an, als der Salat serviert wurde. „Die treten bei nächster Gelegenheit bestimmt zurück."

„So ist das nun mal. Etwas wirklich Wertvolles erlangt man nur, wenn man sich sehr anstrengt und auch Rückschläge in Kauf nimmt." Er schenkte Wein nach. „Ich habe es mir zur Regel gemacht, die Probleme zu lösen, wenn die Zeit dafür reif ist."

Shelby merkte genau, wie Alan das meinte. Sie versuchte erst gar nicht, sich unwissend zu stellen. „Eine Romanze kannst du aber nicht wie eine politische Kampagne organisieren, Senator. Besonders nicht mit jemandem, der sich in all den nötigen Schritten gut auskennt."

„Ein Versuch lohnt sich immer." Alans Augen lachten, obwohl seine Miene ernst blieb. Wie gern hätte Shelby ihre Hand an sein Gesicht gelegt. „Du musst aber zugeben, Shelby, dass ich mich stets deutlich ausdrücke. Ich mache keine Versprechungen, die ich nicht halten kann."

„Du sprichst hier nicht zu deinen Wählern."

„Das ändert meine Einstellung kein bisschen."

Amüsiert schüttelte Shelby den Kopf. „Ich werde mich bestimmt auf kein Wortgefecht mit dir einlassen." Nach einer Pause fragte sie beiläufig, während sie das letzte Salatblatt auf ihrem Teller herumschob: „Ich nehme an, dass du das Bild in der Zeitung gesehen hast."

„Ja." Es hat sie also doch gestört, dachte Alan, obgleich sie es leichthin sagte, mit einem Lächeln. „Ja, es erinnerte mich an einen besonders schönen Moment. Wie schade, dass du darüber verärgert bist."

„Das bin ich nicht", sagte Shelby ein wenig zu schnell. Doch dann gab sie zögernd zu: „Wenigstens nicht übermäßig." Der Kellner wechselte in diesem Augenblick das Geschirr aus, und Shelby rührte nachdenklich die heiße Brühe um. „Ich habe dadurch nur wieder deutlich erkannt, wie sehr du im öffentlichen Interesse stehst. Macht dir das nie etwas aus?"

„Zuweilen schon. Doch die Publizität ist nun mal ein schwieriger, aber untrennbarer Teil meines Berufes. Man kann sich immer wieder darüber aufregen oder sie so weitgehend wie möglich ignorieren." Alan mochte Shelby nicht ernsthaft stimmen, deshalb gab er dem Gespräch eine humorvolle Wendung. „Allerdings steht die Reaktion meines Vaters noch aus. Ich bin gespannt, was er dazu sagt. Vorläufig hat er wohl noch nicht Wind davon bekommen, dass ich mit einem Spross der Campbells im Zoo gewesen bin."

Die Spannung lockerte sich durch Shelbys Lachen. „Wird er dich enterben, Alan? Fürchtest du dich davor?"

„Wenn es nur das wäre. Aber er wird mir ans Leder wollen. Zumindest für mein Gehör besteht größte Gefahr. Ich hebe das Telefon schon seit Tagen nur ganz vorsichtig ab."

Sie lächelte breit, als sie das Glas Wein an ihre Lippen hob. „Tust du ihm gegenüber so, als hättest du Angst vor ihm?"

„Manchmal. Es macht ihn glücklich."

Shelby brach ein Brötchen in zwei Teile und bot ihm die eine Hälfte an. „Wenn du schlau wärest, würdest du um mich einen möglichst weiten Bogen machen. Jedenfalls darfst du dein Trommelfell nicht riskieren. Wie könntest du sonst hören, was die Opposition nebenan im Schilde führt?"

„Mit meinem Vater werde ich schon fertig, wenn es so weit ist."

Shelby knabberte an der knusprigen Rinde ihres halben Brötchens und warf Alan einen kritischen Blick zu. „Das soll heißen, wenn du mich herumbekommen hast."

Alan hob sein Glas und trank ihr zu. „Du sagst es."

Das Essen und der ausgezeichnete Wein hatten Shelby das Selbstvertrauen wieder zurückgegeben. „Du wirst mich nicht herumbekommen."

„Das müssen wir abwarten, nicht wahr?" meinte er unbesorgt. „Hier kommt dein Hauptgericht."

7. KAPITEL

Keinen Moment lang verspürte Shelby ein schlechtes Gewissen, weil sie in Alans Nähe so glücklich war. Sie lachten zusammen und spazierten im Regen an den großen Schaufenstern der Mainstreet entlang. Schließlich setzten sie sich noch in ein überfülltes Café und nahmen einen letzten Drink.

Es war das erste Mal seit Tagen, dass Shelby sich wohl fühlte, unbeschwert fröhlich und entspannt sein konnte. Diese Stunden würden Konsequenzen haben – schließlich gab es nichts umsonst im Leben –, aber darüber wollte sie sich morgen den Kopf zerbrechen. Mehrere Bekannte, meist Freunde von Shelby, kamen an ihrem Tisch vorbei, grüßten Shelby und musterten Alan neugierig. Hier war sie zu Hause, der Senator MacGregor passte besser auf Gesellschaften und Empfänge.

„Hallo, schönes Mädchen!"

Shelby sah auf, begrüßte Wendy und David und machte sie mit Alan bekannt.

„Wolltest du uns nicht anrufen?" fragte Wendy. „Wir sind nun ohne dich in den neuen Film gegangen. Viel verpasst hast du allerdings nicht." Sie betrachtete Alan ungeniert von Kopf bis Fuß.

„Möchten Sie sich zu uns setzen?" fragte Alan höflich.

„Nett von Ihnen, danke. Aber wir sind schon auf dem Heimweg."

„Ich muss morgen bei einer Hochzeit spielen", warf David ein.

„Er überlegt noch immer, wie er das im nächsten Monat bei unserer eigenen machen kann", sagte Wendy lachend. „Oh, dabei fällt mir ein, dass ich die Adresse von dem griechischen Weinhändler haben muss, damit ich dort eine Menge Ouzo bestellen kann. Ich rufe dich deshalb an, Shelby." Und zu Alan gewandt:

„Sie behauptet nämlich, dass Ouzo Stimmung macht. Also, bis später." Eng umschlungen drängten sich die beiden an den voll besetzten Tischen vorbei zum Ausgang.

„Alle Achtung, dieser junge Mann verliert keine Zeit", stellte Alan fest.

„David?" fragte Shelby erstaunt. „Wieso? Der bewegt sich im Schneckentempo, es sei denn, er hält eine Gitarre im Arm."

„Ist das so?" Alan sah Shelby schelmisch in die Augen. „Du hast ihn heute sitzen lassen, und prompt macht er dieser Wendy einen Antrag."

„Ihn sitzen lassen ..." Shelby lachte, dann erinnerte sie sich. „Oh." Sie wusste nicht, ob sie sich ärgern oder das Ganze von der komischen Seite nehmen sollte. „Männer sind untreue Geschöpfe", entschied sie sich schließlich.

„Offensichtlich." Alan fasste Shelby unters Kinn. „Du trägst deine Niederlagen tapfer."

„Ich mag meine Gefühle nicht gern zur Schau stellen." Ihr Humor gewann die Oberhand, und sie musste lachen. „Zum Teufel, mussten die beiden auch gerade jetzt hier aufkreuzen?" Sie hob ihr Glas, um Alan zuzutrinken. „Auf gebrochene Herzen also."

„Oder auf dumme Lügen."

Shelby rümpfte die Nase, als die Gläser aneinander stießen. „Ich bin im Allgemeinen sehr gut im Lügen. Außerdem bin ich mit David ausgegangen. Einmal. Vor drei Jahren." Sie trank ihr Glas aus. „Vielleicht vier. Du kannst mit diesem selbstgefälligen, maskulinen Lächeln aufhören."

„Wie ungezogen von mir." Alan stand auf und half Shelby in ihre feuchte Jacke.

„Es wäre überhaupt viel höflicher gewesen, wenn du nicht darauf hingewiesen hättest, dass ich geschwindelt habe", bemerkte sie, während sie sich ihren Weg nach draußen in den Regen bahnten. „Das ist sonst nicht meine Art, aber ich war so wütend auf dich, und ein anderer Name ist mir in der Aufregung nicht eingefallen."

„Sollte ich diesen verworrenen Satz richtig gedeutet haben, so ist alles mein Fehler." Alan legte seinen Arm in einer so freundschaftlichen Weise um Shelbys Schultern, dass sie nicht protestierte. „Eigentlich müsste ich mich dafür entschuldigen, dass ich dir nicht genügend Zeit ließ, um eine bessere Lüge auszudenken."

„Ja, so gehört sich das." Sie hob ihr Gesicht dem Regen entgegen, den sie noch vor wenigen Stunden verwünscht hatte. Er war kühl, sauber und angenehm auf der Haut zu spüren. Sie hätte noch eine Ewigkeit so weiter spazieren gehen können.

„Aber für das Essen werde ich mich nicht bedanken", fuhr sie fort und lachte Alan an. Sie hatten seinen Wagen erreicht, und Shelby lehnte sich gegen die Karosserie. „Auch nicht für den Wein und das traute Kerzenlicht."

Alan sah in ihr keckes, regennasses Gesicht und ihm wurde heiß vor Begehren. Er ahnte, dass ihre Leidenschaft genauso natürlich und ungezwungen und ihre Hingabe rückhaltlos sein würde. Seine Hände ballten sich zu Fäusten, die er tief in den Taschen vergrub, um Shelby nicht sofort an sich zu ziehen. „Aber doch wohl für den Regenbogen, oder?"

Sie lächelte. „Vielleicht bedanke ich mich dafür, ich bin noch nicht ganz sicher." Rasch schlüpfte sie in den Wagen, denn unter Alans Blick waren ihr die Knie weich geworden.

„Eigentlich wollte ich heute Abend noch zur Küste fahren", sagte sie im Plauderton. Sie hielt es für ratsam, auf der Rückfahrt nur noch oberflächliche Konversation zu machen. „Du hast meine Pläne total umgestoßen."

„Magst du den Strand bei Regen?"

„Möglicherweise scheint dort die Sonne", meinte Shelby. „Aber auch wenn's regnet, gefällt es mir am Meer."

Alan steuerte den Mercedes geschickt durch den Verkehr. „Bei

Sturm bin ich am liebsten dort. In der Dämmerung, wenn Himmel und Wasser die gleiche Färbung annehmen."

„Ja." Erstaunt betrachtete Shelby sein Profil. „Ich hätte geglaubt, dass du lieber im Winter dort bist, wenn es einsam ist und du lange Spaziergänge machen und stundenlang nachdenken kannst."

„Alles zu seiner Zeit", murmelte Alan und fuhr lauter fort: „Meine Schwester lebt in Atlantic City. Außerhalb der Saison fahre ich gern dorthin, treibe mich an der Küste herum und verliere Geld in ihrem Spielclub."

„Deine Schwester hat ein Casino?"

„Ja, sie und ihr Mann sind Partner, sie besitzen mehrere Clubs." Shelbys ungläubiger Ton amüsierte Alan. „Rena hat früher beim Black Jack die Karten ausgeteilt, gelegentlich macht sie das heute auch noch. Du dachtest wohl, meine Familie bestünde aus lauter äußerst gesetzten, ordentlichen und schrecklich langweiligen Leuten?"

„Nicht unbedingt", erwiderte Shelby ausweichend, obwohl er mit seiner Annahme den Nagel ziemlich genau auf den Kopf getroffen hatte. „Deinen Vater habe ich jedenfalls nicht so eingeschätzt. Myra mag ihn sehr und hat mir allerhand von ihm erzählt."

„Die beiden streiten herrlich miteinander. Er ist genauso starrsinnig wie sie."

Alan fuhr den Wagen in eine Parklücke. Shelby wollte ihm sagen, dass sie auch allein ins Haus kommen könnte, er brauchte sich nicht zu bemühen, aber dazu war es schon zu spät.

Er hat viel von seinem alten Herrn, dachte sie seufzend.

Auf der Treppe suchte Shelby automatisch nach ihren Schlüsseln.

„Ich hab sie." Alan klapperte mit dem Bund außer Reichweite ihrer Hände. „Sie sollten eine Tasse Kaffee wert sein."

Shelby verzog das Gesicht. „Das ist ein Bestechungsversuch."

„Nein, nur eine Vermutung."

Shelby zögerte. Inzwischen kannte sie Alan jedoch gut genug, um zu wissen, dass er im Stande war, stundenlang mit ihr über dieses Thema zu debattieren und zu guter Letzt das Spiel ohnehin zu gewinnen. „Also gut, du bekommst deinen Kaffee", sagte sie. „Aber weiter nichts."

In der Küche saß Moische. Als Shelby und Alan eintraten, betrachtete er seine Herrin vorwurfsvoll aus seinem einen Auge und schnurrte beleidigt.

„Oh, verzeih mir!" sagte Shelby zu dem Kater. „Er ist schuld." Sie wies auf Alan, lief rasch zum Vorratsschrank und kam mit einer Tüte Katzenfutter zurück. Hungrig machte sich der Kater über seinen Napf her. „Er hat es gar nicht gern, wenn ich ihm seine Mahlzeit nicht pünktlich serviere. Er schätzt ein geregeltes Leben."

„Vernachlässigt sieht er nicht aus", stellte Alan fest.

Shelby war zum Spülstein getreten und füllte die Kaffeemaschine. „Nein, aber er ist schnell beleidigt. Wenn ich ..." Sie schwieg, als Alans Hände ihre Schultern umfassten. „Wenn ich ihn vergesse, dann ...", der Kaffeefilter fiel klappernd ins Becken, denn Alans Lippen spielten mit ihrem Ohr, „... ist er eingeschnappt." Shelby drehte den Kopf zur Seite, ihre Stimme war rau geworden. „Solche Untermieter sind schwierig."

„Das kann ich mir denken." Alan schob Shelbys Haar beiseite und küsste ihren Nacken. Vergeblich versuchte sie den Stecker in die Dose zu stöpseln. Heiße Wellen liefen durch ihren Körper.

„Shelby ..." Alans Hände glitten herab zu ihren Hüften.

Ich beachte ihn überhaupt nicht, nahm sie sich vor. Er berührt mich gar nicht, ich bilde mir das alles ein. Nur ruhig bleiben. „Was denn?"

Sein Mund war an ihrem Hals angelangt, dicht über dem Schlüsselbein nahm er ihren Duft am intensivsten wahr. Zärtlich erforschte seine Zungenspitze weiter die empfindliche Stelle.

Shelbys Atem wurde unregelmäßiger. „Du hast noch keinen Kaffee in den Topf getan."

Ein Schauer lief ihr über den Rücken. Mit beiden Händen hielt sie sich am Spültisch fest. „Ich verstehe dich nicht."

Mit festem Griff drehte Alan sie zu sich um. „Es ist kein Kaffee drin", sagte er, „aber das macht nichts." Seine Lippen berührten ihren Mund ganz leicht, dann die Wange und das Kinn.

Shelby hatte die Augen geschlossen. „Der Kaffee ist sofort fertig", flüsterte sie, als er ihre Lider berührte. Wie von Ferne hörte sie ihn lachen und wunderte sich darüber. Das Feuer in ihr breitete sich aus. „Du versuchst mich zu verführen, Alan."

„Nein." Er knabberte liebevoll an ihren Lippen, die sich ihm bereitwillig öffneten. Noch nicht, nahm er sich vor, und strich über die weiche Haut ihres Halses. „Ich versuche es nicht, ich tue es."

„Oh nein!" Shelby hob die Hände, um Alan wegzustoßen. Aber irgendwie legten sich ihre Arme von ganz allein um seinen Nacken. „Wir werden nicht miteinander schlafen." Es klang wenig überzeugend.

Alan hatte große Mühe, seine Leidenschaft zu zügeln. Er wühlte in Shelbys Haar und fragte leise: „Nein? Warum nicht?"

„Weil ...", Shelby hielt ihre Augen noch immer geschlossen, „... es der Weg in die Verdammnis ist."

Unterdrücktes Lachen erklang an ihrem Ohr, und dann sagte er: „Das war nicht gut formuliert, Shelby. Versuche es noch einmal."

Doch Shelby konnte sich nicht auf Worte konzentrieren. Es ging etwas mit ihr vor, das sie noch nie erlebt hatte und das sie nicht verstand. Ihr Wille war blockiert worden durch eine entnervende Schwäche, die aber andererseits zu einer drohenden Leidenschaft wuchs. „Nein!" stöhnte sie, fast in Panik. „Es darf einfach nicht geschehen. Ich begehre dich so stark, dass mir Angst wird. Verstehst du nicht?"

„Zu spät." Alan hielt Shelby im Arm und trug sie ins Schlafzimmer. „Viel, viel zu spät." Er zog ihr die Bluse von den Schultern und ließ sie zu Boden gleiten. Dieses Mal, dieses erste Mal, dachte er, würde es eine Verführung sein. Eine, an die sie sich in all den zukünftigen gemeinsamen Jahren erinnern würden. „Weich", murmelte er, „viel zu weich, um zu widerstehen." Er nahm sich Zeit, fuhr mit den Händen die Arme hinauf und über die Schultern. „Kannst du dir denken, wie oft ich mir vorgestellt habe, mit dir so zusammen zu sein?" Mit den Fingerspitzen strich er über die dünne glatte Seide ihres Büstenhalters. „Wie oft ich mir vorgestellt habe, dich so zu berühren?" Er öffnete den Reißverschluss ihres Rockes, und er fiel zu Boden. „Hörst du den Regen, Shelby?"

Sie fühlte die kühle Tagesdecke unter sich, als er sie aufs Bett gleiten ließ. „Ja."

„Ich will, dass der Regen dich immer daran erinnert, wie ich dich zum ersten Mal geliebt habe."

Dazu braucht es keinen Regen, dachte Shelby. Hatte ihr Herz jemals so rasch geschlagen? War sie sich jemals zuvor so weich und nachgiebig vorgekommen? Ja, sie konnte den Regen hören, der auf das Dach und gegen die Fenster trommelte. Aber sie würde sich nicht an dieses Geräusch erinnern müssen, um zu wissen, wie sich seine Lippen an ihrem Mund und sein Körper an ihrem eigenen anfühlten. Niemals würde sie vergessen können, wie sich sein regennasses Haar an seinen Kopf schmiegte und wie er ihren Namen immer und immer wieder flüsterte.

Noch nie zuvor hatte Shelby einem Mann erlaubt, über sie zu bestimmen, obwohl sie sich dessen nie bewusst gewesen war. Jetzt überließ sie sich Alan ganz, ließ es zu, dass er sie dahin führte, wohin sie – vielleicht aus Angst – nicht hatte gehen wollen. Dahin, wo die Realität aufhörte zu existieren.

Alan wollte sie ganz besitzen, sie überall berühren, langsam und gründlich, bis in Shelby jeglicher Gedanke ausgelöscht wurde und sie nur noch fühlen konnte. Allein mit den Fingerspitzen und mit den Lippen erregte er Shelby auf eine Weise, wie sie es nicht für möglich gehalten hätte.

Die Bedeutung des Wortes Sehnsucht ging Shelby erst auf, als sie ihre Hand ausstreckte, um Alans Hemd aufzuknöpfen. Ihre Arme waren auf einmal unbeholfen. Das Verlangen, seine nackte Brust zu spüren, wurde so übermächtig, dass es ihr nicht schnell genug gelang.

Sein Mund legte sich auf einmal fordernd auf ihre Lippen, und er drückte Shelby mit seinem ganzen Gewicht auf das Bett. Vielleicht tat er es aus einer unbewussten Regung heraus, um ihr seine Überlegenheit zu zeigen, vielleicht aber auch nur aus Begierde, sie ganz zu besitzen. Aber es brachte Shelby dazu, nicht mehr nur nachzugeben, sondern auch zu nehmen.

Keiner von ihnen war mehr auf Zärtlichkeit aus. Das war reine Leidenschaft, ungezähmte Leidenschaft, die aus ihnen herausbrach. Alan hatte es von Anfang an gewusst, dass Shelby zu einer solchen Liebesglut fähig war. Er forderte sie mit seinen Liebkosungen heraus, bis Shelby glaubte, nicht mehr atmen zu können. Sie erschien Alan wild und süß und verführerisch. Mit einem Aufschrei nahm Shelby Alan in sich auf. Sie hatte sich ihm nicht ergeben. Im Geben und Nehmen waren sie sich ebenbürtig.

Der Regen fiel immer noch, nur leiser, nicht mehr so laut.

Shelby schmiegte sich an Alan, ihre Augen waren geschlossen, ihr Atem ging regelmäßig, sie fühlte sich wunderbar, so im Frieden mit sich selbst. Alan ... Alan war ihre Ruhe, ihr Herz, ihr Zuhause.

Zuverlässig, beständig, originell und eigenwillig. Es gab so viele Seiten an ihm. Vielleicht war das der Grund, warum sie sich so sehr zu ihm hingezogen fühlte.

Alan bewegte sich, zog sie enger an sich. Er konnte immer noch die Flutwellen der Erregung, der Leidenschaft fühlen, all der namenlosen Empfindungen, die ihn überschwemmt hatten. Shelby war noch immer ein Teil von ihm. Sie war die Erfüllung all seiner Träume – ein Zauber, unerklärlich und wunderbar.

Träge und besitzergreifend zugleich fuhr er mit der Hand über ihren Rücken.

„Mmm ... noch einmal", murmelte Shelby.

Er lachte in sich hinein und streichelte ihren Rücken, bis Shelby nahe dran war, vor Genuss zu schnurren. „Shelby ..." Als Antwort seufzte sie nur und schmiegte sich noch enger an ihn. „Shelby, da ist etwas unter meinen Füßen – etwas Warmes und Weiches."

„Mm-hmm."

„Wenn es dein Kater ist, dann atmet er nicht mehr."

„MacGregor."

Er küsste sie auf die Stirn. „Wer?"

Sie lachte unterdrückt gegen seine Schulter. „MacGregor", wiederholte sie. „Mein Schwein."

Einen Augenblick lang herrschte Schweigen. „Wie bitte?"

Es klang so trocken und ernst, wie er die Frage stellte, dass Shelby hellauf lachen musste. „Oh, sag das noch einmal. Ich liebe es, wie du das sagst." Weil sie sein Gesicht sehen wollte, glitt sie über Alan hinweg, griff nach den Streichhölzern auf ihrem Nachttisch und zündete eine Kerze an. „MacGregor", sagte sie und küsste Alan noch ganz schnell, ehe sie auf das Fußende ihres Bettes wies.

Alan musterte die lächelnde Schnute eines Ferkels. „Du hast ein ausgestopftes Stoffschwein MacGregor genannt?"

„Aber Alan! Spricht man so von diesem süßen, zarten Geschöpf?" Ein neuer Heiterkeitsausbruch überwältigte Shelby, sie brach förmlich mit einem Lachkrampf über Alan zusammen. „Ich habe ihn getauft und ihm diesen Platz angewiesen, weil er der einzige MacGregor sein sollte, der sich in mein Bett schmuggeln darf, verstehst du?"

„Unglaublich." Alan griff in Shelbys zerzaustes Haar und zog ihren Kopf hoch, damit sie ihn ansehen musste. „Nennst du mein angestrengtes Liebeswerben einschmuggeln?"

„Du wusstest doch ganz genau, Senator, dass ich auf die Dauer gegenüber Luftballons und Regenbögen machtlos bin." Das Kerzenlicht flackerte schmeichelnd über ihr Gesicht. „Es war mein fester Wille, deinem Charme nicht zu erliegen. Ich weiß immer noch nicht, wie das hier möglich war."

Alan ergriff ihre Hand und küsste sie. „Du meinst ... dass wir uns geliebt haben?"

„Nein." Shelby blickte ihm in die Augen und sagte leise: „Dass ich dich liebe."

Mit beiden Händen hielt Alan sie fest. „Wiederhol das bitte."

„Ich liebe dich."

Fast unhörbar hatte sie die Worte geflüstert, doch in Alans Ohren tönten sie laut. Er zog Shelby an sich, so fest und hart, dass es sie fast schmerzte. Aber sie ließ es glücklich geschehen.

„Seit wann?" fragte er.

„Wann?" Die muskulösen Arme hielten sie wie ein Schraubstock. Shelby überlegte. „Irgendwann zwischen der Write'schen Terrasse und dem Moment, als ich den Korb mit den Erdbeeren geöffnet habe."

„Das hat aber sehr lange gedauert. Ich brauchte dich nur anzusehen."

Shelby wusste, dass Alan die Wahrheit sagte. Zu lügen oder zu übertreiben war nicht seine Art. Sie nahm sein Gesicht zwischen ihre beiden Hände. „Wenn du mir das vor einer Woche gesagt hättest oder gestern noch, hätte ich dich für verrückt gehalten. Vielleicht bist du es auch, doch das macht nichts." Langsam und innig küsste sie Alan auf den Mund. „Es ist so schön mit dir." Ihre Künstlerhände betasteten die Umrisse von Alans Kopf, glitten tiefer über seinen Hals auf Schultern und Brust. Shelby hätte ihn aus der Erinnerung heraus modellieren können. Ihre Fingerspitzen befühlten ihn so lange, bis Alan es nicht mehr aushalten konnte und sie in die Arme nahm.

„Kann ich dir etwas gestehen, ohne dass du eingebildet wirst?" fragte sie.

„Wahrscheinlich nicht." Alans Stimme klang heiser, Shelbys Berührung hatte ihn erregt. „Ich fühle mich immer sehr geschmeichelt, wenn man mir ein Kompliment macht."

„Damals in der Werkstatt", begann sie zögernd, „als ich dein Hemd ruinierte und du es auszogst ... weißt du noch? Und als ich mich dann umdrehte und sah, wie du mit nacktem Oberkörper dastandest ... In dem Augenblick hätte ich dich liebend gern angefasst, so wie jetzt." Wieder glitten ihre Handflächen über Alans Körper. „Und beinahe hätte ich es auch getan."

Alan fühlte, wie sein Herz klopfte und sein Begehren wieder erwachte. „Sicher würde ich mich nicht sonderlich gewehrt haben."

„... und hättest auch kaum eine Chance dazu gehabt." Shelby hörte nicht auf, Alan durch ihre Liebkosungen zu erregen. „So wie jetzt." Sie lachte verführerisch. „Ein MacGregor wird sich immer einem Campbell unterwerfen!"

Alan wollte mit einer passenden Bemerkung entgegnen, doch in diesem Augenblick erreichten Shelbys Finger seine Schenkel. Als Politiker kannte er zwar den Wert einer Debatte, wusste aber auch, dass Worte gelegentlich fehl am Platze waren. So ging die erste Runde an Shelby.

Noch immer war das monotone Geräusch des Regens zu hören. Doch der flackernde Kerzenschein war neu. Shelbys Körper betrachten zu können und ihr Gesicht zu sehen war für Alan unerhört reizvoll und wunderschön. Sie schloss ihre Augen, als die Leidenschaft neu aufflammte.

Alan beugte sich über Shelby. Er genoss jede Sekunde der Zärtlichkeit, war nicht mehr in Eile, sondern trieb ihr Begehren an zu immer heftigerem Verlangen. „Wir MacGregors haben auch unsere Methoden", wisperte er in ihr Ohr, „um mit einem Campbell fertig zu werden."

Ein tiefer Seufzer zeigte Alan, dass Shelby mit diesen Methoden nicht unzufrieden war. Sie zitterte, als er in sie eindrang. Er nahm sie langsam, hörte, wie sie schwer atmete, presste seine Lippen auf ihren Mund und nahm die ganze Süße auf, die sie nur zu willig war, ihm zu geben.

8. KAPITEL

Wenn Shelby an trüben Samstagen zur gewohnten Zeit aufwachte, zog sie sich meist die Decke wieder über den Kopf und schlief weiter. Als sie an diesem Morgen Alans warmen Körper neben sich spürte, schickte sie sich an, dasselbe zu tun. Sie kuschelte sich an ihn und schloss ihre Augen wieder. Doch da begann Alan ihren Rücken zu streicheln, und daraus ließ sich unschwer erkennen, dass er andere Pläne hatte.

„Bist du wach?" fragte er leise. „Oder soll ich dich wecken?"

Shelby murmelte eine unverständliche Antwort.

„Du hast dich also noch nicht entschieden", sagte er und begann systematisch damit, ihren Entschluss zu beeinflussen. „Vielleicht kann ich dir behilflich sein, deine Wünsche zu erkennen."

Langsam begann Alan Shelby zu küssen und zu liebkosen, dabei genoss er ihre noch verschlafene Reaktion. Es erschien ihm selbst unwahrscheinlich, dass er sie nach der leidenschaftlichen Nacht auch heute Morgen noch so fieberhaft begehren konnte. Aber ihre Haut war so warm und so weich – wie auch ihr Mund. Shelby bewegte sich träge unter ihm. Er fühlte ihren beschleunigten Puls.

Shelby schien zufrieden zu sein, dass Alan ihren Körper zärtlich berührte und erforschte, ganz nach seinem Belieben, und nur ihr Seufzen und ihr leises Aufstöhnen zeigten ihm an, wie sehr ihr das alles gefiel. Der Morgen wurde zum Tag ... doch sie hatten ja Zeit.

Sie liebten sich zärtlich und verträumt, von der ersten Berührung bis zum letzten atemlosen Kuss.

„Ich denke", sagte Shelby, während Alan seinen Kopf zwischen ihre Brüste schmiegte, „dass wir im Bett bleiben sollten, bis der Regen aufhört."

„Das wäre viel zu früh", protestierte Alan. „Oder musst du deinen Laden aufschließen?"

Shelby gähnte und strich mit den Fingern über die Muskeln seines Rückens. „Glücklicherweise nicht. Samstags macht Kyle das. Wir können ungestört weiterschlafen."

„Leider nicht bis in alle Ewigkeit", bedauerte Alan. „Ich bin zum Mittagessen verabredet und muss für Montag ein paar Akten durchsehen."

Natürlich, dachte Shelby und unterdrückte einen bitteren Seufzer. Für einen Mann wie Senator MacGregor ist der Sonnabend ein normaler Arbeitstag. Sie schaute zur Uhr und stellte dankbar fest, dass es noch früh war. Trotzdem lief ihnen die Zeit schon davon. „Wir haben immerhin noch ein paar Stunden", sagte sie leise.

„Wie steht's mit Frühstück?"

Shelby überlegte und entschied schließlich, dass ihre Trägheit größer war als der Hunger. „Kannst du kochen?" fragte sie.

„Nein."

Sie runzelte die Stirn, packte Alan an den Ohren und zwang ihn, ihr in die Augen zu sehen. „Überhaupt nicht? An einem Mann, dessen Politik immer die Interessen der Frauen herausstreicht, finde ich das besonders chauvinistisch."

Alan brachte es fertig, auch in dieser Lage ein höchst würdevolles Gesicht zu machen. „Du hast wahrscheinlich auch keine Ahnung von der Kochkunst, oder?"

Shelbys Wahrheitsliebe siegte. „Nur wenig", gab sie zu.

„Für jemanden mit einem so gesegneten Appetit ist das erstaunlich."

„Ich esse sehr oft im Restaurant. Und wie löst du das Problem?"

„McGee kocht für mich."

„McGee?"

„Er ist das, was man ein Familien-Faktotum nennen könnte."

Alan drehte eine weiche, lange Locke von Shelbys Haar um seine Finger. „Er war schon bei uns Butler, als ich noch nicht auf den Tisch gucken konnte, und er bestand darauf, mich hierher nach Washington zu begleiten." Alans Gesichtsausdruck zeigte, wie sehr er an dem treuen Mann hing. „Ich bin schon immer sein Liebling gewesen."

„Wie kam das?"

„Wenn ich nicht so bescheiden wäre, würde ich es damit erklären, dass ich stets wohlerzogen, ausgeglichen und unkompliziert war. Meine Eltern hatten kaum Ärger mit mir."

„Lügner!" Shelby ließ sich nichts vormachen. „Woher hast du das gebrochene Nasenbein?"

Alan lachte. „Rena hat mich geboxt."

„Deine Schwester?" Shelby brach in Lachen aus. „Die Casinobesitzerin, nicht wahr? Oh, das gefällt mir!"

Mit zwei Fingern der rechten Hand erwischte Alan Shelbys Nase und kniff sie liebevoll. „Es hat aber damals ziemlich wehgetan."

„Kann ich mir vorstellen." Shelby hatte sich noch immer nicht beruhigt und erkundigte sich mit vergnügtem Lachen: „Hat sie dich öfter verhauen?"

„Schon die Frage ist eine Beleidigung", erwiderte Alan mit Würde. „Natürlich konnte sie mich nicht schlagen. Caine prügelte sich mit ihr. Er hatte sie wegen eines Jungen geneckt, dem sie angeblich schöne Augen machte. Ich wollte beide auseinander bringen, geriet in die Feuerlinie und erwischte ein direktes, volles Ding."

Shelby erstickte fast vor Lachen.

„Damals erkannte ich", setzte er hinzu, „dass meist die neutrale Partei das Nachsehen hat."

Shelby wischte sich die Lachtränen aus den Augenwinkeln. „Ich bin sicher, dass es ihr mächtig Leid tat", sagte sie.

„Nur anfangs, wenn ich mich recht erinnere. Als die Blutung

gestillt war und ich nicht mehr drohte, sie und Caine umzubringen, war ihre Reaktion so ähnlich wie jetzt deine."

„Wie gefühllos! Armes Baby." Sie küsste sein Gesicht und besonders seine Nase. „Dafür tue ich Buße, indem ich das Frühstück übernehme. Wie findest du das?"

Mit erstaunlicher Energie sprang Shelby aus dem Bett, zog einen herumliegenden Morgenmantel über und warf Alan seine Hose zu. „Eigentlich könntest du dich um den Kaffee kümmern", schlug sie vor. „Ich forsche nach den anderen Vorräten."

„Sehr viel versprechend klingt das nicht."

„Du bist vorlaut. Warte doch erst einmal ab."

Auf dem Weg zur Küche kamen sie durch den Wohnraum. Moische lag auf dem Sofa und schenkte ihnen keinerlei Beachtung. „Er schmollt noch immer", seufzte Shelby. „Jetzt muss ich ihm Hühnerleber kaufen oder etwas Ähnliches." Shelby zog den Wassernapf aus Tante Emmas Käfig. „Er ist schon ein launischer Kater, nicht wahr?" fragte sie den Papagei. Tante Emma knackte nur mit dem Schnabel.

„Offensichtlich ist sie mit dem falschen Fuß aufgestanden", vermutete Alan.

„Nein, nein, wenn sie das macht, ist sie guter Laune", sagte Shelby. „Gib ihr bitte zu trinken, bevor du den Kaffee kochst." Dabei drückte sie ihm den Napf in die Hand.

Im nächsten Augenblick war Shelby verschwunden und kam einen Augenblick später mit der Zeitung zurück. „Die Präsidentenreise in den Mittleren Osten macht immer noch Schlagzeilen. Fährst du gern in der Welt herum, Alan?"

Er ahnte den doppelten Sinn hinter Shelbys harmlos klingender Frage und bemühte sich um eine wohl ausgewogene Antwort. „Manchmal macht es mir Freude", sagte er schließlich. „Andere Reisen sind nur einfach Notwendigkeit. Natürlich kann ich mir nicht immer aussuchen, wann und wohin ich fahre."

Shelby verdrängte die düsteren Gedanken, die ihr durch den

Kopf schossen. Sie öffnete den Eisschrank und inspizierte den bescheidenen Inhalt. „Aha!" rief sie fröhlich „Wir haben hier einen Viertelliter Milch, einen Rest Nasi Goreng, ein sehr kleines Stück Ziegenkäse, eine halbe Packung Feigen und ein Ei."

Alan schaute über Shelbys Schulter auf diese Herrlichkeiten. „Nur ein einziges Ei?" fragte er.

„Ja." Shelby kaute nachdenklich auf ihrer Unterlippe. „Wir müssen alle Möglichkeiten erwägen."

„Die beste davon wäre das Restaurant um die Ecke", schlug Alan vor.

„Der Mann hat keine Fantasie", murmelte Shelby und überlegte, wie sie aus den vorhandenen Resten ein Frühstück zaubern könnte. „Warte mal ... Brot müsste auch noch da sein. Lass mich mal nachsehen."

In der Tat: Im Geschirrschrank fanden sich fünf Scheiben Brot, wenn man die zwei Endstücke mitrechnete. „Wir könnten sie rösten", sagte Shelby begeistert. „Es sind genau zweieinhalb Toaste für jeden."

Alan nickte zustimmend. „Die Enden nimmst du."

„Es wird gerecht verteilt", entschied sie.

Einige Minuten beschäftigten sich beide in kameradschaftlicher Arbeitsteilung: Alan setzte den Kaffee auf und Shelby rührte Ei und Milch mit einem Schneebesen zusammen. Dann suchte sie eine Pfanne und fand dabei unter anderem ein Notizbuch mit losen Blättern. „Also hier ist das", murmelte sie sichtlich erfreut.

Alan hatte Shelbys Bemühungen interessiert verfolgt. „Darf ich meinen Vorschlag bezüglich des Restaurants noch einmal wiederholen?" fragte er. Sein Blick streifte den tief ausgeschnittenen Bademantel, der viel Busen zeigte und noch mehr Bein. „Du müsstest dich allerdings wärmer anziehen."

Shelby lächelte ihm aufreizend zu und schob den Stoff noch weiter zur Seite. Als Alan einen Schritt näher kam, steckte sie rasch das Brot in den Röster. „Bringst du bitte Teller?" fragte sie mit Unschuldsmiene.

Alan fand tatsächlich welche, trat hinter Shelby und küsste sie aufs Ohr. Die erzielte Wirkung gefiel ihm.

„Was verbrennt, musst du essen", warnte sie ihn.

Er lachte und stellte die Teller auf den Tisch. „Hast du Marmelade?"

Shelby rieb sich nachdenklich mit dem Handrücken die Nase. „Magst du keinen Sirup?"

„Nein."

Sie zuckte mit den Schultern und legte das Brot in einen Korb. „Heute musst du eben mal damit vorlieb nehmen." Nach mehreren vergeblichen Versuchen entdeckte sie die Sirupflasche.

„Viel mehr als ein Esslöffel voll ist da auch nicht drin", stellte Alan fest.

„Das macht eineinhalb Teelöffel für jeden", sagte Shelby, nahm sich ihren Anteil und reichte Alan den Rest. „Ich vergesse immer, was einzukaufen ist", entschuldigte sie sich.

Alan schüttelte die letzten Tropfen aus der Flasche. „Es stehen sechs verschiedene Dosen mit Katzenfutter im Regal", stellte er fest.

„Moische wird ärgerlich, wenn er nicht aussuchen darf."

Alan kaute und fand das Frühstück gar nicht so schlecht. „Wie ist es nur möglich, dass eine so willensstarke Person wie du sich von einer übellaunigen Katze tyrannisieren lässt?"

Shelby zuckte nur mit den Schultern und aß weiter. „Wir alle haben unsere Schwächen", erwiderte sie schließlich. „Außerdem ist er als Untermieter höchst angenehm. Er lauscht nicht, wenn ich telefoniere, und borgt sich meine Kleider nicht aus."

„Sind das notwendige Voraussetzungen?"

„Wichtig ist das auf jeden Fall."

Alan sah Shelby, die inzwischen ihre Frühstücksportion in Rekordzeit verspeist hatte, eindringlich an. „Wenn ich versprechen würde, weder das eine noch das andere zu tun, wärst du dann einverstanden, mich zu heiraten?"

Shelby, die gerade ihre Tasse zum Mund führte, erstarrte. Zum ersten Mal, seit Alan sie kannte, war sie vollkommen sprachlos. Sie setzte den Kaffee unberührt auf den Tisch zurück und fixierte die braune Flüssigkeit, während ihr hundert verschiedene Gedanken durch den Kopf rasten, die alle überschattet waren von dem Gefühl nackter Angst.

„Shelby?"

Sie schüttelte den Kopf und stand auf. Ihr Besteck und der Teller flogen klappernd in den Spülstein. Sie schwieg, traute sich noch nicht zu sprechen. Wenn sie jetzt den Mund öffnete, würde sie Ja sagen, und davor fürchtete sie sich am meisten. Ihr Herz war schwer und tat weh. Langsam atmete sie aus, lehnte sich an das Fensterbrett und blickte hinaus in den Regen. Als sie Alans Hände auf ihren Schultern fühlte, schloss sie die Augen.

Warum war ich darauf nicht vorbereitet? Für einen Mann wie Alan ist Heirat die logische Konsequenz einer Liebe. Und Kinder haben, eine eigene Familie ... will ich das nicht auch? Warum würde ich sonst so gern zustimmen, jetzt sofort? Aber kann ich mir mit Alan diese Zukunft wünschen? Heute schon steht Senator vor seinem Namen, und dabei wird es nicht bleiben, er strebt noch höhere Titel an.

„Shelby!" Seine Stimme klang weich und gleichzeitig ungeduldig. „Ich liebe dich. Du bist die einzige Frau, die ich haben möchte, mit der ich mein Leben teilen will. Ich möchte morgens mit dir zusammen aufwachen, so wie heute. Ich brauche dich."

„Ich dich auch, Alan."

Er drehte sie zu sich herum, und sie sahen einander in die Augen. In seinem Blick lag wieder die Ernsthaftigkeit und die Anständigkeit, die ihr von Anfang an gefallen hatten. „Dann heirate mich", sagte er.

„Es klingt so einfach, wie du das sagst ..."

„Nein", unterbrach er sie, „nicht einfach – notwendig, lebensnotwendig ist es. Aber einfach wird es sicher nicht."

„Lass mir Zeit." Shelby schlang die Arme um Alans Nacken und drängte sich an ihn. „Bitte frag mich heute noch nicht. Wir sind zusammen, und ich liebe dich. Lass das genug sein – vorläufig."

Alan wollte drängen, doch sein Instinkt gebot Vorsicht. Wie verwundbar Shelby trotz ihrer sonst so unbekümmerten Art war, hatte er an ihrem flehenden Blick gesehen. Er musste Geduld haben, durfte sich nicht einfach über ihre Empfindungen hinwegsetzen.

„Morgen ist es mir noch genauso ernst wie heute", murmelte er und strich über Shelbys Haar, „und im nächsten Jahr auch. Ich liebe dich und ich verspreche, dass ich warte und dich erneut frage. Aber ich kann dir nicht versprechen, dass ich damit so lange warten werde, bis du bereit bist, mir zu antworten."

„Das musst du auch nicht." Shelby legte ihre Hände an Alans Gesicht. „Keine Versprechen! Lass uns die Gegenwart genießen, das verregnete Wochenende, das uns allein gehört. Wir brauchen doch nicht an morgen zu denken, wenn wir heute beisammen sind. Fragen lassen wir für später."

Als sie ihn küsste, fühlte Shelby die Liebe zu Alan wie eine heiße Welle durch ihren Körper strömen. Gleichzeitig aber hatte sie Angst. „Komm zurück ins Bett, Alan, nimm mich in die Arme, dann gibt es nichts anderes mehr, nur dich und mich."

Alan fühlte Shelbys Verzweiflung, obwohl er nicht verstehen konnte, wovor sie sich fürchtete. Ohne ein weiteres Wort hob er sie auf und trug sie zurück ins Schlafzimmer.

„Ich kann immer noch absagen, wenn du es willst." Alan ließ den Wagen vor seinem Haus langsam ausrollen.

„Aber warum? Es macht mir wirklich nichts aus, mit dir hinzugehen." Shelby lehnte sich zu Alan hinüber, gab ihm einen schnellen Kuss und stieg aus. Der Regen hatte sich in nieselnden Nebel verwandelt, kleine Wasserperlen blieben auf ihrem kurzen Samtjäckchen hängen. „Solche Essen mit Tanz können recht amüsant sein, auch wenn es sich dabei um verkappte politische Funktionen handelt."

Alan war neben Shelby getreten, hob ihr Kinn und revanchierte sich für ihre Zärtlichkeiten. „Wahrscheinlich würdest du überallhin gehen, wo es etwas zu essen gibt."

„Ein Ansporn ist es jedenfalls." Shelby hakte sich bei Alan ein, und sie gingen zusammen zum Eingang. „Während du dich umziehst, kann ich in deiner Behausung ein bisschen herumschnüffeln."

„Für deinen Geschmack ist sie vielleicht etwas nüchtern."

Shelby knuffte ihn freundlich. „Hauptsache, du selbst bist es nicht."

„Meiner Meinung nach wäre ein Abend zu Hause weitaus anregender", meinte Alan und schloss die Tür auf.

„Ich würde mich eventuell überreden lassen." Shelby drehte sich im Flur um und lehnte sich eng an Alan. „Wenn es der Mühe wert ist, solltest du es versuchen."

Bevor Alan aktiv werden konnte, erklang ein steifes, leises Räuspern. McGee stand wie ein Baum neben der Tür zum Salon. Sein langes, runzliges Gesicht war ausdruckslos, aber Alan spürte fast körperlich die Wellen der Missbilligung, die von dem alten Butler ausgingen.

Beinahe hätte er laut geseufzt. Seit seinem sechzehnten Lebensjahr kannte er diese Haltung. McGee war der personifizierte Vorwurf, wenn sein Herr zu spät oder in nicht ganz nüchternem Zustand nach Hause kam.

„Sie hatten mehrere Anrufe, Senator."

Ein Lächeln zuckte kurz um Alans Mundwinkel. Das förmliche „Senator" wurde stets im Beisein fremder Personen angewandt.

„Irgendetwas Dringendes, McGee?" fragte er in gleichem Ton zurück.

„Nichts Dringendes, Senator." Zu Shelbys größtem Entzücken rollte McGee sein schottisches R besonders stark, so als wolle er seinen Worten noch zusätzlich Nachdruck verleihen.

„Dann befasse ich mich später damit. Shelby, das ist McGee. Er ist seit meiner Kindheit in unserer Familie."

„Hallo, McGee." Shelby ließ unbefangen Alans Arm los, ging zu dem Butler hin und reichte ihm die Hand. „Stammen Sie aus dem Hochland?"

„Ja, Ma'am. Aus Perthshire."

Shelbys lächelndem Charme konnte so leicht niemand widerstehen, nicht einmal diese knorrige schottische Eiche. „Mein Großvater kam aus Dalmally. Kennen Sie diese Gegend?"

„Oh ja!" Alan beobachtete, wie McGees Augen glänzten. „Das Land ist es wert, dass man es zweimal betrachtet."

„Da bin ich ganz Ihrer Meinung. Allerdings bin ich seit meinem siebten Lebensjahr nicht mehr dort gewesen. Besonders an die Berge erinnere ich mich gut. Fahren Sie manchmal nach Hause?"

„Jedes Jahr im Frühling, wenn die Heide blüht. Nichts ist schöner, als im Juni durch blühende Heide zu wandern."

Das sind die längsten und romantischsten Sätze, die ich jemals aus McGees Mund einem Fremden gegenüber gehört habe, dachte Alan. Aber es wundert mich kein bisschen. „McGee, würden Sie bitte den Tee für Miss Campbell inzwischen im Salon servieren?" bat er den Butler. „Ich muss mich umziehen."

„Campbell?" McGees steinernes Gesicht zeigte mehr als Überraschung, als er von Alan zu Shelby blickte. „Campbell!" Er hatte Mühe, seine Haltung zu wahren. „Das wird noch allerhand Aufruhr geben", murmelte er in sich hinein. Nach dieser unheilvollen Prophezeiung drehte er sich um und verschwand.

„Du hast ihm eine überaus beachtliche Rede entlockt", sagte Alan, während er Shelby durch das Haus führte.

„Was ist erstaunlich daran?"

„Liebling, für McGee war das ein längerer Vortrag."

„Ach ja? Ich mag ihn. Vor allem hat mir seine Art gefallen, wie er dich wortlos gescholten hat, weil du letzte Nacht nicht heimgekommen bist."

Shelby vergrub ihre Hände tief in den Taschen ihres weiten Rockes und sah sich aufmerksam um. Mit geschickt verteilten Höhepunkten und Unterbrechungen wirkte der Salon ruhig und ausgeglichen. Alles passte haargenau zu Alans Persönlichkeit.

Ihr fiel die jadegrüne Schale ein, die sie am Tag nach ihrer ersten Begegnung mit Alan geformt hatte. Hier muss sie stehen, überlegte Shelby. Ich werde sie Alan geben. Wie seltsam, dass ich etwas gemacht habe, was für seine Umgebung perfekt ist. Warum gilt das nicht auch für mich?

Vorerst verdrängte sie jedoch dieses Problem, wandte sich zu Alan und schaute ihn liebevoll an. „Mir gefällt es hier."

Die einfache Feststellung überraschte ihn. Klare Aussagen hatten bei Shelby Seltenheitswert. Normalerweise wären mindestens ein paar doppelsinnige, witzige Kommentare zu erwarten gewesen. „Und ich freue mich, dass du jetzt bei mir bist", entgegnete er ruhig.

Shelby wünschte sich in diesem Moment, Alan würde sie festhalten und ihr versprechen, dass es so immer bleiben könnte, dass nichts ihr Glück plötzlich zerstören würde ...

Ohne sich von diesem Gefühl etwas anmerken zu lassen, berührte sie leicht Alans Wange, und ihr Ton klang unbefangen, als sie ihn mahnte: „Du musst dich umkleiden, Senator. Je eher wir dort eintreffen, desto rascher können wir wieder verschwinden."

Alan küsste Shelbys Handfläche. „Deine Logik begeistert mich. Ich bin schon auf dem Weg."

Als sie allein war, schloss Shelby gequält die Augen. Worauf hatte sie sich eingelassen! Wie war es möglich, einen Mann so sehr zu lieben und zu brauchen, wenn der Verstand immer wieder warnte und die drohende Gefahr in deutlichen Linien anzeigte? Tu es nicht! sagte der Verstand. Sei vorsichtig und denk zurück an damals!

Ganz abgesehen von der nebelhaften Furcht vor einem Zusammenleben mit Alan gab es ein Dutzend guter, vernünftiger Gründe, warum sie beide überhaupt nicht zusammenpassten. Shelby konnte alle aufzählen, wenn Alan nicht in ihrer Nähe war.

Dazu gehörte zum Beispiel die unterschiedliche Lebensweise, die sich in seiner und in ihrer häuslichen Umgebung widerspiegelte. Hier, in Alans Haus, herrschte eine grundsätzliche Ordnung. Es war in einem vornehm-schlichten Stil eingerichtet, den Shelby bewunderte. Aber es war nicht ihr Stil. Ihre Wohnung war ein künstlerisches Chaos, und das lag nicht etwa daran, dass sie zu faul oder zu gleichgültig gewesen wäre, um Ordnung zu schaffen, sondern weil es ihr gefiel und sie sich darin wohl fühlte.

Bei Alan spürte sie angeborene Güte, die sie bei sich nicht entdecken konnte. Er war tolerant, und das konnte sie von sich bestimmt nicht behaupten. Er richtete sich nach Tatsachen und wohl durchdachten Theorien. Für Shelby waren Vorstellungskraft und Möglichkeiten maßgebend.

Es ist wirklich wie verhext, dachte sie und fuhr sich mit der Hand durchs Haar. Wie können sich zwei Menschen mit derart wenigen Gemeinsamkeiten so sehr lieben?

Ich hätte vor ihm fliehen müssen, sagte sie sich. Noch in derselben Minute, als ich ihn zum ersten Mal erblickte, hätte ich wie ein Hase davonrennen müssen, so schnell und so weit wie möglich. Aber was hätte es mir genützt? Shelby lachte bitter auf, während sie auf dem weichen Teppich hin und her wanderte. Er hätte mich aufgespürt und wie in der Fabel von dem Hasen und dem Igel in aller Ruhe genau an der Stelle auf mich gewartet, wo ich schließlich atemlos und erschöpft zusammengebrochen wäre.

„Ihr Tee, Miss Campbell."

Shelby drehte sich um, als McGee den Salon betrat. Das Porzellan auf dem Tablett in seinen Händen war so schön, dass sie es berühren musste. „Meißen", sagte sie begeistert, hob eine der zierlichen, wunderhübsch bemalten Tässchen auf und las laut vor: „Johann Böttger. Frühes siebzehntes Jahrhundert ... Traumhaft!" Sie studierte die Schale wie eine Kunststudentin ein Meisterwerk. Ihrer Meinung nach standen viel zu viele Dinge einsam hinter Glas in den Museen, man sollte Gebrauch von ihnen machen und sich daran freuen. „Johann Böttger hat niemals sein Lebensziel erreicht", sagte sie leise, „die orientalische Perfektion der farbigen Muster. Aber was hat er doch bei seinen Versuchen für prächtige Sachen geschaffen."

McGee beobachtete Shelbys Begeisterung mit gemischten Gefühlen. Shelby merkte, dass er sie misstrauisch angesehen hatte. Belustigt stellte sie die Tasse auf das Tablett zurück. „Tut mir Leid, McGee, meine Vorliebe für Ton hat mich mitgerissen."

„Ton, Miss?"

Behutsam klopfte Shelby mit dem Finger an das Geschirr. „Das Ausgangsmaterial ist immer gleich – ein Klumpen verschiedenartigen Schmutzes."

McGee beschloss, sich nicht weiter auf diese Definition einzulassen. „Vielleicht sollten Sie auf dem Sofa Platz nehmen, Miss Campbell."

Shelby tat es und beobachtete interessiert, wie geschickt er mit seinen kräftigen Händen das Geschirr anordnete.

„McGee, ist Alan schon immer so unbesiegbar und ruhig gewesen?"

„Ja, Miss." Die Antwort kam spontan. Shelby hatte die rechten Worte für Alan gefunden.

„Das habe ich befürchtet." Shelby sagte es fast unhörbar.

„Wie bitte, Miss?"

Gedankenverloren sah Shelby auf. „Oh, nichts. Überhaupt nichts. Vielen Dank, McGee."

Sie nippte an ihrem Tee. Warum habe ich ihn gefragt? Ich wusste es doch genau. Alan wird immer gewinnen, wenn er sich auf eine bestimmte Sache konzentriert. Deshalb fürchte ich mich ja so.

„Woran denkst du?" Alan war lautlos eingetreten und hatte Shelby schon eine Weile betrachtet. Wie hübsch sie aussah, wie sie da so sinnend auf dem Sofa saß.

Shelby blickte auf. „Oh, du hast dich ja beeilt", lobte sie ihn lächelnd und überging seine Frage. „Ich fürchte, meine Bewunderung für dein Teeservice war McGee unheimlich. Hoffentlich denkt er nicht, ich hätte die Absicht, einige Teile in meine Tasche gleiten zu lassen." Sie stand auf und betrachtete Alan mit Wohlgefallen. „Bist du bereit, deinen Charme zu verstreuen und einen ehrenwerten Eindruck zu machen? Vom Äußeren her könnte man es jedenfalls annehmen."

Alan hob die Augenbrauen. „Ich kann den Verdacht nicht loswerden, dass in deinem Vokabular ‚ehrenwert' ganz dicht neben ‚langweilig' steht."

„Aber nein", entgegnete Shelby lachend, während sie zur Tür gingen. „Dazwischen ist noch reichlich Platz. Ich werde dich anstoßen, wenn du dich dem ‚langweilig' nähern solltest."

Alan legte die Arme um Shelbys Taille und zog sie an sich. „Während der vergangenen Stunde plus dreiundzwanzig Minuten haben wir uns nicht geküsst." Langsam und genussvoll holte er das Versäumte nach. „Ich liebe dich", flüsterte er, und seine Berührungen wurden temperamentvoller. „Mit wem du heute Abend auch tanzen wirst, denk immer an mich."

Atemlos öffnete Shelby die Augen. In Alans Blick sah sie die tiefe, schlummernde Leidenschaft, der sie nicht zu widerstehen vermochte. Er würde sie einfach verschlucken, mit Haut und Haar und Seele. Er besaß die Kraft dazu.

„Heute Nacht", flüsterte sie fast unhörbar, „ganz gleich mit wem du tanzt, sollst du nur nach mir Sehnsucht haben." Sie legte ihren Kopf an Alans Schulter.

Ein antiker geschliffener Spiegel warf ihr Bild zurück. Da stand Alan, schlank und groß, formell gekleidet in dunklem Anzug. In seinen Armen wirkte Shelby zerbrechlich und unkonventionell mit ihrer knappen Jacke und dem üppig bestickten Seidenrock. „Schau mal dorthin, Alan." Sie wies auf den Spiegel. „Was sagst du zu diesem Paar?"

„Wunderhübsch siehst du aus", stellte er fest. „Ich habe Angst, dich anderen Männern vorzustellen. Das Bild zeigt mir zwei Menschen. Es sind sehr verschiedene Typen, doch sie passen außerordentlich gut zusammen."

Er hat meine Gedanken erraten, dachte Shelby. Dann neckte sie ihn: „Würde nicht eine kühle Blondine im klassischen kleinen Schwarzen sehr viel vorteilhafter neben diesem eleganten Herrn wirken?"

Alan schien einen Moment über ihre Frage nachzudenken. „Weißt du", meinte er schließlich, „eben hörte ich zum ersten Mal aus deinem reizvollen Mund etwas ungemein Törichtes."

Shelby suchte seinen Blick im Spiegel, sah den kaum interessierten, leicht versnobten Ausdruck seines Gesichts und musste hell auflachen. „Na warte!" rief sie. „Für diese Bemerkung werde ich mich revanchieren. Niemand wird mich wiedererkennen, so hoch will ich meine Nase tragen."

„Gütiger Himmel – bewahre mich davor!" protestierte Alan mit gut gespieltem Entsetzen und schob Shelby aus der Tür.

Geschickte Beleuchtung, funkelndes Kristall, schneeweiße Damasttücher und schimmerndes Silber gaben der Gesellschaft Atmosphäre. Shelby saß an einem von mehreren großen runden

Tischen. An ihrer linken Seite hatte Alan Platz genommen und das Oberhaupt des Komitees für Verkehrssicherheit an der anderen. Sie ließ sich einen Hummercocktail schmecken und machte mühelos Konversation.

„Wären Sie nicht so stur, Leo", sagte sie, „dann hätten Sie es längst einmal mit dem Aluminiumschläger versucht. Dadurch dürfte sich Ihr Spiel wesentlich verbessern."

„Mein Spiel hat sich verbessert." Der bullige, kahlköpfige Staatsmann drohte mit dem Löffel. „Wir haben ja seit sechs Monaten kein Match zusammen gemacht. Heute würden Sie mich bestimmt nicht in drei Sätzen schlagen."

Shelby lächelte und nippte an ihrem Mineralwasser. Der nächste Gang wurde serviert. „Vielleicht kann ich nächstens mal ein paar Stunden erübrigen und in den Club kommen."

„Tun Sie das! Es wäre mir ein Vergnügen, Sie zu besiegen."

„Dann müssten Sie aber auf Ihre Beinarbeit achten, Leo." Shelby war bester Laune. Sie dankte ihrem Schicksal, dass Leo ihr Tischnachbar war. Mit ihm ließ es sich leicht und natürlich plaudern. Sie kannte viele Menschen hier, und mit einigen wenigen war sie sehr gern zusammen.

Politische Ambitionen? Sie schwebten durch den Raum wie teures Parfüm. Dagegen hatte Shelby nichts einzuwenden. Aber meist gingen damit steife Regeln und Traditionen Hand in Hand, das missfiel ihr. Waren diese auch ein Teil von Alan? Ich habe ihm mein bestes Benehmen versprochen, ermahnte sie sich. Also werde ich mir alle Mühe geben.

„Was macht Ihre Rückhandschwäche?" neckte sie den Minister.

„Die lassen Sie ruhig aus dem Spiel", grollte er und lehnte sich nach vorn. „Haben Sie jemals mit dieser Person Tennis gespielt, MacGregor?"

„Bisher noch nicht", gab Alan zurück.

„Dann möchte ich Sie hiermit warnen. Das Mädchen setzt

alles daran, ein Spiel zu gewinnen. Vor dem Alter hat sie auch keinerlei Respekt." Mit der Gabel unterstrich er seine Worte.

„Ich denke nicht daran, Ihnen Vorgabe wegen Ihres Alter zu geben, Leo", meinte Shelby leichthin. „Sie rechnen Ihre Jahre doppelt, wenn Sie im Rückstand liegen."

Er lachte dröhnend. „Sie Schlange! Warten Sie nur, bis wir uns auf dem Platz treffen."

„Spielen Sie auch gern Tennis, Senator?" Shelbys Augen blitzten Alan herausfordernd an.

„Gelegentlich", erwiderte er. Seine Teamerfolge aus der Zeit in Harvard würde er ihr nicht auf die hübsche Nase binden.

„An sich könnte ich mir denken, dass Ihnen Schachspielen besser liegt. Ausgefeilte strategische Angriffspläne sind doch gewiss Ihre Stärke."

Alans Lächeln blieb unbeirrt, als er Shelby zutrank. „Wir sollten einmal zusammen spielen."

Sie lachte leise. „Das dürften wir schon hinter uns haben."

Seine Hand glitt über ihren Arm. „Lust auf Revanche?"

Shelbys Blick ließ Alans Herz schneller schlagen. „Lieber nicht, womöglich würdest du diesmal nicht gewinnen", antwortete sie leise.

Das Essen zog sich in die Länge. Endlich wurden Zigaretten und Zigarren gereicht, und man erhob sich. Alan wäre am liebsten sofort mit Shelby verschwunden, seine Gedanken kreisten unaufhörlich um die Erlebnisse der vergangenen Nacht. Zum ersten Mal in seinem Leben fiel es ihm schwer, sich auf die jeweiligen Gesprächspartner zu konzentrieren.

Shelbys unverkennbare dunkle Stimme drang an sein Ohr. Offensichtlich erklärte sie soeben auf höchst direkte Art einem Abgeordneten, welch wenig schmeichelhafte Meinung sie von einer Anfrage der Opposition hatte. Alan war der gleichen Ansicht, aber ... eine gute Diplomatin würde Shelby nie werden. Sie wollte auch keine sein.

Wusste sie eigentlich, wie widersprüchlich sie war? Politiker als Gruppe lehnte sie strikt ab, und dennoch konnte sie sich mit jedem von ihnen auf gleicher Ebene und in deren Ausdrucksweise unterhalten, ohne das geringste Zeichen von Unbehagen zu zeigen. Falls sie überhaupt Unbehagen dabei verspürt, dachte Alan. Mir sieht es eher so aus, als seien es ihre Gesprächspartner, denen bei Shelbys kritischen Bemerkungen nicht immer ganz wohl ist.

Die blonde Frau dort drüben mochte schöner sein, jene Brünette vielleicht eleganter. Aber man würde sich nach einem solchen Abend stets an Shelby erinnern. Alan beobachtete, wie sich gestandene Politiker um sie drängten, das Gespräch mit ihr suchten. Warum? Er zuckte mit den Schultern. Es gab keine Erklärung dafür, es war einfach so.

Alan fühlte Shelbys Nähe, noch ehe er ihre leise Stimme vernahm. „Möchtest du mit mir tanzen, Senator? Das wäre im Augenblick die einzig mögliche Form, Hand an dich zu legen."

Er musste sich beherrschen, Shelby nicht sofort in die Arme zu nehmen. Sein Herz klopfte heftig. „Das war Gedankenübertragung", sagte er in dem gleichen leisen Ton und führte Shelby zur Tanzfläche.

Ihre Körper verschmolzen miteinander, wiegten sich mühelos im Rhythmus der Musik. „Wie gut wir zusammenpassen", flüsterte Alan in Shelbys Ohr.

Sie legte den Kopf zurück und sah Alan an. „Erstaunlich, denn niemand könnte verschiedener sein als wir beide." Trotzdem versprach ein Blick ihm die Erfüllung seiner heißen, leidenschaftlichen Wünsche. Ihre Lippen öffneten sich ein wenig, die Hand auf seiner Schulter schob sich vor, und ihre Fingerspitzen berührten seinen Nacken. „Wir dürften eigentlich nicht harmonieren und uns so gut verstehen", sagte sie fast unhörbar. „Ich begreife nicht, warum das so ist."

„Du missachtest jegliche Logik, deshalb findest du –

logischerweise – auch keine vernünftige Antwort auf deine Frage."

Shelby lachte, Alans Wortspiel gefiel ihr. „Oh Liebster, du bist viel zu klug für mich."

„Trotzdem wirst du nicht aufhören, mit mir zu argumentieren."

„Erraten." Zärtlich versteckte sie ihr glückliches Gesicht an seiner Schulter. „Du kennst mich viel zu gut, durchschaust mich sofort, das ist gefährlich für mich – und für dich vielleicht auch. Ich fürchte, ich werde dich viel zu sehr lieben."

Alan erinnerte sich an Myras Worte, als sie Shelbys Gefühle für ihren Vater beschrieb. „Das Risiko gehe ich ein. Und du?"

Shelby machte eine leichte Kopfbewegung, von der weder sie noch Alan wusste, ob sie Zustimmung oder Ablehnung bedeutete.

Der Abend verging langsam. Wenn Alan und Shelby beim Tanzen mit anderen Partnern einander begegneten, kreuzten sich ihre Blicke. Sie tauschten Botschaften aus, die geheim sein sollten. Aber das große Spiel in Washington gelang keinem, der nicht einen sechsten Sinn hatte für Unterströmungen und Heimlichkeiten. An diesem Abend befanden sich sehr viele Experten unter den Gästen, manch einer schmunzelte.

„Mir scheint, Alan", stellte Leo fest, als Shelby wieder einmal zum Tanzen aufgefordert worden war und die beiden Herren allein am Tisch saßen, „Sie haben im persönlichen Bereich und in Bezug auf Ihr Lieblingsprojekt einige Fortschritte zu verzeichnen."

Alan drehte sein Highballglas in der Hand und setzte eine undurchdringliche Miene auf. „Ein wenig", sagte er und stellte sich dumm. „Die positiven Meldungen aus Boston sind ermutigend, das gebe ich gern zu."

„Es wäre für Sie nur günstig", fuhr Leo unbeirrt fort, „wenn Sie während der laufenden Legislaturperiode den Ball in

Bewegung hielten." Umständlich zündete er sich eine lange, dünne Zigarre an. "Es würde Ihren Rücken mächtig stärken, wenn Sie sich entschließen sollten, Ihren Hut in den Ring zu werfen."

Alan nahm einen Schluck und beobachtete Shelby dabei. "Für derartige Pläne dürfte es noch zu früh sein, Leo."

"Nein, und Sie wissen es genau." Leo blies Rauchringe zur Decke. "Ich selbst habe mich nie an diesem ganz bestimmten Rennen beteiligt", fuhr Leo fort. Dabei sah er Alan nicht an, und niemand hätte erkennen können, worüber die beiden Männer sprachen. "Aber Sie sollten das tun. Eine Menge Leute würden Sie tatkräftig unterstützen, wenn Sie das Zeichen geben."

Alan drehte sich zu dem Älteren um. "Ich habe davon gehört", er war vorsichtig in der Wahl seiner Worte, "und ich erkenne es an. Aber ein solcher Entschluss muss reiflich überlegt werden."

"Vielleicht kann ich Sie ein wenig beeinflussen, wenn ich offen mit Ihnen spreche, denn von den anderen Leuten, die eventuell für eine Kandidatur in Frage kämen, bin ich ganz und gar nicht begeistert." Leo sprach noch leiser und näher an Alans Ohr. "Ihre Laufbahn ist eindrucksvoll, auch wenn manch einer Sie als ein wenig zu liberal bezeichnet. Sie haben gute Arbeit im Kongress geleistet, und als Senator klappt es noch besser. Ich will nicht in Einzelheiten gehen, momentan ist Ihr Image wichtig."

Leo zog heftig an seiner Zigarre. "Ihre Jugend ist von Vorteil, dadurch haben wir reichlich Zeit. Ihre Ausbildung war einwandfrei und umfassend, auch die sportlichen Erfolge passen gut hinein. Das Volk mag es, wenn der erste Mann an der Spitze in jeder Beziehung eine gute Figur macht. Der familiäre Hintergrund ist sauber und solide. Auch die Tatsache, dass Ihre Mutter als Chirurgin äußerst erfolgreich ist, kommt Ihnen zugute."

"Mutter würde sich sehr freuen, das zu hören", meinte Alan trocken.

„Tun Sie nicht so, als wüssten Sie es nicht selbst. Verständnis für berufstätige Frauen bringt einen ganzen Sack voll an Wählerstimmen. Ihr Vater ist bekannt dafür, dass er seine eigenen Wege geht, aber fair und ehrlich. Es ist kein Wespennest auf Ihrem Dachboden versteckt."

„Leo ...", Alan drehte das Eis in seinem Glas und sah dem Minister direkt in die Augen, „wer hat Sie beauftragt, mit mir zu sprechen?"

„Außerdem sind Sie schnell von Begriff." Der Minister verzog keine Miene. „Wollen wir es mal so nennen: Man hat mich gebeten, das Gespräch mit Ihnen zu suchen."

„Na schön. Dann möchte ich grundlegend feststellen, dass ich die Möglichkeit nicht ausschließe, mich für das höchste Amt zu bewerben."

„Sehr gut." Leo nickte in Shelbys Richtung. „Ich persönlich mag das Mädchen gern. Wird sie aber für Sie von Vorteil sein? Ich hätte mir Sie beide nie als Paar vorstellen können."

„Oh!" Alan blieb ruhig, aber er zog die Augen ein wenig zusammen.

„Campbells Tochter – sie kennt die Regeln, schließlich war sie schon als Kind bei seinen Wahlreisen dabei." Leo wog in Gedanken das Für und Wider ab. „Shelby ist mit Politik aufgewachsen, man braucht ihr nichts beizubringen, was Protokoll und Diplomatie angeht. Allerdings ist sie eine Einzelgängerin." Er streifte sorgfältig die Asche ab. „Seit Jahren macht sie die gesellschaftliche Szene in Washington unsicher, sie hat viele Freunde – mich zum Beispiel –, hat aber auch einigen Leuten kräftig auf die Zehen getreten."

Leo zog genussvoll an seiner Zigarre, während Alan beharrlich schwieg. „Wahrscheinlich könnte man ihr die scharfen Kanten etwas abschleifen", fuhr der Staatsmann fort. „Sie ist jung und intelligent. Ihre Erziehung und die Familie sind tadellos, attraktiv ist sie auch und nicht eitel. Sie ist eine erfolgreiche Geschäftsfrau. Vor allem kann sie mit Menschen umgehen. Eigentlich eine ausgezeichnete Wahl – vorausgesetzt, Sie können sie sich hinbiegen."

Alan stellte sein Glas auf den Tisch, am liebsten hätte er es an die Wand geschmettert. „Shelby ist nicht als Trumpfkarte gedacht." Seine Stimme war eiskalt, aber vollkommen unter Kontrolle.

Eingehend betrachtete Leo die Spitze seiner Havanna. Jetzt habe ich einen Nerv berührt, dachte er. Aber er war mit Alans beherrschter Reaktion äußerst zufrieden. Ein Hitzkopf an der Spitze der militärischen Streitkräfte war nicht tragbar.

„Natürlich haben auch Sie ein gewisses Anrecht auf Privatleben", sagte er. „Aber wenn Sie endgültig entschlossen sind, Ihren Hut in den Ring zu werfen, muss der Ihrer Lady hinterherfliegen. Unsere Kultur beruht auf der Wahl eines gleichberechtigten Partners. Als Paar sollte immer einer den anderen ergänzen."

9. KAPITEL

Bei Sonnenschein und in bester Laune öffnete Shelby am Montagmorgen die Tür von „Calliope". Allerdings hätte es ihre Stimmung auch nicht beeinflusst, wenn ein Monsun durch die Straßen gefegt wäre. Sie dachte glücklich an den langen, faulen Sonntag, den sie mit Alan verbracht hatte.

Shelby setzte sich hinter den Ladentisch, die Morgenzeitung lag vor ihr. Wie üblich las sie zuerst die vergnügliche Seite mit den Karikaturen. Treffend und überaus witzig! Sie lachte laut und hoffte, dass der Vizepräsident an diesem schönen Tag seinen Sinn für Humor nicht zu Hause vergessen hatte.

Aus Erfahrung wusste sie, dass die meisten Menschen im Rampenlicht nichts gegen diese Art von Publizität einzuwenden hatten, wenn es nicht zu schlimm wurde. Gezeichnet war die Spalte mit G.C., wodurch der Autor sich eine gewisse Anonymität bewahrte. Sicherlich hatte Grant das auch nötig, er traf zu oft in Schwarze.

Mir liegt es nicht, dachte Shelby. Ich sage meine Meinung lieber offen und frei heraus.

Nach wenigen Minuten verdunkelte sich die Tür, und Maureen Francis stand im Laden.

„Hallo!" Shelby schob die Zeitung beiseite. Die Architektin war wieder sehr gepflegt und nach der letzten Mode gekleidet. „Sie schauen fabelhaft aus." Shelby bewunderte neidlos das schicke Kostüm der jungen Frau.

„Guten Tag." Maureen stellte einen Aktenkoffer auf dem Ladentisch ab. „Ich möchte meine Töpfe mitnehmen und mich bedanken."

„Fein, ich hole die Kartons." Shelby verschwand im Hintergrund, wo Kyle verpackte Sachen verwahrte. „Wofür bedanken?"

„Für die Empfehlung." Maureen schaute neugierig um die

Ecke in Shelbys Werkstatt. „Das ist ja großartig!" rief sie überrascht aus und bestaunte die Arbeitsscheibe und die vollen Regale. „Es würde mich brennend interessieren, Sie einmal beobachten zu dürfen."

„Mittwochs oder samstags – und wenn ich in rechter Stimmung bin. Dann zeige ich Ihnen, wie es gemacht wird."

„Darf ich Sie etwas Dummes fragen?"

„Natürlich." Shelby sah erstaunt auf. „Drei dumme Fragen pro Woche sind erlaubt."

Maureen deutete mit der Hand auf den Laden und die Werkstatt. „Wie schaffen Sie das alles allein? Ich weiß recht gut, wie schwer es ist, sich selbstständig zu machen. Sie sind dazu noch künstlerisch tätig ... woher nehmen Sie die Zeit? Das Kaufmännische muss schließlich auch erledigt werden."

„So dumm ist Ihre Frage gar nicht", erwiderte Shelby. „Aber ich erhole mich bei dem einen vom anderen. Hier bin ich allein. Dort", sie wies auf den Verkaufsraum, „habe ich Gesellschaft. Es gefällt mir, mein eigener Herr zu sein. Geht es Ihnen nicht ähnlich? Sonst wären Sie sicher noch immer in Lohn und Brot in Chikago."

„Oh ja. Trotzdem gibt es manchmal noch Tage, an denen ich mich am liebsten in die Sicherheit einer festen Anstellung zurückflüchten möchte." Maureen musterte Shelby von der Seite. „Haben Sie nie solche Anwandlungen?"

„Ach, wissen Sie, ich betrachte mein geschäftliches Risiko mit einem gewissen Vergnügen. Aber darüber hinaus bin ich fest davon überzeugt, dass irgendwo irgendwer ein Netz gespannt hat und mich auffängt, wenn ich stürzen sollte."

Maureen lachte. „So kann man es auch sehen. Genieße und vertraue deinem guten Stern."

„Ja, so ungefähr meine ich es." Shelby reichte Maureen den ersten Karton, die zwei anderen klemmte sie sich selbst unter die Arme. „Hat Myra Ihnen geholfen? Das meinten Sie doch."

„Ja. Ich rief sie an und erwähnte Ihren Namen. Sofort hat sie mich für heute zum Brunch eingeladen."

„Myra trödelt nicht", stellte Shelby zufrieden fest und pustete ihren Pony aus den Augen. „Sagen Sie mir auch Bescheid, was dabei herauskommt?"

„Selbstredend", versprach Maureen. „Ich finde es fantastisch, dass Sie mir helfen wollen."

„Wenn Sie wirklich gut sind ..." Shelby zuckte mit den Schultern und schrieb die Quittung aus. „Aber erst einmal abwarten, Myra ist eine harte Nuss."

„Das macht nichts." Maureen holte ihr Scheckbuch hervor. „Ich möchte schrecklich gern wissen, wie es mit Senator MacGregor ausgegangen ist, obwohl es mich überhaupt nichts angeht. Erst später ist mir eingefallen, wer der Mann war. Ich hielt ihn für einen normalen liebeskranken Verrückten."

Shelby gefiel diese etwas paradoxe Bezeichnung gut. „Er ist ein Dickkopf", erwiderte sie und reichte Maureen den Karton. „Glücklicherweise."

„Das freut mich. Es gibt wenig Männer, die etwas von einem Glücksbringer verstehen. Vielleicht schau ich tatsächlich mal bei Ihnen rein, wenn Sie arbeiten."

Als Maureens kleines Auto um die Ecke verschwunden war, ging Shelby langsam und nachdenklich in ihre Werkstatt zurück und betrachtete sinnend die kraterförmige grüne Schale. Sie beschloss, dass Gefäß als Überraschung für Alan einzupacken.

Alan trug an diesem Morgen noch immer die Erinnerung an das Gespräch vom Samstag mit sich herum. Leos Worte hatten ihm klar gemacht, dass er mehr im Mittelpunkt des Interesses stand, als ihm lieb war. Zum ersten Mal seit langer Zeit fiel es ihm schwer, sich auf die Fragen der Reporter zu konzentrieren, die wie üblich sein Büro belagerten.

„Senator!" Die Sekretärin sprang auf, als er eintrat. „Das

Telefon läutet ununterbrochen." Sie lief mit ihrem Block hinter Alan her und las ihm vor, wer angerufen hatte.

„Später." Er schloss seine Tür mit Nachdruck. Zehn Minuten wollte er für sich selbst haben, seine Gedanken ordnen und zu Atem kommen.

Er trat an das große Fenster und sah hinaus. Die weißen Türme des Kapitols grüßten herüber, und auf dem Platz davor leuchteten bunte Blumen in großen, runden Pflanzschalen. Man hatte sie nach dem Bombenattentat dorthin gestellt, als freundliche, aber wirkungsvolle Absperrung.

Wie verschieden ist das menschliche Sinnen und Trachten! Die einen geben ihr Bestes, um eine heile Welt aufzubauen, und andere wiederum denken nur an Zerstörung. Wenn ich, wie sich Leo ausdrückte, meinen Hut in den Ring werfen würde, wäre es mein täglich Brot, mich damit auseinander zu setzen. Wie lange kann ich diese Entscheidung noch hinausschieben? Noch drängte die Zeit nicht, wenigstens in dieser Hinsicht.

Anders verhielt es sich auf rein privater Ebene. Er musste Shelby gegenüber Farbe bekennen. Nicht nur Namen, Heim und Familie musste sie mit ihm teilen, sondern eventuell auch den Präsidentensessel. Damit wäre auch ein Teil von ihrem Leben dem Land und den damit verbundenen Verpflichtungen versprochen.

Eine Trennung von Shelby würde für ihn nie mehr in Frage kommen. Sie war seine Frau, eine Eheschließung konnte nur noch die formelle Bestätigung dieser Tatsache sein. Allerdings musste er Shelby davon erst überzeugen.

Als auf seinem Schreibtisch die Lampe aufleuchtete, war Alan ungehalten über diese Unterbrechung. Kaum fünf der erlaubten zehn Minuten waren vergangen. Ärgerlich hob er den Hörer ab. „Ja?"

„Tut mir Leid, Senator, aber es ist Ihr Herr Vater."

Alan verzog das Gesicht. Auch das noch. „Also gut, Arlene,

ich nehme das Gespräch. Und seien Sie nicht böse, aber heute ist der Teufel los."

Sofort wurde ihr Ton freundlicher. „Ist schon in Ordnung. Mr. MacGregor ist etwas ... aufgeregt."

„Sie sollten sich beim diplomatischen Corps bewerben, Arlene."

Sie lachte, dann stellte sie das Gespräch durch.

„Hallo, Dad!"

„Soso! Am Leben bist du also noch." Die tiefe, grollende Stimme klang ironisch. „Deine Mutter und ich glaubten schon, dir sei etwas Ernsthaftes zugestoßen."

Alan verbiss sich das Lachen. „Wie Recht du hast. Neulich habe ich mich beim Rasieren geschnitten. Wie geht es dir?"

„Er fragt, wie es mir geht!" Daniel MacGregor schickte einen Seufzer durch den Draht, der jedem leidgeprüften Vater alle Ehre gemacht hätte. „Mich wundert, dass du überhaupt weißt, wer ich bin. Aber darum geht es nicht. Deine Mutter macht sich Sorgen um ihren Ältesten."

Alan lehnte sich zurück und hörte sich die folgenden Sätze mit geteilter Aufmerksamkeit an. Man musste seinen Vater ausreden lassen, das wusste er aus Erfahrung. Schließlich gelang es ihm, nach der Mutter zu fragen. „Ist sie da?"

„Sie musste zu einem Notfall ins Krankenhaus."

Alan wusste ganz genau, dass sein Vater nur auf diese günstige Gelegenheit gewartet hatte, um ungestört seine Meinung sagen zu können. Anna MacGregor brauchte nämlich ihren Mann nicht, wenn sie mit ihren Kindern sprechen wollte.

„Und was macht Rena, die zukünftige Mom?" warf Alan ein.

„Da du zum Wochenende hier erwartet wirst, kannst du das selbst sehen", wurde er informiert. „Deine Geschwister wollten, dass die Familie sich vollzählig treffen soll. Justin und Diana kommen auch."

„Da hast du ja allerhand zu tun gehabt", murmelte Alan.

Affäre in Washington

„Was sagst du? Sprich deutlicher."

„Ich sagte, dass dann ja allerhand Unruhe auf dich zukommt."

„Um deiner Mutter willen kann ich meine Ruhe schon einmal opfern. Sie macht sich viel zu viele Gedanken um ihre Kinder, besonders um dich, weil du allein lebst ohne Frau und Familie. Schließlich bist du der älteste Sohn", Daniel MacGregor genoss sein Lieblingsthema, „und immer noch Junggeselle. Deine jüngeren Geschwister sind beide verheiratet. Aber du verbringst deine Zeit mit Herumflirten, anstatt dir deiner Pflicht bewusst zu werden, was die Fortführung der MacGregor'schen Linie angeht."

Alans Laune wurde zusehends besser. Er lächelte sogar. „Was das angeht, kannst du dich eigentlich nicht beklagen. Vielleicht kriegt Rena ja sogar Zwillinge."

„So!" Daniel MacGregor dachte kurz nach. Möglich wäre das allerdings. Es hatte schon verschiedene Zwillingsgeburten in der Familie gegeben. Im Anschluss an das Gespräch würde er gleich die Chronik daraufhin nachlesen. Schnell fuhr er fort: „Wir erwarten dich also am Freitagabend." Er zog tief an der verbotenen Zigarre, dann legte er von neuem los. „Was ist an den merkwürdigen Geschichten dran, die man in den Zeitungen findet?"

Alan stellte sich unwissend. „Kannst du nicht deutlicher werden?" fragte er scheinheilig.

„Vielleicht – hoffentlich! – war es nur eine Zeitungsente. Ich sollte doch eigentlich meinem eigenen Fleisch und Blut vertrauen können."

„Ich verstehe dich immer noch nicht." Natürlich wusste Alan ganz genau, woher der Wind wehte. Aber das Gespräch war zu schön, um nicht ausgekostet zu werden.

„Als ich las", dröhnte die väterliche Stimme mit vorwurfsvollem Unterton durch den Hörer, „dass mein Sohn und Erbe seine Zeit damit verbringt, mit einem Spross der Campbells zu fraternisieren, hielt ich das selbstverständlich für einen Druckfehler. Wie heißt das Mädchen?"

Beinahe tat der Vater ihm Leid. Alan wusste, dass er ihm wehtun würde. „Welches Mädchen?" wich er aus.

„Verdammt nochmal, Junge, halte mich nicht für dumm! Die hübsche Rothaarige natürlich, die wie ein Elfenkind aussieht. Sie ist gut gebaut und hält sich gerade. Viel mehr ist auf dem Bild ja nicht zu erkennen."

„Shelby", antwortete Alan und legte eine Pause ein. „Shelby Campbell."

Totale Stille. Alan machte sich auf allerlei gefasst. Hoffentlich vergisst er nicht, wieder Luft zu holen, dachte er. Schade, dass ich sein altes Seeräubergesicht nicht beobachten kann.

„Campbell!" Das Wort explodierte in Alans Ohr. „Eine diebische, mörderische Campbell also."

„Ja, Vater, ihre Meinung von den MacGregors ist ähnlich schmeichelhaft."

„Keiner meiner Söhne wird einem Angehörigen des Campbell-Clans auch nur ‚Guten Tag' wünschen." Daniel MacGregors Stimme überschlug sich fast. „Ich werde dich persönlich verprügeln, Alan Duncan MacGregor!" Diese Drohung hatte seit mehr als fünfundzwanzig Jahren keine Bedeutung mehr, aber die Lautstärke war gleich geblieben. „Das Fell zieh ich dir über die Ohren!"

„Du wirst die Chance dazu bekommen, wenn ich zum Wochenende mit Shelby anreise."

„Eine Campbell in meinem Haus – ha!"

„Ganz richtig, eine Campbell in deinem Haus." Alan regte sich überhaupt nicht auf. „Und eine Campbell in deiner Familie noch vor Jahresende, wenn es nach meinen Wünschen geht."

„Du ..." Gefühle recht gegensätzlicher Art kämpften in Daniel MacGregor. Einerseits war es sein Herzenswunsch, den ältesten Sohn verheiratet und als Familienvater zu erleben. Andererseits ...

„Du denkst ernsthaft daran, eine Campbell zur Frau zu nehmen?"

„Ja, ich habe sie auch schon gefragt. Aber vorläufig will sie mich noch nicht haben."

„Sie will nicht? Das wird ja immer schöner! Was für ein hirnloses Geschöpf muss das sein! Typisch Campbell", brummte er. „Sind alles dumme Heiden." Zauberei war nach seiner Ansicht nicht unbedingt auszuschließen. „Wahrscheinlich hat sie dich verhext. Du hattest doch sonst immer deine Sinne beieinander. Also gut, bring dieses Campbell-Mädchen zu mir", entschied er schließlich. „Der Sache will ich auf den Grund gehen."

Nur mit Mühe konnte Alan das Lachen unterdrücken. Seine gute Laune war vollkommen wiederhergestellt. „Ich werde sie fragen."

„Fragen? Was soll das denn heißen? Du bringst sie her, das ist ein Befehl."

Alan stellte sich Shelby und seinen Vater zusammen vor und entschied, dass er dieses Erlebnis nicht für zwei Drittel der Wählerstimmen missen wollte. „Bis Freitag also, Dad. Und grüß Mutter von mir."

„Freitag, geht in Ordnung."

Alan legte den Hörer auf. Vater wird jetzt ärgerlich seine Hände aneinander reiben und sehnsüchtig auf Mutters Rückkehr warten. Das verspricht ein höchst interessantes Wochenende zu werden. Wenn Shelby einverstanden ist.

Am Spätnachmittag parkte Alan seinen Wagen vor Shelbys Haus. Zehn Stunden konzentrierter Arbeit lagen hinter ihm. Er war müde und abgespannt, doch als Shelby ihm die Tür öffnete, verspürte er davon nichts mehr.

Sie sah die Linien in seinem Gesicht und die Schatten um seine Augen. „War es ein schlimmer Tag für die Demokratie?" fragte sie, nahm seinen Kopf in die Hände und küsste ihn zärtlich.

„Lang war er zumindest." Alan zog Shelby an sich. Von dieser Art der Begrüßung würde er nie genug bekommen. „Tut mir Leid, dass es spät geworden ist."

„Jetzt bist du hier, das ist die Hauptsache. Einen Drink?"

„Keine schlechte Idee."

„Dann komm, ich werde dir für ein paar Minuten häusliche Eigenschaften vorgaukeln." Sie führte Alan zum Sofa, knotete ihm den Schlips auf und löste den Kragen. Dann zog sie ihm die Schuhe von den Füßen.

Er beobachtete Shelbys Bemühungen sehr wohlgefällig. „Daran könnte ich mich gewöhnen", meinte er.

„Das rate ich dir nicht", wehrte Shelby ab und ging an die Hausbar. „Vielleicht findest du mich beim nächsten Mal total erschöpft und pflegebedürftig vor."

„Dann kann ich dich umsorgen", bot Alan sofort an und nahm dankbar den Scotch entgegen.

Shelby hockte sich zu ihm. „Das brauchte ich", sagte sie.

„Den Drink?"

„Dummerchen – dich." Alan küsste sie gründlich. „Nur dich. Berichtest du mir jetzt von deinem Ärger im Büro?"

Alan ließ den scharfen Whisky langsam über seine Zunge gleiten. „Ich hab's schon vergessen. Wie war dein Tag? Was machen die Geschäfte?"

„Ruhig am Morgen und hektisch am Nachmittag. Eine Gruppe Studenten hat mich überfallen, offenbar ist Töpfern ‚in'. Dabei fällt mir ein, dass ich etwas für dich habe." Sie sprang auf und lief davon. Alan streckte die Beine aus. Plötzlich fühlte er sich überhaupt nicht mehr müde, es ging ihm blendend.

„Hier. Ein Geschenk." Sie setzte den Karton auf Alans Knie. „Es ist zwar nicht im romantischen Stil, wie deine es waren, aber dafür ist es einmalig." Erwartungsvoll beobachtete sie, wie er den Karton öffnete.

Schweigend hob er das Gefäß hoch und hielt es in beiden

Händen. Zu der schwungvollen Form passte das tiefe Grün ausgezeichnet. Unter der Oberfläche blitzten hier und da kleine hellere Lichter. Für Alan war diese Schale das wichtigste Geschenk, das er im Leben bekommen hatte.

„Die ist wunderschön, Shelby. Wirklich wunderschön." In der einen Hand hielt er die Schale, in die andere nahm er ihre Hand. „Von Anfang an hat mich fasziniert, dass in so kleinen Händen ein so großes Talent wohnt." Er küsste ihre Finger, bevor er Shelby wieder ansah. „Danke. Du hast daran gearbeitet, als ich dir in der Werkstatt zusah, nicht wahr?"

„Dir entgeht nicht viel." Mit dem Finger strich sie über die glänzende Fläche. „Ich dachte dabei an dich. Eigentlich gehörte es dir schon damals. Als ich in deinem Haus war, fand ich, dass es dorthin passt."

Behutsam versenkte Alan die Schale wieder in den Karton und stellte ihn auf den Boden. „Und du passt zu mir", sagte er.

Aus seinem Mund hörte sich diese Feststellung ganz selbstverständlich an. Shelby legte ihren Kopf an Alans Schulter. „Wollen wir uns etwas vom Chinesen bestellen?" fragte sie.

„Was ist mit dem Film? Der interessierte dich doch."

„Das war heute Morgen. Jetzt würde ich lieber hier süßsaures Schweinefleisch essen und mit dir auf der Couch schmusen." Als Alan bereitwillig ihr Ohr küsste, fügte sie hinzu: „Eigentlich wären ein paar alte Cracker und etwas Käse genug."

Alan suchte und fand ihre Lippen mit seinem Mund. „Vielleicht sollten wir zuerst schmusen und anschließend essen?"

„Du hast einen solch ausgeprägten Sinn für Ordnung", bemerkte Shelby, lehnte sich in die weichen bunten Kissen zurück und zog Alan mit sich. „Und ich mag es, wie du ihn anwendest. Küss mich, Alan, so wie du mich beim ersten Mal geküsst hat, genau hier auf der Couch. Es hat mich verrückt gemacht."

Ihre Augen waren halb geschlossen und ihre Lippen leicht geöffnet, Alan griff in ihr Haar. Er hatte diesmal nicht die Geduld, zu der er sich das erste Mal gezwungen hatte. Zu wissen, wie es mit Shelby war, erregte ihn mehr, als es sich nur vorzustellen. Sie war so begehrenswert, wie kein fieberhafter Traum es ihm vorgaukeln konnte. Und sie war bei ihm – greifbar und willig, sich ihm auszuliefern.

Alan kostete ihre Lippen – langsam, genießerisch, wie Shelby es liebte. Die Begier, mit ihr eins zu sein, konnte Alan nur kontrollieren, weil er wusste, dass sie beide Zeit dafür hatten. Shelby seufzte, dann zitterte sie. Dabei hatte er sie nicht einmal berührt – bis auf das kleine neckende Spiel seiner Lippen mit ihren Lippen.

Alan hatte nicht gewusst, dass Qual so süß sein konnte. Und die ganze süße Qual fühlte er in diesem Augenblick, wo Shelby sein Hemd öffnete und mit ihrer Hand träge Kreise auf seiner Brust zeichnete.

Shelby liebte es, Alan zu fühlen. Und sie wusste, dass sie niemals genug davon bekommen würde. Es brachte ihr reine Freude und erregte sie zur gleichen Zeit. Schon immer war es ihre Art gewesen, alles, was sie bewunderte, mit ihren Händen und Fingern zu erforschen. Mit Alan war es nicht anders.

Der Duft seiner Seife haftete ihm auch noch nach einem ganzen Arbeitstag an. Sein Herz schlug hart und schnell, obwohl er Shelby immer noch mit langsamer, nervtötender Gründlichkeit liebkoste. Sie ließ ihre Hände hinauf zu seinen Schultern gleiten, um ihn von seinem Hemd zu befreien, um seine warme Haut ganz zu fühlen.

Alan küsste sie auf einmal hart und lange. Er zog sie schnell aus, so als ob er mit seiner Geduld am Ende sei, und presste sie mit einer solchen Kraft an sich, dass auch sie in der aufkommenden Leidenschaft die Kontrolle über das, was sie tat, verlor.

Alan hörte, wie Shelby seinen Namen herausschrie, aber er konnte ihr nicht antworten, weil er selbst von einem Sturm der Empfindungen davongetragen wurde. Etwas Wildes brach aus ihm heraus, das ihm bis dahin fremd geblieben war. Er hatte Angst, dass er Shelby wehtun könnte, aber auch das hatte er nicht mehr unter Kontrolle. Shelby zitterte unter ihm, bog sich ihm entgegen, wollte mehr von ihm haben. Mit der Zunge brachte Alan sie zu einem Höhepunkt, wo ihr Verstand aufhörte zu arbeiten und nur Gefühle Gültigkeit hatten.

Shelby wusste nicht, was Alan sagte, hörte nur seine heisere Stimme. Sie wusste auch nicht, was sie antwortete, wusste nur, dass ihr nichts zu viel wäre, was immer er auch von ihr verlangen mochte.

Wie durch einen Schleier sah sie sein Gesicht über sich. In seinen Augen stand ein Grübeln. Das war alles, was sie erkannte.

„Ich kann ohne dich nicht leben", sagte er leise. „Und ich werde es auch nicht."

Dann küsste er sie wieder so hart und so wild, dass Shelby alles um sich herum vergaß.

Zwei Stunden später hockte Shelby mit untergeschlagenen Beinen auf ihrem Bett. Sie trug einen winzigen japanischen Seidenkimono und stocherte mit ihrer Gabel in süßsaurem Chop-Suey auf einem Pappteller.

„Es kühlt leider schnell aus", stellte sie mit Bedauern fest. Im Hintergrund spielte das Fernsehgerät leise Begleitmusik zu einer Sendung, deren Qualität durch die tote Bildröhre schlecht zu beurteilen war.

Alan lag bequem ausgestreckt neben Shelby. Sein Kopf ruhte auf weichen Kissen. Amüsiert beobachtete er ihren gesunden Appetit. „Warum lässt du das Gerät nicht reparieren?"

„Es stört mich nicht, aber früher oder später wird es gemacht." Sie stellte den leeren Teller beiseite und legte eine Hand auf ihren Bauch. „Hmm, das war gut." Ihr Blick wanderte wohlwollend von Alans Gesicht hinunter zu seinem athletischen

Körper. „Ich möchte wissen, wie viele Leute in der Weltstadt Washington sich darüber im Klaren sind, wie fantastisch Senator MacGregor in seiner Unterwäsche ausschaut."

„Nur ein kleiner, ausgewählter Kreis."

Mit einem Finger fuhr sie hinunter bis zu seinen Füßen. „Du solltest in deinem jetzigen Aufzug im Fernsehen Wahlpropaganda machen."

„Dem Himmel sei Dank, dass du nicht für die Medienabteilung zuständig bist."

„Alles Muffel – das ist das ganze Problem." Sie legte sich in ihrer ganzen Länge auf Alan. „Denk nur an all die ungeahnten Möglichkeiten."

Er ließ seine Hand unter ihren Kimono gleiten. „Das tue ich auch."

„Diskret platzierte Anzeigen in überregionalen Magazinen, kurze Spots in der Hauptsendezeit." Mit dem Ellbogen stützte sie sich auf seine Schulter. „In dem Fall ließe ich mein Gerät sofort reparieren."

„Überlege die weltweiten Konsequenzen, die es nach sich ziehen könnte – überall Regierungsbeamte in ihrer Unterwäsche!"

Shelby zog die Stirn kraus, als sie sich das vorstellte. „Gütiger Himmel, so etwas könnte ein nationales Unglück verursachen."

„Ein internationales", verbesserte Alan. „Denn wenn der Ball erst einmal rollt, gibt es kein Halten mehr."

„Also lieber nicht." Shelby küsste Alan leicht auf den Mund. „Ich sehe ein, dass es deine patriotische Pflicht ist, die Kleider anzubehalten. Außer bei mir", fügte sie hinzu und spielte vergnügt mit dem Hosenbund.

Lachend zog er ihren Kopf zu sich herunter, um sie zu küssen. Mit der Zungenspitze fuhr sie ihm leicht über die Lippen. „Shelby ..."

„Shelby", wiederholte er einen Moment später. „Ich möchte

etwas mit dir besprechen. Wenn ich es jetzt nicht tue, dann werde ich bestimmt wieder abgelenkt."

„Ist das ein Versprechen?" Mit den Lippen strich sie über seine Kehle.

„Kommendes Wochenende muss ich etwas erledigen."

„Oh!" Sie fing an, an seinem Ohrläppchen zu knabbern. In der Not rollte Alan sich auf den Bauch und hielt Shelby unter sich gefangen. „Mein Vater rief heute an."

„Ah." Ihre Augen blitzten vor Übermut. „Der Gutsherr."

„Diese Bezeichnung würde ihm gefallen." Alan hielt Shelbys Hände fest, um sie davon abzuhalten, seinen Verstand zu benebeln. „Er hat eines seiner berühmten Familien-Weekends organisiert. Komm mit mir."

Erstaunt runzelte Shelby die Stirn. „Zur MacGregor-Burg in Hyannis Port? Unbewaffnet?"

„Wir hissen die weiße Flagge."

Einerseits wäre Shelby zu gern mitgefahren, andererseits hätte sie sich am liebsten verkrochen. Was sollte sie tun? Ein Besuch bei Alans Familie kam einer endgültigen Verbindung gefährlich nahe, und der wollte sie doch aus dem Wege gehen.

Alan hörte förmlich, was in Shelbys Kopf vor sich ging. Er schob seine Enttäuschung beiseite und änderte seine Taktik. „Ich habe den Befehl bekommen, das Mädchen zu bringen", begann er. Shelby runzelte die Stirn. Aha, ich bin auf dem richtigen Weg, dachte Alan und fuhr fort: „Diese Tochter eines diebischen, mörderischen Campbell."

„Hat er das so gesagt?"

„Wörtlich", bestätigte Alan.

Da schob Shelby angriffslustig ihr Kinn vor und fragte: „Wann fahren wir?"

10. KAPITEL

Schon beim ersten Blick auf das MacGregor'sche Anwesen hoch oben auf den Klippen war Shelby begeistert. Aus rohen Felssteinen gemauert, rau und sturmerprobt, glich das Haus, das mit seinen Türmen und Zinnen weit übers Meer schaute, einer Burg oder Festung. Prachtvoll sah es aus und jetzt in der Abenddämmerung besonders düster und geheimnisvoll.

Shelby sah Alan an und merkte, dass er ihre Reaktion gespannt beobachtete.

In seiner Miene fand sie den Anflug von Humor, den sie so sehr liebte – aber auch Ironie und hoffnungsvolle Erwartung. Lachend lehnte sie sich an Alan. „Du hast genau gewusst, dass ich es wunderschön finden würde."

Er fuhr mit den Fingern durch ihr Haar. „Ich hoffte es."

Shelby konnte den Blick nicht von dem Gebäude abwenden, während Alan den gemieteten Wagen die steil ansteigenden Serpentinen hinauffuhr. „Wenn ich hier aufgewachsen wäre", malte sie sich aus, „hätte ich in einer Turmstube gewohnt und Gespenster ohne Köpfe als Spielkameraden gehabt."

Alan nahm geschickt eine enge Kurve. Das Meer war so nahe, dass man es riechen konnte. Durch die herabgedrehten Fenster drang kühler, würziger Wind. „Wir haben hier keine Gespenster", sagte Alan. „Vater drohte uns allerdings in regelmäßigen Abständen, er würde ein paar besonders blutrünstige aus Schottland importieren." Er warf einen Seitenblick auf Shelby. „Sein Büro liegt übrigens oben in dem hinteren Turm."

Shelby legte den Kopf zur Seite und malte sich aus, wie weit man von dort oben über Land und Meer würde sehen können. Daniel MacGregor. Ja, sie freute sich darauf, ihn kennen zu lernen. Dass sie ihm gegenüber im Nachteil war, weil die Begegnung auf seinem heimischen Gelände stattfinden würde, ängstigte sie allerdings ein wenig. Vorerst genoss sie die fantastische Aussicht. Überall leuchteten Blumen in bunten Farben. War das Mrs. MacGregors Abteilung? Erholte sie sich von ihrem anstrengenden Beruf, indem sie daheim Petunien pflanzte? Allerdings dürften die freien Stunden der berühmten Chirurgin karg bemessen sein.

Wenn das Haus nach Daniels Plänen entstanden ist und Anna die gärtnerische Gestaltung übernommen hat, überlegte Shelby, dann ergänzen sich die beiden wahrscheinlich hervorragend. Jeder von ihnen ist eine fantasiebegabte, eigenständige Persönlichkeit, die unbeirrt ihren Weg geht. Das Wochenende dürfte interessant werden.

Als Alan den Wagen anhielt, sprang Shelby hinaus. Ihre unbändigen Locken wehten im Wind. Sie lachte wieder und schaute sich nach Alan um, der an die Kühlerhaube gelehnt stand und Shelby beobachtete.

Alan mochte den Anblick, der sich ihm bot – Shelby vor dem von wilden Blumen übersäten Hintergrund, aus dem das schwerfällige Steinhaus herausragte. Sie hatte ihre Hände in die Taschen ihrer lässig sitzenden Hose gesteckt. Die steife Brise blies durch die weite, dünne Bluse.

„Ich hätte unbedingt auf Gespenster bestanden", erklärte sie und fasste Alan bei der Hand. „Vorzugsweise auf schlimme Kettenrassler, nicht diese ätherischen Vollmondtypen." Sie verschränkten die Finger ineinander, sie standen so einen Augenblick zusammen und blickten hinüber zu dem Haus. „Küss mich, MacGregor", verlangte sie und strich ihr windzerzaustes Haar aus den Augen. „Hart. Einen geeigneteren Platz hat es dafür noch nicht gegeben."

Noch während sie sprach, presste sie sich eng an Alan und legte ihre Hand flach auf seinen Rücken, um Alan noch näher an sich zu ziehen. Als sich ihre Lippen trafen, hätte ein mittleres Erdbeben sie wohl kaum mehr erschüttern können.

Shelby hatte eine Hand auf seine Wange gelegt, als sie sich trennten. Sie fühlte Bedauern in sich aufsteigen für das, was sie Alan nicht geben konnte, was sie ihm vielleicht niemals geben würde.

„Ich liebe dich, Alan", flüsterte sie. „Glaube es mir."

In ihren Augen konnte er lesen, dass Shelby noch nicht bereit war, die Konsequenz aus dieser Liebe zu ziehen. Ja, sie liebte ihn, aber ... Noch nicht, mahnte sich Alan. Er musste noch ein wenig länger warten, bevor er mehr von ihr verlangen konnte. „Ich glaube dir", sagte er, als er sie bei den Handgelenken fasste. Zärtlich küsste er ihre Hände, bevor er einen Arm um ihre Taille legte. „Komm, lass uns hineingehen."

Shelby legte kurz ihren Kopf an seine Schulter, als sie auf die Eingangstür zugingen. „Ich verlasse mich auf dein Wort, dass ich übermorgen heil und unversehrt wieder hier heraustreten werde."

Alan lächelte. „Du weißt doch, dass ich heute und morgen nur Vermittler bin."

„Wie ungeheuer ermutigend." Im nächsten Moment wurde Shelbys Aufmerksamkeit von einem Löwenkopf aus schwerem Messing abgelenkt, der als Türklopfer diente. Über seinem gekrönten Haupt starrte ihr der MacGregor-Löwe mit kalten Augen entgegen.

„Dein Vater scheint nicht zu den Leuten zu gehören, die ihr Licht unter dem Scheffel verstecken", bemerkte Shelby trocken.

„Man kann nicht leugnen, dass er einen ausgeprägten Familienstolz besitzt." Alan hob den Löwenkopf auf und ließ ihn gegen die Tür fallen. Das dumpfe Donnern im Inneren des Hauses klang wie Gewittergrollen. „Der MacGregor-Clan", begann Alan mit Pathos und rollendem R, „gehört zu den wenigen Auserwählten, die eine Krone über ihrem Haupte tragen dürfen. Gutes Blut, starker Stamm."

„Ha!" Shelbys verächtlicher Ausdruck wich erstaunter

Neugier, als Alan in lautes Gelächter ausbrach. „Was ist denn so komisch?" fragte sie.

Noch ehe er antworten konnte, wurde das große Portal aufgerissen, und ein hoch gewachsener blonder Mann mit wunderschönen blauen Augen stand vor ihnen. Sein offenes Gesicht verriet Intelligenz und Tüchtigkeit.

„Du kannst lachen", sagte er zu Alan. „Dad brüllt und tobt schon seit Stunden. Es geht um Verräter und", sein Blick streifte Shelby, „Ungläubige. Hallo", begrüßte er Shelby. „Die Ungläubige bist sicher du. Ich darf doch Du sagen?"

Die sympathische Ironie in seiner Stimme hatte Shelby sofort gewonnen. „Ja, zu beidem."

„Shelby Campbell – mein Bruder Caine."

„Das erste Mitglied der Campbells, das diese Schwelle überschreitet. Tritt ein, auf eigene Gefahr." Caine bot Shelby die Hand, als sie das Haus betrat. Sie gleicht einer Meerjungfrau, dachte er. Nicht eigentlich schön, aber verführerisch und nicht leicht zu vergessen.

Shelby sah sich in der großen Halle um. Leicht verblichene Tapeten, schwere alte Möbel – das gefiel ihr. Der Duft von Frühlingsblumen mischte sich mit Staub und Möbelpolitur. Ganz nach ihrem Geschmack.

„Das Dach ist wenigstens nicht eingestürzt", meinte sie und betrachtete ein Wappenschild an der Wand. „So weit haben wir also noch Glück."

„Alan!" Seine Schwester Serena, Rena genannt, kam trotz ihres mächtigen Leibesumfangs leichtfüßig die Treppe heruntergelaufen. Shelby gefiel diese hoch gewachsene blonde Frau mit den gleichen strahlend blauen Augen, deren feines Gesicht Freude, Liebe und Humor widerspiegelte. Serena schlang die Arme um Alans Hals. „Ich hab dich vermisst!"

„Du siehst prächtig aus, Rena." Alan legte vorsichtig seine Hand auf Serenas Bauch. „Daran muss ich mich erst gewöhnen."

„Das lohnt sich kaum noch", sagte sie lachend. „Lange wird es nicht mehr dauern. Dad hat übrigens neuerdings die Idee, es könnten Zwillinge sein. Hast du damit etwas zu tun?" Sie blickte ihrem Bruder prüfend ins Gesicht.

Alan freute sich. „Ein rein taktisches Ablenkungsmanöver. Es scheint also geklappt zu haben."

Serena streckte Shelby beide Hände entgegen. „Sie müssen Shelby sein, herzlich willkommen hier. Wollen wir Du sagen?"

Shelby spürte, dass die Warmherzigkeit echt war und ohne jede Neugier. „Ja, natürlich. Ich freue mich auch. Konnte es kaum erwarten, die Frau kennen zu lernen, die Alan das Nasenbein gebrochen hat."

Serena lehnte sich an einen Stuhl und lachte herzlich. „Es war allerdings ein Versehen, denn er war gemeint", sie deutete auf Caine, „und hatte es auch verdient." Sie hakte Shelby unter und zog sie weiter. „Du sollst den Rest der Familie kennen lernen. Hoffentlich hat Alan dich vorbereitet."

„Auf seine Weise, ja."

„Weißt du, Shelby, wenn es dir zu mulmig wird, dann gib mir einfach einen Wink. In letzter Zeit genügt ein kleiner plötzlicher Seufzer, und schon gilt Dads Aufmerksamkeit nur mir."

Alan blickte ihnen nach. „Sieht so aus, als hätte Rena die Führung übernommen", murmelte er zufrieden.

Caine klopfte ihm brüderlich auf die Schultern. „Tatsache ist, dass wir es alle nicht erwarten konnten, deine Campbell zu besichtigen, nachdem Dad uns deine Eroberung verkündet hat." Es war nicht notwendig, Alan nach der Ernsthaftigkeit seiner Absichten zu fragen. Des Bruders Gesicht sprach deutlich genug. „Hast du Shelby wenigstens gewarnt? Weiß sie, dass Dad nur bellt und nicht beißt?"

„Keineswegs. Warum sollte ich?"

Shelby blieb an der Schwelle zum Salon stehen und betrachtete das Bild, das sich ihr bot. Links sah sie einen dunkelhaarigen Mann in einem breiten alten Sessel sitzen. Er rauchte und wirkte sehr ruhig, aber Shelby hatte den Eindruck, dass er sehr flink sein konnte, wenn es darauf ankam. Auf der Lehne seines Sessels saß eine Frau vom gleichen Typ, die ungefähr in Renas Alter sein mochte. Ihre Hände lagen friedlich gefaltet in ihrem Schoß. Welch erstaunliches Paar. Aber inzwischen hatte Shelby bemerkt, dass die MacGregors wahrhaftig keine Allerweltsfamilie waren. Rechts gegenüber arbeitete eine ältere Dame an ihrer Stickerei. Das musste Alans Mutter sein, die Ähnlichkeit war verblüffend.

Im Mittelpunkt der Gruppe stand ein gewaltiger Stuhl mit hoher Lehne, die mit reichem Schnitzwerk verziert war. Er passte zu dem Mann, der ihn beinahe ausfüllte.

Daniel MacGregor wirkte mit seiner Körpergröße, den breiten Schultern und der massigen Gestalt ausgesprochen imponierend. Flammend rotes Haar in dichter Fülle krönte das mächtige Haupt. Shelby erkannte mit Vergnügen, dass er das MacGregor'sche Wappen auf dem Jackett trug. Er hielt Hof, das war deutlich zu sehen.

„Rena sollte sich mehr Ruhe gönnen", sagte er gerade und zeigte mit einem langen Finger in die Richtung des jungen Mannes mit den dunklen Haaren. „Eine Frau in ihrem Zustand gehört nicht in ein Casino bis zur frühen Morgenstunde."

Justin blies in aller Ruhe einen dicken Rauchring. „Es ist aber Serenas Geschäft."

„Wenn eine Frau in anderen Umständen ist ..." Daniel schwieg und sah fragend auf Diana. Die lächelte und schüttelte den Kopf. Er seufzte und wandte sich erneut Justin zu. „Wenn also eine Frau ..."

„... sollte sie sich völlig normal bewegen wie jede andere gesunde Frau", beendete Serena seinen Satz.

Daniel MacGregor holte tief Luft zu einer passenden Erwiderung, da erblickte er Shelby. Seine breiten Schultern hoben sich, und er schob das Kinn trotzig nach vorn. „Aha!" meinte er nur.

„Shelby Campbell", begann Serena mit der Vorstellung, und dann betraten sie die Höhle des Löwen. „Hier ist der Rest unserer Familie. Mein Mann, Justin Blade."

Shelbys Blick traf auf ruhige, sehr kluge grüne Augen. Es dauerte eine Zeit, bis er lächelte, doch dann war es das Warten wert. „Meine Schwägerin Diana."

„Sie sind bestimmt miteinander verwandt", stellte Shelby fest und verglich erstaunt Justin mit Diana. „Bruder und Schwester?"

Diana nickte, Shelbys offenes Wesen war ihr sympathisch. „Das stimmt."

„Welcher Stamm?" forschte Shelby.

Justin lächelte wieder und blies Rauch zur Decke. „Komantschen", erwiderte er.

„Eine bemerkenswerte Sippe", mischte Daniel MacGregor sich ein und schlug kräftig mit der Faust auf die Armlehne des Stuhles. Shelby warf ihm einen kurzen Blick zu.

„Meine Mutter." Serena unterdrückte ein Lachen und führte Shelby weiter.

„Wir freuen uns sehr, Shelby, dass Sie gekommen sind." Anna MacGregors dunkle Stimme klang besänftigend. Ihr Händedruck war fest.

„Ich danke Ihnen für die Einladung, Dr. MacGregor", antwortete Shelby. „Ihren Garten finde ich wundervoll. So etwas sieht man selten."

Anna freute sich über das Lob und tätschelte Shelbys Hand, die sie noch immer hielt. „Der Garten ist mein besonderer Stolz." Ihr Ehemann räusperte sich mit Nachdruck, doch sie sprach ruhig mit Shelby weiter. „Hatten Sie einen guten Flug?"

„Ja, danke." Da Shelby mit dem Rücken zum Hausherrn stand, konnte dieser ihren Gesichtsausdruck nicht erkennen.

„Jetzt will ich endlich das Mädchen ansehen!" Daniel MacGregors Geduld war zu Ende, energisch donnerte seine Faust auf die Sessellehne.

Serena lachte wieder. Shelby drehte sich langsam um und blickte Alans Vater direkt in die Augen. Ihre stolze Kopfhaltung stand seiner in nichts nach.

„Shelby Campbell", erklärte Alan, der jeden Moment dieser Szene genoss, „und das ist mein Vater, Daniel MacGregor."

Shelby trat einen Schritt näher, bot dem alten Herrn aber nicht die Hand. „Ich", sagte sie statt einer Begrüßung, „bin eine Campbell."

Daniel zog die Mundwinkel herab und runzelte die Stirn. Shelby zuckte nicht mit der Wimper. „Meine Vorfahren hätten eher einen räudigen Hund in ihr Haus gelassen als eine Campbell", grollte der alte Mann.

Als Alan bemerkte, dass seine Mutter sich einmischen wollte, schüttelte er den Kopf. Sie begriff sein Zeichen und schwieg. Shelby verstand sich ihrer Haut zu wehren, das wusste Alan. Und er mochte kein Wort der Auseinandersetzung zwischen den beiden Starrköpfen missen.

„Die meisten MacGregors lebten mit räudigen Hunden im Zimmer, und es störte sie nicht die Spur."

„Barbaren!" Daniel atmete schwer. „Die Campbells sind immer Barbaren gewesen, alle, wie sie da waren!"

Shelby legte nachdenklich den Kopf zur Seite und sah ihr Gegenüber prüfend an. „Man hat den MacGregors von jeher nachgesagt, dass sie schlechte Verlierer sind."

Das Gesicht des Seniors wurde fast so rot wie sein Haar. „Verlierer? Ha! Noch ist kein Campbell geboren worden, der einem MacGregor im offenen Kampf gegenübergetreten wäre. Diese Meuchelmörder!"

„Gleich werden wir die ganze Familiengeschichte in ungekürzter Fassung hören", flüsterte Caine. „Du hast nichts mehr im Glas, Dad", sagte er laut, in der Hoffnung, ihn abzulenken. „Shelby, wie wäre es mit einem Drink?"

„Ja, gern." Sie schaute zu Caine auf und zwinkerte ihm zu. „Scotch pur – ohne Wasser und Eis." Dann wandte sie sich wieder dem alten Herrn zu. „Wären die MacGregors klüger gewesen, hätten sie nicht ihr Land, ihre Kilts und ihren Namen verloren. Könige", fuhr sie ungerührt fort, als der Senior wie ein Walross schnaufte, „pflegen empfindlich zu reagieren, wenn jemand versucht, sie vom Thron zu stürzen."

„Könige!" stieß der alte MacGregor verächtlich hervor. „Was ist schon ein englischer König! Kein treuer Schotte braucht einen englischen König, der ihm Vorschriften macht, wie er auf seinem eigenen Grund und Boden leben soll."

Shelbys Lippen umspielte ein Lächeln, als Caine ihr das Glas mit dem Scotch reichte. „Ein wahres Wort. Darauf kann auch ich trinken."

„Ha!" Daniel MacGregor hob sein Glas und leerte es in einem Zug. Dann setzte er es krachend auf den Tisch neben seinem Sessel.

Mit leicht hochgezogener Braue musterte Shelby den Inhalt ihres Glases. Dann tat sie es dem Herrn des Hauses gleich.

Dieser stutze einen Moment lang, blickte auf Shelbys leeres Glas, dann auf sie. Es war totenstill im Raum. Seine Augen sprühten Feuer, ihre jedoch blieben kühl und herausfordernd. Er erhob sich aus seinem Sessel, überragte Shelby um Hauptteslänge – ein Bär von einem Mann mit feuerrotem Haar. Shelby legte in einer herausfordernden Geste die Hände auf die Hüften. Biegsam wie eine Weidenrute stand sie vor ihm mit ihren Locken, die genauso leuchtend rot waren wie seine. Alan wünschte sich, diese Szene im Bild festzuhalten.

Plötzlich warf sein Vater den Kopf in den Nacken und lachte schallend, lange und aus tiefstem Herzen. „Beim gütigen Himmel", rief er, „ist das ein Mädchen!"

Im nächsten Augenblick zog er Shelby an seine Brust, und alle wussten, dass sie ihm willkommen war.

Sich mit den anderen MacGregors anzufreunden war für Shelby nicht weiter schwierig. So aufbrausend, dramatisch und ungeduldig das Oberhaupt der Familie war, so ruhig und diplomatisch wirkte Alans Mutter. In ihrer stillen Art beherrschte sie unmerklich jedermann. Weisheit und Geduld waren ihre Waffen. Jedes einzelne Mitglied der Familie unterschied sich von den übrigen. Als Gruppe gesehen bildeten sie ein harmonisches Ganzes.

Von dem Haus war Shelby bezaubert. Lange Gänge führten zu unzähligen Räumen, gewölbte Decken und geschwungene Säulen erinnerten an ein echtes Schloss. Das Esszimmer hatte die Größe eines normalen Hauses, über dem Kamin hingen gekreuzte Speere, Wappen und alte Gemälde an den Wänden. Hohe Fenster ließen Licht ein, und am Abend strahlte ein riesiger Kronleuchter mit unzähligen Kerzen.

Es gefiel Daniel MacGregor, seinen Reichtum nicht nur zu zeigen, sondern sich auch täglich daran zu freuen.

Beim Abendessen saß Shelby zu seiner Linken. Bewundernd strich sie mit den Fingerspitzen über den Rand ihres Tellers. „Das ist ja Wedgewoods Aspis-Kollektion aus dem späten achtzehnten Jahrhundert", staunte sie. „Ein wunderschönes Gedeck, vor allem der Gelbton ist einzigartig und sehr, sehr selten. Ich habe es bis jetzt nur im Museum gesehen."

„Ein Erbstück von meiner Großmutter", erzählte Anna MacGregor. „Es war ihr Ein und Alles. Dass die Farbe besonders wertvoll ist, wusste ich nicht."

„Blautöne, Lila, Grün und Schwarz wurden öfter hergestellt, mit Hilfe von Oxydfärbung. Dieses Muster habe ich noch nie gesehen, außer im Museum."

„Eure Aufregung wegen eines Tellers kann ich nicht begreifen", warf Daniel ein.

„Dich interessiert viel mehr, was darauf gelegt wird", neckte Serena ihren Vater.

„Shelby ist Töpferin", erklärte Alan beiläufig.

„Töpferin?" fragte Daniel erstaunt. „Du machst Töpfe?"

„Unter anderem", erwiderte Shelby trocken.

„Unsere Mutter verstand sich auch darauf", warf Diana ein. „Als ich noch klein war, habe ich sie oft an ihrer Scheibe sitzen sehen. Es ist unglaublich, was aus einem Tonklumpen entstehen kann. Weißt du noch, Justin?"

„Ja, du hast Recht. Manchmal verkaufte sie ein paar Stücke in der Stadt. Verkaufen Sie Ihre Sachen auch?" fragte er Shelby. „Oder ist es für Sie ein Hobby?"

„Ich besitze ein Geschäft in Georgetown", erwiderte Shelby.

„Anerkennenswert." Daniel MacGregor nickte. Handel in jeder Form war ihm vertraut. „Demnach verkaufst du eigene Produkte. Hast du Erfolg?"

Shelby drehte ihr Weinglas zwischen den Fingern. „Ich bilde es mir ein." Sie warf die Stirnhaare zurück und fragte Alan: „Würdest du mich als clevere Geschäftsfrau bezeichnen, Senator?"

„Oh ja! Du hast keinerlei Organisationstalent, aber du produzierst, führst den Laden und lebst nach deinem Geschmack", stimmte Alan zu.

„Ich mag ausgefallene Komplimente", erklärte Shelby, nachdem sie einen Augenblick über dieses Urteil nachgedacht hatte. „Alan lebt mehr nach fest gefügten Gewohnheiten. Ihm würde es nie passieren, dass er plötzlich auf dem Freeway ohne Benzin dasitzt."

„Und ich schwärme für ausgefallene Beleidigungen", murmelte Alan.

„Das ergänzt sich ausgezeichnet", stellte der Senior fest und gestikulierte mit der Gabel. „Du weißt, was du willst, Mädchen!"

„Ich hoffe schon."

„Du wirst eine erstklassige First Lady abgeben, Shelby Campbell."

Ihre Finger umklammerten den Stiel des hohen Weinglases. Diese Reaktion bemerkten jedoch nur Alan und seine Mutter. „Vielleicht", erwiderte Shelby ruhig, „wenn es mein Wunsch wäre."

„Wunsch oder nicht ... Wenn du diesen da heiratest", mit der Gabel zeigte er auf Alan, „ist es dein Schicksal."

„Bist du nicht etwas zu voreilig?" unterbrach Alan den Vater. Oh, wie er dieses Thema verwünschte! „Ich habe mich noch nicht entschieden, einer Kandidatur zuzustimmen. Und Shelby hat bisher nicht eingewilligt, mich zu heiraten."

„Nicht eingewilligt. Nicht zugestimmt." Das Gesicht des Familienoberhauptes wurde gefährlich rot. „Das Mädchen sieht mir nicht nach einem Dummkopf aus, Campbell oder nicht! Sie hat altes schottisches Blut in den Adern, egal, wie ihr Clan heißt. Sie wird feine MacGregors in die Welt setzen."

„Er sähe es zu gern, wenn ich meinen Namen ändern würde", mischte sich Justin Blade ein, um dem Gespräch eine andere Wendung zu geben.

„Möglich wäre das", belehrte ihn sein Schwiegervater, „um die Linie zu erhalten. Aber Renas Baby wird sowieso ein MacGregor, genau wie Caines Kinder – falls er sich eines Tages an seine Pflichten erinnern sollte." Strafend blickte er seinen jüngeren Sohn an. „Aber vornehmlich Alan als der Erstgeborene hat die Aufgabe, zu heiraten und Kinder zu zeugen und so den Stamm zu erhalten ..."

In diesem Moment wollte sich Alan einmischen, doch da fiel sein Blick auf Shelby. Sie hatte ihr Besteck beiseite gelegt, die Arme verschränkt und beobachtete begeistert Daniel MacGregor in seiner Lieblingsrolle.

„Amüsierst du dich?" flüsterte Alan ihr ins Ohr.

„Himmlisch! Ist er immer so?"

„Ja."

Shelby seufzte tief. „Ich glaube, ich hab mich verliebt!" Sie zupfte energisch am Ärmel ihres Tischnachbarn, um dessen Redefluss zu unterbrechen. „Ohne Alan oder Ihrer Gattin zu nahe treten zu wollen, aber wenn ich mich jemals entschließen sollte, einen MacGregor zu heiraten, dann würde ich Sie wählen, Daniel."

Verblüfft schaute er sie einen Augenblick an, dann lachte er dröhnend. „Du gefällst mir tatsächlich immer besser, Shelby Campbell!"

„Das hast du gut gemacht", lobte Alan später, während er Shelby einen Teil des Hauses zeigte.

„Findest du?" Fröhlich hängte sie sich bei ihm ein. „Man kann deinem Vater nur schwer widerstehen, so ähnlich, wie es mir bei seinem Erstgeborenen geht."

„Diese Bezeichnung darf nur mit allergrößter Ehrfurcht gebraucht werden", warnte Alan mit unbewegtem Gesicht. „Mir hängt es zwar zum Hals heraus ..."

„Oh, sieh doch mal! Ist das schön!" Shelby hob vorsichtig eine glänzende Vase von ihrer Konsole. „Französisch Chantilly. Alan! Ich schwöre es dir, dieses Haus ist besser als eine versunkene Galeere. Ich könnte stundenlang hier herumwandern." Nachdem sie das wertvolle Stück behutsam an seinen Platz zurückgestellt hatte, fragte sie Alan neckend: „Bist du jemals in eine dieser Rüstungen geklettert?"

„Caine hat es einmal gewagt, und danach brauchte ich über eine Stunde, um ihn wieder herauszubekommen."

Shelby nahm sein Gesicht zwischen ihre Hände. „Du warst ein so guter Junge." Noch während sie lachte, hob sie ihm ihr Gesicht entgegen und drückte ihre Lippen auf seinen Mund in einem überraschenden Kuss, der hart und fordernd zugleich war.

„Er stieg in die Rüstung", erklärte Alan, während er ihr Haar hinter das Ohr steckte, um den Kuss zu vertiefen, „weil ich ihm eingegeben habe, dass es doch ein besonders spannendes Erlebnis sein müsste."

Atemlos sah Shelby zu ihm auf. Wann würde sie auf diesen plötzlichen Wechsel in seinem Wesen gefasst sein? Die so gefährliche Seite seiner Natur traf sie immer wieder unvorbereitet. „Ein Anstifter bist du also", brachte sie schließlich heraus.

„Ein zielbewusster Anführer", korrigierte er und ließ Shelby los. „Schließlich habe ich ja meinen Bruder dann großmütig wieder aus der Rüstung befreit, allerdings erst, nachdem er Rena damit fast zu Tode erschreckt hatte."

Shelby hatte sich an die kühle Wand gelehnt, und ganz langsam wurde ihr Pulsschlag ruhiger. „Wahrscheinlich bist du überhaupt nicht lieb und artig gewesen, Alan. Das hast du mir nur vorgeschwindelt. Die gebrochene Nase geschah dir sicher recht."

„Oh nein! Caine verdiente sie mehr."

Shelby lachte. „Ich mag deine Familie", sagte sie.

„Ich auch."

„Und es scheint dir zu gefallen, wenn ich mich mit deinem Vater messe."

„Ich habe schon immer eine Vorliebe für Salonkomödien gehabt", erwiderte Alan.

Shelby schmiegte sich eng an ihn. „Sag mal, woher stammt eigentlich deines Vaters Idee, dass wir heiraten wollen?"

Alan knipste eine Stehlampe an, die im Gang stand. „Ich erzählte ihm von meinem Antrag. Allerdings fehlt ihm jedes Verständnis dafür, dass sein Erstgeborener kein sofortiges Jawort bekam." Alan hielt Shelby zwischen seinen Armen und der Wand gefangen. „Wie lange wirst du für eine Antwort brauchen?"

Die Frage war ihm herausgerutscht, er wollte Shelby nicht drängen. Aber hier, in seiner häuslichen Umgebung und inmitten der MacGregor'schen Familie, war seine Sehnsucht nach ihr übermächtig geworden. „Ich liebe dich, Shelby."

„Das weiß ich." Sie schlang die Arme um seinen Hals. „Ich liebe dich auch, das musst du mir glauben. Gib mir noch ein Weilchen, Alan, bitte. Ich weiß, dass es viel verlangt ist, aber – bitte!" Shelby schob ihn sanft zurück, damit sie ihm ins Gesicht blicken konnte. „Du bist fairer als ich, Alan, geduldiger und freundlicher. Das muss ich ausnutzen."

Alan fühlte sich weder geduldig noch fair. Er hätte sie am liebsten in die Enge getrieben, gefordert, gezwungen! Aber er beherrschte sich. „Gut, Shelby. Doch wenn wir zurück in Washington sind, müssen wir darüber reden. Ich muss mich entscheiden, und du musst es auch."

Shelby biss sich auf die Lippe. Sie ahnte, worum es bei seiner Entscheidung gehen würde. Jetzt nicht, flehten ihre Augen. Wenn dieses Wochenende vorüber ist, werde ich mich deinen Fragen stellen – irgendwie. Aber jetzt lass uns die Gegenwart genießen, ohne politische Wolken, ohne Hinweis auf die Zukunft. „Ich verspreche es dir", flüsterte sie.

Alan nickte. Dann legte er eine Hand auf ihren Nacken unter dem Haar und küsste sie. „Es ist spät geworden", murmelte er. „Wahrscheinlich liegen die anderen längst in ihren Betten."

„Wir sollten auch schlafen gehen", meinte Shelby.

Alan lachte und knabberte an ihrem Ohrläppchen. „Was hältst du von einem mitternächtlichen Bad?"

„In einem Swimmingpool?" Shelby schloss die Augen, um seine Zärtlichkeiten ganz auszukosten. „Ich habe keinen Badeanzug mit."

„Gut." Am Ende des Ganges war eine Doppeltür. Alan nahm Shelby bei der Hand und ging darauf zu. Er öffnete die eine Seite, schob Shelby hinein, dann drehte er von innen den Schlüssel herum.

Mit einer Hand auf der Hüfte sah Shelby sich neugierig um. Großzügig und schön wie alles in diesem Haus, lag vor ihnen ein nierenförmiges Schwimmbecken, gefüllt mit dunkelblauem

Wasser. Der Fußboden ringsum war belegt mit buntem Mosaik aus vielen kleinen Steinchen. Grünpflanzen aller Art und Beschaffenheit säumten den Rand. Die gegenüberliegende Wand bestand aus riesigen Glastüren, die jetzt geschlossen waren. Mondlicht drang herein und spiegelte sich in sanft kräuselndem Wasser.

„Daniel MacGregor hält sich nicht mit Kleinigkeiten auf, nicht wahr?" meinte Shelby. „Sicher bist du jeden Tag deines Lebens geschwommen, habe ich Recht? Du bist gebaut wie ein Meisterschwimmer, das habe ich gleich bei unserer ersten Begegnung gedacht."

Alan lächelte nur und zog sie vom Pool weg. „Zuerst gehen wir in die Sauna."

„Oh, tatsächlich?"

„Ja, tatsächlich." Er steckte eine Hand unter ihr Hosenbund und zog sie näher an sich heran. „Das öffnet die Poren." Mit einer schnellen Bewegung hatte er ihre Hose geöffnet und sie über die Hüften hinuntergezogen.

„Da du darauf bestehst ..." Shelby fing an, Alans Schlips aufzuknoten. „Hast du bemerkt, Senator, dass du immer viel mehr anhast als ich?"

„Nun, dazu kann ich nur sagen ...", er ließ seine Hand unter ihre Bluse gleiten, „... das habe ich."

„Wenn du nicht angezogen in der Sauna sitzen willst, musst du damit aufhören." Sie öffnete ungeduldig die vielen kleinen Knöpfe an seinem Hemd und zog es dann aus dem Hosenbund. „Wir brauchen Handtücher", fügte sie hinzu und fuhr mit den flachen Händen genießerisch über seine Brust bis hinunter zur Gürtellinie.

Langsam schob Alan Shelby die Bluse von den Schultern und sah sie lange an, bevor er hinter sich griff, um vom Regal Handtücher zu holen. Shelbys Haut schimmerte zart im Mondlicht – sie war verlockend und verführerisch, und sie gehörte ihm. Shelby ließ Alan keine Sekunde aus den Augen, während sie das Handtuch wie einen Sarong um ihren nackten Körper drapierte.

Trockene Hitze schlug ihnen entgegen, als Alan die Tür zu dem kleinen Raum öffnete. Shelby blieb einen Augenblick stehen, um sich an die Hitze zu gewöhnen, ehe sie sich auf eine Bank setzte.

„Ich habe es seit Monaten nicht getan", sagte sie, schloss die Augen und lehnte sich zurück. „Es ist wundervoll."

„Vater soll in diesem kleinen Raum eine Anzahl äußerst Gewinn bringender Geschäfte abgeschlossen haben", bemerkte Alan, während er sich neben Shelby setzte.

Sie öffnete die Augen ein wenig. „Das kann ich mir gut vorstellen. Er hat seine Gegner einfach ausgetrocknet." Langsam zog sie mit dem Finger eine Linie über Alans Schenkel. „Verwendest du auch solche Mittel bei deinen Regierungsgeschäften, Senator?"

„In kleinen heißen Räumen kommen mir eigentlich andere Ideen." Er beugte sich zu ihr hinunter und fuhr mit den Lippen leicht über ihre Schulter – eine kurze Berührung mit der Zunge, ein schneller Druck seiner Zähne. „Sie sind lebendiger und ganz sicher persönlicherer Art."

„Hm." Shelby legte den Kopf zur Seite, als seine Lippen sich ihrer Halsgrube näherten. „Wie persönlich?"

„Eine höchst vertrauliche Angelegenheit." Alan zog Shelby auf seinen Schoß und fing an, sie mit vielen kleinen Küssen zu überschütten, die sie immer benommen machten. Sie bewegte den Kopf so, dass ihre Lippen auf seinen Mund trafen, in einem trägen, feuchten Kuss. „Dein Körper fasziniert mich, Shelby. Er ist schlank und glatt und geschmeidig." Seine Lippen zogen eine Spur vom Kinn bis hinunter zum Brustansatz – dort, wo ihr Handtuch geknotet war. „Und dein Verstand – auch er ist beweglich und geschmeidig wie deine Hände. Mir ist nie klar geworden, was mich an dir zuerst angezogen hat. Vielleicht war es beides zur gleichen Zeit – Körper und Verstand."

Shelby war es zufrieden, zurückzuliegen und Alan gewähren zu lassen, sie mit Worten und zärtlichen Lippen zu liebkosen. Sie fühlte sich von der Hitze vollkommen entspannt, ihre Haut war weich und feucht. Als seine Lippen wieder ihren Mund fanden, hatte sie kaum die Kraft, ihre Arme um seinen Nacken zu legen und ihn an sich zu ziehen.

Während er sie langsam und innig küsste, öffnete er den Knoten ihres Handtuchs und zog es von ihr weg.

Der Duft, der von Shelby ausging und der ihn immer wieder aufs Neue erregte, füllte den kleinen Raum. Alan berührte sie, streichelte sie, liebkoste sie mit Händen, Fingern und Mund. Seine Zärtlichkeiten wurden immer ungeduldiger, und er fühlte, wie auch Shelbys Leidenschaft wuchs. Sie war heiß und feucht und verlangte mehr von ihm.

Nimm sie! Hier und gleich! verlangte es in ihm. Aber er bezwang sein Verlangen.

Nur Shelby wollte er die Befriedigung bringen, den Höhepunkt zu erreichen. Sie schrie seinen Namen heraus, drängte sich seiner Hand entgegen, und dann war sie wieder weich und schmiegsam. So hätte er sie für immer halten können. Er zog sie eng an sich und erhob sich mit ihr.

„Es ist zu gefährlich, zu lange hier drinnen zu bleiben." Alan rieb kurz seinen Mund gegen ihren Mund. „Wir müssen uns abkühlen."

„Unmöglich", murmelte Shelby und lehnte sich an seine Schulter. „Absolut unmöglich."

„Das Wasser ist kühl – und fast so weich wie deine Haut."

„Ich glaube nicht, dass ich die Kraft habe, im Wasser zu treten."

„Wir machen das zusammen", schlug Alan vor. Dann umfasste er mit einem Arm fest ihre Taille und sprang mit Shelby zusammen ins Wasser.

Für Shelby kam es wie ein Schock, als das kalte Wasser über

ihr zusammenschlug. Nachdem sie wieder auftauchte, hängte sie sich an Alan. „Es ist eisig!"

„Nicht wirklich", erwiderte Alan. „Du wirst gleich merken, dass das Wasser gewärmt ist."

Shelby fühlte sich bald herrlich erfrischt und schwamm die ganze Länge des Pools ab. Als sie den Rand erreichte, stand Alan bereits oben und wartete auf sie.

„Angeber!" warf sie ihm vor und warf mit einer Kopfbewegung das nasse Haar aus ihrem Gesicht. Dann ließ sie ihren Blick bedächtig über Alans Körper wandern, von seinem Gesicht bis hinunter zu dem flachen Bauch und noch weiter nach unten.

„Du siehst großartig aus, Senator. Ich glaube, ich könnte mich daran gewöhnen, dich nass und nackt zu sehen." Sie glitt auf den Rücken, um sich treiben zu lassen. „Solltest du einmal der Politik müde werden, könntest du sicherlich leicht eine erfolgreiche Karriere als Bademeister an einem Nacktstrand starten."

„Es ist immer gut, wenn man eine Alternative hat", gab Alan zurück.

Er sah Shelby eine ganze Weile zu. Ihr Körper hob sich weiß und glatt gegen das dunkle Wasser ab. Mondlicht fiel durch die Fenster und schimmerte an der Oberfläche. Die rasende Sehnsucht, die er kurze Zeit vorher gespürt hatte, war wieder da. Er sprang ins Wasser und war mit einem Zug neben ihr. Mit einem Arm umfasste er ihre Taille. Shelby hielt sich an seinen Schultern fest. Ihren Kopf lehnte sie weit zurück, sodass ihr Haar nach hinten fiel. In ihren Augen spielte sich die gleiche Erregung und das Verlangen wider, das auch ihn ergriffen hatte. Dann legte sie ihren Mund auf seine Lippen.

Shelby wusste, dass sie sich diesmal wild lieben würden. Weder sie noch Alan hatten Geduld für ein langes Vorspiel. Wie eine Flutwelle überschwemmte sie das Begehren, nur das Wasser hielt sie davon ab, sich schneller zu bewegen. Shelby fühlte, wie es in seiner Kühle über ihre Schultern schlug, während Alans Küsse immer hungriger und besitzergreifender wurden.

Nur der schwache Chlorgeruch erinnerte sie daran, dass sie sich nicht an einer einsamen Lagune Tausende von Meilen entfernt befanden. Doch als Alan Shelby mit der ganzen Kraft seiner Leidenschaft nahm, hätte sie genauso gut sonst irgendwo sein können.

11. KAPITEL

„Guten Morgen." Shelby unterdrückte ein Gähnen, als sie am Fuße der Treppe Serena begegnete.

„Es sieht so aus, als wären wir die einzigen Langschläfer", sagte Serena, die allerdings viel munterer wirkte als Shelby. „Alle anderen sind schon scheußlich aktiv. Wollen wir zusammen frühstücken?"

„Das klingt sehr verlockend."

„Komm mit", sagte Serena lachend und ging voraus. „Wir trinken unseren Morgenkaffee meist hier neben der Küche, weil wir alle zu verschiedenen Zeiten frühstücken. Caine war schon als Kind ein Frühaufsteher, dafür hätte ich ihn manchmal umbringen können. Alan und meine Eltern sind nicht viel besser. Für Diana ist acht Uhr angemessen, und Justin funktioniert nach einem zeitlichen Schema, das ich noch immer nicht begriffen habe. Ist auch egal, augenblicklich habe ich sowieso Narrenfreiheit." Sie klopfte sich lachend auf ihren bereits ganz schön runden Bauch.

Das Frühstückszimmer war sonnig, groß und elegant. Ganz im MacGregor'schen Stil.

„Ich kann mich hier nie satt sehen." Shelby bewunderte eine Sammlung von Zinngeschirr.

„Apropos satt, wie wäre es mit Waffeln?"

Shelby lächelte und drehte sich um. „Meine Gefühle gegenüber Waffeln sind höchst freundlich und warm."

„Ich wusste, dass man sich auf dich verlassen kann. Bin gleich wieder da." Serena lief in die Küche.

Shelby war an eines der großen Fenster getreten und betrachtete den gepflegten Rasen, der von bunten Beeten eingefasst war. Es ist schön hier, dachte sie. Bei Alans Familie fühle ich mich wohl. Es sieht so einfach aus. Wir lieben uns, heiraten, bekommen Kinder ... Seufzend lehnte sie die Stirn an das kühle Glas. Aber das ist eine Täuschung, denn mein Problem löst sich nicht, im Gegenteil.

„Shelby?"

Serena war eingetreten und betrachtete sie verwundert. „Ich habe den Kaffee mitgebracht", sagte sie nach kurzem Zögern. „Die Waffeln kommen sofort."

„Danke." Shelby setzte sich, und Serena schenkte ein. „Alan hat mir erzählt, dass du in Atlantik City ein Casino leitest."

„Stimmt, Justin und ich sind Partner dort und auch in einer Hotelgruppe. Der Rest", fügte sie schmunzelnd hinzu, „gehört ihm allein – vorläufig."

„Ich bin sicher, du wirst ihn davon überzeugen, dass er dich überall braucht."

„Alles zu seiner Zeit. Ich werde eigentlich recht gut mit ihm fertig, besonders seitdem er die Wette verloren hat und mich heiraten musste."

„Würdest du mir das bitte erklären?"

„Er ist Spieler, und ich bin es auch. Wir knobelten es mit einer Münze aus." Die Erinnerung machte Rena sichtlich Freude. „Zahl verlor, Kopf gewann."

Shelby setzte lachend ihre Tasse ab. „Natürlich nahmt ihr ein ganz spezielles Geldstück, das dir gehörte."

„Darauf kannst du dich verlassen! Er hat es natürlich geahnt, aber so getan, als wüsste er nichts. Und jetzt sind wir schon einen Schritt weiter." Unbewusst legte sie die Hand auf ihren Bauch.

„Er liebt dich sehr", sagte Shelby. „Man sieht es an seinen Augen, wenn du ins Zimmer trittst."

„Wir haben uns zusammengerauft, Justin und ich." Serena wurde nachdenklich. „Es war kein leichter Entschluss. Caine und Diana haben sich übrigens auch ganz schön schwer getan. Bei denen ist es auch Liebe auf den ersten Blick gewesen. Aber Justin und Diana hatten eine schwierige Kindheit. Es war für sie beide nicht einfach, eine feste Partnerverbindung einzugehen."

„Ihr MacGregors wisst ziemlich genau, was ihr wollt, und setzt es auch durch."

„Bei Alan hatte ich allerdings Bedenken", fuhr Serena fort. „Aber jetzt nicht mehr. Ich bin ja so froh, dass er dich gefunden hat, Shelby. Und dass du keine von den grässlichen Mädchen bist, die er gelegentlich um sich hatte." Über den Tisch hinweg ergriff sie Shelbys Hand und drückte sie herzlich.

Shelby wurde neugierig. „Was für Typen waren das denn?" erkundigte sie sich.

„Kühl, glatt und meist blond, mit zarten Händen und schrecklich guten Manieren, wahnsinnig langweilig jedenfalls. Mit keiner hätte ich frühstücken mögen."

Shelby schüttelte lachend den Kopf. „Aber das klingt doch so, als passte so eine Frau recht gut zu Senator Alan MacGregor."

„Zum Titel vielleicht", warf Serena ein, „nicht zum Mann. Und der ist mein Bruder. Manchmal ist er viel zu ernst, arbeitet unentwegt und nimmt alles sehr schwer. Er braucht jemanden, der ihm hilft, ihn aufmuntert und zum Lachen bringt."

„Ich wünschte, dass es damit getan wäre." Shelbys Stimme klang merkwürdig.

„Shelby", begann Serena vorsichtig, „ich kann dir nicht helfen, oder? Du solltest nur wissen, dass ich immer für dich da bin. Und ich liebe Alan sehr."

Shelby starrte in ihre leere Tasse, dann sah sie auf. „Ich auch, Serena."

„Es ist eben alles nicht so einfach." Serena lehnte sich zurück und überlegte.

„Nein", stimmte Shelby zu, „das ist es bei Gott nicht."

„Na, hast du dich tatsächlich noch entschlossen, heute aufzustehen, Shelby?" fragte Alan, der soeben ins Frühstückszimmer gekommen war. Er spürte die gedrückte Stimmung, ließ sich jedoch nichts anmerken.

„Es ist erst kurz nach zehn." Shelby wies auf die Uhr und hob den Kopf für einen Gutenmorgenkuss. „Hast du schon gefrühstückt?"

„Vor Stunden! Gibt es noch Kaffee?"

„Reichlich." Serena schwenkte die Kanne. „Hast du Justin gesehen?"

„Er ist oben bei Vater."

„Wahrscheinlich denken sich beide wieder ganz verzwickte Finanzpläne aus."

„Ja", meinte Alan trocken. „Sieht allerdings eher aus wie Poker." Er trank einen Schluck. „Dad liegt ungefähr fünfhundert im Rückstand."

„Und Caine?"

„Etwa dreihundert."

Es gelang Serena nicht, ein missbilligendes Gesicht zu machen. „Vielleicht sollte ich verhindern, dass mein Angetrauter laufend die Familie ausnimmt. Hast du auch verloren?"

Alan zuckte nachlässig mit den Schultern und nippte an seinem Kaffee. „Es geht. Nicht mehr als kleine zweihundert." Er begegnete Shelbys Blick und fügte hinzu: „Ich spiele mit Justin mehr aus diplomatischen Gründen." Shelby musterte ihn, enthielt sich aber eines Kommentars. „Zum Teufel", platzte Alan heraus, „eines Tages werde ich ihn doch schlagen."

Inzwischen waren die Waffeln gebracht worden, und Shelby langte kräftig zu.

„Willst du das alles aufessen?" fragte er ungläubig.

„Natürlich." Sie goss genussvoll Sirup über ihren Teller. „Handelt es sich bei dieser Sitzung um einen reinen Männerclub, oder könnte ich mich beteiligen?"

Alan beobachtete fasziniert, mit welchem Appetit Shelby die Waffeln verschlang. „In Gelddingen machen wir keinen Unterschied zwischen den Geschlechtern." Er drehte eine weiche, rötlich schimmernde Locke um seinen Finger. „Bist du darauf vorbereitet zu verlieren?"

Shelby lächelte. „Ich lasse es nicht zu."

„Ich werde euch eine Weile zuschauen", sagte Serena. „Wo sind Mom und Diana?"

„Im Garten", antwortete Alan. „Diana wollte ein paar Tipps für ihr neues Haus."

Serena nickte. „Das dürfte ein oder zwei ungestörte Stunden für uns bedeuten", sagte sie und erhob sich.

„Ist es deiner Mutter nicht recht, wenn gespielt wird?" fragte Shelby.

„Es sind die Zigarren meines Vaters", erklärte Serena, während sie gemeinsam das Frühstückszimmer verließen. „Er versteckt sie vor ihr. Oder sie lässt ihn in dem Glauben, dass sie es nicht merkt."

Shelby erinnerte sich an Anna MacGregors ruhigen, beobachtenden Blick. Letzteres ist wahrscheinlicher, dachte sie. Alan blieb, wie seiner Mutter, nur wenig verborgen.

Schon im Treppenhaus des Turmes hörten sie Daniel MacGregors polternde Stimme: „Verdammt, Justin Blade – du hast Glück wie ein Teufel!"

„Schlechte Verlierer sind die MacGregors", seufzte Shelby mit einem Seitenblick auf Alan.

„Wir sollten erst einmal sehen, wie sich eine Campbell hält", verkündete Alan von der Tür her. „Hier kommt neues Blut."

Die Luft war voller Rauch. Schwerer, würziger Geruch von teurem Tabak lag als graue Wolke über Daniels riesigem alten Schreibtisch, der zur Spielfläche umfunktioniert worden war. Ringsum standen Stühle und Sessel. Die drei Männer schauten erstaunt auf die Neuankömmlinge.

„Ich gewinne nur ungern gegen meine Frau", sagte Justin lachend und steckte sich seine Zigarre an.

„Dazu wirst du gar keine Möglichkeit bekommen." Serena setzte sich auf die Armlehne zu ihm. „Shelby will sich mit euch messen."

Affäre in Washington

„Eine Campbell!" Der Senior rieb sich die Hände. „Gut denn, wir werden sehen, woher der Wind weht. Nimm Platz, Mädchen. Der Einsatz beträgt drei Dollar, zehn ist das Limit. Buben oder höher können eröffnen."

„Wenn Sie hoffen, Ihren Verlust durch mich wieder auszugleichen, Daniel MacGregor", sagte Shelby milde und setzte sich an den Tisch, „dann sind Sie im Irrtum."

„Du gibst, Caine", drängte der Senior, „mach schon."

Nach den ersten zehn Minuten bereits hatte Shelby erkannt, dass Justin Blade der beste Pokerspieler war, dem sie jemals gegenübergesessen hatte. Und ganz ohne Erfahrung war sie nicht, denn sie kannte eine Reihe von Spieltischen – elegante und weniger elegante. Alans Vater spielte trotzig, Caine impulsiv und recht geschickt, Justin jedoch spielte gekonnt. Und er gewann.

Nachdem sie gemerkt hatte, dass ihre Form an Justins nicht heranreichte, änderte Shelby ihre Taktik. Alle herkömmlichen Regeln missachtend, verließ sie sich blindlings ganz auf ihr Glück.

Alan hatte sich hinter Shelby gestellt und beobachtete sie. Sein Puls schlug rascher, als Shelby zwei Herzen ablegte und mit den Nachgeschobenen auf eine Straße hoffte. Kopfschüttelnd holte er sich vom Servierwagen noch eine Tasse Kaffee.

Shelby neben seinem Vater sitzen zu sehen war ein Erlebnis für sich. Ein heller und ein dunklerer Rotschopf neigten sich konzentriert über die jeweiligen Karten, vorsichtig und voller Misstrauen gegen spekulative Blicke des Nachbarn. Wie mühelos war Shelby doch in sein Leben geglitten. Wie ein runder Stein, der auf ruhiger Wasseroberfläche unzählige, geheimnisvolle Wellenkräusel zauberte. Sie passte sogar in dieses verräucherte Turmzimmer zu den Pokerspielern. Ebenso selbstverständlich und sicher konnte sie sich aber auch in einem eleganten Saal in Washington bewegen, umgeben von Helligkeit und Glitzern und mit einem zerbrechlich dünnen Champagnerglas in der Hand.

Des Nachts aber gehörte sie in seine Arme und wurde ein Teil seiner selbst, so wie noch keine andere Frau vorher. Alan wusste, dass er Shelby genauso nötig brauchte wie Nahrung und Luft zum Atmen.

„Zwei Asse!" verkündete Daniel mit siegessicherem Blick.

Schweigend legte Justin sein Blatt mit der Bildseite nach oben auf den Tisch. „Zwei Paare sind mehr. Buben und Siebener." Er lehnte sich bequem zurück, während der Senior ihn kräftig verwünschte.

„Du ... du ..." Ihm fiel nichts mehr ein. Hilfe suchend blickte er zu seiner Tochter und dann zu Shelby. „Der Teufel soll dich holen, Justin Blade."

„Sie schicken ihn etwas voreilig auf diese Reise", meinte Shelby und zeigte ihre Karten. „Eine Straße von der Fünf bis zur Neun."

Alan trat an den Tisch und betrachtete ungläubig, was Shelby aufgedeckt hatte. „Das gibt's doch nicht! Sie hat tatsächlich eine Sechs und eine Sieben gezogen!"

„Es ist Zauberei!" rief Daniel MacGregor und schlug in bewährter Manier mit der Faust auf den Tisch. „Nur eine verdammte Hexe kann das."

„Oder eine verdammte Campbell", ergänzte Shelby ruhig den Satz.

Ein Blick wie ein Blitzstrahl traf sie. „Weiter! Wer teilt neu aus?"

Justin zahlte ihr schmunzelnd eine Hand voll Chips aus.

„Willkommen an Bord", sagte er anerkennend und mischte.

Sie spielten fast eine Stunde lang. Shelby hielt sich an ihr System des Unlogischen. Dadurch gelang es ihr, sich gegen die Männer zu behaupten. Normalerweise wäre ein Gewinn von fünfundzwanzig Dollar für sie nicht sonderlich beeindruckend gewesen, doch bei dieser Konkurrenz war es etwas anderes. Zufrieden sah sie sich um. Niemand dachte an Aufhören. Vielleicht hätte der Vormittag nicht ausgereicht, doch plötzlich erklang die Stimme von Mrs. MacGregor im Treppenhaus.

Sofort drückte ihr Ehemann eine eben erst angezündete Sieben-Dollar-Zigarre im Aschenbecher aus und schob das Ganze unter den Schreibtisch. „Ich erhöhe um fünf", sagte er laut mit unschuldiger Miene.

„Sie haben noch gar nicht eröffnet", erinnerte Shelby ihn mit honigsüßem Lächeln. Dann griff sie in eine Dose mit Pfefferminzbonbons, die sich in greifbarer Nähe befand, und steckte ihm ein Stück in den Mund. „Sie sollten alle Spuren verwischen, Mr. MacGregor."

Daniel lachte und klopfte ihr auf die Schulter: „Du bist ein feines Mädchen, Shelby, Campbell oder nicht."

Annas Stimme erklang von der Tür her. „Wir hätten uns denken können, dass alle sich Mühe geben, an Justin ihr Geld zu verlieren." Diana folgte ihrer Schwiegermutter auf dem Fuß.

„Ich muss gestehen, dass unser Neuankömmling auch recht erfolgreich ist", berichtete Caine und legte seinen Arm um Diana.

„Es wird höchste Zeit, dass Justin einen Gegner findet", stellte Diana fest, umfasste von hinten die Schultern ihres Mannes und stützte ihr Kinn auf seinen Kopf. „Anna und ich wollten vor dem Essen noch schwimmen. Hat jemand Interesse?"

„Gute Idee!" Daniel MacGregor schob den verräterischen Aschenbecher mit dem Fuß ein bisschen weiter unter seinen Schreibtisch. „Kannst du schwimmen, Mädchen?"

„Aber ja." Shelby legte die Karten nieder. „Ich hab nur keinen Badeanzug mitgebracht."

„Unten ist ein ganzer Schrank voll Badeanzüge", erklärte Serena. „Einer davon passt dir bestimmt."

„Tatsächlich?" Shelby sah Alan an. „Wer hätte das gedacht, ein ganzer Schrank voll also."

Er lächelte unschuldig. „Habe ich dir das noch nicht gesagt?

Der Gedanke ist prachtvoll, ich werde euch begleiten. Ich habe Shelby noch nie im Badeanzug gesehen."

Zwanzig Minuten später lag Alan entspannt in der heißen Sauna. Anstelle von Shelby leisteten ihm diesmal sein Bruder und Justin Gesellschaft. Er schloss die Augen und dachte an Shelbys feuchte, warme Haut und daran, wie ihr Herz unter seiner Hand geklopft hatte.

„Du hast einen guten Geschmack", bemerkte Caine und lehnte sich an die Holzwand. „Aber du überraschst mich doch."

Alan schlug die Augen auf und blinzelte träge. „Wieso?"

„Shelby erinnert in keiner Weise an die tolle Blondine mit den interessanten Formen, die dich noch vor wenigen Monaten begleitete." Caine wischte sich mit dem Handtuch übers Gesicht. „Allerdings hätte jenes Geschöpf sich Dad gegenüber keine fünf Minuten lang halten können."

„Shelby kann man nicht mit anderen vergleichen."

„Ich habe höchsten Respekt vor einer Person, die so auf eine Straße spekuliert." Justin streckte sich bequem aus. Er lag auf der Bank über Alan, wo die Temperatur am höchsten war. „Serena sagt, Shelby passt gut zu dir."

„Wie angenehm, die Zustimmung der Familie zu haben", sagte Alan trocken.

Justin lachte leise. „Ihr MacGregors müsst euch doch immer in solche Dinge einmischen."

„Du sprichst natürlich aus persönlicher Erfahrung!" Caine schwitzte mächtig, er war an sich kein Freund des Saunavergnügens. „Augenblicklich genieße ich es, dass durch Alan und Shelby Dads Aufmerksamkeit von Diana und mir abgelenkt wird."

„Dabei sollte man meinen, dass Renas Zustand ihn vollauf beschäftigt. Sein erstes Enkelkind!" Alan lachte.

„Mach dir nichts vor. Solange er nicht auf allen Seiten von

kleinen MacGregors oder Blades umgeben ist, gibt er sich bestimmt nicht zufrieden."

Caine lächelte verlegen. „Aber ich bin auf dem besten Weg. In letzter Zeit habe ich öfter darüber nachgedacht, ob ich ihm nicht den Gefallen tun soll."

„Mit Nachdenken bringst du keinen echten schottischen MacGregor-Komantschen zuwege", bemerkte Justin träge.

„Diana und ich wollten erst einmal abwarten, was bei euch herauskommt", gab Caine ehrlich zu.

„Wie fühlt man sich eigentlich, Justin, wenn man Vater wird?" fragte Alan.

Justin starrte schweigend an die Holztäfelung der Decke. Wie konnte er diesen aufregend-glücklichen Zustand beschreiben, in dem man sich befand, wenn man spürte, wie sich unter der vorsichtig aufgelegten Hand das Kind im Bauch der geliebten Frau bewegte?

„Wundervoll", sagte er leise, „und beängstigend. Babys vervielfachen das Wenn und Aber im Leben. Ich freue mich sehr darauf. Doch je näher der Tag herankommt, desto mehr fürchte ich mich davor. Trotzdem kann ich es kaum erwarten, unseren Sprössling im Arm zu halten. Wie wird das Kind aussehen?"

„Starker Stamm, gutes Blut", imitierte Caine den Vater.

Justin lachte leise und drehte sich um. „Daniel scheint mit diesem Mitglied der Campbells auch sehr zufrieden zu sein, Alan. Wirst du das Mädchen heiraten?"

„Ja. Im Herbst."

„Warum, zum Teufel, sagst du das erst jetzt?" schimpfte Caine. „Dad hätte diese Gelegenheit mit Freuden genutzt, um einen Abstecher in seinen geheiligten Weinkeller zu machen."

„Weil Shelby es noch nicht weiß", erklärte Alan beiläufig. „Und ich dachte, sie sollte es lieber zuerst erfahren."

„Hm, sie macht nicht den Eindruck, als ließe sie irgendjemanden über sich bestimmen."

„Wie Recht du hast." Alan lächelte Justin kleinlaut zu. „Trotzdem hab ich's versucht. Bisher ziemlich erfolglos. Früher oder später werde ich meine Taktik ändern müssen."

Caine runzelte die Stirn. „Sie hat dir einen Korb gegeben?"

Alan setzte sich auf. „Manchmal siehst du unserem Vater zum Verwechseln ähnlich und benimmst dich auch wie er. Sie hat weder Nein noch Ja gesagt. Shelbys Vater war Senator Robert Campbell."

„Robert Campbell." Caine wiederholte den Namen langsam. „Jetzt begreife ich alles. Es mag ihr ziemlich schwer fallen, sich mit deinem Beruf abzufinden. Ist ihr Vater nicht dem Attentat zum Opfer gefallen, als er auf dem besten Weg war, den Wahlkampf zu gewinnen?"

„Ja." Alan las die unausgesprochene Frage in Caines Augen. „Und nochmals ja: Ich werde mich aufstellen lassen, wenn die Zeit gekommen ist." Erschrocken hielt er inne. Es war das erste Mal, dass er seine Absicht laut äußerte. Kaum acht Jahre blieben ihm noch für diesen langen Weg. Er holte tief Luft. „Auch darüber muss ich mit Shelby sprechen."

„Du bist für das Amt geschaffen, Alan", sagte Justin einfach. „Du kannst dich dem nicht entziehen."

„Nein, aber eben dafür brauche ich Shelby ja so notwendig. Wenn ich mich wirklich zwischen beiden entscheiden müsste ..."

„... dann nähmst du Shelby." Caine vollendete den Satz für ihn. Er verstand den Bruder und wusste, was es bedeutete, die richtige Frau fürs Leben gefunden zu haben. „Nur", fragte er zweifelnd, „werdet ihr es auch ertragen können?"

„Das weiß ich nicht." Alan schloss die Augen. Ein Entweder-oder würde ihn mit Sicherheit in zwei Teile zerreißen.

Am folgenden Mittwoch nach dem Wochenende in Hyannis Port erhielt Shelby ihren ersten Telefonanruf von Daniel MacGregor. Sie war gerade mit der Säuberung von Tante Emmas Käfig beschäftigt. Den Wassernapf in der einen Hand, hob sie mit der anderen den Hörer ab.

„Shelby Campbell?"

„Ja." Ein Lächeln huschte über ihr Gesicht. Die Donnerstimme war nicht zu verkennen. „Hallo, Daniel MacGregor."

„Hast du dein Geschäft schon geschlossen für heute?"

„Mittwochs arbeite ich mit Ton", erklärte sie und klemmte den Hörer zwischen Kinn und Schulter, um den Napf wieder in den Papageienkäfig setzen zu können. „Aber damit bin ich fertig. Wie geht es Ihnen und Mrs. MacGregor?"

„Gut, danke, Mädchen. Wenn ich das nächste Mal in Washington bin, werde ich mir deinen Laden ansehen."

„Gut." Sie hockte sich auf die Sessellehne. „Hoffentlich gefällt Ihnen etwas, und wir können ein Geschäft machen."

Daniel lachte vergnügt in sich hinein. „Habe nichts dagegen, wenn deine Hände so geschickt sind wie deine Zunge. Die Familie hat Pläne für das verlängerte Wochenende vom vierten Juli. Wir fahren zu den Komantschen nach Atlantic City." Er räusperte sich. „Diese Einladung möchte ich auf dich ausdehnen und hierdurch persönlich herzlichst übermitteln."

Shelby überlegte: Der vierte Juli, Unabhängigkeitstag. Das hieß Feuerwerk, Hot Dogs und Bierzelte. Weniger als ein Monat war es bis zu diesem Tag, die Zeit verging viel zu schnell. Sie würde mit Alan am Strand stehen und beobachten, wie der Himmel nach Sonnenuntergang die Farbe des Meeres annahm. Aber die Zukunft war so ungewiss ...

„Vielen Dank für die Einladung, Daniel MacGregor, ich würde gern kommen." Das wenigstens ist keine Lüge, dachte Shelby. Ob ich dann wirklich komme, ist eine andere Frage.

„Du passt gut zu meinem Sohn", fuhr der Senior fort, dem ihr kurzes Zögern nicht entgangen war. „Dass ich jemals so etwas von einem Mitglied der Campbells sagen würde, hätte ich selbst nicht geglaubt. Du bist stark und intelligent. Und mit dir kann man lachen. Gutes Blut hast du in deinen Adern, schottisches Blut, Shelby Campbell. Es wird mir in den Enkeln wieder begegnen."

Shelby lachte, denn die Tränen waren ihr so schnell in die Augen geschossen, dass sie über ihr Gesicht rannen. „Sie sind ein Pirat, Daniel MacGregor, und ein listiger Schmeichler!"

„Also abgemacht. Auf Wiedersehen bei den Komantschen!"

„Leben Sie wohl, Daniel!"

Langsam legte Shelby den Hörer zurück und presste dann die Fäuste auf ihre Augen. Wegen ein paar alberner Worte würde sie keinen Weinkrampf bekommen. Seit dem ersten Erwachen in Alans Armen war es ihr klar gewesen, dass sie von nun an etwas vor sich her zu schieben versuchte, das dennoch mit unumstößlicher Gewissheit auf sie zukam. War sie richtig für ihn? Daniel war dieser Meinung, aber er konnte nur die Oberfläche erkennen. Was wusste er davon, wie viel Grausames sich darunter verbarg? Das ahnte nicht einmal Alan.

Es war nie verblasst! Gegenwärtig und lebendig lauerten die Erinnerungen in der Tiefe ihres Herzens – seit jenem Tag vor langen Jahren.

Wenn sie die Augen schloss, konnte sie noch heute die drei schnell aufeinander folgenden Explosionen hören – die Todesschüsse. Das Bild erschien vor ihrem geistigen Auge: Wie ihres Vaters Körper zuckte, wie er plötzlich zu Boden sank, unmittelbar neben Shelbys Füße. Schreiende, durcheinander laufende Menschen, Panik ringsum – und das Blut des sterbenden Vaters auf ihrem Kleid.

Jemand hatte dann das Kind zur Seite geschoben, um dem Opfer zu helfen. Shelby war einfach auf dem glänzenden Parkett sitzen geblieben. Niemand kümmerte sich um sie.

Wie kann ein Geschehen von wenigen Sekunden für ein ganzes Leben zum Albdruck werden?

Dass ihr Vater tot war, brauchte ihr keiner zu sagen. Sie wusste es. Aus nächster Nähe hatte sie beobachten müssen, wie das Leben seinen Körper verließ. Auch ihr Leben war damals getroffen worden.

„Nie wieder", stöhnte Shelby und vergrub den Kopf in ihren Armen. „Ich könnte es nicht noch einmal ertragen."

Es klopfte an der Tür. Das musste Alan sein. Mit aller Kraft drängte Shelby die Tränen zurück, atmete tief und öffnete.

„Hallo, MacGregor. Heute gibt es nichts. Kein Essen. Nichts."

„Das habe ich befürchtet", entgegnete Alan lächelnd. Er hielt eine einzige Rose in der Hand, deren Blütenblätter die Farbe von Shelbys Haar hatten.

Es ist nur eine Aufmerksamkeit, wollte sich Shelby einreden, nichts von besonderer Bedeutung.

Aber Alan würde nie etwas Zufälliges tun, das wusste sie genau. Die Rose sollte ein Zeichen sein. Ein verantwortungsbewusster, ernster Mann bot ihr Schutz und Liebe an seiner Seite für ein ganzes Leben an.

„Es heißt, dass eine einzelne Blume viel romantischer sei als ein volles Dutzend", sagte Shelby leichthin. Dann traten ihr wieder Tränen in die Augen. „Danke." Sie warf die Arme um Alans Hals und küsste ihn heftig und voller Verzweiflung. Beschwichtigend strich er ihr über die wirren Locken und hielt sie zärtlich fest.

„Ich liebe dich", wisperte sie und barg ihren Kopf an seinem Hals, bis sie sich wieder unter Kontrolle hatte.

Alan hob Shelbys Kinn und betrachtete ihr Gesicht. „Was ist los, Shelby?"

„Nichts", antwortete sie ein wenig zu rasch. „Ich werde sentimental, wenn mir jemand etwas schenkt." Er blickte sie immer noch fragend an, und das Herz tat ihr weh. „Liebe mich, Alan." Sie presste ihre Wange gegen seine Wange. „Komm ins Bett mit mir – gleich jetzt."

Alan begehrte Shelby. Sie brachte es mühelos fertig, seine Leidenschaft zu wecken, ein Blick genügte schon. Doch er wusste, dass das nicht die Antwort geben könnte, die sie beide suchten. „Komm, setzen wir uns. Es ist an der Zeit, dass wir miteinander reden."

„Nein! Ich ..."

„Shelby!" Alan fasste sie bei den Schultern. „Es muss sein."

Sie atmete heftig. Alan ließ sich nicht mehr vertrösten. Er hatte ihr so viel Zeit gegeben, wie es ihm möglich war. Shelby nickte und ging zum Sofa. Die Rose hielt sie noch immer fest in der Hand. „Möchtest du einen Drink?"

„Nein." Er drückte sie sanft auf die Couch und setzte sich neben sie. „Ich liebe dich", sagte er einfach, „das weißt du und auch, dass ich dich heiraten will. Wir kennen uns noch nicht sehr lange", fuhr er fort, als Shelby weiterhin schwieg. „Wenn du eine andere Art von Frau wärst, würde ich dir vielleicht glauben, dass du deiner Gefühle für mich noch nicht sicher bist. Aber du bist keine andere Art von Frau, du bist Shelby."

„Du weißt, dass ich dich liebe", unterbrach sie ihn. „Du denkst jetzt logisch, und ich ..."

„Shelby." Es war nur ein Flüstern, aber Shelby verschluckte den Rest ihrer Entgegnung. Ruhig fuhr Alan fort: „Du hast wegen meiner politischen Tätigkeit Bedenken. Ich verstehe das, wenn auch vielleicht nicht ganz, aber ich bemühe mich, es zu verstehen. In dieser Sache müssen wir uns von jetzt an gegenseitig helfen." Er nahm ihre Hände und fühlte, wie verkrampft Shelby war. „Gemeinsam schaffen wir es, Shelby."

Shelby starrte ihn schweigend an. Sie ahnte, was er ihr weiter zu sagen hatte.

„Man hat mich gefragt, ob ich für die Präsidentschaftskandidatur zur Verfügung stehe, und ich muss mich entscheiden. So etwas kommt nicht von heute auf morgen, aber meine Leute treffen schon Vorbereitungen dafür."

Nach einer Pause holte sie tief Luft und nahm all ihre Kraft zusammen. „Wenn es dir um meine Meinung geht, Alan, dann sollst du sie hören", sagte sie ruhig. „Überlege es dir nicht, tu es! Sag Ja zu deinen Parteifreunden, Alan. Es ist deine Bestimmung." Shelby wusste, dass ihre Worte der Wahrheit entsprachen, auch wenn sie ihr wehtaten. „Dir geht es nicht um Macht oder politische Ambitionen. Du bist dir der Härte und der furchtbaren Verantwortung, die ein solch hohes Amt mit sich bringt, voll bewusst." Shelby hatte sich erhoben und lief im Zimmer auf und ab. Sie steckte die Rose so ungestüm in eine Vase, dass der Stiel beinahe durchbrach. „Es gibt so etwas wie Schicksal", sagte sie leise.

„Vielleicht." Alan beobachtete, wie Shelby von ihren Gefühlen getrieben wurde. „Du bist dir aber auch darüber klar, Shelby, dass meine Zustimmung viel mehr bedeutet als eine simple Unterschrift. Der Weg wird steinig werden, ein heißer Wahlkampf steht uns bevor. Dabei brauche ich dich an meiner Seite."

Shelby blieb stehen, zog ihre Schultern zusammen und drehte Alan kurz den Rücken zu. Als sie glaubte, ihr Gleichgewicht wiedergefunden zu haben, wandte sie sich um. „Ich kann dich nicht heiraten, Alan."

Etwas blitzte in seinen Augen auf – Wut oder Schmerz, sie vermochte es nicht zu sagen. Aber seine Stimme war beherrscht, als er fragte: „Warum nicht?"

Shelby musste schlucken, die Kehle war ihr wie ausgetrocknet. „Du solltest auch jetzt logisch bleiben. Ich bin keine politisch geschulte Gastgeberin, bin weder diplomatisch noch kann ich organisieren. Und all das würde dir an mir fehlen."

„Ich brauche eine Frau, Shelby", erwiderte er ruhig, „keinen Stab."

„Zum Teufel, Alan, ich wäre unnütz, schlimmer als unnütz." Shelby nahm ihre Wanderung durch das Zimmer wieder auf.

„Wenn ich versuchen müsste, mich immerfort anzupassen, würde ich verrückt. Mir fehlt die Geduld für Schönheitssalons, Frisöre und Sekretärinnen. Ich kann unmöglich vierundzwanzig Stunden hintereinander taktvoll sein! Was wäre ich für eine schlechte First Lady, wenn ich die meiste Zeit nicht einmal eine Lady bin?" fuhr sie auf. „Und verdammt, Alan, du wirst gewinnen, daran gibt es keinen Zweifel. Und ich finde mich im Weißen Haus wieder, wo ich vor Eleganz und Protokoll ersticken werde."

Alan wartete, bis Shelby ausgesprochen hatte. „Willst du damit sagen, dass du mich heiratest, wenn ich nicht kandidiere?"

Sie fuhr herum, ihre Augen schimmerten von Tränen, die ganze Qual stand in ihnen. „Tu mir das nicht an! Du würdest mich hassen. Es darf keine Wahl zwischen deiner Bestimmung und mir geben, Alan."

„Aber eine Wahl zwischen dem, was du bist, und mir", entgegnete er. Der ganze unterdrückte Ärger brach aus ihm heraus. Er sprang vom Sofa auf und ergriff Shelbys Arme. Dieser Wutausbruch überwältigte sie. Sie wusste, dass Alan zu dieser Stimmung fähig sein konnte, hatte bereits Anzeichen dafür erkannt. Trotzdem kam sie sich hilflos vor. „Du kannst wählen, mich mit einem einfachen Nein aus deinem Leben zu streichen, aber du kannst nicht erwarten, dass ich das akzeptiere, denn du liebst mich, das weiß ich. Wofür, zum Teufel, also hältst du mich eigentlich?"

„Es ist keine Frage der Wahl", erwiderte Shelby leidenschaftlich. „Ich kann nicht anders. Ich wäre nicht richtig für dich, Alan. Du musst das einsehen."

Alan schüttelte Shelby so heftig, dass ihr Kopf zurückflog. „Lüg mich nicht an! Und erspare dir deine Ausflüchte! Wenn du mir tatsächlich den Rücken kehren willst, dann sei wenigstens ehrlich."

Shelbys Knie gaben so plötzlich nach, dass sie gefallen wäre, hätte Alan sie nicht festgehalten. „Ich könnte es nicht ertragen."

Tränen traten ihr in die Augen, rollten die Wangen hinunter. „Ich könnte es nicht wieder durchmachen, Alan. Zu warten, nur darauf zu warten, dass es wieder passiert, dass sich alles wiederholt ..." Aufschluchzend schlug sie die Hände vors Gesicht. „Oh Gott, bitte, ich halte es nicht aus. Ich wollte dich nicht so sehr lieben, wie ich es tue. Ich wollte nicht, dass du mir so viel bedeutest. Ich kann es nicht wieder geschehen lassen. All diese Menschen um einen herum, all diese Gesichter, der Krach, die Aufregung. Ich habe gesehen, wie jemand, den ich liebte, vor meinen Augen starb. Ich kann es nicht wieder durchleben. Ich kann es nicht!"

Alan hielt sie eng an sich gedrückt, wollte sie beruhigen, wollte sie trösten. Doch was sollte er sagen, welche Worte gebrauchen, um diese tief sitzende Angst und diesen schrecklichen Kummer zu verscheuchen? Es war ihre Liebe zu ihm, die all dieses Vergangene wieder herausbrachte. Und es gab keinen Weg, Shelby verständlich zu machen, dass es Wiederholungen im Leben nur selten gab.

„Shelby, bitte ... Ich werde nicht ..."

„Nein!" unterbrach sie ihn und befreite sich aus seiner Umarmung. „Sag es nicht! Bitte! Ich kann es nicht ertragen, Alan. Du musst bleiben, was du bist, und für mich gilt das Gleiche. Wenn wir uns änderten, wären wir nicht die Menschen, die einander lieben könnten."

„Ich bitte dich ja nicht darum, dich zu ändern", sagte er ruhig, obwohl er wieder anfing, die Geduld zu verlieren. „Ich bitte dich nur, mir zu vertrauen und an mich zu glauben."

„Du verlangst zu viel von mir. Bitte, bitte lass mich allein!" Bevor er noch etwas sagen konnte, verschwand Shelby im Schlafzimmer und schlug die Tür hinter sich zu.

12. KAPITEL

Maine war im Juni wunderschön, grün, wild und einsam. Shelby fuhr die Küstenstraße entlang und zwang sich, an nichts zu denken. Durch das weit geöffnete Wagenfenster hörte sie, wie die Wellen sich an den Felsen brachen. Leidenschaft, Wut und Trauer drückte das Geräusch aus. Es passte zu Shelbys Gemütsverfassung.

Von Zeit zu Zeit leuchteten bunte Frühlingsblumen am Straßenrand. Zähe, widerstandsfähige Pflanzen mussten das sein, die sich hier gegen Salz und Wind behaupteten. Doch meistens sah man nur Steine, die von den unermüdlich anprallenden Wogen glatt gewaschen worden waren. Jetzt bildeten sie einen Teil der Küste, wenig später würde das Wasser ansteigen und sie erneut für sich beanspruchen.

Shelby holte tief Luft. Hier konnte sie wieder atmen. Vielleicht war sie nur so überstürzt aus Washington geflohen, um dort nicht zu ersticken. Hier war die Atmosphäre sauber und belebend. In diesen nördlichen Gefilden war es dem Sommer noch nicht gelungen, die Frühlingsstimmung zu verdrängen. Das gefiel Shelby, die Zeit sollte nicht so rasch vergehen.

Sie erkannte den hohen Leuchtturm auf der schmalen Landzunge, die sich herausfordernd ins Meer erstreckte. Keine Menschenseele war zu sehen. Hier fand Grant seinen Frieden und die Ruhe für sein Herz. Würde es auch ihr gelingen, in dieser Einsamkeit mit sich ins Reine zu kommen?

Langsam wurde es hell. Als ihr Flugzeug landete, war es noch finstere Nacht gewesen. Die aufgehende Sonne schüttete Glanz und Farbe ins Meer. Einzelne Möwen kreisten, tauchten und überflogen wieder die Felsen und das schäumende Wasser. Zuweilen drangen ihre schrillen Schreie durch das tosende Brausen der Brandung. Shelbys verkrampfte Hände lockerten sich, sie fuhr langsamer. Die kurvenreiche Straße hatte ihre ganze Aufmerksamkeit erfordert. Nun, da sie sich nicht mehr so stark zu konzentrieren brauchte, kehrten die Gedanken zurück, ob sie es wollte oder nicht.

Der Strand war leer, als Shelby den Wagen verließ. Ein leichter Wind wehte ihr kühl und würzig um die Nase. Der Anblick des grauen Leuchtturms beeindruckte sie stets aufs Neue. Hier und dort mochte er ein wenig verfallen und vom Wetter angefressen sein, aber er strahlte Macht aus, zeitlose, lebensrettende Kraft. Ein sicherer Ort, um sich vor Stürmen aller Art zu verkriechen.

Shelby nahm ihre Tasche aus dem Kofferraum und ging auf die Eingangstür zu. Wie sie Grant kannte, hatte er abgeschlossen. Er gab niemandem Gelegenheit, sich unangemeldet zu nähern. Sie schlug, so kräftig sie konnte, mit der Faust gegen das Holz und schloss mit sich selbst eine Wette ab, wie lange Grant das Klopfen unbeachtet lassen würde. Gehört hatte er es natürlich sofort – Grant entging nichts –, aber trotzdem nahm er sich reichlich Zeit. Es fiel ihm immer schwer, jemandem Eintritt in seine Eremitenklause zu gewähren.

Shelby machte sich wieder bemerkbar und beobachtete dabei, wie die Sonne am Himmel höher stieg. Nach vollen fünf Minuten wurde die Tür einen Spalt weit geöffnet.

Er wird unserem Vater immer ähnlicher, dachte Shelby überrascht. Das offene Gesicht mit den intelligenten Augen wies ein paar neue Falten auf, die Haare waren ein wenig zu lang. Schlaftrunken blinzelte er ins Morgenlicht.

„Was, in aller Welt, suchst denn du hier?" fragte er nicht eben freundlich und rieb sein unrasiertes Kinn.

„Ein typischer Gutenmorgengruß von Grant Campbell." Shelby stellte sich auf die Zehen und küsste den Bruder trotzdem.

„Wie spät ist es eigentlich?"

„Noch früh."

Mit einem unterdrückten Fluch trat Grant zur Seite, um Shelby einzulassen. Das Wachwerden fiel ihm sichtlich schwer.

Dann schloss er die Tür wieder, drehte den Schlüssel um und folgte der Schwester die steile, knarrende Holztreppe hinauf zu seinen Wohnräumen.

Oben angekommen nahm Grant Shelby bei den Schultern und musterte sie mit raschem, durchdringendem Blick.

Sie ließ es geschehen, man konnte vor Grant ohnehin nichts verbergen.

„Was ist verkehrt gelaufen?" fragte er knapp.

„Wie meinst du das?" Shelby warf ihre Tasche auf einen Sessel, der dringend hätte aufgepolstert werden müssen. „Warum sollte etwas verkehrt sein? Kann ich dich denn nicht einmal besuchen?" Sie betrachtete ihren Bruder prüfend. Zugenommen hatte er jedenfalls nicht, man konnte ihn zwischen mager und dünn einordnen. Aber er strahlte Kraft und Ruhe aus, wie alles hier. Und deshalb war sie zu ihm gekommen. „Kochst du den Kaffee?"

„Ja." Grant begab sich durch das Durcheinander des Wohnraumes in eine erstaunlich saubere, aufgeräumte Küche. „Frühstückst du mit mir?"

„Immer."

Schon wesentlich freundlicher schnitt er einige Scheiben Schinken vom Stück. „Du bist schmal, Mädchen", meinte er.

„Besten Dank. Dann sind wir uns ja ähnlich."

Er murmelte etwas Unverständliches. „Wie geht es Mutter?" fragte er schließlich.

„Gut, denke ich. Wahrscheinlich wird sie den Franzosen heiraten."

„Dilleneau – mit den großen Ohren und dem begrenzten Verstand."

„Du sagst es." Shelby ließ sich auf einen Stuhl fallen. Das Fett in der Pfanne begann zu brutzeln. „Wirst du ihn unsterblich machen?"

„Das kommt darauf an." Die Geschwister lachten sich verständnisinnig zu. „Mutter wäre sicher nicht überrascht, ihn als Karikatur in der Comic-Rubrik wiederzufinden."

„Im Gegenteil, sie würde sich freuen." Shelby legte den Kopf zur Seite. „Du weißt, dass sie dich gern für ein paar Tage in Washington hätte?"

„Mag sein." Grant stellte die Pfanne mit dem ausgebratenen Schinken auf den Tisch.

„Gibt es auch Eier?" Shelby stand auf und holte Teller und Becher. Grant schlug ein halbes Dutzend Eier in einen großen Tiegel. „Rühr sie gut", mahnte Shelby. „Kommen schon Touristen her?"

„Nein."

Die Antwort kam wie aus der Pistole geschossen, Shelby lachte hell auf. „Warum probierst du es nicht mit Landminen und elektrischem Draht? Du erstaunst mich immer wieder. Du verstehst deine Mitmenschen wie kein anderer, trotzdem magst du sie nicht."

„So solltest du das nicht formulieren." Die Eier waren fertig, und Grant brachte sie zum Tisch. „Ich will nur niemanden um mich haben." Er setzte sich und begann mit dem Frühstück. „Wie geht es deinen Untermietern?"

Shelby stocherte auf ihrem Teller herum. Erstaunlicherweise war ihr Appetit plötzlich vergangen. Das kannte sie sonst gar nicht. „Sie leben friedlich nebeneinander", antwortete sie und nagte am Schinken. „Kyle versorgt sie, bis ich wieder zu Haus bin."

Grant warf ihr einen forschenden Blick zu. „Wie lange gedenkst du zu bleiben?"

Shelby musste lachen. „Gastfreundlich wie immer. Nur ein paar Tage", beruhigte sie ihn, „nicht länger als eine Woche jedenfalls." Mit übertriebener Bewegung hob sie beide Hände. „Nun bitte mich nur nicht so sehr, dass ich meinen Besuch noch weiter ausdehne, denn das ist leider unmöglich."

Grant würde sie verwünschen und garstig zu ihr sein, aber im Ernstfall hätte sie jahrelang bleiben können, das wusste Shelby genau. Die Geschwister waren durch ein unzerreißbares Band aneinander gebunden.

Grant hatte seine Portion bis zum letzten Bissen aufgegessen. „Okay, wenn du schon einmal da bist, kannst du nachher zum Einkaufen in den Ort fahren."

„Stets gern zu Diensten", erwiderte Shelby. „Wie schaffst du es eigentlich, dass dir jede größere Zeitung bis hierher in deine Einöde geliefert wird?"

„Ich bezahle dafür, ganz einfach. Die Leute halten mich für einen Sonderling."

„Was du auch bist."

„Vielleicht." Grant schob seinen Teller beiseite. „Nun rede schon, Shelby, was treibt dich her?" Forschend sah er die Schwester an.

„Ich wollte einfach mal Tapetenwechsel haben", begann sie, doch ein kräftiges Schimpfwort beendete ihre Ausflüchte. Normalerweise hätte Shelby in gleicher Weise geantwortet oder einen Scherz gemacht, aber heute schaute sie unglücklich auf die kalten Speisereste, die vor ihr standen. „Ich musste weg", flüsterte sie. „Mein Leben ist ein großes Durcheinander, Grant."

„Wessen ist es nicht?" fragte er trocken, hob aber mit seinem schlanken Finger ihr Kinn an, um ihr ins Gesicht sehen zu können. „Nicht weinen, Shelby", bat er leise, denn schon standen ihr die Tränen in den Augen. „Hol tief Luft und erzähl mir deinen Kummer."

Shelby atmete tief durch und kämpfte darum, die Tränen zurückzuhalten. „Ich habe mich verliebt, was ich nicht sollte, und er will, dass ich ihn heirate, und das kann ich nicht."

„Alles klar. Es handelt sich also um Alan MacGregor." Als Shelby ihn misstrauisch ansah, schüttelte Grant den Kopf. „Nein, es ist mir nichts gesteckt worden. Die Zeitungen haben euch in letzter Zeit ein halbes Dutzend Mal zusammen erwähnt. Immerhin gehört er zu den wenigen Leuten, vor denen ich ehrlich meinen Hut ziehen kann."

„Er ist ein guter Mann", sagte Shelby und blinzelte die Tränen weg. „Vielleicht sogar ein großer."

„Wo ist dann das Problem?"

„Ich will keinen großen Mann lieben", rief sie heftig, „und noch viel weniger heiraten."

Grant erhob sich, nahm den Kaffeetopf vom Ofen und schenkte nach. Langsam setzte er sich wieder und schob ihr die Milchdose hin. „Und warum nicht?"

„Weil ich es nicht noch einmal ertragen kann."

„Was meinst du damit?"

Sie blitzte ihn an, ihre Tränen waren verschwunden. „Oh, verdammt, Grant, komm mir nicht damit!"

Zufrieden über Shelbys Reaktion rührte Grant in seinem Becher. Es war ihm wesentlich lieber, dass Shelby ihn anfuhr, als dass sie weinte. „Ich habe gehört, dass der Senator früher oder später an die Spitze drängen möchte. Womöglich schon bald."

„Deine Information stimmt – wie üblich."

„Und es würde dir nicht gefallen, deine Kleider in der ,Vogue' wiederzufinden, Shelby?"

„Dein Humor war schon immer seltsam, Grant."

„Danke."

Ärgerlich schob sie den Teller zurück. „Ich will einfach keinen Senator lieben."

„Tust du das denn?" fragte er ruhig. „Oder bist du in den Mann nur verliebt?"

„Das ist das Gleiche."

„Nein, ist es nicht. Du weißt das am allerbesten." Grant holte sich ein Stück kalten Schinken von Shelbys Teller und knabberte daran herum.

„Ich kann es nicht wagen", rief sie erregt. „Ich kann es einfach nicht. Er wird gewinnen, Grant, wenn er lange genug lebt. Mit dieser Möglichkeit aber kann ich nicht existieren."

„Du und deine Möglichkeiten", konterte er. Die Erinnerung tat weh, aber er verbannte sie. „Gut, dann lass uns das Ganze durchgehen. Erstens: Liebst du ihn?"

„Ja, ja – ich liebe ihn. Zum Teufel, das sagte ich doch eben schon."

„Wie viel bedeutet er dir?"

Shelby fuhr sich mit beiden Händen durch die Haare. „Alles."

„Dann, wenn er als Präsident kandidiert, und ihm geschieht etwas ..." Grant machte eine Pause, als aus Shelbys Gesicht alle Farbe wich. „Würde das für dich weniger schmerzhaft sein, wenn du seinen Ring nicht trägst?"

„Nein." Shelby legte die Hände vor den Mund. „Hör auf, Grant!"

„Du musst lernen, damit umzugehen", sagte er hart. „Wir tragen es lange genug in uns herum. Ich bin auch dabei gewesen, und ich habe es nicht vergessen. Willst du dich vor dem Leben verkriechen, weil damals vor fünfzehn Jahren etwas geschehen ist?"

„Was tust denn du anderes hier?" forderte sie ihn heraus.

Volltreffer, dachte Grant, ließ sich jedoch nichts anmerken. „Um meine Person geht es jetzt nicht, Shelby. Und es gäbe noch eine andere Möglichkeit. Vielleicht liebt er dich so sehr, dass er um deinetwillen seine Pläne ändert ..."

„Das würde ich mir nie verzeihen."

„Genau. Nun die letzte Möglichkeit." Grant griff nach Shelbys zierlicher Hand. „Angenommen, er kandidiert und gewinnt, wird gesund und munter uralt, schreibt seine Memoiren, reist als Botschafter des guten Willens durch die Welt oder spielt Halma auf der Sonnenterrasse. Du würdest mit Sicherheit verdammt ärgerlich sein, dass er fünfzig Jahre lang ohne dich verbracht hat."

Sie seufzte tief. „Ja, aber ..."

„Die ganzen ‚Aber' hatten wir schon", unterbrach Grant. „Natürlich, es gibt noch einige Millionen Möglichkeiten außerdem. Er könnte zum Beispiel überfahren werden, oder du rennst in ein Auto. Er kann die Wahl verlieren und wird Missionar, oder er wird Nachrichtensprecher im Fernsehen."

„Schon gut." Shelby senkte ihre Stirn auf die verschränkten Hände. „Keiner schafft es besser als du, mir zu zeigen, welch große Idiotin ich bin."

„Eines meiner unwichtigeren Talente. Hör mal, geh jetzt am Strand spazieren, um einen klaren Kopf zu bekommen. Wenn du wieder da bist, iss etwas, dann schlafe etwa zwölf Stunden, denn du siehst miserabel aus." Er legte eine Pause ein, bis Shelby aufsah und wehmütig lächelte. „Dann fahr zurück nach Hause. Ich muss nämlich arbeiten."

„Ich liebe dich, du Unhold."

„Oh ja?" Er verzog sein Gesicht zu einem Lächeln. „Ich dich auch."

Das Haus war schrecklich leer und viel zu ruhig. Aber wohin sollte er gehen? Nach der Auseinandersetzung mit Shelby hatte Alan sich einen Tag lang beherrscht und nichts unternommen. Am Freitag erfuhr er dann, dass sie weggefahren sei, ohne zu hinterlassen, wohin. Darüber war er halb verrückt geworden. Und jetzt, beinahe vierundzwanzig Stunden später, wusste er nicht mehr ein noch aus.

Natürlich durfte Shelby verreisen, wohin sie wollte und wie lange es ihr passte. Wie konnte er so töricht sein, auf eine Erklärung von ihr zu warten? Andere Menschen verließen auch die Stadt für einige Tage. Weshalb war er ärgerlich und machte sich Sorgen?

Er erhob sich aus seinem Schreibtischsessel und nahm die Wanderung durch den großen Arbeitsraum wieder auf. Wo, zum

Teufel, steckte Shelby? Warum meldete sie sich nicht? Wie lange sollte das dauern? In ohnmächtiger Wut ballte er die Hände in seinen Hosentaschen zu Fäusten. Stets hatte er aus allen möglichen Problemen einen Ausweg gefunden. Wenn nicht so, dann eben irgendwie anders. Lösungen gab es immer. Oft war es nur eine Frage von Zeit und Geduld.

Aber Alan MacGregor hatte keine Geduld mehr, er litt wie nie zuvor in seinem Leben. Alles schmerzte, das Herz, der Kopf und seine Seele.

Wenn ich sie finde, dachte er, dann ... Was dann? Er starrte aus dem Fenster. Kann ich Shelby zwingen? Soll ich heftig werden oder bitten und flehen? Welches Mittel ist mir noch geblieben? Ohne Shelby hat mein Leben seinen Sinn verloren. Wenn sie mich tatsächlich verlässt, bin ich nur noch ein halber Mensch.

Mein Herz hat sie gestohlen und läuft einfach fort. Nein, das zu behaupten wäre ungerecht. Ich gab ihr meine Liebe freiwillig, musste mich ihr geradezu aufdrängen, denn sie zögerte und wies mich ab. Doch jetzt ist es zu spät, und nichts lässt sich mehr rückgängig machen. Auch wenn sie nie wieder auftaucht, wird der Schmerz bleiben.

Panik ergriff Alan. Bestand die Möglichkeit wirklich? Jemand wie Shelby würde das fertig bringen. Den Koffer nehmen und spurlos verschwinden. Zum Teufel mit ihr!

Wütend betrachtete Alan das schweigende Telefon. Er musste Shelby finden, und wenn es auch noch so kompliziert wäre, sie aufzuspüren. Und anschließend würde sich ein Ausweg ergeben, denn sie gehörten zusammen. Darüber war Shelby sich ebenso klar wie er selbst.

Ich werde ihre Mutter anrufen, vielleicht hat sie inzwischen von Shelby Nachricht. Anschließend probiere ich sämtliche Leute durch, die sie kennen. Alan lachte bitter. Das könnte allerdings Wochen dauern.

Als er den Hörer abnahm, klingelte es an der Haustür.

Fluchend legte Alan wieder auf. McGee war in Schottland, er musste also selbst öffnen.

Ein Eilbote stand vor ihm und lächelte freundlich. „Eine Zustellung für Sie, Senator. Vorsicht, sehr empfindlich." Er grüßte und war im nächsten Moment wieder verschwunden.

Alan blickte verblüfft auf den durchsichtigen Plastikbeutel in seiner Hand. Er war mit Wasser gefüllt und verknotet. Ein kleiner hellroter Goldfisch schwamm aufgeregt in dem engen Gefängnis herum.

Mehr ärgerlich als erstaunt über die Störung, suchte Alan nach einem geeigneten Gefäß. Die dickbäuchige Kristallbowle in der Vitrine schien ihm passend. Als er die verschlungenen Zipfel aufknüpfte, fiel ein Kärtchen heraus.

Im nächsten Moment hatte Alan den Fisch samt seinem Wasser in das kostbare Glas geschüttet und griff mit unsicheren Fingern nach der Mitteilung.

Senator,

wenn es dir möglich ist, im Goldfischglas zu leben, dann kann ich es auch.

Dreimal musste Alan den einfachen Satz lesen, bis er begriff. Dann schloss er die Augen. Sie war zurückgekommen. Die Karte fiel zu Boden, mit wenigen Schritten hatte er die Tür erreicht. Im gleichen Moment, als er sie weit aufriss, ertönte die Klingel.

„Hallo." Shelby lächelte unsicher. „Darf ich eintreten?"

Er wollte sie an sich reißen, an sich drücken, um sicher zu sein, dass sie blieb. Aber das war keine Art, Shelby zu halten. „Sicher", sagte er. Er wollte auf sie zutreten, doch stattdessen trat er einen Schritt zurück und ließ sie vorbei. „Du warst verreist."

„Nur für eine kurze Pilgerfahrt." Shelby schob die Hände tief in die weiten Taschen ihrer Leinenjacke. Es fiel ihr auf, dass Alan müde und abgespannt aussah. Gern hätte sie sein Gesicht gestreichelt, aber sie beherrschte sich.

„Komm herein und setz dich." Beinahe förmlich wies er auf

das Sofa im Salon, den sie mittlerweile erreicht hatten. „McGee hat Urlaub. Soll ich Kaffee machen?"

„Nein, für mich nicht." Shelby ging langsam bis zum Kamin in der Ecke. Wie soll ich nur beginnen? überlegte sie. Wie ihm erklären, was mit mir los war? Ihr Blick fiel auf das grüne Tongefäß. Es stand zwischen den Fenstern, und das hereinströmende Licht ließ die hellen Punkte aufleuchten.

Shelby hatte sich noch vor wenigen Minuten allerlei Sätze zurechtgelegt, aber jetzt fiel ihr nichts ein. „Wahrscheinlich müsste ich mich zuerst entschuldigen", begann sie zögernd, „dass ich neulich derart die Nerven verloren habe."

„Warum?"

„Warum?" Sie schaute erstaunt auf. „Warum was?"

„Warum entschuldigen?"

Sie zuckte mit den Schultern. „Ich heule nicht gern, lieber würde ich fluchen oder gegen etwas treten." Ihre Verlegenheit wuchs, und Alans ruhiger Blick war nicht dazu angetan, die Peinlichkeit der Situation zu erleichtern. Nervös fragte sie: „Du bist mir böse, nicht wahr?"

„Nein."

„Aber du warst es." Shelby ging im Raum rastlos hin und her. „Ich hatte kein Recht, mich so aufzuführen. Ich ..." Ihr Blick fiel auf den Goldfisch in der Kristallbowle. „Na, der hat sich ja mächtig verbessert." Sie lachte. „Ich glaube nicht, dass er das zu schätzen weiß, Alan." Sie drehte sich zu ihm um und sah ihn fragend an. In ihren Augen lag ihre ganze Verletzlichkeit. „Willst du mich immer noch haben? Oder habe ich alles kaputtgemacht?"

Gern wäre Alan auf Shelby zugeeilt, hätte sie in seinen Armen gehalten und sich mit allem einverstanden erklärt – ob zu ihren Bedingungen oder auch seinen. Aber er wollte keinen Aufschub, er wollte eine Lösung.

„Was brachte dich zu dieser Sinnesänderung?"

Shelby ging auf ihn zu, fasste nach seinen Händen. „Ist das nicht gleichgültig?"

„Nein." Er löste ihren Griff und legte seine Hände um Shelbys Gesicht. Mit seinen dunklen Augen schaute er sie ernst und forschend an. „Ich muss sicher sein, dass du mit mir glücklich wirst, dass du das bekommst, was du haben möchtest und was du für dein Leben brauchst. Denn ich will dich für immer."

„Gut." Shelby drückte Alans Handgelenke, bevor sie sich erneut abwandte. „Ich habe die Möglichkeiten in Betracht gezogen", fing sie an. „Ich bin all die vielen Wenn und Aber durchgegangen. Ich mochte sie alle nicht. Doch eines erschien mir am schrecklichsten: ein Leben ohne dich. Du wirst nicht ohne mich Halma spielen, MacGregor."

Er zog eine Augenbraue hoch. „Werde ich nicht?"

„Nein." Shelby lächelte unsicher und schob den Pony aus der Stirn. „Heirate mich, Alan! Ich werde sicher nicht mit all deinen politischen Schachzügen einverstanden sein, aber ich werde mich bemühen, keine undiplomatischen Kommentare abzugeben. Vorsitzende von irgendwelchen Vereinen möchte ich nicht sein, und an Arbeitsessen nehme ich nur teil, wenn es sich nicht vermeiden lässt. Aber meine eigene Karriere wird eine verständliche Entschuldigung sein. Ich werde keine herkömmlichen Partys geben, aber dafür interessante. Wenn du also das Risiko eingehen willst, mich auf die Weltpolitik loszulassen – wer bin ich, um mich dagegen zu sträuben?"

Alan hätte es nicht für möglich gehalten, dass er Shelby noch mehr lieben könnte, als er es schon tat. Nun, er hatte sich geirrt. „Shelby, ich könnte wieder meinen Juristenberuf aufnehmen, könnte hier in Georgetown eine Anwaltspraxis eröffnen."

„Nein!" Shelbys Augen blitzten. „Nein, verdammt, du nimmst den Juristenberuf nicht wieder auf, nicht meinetwegen, nicht für irgendjemanden. Ich hatte Unrecht. Ich liebte meinen Vater, betete ihn an, aber ich kann das Geschehen von damals nicht mein Leben bestimmen lassen – oder deines." Sie machte eine Pause, um sich zu beruhigen. „Ich werde mich nicht dir zuliebe ändern, Alan, ich könnte es nicht. Aber ich kann Vertrauen zu dir haben und an dich glauben." Sie schüttelte den Kopf, als er etwas sagen wollte. „Ich will dir nicht vormachen, dass ich keine Angst haben werde oder dass in unserem zukünftigen Leben alles glatt laufen wird. Doch immer werde ich stolz auf dich sein."

Ruhig setzte sie hinzu: „Ich bin stolz auf dich. Der Kampf gegen den Drachen ist noch nicht zu Ende, aber ich werde es schaffen."

Alan trat auf Shelby zu, sah ihr in die Augen, bevor er sie in die Arme nahm. „Mit mir zusammen?"

Sie atmete tief aus. „Immer."

Als Shelby den Kopf wandte, fand ihr Mund seine Lippen in einem hungrigen Kuss. Ihr war, als ob Jahre und nicht Tage vergangen wären, seitdem sie zusammen gewesen waren. Alan schmiegte sein Gesicht in die Fülle ihrer Haare, um ihren Duft ganz in sich aufzunehmen.

Dann gab es nichts außer der reinen Freude, wieder beieinander zu sein.

Es war später Nachmittag. Die Sonne warf schon längere Schatten, als Shelby sich rührte. Sie spürte Alan neben sich auf der Couch. Seine Beine hatte er über ihre gelegt, und sein Kopf ruhte an ihrem Nacken. Er war genauso wie sie nackt und wunschlos glücklich.

Als sie die Augen öffnete, betrachtete sie sein entspanntes Gesicht so lange, bis auch er die Augen aufschlug. Lächelnd berührte sie seinen Mund mit ihrem.

„Ich kann mich an keinen schöneren Samstag erinnern." Shelby seufzte und fuhr mit ihrer Zunge spielerisch über seine Lippen.

„Da ich nicht die Absicht habe, mich in den nächsten vierundzwanzig Stunden zu rühren, müssen wir erst abwarten, wie dir der Sonntag gefallen wird."

„Ich bin jetzt schon begeistert." Sie streichelte Alan über die Schulter. „Ich will auf keinen Fall drängen, Senator, aber wann wirst du mich heiraten?"

„Ich dachte an September in Hyannis Port."

„Auf der Burg der MacGregors." Er konnte es Shelby ansehen, dass ihr der Gedanke gefiel. „Aber bis September sind es noch zweieinhalb Monate!"

„Gut, dann soll's der August sein", sagte Alan und knabberte an ihrem Ohrläppchen. „In der Zwischenzeit ziehst du mit deinen Untermietern hier ein, und wir können uns in Ruhe nach einer anderen Bleibe umsehen. Wie würde dir eine Hochzeitsreise durch Schottland gefallen?"

Shelby schmiegte sich an ihn. „Gut." Sie legte den Kopf zurück, um ihn voll anzusehen. „Aber erst einmal", sagte sie langsam und fuhr mit den Händen hinunter zu seiner Taille, „muss ich dir gestehen, dass mir eine deiner häuslichen Pflichten besonders gut gefällt, Senator."

„Wirklich?" Er beugte sich über Shelby, als wollte er sie küssen, ließ aber seinen Mund dicht vor ihren Lippen verhalten.

„Du hast ...", sie biss ihn spielerisch in die Unterlippe, „... meine volle Unterstützung, wenn du den ganzen Vorgang von vorhin noch einmal wiederholst."

Alan ließ seine Hände über ihren Körper gleiten. „Es gehört zu meinen Aufgaben als Senator, jederzeit meinen Wählern zur Verfügung zu stehen."

Shelby tippte mit der Fingerspitze auf sein Kinn. „Solange ich es alleine bin, Senator." Sie legte ihre Arme um seinen Nacken. „Das ist das Ein-Mann-Wahlsystem."

– ENDE –

Nora Roberts

Stunde des Schicksals
Roman

Aus dem Amerikanischen von
Patrick Hansen

PROLOG

„Mutter!"

Anna MacGregor nahm die Hände ihres Sohnes, als er sich vor sie hockte. Panik, Angst und Trauer wallten in ihr auf und trafen auf eine unerschütterliche Mauer aus Willenskraft. Sie würde jetzt nicht die Beherrschung verlieren. Ihre Kinder waren da.

„Caine." Ihre Finger waren eiskalt, aber sie zitterten nicht. Ihr Gesicht hatte durch die Anspannung der letzten Stunden alle Farbe verloren, ihre Augen blickten dunkel. Dunkel, jung und voller Angst. Caine hatte seine Mutter nicht ein Mal verängstigt erlebt. Noch nie.

„Ist alles in Ordnung mit dir?"

„Natürlich." Sie wusste, was er brauchte, und küsste ihn leicht auf die Wange. „Mir geht es schon besser, jetzt, da du hier bist." Mit der Rechten ergriff sie die Hände ihrer Schwiegertochter Diana, als diese sich neben sie setzte. Einige letzte Schneeflocken glitzerten noch auf Dianas langem dunklen Haar sowie an ihrem Mantel. Anna holte tief Luft und sah Caine an. „Ihr seid schnell gekommen."

„Wir haben ein Flugzeug gechartert." In dem erfolgreichen Anwalt und jungen Vater steckte im Grunde ein kleiner Junge, der dies alles nicht fassen konnte. Sein Vater war der MacGregor. Sein Vater war unbesiegbar und konnte unmöglich bewusstlos im Krankenhaus liegen. „Wie schlimm ist es?"

Anna war Ärztin und hätte ihm alles genau erklären können – die Rippenbrüche, die Gehirnerschütterung und die inneren Blutungen, die ihre Kollegen gerade zu stillen versuchten. Aber sie war auch Mutter. „Er ist noch im OP." Sie drückte seine Hand und brachte beinahe ein Lächeln zu Stande. „Er ist stark, Caine. Und Dr. Feinstein ist der beste Chirurg, den wir hier haben. Wo ist Laura?"

„Bei Lucy Robinson", antwortete Diana leise. „Mach dir keine Sorgen."

Diesmal gelang ein mattes Lächeln. „Nein, aber du kennst Daniel. Laura ist seine erste Enkelin. Wenn er aufwacht, wird er sofort nach ihr fragen." Und aufwachen wird er, dachte sie. Bei Gott, er würde aufwachen.

„Anna." Diana legte den Arm um ihre Schwiegermutter. Sie wirkte so schmal und zerbrechlich. „Hast du etwas gegessen?"

„Wie?" Anna schüttelte den Kopf und stand auf. Drei Stunden. Seit drei Stunden war er jetzt im OP. Wie oft war sie selbst dort gewesen, um ein Leben zu retten, während die Angehörigen des Patienten hier draußen warteten? Sie war Ärztin geworden, um Leid zu lindern. Aber jetzt, wo ihr Ehemann in Lebensgefahr schwebte, konnte sie nichts tun. Nur warten. Wie jede andere Frau. Nein, das stimmte nicht. Sie kannte den OP, die Geräusche, die Gerüche. Sie kannte die Instrumente, die Maschinen und den Schweiß nur zu gut. Sie wollte schreien. Sie verschränkte die Hände ineinander und trat ans Fenster.

Hinter diesen dunklen, ruhigen Augen lag ein eiserner Wille verborgen. Jetzt brauchte sie ihn für sich selbst, für ihre Kinder, aber am meisten für Daniel. Wäre es möglich, ihn durch reine Willenskraft zurückzubringen, sie würde es tun. Sie wusste, zum Heilen gehörte mehr als nur Medizin und ärztliches Können.

Der Schnee fiel inzwischen nur noch spärlich. Als es begonnen hatte zu schneien, waren die Straßen überfroren, und das Schneetreiben hatte einem jungen Mann die Sicht genommen. Sein Auto war ins Schleudern geraten und frontal mit diesem albernen kleinen Zweisitzer ihres Mannes zusammengestoßen. Anna ballte die Fäuste.

Warum hast du nicht die Limousine genommen, du alter Kerl? Was wolltest du mit diesem angeberischen roten Spielzeug beweisen? Immer prahlen, immer groß tun, immer ... Ihre Gedanken schweiften ab, wanderten zurück in die Vergangenheit.

Stunde des Schicksals

Hatte sie sich nicht auch gerade deshalb in ihn verliebt? War das nicht einer der Gründe, weshalb sie ihn seit fast vierzig Jahren liebte und mit ihm lebte? Verdammt, Daniel MacGregor, nie lässt du dir etwas sagen. Anna presste die Finger auf ihre Augen und hätte fast aufgelacht. Wie oft hatte er sich das von ihr anhören müssen. Und wie sehr bewunderte sie ihn genau deswegen.

Als hinter ihr Schritte erklangen, fuhr sie herum. Alan, ihr ältester Sohn, hatte den Warteraum betreten. Noch vor der Geburt ihres ersten Kindes hatte Daniel sich geschworen, dass eines Tages einer seiner Nachkommen im Weißen Haus amtieren würde. Und auch wenn Alan jetzt kurz davor stand, seinem Vater diesen Wunsch zu erfüllen, so war er doch das Einzige ihrer Kinder, das mehr nach seiner Mutter als nach seinem Vater kam. Die Gene der MacGregors waren stark. Jetzt ließ sie sich von ihm in den Arm nehmen.

„Er wird sich freuen, dich zu sehen", sagte sie ruhig, auch wenn sie am liebsten endlos geweint hätte. „Aber er wird dir den Kopf waschen, weil du deine Frau in ihrem Zustand mitgebracht hast", fügte sie hinzu und lächelte Shelby an. Ihre Schwiegertochter mit dem Haar wie Feuer und den warmen Augen war hochschwanger. „Du solltest dich setzen."

„Nur, wenn du es auch tust." Ohne Annas Antwort abzuwarten, führte Shelby sie zu einem Sessel. Als Anna sich setzte, reichte Caine ihr einen Kaffee.

„Danke", murmelte sie und nippte daran. Der Kaffee war heiß und stark, verbrannte ihr fast die Zunge, aber sie schmeckte nichts. Anna hörte das Klingeln von elektronischen Beepern, das Knirschen von Gummisohlen auf Linoleum. Krankenhäuser. Hier war sie genauso zu Hause wie in der Burg, die Daniel für sie beide gebaut hatte. Sie hatte sich immer wohl in Krankenhäusern gefühlt, zuversichtlich in den keimfreien Räumen. Jetzt fühlte sie sich hilflos.

Caine ging unruhig auf und ab. Es war seine Natur – das

ständige In-Bewegung-Sein, das scharfe Beobachten. Wie stolz waren sie und Daniel gewesen, als er seinen ersten Fall gewann. Alan saß neben ihr, still, schweigsam, abwartend. So wie er immer war. Er litt. Sie sah, wie Shelby seine Hand nahm, und sie war beruhigt. Ihre Söhne hatten gut gewählt. Unsere Söhne, sagte sie in Gedanken, als versuche sie mit Daniel zu kommunizieren. Caine seine ruhige, starke Diana, Alan die quirlige, unkonventionelle Shelby. Ein Gegengewicht, ein Ausgleich war ebenso unerlässlich für eine gute Beziehung wie Liebe und Leidenschaft. Sie hatte das in ihrem Leben gefunden. Ihre Söhne hatten es gefunden. Und ihre Tochter ...

„Rena!" Caine eilte zu seiner Schwester, zog sie in seine Arme.

Wie ähnlich sie sich doch waren. So schlank, so stolz. Serena war diejenige, die am meisten vom Temperament und dem Dickkopf ihres Vaters mitbekommen hatte. Und jetzt war ihre Tochter selbst Mutter. Anna spürte die ruhige Stärke, die Alan neben ihr ausstrahlte. Sie alle waren erwachsen geworden. Wann war das eigentlich passiert? Wir haben es gut gemacht, Daniel ... Anna schloss die Augen. Nur einen Moment. Einen Moment durfte sie sich das erlauben. Du würdest mich doch nicht ganz allein diese Freude genießen lassen ...

„Dad?" In einer Hand hielt Serena die Finger ihres Bruders, mit der anderen fasste sie nach ihrem Mann.

„Er ist noch im OP." Caines Stimme war rau vor Sorge, als er Justin ansah. „Ich bin froh, dass ihr kommen konntet. Mom braucht uns alle."

„Mom." Serena kniete vor ihrer Mutter, wie sie es immer getan hatte, wenn sie Trost und Zuspruch brauchte. „Er wird es schaffen. Er ist stur, und er ist stark."

Aber Anna erkannte den flehenden Blick in den Augen ihrer Tochter. „Natürlich wird er es schaffen." Sie sah zu dem Mann ihrer Tochter hin. Justin war ein Spieler. Wie Daniel. Leicht berührte sie Serenas Wange. „Meinst du etwa, er würde sich ein solches Familientreffen entgehen lassen?"

Serena lächelte mit zitternden Lippen. „Genau das hat Justin auch gesagt." Er hatte schon den Arm um seine Schwester gelegt. Serena stand auf und drückte sie an sich. „Diana. Wie geht es Laura?"

„Sie ist ein echter Schatz. Sie hat gerade ihren zweiten Zahn bekommen. Und Robert?"

„Ein Wildfang. Eben ein MacGregor." Serena dachte an ihren Sohn, der seinen Großvater schon jetzt verehrte. „Shelby, wie fühlst du dich?"

„Dick", erwiderte die schwangere Frau lächelnd und verschwieg, dass die Wehen bereits vor über einer Stunde eingesetzt hatten. „Ich habe meinen Bruder angerufen." Sie wandte sich zu Anna. „Grant und Gennie kommen auch. Ich hoffe, das ist in Ordnung."

„Natürlich." Anna tätschelte ihre Hand. „Die beiden gehören doch zur Familie."

„Dad wird begeistert sein." Serena schluckte. „Dieser ganze Wirbel um ihn ... Und dann möchten Justin und ich noch etwas verkünden." Sie sah ihn an. „Justin und ich werden ein zweites Kind bekommen. Wir wollen doch sichergehen, dass die Familie weitergeführt wird. Mom ..." Ihre Stimme wurde brüchig, als sie sich wieder hinkniete. „Dad wird sich darüber freuen, nicht wahr?"

„Ja." Anna küsste Serena auf beide Wangen. Sie dachte an die Enkel, die sie hatte, und an die, die sie noch haben würde. Familie, Fortbestand, Unsterblichkeit. Daniel. Immer wieder Daniel. „Er wird natürlich behaupten, dass ihm allein die Ehre dafür zukommt."

Die Zeit zog sich dahin. Anna stellte ihren Kaffee ab, kalt und ungetrunken. Vier Stunden und zwanzig Minuten. Es dauerte zu lange. Neben ihr zuckte Shelby zusammen und begann tief durchzuatmen. Automatisch legte Anna eine Hand auf den gewölbten Bauch ihrer Schwiegertochter.

„Wie ist der Abstand?" erkundigte sie sich.

„Etwas unter fünf Minuten."

„Seit wann?"

„Ein paar Stunden." Shelbys Blick verriet ein wenig Aufregung, ein wenig Angst. „Etwas über drei, um genau zu sein. Ich wünschte, ich hätte die Zeit besser abgepasst."

„Du hast es perfekt getimt. Möchtest du, dass ich dich begleite?"

„Nein." Shelby lehnte sich an Annas Schulter. „Es wird schon gut gehen. Es wird alles gut gehen. Alan ..." Sie streckte ihrem Mann beide Hände entgegen. „Ich werde das Baby nicht im Georgetown Hospital bekommen."

Behutsam zog er sie hoch. „Nein?"

„Ich werde es hier bekommen. Und zwar bald." Sie lachte, als er argwöhnisch die Augen zusammenkniff. „Bei einem Baby solltest du es erst gar nicht mit Logik versuchen, Alan. Ich glaube, es ist gleich so weit."

Der ganze Clan drängte sich um sie, bot Hilfe, Rat und Aufmunterung an. In gewohnt ruhiger Art rief Anna eine Krankenschwester und verlangte nach einem Rollstuhl. Entschlossen drückte sie Shelby hinein. „Ich werde nach dir sehen."

„Uns geht es gut." Shelby griff nach Alans Hand. „Uns allen. Sag Dad, dass es ein Junge wird. Dafür werde ich sorgen."

Anna sah den beiden nach, bis die Fahrstuhltür sich hinter ihnen schloss. Sekunden später erschien Dr. Feinstein auf dem Korridor. „Sam", rief Anna und eilte zu ihm.

In der Tür des Warteraums hielt Justin Caine zurück. „Lass ihr eine Minute", murmelte er.

„Anna." Der Chirurg legte eine Hand auf ihre Schulter. Jetzt war sie nicht nur eine Kollegin, die er respektierte. Sie war auch die Frau eines Patienten. „Er ist ein kräftiger Mann."

Sie spürte Hoffnung in sich aufsteigen. „Kräftig genug?"

„Er hat viel Blut verloren, Anna, und er ist nicht mehr jung. Aber wir haben die Blutungen stoppen können." Er zögerte, doch er respektierte sie zu sehr, um auszuweichen. „Wir hatten ihn schon verloren, aber er hat sich zurück ins Leben gekämpft. Wenn der Lebenswille zählt, Anna, hat er eine verdammt gute Chance."

Sie schlang die Arme eng um sich. Ihr war plötzlich eiskalt. „Wann kann ich ihn sehen?"

„Er wird gerade auf die Intensivstation gebracht." Seine Hände schmerzten von der langen Operation, aber er hielt ihre Schultern mit festem Griff. „Anna, ich muss dir nicht erklären, was die nächsten vierundzwanzig Stunden bedeuten können."

Leben oder Tod. „Nein, das musst du nicht. Danke, Sam. Ich werde mit meinen Kindern sprechen. Dann komme ich nach oben."

Sie drehte sich um und ging davon. Eine kleine, anmutige Frau, in deren schwarzes Haar sich erste silberne Fäden gewoben hatten. Ihr Gesicht war fein geschnitten, die Haut noch so zart wie in ihrer Jugend. Sie hatte drei Kinder aufgezogen, in ihrem Beruf Karriere gemacht und über die Hälfte ihres Lebens einen einzigen Mann geliebt.

„Er ist aus dem OP", verkündete sie ruhig. „Sie bringen ihn gerade auf die Intensivstation. Die Blutungen sind unter Kontrolle."

„Wann können wir zu ihm?" fragten gleich mehrere.

„Sobald er aufwacht." Ihre Stimme klang fest. „Ich werde heute Nacht hier bleiben." Sie sah auf die Uhr. „Er soll wissen, dass ich bei ihm bin. Aber vor morgen früh wird er nicht sprechen können." Mehr Hoffnung konnte sie ihnen nicht machen. „Ich möchte, dass ihr auf die Entbindungsstation geht und nach Shelby seht. Dann fahrt nach Hause und wartet. Ich rufe an, sobald sich sein Zustand verändert."

„Mutter ..."

Mit einem Blick brachte sie Caine zum Schweigen. „Tut bitte, was ich euch sagte. Ich möchte, dass ihr frisch und ausgeruht seid, wenn euer Vater euch sieht." Sie strich ihrem Sohn über die Wange. „Tut es für mich."

Mit diesen Worten verließ sie ihre Kinder und ging zu ihrem Mann.

Er träumte. Trotz der Medikamente wusste Daniel, dass er träumte. Es war eine Welt aus weich gezeichneten Bildern, durchzogen von Erinnerungen. Trotzdem ließ er sich nicht darin treiben, sondern kämpfte sich an die Oberfläche. Als er die Augen öffnete, sah er Anna. Er brauchte nichts anderes mehr. Sie war wunderschön. Wie immer. Die starke, energische, intelligente Frau, die er erst bewundert, dann geliebt und schließlich respektiert hatte. Er versuchte sie zu berühren, aber seine Hand gehorchte ihm nicht. Wütend über seine Schwäche, versuchte er es ein zweites Mal, bis er Annas sanfte Stimme hörte.

„Beweg dich nicht, Liebling. Ich gehe nicht weg. Ich bleibe hier und warte auf dich." Ihm war, als würde er ihre Lippen an seinem Handrücken spüren. „Oh, ich liebe dich so sehr, Daniel MacGregor."

Seine Lippen zuckten. Dann fielen ihm die Augen wieder zu.

Stunde des Schicksals

1. KAPITEL

Ein Imperium. Als er fünfzehn wurde, schwor Daniel MacGregor sich, dass er eines Tages eines errichten und regieren würde. Und er hielt immer Wort.

Jetzt war er dreißig und arbeitete an seiner zweiten Million. Mit derselben Energie, die ihm die erste eingebracht hatte. Dafür setzte er entweder seine Muskelkraft, seinen Kopf oder auch List und Tücke ein, je nachdem, was nötig war. Als er vor fünf Jahren nach Amerika gekommen war, hatte er ein wenig Geld in der Tasche gehabt. Er hatte es gespart, während er sich vom Minenarbeiter zum Chefbuchhalter hocharbeitete. Zudem hatte er einen messerscharfen Verstand und brennenden Ehrgeiz mitgebracht.

Er hätte gut als Regent durchgehen können. Hoch gewachsen und breitschultrig war er, eine eindrucksvolle Gestalt. Seine Größe hatte ihn vor vielen Schlägereien bewahrt, war aber auch für manche Männer eine Herausforderung gewesen, sich mit ihm zu messen. Daniel machte beides nichts aus. Ihm eilte der Ruf voraus, aufbrausend und unbeherrscht zu sein, dabei betrachtete er sich selbst eigentlich als ruhigen und ausgeglichenen Menschen. Nein, in seiner Sturm- und Drangzeit hatte er nicht mehr Nasen gebrochen als nötig. Gut aussehend fand er sich nicht unbedingt. Sein Kinn war kräftig und hart, von den Schläfen bis zur Wange verlief eine Narbe, die von einem eingebrochenen Stützbalken stammte, der ihn im Stollen getroffen hatte. Als Teenager hatte er sich aus Eitelkeit den ersten Flaum stehen lassen, der mit den Jahren zu einem tiefroten, gepflegten Vollbart gewachsen war. Das volle Haar war zu lang, um der Mode zu entsprechen. Es ließ ihn wild und erhaben zugleich aussehen, eine Kombination, die ihm gefiel. Als Gegensatz zu den hohen Wangenknochen wirkte sein Mund erstaunlich weich. Die Augen, strahlend blau, blitzten voller Humor, wenn er lachte und es auch meinte. Genauso, wie sie eiskalt wurden, wenn er lächelte und es nicht so meinte.

Imposant. So wurde er beschrieben. Und verwegen. Daniel war es egal, wie man ihn nannte, solange man ihn wahrnahm. Er war ein Spieler, der kein Risiko scheute. Immobilien waren sein Rouletterad, Aktien sein Kartentisch. Wenn Daniel spielte, dann um zu gewinnen. Die Risiken, die er eingegangen war, hatten sich gelohnt. Den Gewinn hatte er wieder eingesetzt. Er war kein Mensch, der auf Nummer sicher ging. Mit der Sicherheit kam unweigerlich auch die Langeweile.

Obwohl arm geboren, betete Daniel MacGregor das Geld nicht an. Er benutzte es, setzte es ein, spielte damit. Geld war Macht, und Macht war eine Waffe.

Amerika war eine großartige Arena für Handel und Geschäfte. Das schnelllebige New York mit seinen lebenshungrigen Menschen. Das schillernde Los Angeles mit den hohen Einsätzen. Ein Mann mit Ideen konnte hier ein Imperium aufbauen. Daniel hatte in beiden Städten Zeit verbracht, aber er entschied sich schließlich für Boston als seine Heimat. Geld und Macht allein genügten ihm nicht, er suchte auch Stil. Diese Stadt an der Ostküste mit ihrem snobistischen Charme der Alten Welt und der unverbrüchlichen Würde war ideal für Daniel.

Er entstammte einem alten Geschlecht von Kriegern, und sein Stolz auf seine Herkunft war gewaltig. Ebenso gewaltig wie sein Ehrgeiz. Daniel war fest entschlossen, die Linie in starken Söhnen und Töchtern weiterleben zu lassen. Seine Kinder und Enkelkinder würden fortsetzen, was er begonnen hatte. Ein Imperium war sinnlos, wenn man keine Familie besaß, um es an sie weiterzugeben. Und dazu brauchte er als Erstes eine Frau. Sie zu finden und zu erobern war für Daniel eine Herausforderung wie die, eine begehrte Immobilie zu bekommen. Hinter beidem war er her, als er auf dem Sommerball der Donahues erschien.

Er hasste den steifen Kragen und die enge Krawatte, die ihn fast erwürgte. Wenn ein Mann wie ein Baum gebaut war, musste er frei atmen können. Sein Maßanzug war an der Newbury Street in Boston geschneidert worden, zum einen wegen der Größe, zum anderen vor allem aber, weil das Prestige es verlangte. Jeder andere Mann hätte darin elegant ausgesehen, Daniel jedoch wirkte, ob nun in schwarzem Smoking oder in schottischem Kilt, außergewöhnlich, und ihm gefiel das auch.

Cathleen, Maxwell Donahues ältester Tochter, gefiel sein Anblick ebenfalls.

„Mr. MacGregor." Cathleen kam frisch aus einem exklusiven Internat in der Schweiz und wusste, wie man Tee servierte, Seide bestickte und elegant flirtete. „Ich hoffe, Sie genießen unsere kleine Party."

Sie hatte ein Gesicht wie aus Porzellan und Haar wie Flachs. Schade nur, dass ihre Schultern so schmal waren. Aber auch Daniel verstand es zu flirten. „Jetzt sogar noch mehr, Miss Donahue."

Wohl wissend, dass ihr albernes Kichern die meisten Männer vergraulte, lachte Cathleen tief und leise. Ihr Taftrock raschelte, als sie sich zu ihm an das lange Buffet gesellte. Jetzt würde jeder, der die Trüffel- oder Lachsmousse probieren wollte, sie zusammen sehen. Wenn sie den Kopf nur ein wenig drehte, erhaschte sie das Bild in dem großen Wandspiegel, wie sie nebeneinander standen. Ihr gefiel, was sie sah.

„Mein Vater hat mir erzählt, dass Sie sich für ein Stück Klippe interessieren, das ihm auf Hyannis Port gehört." Sie lächelte hinreißend. „Ich hoffe, Sie sind nicht hier, um geschäftliche Dinge zu besprechen."

Daniel nahm zwei Gläser von dem Tablett, das ein Kellner ihm hinhielt. Er hätte dem Champagner einen Scotch vorgezogen, aber manchmal musste auch er sich anpassen. Während er daran nippte, musterte er Cathleen. Er wusste, dass Maxwell Donahue niemals mit seiner Tochter über Geschäfte gesprochen hätte, aber er nahm ihr die kleine Lüge nicht übel. Im Gegenteil, er bewunderte ihren Versuch, ihn auszuhorchen. Doch gerade deshalb kam sie für ihn nicht in Frage. Seine Frau würde zu beschäftigt damit sein, Kinder großzuziehen, um Zeit zu haben, sich in Geschäfte einzumischen.

„Das Geschäftliche steht immer hinter einer schönen Frau. Waren Sie schon einmal dort?"

„Natürlich." Sie neigte den Kopf, sodass die Brillanten an ihren Ohren das Licht einfingen. „Aber ich lebe lieber in der Stadt. Werden Sie nächste Woche zu der Party der Ditmeyers gehen?"

„Wenn ich in Boston bin."

„Sie reisen viel." Cathleen nahm einen Schluck Champagner. Ein Ehemann, der selten zu Hause war, wäre ideal. „Das muss sehr aufregend sein."

„Nur geschäftlich. Sie sind doch selbst gerade erst aus Paris zurückgekehrt", entgegnete er.

Dass er ihre Abwesenheit bemerkt hatte, schmeichelte ihr, und fast hätte sie gestrahlt. „Drei Wochen waren einfach nicht genug. Allein die Einkäufe haben so viel Zeit gekostet. Sie glauben nicht, wie viele Stunden ich nur für dieses Kleid bei Anproben verbracht habe."

Wie sie erwartet hatte, ließ er seinen Blick an ihr hinabgleiten. „Es hat sich gelohnt."

„Danke." Als sie aufstand, um zu posieren, wurde sein Blick abwesend. Sicher, Frauen sollten sich hauptsächlich um Mode und Frisuren Gedanken machen, aber er hätte eine anregendere Konversation bevorzugt.

Da sie merkte, dass ihr seine Aufmerksamkeit entglitt, berührte sie hastig seinen Arm. „Waren Sie schon einmal in Paris, Mr. MacGregor?"

Er war in Paris gewesen und hatte die Schrecken des Krieges gesehen. Die hübsche Blondine, die ihn da anlächelte, würde nie wissen, was Krieg bedeutete. Warum auch? Trotzdem nagte eine gewisse Unzufriedenheit an ihm. „Vor einigen Jahren", antwortete er beiläufig und nippte an dem perlenden Champagner. Er sah sich um. Überall funkelten Juwelen, glitzerte Kristall. Der Raum duftete nach teurem Parfüm. In fünf Jahren hatte er sich daran gewöhnt, aber er hatte nicht vergessen, wie Kohlenstaub roch. Er würde es nie vergessen. „Mir gefällt es in Amerika besser. Ihr Vater versteht es, Feste zu geben."

„Ich bin froh, dass es Ihnen gefällt. Mögen Sie die Musik?"

Er vermisste den Klang der Dudelsäcke noch immer. Das zwölfköpfige Orchester in weißen Smokings war nicht nach seinem Geschmack, aber er lächelte trotzdem. „Sehr."

Sie warf ihm einen viel sagenden Blick zu. „Aber Sie tanzen nicht."

Daniel nahm Cathleen das Glas aus der Hand und stellte es zusammen mit seinem ab. „Oh doch, Miss Donahue", widersprach er und führte sie galant auf die Tanzfläche.

„Cathleen Donahue kennt wirklich keine Zurückhaltung." Myra Lornbridge knabberte an einem Kanapee und rümpfte die Nase.

„Zieh deine Krallen wieder ein, Myra." Es war eine leise, von Natur aus sanfte Stimme.

„Es stört mich nicht, wenn jemand unhöflich oder berechnend oder sogar ein wenig dumm ist." Seufzend schob Myra den letzten Bissen Leberpastete in den Mund. „Aber ich hasse es, wenn jemand sich aufdrängt."

„Myra."

„Schon gut, schon gut." Myra schob den Löffel in die Lachscreme auf ihrem Teller. „Übrigens, Anna, dein Kleid ist sehr schön."

Anna warf einen Blick auf die rosafarbene Seide. „Du hast es doch ausgesucht."

Myra lächelte selbstzufrieden. „Wenn du dich nur halb so viel um deine Garderobe kümmern würdest wie um deine Bücher, hätte Cathleen Donahue nicht die geringste Chance gegen dich."

Anna schaute lächelnd den Tänzern zu. „Cathleen interessiert mich nicht."

„Stimmt, sie ist auch nicht sehr interessant. Und der Mann, mit dem sie tanzt?"

„Der rothaarige Hüne?"

„Er ist dir also aufgefallen?"

„Ich bin nicht blind." Anna fragte sich, wann sie gehen konnte, ohne unhöflich zu sein. Sie würde jetzt viel lieber zu Hause sitzen und die medizinische Zeitschrift lesen, die Dr. Hewitt ihr zugeschickt hatte.

„Kennst du ihn?"

„Wen?"

„Anna ..." Geduld war eine Tugend, die Myra nur ihren engsten Freunden angedeihen ließ.

Anna lachte. „Also gut, wer ist das?"

„Daniel Duncan MacGregor." Myra machte eine Kunstpause, um die Neugier ihrer Freundin zu wecken. Mit vierundzwanzig Jahren war Myra reich und attraktiv. Schön. Nein, nicht schön. Selbst an ihren besten Tagen, dessen war Myra sich bewusst, würde sie nicht schön sein. Schönheit war eine Möglichkeit, um an Macht zu gelangen. Verstand eine andere. Myra benutzte ihren Verstand. „Er ist Bostons neueste Koryphäe. Wenn du dich mehr für unsere Kreise interessieren würdest, wüsstest du es."

Die feine Gesellschaft mit ihren Regeln und Ritualen interessierte Anna nicht im Geringsten. „Wozu? Du wirst es mir bestimmt gleich sagen."

„Würde dir recht geschehen, wenn ich es dir nicht verrate."

Aber Anna lächelte nur still und trank von ihrem Glas.

„Na schön, ich sag's dir." Klatsch war eine der Versuchungen, denen Myra nie widerstehen konnte. „Bei seinem Namen und Aussehen wird es dich wahrscheinlich nicht erstaunen, dass er Schotte ist. Du müsstest ihn mal reden hören. Dieser Akzent ..."

In diesem Moment lachte Daniel so dröhnend, dass Anna

unwillkürlich die Augenbrauen hochzog. „Sein Lachen ist auch nicht ohne."

„Er ist ein wenig ungehobelt, aber manche Leute ...", Myra warf einen viel sagenden Blick auf Cathleen Donahue, „... meinen, dass eine Million Dollar oder mehr alles erträglich machen."

„Hoffentlich weiß er, mit wem er gerade tanzt", murmelte Anna.

„Dumm ist er nicht. Vor sechs Monaten hat er 'Old Line Savings and Loan' gekauft, eine traditionsreiche Bank und eine ausgezeichnete Investition."

„Wirklich?" Geld interessierte Anna nur, wenn es half, ein Krankenhaus zu betreiben. Als von links zwei Männer zu ihnen traten, drehte sie sich lächelnd ihnen zu. Es waren Herbert Ditmeyer und ein Gast, den sie nicht kannte. „Hallo."

„Ich freue mich, Sie zu sehen." Herbert war kaum größer als Anna, hatte das typisch schmale, hagere Gesicht eines Gelehrten und dunkles Haar, das in wenigen Jahren schütter werden würde. Um den Mund lag jedoch ein entschlossener Zug, und sein Blick verriet eine nicht zu unterschätzende Intelligenz.

„Sie sehen bezaubernd aus." Er deutete auf den Mann neben ihm. „Mein Cousin Mark. Anna Whitfield und Myra Lornbridge." Herberts Blick ruhte auf Myra, doch als das Orchester wieder einsetzte, schien sein Mut ihn zu verlassen und er nahm Annas Arm. „Sie sollten tanzen."

Anna passte sich seinen Schritten an. Sie liebte es zu tanzen und tat es lieber mit jemandem, den sie kannte. Herbert war ihr vertraut. „Wie ich höre, muss man Ihnen gratulieren." Sie lächelte ihn an. „Dem neuen Bezirksstaatsanwalt."

Er strahlte. Er war ausgesprochen jung für das Amt, wollte noch höher hinaus und hätte Anna gern von seinen ehrgeizigen Plänen erzählt, aber das tat man in diesen Kreisen nicht. „Ich war nicht sicher, ob die Neuigkeit bis nach Connecticut vorgedrungen ist."

Anna lachte, während sie an einem anderen Paar vorbeiwirbelten. „Aber ja. Sie müssen sehr stolz sein."

„Es ist ein Anfang", erwiderte er mit gespielter Bescheidenheit. „Und Sie? Noch ein Jahr, und wir werden Sie mit Doktor Whitfield anreden müssen."

„Ein Jahr", murmelte Anna. „Manchmal kommt es mir vor wie eine Ewigkeit."

„Ungeduldig, Anna? Das ist doch sonst nicht Ihre Art."

Doch, das war es, aber bisher hatte sie es immer erfolgreich zu verheimlichen gewusst. „Ich will, dass es offiziell bekannt ist. Meine Eltern sind nicht gerade begeistert."

„Nein? Aber Ihre Mutter erzählt überall, dass Sie seit drei Jahren zu den Besten Ihres Studienjahrgangs gehören."

„Wirklich?" fragte Anna überrascht. Bislang hatte ihre Mutter eher ihre Frisur gelobt als ihre Noten. „Ich glaube, sie hofft noch immer, dass der richtige Mann vorbeikommt und mich Operationssäle und Bettpfannen vergessen lässt."

Noch während sie das sagte, drehte Herbert sie im Tanz, und unvermittelt sah sie direkt in Daniel MacGregors Augen. Sie spürte, wie sich in ihr etwas anspannte. Die Nerven? Unsinn. Sie fühlte, wie sie fröstelte. Angst? Welch absurder Gedanke.

Obwohl er noch immer mit Cathleen tanzte, starrte er Anna an. Auf eine Weise, die jede junge Frau zum Erröten gebracht hätte. Annas Herz schlug plötzlich wie wild, aber ihr Blick hielt kühl dem seinen stand. Wahrscheinlich ein Fehler, denn er lächelte langsam, als würde er eine Herausforderung annehmen.

Anna entging nicht, wie er unauffällig zu einem Mann am Rande der Tanzfläche hinüberschaute und fast unmerklich nickte. Sekunden später fand Cathleen sich in den Armen des anderen wieder. Gegen ihren Willen bewunderte Anna Daniel dafür, wie geschickt er seinen nächsten Schritt eingeleitet hatte. Sie war gespannt, was er wohl als Nächstes tun würde.

Routiniert wand er sich zwischen den Tänzern hindurch. Er

hatte Anna bemerkt, kaum dass sie die Tanzfläche betreten hatte. Bemerkt, beobachtet und überlegt. Sobald sie seinen Blick kühl erwidert hatte, war er fasziniert gewesen. Sie war kleiner und zarter als Cathleen. Ihr Haar war dunkel und wirkte so weich und warm wie ein edler Pelz. Die Augen passten dazu. Das rosafarbene Kleid brachte ihre makellose Haut und ihre runden Schultern zur Geltung. Sie sah aus wie eine Frau, die perfekt in die Arme eines Mannes passen würde.

Mit jener Zuversicht, die ihn nie verließ, tippte er Herbert auf die Schulter. „Sie gestatten?"

Herbert hatte Anna kaum losgelassen, da hielt Daniel sie schon in den Armen und setzte mit ihr den Tanz fort. „Das war sehr geschickt, Mr. MacGregor", stellte sie ein wenig atemlos fest.

Dass sie seinen Namen kannte, gefiel ihm. Und dass sie sich so gut in seine Arme schmiegte, wie er es geahnt hatte. „Danke, Miss …?"

„Whitfield, Anna Whitfield. Und es war äußerst unhöflich."

Verblüfft starrte er sie an, denn die strenge Stimme passte nicht zu ihrer anmutigen Erscheinung. Und da er gute Überraschungen liebte, lachte er, bis andere Paare die Köpfe wandten. „Aye, aber Hauptsache, es hat funktioniert. Ich glaube, wir sind uns noch nie begegnet, Miss Anna Whitfield, aber ich kenne Ihre Eltern."

„Das ist gut möglich." Die Hand, die ihre hielt, war riesig, fest und unglaublich sanft. Ihre Handfläche begann zu kribbeln. „Sie sind neu in Boston, Mr. MacGregor?"

„Ja. Ich lebe erst seit zwei Jahren hier, nicht seit zwei Generationen."

Sie legte den Kopf in den Nacken, um ihm ins Gesicht sehen zu können. „Um nicht neu zu sein, brauchen Sie mindestens drei Generationen."

„Oder einen hellen Kopf." Er wirbelte sie dreimal herum.

Dass er für seine Größe unerwartet leichtfüßig war, überraschte sie angenehm. „Wie man mir erzählt hat, sind Sie das", versetzte sie.

„Das werden Sie wohl noch öfter zu hören bekommen." Er bemühte sich erst gar nicht, leise zu sprechen, auch wenn die Tanzfläche voll war. Macht war seine Stärke, nicht Bescheidenheit.

„Meinen Sie?" Anna hob eine Augenbraue. „Das wäre ungewöhnlich."

„Nur, wenn Sie das System nicht verstehen", korrigierte er unbeeindruckt. „Wenn einem die Herkunft fehlt, braucht man Geld."

Obwohl sie wusste, wie wahr das war, verachtete sie beide Formen dieses Snobismus. „Wie schön für Sie, dass die feine Gesellschaft so flexibel ist."

Ihr trockener, beiläufiger Ton ließ ihn lächeln. Anna Whitfield war weder dumm noch ein in Seide gehüllter Raubfisch wie Cathleen Donahue. „Sie haben ein Gesicht wie das einer Kamee, die meine Großmutter am Hals trug."

Fast hätte sie gelächelt. Eine Miene, die ihm noch einmal klar machte, dass er lediglich die Wahrheit gesagt hatte. „Danke, Mr. MacGregor, aber heben Sie sich Ihre Schmeicheleien für Cathleen auf. Sie ist dafür empfänglicher."

Er legte die Stirn in Falten. Sein Blick verfinsterte sich, aber seine bedrohliche Miene erhellte sich rasch, bevor Anna ihre schnippische Bemerkung bereuen konnte. „Sie haben eine spitze Zunge. Ich bewundere Frauen, die offen aussprechen, was sie denken ... bis zu einem gewissen Punkt."

Aus einem unerklärlichen Grund fühlte Anna sich gereizt. Sie wich seinem Blick nicht aus. „Und welcher Punkt wäre das, Mr. MacGregor?"

„Der, an dem es unweiblich wird."

Bevor sie es sich versah, hatte er sie durch die Terrassentür geschwungen. Erst jetzt wurde ihr bewusst, wie warm und stickig es im Ballsaal geworden war. Trotzdem wäre sie bei jedem anderen Mann, den sie nicht kannte, mit einer knappen, aber entschlossenen Entschuldigung wieder ins Haus zurückgegangen. Jetzt jedoch blieb sie, wo sie war. In Daniels Armen, im Mondschein und umgeben von duftenden Rosen.

„Sicher haben Sie Ihre eigene Auffassung von Weiblichkeit, Mr. MacGregor, aber ich frage mich, ob Ihnen bewusst ist, dass wir bereits im zwanzigsten Jahrhundert leben."

Es gefiel ihm, wie sie da in seine Arme geschmiegt stand und ihn mehr oder weniger hintergründig beleidigte. „Weiblichkeit, Miss Whitfield, ist für mich etwas, das sich nicht mit den Jahren oder mit jeder Mode wandelt."

„Aha." Sie löste sich aus seiner Umarmung und ging nachdenklich an den Rand der Terrasse, näher zum Garten. Die Luft war süßer hier, das Mondlicht schwächer, die Musik klang durch die Entfernung romantischer.

Ihr wurde bewusst, dass sie mit einem Mann, dem sie gerade erst begegnet war, eine intime Unterhaltung führte, noch dazu eine, die gut zu einem Streit führen könnte. Dennoch verspürte sie kein Bedürfnis, es abzubrechen. Sie hatte lernen müssen, sich in der Gesellschaft von Männern nicht unwohl zu fühlen. Als einzige Frau ihres Studienjahrgangs hatte Anna Erfahrung damit, mit Männern auf gleicher Ebene umzugehen, ohne sich ständig an deren Ego zu reiben. Sie hatte die Kritik und Anspielungen im ersten Studienjahr überlebt, indem sie ruhig geblieben war und sich nur auf das Studium konzentriert hatte. Jetzt stand sie vor ihrem Abschlussjahr und hatte es sogar geschafft, sich den Respekt ihrer zukünftigen Arztkollegen zu erwerben. Dennoch war ihr klar, was sie als frisch gebackene Assistenzärztin im Krankenhaus erwartete. Als unweiblich bezeichnet zu werden tat zwar noch weh, aber sie hatte sich längst damit abgefunden.

„Ihre Ansichten über Weiblichkeit sind gewiss faszinierend, Mr. MacGregor." Der lange Rock umwehte ihre Beine, als sie sich umdrehte. „Aber ich glaube nicht, dass ich mit Ihnen darüber diskutieren möchte. Was genau tun Sie in Boston?" wechselte sie abrupt das Thema.

Er hatte sie nicht gehört. Seit sie sich umgedreht hatte, hatte er überhaupt nichts mehr gehört. Das Haar fiel ihr auf die weißen Schultern. In der hauchzarten rosafarbenen Seide sah sie aus wie eine zerbrechliche Porzellanfigur. Der Mond schien ihr ins Gesicht, ihre makellose Haut schimmerte wie Marmor, und die Augen waren dunkel wie die Nacht. Ein Mann, der vom Blitz getroffen wurde, hörte nichts außer dem Donner.

„Mr. MacGregor?" Zum ersten Mal, seit sie im Freien war, wurde Anna nervös. Er war riesig, ein Fremder, und er sah sie an, als wäre er nicht bei Sinnen. Sie straffte die Schultern und erinnerte sich daran, dass sie jede Situation meistern konnte. „Mr. MacGregor!"

„Ja?" Daniel riss sich aus seinen Fantasien und trat auf sie zu. Seltsamerweise entspannte Anna sich augenblicklich. Jetzt, da er neben ihr stand, wirkte er nicht mehr so bedrohlich. Und seine Augen waren hinreißend. Sicher, es gab einen einfachen genetischen Grund für diese Farbe, sie hätte eine Arbeit über Vererbungslehre schreiben können. Was nichts daran geändert hätte, dass diese Augen faszinierend waren.

„Sie arbeiten in Boston, nicht wahr?"

„Ja." Vielleicht hatte es am Licht gelegen, dass sie ihm so perfekt, so geheimnisvoll, so verführerisch erschienen war. „Ich kaufe." Als wollte er sich davon überzeugen, dass es sie wirklich gab, nahm er ihre Hand. „Und verkaufe."

Seine Hand war so warm und sanft wie beim Tanzen. Anna zog ihre daraus hervor. „Wie interessant. Was kaufen Sie?"

„Was immer ich will." Lächelnd trat er noch näher an sie heran.

Ihr Puls ging schneller, ihre Haut erglühte. Anna wusste, dass es dafür sowohl emotionale als auch rein körperliche Gründe gab.

Auch wenn sie ihr im Moment nicht einfallen wollten, wich sie nicht zurück. „Das muss sehr befriedigend sein. Wobei sich der Gedanke aufdrängt, dass Sie also was auch immer verkaufen, wenn Ihnen nichts mehr daran liegt."

„Sie haben es erkannt, Miss Whitfield. Und zwar mit Gewinn."

Eingebildeter Esel, dachte sie und legte den Kopf leicht schief. „Manche Menschen könnten das für äußerst arrogant halten, Mr. MacGregor."

Ihre kühle, gelassene Stimme begeisterte ihn ebenso sehr wie der kühle, gelassene Blick, in dessen Tiefen er einen Hauch von Leidenschaft entdeckte. Das war eine Frau, die einen Mann dazu bringen konnte, mit Blumen und Pralinen auf der Treppe vor ihrer Haustür zu warten. „Wenn ein armer Mann arrogant ist, wirkt es ungehobelt, Miss Whitfield. Bei einem wohlhabenden Mann nennt man es Stil. Ich war beides."

Es lag ein wahrer Kern in seinen Worten, aber sie war nicht bereit, auch nur einen Zentimeter nachzugeben. „Seltsam, ich dachte nicht, dass sich Arroganz mit den Jahren oder jeder Mode wandelt", erwiderte sie.

Ohne sie aus den Augen zu lassen, holte er eine Zigarre heraus. „Der Punkt geht an Sie." Sein Feuerzeug flammte auf und ließ seine Augen blitzen. In diesem Moment wurde Anna bewusst, dass er doch bedrohlich war.

„Dann sollten wir uns vielleicht auf ein Unentschieden einigen." Der Stolz hinderte sie daran zurückzuweichen. Der Anstand ließ es nicht zu, dass sie fortsetzte, was sie – entgegen aller Vernunft – interessant zu finden begann. „Wenn Sie mich jetzt entschuldigen, Mr. MacGregor. Ich muss wieder zurück."

Mit einer abrupten, besitzergreifenden Geste nahm er ihren Arm. Anna zuckte nicht zurück, erstarrte auch nicht, sondern bedachte ihn mit einem Blick, den eine Fürstin einem übel riechenden Untertan zuwerfen würde. Die meisten Männer hätten sich davon einschüchtern lassen und um Verzeihung gebeten. Aber nicht Daniel. Er grinste. Das ist ein Mädchen, dachte er, bei dem einem Mann die Knie weich werden können. „Wir sehen uns wieder, Miss Anna Whitfield."

„Vielleicht."

„Wir sehen uns wieder." Er hob ihre Hand an den Mund, und sie spürte seinen erstaunlich weichen Bart an ihrem Handrücken. Eine Sekunde lang flackerte die Leidenschaft auf, die er in ihren Augen hatte glimmen sehen. „Ganz sicher."

„Das bezweifle ich, da ich nur noch zwei Monate in Boston sein werde. Wenn Sie mich jetzt entschuldigen ..."

„Warum?"

Er ließ ihre Hand nicht los, was sie mehr beunruhigte, als sie sich anmerken ließ. „Warum was, Mr. MacGregor?"

„Warum werden Sie nur noch zwei Monate in Boston sein?" Wenn sie abreiste, um irgendwo zu heiraten, änderte das natürlich einiges. Daniel sah ihr ins Gesicht und entschied, dass selbst das nichts ändern würde.

„Ich werde Ende August in Connecticut das letzte Jahr meines Medizinstudiums beginnen."

„Medizinstudium?" Er zog die Brauen zusammen. „Ich hatte gedacht, Sie werden Krankenschwester." In seiner Stimme schwang das Erstaunen eines Mannes mit, der kein Verständnis und nur wenig Toleranz für Frauen hatte, die einen Beruf anstrebten.

„Nein. Ich werde Chirurgin. Danke für den Tanz."

Bevor sie an der Tür war, ergriff er ihren Arm erneut. „Sie wollen Menschen aufschneiden?" Er lachte. „Sie scherzen."

Auch wenn sie innerlich kochte, ließ sie sich ihre Verärgerung nicht anmerken und gab sich einfach nur gelangweilt. „Glauben Sie mir, wenn ich scherze, bin ich wesentlich amüsanter. Gute Nacht, Mr. MacGregor."

„Arzt zu sein ist ein Männerberuf."

„Zufällig bin ich der Ansicht, dass es so etwas wie einen Männerberuf nicht gibt, wenn eine Frau ihn ebenso gut ausführen kann."

Er schnaubte und zog an seiner Zigarre. „Blödsinn."

„Das war deutlich, Mr. MacGregor, und einmal mehr unhöflich. Sie bleiben sich treu." Ohne sich umzudrehen, ging sie ins Haus. Aber sie dachte an ihn. Dreist, unhöflich, pompös und dumm.

Und er dachte an sie, als sie zwischen den anderen Gästen verschwand. Kühl, starrsinnig, schroff und einfach albern.

Sie waren beide fasziniert.

2. KAPITEL

"Erzähl mir alles."

Anna stellte ihre Handtasche auf den weiß gedeckten Tisch und lächelte dem Kellner zu. "Ich nehme einen Champagner-Cocktail."

"Zwei", sagte Myra und beugte sich vor. "Und?"

Anna ließ sich Zeit und sah sich in dem kleinen Restaurant um. Ein halbes Dutzend Gäste kannte sie mit Namen, einige andere vom Sehen. Sie mochte dieses Restaurant, es war gemütlich und gepflegt. Während der Hektik der Seminare und Kurse sehnte sie sich manchmal nach einer ruhigen Atmosphäre wie dieser.

Irgendwie würde sie es schaffen, beides in ihrem Leben zu verwirklichen. "Weißt du, das Einzige, was mir in Connecticut fehlt, ist der Lunch hier."

"Anna!" drängte Myra. Es gab keinen Grund, höflich zu bleiben, wenn es solch große Neuigkeiten gab. "Nun erzähl schon."

"Was soll ich erzählen?" entgegnete Anna lächelnd und genoss für einen Moment das Aufblitzen von Frustration in den Augen ihrer Freundin.

Myra nahm eine Zigarette aus ihrem goldenen Etui und zündete sie an. "Erzähl mir, was zwischen dir und Daniel MacGregor passiert ist."

"Wir haben einen Walzer getanzt." Anna schlug gelassen die Speisekarte auf. Allerdings ertappte sie sich dabei, dass sie unter dem Tisch mit dem Fuß im Takt wippte, als sie an den Tanz zurückdachte.

"Und?"

Sie sah ihre Freundin über die Speisekarte hinweg an. "Und was?"

"Anna!" Myra verstummte, als die Drinks serviert wurden.

Ungeduldig schob sie ihren Cocktail zur Seite. „Du warst mit ihm auf der Terrasse. Allein. Und das eine ganze Weile."

„Wirklich?" Anna nippte an ihrem Cocktail, entschied sich für einen Salat und klappte die Karte zu.

„Ja, wirklich." Mit einer übertriebenen Geste blies Myra Rauch an die Decke. „Offenbar habt ihr ein Gesprächsthema gefunden."

„Ich glaube, ja." Der Kellner kehrte zurück, und sie bestellte ihren Salat. Myra entschied sich für Hummer und versprach sich dafür, das Abendessen ausfallen zu lassen.

„Und? Worüber habt ihr gesprochen?"

„Unter anderem über Weiblichkeit, soweit ich mich erinnere", erwiderte Anna beiläufig, aber es gelang ihr nicht, den Zorn aus ihrem Blick herauszuhalten. Sofort drückte Myra ihre Zigarette aus und lehnte sich gespannt vor.

„Ich vermute, Mr. MacGregor hat zu dem Thema recht eindeutige Ansichten."

Anna nahm noch einen Schluck, bevor sie das Glas abstellte. „Mr. MacGregor ist ein rechthaberischer Rüpel."

Ganz eindeutig zufrieden, stützte Myra ihr Kinn auf die Hand. Der kleine Schleier an ihrem Hut fiel ihr über die Augen, aber ihre Neugier war nicht zu übersehen. „Das mit dem rechthaberisch hatte ich längst vermutet, aber ein Rüpel ... Tatsächlich?"

„Er bewundert Frauen, die ihre Meinung sagen", berichtete Anna. „Bis zu einem gewissen Punkt." Sie schnaubte wenig damenhaft. „Und dieser Punkt wird erreicht, wenn die Meinung der Frau mit seiner nicht mehr übereinstimmt."

Ein wenig enttäuscht zuckte Myra mit den Schultern. „Das hört sich doch nach einem ganz normalen Mann an."

„Für Männer wie ihn sind Frauen nur dazu da, um die eigene Männlichkeit zu bestätigen." Anna lehnte sich zurück und tippte mit den Fingerspitzen gereizt auf das weiße Tischtuch. „Frauen sind wunderbare Kreaturen, solange sie Kekse backen, Windeln wechseln und das Bett wärmen."

Fast hätte Myra sich an ihrem Champagner verschluckt. „Du meine Güte, in so kurzer Zeit hat er dich auf die Palme gebracht?"

Anna zügelte ihre Verärgerung. Sie verlor äußerst ungern die Beherrschung und verwahrte es nur für die wirklich wichtigen Dinge auf. Daniel MacGregor gehörte nicht dazu. „Er ist unhöflich und arrogant", bemerkte sie ruhiger.

Myra überlegte einen Moment. „Mag sein", stimmte sie schließlich zu. „Aber das spricht nicht unbedingt gegen ihn. Mir ist ein arroganter Mann immer noch lieber als ein langweiliger."

„Also, als langweilig kann man ihn bestimmt nicht bezeichnen. Hast du gesehen, wie er Cathleen ausgetrickst hat?"

Myras Augen leuchteten auf. „Nein."

„Er hat einem Mann ein Zeichen gegeben, woraufhin der ihn bei Cathleen ablöste, damit er Herbert bei mir ablösen konnte."

„Ganz schön gerissen." Myra strahlte vor Bewunderung und musste lachen, als Annas Miene sich verfinsterte. „Komm schon, du musst zugeben, dass es schlau war. Und Cathleen ist viel zu sehr von sich selbst überzeugt, um so etwas zu bemerken." Myra seufzte genießerisch, als ihr Hummer serviert wurde. „Weißt du, Anna, du solltest dich geschmeichelt fühlen."

„Geschmeichelt?" Anna ließ ihren Ärger am Salat aus und stach heftiger als nötig darauf ein. „Ich verstehe nicht, warum ich mich geschmeichelt fühlen soll, nur weil irgendein riesiger, von sich selbst eingenommener Tölpel von Mann mit mir tanzen will."

Myra schnupperte am Hummer. „Riesig ist er, und vielleicht ist er auch ein Tölpel, aber er macht sich nicht wichtiger, als er auch ist. Und auf seine raue Art ist er attraktiv. So, wie du sie immer abserviert hast, haben dich die aalglatten, weltmännischen Typen doch noch nie interessiert."

„Ich muss an meinen Beruf denken, Myra. Ich habe keine Zeit für Männer."

„Liebes, für Männer hat man immer Zeit", widersprach Myra lachend. „Du musst ihn ja nicht ernst nehmen."

„Das beruhigt mich."

„Aber ich sehe auch nicht, warum du ihn wieder ins Wasser werfen musst."

„Ich habe nicht vor, ihn mir zu angeln."

„Jetzt bist du stur."

Anna lachte. Einer der Gründe, warum Myra ihr eine so liebe Freundin war, war, dass sie die Dinge immer so klar erkannte und beim Namen nannte – natürlich auf ihre Weise. „Ich bin ich selbst."

„Anna, ich weiß, was es dir bedeutet, Ärztin zu werden, und ich bewundere dich dafür. Aber", fuhr sie hastig fort, bevor Anna sie unterbrechen konnte, „du verbringst den Sommer doch ohnehin hier in Boston. Was kann es da schaden, einen netten und einflussreichen Begleiter zu haben, der überall herumkommt?"

„Ich brauche keinen Begleiter."

„Brauchen und haben sind zwei verschiedene Dinge." Myra brach ein Stück von einem Brötchen ab und schwor sich, es nur halb aufzuessen. „Sag mal, Anna, drängen deine Eltern dich eigentlich noch immer, nicht als Ärztin zu arbeiten? Präsentieren sie dir noch immer potenzielle Ehemänner?"

„In diesem Sommer schon drei." Anna bemühte sich, das lustig zu finden, und hätte es fast geschafft. „Ganz oben auf der Liste steht einer, den der Arzt meiner Mutter beigesteuert hat. Sein Enkel. Sie hofft, dass seine Verbindung zur Medizin mich reizt."

„Ist er attraktiv?" Myra winkte ab, als Anna die Stirn runzelte. „Schon gut. Deine Eltern werden nicht damit aufhören. Es sei denn ...", sie strich Butter auf das Brötchen, „... du hättest einen anderen."

„Zum Beispiel Daniel MacGregor."

„Warum nicht? Er wirkte gestern Abend stark interessiert."

Anna nahm Myra das Brötchen aus der Hand und biss hinein. „Weil es unehrlich wäre. Außerdem bin ich nicht interessiert."

„Aber es würde deine Mutter davon abhalten, jeden allein stehenden Mann zwischen fünfundzwanzig und vierzig zum Tee einzuladen."

Anna atmete tief aus. Myras Idee war vielleicht gar nicht so schlecht. Wenn ihre Eltern doch nur sehen würden, was sie wirklich brauchte, was sie zu erreichen versuchte ... Nur zu deinem eigenen Besten. Wie oft hatte sie diesen Satz gehört! Falls sie jemals heiraten sollte und falls sie jemals Kinder haben sollte, würden diese Worte nie über ihre Lippen kommen.

Anna wusste genau, ihre Eltern hatten ihre Berufswahl seinerzeit nur akzeptiert, weil sie sicher gewesen waren, dass ihre Tochter das erste Semester nicht überstehen würde. Ohne Tante Elsie hätte sie das Studium nie geschafft. Elsie Whitfield war die exzentrische ältere Schwester ihres Vaters gewesen. Ein Blaustrumpf, die ihr Geld angeblich mit Alkoholschmuggel während der Prohibition verdient hatte. Wie auch immer, Tante Elsie hatte Anna genug Geld hinterlassen, um das Studium zu finanzieren und von ihren Eltern unabhängig zu sein.

Heirate nie einen Mann, wenn du dir seiner nicht verdammt sicher bist, erinnerte sie sich jetzt an Elsies Rat. Wenn du einen Traum hast, verwirkliche ihn. Nimm das Geld, Anna, und mach etwas aus dir, für dich selbst.

Sie war nur noch Monate von ihrem Traum entfernt, dem Examen, dem Berufsanfang im Krankenhaus. Es würde nicht leicht für ihre Eltern sein, das zu akzeptieren. Noch schwieriger würde es sein, ihnen beizubringen, dass sie im Boston General Hospital anfangen würde und auch nicht vorhatte, weiterhin zu Hause wohnen zu bleiben.

„Myra, ich denke daran, mir eine Wohnung zu suchen."

Die Gabel auf halbem Wege zum Mund, hielt Myra inne. „Hast du es deinen Eltern schon gesagt?"

„Nein." Anna schob den Salat fort und fragte sich, warum das Leben so kompliziert sein musste, wenn sie die Dinge doch so klar vor sich sah. „Ich will sie nicht aufregen, aber es lässt sich nicht ändern. Ich bin eine erwachsene Frau, aber solange ich in ihrem Haus wohne, werden die beiden das nie einsehen. Außerdem, wenn ich den Strich jetzt nicht ziehe, werden sie erwarten, dass ich auch nach dem Examen weiter unter ihrem Dach lebe."

Myra lehnte sich zurück und leerte ihr Glas. „Du hast Recht. Ich denke allerdings, es wäre besser, sie vor vollendete Tatsachen zu stellen."

„Ja, das denke ich auch. Was hältst du davon, den Nachmittag mit der Wohnungssuche zu verbringen?"

„Tolle Idee. Aber erst brauche ich eine Schokoladenmousse." Sie winkte dem Kellner. „Trotzdem, Anna, das löst nicht dein Problem mit Daniel MacGregor."

„Es gibt kein Problem."

„Oh, ich denke, da irrst du. Wart's nur ab. Eine Schokoladenmousse", sagte sie dann zum Kellner gewandt. „Und sparen Sie nicht mit der Schlagsahne."

In seinem neu eingerichteten Büro saß Daniel an dem riesigen Eichenholzschreibtisch und steckte sich eine Zigarre an. Gerade hatte er die Anteilsmehrheit einer Firma gekauft, die Fernsehgeräte herstellte. Er rechnete sich aus, dass das, was momentan noch eine Neuheit war, in wenigen Jahren als fester Bestandteil in jedem amerikanischen Haushalt vorhanden sein würde. Außerdem machte es ihm selbst Spaß, in den kleinen Flimmerkasten zu schauen. Er kaufte gern Dinge, die ihm selbst Vergnügen bereiteten.

Sein größtes Projekt jedoch war im Moment die „Old Line

Savings and Loan". Er hatte vor, die kränkelnde Bank zum größten Kreditinstitut von Boston zu machen. Er hatte bereits zwei große Kredite verlängert und mehrere kleine refinanziert. Geld konnte sich nur vermehren, wenn es in Umlauf blieb. Der Bankmanager war entsetzt, aber Daniel ging davon aus, dass er sich entweder damit abfinden oder sich einen neuen Job suchen würde. In der Zwischenzeit hatte Daniel ein paar Nachforschungen anzustellen.

Anna Whitfield. Er kannte ihre Familie, denn ihr Vater gehörte zu den angesehensten Anwälten im Staat. Daniel hätte ihn fast engagiert, sich dann aber doch für den jüngeren und flexibleren Herbert Ditmeyer entschieden. Jetzt, da Herbert zum Bezirksstaatsanwalt gewählt worden war, brauchte er allerdings einen Nachfolger. Vielleicht war Anna Whitfields Vater die Antwort. Und auch Anna selbst könnte durchaus eine Lösung sein.

Die Familienvilla auf Beacon Hill war im achtzehnten Jahrhundert gebaut worden. Ihre Vorfahren waren echte Patrioten gewesen, die in der Neuen Welt eine neues Leben angefangen und es zu Wohlstand gebracht hatten. Seit Generationen gehörten die Whitfields als solide Stützen zur Bostoner Gesellschaft.

Nichts imponierte Daniel mehr als eine solide Ahnenreihe. Ob sie arm oder reich waren, interessierte ihn nicht. Für ihn zählten allein Kraft und Beharrlichkeit. Anna Whitfield stammte aus einer guten Familie, und das war Grundbedingung für die Frau, die Daniel einmal heiraten würde.

Sie stand mit beiden Beinen auf der Erde. Und sie war intelligent. Zwar studierte sie Medizin, was für eine Frau sehr ungewöhnlich war, aber er hatte schnell in Erfahrung gebracht, dass sie zu den Besten ihres Jahrgangs gehörte. Seine Kinder sollten schließlich keine Schwachköpfe sein. Sie war hübsch. Ein Mann, der eine Ehefrau und Mutter für seine Kinder suchte, musste auf Schönheit achten. Vor allem, wenn es sich dabei um eine solch sanfte, zarte Schönheit handelte.

Und sie hatte ihre eigene Meinung. Daniel wollte keine Frau, die stets nachgab und blind gehorchte. Allerdings erwartete er, dass sie sich letztendlich seinen Entscheidungen beugte.

Es gab ein Dutzend Frauen, die er umwerben und erobern konnte, aber keine von ihnen besaß dieses gewisse Etwas. Keine war eine Herausforderung. Nach nur einer Begegnung mit Anna Whitfield war Daniel überzeugt, dass sie ihm genau die bieten würde. Von einer Frau begehrt zu werden schmeichelte dem Selbstwertgefühl, aber eine Herausforderung weckte den Kampfgeist und heizte das Blut an. In ihm steckte genug von einem Krieger, dass er sich auf einen anständigen Kampf freute.

Und wenn es etwas gab, womit er sich auskannte, dann damit, wie man eine Übernahme vorbereitete. Zuerst fand er die Schwächen und Stärken des Gegners heraus, dann nutzte er beides für seine Zwecke. Daniel griff nach dem Telefon, lehnte sich zurück und machte sich ans Werk.

Wenige Stunden später kämpfte er mit dem Knoten seiner schwarzen Seidenkrawatte. Wie er das sah, lag das einzige Problem beim Reichtum darin, dass man sich entsprechend kleiden musste. Dass er im Smoking eine imposante Erscheinung abgab, war keine Frage, dennoch fühlte er sich darin einfach nicht wohl. Aber wenn es darum ging, eine Frau zu erobern, scheute er kein Opfer.

Laut seinen Informationen würde Anna Whitfield den Abend mit Freunden im Ballett verbringen. Zum Glück hatte er sich von seinem Steuerberater dazu überreden lassen, eine Loge zu mieten. Bisher hatte er sie kaum genutzt, aber allein der heutige Besuch lohnte die Investition.

Pfeifend ging er nach unten. Manche fanden eine Villa mit zwanzig Zimmern für einen allein stehenden Mann übertrieben, aber für Daniel bedeutete das Haus mit den hohen Fenstern und den schimmernden Böden mehr als Luxus. Solange er diese Villa besaß, würde er niemals in das Dreizimmerhäuschen zurückkehren müssen, in dem er aufgewachsen war. Die Villa bewies, dass Daniel MacGregor Erfolg, Ausstrahlung und Stil besaß. Dass er das Bergwerk und den Kohlenstaub in Poren und Augen für immer hinter sich gelassen hatte.

„McGee!" rief er am Fuß der Treppe und freute sich wie ein Kind darüber, dass seine Stimme von den hohen Wänden widerhallte.

„Sir." McGee kam aufrecht den langen Korridor entlang. Er hatte vielen Gentlemen gedient, aber keiner von ihnen war so unkonventionell oder auch so großzügig wie MacGregor gewesen. Außerdem machte es ihm Spaß, für einen Landsmann zu arbeiten.

„Ich brauche den Wagen."

„Er wartet draußen."

„Der Champagner?"

„Natürlich gekühlt, Sir."

„Die Blumen?"

„Weiße Rosen, Sir. Zwei Dutzend, wie Sie verlangt haben."

„Gut, gut." Auf halbem Weg zur Tür drehte er sich noch einmal um. „Bedienen Sie sich vom Scotch, McGee. Sie haben den Abend frei."

Ohne eine Miene zu verziehen, neigte McGee den Kopf. „Danke, Sir."

Erneut pfeifend, ging Daniel hinaus. Den silberfarbenen Rolls-Royce hatte er aus einer Laune heraus gekauft, es jedoch noch nie bereut. Der Gärtner freute sich über den Zusatzjob als Chauffeur und seine graue Uniform mit Mütze. Stevens Grammatik mochte zu wünschen übrig lassen, aber am Steuer verwandelte er sich in eine würdevolle Erscheinung.

„'n Abend, Mr. MacGregor." Steven öffnete die Wagentür und polierte den Griff mit einem weichen Tuch, nachdem sein Chef eingestiegen war. Daniel mochte den Rolls bezahlt haben, doch Steven hütete ihn wie seinen Augapfel.

Als die Limousine fast geräuschlos anfuhr, öffnete Daniel den

Aktenkoffer, der im Inneren des Wagens lag. Die Fahrt zur Oper dauerte fünfzehn Minuten, was bedeutete, dass er fünfzehn Minuten arbeiten konnte. Freizeit würde er sich im Alter noch genug gönnen können.

Wenn alles nach Plan verlief, würde das Grundstück in Hyannis Port ihm schon nächste Woche gehören. Die Klippen, der graue Fels und das hohe grüne Gras erinnerten ihn an Schottland. Dort würde er sein Zuhause errichten. Ein Zuhause, das er schon vor sich sah. Und wenn es stand, würde er es mit einer Frau und Kindern beleben. Also dachte er an Anna.

Die weißen Rosen lagen neben ihm, der Champagner war auf Eis gestellt. Er brauchte nur das Ballett zu ertragen, dann würde er mit seiner Werbung beginnen. Er schnupperte an einer Blüte. Ein sanfter und leiser Duft. Sie liebte weiße Rosen, es hatte nicht lange gedauert, um das herauszufinden. Eine Frau musste schon sehr hart sein, um einem Dutzend weißer Rosen widerstehen zu können, eine harte Frau, die dem Luxus widerstehen könnte, den er ihr bot. Er hatte seine Entscheidung getroffen. Und es würde auch nicht lange dauern, bis er die Entscheidung für sie gefällt hätte. Zufrieden lehnte er sich zurück und klappte den Aktenkoffer zu, als Steven vor der Oper hielt.

„Zwei Stunden", sagte er zu dem Chauffeur und nahm spontan eine Rose mit. Es konnte nichts schaden, wenn er ein wenig früher mit seiner Kampagne begann.

In der Eingangshalle glänzten Perlen, glitzerten Brillanten, und es duftete nach teurem Parfüm. Lange Kleider in dezenten Pastellfarben kontrastierten mit schwarzen Smokings. Daniel bahnte sich einen Weg durch die Menge, nicht distanziert, eher abwesend. Seine Größe und seine lässige Ausstrahlung sorgten dafür, dass mehr als eine Frau ihm fasziniert nachblickte. Daniel nahm es mit einem Lächeln hin. Der Wermutstropfen dabei war, dass eine leicht zu faszinierende Frau auch leicht zu langweilen war. Launen und schnelle Stimmungsumschwünge waren nicht gerade Eigenschaften, nach denen ein kluger Mann bei der Wahl seiner Partnerin suchte. Vor allem dann nicht, wenn der Mann selbst anfällig für dieselben war.

Während er durch die Menge ging, wechselte er hier und dort ein freundliches Wort. Er mochte Menschen, es fiel ihm leicht, sich zu unterhalten, ob nun auf dem gesellschaftlichen Parkett in einer Theaterlobby oder auf einer seiner Baustellen. Da er zuallererst Geschäftsmann war, war es nicht schwierig für ihn, Konversation zu machen, während er gleichzeitig über ein gänzlich anderes Thema nachdachte. Für ihn war das nicht unehrlich, sondern vielmehr praktisch. Und während er also hier und dort im Gespräch zusammenstand, hielt er nach Anna Ausschau.

Als er sie entdeckte, traf es ihn genauso urplötzlich und ebenso hart wie auf dem Sommerball. Unwillkürlich hielt er den Atem an. Sie trug Blau, ein blasses, dezentes Blau, das ihre weiße Haut wie frische Milch aussehen ließ. Das Haar war hochgesteckt, und das Gesicht glich tatsächlich genau der Kamee seiner Großmutter. Er spürte, wie Verlangen ihn durchzuckte, dann etwas, das tiefer ging und stärker war, als er erwartet hätte. Trotzdem wartete er geduldig, bis sie den Kopf drehte und ihre Blicke sich trafen. Anders als die meisten Frauen errötete sie nicht. Sie lächelte auch nicht kokett, sondern erwiderte seinen Blick ruhig und gelassen. Daniel spürte, wie die Herausforderung sein Herz schneller schlagen ließ, als er ohne Hast auf sie zuging.

Mit einer Bewegung, die zu elegant war, um unhöflich zu erscheinen, trat er auf sie zu und stellte sich vor sie, ohne ihre Begleiter zu beachten. „Miss Whitfield, für den Walzer."

Als er ihr die Rose reichte, zögerte Anna. Aber es wäre unhöflich gewesen, sie nicht zu nehmen. Der Duft stieg ihr in die Nase. „Mr. MacGregor, dies ist meine Freundin Myra. Myra Lornbridge, Daniel MacGregor."

„Wie geht es Ihnen?" Myra gab ihm die Hand und sah ihm in die Augen. Zwar war sie sich nicht sicher, ob sie diesen Mann mögen würde, auf jeden Fall aber würde sie ihn respektieren. „Ich habe bereits viel von Ihnen gehört."

„Ich habe geschäftlich mit Ihrem Bruder zu tun." Sie war kleiner als Anna, mit mehr Kurven. Eine patente Frau, mit Sicherheit interessant.

„Nein, Jasper ist zu diskret, um etwas zu erzählen. Er hasst Klatsch und Tratsch."

Daniel lächelte. „Genau deshalb mache ich gern Geschäfte mit ihm. Sie mögen Ballett, Miss Whitfield?" wandte er sich wieder an Anna.

„Ja, sehr." Sie roch an der Rose, ärgerte sich jedoch augenblicklich darüber und ließ die Hände sinken.

„Ich fürchte, ich habe bisher nicht allzu viele Vorstellungen besucht und weiß die Schönheit des Balletts nicht recht zu würdigen." Er fügte dem Zauber der Rose noch ein kleinlautes Lächeln hinzu. „Aber man hat mir gesagt, dass es hilft, wenn man die Geschichte kennt oder es mit einem echten Ballett-Liebhaber besucht."

„Das ist wahr."

„Ob ich Sie wohl um einen großen Gefallen bitten dürfte?"

Alarmiert kniff sie die Augen zusammen. Sie ahnte, was er beabsichtigte. „Nur zu."

„Ich habe eine Loge. Wenn Sie mir Gesellschaft leisten, können Sie mir vielleicht zeigen, wie man das Ballett wirklich genießt."

Anna lächelte nur. So leicht war sie nicht zu beeindrucken. „Unter anderen Umständen gern. Aber ich bin mit Freunden hier, also ..."

„Nicht doch", mischte Myra sich ein. Welcher Teufel auch immer sie ritt, er trieb sie weiter voran. „Es wäre doch eine Schande, wenn Mr. MacGregor sich 'Giselle' ansehen müsste, ohne es zu genießen, findest du nicht auch?" Sie lächelte Anna durchtrieben zu. „Geht nur, ihr zwei."

„Ich danke Ihnen." Daniel warf Myra einen belustigten Blick zu. „Sehr sogar. Miss Whitfield?"

Er bot ihr den Arm. Einen Moment lang dachte Anna daran, die Rose zu Boden zu werfen, mit dem Fuß zu zertreten und dann davonzumarschieren. Doch dann lächelte sie nur milde und hakte sich bei ihm ein. Es gab wesentlich bessere Wege, ein Match wie dieses zu gewinnen, als unbeherrschte Wutanfälle. Daniel führte Anna fort und zwinkerte Myra zu. Gleichzeitig erkannte Myra auch, dass Anna die Stirn in tiefe Falten gelegt hatte.

„Wieso haben Sie eine Loge, wenn Sie Ballett nicht mögen?"

„Aus geschäftlichen Gründen", gestand Daniel, während sie die Treppe hinaufgingen. „Aber heute Abend wird sich die Investition endlich bezahlt machen."

„Bestimmt, darauf können Sie wetten." Anna rauschte durch die Tür und nahm ihren Platz ein. Die Rose legte sie sich vorsichtig auf den Schoß und ließ sich von Daniel das Schultertuch aus elfenbeinfarbener Spitze abnehmen. Dabei berührten seine Finger ihre bloßen Schultern, und sie beide spürten es. Anna faltete anmutig die Hände und beschloss, es ihm heimzuzahlen, indem sie ihn beim Wort nahm. Er hatte es so gewollt.

„Nun, um Ihnen den Hintergrund zu erklären ..." Im Tonfall einer Kindergärtnerin, die den Kleinen das Märchen von Rotkäppchen erzählte, erklärte Anna ihm ausführlich, worum es in „Giselle" ging. Ohne ihm Gelegenheit zu lassen, sie zu unterbrechen, gab sie danach alles zum Besten, was sie über das Ballett wusste. Was genug war, um auch den stärksten Mann einschlafen zu lassen, wie sie glaubte. „Ah, der Vorhang geht auf. Jetzt passen Sie auf."

Zufrieden mit ihrer Taktik, lehnte sie sich zurück. Aber anders als sonst fiel es ihr schwer, sich auf die Vorstellung zu konzentrieren. Keine zehn Minuten waren vergangen, und sie war mit ihren Gedanken ganz woanders. Daniel saß still neben ihr, aber er war keineswegs eingeschüchtert oder gar entmutigt. Dessen war sie sicher. Wie sie auch sicher war, dass, sollte sie ihren Kopf leicht zu ihm drehen, er sie angrinsen würde. Starr schaute sie nach unten und nahm sich vor, Myra nicht ungeschoren davonkommen zu lassen. Myra war dafür verantwortlich, dass sie jetzt hier mit diesem rothaarigen Banausen eingepfercht in der Loge zusammensaß. Sie würde ihn nicht ansehen. Sie würde nicht einmal an ihn denken, wie sie sich grimmig versprach. Stattdessen würde sie sich auf die Musik, die Farben, den Tanz, den sie so sehr liebte, konzentrieren. Sie musste sich nur entspannen und vergessen, dass dieser Mann neben ihr saß. Sie holte mehrmals tief Luft. Leise und unauffällig. Aber dann berührte er ihre Hand, und ihr Puls beschleunigte sich.

„Es dreht sich alles um Liebe und Glück, nicht wahr?" flüsterte Daniel.

Banause oder nicht, sie hätte nicht daran zweifeln dürfen, dass er verstehen würde. Und seine leise, ernste Stimme verriet, dass ihm gefiel, was er sah. Unwillkürlich blickte sie ihn an. Ihre Gesichter waren einander so nah, das Licht in der Loge nur ganz schwach. Die Musik schwoll an und schlug über ihnen zusammen. Sie ahnte, dass er in genau diesem Moment ein kleines Stück ihres Herzens erobert hatte. „Darum geht es fast immer."

Er lächelte. „Vergessen Sie das nicht, Anna."

Bevor sie reagieren konnte, hatte er seine Finger zwischen ihre geschoben. Hand in Hand genossen sie den Tanz auf der Bühne.

Während der Pause blieb er an ihrer Seite und verhielt sich ausgesprochen aufmerksam, ohne dass sie es hätte verhindern können. Dann war es zu spät, um sich zu entschuldigen und für den zweiten Akt zu ihren Freunden zurückzukehren. Als sie wieder in seiner Loge Platz nahm, sagte Anna sich, dass sie nur höflich war. Nein, es hatte nichts damit zu tun, dass sie hier sein wollte oder es etwa sogar genoss. Allein Höflichkeit und gute Manieren erforderten es. Fünf Minuten lang saß sie steif und reglos da, doch dann ergab sie sich der Romantik des Balletts.

Als das tragische Ende kam, spürte Anna Tränen in sich aufsteigen. Obwohl sie starr nach unten schaute und heftig blinzelte, spürte Daniel, was in ihr vorging. Wortlos reichte er ihr sein Taschentuch. Sie nahm es mit einem leisen Seufzer.

„Es ist so traurig", wisperte sie. „Egal, wie oft ich es sehe."

„Manchmal muss das Schöne traurig sein, damit wir das Schöne auch dann schätzen, wenn es nicht traurig ist."

Überrascht sah sie ihn an, Tränen hingen noch an ihren Wimpern. Das hatte so gar nicht nach dem ungehobelten Klotz geklungen, für den sie ihn halten wollte. Beunruhigt sah sie wieder nach unten.

Als nach dem Finale der Applaus endete und die Lichter angingen, hatte sie sich wieder unter Kontrolle. Dass sie innerlich noch immer aufgewühlt war, musste an der tragischen Geschichte liegen. Ohne es sich anmerken zu lassen, ließ sie sich von Daniel beim Aufstehen helfen.

„Ich kann ehrlich behaupten, dass ich noch nie ein Ballett so sehr genossen habe." In der galanten Art, die er so völlig ohne Vorwarnung an den Tag legen konnte, streifte er ihre Finger mit den Lippen. „Danke, Anna."

Sie räusperte sich. „Das freut mich. Wenn Sie mich jetzt entschuldigen, ich muss zurück zu den anderen."

Er ließ ihre Hand nicht los, als sie die Loge verließen. „Ich habe mir erlaubt, Myra zu sagen, dass ich Sie nach Hause bringe."

„Sie ..."

„Das ist das Mindeste, was ich tun kann, nachdem Sie so freundlich waren, mir diese Nachhilfestunde zu geben", unterbrach er sie. „Ich frage mich, warum Sie nie daran gedacht haben, Lehrerin zu werden."

Ihre Stimme wurde immer kühler, während sie die Stufen zum Parkett hinunterstiegen. Er machte sich lustig über sie, aber das hatten auch schon andere vor ihm getan. „Sie hätten mich erst fragen sollen. Vielleicht habe ich ja noch etwas vor."

„Verfügen Sie über mich."

Anna verlor nicht oft die Geduld, doch dieses Mal war sie kurz davor. „Mr. MacGregor ..."

„Daniel."

Sie öffnete den Mund, schloss ihn wieder, wartete, bis sie sich beruhigt hatte. „Danke für Ihr Angebot, aber ich kann allein nach Hause fahren."

„Anna, Sie haben mir schon einmal vorgeworfen, unhöflich zu sein", erwiderte er unbekümmert und führte sie zu seinem Wagen. „Was wäre ich für ein Mann, wenn ich Sie nicht wenigstens nach Hause fahre?"

„Ich glaube, wir wissen beide, was für ein Mann Sie sind, nicht wahr?"

„Stimmt." Er blieb draußen vor der Tür stehen. „Wenn Sie Angst haben, rufe ich Ihnen natürlich ein Taxi."

„Angst?" In ihren Augen blitzte etwas auf. Leidenschaft, Trotz, Temperament. Was immer es war, Daniel fand sie immer faszinierender. „Sie überschätzen sich."

„Andauernd." Er zeigte auf die Wagentür, die Steven ihr aufhielt. Zu verärgert, um einen klaren Gedanken zu fassen, stieg Anna ein und wurde von dem süßen, schweren Duft von Rosen eingehüllt. Mit zusammengebissenen Zähnen nahm sie den Strauß Rosen in den Arm, um möglichst dicht an die gegenüberliegende Tür rücken zu können. Es dauerte nur einen Augenblick, bis ihr klar wurde, dass Daniels Präsenz viel zu übermächtig war, als dass dieser Abstand etwas geändert hätte.

„Haben Sie immer Rosen in Ihrem Wagen?"

„Nur, wenn ich eine wunderschöne Frau ins Ballett begleite."

Sie wünschte, sie hätte den Mut, die Rosen einfach auf die Straße zu werfen. „Sie haben das hier sorgfältig geplant, was?"

Daniel entkorkte den Champagner. „Ich versuche stets auf alles vorbereitet zu sein."

„Myra meint, ich sollte mich geschmeichelt fühlen."

„Myra scheint eine kluge Frau zu sein. Wohin darf ich Sie bringen?"

„Nach Hause." Sie nahm das Glas, das er ihr reichte, und nippte daran, um sich zu beruhigen. „Ich muss morgen sehr früh aufstehen. Ich arbeite im Krankenhaus."

„Sie arbeiten?" Stirnrunzelnd schob er die Flasche wieder ins Eis. „Sagten Sie nicht, Sie hätten noch ein Jahr bis zum Examen?"

„Noch ein Jahr bis zu meinem Abschluss und meiner Assistenzzeit. Im Moment sieht meine klinische Ausbildung unter anderem auch vor, dass ich Bettpfannen leere."

„Ich finde nicht, dass eine junge Frau wie Sie so etwas tun sollte." Daniel leerte sein Glas und füllte es erneut.

„Seien Sie versichert, ich habe Ihre Meinung zur Kenntnis genommen."

„Behaupten Sie bloß nicht, es würde Ihnen Spaß machen."

„Das Wissen, etwas getan zu haben, um einem anderen Menschen zu helfen, befriedigt mich immens." Sie trank ihren Champagner und hielt ihm ihr Glas hin. „Ihnen fällt es vielleicht schwer, das zu verstehen, da es nicht das Geringste mit Geschäft zu tun hat. Nur mit Menschlichkeit."

Er hätte sie aufklären können. Hätte ihr aufzählen können, welche Summen er welchen Organisationen zukommen ließ, um die medizinische Versorgung für die Bergbaukumpel zu Hause in Schottland sicherzustellen. Das war etwas, das nicht sein Steuerberater ihm geraten hatte, sondern das er einfach tun musste. Doch stattdessen konzentrierte er sich auf das eine Thema, von dem er wusste, dass es sie wütend machen würde.

„Ich finde, Sie sollten daran denken, bald zu heiraten und eine Familie zu gründen."

„Weil eine Frau nicht dazu da ist, Kindern auf die Welt zu helfen, sondern nur dazu, sie selbst zu gebären?"

Er zog eine Augenbraue hoch. Eigentlich hätte er längst daran gewöhnt sein sollen, wie direkt Amerikanerinnen ihre Meinung äußerten. „Weil eine Frau dazu bestimmt ist, ihrer Familie ein Heim zu schaffen. Ein Mann hat es leicht, Anna. Er geht in die Welt hinaus und verdient Geld. Eine Frau hält die Welt in ihren Händen."

Die Art, wie er das sagte, machte es praktisch unmöglich, ihn anzufauchen. Um Fassung ringend, atmete Anna tief durch. „Ist Ihnen je aufgegangen, dass ein Mann nicht zwischen Familie und Beruf wählen muss?"

„Nein."

Fast hätte sie gelacht. „Natürlich nicht. Warum auch, nicht wahr? Daniel, ich rate Ihnen, sich eine Frau zu suchen, die ohne Zweifel weiß, wozu sie bestimmt ist. Finden Sie eine, die nicht ständig gegen Windmühlen kämpft und mehr will, als Sie ihr zutrauen."

„Das kann ich nicht."

Ihr Lächeln verblasste rasch, denn was sie in seinen Augen entdeckte, löste in ihr sowohl Panik als auch Erregung aus. „Oh nein." Hastig leerte sie ihr Glas. „Das ist doch lächerlich."

„Vielleicht." Er legte eine Hand an ihr Gesicht und sah, wie ihre Augen groß wurden. „Vielleicht aber auch nicht. Wie auch immer, ich habe Sie gesucht und gefunden, Anna Whitfield, und ich werde Sie bekommen."

„Man sucht eine Frau nicht aus wie eine Krawatte." Sie versuchte, würdevoll und empört zugleich zu klingen, aber ihr Herz schlug zu heftig.

„Stimmt, das tut man nicht." Ihre plötzliche Atemlosigkeit erregte ihn, und er strich mit dem Daumen über ihre Haut, fühlte die Wärme. „Ein Mann würde es nie wagen, eine Frau mit einem Kleidungsstück zu vergleichen."

„Sie sind verrückt." Sie griff nach seiner Hand, aber er nahm sie nicht fort. „Sie kennen mich doch gar nicht."

„Ich werde Sie kennen lernen."

„Ich habe keine Zeit für so etwas." Sie schaute hektisch nach vorn. Noch drei Blocks bis zu ihrer Wohnung. Dieser Mann war eindeutig verrückt. Was tat sie hier in einem Rolls-Royce mit einem Verrückten?

Ihre plötzliche Panik freute ihn. „Für was?" murmelte er und streichelte ihre Wange.

„Für das hier." Vielleicht sollte sie das Ganze auf die leichte Schulter nehmen und sich unbekümmert geben. Aber nein, sie musste es ihm entschieden klar machen. „Champagner, Blumen, Mondschein. Offenbar haben Sie es auf Romantik abgesehen, und ich ..."

„Sie sollten jetzt mal für eine Minute den Mund halten", fiel er ihr ins Wort und unterstrich seine Anordnung, indem er seinen Mund auf ihren legte.

Anna umklammerte die Rosen, bis ein Dorn in ihre Handfläche drang. Sie spürte es nicht. Wie hätten sie ahnen können, dass seine Lippen so weich waren, so äußerst verführerisch? Ein Mann von seiner Größe hätte linkisch sein müssen, vielleicht sogar bedrohlich wirken. Doch Daniel zog sie an sich, als hätte er das schon unzählige Male getan. Sein Bart streifte ihr Gesicht und erregte sie, während sie gleichzeitig um Selbstbeherrschung rang. Sie wollte ihre Finger in sein Haar gleiten lassen, und sie hob die Arme, um sie um seinen Hals zu schlingen, bevor ihr Verstand sie daran hindern konnte.

Etwas, das nicht zu bändigen war, flammte in ihr auf. Leidenschaft, die sie immer unter strengem Verschluss gehalten hatte, immer an kurzen Zügeln, riss sich los und schwemmte alles fort, woran sie geglaubt hatte, verstieß gegen alles, was sie sich jemals vorgenommen hatte. Wenn er verrückt war, dann war sie es auch. Sie stöhnte leise auf, aus Protest ebenso wie aus Verwirrung, umklammerte seine Schultern und schmiegte sich an ihn.

Daniel hatte mit Widerstand, zumindest mit Entrüstung gerechnet. Damit, dass sie zurückweichen und ihn mit einem ihrer kühlen Blicke auf seinen Platz verweisen würde. Stattdessen presste sie sich an ihn, und sein Verlangen flammte auf wie eine Fackel im Wind. Er hatte nicht damit gerechnet, dass eine Berührung ihrer Finger ausreichen würde, um ihn so erregbar und verletzlich zu machen. Nie hätte er vermutet, sie könnte sein Verlangen so anheizen, dass es schmerzhaft war. Sie war nur eine Frau. Eine, die er ausgesucht hatte, um seine Pläne von Macht und Erfolg zu vollenden. Nicht eine Frau, die ihn dazu brachte, alles andere zu vergessen und nur an sie zu denken.

Er wusste, wie es war, etwas zu wollen. Eine Frau, Erfolg, Macht. Jetzt, da er Anna in den Armen hielt, den Duft der Rosen in der Nase und ihren Geschmack auf der Zunge, war sie alles, was er wollte.

Als sie sich voneinander lösten, war sie atemlos, erregt und erschrocken. Um ihre Schwäche zu bekämpfen, berief Anna sich auf Würde und Stolz. „Deine Manieren lassen noch immer zu wünschen übrig, Daniel."

Er konnte immer noch die Leidenschaft in ihren Augen sehen, konnte ihr Zittern spüren. Vielleicht war auch er es, der zitterte. „Du wirst mich so akzeptieren müssen, wie ich bin, Anna."

„Ich muss dich überhaupt nicht akzeptieren." Würde, dachte sie. Würde um jeden Preis, wenigstens den Anschein von Würde. „Ein hastiger Kuss auf dem Rücksitz eines Wagens ist nichts, worauf ein Mann sich etwas einbilden sollte." Erst jetzt bemerkte sie, dass sie vor ihrem Haus standen. Seit wann? Ihre Wangen röteten sich, aber nur aus Zorn, wie sie sich sagte. Sie stieß die Wagentür auf, bevor der Chauffeur aussteigen und ihr öffnen konnte.

„Nimm die Rosen mit, Anna. Sie passen zu dir."

Über die Schulter warf sie ihm einen kühlen Blick zu. „Leb wohl, Daniel."

„Gute Nacht", verbesserte er und sah ihr nach, als sie zur Haustür eilte. Das lange hellblaue Kleid flatterte um ihre Beine. Die Rosen lagen neben ihm auf dem Sitz. Er nahm eine davon und strich mit der Blüte über seine Lippen. Sie war nicht annähernd so weich und duftend wie Anna. Sie hatte die Rosen zurückgelassen, aber er würde sie ihr morgen früh schicken. Vielleicht nicht ein, sondern zwei Dutzend. Dies war erst der Anfang.

Seine Hand zitterte ein wenig, als er nach der Champagnerflasche griff. Daniel füllte das Glas bis zum Rand und leerte es in einem Zug.

3. KAPITEL

Am nächsten Morgen arbeitete Anna im Krankenhaus. Die Zeit, die sie hier verbrachte, machte ihr zum Teil Spaß, zum Teil war es frustrierend. Niemandem, weder ihren Eltern noch ihren Freunden, hatte sie je verständlich machen können, mit welcher Aufregung es sie erfüllte, wenn sie eine Klinik betrat. Niemand würde verstehen, welche Befriedigung allein das Wissen ihr verschaffte, dazuzugehören – zu dieser Welt des Forschens und Helfens.

Die meisten Menschen dachten nur mit Unbehagen an ein Krankenhaus. Krankenhaus bedeutete weiße Wände und grelles Licht, der Geruch von Desinfektionsmitteln war unweigerlich verbunden mit Krankheit, sogar Tod. Für Anna jedoch verkörperten sie Leben und Hoffnung. Die Stunden, die sie hier arbeitete, bekräftigten nur ihren Wunsch, eines Tages zu der Ärzteschaft zu gehören. Genau wie die Stunden, die sie über ihren Büchern hing, sie nur entschlossener machten, alles zu lernen, was es zu lernen gab.

Sie hatte einen Traum, den sie mit niemandem teilen konnte. Für Anna war es ganz einfach: Sie wollte etwas bewegen. Und um ihren Traum wahr werden zu lassen, investierte sie Jahre ihres Lebens, um zu lernen.

Selbst jetzt, während sie Laken faltete und Zeitschriften sortierte, lernte sie. Sie sah, wie die jungen Ärzte sich nach einer nahezu schlaflosen Nacht auf die erste Visite konzentrierten. Viele von ihnen würden es trotz bester Noten im Examen nicht schaffen. Aber sie würde es. Anna sah und hörte genau hin und wurde immer entschlossener, nicht zu scheitern.

Und sie lernte noch etwas. Etwas, das sie nie vergessen würde: Das Rückgrat eines Krankenhauses waren nicht die Chirurgen oder die Assistenzärzte. Auch nicht die Verwaltungsangestellten, die Budgets planten und Entscheidungen trafen. Die Ärzte untersuchten und stellten Diagnosen, aber es war das Pflegepersonal, das heilte. Am Rande der Erschöpfung, jeden Tag endlose Stunden auf den Beinen, kilometerlange Strecken auf den Korridoren, doch stets voller Hingabe. Die Assistenzärzte wurden bis zum Äußersten getrieben, um die Spreu vom Weizen zu trennen, das Pflegepersonal wurde einfach nur bis zum Äußersten getrieben.

Und jetzt, vor dem letzten Studienjahr, nahm Anna sich etwas vor. Ganz fest. Eisern. Sie würde Ärztin werden, Chirurgin, aber sie würde mit ihren Patienten fühlen, so wie die Krankenschwestern es taten.

„Oh, Miss Whitfield." Mrs. Kellerman, die Oberschwester, hielt Anna mit einer knappen Handbewegung auf. Seit zwanzig Jahren, seit sie Witwe war, arbeitete sie in ihrem Beruf. Mit fünfzig war sie unerschütterlich wie eine Veteranin und unermüdlich wie eine Lernschwester. Und mit ihren Patienten war sie so sanft, wie sie mit ihren Schwestern hart war. „Mrs. Higgs auf 521 hat nach Ihnen gefragt."

Anna hob den Stapel Zeitschriften, den sie auf dem Arm trug, höher. „Wie geht es ihr heute?"

„Sie ist stabil", erwiderte die Oberschwester, ohne den Blick von ihren Unterlagen zu nehmen. Sie hatte die Hälfte ihrer Zehnstundenschicht hinter sich und keine Zeit für Geplauder. „Ihre Nacht war ruhig."

Anna unterdrückte ein Seufzen. Sie wusste, dass Mrs. Kellerman selbst nach der Patientin gesehen hatte und ihr Genaueres hätte sagen können. Allerdings kannte Anna auch die Einstellung der Oberschwester, wie das System zu funktionieren hatte: Frauen waren in einem Bereich tätig, Männer in einem anderen. Überlappungen hatte es nicht zu geben. Ohne Ausnahme. Anna verkniff sich einen Kommentar und steuerte Zimmer 521 an. Sie würde eben selbst nachsehen.

Durch die geöffnete Jalousie schien die Sonne auf weiße

Wände und weiße Laken. Ein Radio spielte leise. Mrs. Higgs lag reglos in ihrem Bett. Ihr schmales Gesicht war faltiger, als es einer noch nicht Sechzigjährigen anstand. Ihr Haar war schütter, das Grau matt und gelblich. Das Rouge, das sie früh am Morgen aufgelegt hatte, wirkte unnatürlich und stach wie hektische rote Flecken von den blassen Wangen. Auch wenn die ungute Farbe Anna beunruhigte, so wusste sie doch, dass alles Menschenmögliche für Mrs. Higgs getan wurde. An den blassen Händen stach der rote Nagellack hervor. Anna lächelte. Mrs. Higgs hatte ihr gestanden, dass sie vielleicht ihr gutes Aussehen verlieren mochte, aber nie ihre Eitelkeit.

Da Mrs. Higgs die Augen geschlossen hatte, achtete Anna darauf, die Tür so leise wie möglich zu schließen. Sie legte die Zeitschriften ab und nahm die Krankenkarte zur Hand, die am Fußende des Bettes hing.

Wie Kellerman gesagt hatte, Mrs. Higgs' Zustand war stabil. Nicht besser, nicht schlechter, gleich geblieben, seit sie vor einer Woche eingeliefert worden war. Der Blutdruck war zu niedrig, und sie konnte keine feste Nahrung bei sich behalten, aber sie hatte eine ruhige Nacht verbracht. Zufrieden gestellt ging Anna ans Fenster, um die Jalousien zu schließen.

„Nein, Kindchen, ich mag die Sonne."

Anna drehte sich zum Bett um. Mrs. Higgs lächelte ihr zu. „Tut mir Leid. Habe ich Sie geweckt?"

„Nein, ich habe nur ein wenig geträumt." Die Schmerzen waren immer da. Trotzdem lächelte sie und streckte die Hand nach Anna aus. „Ich hatte gehofft, dass Sie heute zu mir kommen würden."

„Oh, das musste ich doch." Anna setzte sich auf den Stuhl neben dem Bett. „Ich habe Ihnen eine Modezeitschrift meiner Mutter mitgebracht. Sie glauben ja nicht, was Paris sich als neue Herbstmode vorstellt."

Mrs. Higgs lachte und stellte das Radio aus. „Die zwanziger

Jahre werden sie niemals erreichen. Da war Mode noch etwas Aufsehenerregendes. Natürlich brauchte damals jeder, der mit der Mode gehen wollte, tolle Beine und großen Mut." Sie zwinkerte Anna zu. „Ich hatte beides."

„Das haben Sie immer noch."

„Den Mut vielleicht, aber nicht die Beine." Seufzend drehte Mrs. Higgs sich auf die Seite. Sofort stand Anna auf, um ihr das Kissen zurechtzurücken. „Ich sehne mich nach meiner Jugend zurück, Anna."

„Ich dagegen wäre gern älter."

Mrs. Higgs ließ sich schwach gegen die Kissen zurücksinken und sah zu, wie Anna die Bettdecke zurechtzog. „Sie sollten nicht so leichtfertig Ihre Lebensjahre wegwünschen."

„Nicht Jahre." Anna ließ sich auf die Bettkante nieder. „Nur dieses eine nächste."

„Keine Sorge, Anna. Sie schaffen Ihr Examen schon. Und danach werden Sie sich nach der Zeit davor zurücksehnen. Die ganze Arbeit, die Sie gemacht haben, das Lernen und die Verwirrung wird Ihnen fehlen, glauben Sie mir."

„Vielleicht haben Sie Recht." Behutsam nahm Anna ihr Handgelenk und maß den Puls. „Aber im Moment kann ich an nichts anderes denken, als diesen Sommer hinter mich zu bringen und wieder richtig anzufangen."

„Die Jugend ist wie ein wunderbares Geschenk, mit dem man nichts so recht anzufangen weiß, wenn man jung ist. Kennen Sie die hübsche Schwester, die hoch gewachsene mit dem roten Haar?"

Reedy, dachte Anna und ließ Mrs. Higgs' Handgelenk los. Aus dem Krankenblatt war ersichtlich, dass sie erst in einer Stunde ihre Medikamente bekam. „Ja."

„Sie hat mir heute Morgen geholfen. So ein süßes Ding. Sie wird bald heiraten und erzählt mir immer von ihrem Liebsten. Sie tun das nie."

„Was tue ich nie?"

„Sie erzählen mir nie von Ihrem Freund."

Die Blumen neben dem Bett sahen ein wenig welk aus. Anna arrangierte sie in der Vase und schob sie zusammen. Sie wusste, dass eine der Schwestern sie dorthin gestellt haben musste, denn Mrs. Higgs hatte keine Angehörigen. „Ich habe keinen."

„Oh, das glaube ich nicht. Eine so hübsche junge Frau wie Sie muss doch jede Menge Verehrer haben."

„Die stören mich nur und halten mich vom Examen ab, wenn sie vor meiner Tür Schlange stehen", sagte Anna und lächelte, als Mrs. Higgs schmunzelte.

„Das kann ich mir durchaus vorstellen. Ich war erst fünfundzwanzig, als ich meinen Mann verlor. Ich dachte, ich würde nie wieder heiraten. Aber natürlich hatte ich Verehrer." Verträumt und etwas wehmütig schaute Mrs. Higgs zur Decke. „Ich könnte Ihnen ziemlich schockierende Geschichten erzählen."

Lachend warf Anna ihr Haar zurück. Das Sonnenlicht traf kurz ihre Augen, machte sie tiefer, wärmer. „Ich bin nicht so leicht zu schockieren, Mrs. Higgs."

„Ich fürchte, ich war ein schrecklich kokettes Früchtchen. Aber ich habe so gern geflirtet und hatte so viel Spaß dabei. Und jetzt ..."

„Was jetzt, Mrs. Higgs?"

„Jetzt tut es mir Leid, dass ich keinen von ihnen geheiratet habe. Dann hätte ich jetzt Kinder. Jemanden, dem ich wichtig bin und der sich an mich erinnert."

„Sie haben doch jemanden, dem Sie wichtig sind." Anna griff nach der Hand der alten Dame. „Mich."

Nein, sie würde sich nicht dem Schmerz ergeben, auch nicht dem Selbstmitleid. Dankbar drückte Mrs. Higgs Annas Hand. „Aber es muss doch einen Mann in Ihrem Leben geben. Einen ganz besonderen Mann."

„Keinen besonderen", entgegnete Anna. „Sicher, es gibt

einen." Ihre Stimme wurde kühler. „Aber er geht mir auf die Nerven."

„Welcher Mann tut das nicht? Erzählen Sie mir von ihm."

Weil Mrs. Higgs' müde Augen plötzlich leuchteten, tat Anna ihr den Gefallen. „Er heißt Daniel MacGregor und kommt aus Schottland."

„Sieht er gut aus?"

„Nein. Ja." Anna stützte das Kinn auf die Hand. „Er ist nicht der Typ Mann, den man in Zeitschriften findet, aber er ist trotzdem ungewöhnlich. Er ist gut zwei Meter groß."

„Breite Schultern?" Mrs. Higgs horchte auf.

„Allerdings." Sie hatte vorgehabt, ihn um Mrs. Higgs willen noch eindrucksvoller zu machen, doch dann fiel ihr auf, dass sie gar nicht viel dazuerfinden musste. „Er könnte bestimmt leicht je einen Mann auf seinen Schultern tragen."

Zufrieden lehnte Mrs. Higgs sich zurück. „Ich habe große und kräftige Männer immer gemocht."

Anna runzelte die Stirn, doch dann gestand sie sich ein, dass Daniels Beschreibung mehr für Mrs. Higgs tat als das Pariser Modemagazin. „Er hat rotes Haar", fuhr sie fort. „Und einen Bart."

„Einen Bart!" rief Mrs. Higgs begeistert. „Wie extravagant!"

„Nein ..." Viel zu schnell für ihren Geschmack sah Anna Daniels Gesicht vor sich. „Eher wüst und Furcht erregend. Aber er hat hübsche Augen. Sie sind sehr blau." Wieder runzelte sie die Stirn. „Leider neigt er dazu, einen anzustarren."

„Ein Draufgänger." Mrs. Higgs nickte anerkennend. „Leisetreter konnte ich nie ausstehen. Was macht er beruflich?"

„Er ist Geschäftsmann. Ein erfolgreicher. Und er ist arrogant."

„Das wird ja immer besser. Jetzt sagen Sie mir, warum er Ihnen auf die Nerven geht."

„Er akzeptiert kein Nein als Antwort." Unruhig stand Anna

auf und ging ans Fenster. „Ich habe keinen Zweifel daran gelassen, dass ich nicht interessiert bin."

„Und jetzt ist er fest entschlossen, das zu ändern."

„So ungefähr." Ich habe Sie gesucht und gefunden, Anna Whitfield, und ich werde Sie bekommen. „Er hat mir in dieser Woche jeden Tag Blumen geschickt."

„Was für welche?"

Belustigt drehte Anna sich zu ihr um. „Rosen. Weiße Rosen."

„Oh." Mrs. Higgs seufzte sehnsuchtsvoll. „Es ist viel zu lange her, dass jemand mir Rosen geschickt hat."

Gerührt sah Anna der alten Dame in die Augen. Mrs. Higgs war erschöpft. „Ich bringe Ihnen gern welche von meinen mit. Sie duften herrlich."

„Das ist lieb von Ihnen, aber irgendwie ist es nicht dasselbe, nicht wahr? Es gab eine Zeit, da ..." Kopfschüttelnd verstummte sie. „Na ja, das ist Vergangenheit. Vielleicht sollten Sie sich diesen Daniel doch genauer ansehen. Es ist immer ein Fehler, Zuneigung zurückzuweisen."

„Wenn ich meine Zeit als Assistenzärztin hinter mir habe, werde ich mehr Zeit für Zuneigung haben."

„Wir denken immer, dass wir eines Tages mehr Zeit haben werden." Mit einem neuerlichen Seufzer schloss Mrs. Higgs die Augen. „Ich drücke diesem Daniel die Daumen", murmelte sie noch und schlief ein.

Anna betrachtete sie noch einen Moment, dann ließ sie Mrs. Higgs mit dem Sonnenschein und dem Modejournal zurück und schloss leise die Tür hinter sich.

Stunden später trat sie in die Nachmittagssonne hinaus. Ihre Füße schmerzten, aber sie war bester Stimmung. Den letzten Teil ihrer Schicht hatte sie auf der Entbindungsstation verbracht, wo sie mit jungen Müttern gesprochen und Neugeborene im Arm gehalten hatte. Sie fragte sich, wie lange es dauern würde, bis sie selbst einem Baby auf die Welt helfen dürfte.

„Du bist noch hübscher, wenn du lächelst."

Verblüfft fuhr Anna herum. Daniel lehnte an der Motorhaube eines dunkelblauen Cabrios. Er war lässig gekleidet, trug eine sportliche Hose und ein Hemd, das am Hals offen stand. Eine leichte Brise wehte durch sein Haar, und er lächelte. So ungern sie es auch zugab, er sah fantastisch aus. Während sie noch überlegte, wie sie reagieren sollte, kam er auf sie zu.

„Dein Vater hat mir gesagt, wo ich dich finden kann." Sie sah so ... so kompetent und sachlich aus in dem dunklen Rock und der weißen Bluse. Nicht so zart wie in ihrem rosafarbenen oder hellblauen Kleid, aber genauso hinreißend.

Mit einer unbefangenen Geste schob sie sich eine Strähne hinters Ohr. „Oh. Mir war nicht klar, dass du ihn so gut kennst."

„Jetzt, wo Ditmeyer Staatsanwalt geworden ist, brauche ich einen neuen Anwalt."

„Meinen Vater." Anna musste sich beherrschen. „Ich kann nur hoffen, dass du ihn nicht meinetwegen genommen hast."

Daniel lächelte, langsam und unbeschwert. Ja, sie war genauso schön wie immer. „Ich trenne grundsätzlich geschäftliche Dinge sorgfältig von meinem Privatleben, Anna. Du hast keinen einzigen meiner Anrufe erwidert."

Dieses Mal lächelte auch sie. „Nein."

„Deine Manieren erstaunen mich."

„Das sollten sie nicht, angesichts deiner eigenen. Wie auch immer, ich habe dir einen Brief geschickt."

„Die förmliche Aufforderung, dir keine Blumen mehr zu schicken, ist für mich kein Brief", entgegnete er.

„Und deshalb schickst du sie mir immer noch."

„Stimmt. Hast du den ganzen Tag gearbeitet?"

„Ja. Wenn du mich jetzt also entschuldigen ..."

„Ich fahre dich nach Hause."

Sie legte den Kopf ein wenig schief. Er kannte diese kühle Geste und hatte sie erwartet. „Das ist sehr freundlich von dir, aber nicht nötig. Es ist ein schöner Tag, und ich wohne in der Nähe."

„Na gut, dann begleite ich dich."

Erstaunt stellte Anna fest, dass sie die Zähne zusammenbiss. Rasch entspannte sie sich wieder. „Daniel, ich glaube, ich war deutlich genug."

„Aye, das warst du. Und ich habe mich auch deutlich ausgedrückt. Deshalb ...", er nahm ihre Hände in seine, „... müssen wir abwarten, wer von uns beiden am längsten durchhält. Ich bin sicher, dass ich das sein werde. Es kann doch nichts schaden, wenn wir uns etwas besser kennen lernen, oder?"

„Doch." Sie begann zu verstehen, warum er ein so erfolgreicher Geschäftsmann war. Wenn er wollte, verströmte er einen ungeheuren Charme. Nur wenige Männer waren in der Lage, eine Kampfansage mit einem gewinnenden Lächeln zu verbinden. „Du musst meine Hände loslassen."

„Natürlich ... wenn du eine Ausfahrt mit mir machst."

Ihre Augen funkelten. „Ich lasse mich nicht erpressen."

„Akzeptiert." Weil er sie zu respektieren begann, gab er ihre Hände frei. Und weil er zu gewinnen gedachte. „Anna, es ist ein herrlicher Nachmittag. Komm, steig ein und fahr ein bisschen mit mir herum. Frische Luft und Sonnenschein sind gut für dich, oder nicht?"

„Das sind sie." Warum eigentlich nicht? Wenn sie gute Miene zum bösen Spiel machte, konnte sie ihn vielleicht davon überzeugen, dass er seine Energie besser auf andere Dinge richten sollte. „Na gut, eine kurze Fahrt kann sicher nicht schaden. Du hast ein tolles Auto."

„Mir gefällt's auch. Steven schmollt jedes Mal, wenn ich ohne ihn und den Rolls-Royce losfahre. Schrecklich, wenn ein erwachsener Mann schmollt." Er wollte ihr die Beifahrertür öffnen, hielt dann aber inne. „Hast du einen Führerschein?"

„Natürlich."

„Gut." Er holte die Wagenschlüssel aus seiner Tasche und gab sie ihr.

„Du willst, dass ich fahre?"

„Es sei denn, du möchtest lieber nicht."

Sie nahm die Schlüssel an sich. „Nichts lieber als das, aber woher weißt du, dass ich nicht wie eine Wilde rase?"

Er sah sie einen Moment lang schweigend an, dann lachte er laut und fröhlich auf. Bevor sie wusste, wie ihr geschah, hatte er sie hochgehoben und herumgewirbelt. „Anna Whitfield, ich bin verrückt nach dir."

„Verrückt", murmelte sie und versuchte sowohl Rock als auch Würde zu glätten, als sie wieder auf dem Boden stand.

„Komm, Anna." Er ließ sich mit einem jungenhaften Grinsen auf den Beifahrersitz fallen. „Mein Leben und mein Auto liegen in deinen Händen."

Sie warf das Haar über die Schulter, ging um den Wagen herum und setzte sich ans Steuer. Sie konnte nicht widerstehen – sie lächelte ihn durchtrieben an. „Du liebst das Risiko, was, Daniel?"

„Aye." Er lehnte sich zurück, als der Motor ansprang. „Warum fährst du nicht ein wenig aus der Stadt heraus? Dort ist die Luft besser."

Nur eine Meile, sagte sie sich, als sie anfuhr. Höchstens zwei.

Aber bald hatten sie zehn Meilen zurückgelegt und lachten beide.

„Das ist herrlich", rief sie über den Fahrtwind. „Ich bin noch nie ein Cabrio gefahren."

„Es passt zu dir."

„Daran werde ich denken, wenn ich mir meinen ersten Wagen zulege." Sie nagte an der Unterlippe, während sie eine scharfe Kurve fuhr. „Vielleicht wird das schon bald sein. Ich werde mir eine Wohnung näher am Krankenhaus nehmen, aber ein Auto wäre praktisch."

„Du ziehst bei deinen Eltern aus?"

„Im nächsten Monat." Sie nickte. „Sie haben gar nicht so sehr protestiert, wie ich erwartet hatte. Ich glaube, es war gut, dass ich in einem anderen Staat aufs College gegangen bin. Jetzt brauche ich sie nur noch davon zu überzeugen, bei mir nicht einzurichten."

„Dass du allein leben wirst, gefällt mir nicht."

Sie sah ihn kurz an. „Ob es dir gefällt oder nicht, spielt zwar keine Rolle, aber ich bin eine erwachsene Frau. Du lebst doch auch allein, oder?"

„Das ist etwas anderes."

„Warum?"

Er öffnete den Mund, schloss ihn wieder. Warum? Weil er sich um sich selbst keine Sorgen machte. Aber um sie. Doch das sagte er nicht, sie würde es nie akzeptieren. Inzwischen kannte er sie gut genug. „Ich lebe nicht allein. Ich habe Personal." Er wartete nur darauf, dass sie widersprechen würde.

„Dafür werde ich keinen Platz haben. Sieh nur, wie grün das Gras ist."

„Du wechselst das Thema."

„Ja, das tue ich. Nimmst du dir oft nachmittags frei?"

„Nein." Er brummelte etwas in sich hinein, beschloss dann aber, es gut sein zu lassen. Er würde sich ihre Wohnung selbst ansehen und dafür sorgen, dass sie darin sicher war. Falls nicht, würde er die Wohnung eben kaufen. „Aber ich dachte mir, ich muss dich schon vor dem Krankenhaus abfangen, wenn ich mit dir allein sein will."

„Ich hätte Nein sagen können."

„Aye. Aber ich habe darauf gehofft, dass du nicht ablehnen würdest. Was tust du dort eigentlich? Noch darfst du doch keine Nadeln und Messer in Menschen stechen."

Sie lachte. Der Wind war wunderbar, roch frisch und würzig. „Meistens besuche ich Patienten, rede mit ihnen und bringe ihnen etwas zu lesen. Ich mache alle möglichen Arbeiten, bei denen Hilfe nötig ist. Und ich helfe auch dabei, die Betten frisch zu beziehen."

„Dafür hast du doch nicht studiert!"

„Nein, aber ich lerne viel dabei. Die Ärzte und Schwestern haben wenig Zeit für ihre Patienten, weil sie einfach zu beschäftigt sind. Ich dagegen habe die Zeit, wenn auch nicht mehr lange. Es hilft mir dabei zu verstehen, wie es ist, stundenlang dazuliegen, krank, mit Schmerzen oder einfach nur gelangweilt. Daran werde ich mich erinnern, wenn ich selbst praktiziere."

So hatte er es noch nie gesehen, aber er erinnerte sich daran, wie seine Mutter nach langer Krankheit gestorben war. Damals war er zehn gewesen. Er sah auch wieder vor sich, wie schwer es für sie gewesen war, ans Bett gefesselt zu sein. Den Geruch in ihrem Zimmer würde er ebenso wenig vergessen wie den Geruch in den Minen. „Macht es dir nichts aus, die ganze Zeit bei kranken Menschen zu sein?"

„Wenn es mir nichts ausmachen würde, hätte ich nicht den Wunsch gehabt, Medizin zu studieren."

Daniel beobachtete, wie der Wind ihr das Haar aus dem Gesicht wehte. Er hatte seine Mutter geliebt und jeden Tag an ihrem Bett gesessen, aber irgendwann hatte ihm vor ihrer Krankheit und dem Dahinsiechen gegraut. Anna war jung und voller Leben. Trotzdem hatte sie sich entschieden, für Kranke da zu sein. „Ich verstehe dich nicht."

„Manchmal verstehe ich mich selbst nicht."

„Sag mir, warum du jeden Tag ins Krankenhaus gehst, damit ich dich verstehen kann."

Sie dachte an ihren Traum. Warum sollte ausgerechnet er es verstehen, wenn es sonst niemand tat? Dann fiel ihr Mrs. Higgs ein. Vielleicht würde er das verstehen. „In der Klinik liegt eine Frau. Vor zwei Wochen hat man ihr einen Tumor entfernt. Und einen Teil ihrer Leber. Ich weiß, dass sie Schmerzen hat, aber sie beklagt sich fast nie. Sie muss reden, und das kann ich ihr geben. Anders kann ich ihr jetzt noch nicht helfen."

„Aber es ist wichtig."

Sie sah ihn an, und ihre Augen wurden dunkler, ihr Blick intensiver. „Ja, für uns beide. Heute hat sie mir erzählt, wie sehr sie es bereut, dass sie nach dem Tod ihres Mannes nicht wieder geheiratet hat. Sie möchte, dass jemand sich an sie erinnert. Ihr Körper versagt, aber ihr Verstand ist noch so klar. Vorhin habe ich ihr von dir erzählt ..."

„Von mir?"

Sie hätte sich am liebsten die Zunge abgebissen. „Ja. Mrs. Higgs kam auf Männer zu sprechen", erklärte sie nüchtern, „und ich erzählte ihr, dass ich einen kenne, der mir auf die Nerven geht."

Er nahm ihre Hand und küsste sie. „Danke."

Um ihre Heiterkeit zu unterdrücken, trat sie aufs Gaspedal. „Jedenfalls habe ich dich ihr beschrieben. Sie war beeindruckt."

„Wie hast du mich beschrieben?"

„Bist du auch noch eitel, Daniel?"

„Absolut."

„Nun, wenn du es wissen willst – als arrogant und ungezügelt. Ich entsinne mich nicht mehr, ob ich auch unhöflich erwähnt habe. Der Punkt ist, ich kann jeden Tag ein paar Minuten an ihrem Bett sitzen und ihr von der Welt draußen erzählen. Vielleicht hilft ihr das, ihr Leid zu ertragen. Ein Arzt darf nie vergessen, dass Diagnose und Therapie einfach nicht genug sind. Es gehört auch Mitgefühl dazu."

„Ich glaube, du wirst das nie vergessen."

Seine Antwort ging ihr ans Herz. „Du versuchst schon wieder, mir zu schmeicheln."

„Keineswegs. Ich versuche dich zu verstehen."

„Daniel ..." Mit Arroganz, mit Eitelkeit, selbst mit Aufdringlichkeit konnte sie umgehen. Aber wie sollte sie auf Freundlichkeit reagieren? „Wenn du mich wirklich verstehen willst, musst du mir zuhören. Das Examen abzulegen und als Ärztin zu arbeiten, das sind nicht nur die wichtigsten Dinge in meinem Leben. Momentan sind es auch die einzigen. Ich will es schon zu lange und habe zu hart dafür gearbeitet, um mich von irgendetwas oder durch irgendjemanden ablenken zu lassen."

Er strich mit einem Finger über ihre Schulter. „Lenke ich dich ab, Anna?"

„Das ist kein Scherz."

„Nein, nichts davon. Ich möchte, dass du meine Frau wirst."

Der Wagen schlingerte, als ihre Hände am Lenkrad erschlafften. Sie trat mit Wucht auf die Bremse, und mit quietschenden Reifen kam der Wagen mitten auf der Straße zum Stehen.

„Ist das ein Ja?" fragte er lächelnd. Der schockierte Ausdruck auf ihrem Gesicht amüsierte ihn.

Sie brauchte ungefähr zehn Sekunden, um die Sprache wiederzufinden. Nein, er scherzte nicht. Er war verrückt. „Du weißt nicht, was du sagst. Wir kennen uns erst seit einer Woche, haben uns ein paar Mal gesehen, und du machst mir einen Heiratsantrag. Wenn du als Geschäftsmann auch so unrealistisch bist, frage ich mich, wieso du nicht längst pleite bist."

„Weil ich genau weiß, welchen Deal ich abschließen will und von welchem ich lieber die Finger lasse." Er legte die Hände auf ihre Schultern. „Anna, ich hätte noch warten können, aber warum sollte ich? Ich bin mir meiner Sache sicher."

„So, du bist dir also sicher, ja?" Sie holte tief Luft, um das Gefühlschaos in ihr unter Kontrolle zu bekommen. „Vielleicht interessiert es dich, dass zu einer Heirat immer zwei gehören. Zwei Menschen, die einander lieben und zu einer Heirat bereit sind."

Diesen nichtigen Einwand tat er ab. „Wir sind zu zweit", sagte er nur.

„Ich will nicht heiraten, weder dich noch einen anderen. Ich muss noch ein Jahr lang studieren, danach folgt die Assistenzzeit, dann will ich mich niederlassen."

„Dass du Ärztin wirst, gefällt mir zwar nicht." Und er war auch nicht überzeugt, dass sie es schaffen würde. „Aber ich bin bereit, einige Zugeständnisse zu machen."

„Zugeständnisse?" Ihre Augen verdunkelten sich vor Empörung. „Mein Beruf ist kein Zugeständnis." Ihre Stimme war zu ruhig, zu leise. „Ich habe versucht, vernünftig mit dir zu reden, Daniel MacGregor, aber du hörst mir einfach nicht zu. Begreif es endlich. Du verschwendest deine Zeit."

Er zog sie an sich. Ihr Temperament erregte ihn, die Zurückweisung stachelte ihn nur an. „Ich kann mit meiner Zeit anfangen, was ich will."

Als er sie dieses Mal küsste, geschah es nicht so sanft und zärtlich wie beim ersten Mal. Er hätte es vermutlich gar nicht gemerkt, wenn sie sich gewehrt hätte. In diesem Moment war Daniel zu sehr von dem eigenen Verlangen besessen, seine Gefühle waren zu turbulent, als dass er Widerstand oder Entgegenkommen bemerkt hätte.

Ihre Lippen waren warm von der Sonne, ihre Haut weich wie Samt. Er wollte sie. Das hatte nichts mehr mit seiner freien Entscheidung zu tun, war keine Frage von Überlegung oder Planung. Das Verlangen überwältigte ihn, schlug über ihm zusammen, übernahm die Kontrolle.

So hatte sie ihn sich vorgestellt. Kraftvoll, fordernd, gefährlich, aufregend. Dabei hätte es so einfach sein müssen, ihn von sich zu schieben. Aber wie konnte sie kalt bleiben, wenn ihr Körper entflammte? Oder gefühllos, wenn sie jede Empfindung so deutlich wie nie zuvor spürte? Entgegen jeder Vernunft, allen Vorsätzen zum Trotz schmiegte sie sich an ihn und gab dabei mehr, als sie für möglich gehalten hatte. Und zugleich nahm sie mehr, als sie sich je hätte vorstellen können.

Sie würde es wieder wollen, das wusste sie. Während das Blut in ihren Schläfen pochte, wusste sie es. Solange er in ihrer Nähe war, solange sie sich an seine Berührung erinnern konnte, würde sie es wieder wollen. Was konnte sie dagegen tun? Aber warum sollte sie überhaupt etwas dagegen tun? Auf diese Fragen gab es Antworten, sie war ganz sicher. Sie musste sie nur finden.

Vernunft. Sie brauchte einen klaren Kopf, aber die süße Schwäche überwältigte sie, sie war verloren in der Dynamik, die sie gemeinsam schufen.

Als die Stärke zurückkehrte, enthielt sie auch Leidenschaft. Doch Leidenschaft war etwas, das sich kontrollieren ließ. Es fiel Anna unglaublich schwer, aber sie schaffte es, sich von ihm zu lösen. Sie setzte sich auf und starrte nach vorn.

„Ich werde dich nicht wiedersehen."

Der Anflug von Panik überraschte ihn. Entschlossen unterdrückte er dieses Gefühl und sah sie an. „Wir wissen beide, dass das nicht wahr ist."

„Ich meine, was ich sage."

„Da bin ich ganz sicher. Aber es ist trotzdem nicht wahr."

„Verdammt, Daniel, lässt du dir denn gar nichts sagen?"

Es war das erste Mal, dass er ihren Zorn zu spüren bekam. Und obwohl sie sich schnell wieder im Griff hatte, merkte er, dass er sich davor würde in Acht nehmen müssen.

„Selbst wenn ich in dich verliebt wäre, was ich nicht bin", fuhr sie fort, „wäre es sinnlos."

Er drehte sich eine ihrer Locken um den Finger. „Wir werden sehen."

„Wir werden nicht ..." Sie verstummte und zuckte zusammen, als hinter ihnen eine Hupe ertönte. Ein anderer Wagen fuhr langsam genug an dem Cabrio vorbei, dass der Fahrer ihnen einen wütenden Blick zuwerfen konnte. Er sagte etwas, das im Aufheulen des Motors unterging, als er sie überholte und davonraste. Daniel lachte fröhlich. Anna legte die Stirn auf das Lenkrad und stimmte in sein Lachen mit ein. Noch nie hatte sie einen Menschen getroffen, der sie so wütend und so schwach machen konnte und sie gleichzeitig zum Lachen brachte.

„Daniel, dies ist die lächerlichste Situation, in der ich mich je befunden habe." Noch immer kichernd hob sie den Kopf. „Fast glaube ich, wir könnten Freunde werden, wenn du endlich mit der anderen Sache aufhören würdest."

„Wir werden Freunde sein." Er beugte sich vor und küsste sie, bevor sie ihm ausweichen konnte. „Ich will eine Frau, eine Familie. Es kommt die Zeit, da braucht ein Mann beides, denn sonst war alles andere umsonst."

Sie legte die Arme auf das Lenkrad und stützte ihr Kinn darauf. Wieder ruhig, starrte sie auf das hohe Gras neben der Straße. „Das stimmt wohl. Für dich. Ich glaube, du hast dir fest vorgenommen zu heiraten, und jetzt suchst du die passende Frau."

Verlegen senkte er den Blick. Es würde nicht einfach sein, mit einer Frau zusammenzuleben, die ihn so mühelos durchschaute. Aber er hatte nun einmal Anna gewählt. „Wie kommst du darauf?"

„Weil für dich alles Geschäft ist." Sie sah ihn unverwandt an. „Es ist deine Natur. Geschäftlich wie privat."

Er wollte ihr nicht ausweichen, konnte es nicht, nicht mit ihr. „Das mag sein. Aber ... du bist nun einmal die Richtige. Nur du."

Seufzend lehnte sie sich zurück. „Die Ehe ist keine geschäftliche Transaktion, zumindest sollte sie es nicht sein. Ich kann dir nicht helfen, Daniel." Anna fuhr wieder an. „Wir sollten umkehren."

Er legte eine Hand auf ihre Schulter, bevor sie wendete. „Es ist zu spät zur Umkehr, Anna. Für uns beide."

4. KAPITEL

Blitze zuckten über den Himmel, und in der Ferne grollte Donner, doch noch regnete es nicht. Der Sommer hatte gerade erst begonnen, aber der Abend war schwül. Ab und an fuhr eine Windbö durch die Bäume, ohne Kraft und ohne Kühlung zu bringen. Myra genoss die Hitze und das heranziehende Gewitter und hielt mit quietschenden Bremsen vor dem Haus der Ditmeyers.

„Was für ein grässliches Geräusch." Sie klappte die Sonnenblende herunter, um ihr Gesicht in dem kleinen Spiegel zu überprüfen. „Ich sollte das endlich reparieren lassen."

„Was? Dein Gesicht?" Annas harmloses Lächeln wurde gut gelaunt erwidert.

„Ja, das auch, wenn es so weit ist. Aber dringender sind im Moment die Bremsen."

„Vielleicht solltest du es mal mit einer ... etwas gemächlicheren Fahrweise versuchen."

„Aber wo bliebe dann der Spaß?"

Lachend stieg Anna aus. „Erinnere mich daran, dich nie meinen neuen Wagen fahren zu lassen."

„Neuen Wagen?" Myra schlug die Autotür zu und schob die Träger ihres Abendkleids zurecht. „Seit wann hast du denn einen neuen Wagen?"

Es musste am Wetter liegen, dachte Anna, dass sie sich so rastlos, so übermütig fühlte. „Ab morgen vielleicht."

„Wirklich? Ich komme mit. Neue Wohnung, neuer Wagen." Myra hakte sich bei Anna ein, als sie den Weg entlang zur Tür gingen. Zwei Düfte, einer dezent, der andere kühn, vermischten sich. „Was ist denn mit unserer stillen Anna los?"

„Ich habe mir einen kleinen Vorgeschmack auf die Freiheit gegönnt." Sie warf den Kopf zurück und schaute zum Himmel hinauf. Wolken ballten sich, etwas braute sich dort zusammen. Aufregend. „Jetzt bin ich unersättlich."

Erstaunt sah Myra ihre Freundin an. Unersättlich war Anna bisher nur im Hinblick auf ihr medizinisches Wissen gewesen. Wenn sie nicht völlig danebenlag, waren die Gedanken ihrer Freundin längst nicht mehr nur auf ihre medizinischen Bücher gerichtet. Nachdenklich berührte sie ihre Oberlippe mit der Zungenspitze. „Ich würde zu gern wissen, wie viel Daniel MacGregor damit zu tun hat."

Anna zog eine Augenbraue hoch, bevor sie auf den Klingelknopf drückte. Sie kannte diesen Blick von Myra, und sie wusste auch, wie sie damit umzugehen hatte. „Was soll der denn damit zu tun haben, dass ich mir einen Wagen kaufe?"

„Ich dachte da mehr an das 'unersättlich'."

Es war nicht leicht, eine unbeteiligte Miene aufzusetzen, aber Anna gelang es, Myras anzügliches Lächeln zu ignorieren. „Du bist auf dem Holzweg, Myra. Ich habe nur beschlossen, stilvoll nach Connecticut zurückzufahren."

„Einen roten", entschied Myra. „Und auffällig muss er sein."

„Nein. Weiß, finde ich. Und elegant."

„Weiß passt zu dir, nicht wahr?" Seufzend trat Myra zurück, um die Freundin zu betrachten. Annas Kleid war pfirsichfarben, sehr sanft, sehr weiblich, mit schmalen Ärmeln, die in Manschetten ausliefen. „Würde ich ein Kleid in dieser Farbe tragen, wäre ich so unscheinbar, dass man mich nicht einmal sehen würde. Du dagegen siehst zum Anbeißen aus."

Lachend nahm Anna Myras Arm. „Ich bin nicht hier, um vernascht zu werden. Dir stehen auffällige Sachen, Myra, wie keiner anderen."

Geschmeichelt spitzte Myra die Lippen. „Ja, nicht wahr?"

Als der Butler der Ditmeyers ihnen öffnete, schwebte Anna förmlich ins Haus. Sie konnte sich nicht erklären, warum sie so gute Laune hatte. Vielleicht lag es daran, dass die Arbeit im

Krankenhaus immer befriedigender wurde. Oder an dem Brief von Dr. Hewitt, in dem er ihr von einer neuen, faszinierenden Operationstechnik berichtete. An den weißen Rosen, die sie noch immer jeden Tag bekam, lag es mit Sicherheit nicht.

„Mrs. Ditmeyer."

In lavendelfarbenen Chiffon gehüllt, kam ihre beeindruckende Gastgeberin auf sie zu. „Anna, wie bezaubernd Sie aussehen." Louise Ditmeyer begutachtete Annas Kleid. „Pastelltöne sind wirklich ideal für junge Damen. Und Sie, Myra ..." Ihr Blick glitt an Myras smaragdgrünem Kleid hinab. Ihr Missfallen war nicht zu übersehen. „Wie geht es Ihnen?"

„Sehr gut, danke", flötete Myra. Dumme alte Kuh, fügte sie im Stillen hinzu.

„Sie sehen wundervoll aus, Mrs. Ditmeyer", sagte Anna hastig, bevor Myra aussprechen konnte, was sie offensichtlich dachte. Unauffällig versetzte sie ihrer Freundin einen warnenden Rippenstoß. „Ich hoffe, wir sind nicht zu früh."

„Überhaupt nicht. Es sind schon einige Gäste im Salon. Kommen Sie." Sie eilte voraus.

„Sie sieht aus wie ein riesiges, altes Schlachtschiff", murmelte Myra.

„Dann pass lieber auf, was du sagst, sonst wirst du versenkt."

„Ich hoffe, Ihre Eltern kommen auch." Mrs. Ditmeyer blieb im Durchgang zum Salon stehen und ließ den Blick zufrieden über ihre Gäste wandern.

„Sie würden es um nichts in der Welt verpassen", versicherte Anna ihr und fragte sich gleichzeitig, ob jemand es wohl wagen würde, Louise Ditmeyer offen zu sagen, dass sie in Lila aussäh, als hätte sie die Gelbsucht.

Mrs. Ditmeyer winkte einem Dienstboten. „Charles, einen Sherry für die jungen Damen. Sie machen sich doch selbst bekannt? Es gibt noch so viel zu tun für mich." Und schon war sie wieder weg.

Gereizt schlenderte Myra zur Bar. „Ich nehme einen Bourbon, Charles."

„Und ich einen Martini", erklärte Anna. „Trocken. Benimm dich, Myra. Ich weiß, sie ist anstrengend, aber sie ist nun einmal Herberts Mutter."

„Du hast leicht reden", klagte Myra und griff nach ihrem Drink. „Du hast in ihren Augen einen Heiligenschein und Flügel."

Die Beschreibung behagte Anna ganz und gar nicht. „Du übertreibst."

„Na gut, dann nur den Heiligenschein."

„Würde es helfen, wenn ich meinen Drink über den Teppich schütte?" Anna fischte die Olive aus ihrem Martini.

„Das würdest du doch sowieso nie tun ...", setzte Myra an und schnappte nach Luft, als Anna ihr Glas schräg hielt. „Tu's nicht!" Kichernd richtete sie Annas Hand wieder auf. „Ich hatte vergessen, wie schnell du dich herausfordern lässt." Sie stibitzte die Olive von Anna und schob sie sich in den Mund. „Wenn du den Drink auf diesen Drachen schütten würdest, hätte ich vielleicht gar nichts dagegen, aber der Teppich ist einfach zu schön. Der arme Herbert." Sie schaute sich im Salon um. „Da hinten steht er, in die Ecke getrieben von dieser entsetzlich aufdringlichen Mary O'Brian. Ich wette, sie ist hinter ihm her. Weißt du, irgendwie ist er auf seine vergeistigte Art sehr attraktiv. Schade, dass er so ..."

„Ja?"

„So nett ist", schloss Myra und hob das Glas, um ihr Grinsen zu verbergen. „Dort drüben ist übrigens jemand, den wohl niemand unbedingt als nett bezeichnen würde."

Anna brauchte sich gar nicht erst umzudrehen. Plötzlich kam ihr der Raum kleiner vor. Und wärmer. Wärmer und wie elektrisch aufgeladen. Sie spürte die Erregung, erinnerte sich an das herrliche Gefühl. Einen Moment lang geriet sie in Panik. Die Terrassentür lag rechts von ihr. Sie könnte hinausgehen und verschwinden. Gleich morgen würde sie Mrs. Ditmeyer anrufen. Irgendeine Ausrede würde ihr schon einfallen.

„Oje." Myra legte Anna eine Hand auf den Arm und fühlte, wie sie zitterte. „Dich hat es ja schlimm erwischt."

Wütend auf sich selbst, stellte Anna ihr Glas erst ab, nahm es dann sofort wieder auf. „Unsinn."

Halb belustigt, halb besorgt musterte Myra sie. „Anna, ich bin es. Myra, deine beste Freundin."

„Er ist so hartnäckig, das ist alles. Geradezu unverschämt. Das macht mich nervös."

„Na gut." Myra wusste, dass es manchmal besser war, Anna nicht zu widersprechen. „Belassen wir es dabei. Aber ich glaube, du könntest eine Minute gebrauchen, um dich zu beruhigen. Ich schlage vor, wir gehen zu Herbert und befreien ihn aus Marys Fängen."

Anna widersprach nicht. Ja, sie brauchte diese Minute. Besser noch eine Stunde. Vielleicht Jahre. Es war unerheblich, dass sie ihr Reagieren auf Daniel genauestens analysiert und für rein körperlich befunden hatte. Die Reaktion blieb die gleiche, wurde mit jedem Mal, wenn sie ihm begegnete, stärker. Die aufgekratzte Stimmung, die sie befiel, wenn sie im gleichen Raum mit ihm war, behagte ihr keineswegs und war mehr als unerwünscht. Und genau deshalb würde sie ihn ignorieren und sich entspannen. Sie hatte immer volle Kontrolle über ihren Körper gehabt. Langsam atmen, sagte sie sich still. Konzentriere dich auf jeden einzelnen Muskel. Die Anspannung in ihrem Nacken löste sich. Immerhin befanden sie sich auf einer sehr formellen Dinnerparty, in der Gesellschaft einer Unmenge anderer Leute. Es war ja nicht so, als säßen sie allein zu zweit in einem Auto am Straßenrand. Ihr Magen verkrampfte sich.

„Hallo, Herbert." Myra stellte sich neben ihn. „Mary."

„Myra." Offensichtlich wenig erfreut über die Unterbrechung, wandte Mary sich an Anna. Was Herbert die Gelegenheit gab, entnervt die Augen zur Decke zu schlagen. Amüsiert und voller Mitgefühl hakte Myra sich bei ihm ein.

„Kürzlich ein paar Kriminelle hinter Gitter gebracht, Herbert?"

Bevor der Angesprochene etwas erwidern konnte, bedachte Mary Myra mit einem vernichtenden Blick. „Also wirklich, bei dir hört sich das an, als würdest du das alles nur für ein Spiel halten. Herbert nimmt eine sehr wichtige Position in unserem Rechtssystem ein."

„Ist dem so, ja?" Myra zog die Augenbrauen in die Höhe, wie nur sie es konnte. „Und ich dachte immer, er schickt Verbrecher in den Knast."

„Regelmäßig, ja", ließ Herbert sich trocken vernehmen. Er nickte Myra zu. „Ich riskiere ständig mein Leben, um unsere Straßen sicher zu halten. Du müsstest mal die ganzen Einstiche in meinem Aktenkoffer sehen."

Entzückt, dass Herbert das Spiel mitspielte, schmiegte sie sich enger an ihn und klimperte theatralisch mit den Wimpern. „Oh Herbert, ich bewundere dich ja so."

Leider war diese kleine Showeinlage eine genaue Nachahmung von Cathleen Donahue, die wiederum Mary O'Brians beste Freundin war. Welche nun pikiert leise schnaubte. „Wenn ihr mich dann entschuldigen wollt ..."

„Ich glaube, irgendwas stimmt mit ihrer Nase nicht." Myra sah mit großen unschuldigen Augen zu Anna. „Was sagt unsere zukünftige Ärztin dazu?"

„Zickigkeit, unheilbar." Anna tätschelte Myra den Arm. „Vorsicht, meine Liebe, das könnte ansteckend sein."

„Welch eine Vorstellung."

Anna erkannte die Stimme sofort, erstarrte und zwang sich dazu, sich zu entspannen. Wie schaffte ein so großer Mann es nur, sich so lautlos zu bewegen?

„Guten Abend, Mr. MacGregor." Erfreut streckte Myra ihm die Hand hin. Jetzt würde die Party doch nicht so langweilig werden, wie sie befürchtet hatte. „Wie fanden Sie das Ballett?"

„Sehr schön. Aber Ihr Auftritt eben war genauso gut."

Herbert schüttelte Daniels Hand. „Mit Myra ist es nie langweilig."

Geschmeichelt und überrascht sah Myra ihn an. „Danke", meinte sie und traf eine spontane Entscheidung. Sie liebte Anna wie eine Schwester, und wenn Anna nicht wusste, was das Beste für sie war ... „Ich glaube, ich brauche noch einen Drink vor dem Essen. Du bestimmt auch, nicht wahr, Herbert?" Ohne ihm überhaupt Gelegenheit zu lassen zuzustimmen, zog sie ihn mit sich fort.

Kopfschüttelnd sah Daniel ihr nach, als sie Herbert durch die Menge manövrierte. „Was für eine Frau."

„Oh ja, das kann man wohl sagen."

„Deine Frisur gefällt mir."

Fast hätte sie danach getastet. Nach dem langen Tag in der Klinik hatte sie nicht viel Zeit gehabt, also hatte sie ihr Haar einfach nach hinten gebürstet. Doch anstatt sie ernst und sachlich aussehen zu lassen, ließ es ihr Gesicht verletzlich wirken. „Warst du schon einmal bei den Ditmeyers?"

„Du wechselst schon wieder das Thema."

„Ja. Warst du?"

Er lächelte. „Nein."

„Im Esszimmer steht eine großartige Sammlung Waterford-Kristall. Du solltest sie dir ansehen, wenn wir zu Tisch gehen."

„Magst du Kristall?"

„Ja. Es sieht so kalt aus, bis das Licht darauf trifft. Und dann gibt es so viele Überraschungen."

„Wenn ich dich zum Essen zu mir nach Hause einladen darf, zeige ich dir meine."

Das mit dem Essen war natürlich Unsinn, aber der Rest interessierte sie. „Du sammelst auch?"

„Ich mag schöne Dinge."

Sein Tonfall war unmissverständlich. Ihr Blick blieb so gelassen und ruhig wie immer. „Wenn das ein Kompliment war, bedanke ich mich. Aber ich habe nicht vor, mich sammeln zu lassen."

„Ich will dich nicht auf einem Regal oder in einer Vitrine, Anna. Ich will dich einfach." Er ergriff ihre Hand und hielt sie fest, als sie sie ihm entziehen wollte. „Du bist ängstlich", sagte er und stellte fest, dass es ihm gefiel.

„Nur vorsichtig." Anna betrachtete ihre und seine Hand. „Du hast meine Hand."

Er beabsichtigte, sie zu behalten. „Hast du bemerkt, wie perfekt sie in meine passt?"

Sie sah ihm ins Gesicht. „Du hast sehr große Hände. Jede andere würde hineinpassen."

„Wohl kaum." Er ließ ihre Hand los, aber nur, um ihren Arm zu nehmen.

„Daniel ..."

„Ich glaube, wir werden zu Tisch gebeten."

Sie konnte keinen Bissen herunterbekommen. Sie aß ohnehin nie sehr viel, was Myra zu ständigen Bemerkungen veranlasste, aber heute Abend hatte sie nicht den geringsten Appetit. Zunächst glaubte sie an einen Streich des Schicksals, als Daniel an der langen Tafel neben ihr platziert wurde. Aber ein Blick in sein zufriedenes Gesicht, und ihr war klar, dass er es so arrangiert hatte. Er ließ sich sowohl die Vorspeise von Meeresfrüchten als auch die Suppe schmecken, während sie gerade genug aß, um nicht aufzufallen.

Er war so schrecklich aufmerksam. So sehr, dass er seine Nachbarin zur Rechten völlig ignorierte. Immer wieder beugte er sich zu ihr und flüsterte ihr etwas ins Ohr, forderte sie auf, dieses oder jenes zu probieren. Ihre Erziehung zwang sie dazu, sich auf ihre Manieren zu besinnen und Haltung zu wahren. Annas Eltern saßen nicht weit entfernt auf der anderen Seite des Tischs, und ihr entging nicht, dass sie hin und wieder neugierig und anerkennend herüberschauten.

Also kämpfte sie tapfer mit ihrem Filet Wellington. Es dauerte nicht lange, bis sie bemerkte, dass auch andere Gäste sie beobachteten. Sie erhaschte ein mildes Lächeln hier, einen viel sagenden Blick da, ein zustimmendes Nicken dort. Daniel ließ in aller Öffentlichkeit durchblicken, dass sie beide für ihn schon ein Paar waren.

Ihr Temperament, immer so gut unter Kontrolle gehalten, heizte sich langsam auf. Unwirsch schnitt sie ein Stück Fleisch ab. „Wenn du nicht aufhörst, den liebeskranken Verehrer zu spielen, werde ich mein Weinglas umstoßen", murmelte sie und lächelte dabei zuckersüß. „Es könnte sein, dass der Inhalt auf deinem Schoß landet."

Daniel tätschelte ihre Hand. „Das würdest du nicht tun."

Anna holte tief Luft und beschloss, auf die nächste Gelegenheit zu warten. Die bot sich, als das Dessert gereicht wurde. Sie ließ ihre Hand über den Tisch gleiten und stieß gegen das Glas. Hätte Daniel nicht in genau dem Moment auf seinen Teller gesehen, wäre es ihm entgangen und der edle Burgunder auf seine Hose geschwappt. So griff er rasch zu, und das halbe Glas ergoss sich auf die Tischdecke. Er hörte, wie Anna unter angehaltenem Atem etwas wenig Damenhaftes von sich gab, und unterdrückte nur mit Mühe ein triumphierendes Lachen.

„Wie ungeschickt von mir." Er warf der Gastgeberin einen entschuldigenden Blick zu. „Ich habe so große Hände", erklärte er und strich mit einer davon über Annas Bein. Er war sich nicht sicher, aber er glaubte zu hören, wie sie mit den Zähnen knirschte.

„Das macht doch nichts." Mrs. Ditmeyer betrachtete den Schaden und beschloss, es hätte schlimmer sein können. „Dazu sind Tischdecken ja da. Sie haben doch hoffentlich nichts abbekommen?"

Daniel strahlte erst sie, dann Anna an. „Keinen Tropfen." Als das Tischgespräch wieder einsetzte, beugte er sich zu Anna. „Bewundernswert und sehr schnell", flüsterte er. „Ich finde dich immer aufregender."

„Du hättest dich noch mehr aufgeregt, wenn ich dich getroffen hätte."

Er hob sein Glas und berührte ihres damit. „Was glaubst du, wie würde unsere Gastgeberin reagieren, wenn ich dich hier und jetzt küssen würde?"

Anna nahm ihr Messer und studierte ausgiebig das Design. Dann warf sie Daniel einen eisigen Blick zu. „Ich weiß, wie ich reagieren würde."

Dieses Mal lachte er, laut und ausgiebig. „Verdammt, Anna, du bist die Einzige für mich", sagte er, ohne die Stimme zu senken, und jeder am Tisch hörte es. „Aber ich werde dich jetzt nicht küssen. Schließlich möchte ich nicht, dass du deine erste Operation an mir vornimmst."

Nach dem Essen wurde im Salon Bridge gespielt. Obwohl Anna dieses Kartenspiel langweilig fand, überlegte sie, ob sie nicht daran teilnehmen sollte, um sich abzulenken und Daniel zu entkommen. Doch bevor sie sich melden konnte, zog ein halbes Dutzend junger Gäste sie mit nach draußen.

Noch immer drohte ein Gewitter, der Mond war hinter Wolken verborgen, aber die Luft war frischer. Der zunehmende Wind ließ Annas Rock flattern. Diskret verteilte Lampen tauchten die Bäume und den ganzen Garten in mildes Licht. Im Haus hatte jemand das Radio eingeschaltet, und die Musik drang durch die geöffneten Fenster ins Freie. Die kleine Gruppe wanderte ziellos über den Rasen, bis die ersten Paare sich absetzten.

„Kennst du dich mit Gärten aus?" fragte Daniel, als auch sie allein waren.

Sie hatte nicht erwartet, ihn so einfach loszuwerden. Achselzuckend fügte sie sich in ihr Schicksal, achtete jedoch darauf, in Sichtweite einiger Freunde zu bleiben. „Ein wenig."

„Steven ist ein guter Chauffeur, aber kein sehr einfallsreicher Gärtner. Ich habe mir meinen Garten etwas ..."

„Auffälliger vorgestellt?" unterbrach sie ihn.

Das Wort gefiel ihm. „Aye. Auffälliger, farbenfroher. In Schottland hatten wir Heidekraut und die wilden Rosen. Nicht die zahme Sorte, die man im Geschäft kauft, sondern die mit fingerdicken Stielen und Dornen, an denen man sich ernsthaft verletzen kann." Er ignorierte Annas Kopfschütteln, pflückte eine Blüte und steckte sie hinter ihr Ohr. „Zarte Blumen sind nett anzusehen, im Haar einer Frau zum Beispiel, aber wilde Rosen ... sie sind zäh und langlebig."

Sie hatte längst vergessen, dass sie nicht mit ihm allein sein wollte, hatte vergessen, in der Nähe ihrer Freunde zu bleiben. Sie fragte sich, wie eine wilde Rose wohl duftete und ob ein Mann wie Daniel sie zurückschneiden oder wuchern lassen würde. „Vermisst du Schottland?"

Er sah sie stumm an, für einen Moment in seine Erinnerungen versunken. „Manchmal. Wenn ich nicht zu beschäftigt bin. Die Klippen und die See und das Gras, das viel grüner ist als anderswo."

Die Wehmut, die in seinen Worten lag, war unüberhörbar. Sie hätte nicht gedacht, dass man einem Land nachtrauern könnte, nur Menschen. „Wirst du dorthin zurückkehren?" Sie musste es wissen und hatte Angst vor seiner Antwort.

Er schaute zur Seite. In diesem Moment zuckte ein Blitz durch die Nacht und erhellte sein Gesicht. Ihr Herz begann wild zu schlagen. Im grellen Licht sah sein Profil einen Augenblick lang so aus, wie sie sich Thor immer vorgestellt hatte. Verwegen, rücksichtslos, unbesiegbar. Als er sprach, war seine Stimme leise. Es hätte sie beruhigen sollen, doch stattdessen wuchs ihre Erregung noch. „Nein. Ein Mann muss sich zur rechten Zeit eine eigene Heimat suchen."

Sie strich mit einem Finger über die feine Rispe einer Glyzinie. Nur eine optische Illusion, ein Trick des Lichts. Es war albern, sich von so etwas beeinflussen zu lassen. „Hast du dort keine Familie?"

„Nein." Sie glaubte, Schmerz in seiner Stimme hören zu können. Etwas Tieferes als nur nostalgische Sehnsucht. Doch seine Miene war ausdruckslos, als sie ihn ansah. „Ich bin der Letzte meiner Familie. Ich brauche Söhne, Anna." Er berührte sie nicht. Er brauchte es nicht zu tun. „Ich brauche Söhne und Töchter. Ich will, dass du sie mir schenkst."

Warum erschienen seine Worte, so unverfroren sie auch waren, ihr plötzlich nicht mehr so empörend? Verunsichert ging Anna weiter. „Ich will mich nicht mit dir streiten, Daniel."

„Gut." Er umfasste ihre Taille und wirbelte sie herum. Der ernste Ausdruck in seinen Augen wich einem breiten Grinsen. „Wir fahren nach Maryland und heiraten morgen früh."

„Nein!" Obwohl sie es würdelos fand, versuchte sie sich aus seinem Griff zu winden.

„Na gut. Wenn du eine große Hochzeit willst, warte ich eine Woche."

„Nein, nein, nein!" Warum sie es komisch fand, wusste sie nicht, aber sie musste plötzlich lachen, als sie sich gegen ihn stemmte. „Daniel MacGregor, unter all dem roten Haar verbirgt sich der dickste Schädel, den es gibt. Ich werde dich nicht morgen heiraten. Und auch nicht in einer Woche. Ich werde dich nie heiraten."

Er hob sie hoch, bis ihre Gesichter auf einer Höhe waren. Nachdem sie ihren ersten Schock überwunden hatte, empfand sie ein seltsames und keineswegs nur unangenehmes Gefühl. „Wollen wir wetten?"

Ihre Stimme war so kalt wie ein Bergquell. „Wie bitte?"

„Himmel, was für eine Frau", sagte er bewundernd und küsste sie fest. Die Bilder, die durch ihren Kopf wirbelten, kamen und gingen so schnell, dass sie sie nicht auseinander halten konnte. „Wenn ich kein Gentleman wäre, würde ich dich jetzt einfach über die Schulter werfen und es hinter uns bringen." Er lachte und küsste sie erneut. „Stattdessen biete ich dir eine Wette an."

Wenn er sie noch einmal küsste, würde sie sich nicht einmal mehr an ihren Namen erinnern können. Sie hielt sich an ihrer Würde und seinen Schultern fest und setzte eine entrüstete Miene auf. „Daniel, lass mich sofort los."

„Kommt gar nicht in Frage." Er grinste nur.

„Ich warne dich. Du wirst mindestens eine Woche lahmen, wenn du es nicht tust."

Er erinnerte sich an ihre Drohung mit dem Weinglas und entschied sich für einen Kompromiss. Er setzte sie ab, ließ sie aber nicht los. „Eine Wette", wiederholte er.

„Ich weiß nicht, wovon du redest."

„Du hast doch gesagt, ich sei ein Spieler, und du hattest Recht. Was ist mit dir?"

Sie stellte fest, dass ihre Hände an seiner Brust lagen, und nahm sie hastig weg. „Ganz sicher nicht!"

„Hah!" Seine Augen blitzten herausfordernd. Und nahezu unwiderstehlich. „Jetzt lügst du. Eine Frau, die heutzutage Ärztin werden will und dem System die Nase zeigt, muss Spielerblut in den Adern haben."

Damit hatte er nicht ganz Unrecht. Sie legte den Kopf schief. „Wie soll diese Wette aussehen?"

„Na, das ist mein Mädchen." Am liebsten hätte er sie wieder hochgehoben, aber ihr Blick hielt ihn zurück. „Ich sage, in weniger als einem Jahr wirst du meinen Ring an deinem Finger tragen."

„Ich halte dagegen. Werde ich nicht."

„Wenn ich gewinne, wirst du die ganze erste Woche als meine

Ehefrau in meinem Bett verbringen. Wir werden essen, schlafen und uns lieben."

Wenn er sie schockieren wollte, hatte er sie unterschätzt. Anna nickte nur. „Und wenn du verlierst?"

Die Herausforderung ließ seine Augen funkeln, er konnte den Sieg schon schmecken. „Das bestimmst du."

Ihre Lippen zuckten. Diese Wette würde er bereuen. „Du spendest dem Krankenhaus Geld. Genug, um einen neuen Flügel zu bauen."

„Abgemacht", willigte er ohne das geringste Zögern ein.

Sie war sicher, dass er Wort halten würde, so absurd die Umstände auch waren. Feierlich streckte sie die Hand aus. Daniel nahm sie und führte sie an den Mund. „Um einen höheren Einsatz habe ich noch nie gespielt und werde es auch nie wieder tun. Jetzt lass mich dich küssen, Anna." Als sie zurückwich, hielt er sie fest. „Die Wette gilt, aber wie stehen die Chancen?" Er fuhr mit den Lippen über ihre Stirn und fühlte, wie sie erschauerte. „Aye, meine geliebte Anna, wie stehen die Chancen?"

Langsam strich er mit den Lippen über ihre Haut, verlockend, versprechend, aber ohne sich ihrem Mund zu nähern. Er ließ seine Hände sanft und gleichzeitig zuversichtlich an ihrem Rücken hinaufgleiten, streichelte den empfindlichen Nacken und kehrte wieder zu ihrer Taille zurück. Daniel spürte es sofort, als Anna ihrem Verlangen nachgab. Ihrem und seinem, das unaufhaltsam wuchs. Aber er ließ sich Zeit, sie zu verführen.

Der Donner grollte, aber sie nahm ihn kaum wahr, so laut klopfte ihr eigenes Herz. Als ein Blitz aufflackerte, war es wie das Feuer in ihrem Blut. Was war Leidenschaft? Was war Verlangen? Was war Gefühl? Wie konnte sie das wissen, da doch noch kein Mann sie dazu gebracht hatte, dies alles so intensiv zu empfinden? Sie wusste, es war wichtig, diese Empfindungen klar voneinander zu trennen, doch sie flossen zusammen und verschmolzen zu einer einzigen weiß glühenden Wahrnehmung.

Es war Reinheit und Schönheit. Als die Wärme sie durchströmte, wurde sie sich dessen bewusst. Es war Gefahr. Als ihre Muskeln sich entspannten, akzeptierte sie es.

Sein Mund streifte ihren nur, anstatt zu verweilen. Frustriert und sehnsüchtig drängte sie sich mit einem Seufzer näher an ihn. War das sein Lachen oder der Donner?

Dann brach der Himmel auf, und der Regen ergoss sich über sie. Mit einem gemurmelten Fluch hob Daniel sie auf die Arme. „Du schuldest mir einen Kuss, Anna Whitfield", rief er und stand einen Moment da, während der Regen über sein Haar und sein Gesicht herabströmte. Die Blitze spiegelten sich in seinen Augen. „Glaub ja nicht, dass ich das vergessen werde." Dann drückte er sie fest an sich und rannte zum Haus zurück.

War es da verwunderlich, dass es Anna am nächsten Tag schwer fiel, sich auf die Arbeit zu konzentrieren? Sie lief durchs Krankenhaus und musste ab und zu stehen bleiben, um zu überlegen, auf welcher Station sie sich gerade befand und was sie hatte tun wollen. Das beunruhigte sie. Es machte sie wütend. Wenn sie erst Ärztin war und sich um ihre Patienten kümmern musste, durfte sie sich nicht so leicht aus der Fassung bringen lassen. Sie durfte sich nicht von ihren Pflichten ablenken lassen, wenn sie in der Klinik war.

Trotzdem musste sie immer wieder daran denken, wie Daniel sie durch den strömenden Regen ins Haus gebracht hatte. Wie er sie in den Salon getragen und die ruhige Bridge-Partie unterbrochen hatte, um lautstark Handtücher und einen Brandy für sie zu verlangen. Es hätte peinlich sein müssen. Anna hatte es entzückend und süß gefunden. Noch etwas, das sie beunruhigte. Louise Ditmeyer waren fast die Augen aus dem Kopf gefallen, Anna musste sich ein Kichern verkneifen. Auf jeden Fall hatte er ein wenig Würze in die eintönige Dinnerparty gebracht.

Den größten Teil des Arbeitstages verbrachte Anna damit,

Bücher und Zeitschriften zu den Patienten auf die Stationen zu bringen und mit jedem einen kleinen Plausch am Bett zu halten. Ein Mangel an Privatsphäre konnte ähnlich schwer wiegende Folgen mit sich bringen wie die Krankheit selbst, wegen der die Menschen ins Krankenhaus eingeliefert worden waren. Aber es gab eben nur begrenzten Raum, nur eine begrenzte Zahl an Ärzten. Anna lächelte vor sich hin, als sie an die impulsive Wette dachte, die sie mit Daniel eingegangen war. Mit der Spende würde sich einiges verändern lassen.

Sie sah auf ihre Armbanduhr. Noch knapp eine Stunde, dann würde sie sich mit Myra treffen, um sich ihren neuen Wagen auszusuchen. Etwas Praktisches, ja, aber es durfte nichts Langweiliges sein. Vielleicht war es albern, wegen einer Anschaffung mit vier Rädern und einem Motor so aufgeregt zu sein, aber sie stellte sich schon die ausgiebigen Ausfahrten vor, die sie unternehmen würde. Als sie Myra anvertraut hatte, dass sie ihre Freiheit wollte, hatte sie es genauso gemeint, wie sie es gesagt hatte. Wenn sie jetzt daran dachte, konnte sie es kaum noch erwarten. Doch sie konnte das Haus nicht verlassen, ohne nicht vorher noch bei Mrs. Higgs vorbeigeschaut zu haben.

Auf dem Weg zum fünften Stock plante sie den Rest des Tages. Nach dem Autokauf würde sie Myra zum Essen einladen. Anschließend vielleicht eine kleine Ausfahrt, um das Auto zu testen. An einem Wochenende würden sie dann gemeinsam an den Strand fahren und den ganzen Tag lang in der Sonne faulenzen. Ja, die Idee gefiel ihr. Voller Vorfreude stieß Anna die Tür zu Zimmer 521 auf und blieb wie angewurzelt stehen.

„Oh, Anna, wir fürchteten schon, Sie würden nicht mehr kommen." Mit leuchtenden Augen saß Mrs. Higgs aufrecht in ihrem Bett. Auf dem Tisch neben ihr stand ein Strauß roter Rosen. Frisch, wunderschön und herrlich duftend. Und neben dem Bett saß, wie ein Verehrer, Daniel MacGregor.

„Ich habe Ihnen doch gesagt, dass Anna nie gehen würde,

ohne nicht vorher nach Ihnen zu sehen." Daniel stand auf und bot ihr einen Stuhl an.

„Nein, natürlich nicht." Verwirrt trat Anna ans Bett. „Sie sehen heute viel besser aus."

Mrs. Higgs tastete über ihr Haar. Die junge rothaarige Schwester hatte ihr am Morgen geholfen, es zu bürsten. „Wenn ich gewusst hätte, dass ich heute Herrenbesuch bekomme, hätte ich mich ein wenig hübscher gemacht", sagte sie und warf Daniel ein geradezu schmachtendes Lächeln zu.

„Sie sehen bezaubernd aus", versicherte er ihr und nahm ihre schmale Hand zwischen seine.

Er klang, als würde er es ernst meinen. Am meisten beeindruckte Anna, dass nicht der kleinste Anflug von gönnerhaftem Ton in seiner Stimme mitschwang, in den andere so oft verfielen, wenn sie zu den Kranken und Alten sprachen. In Mrs. Higgs' Augen blitzte eine Mischung aus Dankbarkeit und Stolz auf.

„Es ist wichtig, so gut wie möglich auszusehen, wenn man einen Verehrer empfängt, nicht wahr, Anna?"

„Ja, natürlich." Anna ging ans Fußende und versuchte unauffällig das Krankenblatt zu lesen. „Die Blumen sind wunderschön. Du hast nicht erwähnt, dass du ins Krankenhaus kommst, Daniel."

Er zwinkerte Mrs. Higgs zu. „Ich liebe Überraschungen."

„Ist es nicht nett von Ihrem jungen Mann, mich zu besuchen?"

„Er ist nicht ..." Anna verstummte und sprach sanfter weiter. „Ja, das ist es."

„Ich weiß, Sie beide haben sicher etwas vor, also werde ich Sie nicht aufhalten." Mrs. Higgs drückte Daniels Hand. „Sie kommen doch wieder? Es war schön, mit Ihnen zu reden."

Er hörte das Flehen, das sie so verzweifelt zu verbergen suchte. „Ich komme wieder." Er beugte sich hinab und küsste sie auf die Wange.

Als er zurücktrat, rückte Anna Mrs. Higgs' Kissen zurecht und machte es ihr bequemer. Daniel sah, dass Annas Hände nicht nur zart und weich und zum Küssen geschaffen waren, sondern auch geschickt und kräftig. Einen Moment lang war er verunsichert. „Sie sollten sich jetzt ausruhen. Sie dürfen sich nicht zu sehr anstrengen."

„Machen Sie sich um mich keine Sorgen." Mrs. Higgs seufzte. „Ich wünsche Ihnen beiden noch viel Spaß."

Als Anna und Daniel das Zimmer verließen, war sie schon fast eingeschlafen.

„Bist du für heute hier fertig?" fragte er, als sie über den Korridor gingen.

„Ja."

„Ich fahre dich nach Hause."

„Ich bin mit Myra verabredet." Wie immer war der Fahrstuhl gerade nicht da. Anna drückte auf den Rufknopf und wartete.

„Dann setze ich dich ab." Er wollte sie für sich haben, außerhalb des Krankenhauses, wo sie so sachlich und professionell wirkte.

„Nicht nötig. Wir treffen uns nur ein paar Blocks von hier entfernt." Zusammen betraten sie die Liftkabine.

„Geh heute Abend mit mir essen."

„Das kann ich nicht. Ich habe etwas vor." Annas Hände waren fest verschränkt, als die Tür wieder aufglitt.

„Morgen?"

„Ich weiß nicht, ich ..." Sie war innerlich aufgewühlt. Als der Fahrstuhl hielt, trat sie in den Sonnenschein hinaus. „Daniel, warum bist du hergekommen?"

„Um dich zu sehen, natürlich."

„Du warst bei Mrs. Higgs." Anna ging weiter. Sie hatte den Namen nur einmal erwähnt. Wieso hatte er ihn sich gemerkt? Warum sollte ihn das interessieren?

„Hätte ich das nicht tun sollen? Ich glaube, sie hat sich über ein bisschen Gesellschaft gefreut."

Kopfschüttelnd suchte Anna nach den richtigen Worten. Sie hatte nicht geahnt, dass er so freundlich sein konnte. Noch dazu, wenn es ihm gar nichts einbrachte. Schließlich war er Geschäftsmann, und in seinem Beruf ging es um Gewinn und Verlust. Die Rosen waren für ihn kein finanzielles Opfer, aber für Mrs. Higgs bedeuteten sie mehr, als man mit Geld kaufen konnte. Ob er das wusste?

„Dein Besuch hilft ihr mehr als jede Medizin, die die Ärzte ihr geben können." Sie blieb stehen und drehte sich zu ihm um. In ihren Augen konnte er den Tumult erkennen, der sich in ihrem Inneren abspielte, die stille Intensität der Gefühle, die ihn gefangen hielten und Antworten von ihm verlangten. „Warum hast du das getan? Um mich zu beeindrucken?"

Niemand würde es fertig bringen, in diese Augen zu sehen und zu lügen. Natürlich hatte er vorgehabt, sie zu beeindrucken, und war verdammt stolz auf sich gewesen, eine so clevere Idee gehabt zu haben. Doch dann hatte er angefangen, sich mit Mrs. Higgs zu unterhalten. Und hatte etwas von der verblassenden Schönheit und Würde seiner Mutter entdeckt.

Er würde sie wieder besuchen, nicht für Anna, sondern für sich selbst. Er konnte es ihr unmöglich erklären, und er hatte auch nicht vor, Gefühle, die er schon so lange in sich trug, vor ihr offen zu legen.

„Das war der Hauptgrund, ja. Außerdem wollte ich mir den Ort ansehen, der dir offenbar so viel bedeutet. Ich verstehe zwar noch lange nicht alles, aber ich habe eine erste Vorstellung."

Als sie nicht antwortete, schob er die Hände in die Taschen und ging mit ihr weiter. Diese Frau beschäftigte ihn weit mehr, als er vorausgesehen hatte. Er wollte ihr gefallen, und es erstaunte und beunruhigte ihn, wie sehr. Er wollte sie wieder lächeln sehen. Selbst mit einem ihrer kühlen Blicke hätte er sich begnügt. Frustriert schaute er düster vor sich hin. „Also, was ist jetzt, Anna? Warst du nun beeindruckt oder nicht?"

Sie blieb stehen und sah ihn an. Ihr Blick war nicht zu deuten. Und dann überraschte sie ihn, indem sie sein Gesicht zwischen die Hände nahm und es langsam nach unten zog, bis ihre Lippen seine berührten. Es war kaum mehr als die Andeutung eines Kusses, aber es traf ihn direkt ins Herz. Sie hielt ihn einen Moment lang fest und schaute ihm tief in die Augen. Dann ließ sie ihn los und ging wortlos davon.

Zum ersten Mal in seinem Leben hatte es Daniel MacGregor die Sprache verschlagen.

5. KAPITEL

Daniel saß in seinem Büro bei der „Old Line Savings and Loan", zog an seiner Zigarre und hörte sich den langatmigen Bericht des Bankdirektors an. Im Bankgeschäft kannte er sich aus, wie Daniel zugeben musste, und er war ein wahrer Zahlenjongleur, aber er konnte nicht weiter als bis über seine eigene Nasenspitze sehen.

„Außerdem schlage ich vor, die Hypothek aufzukündigen und Haus und Grundstück der Hallorans zu versteigern", schloss der Mann. „Eine Zwangsversteigerung würde alle ausstehenden Forderungen decken und vorsichtig geschätzt rund fünf Prozent Gewinn einbringen."

Daniel streifte die Asche ab. „Verlängern Sie den Kredit."

„Wie bitte?"

„Ich sagte, verlängern Sie den Halloran-Kredit, Bombeck."

Bombeck schob seine Brille höher auf die Nase und blätterte in den Unterlagen. „Wie ich schon sagte, die Hallorans sind mit der Abzahlung ihrer Hypothek sechs Monate im Rückstand. In den letzten beiden Monaten sind nicht einmal die Zinszahlungen entrichtet worden. Selbst wenn Halloran, wie er behauptet, bald wieder Arbeit findet, wird er das in diesem Quartal nicht mehr aufholen können. Ich habe alle Zahlen hier."

„Das bezweifle ich auch nicht", brummte Daniel gelangweilt. Seine Arbeit durfte ihn nicht langweilen, sonst verlor er das Gespür dafür, ermahnte er sich.

Bombeck zog die Unterlagen hervor und breitete sie auf Daniels Schreibtisch aus. Die Auflistungen waren, wie Bombeck selbst, penibel akkurat. „Wenn Sie sich das vielleicht einmal selbst ansehen wollen ... Ich bin sicher, dann ..."

„Geben Sie ihm weitere sechs Monate Aufschub, um die Sache mit den Zahlungen in Ordnung zu bringen."

Bombeck erblasste. „Sechs ..." Er räusperte sich und rutschte unruhig auf seinem Stuhl. Er benutzte die Hände, um seine Worte zu unterstreichen. „Mr. MacGregor, Ihr Verständnis für die schwierige Lage der Hallorans ist anerkennenswert, aber Sie müssen einsehen, dass man eine Bank nicht auf der Grundlage von Gefühlen führen kann."

Daniel blies eine Rauchwolke über den Schreibtisch. Um seinen Mund lag ein Lächeln, aber hätte Bombeck es gewagt, genauer hinzusehen, wäre ihm nicht entgangen, wie eisig Daniels Blick war. „Ist das so, Bombeck? Danke für den Hinweis."

Bombeck befeuchtete sich die Lippen. „Als Manager der Old Line ..."

„Einer Bank, die vor einem Monat, als ich sie kaufte, so gut wie pleite war."

„Ja." Bombeck räusperte sich erneut. „In der Tat, Mr. MacGregor, und genau das ist der Punkt. Als Manager fühle ich mich verpflichtet, Ihnen mit meiner Erfahrung in Rat und Tat zur Seite zu stehen. Ich bin seit fünfzehn Jahren im Bankgewerbe."

„Fünfzehn?" Daniel tat beeindruckt. Vierzehn Jahre, acht Monate und zehn Tage. Er kannte die Daten aller seiner Angestellten, einschließlich der Reinmachefrau. „Sehr schön, Bombeck. Vielleicht sollte ich mich anders ausdrücken, um meine Denkweise verständlich zu machen." Daniel lehnte sich in seinen Bürosessel zurück. Die Sonne, die hinter ihm durch das Fenster fiel, ließ sein rotes Haar aufflammen. Auch wenn er das nicht geplant hatte, er wäre sehr zufrieden mit dem Effekt gewesen. „Sie gehen also von einer fünfprozentigen Profitspanne aus, wenn wir die Immobilie zwangsversteigern, sehe ich das richtig?"

Sarkasmus triefte auf Bombecks Haupt. „Genau, Mr. MacGregor."

„Fein. Gut. In den nächsten zwölf Jahren der laufenden Hypothek können wir, langfristig gesehen, mit etwa dem Dreifachen rechnen, oder?"

„Langfristig gesehen, sicher. Ich könnte Ihnen die genauen Zahlen beschaffen, aber ..."

„Na also. Dann verstehen wir uns doch bestens. Verlängern Sie." Daniel machte eine Kunstpause, bevor er die nächste Bombe platzen ließ. „Ab nächstem Monat werden wir die Hypothekenzinsen um ein Viertel Prozent senken."

„Senken? Aber Mr. MacGregor ..."

„Und wir erhöhen die Zinsen auf Sparkonten auf das zulässige Höchstniveau."

„Mr. MacGregor, das wird Old Line tief in die roten Zahlen bringen."

„Kurzfristig", entgegnete Daniel brüsk. „Langfristig – Sie verstehen doch, was langfristig heißt, oder, Bombeck? –, langfristig gesehen werden wir das durch ein größeres Volumen ausgleichen. Old Line wird die niedrigsten Hypothekenzinsen im Staat haben."

Bombeck schluckte schwer. „Ja, Sir."

„Und die höchsten Sparzinsen."

Der Direktor konnte die Dollarscheine schon zum Fenster hinaufsteigen sehen. „Das kostet die Bank ..." Bombeck wagte gar nicht, es sich vorzustellen. „Ich werde die genauen Zahlen errechnen, dann werden Sie verstehen, was ich sagen will. Mit einer derartigen Politik werden wir in spätestens sechs Monaten ..."

„Das führende Kreditinstitut im Staat sein", unterbrach Daniel ihn gelassen. „Gut, dass wir uns einig sind. Wir werden in den Zeitungen für uns werben."

„Werben", murmelte Bombeck wie im Traum.

„Große Anzeigen, auffallend, aber nicht protzig", fuhr Daniel fort. „Lassen Sie sich etwas einfallen, und legen Sie es mir vor. Sagen wir, bis morgen zehn Uhr."

Bombeck brauchte ein paar Sekunden, bis er begriff, dass das Gespräch beendet war. Viel zu benommen, um zu widersprechen, schob er seine Papiere zusammen und stand auf. Als er hinausging, drückte Daniel seine Zigarre aus.

Verknöcherter alter Trottel. Was er brauchte, war jemand Junges und Unverbrauchtes. Jemanden frisch vom College, mit mehr Mut und neuen Ideen. Bombecks Stolz würde er mit einer neu geschaffenen Position beruhigen. Für Daniel war Loyalität keine leere Floskel, und Trottel oder nicht, Bombeck arbeitete seit fast fünfzehn Jahren für Old Line. Vielleicht sollte er sich mit Ditmeyer über diese Sache unterhalten. Das war ein Mann, auf dessen Meinung Daniel vertraute.

Bankiers mussten lernen, dass es zu ihrem Geschäft gehörte, Risiken einzugehen. Daniel erhob sich, ging ans Fenster und blickte auf Boston hinaus. Im Moment war sein Leben ein einziges Risiko. Das Geld, das er verdient hatte, konnte er ebenso gut wieder verlieren. Was kümmerte ihn das? Dann würde er es eben ein zweites Mal verdienen, und dann mehr. Die Macht, die er besaß, konnte vergehen. Er würde sie erneut erwerben. Aber es gab etwas, das sich nicht ersetzen ließ, wenn er es verlor. Anna.

Wann hatte sie aufgehört, ein Posten in seiner Lebensplanung zu sein, und angefangen, sein Dasein zu bestimmen? Wann hatte er das Geschäftliche aus den Augen verloren und sich in sie verliebt? Er wusste es genau: Als sie sein Gesicht zwischen ihre Hände genommen, ihm tief in die Augen geschaut und seinen Mund mit ihrem berührt hatte. Seitdem war es mehr als ein Reiz, mehr als Verlangen, mehr als eine Herausforderung.

Seine wohl durchdachte Werbung hatte sich in Rauch aufgelöst. Der Schritt für Schritt gezeichnete Plan war in kleine Fetzen zerrissen worden. In jenem Moment war er zu einem einfachen Mann reduziert worden, der völlig verhext von einer Frau war. Was jetzt? Für diese eine Frage fand er keine Antwort. Er hatte eine Frau gewollt, die schön brav und geduldig zu Hause saß und auf ihn wartete, während er sich ums Geschäft kümmerte. Eine solche Frau war Anna aber nicht. Er hatte eine Frau gewollt, die seine Entscheidungen nie in Frage stellen würde, sondern sich sofort daranmachte, sie in die Tat umzusetzen. So eine Frau war Anna auch nicht. Da gab es einen Teil ihres Lebens, mit dem er nie zu tun haben würde. Wenn sie ihren Ehrgeiz erfolgreich verwirklichte – und mittlerweile war er überzeugt davon –, würde man sie mit „Doktor" ansprechen müssen, noch bevor das Jahr vorbei war. Für Anna war das nicht nur einfach ein Titel, für sie war das eine Lebenseinstellung. Konnte ein Mann, dessen Geschäfte so hohe Anforderungen an ihn stellten, so viel Zeit seines Tages beanspruchten, überhaupt eine Ehefrau haben, deren Beruf genau das Gleiche von ihr verlangte?

Wer würde sich um das Heim kümmern? Entnervt fuhr er sich durch das Haar. Wer würde die Kinder großziehen? Besser, wenn er ihr jetzt gleich den Rücken zukehrte und eine Frau fand, die damit zufrieden war, genau das zu tun, und nichts anderes im Sinn hatte. Besser, wenn er ihren Rat befolgte und sich keine Frau aussuchte, die gegen die eigenen Windmühlen kämpfte.

Er sehnte sich nach einem Heim. Es war schwer für ihn, sich einzugestehen, wie verzweifelt er sich danach sehnte. Er brauchte eine Familie – der Duft von frisch gebackenem Brot aus der Küche, von Blumen, die in Vasen standen. Das waren die Dinge, mit denen er aufgewachsen war. Dinge, auf die er schon viel zu lange hatte verzichten müssen. Er wusste nicht, ob er das mit Anna haben könnte. Und doch ... Ohne sie, so glaubte er zu wissen, waren diese Dinge nicht mehr wichtig.

Diese verflixte Frau. Er sah auf die Uhr. Ihr Arbeitstag im Krankenhaus war fast vorbei. In etwas weniger als einer Stunde hatte er eine Besprechung auf der anderen Seite der Stadt. Fest entschlossen, sein Leben nicht nach dem Terminplan eines anderen Menschen auszurichten, setzte er sich wieder an den Schreibtisch und griff nach Bombecks Bericht.

Nach dem ersten Absatz warf er ihn hin. Schnaubend und fluchend stürmte er aus seinem Büro.

Sie war den ganzen Tag auf den Beinen gewesen, und Anna sehnte sich nach einem heißen Bad und einem ruhigen Abend mit einem guten Buch. Vielleicht würde sie in der Wanne darüber nachdenken, wie sie ihre neue Wohnung einrichten sollte. In zwei Wochen würde sie die Schlüssel in der Hand halten. Wenn ihre Füße nicht so laut protestieren würden, könnte sie jetzt noch ein wenig in Antiquitäten- und Trödelläden schnüffeln. Aber erst einmal freute sie sich über das weiße Cabrio, das draußen auf dem Parkplatz auf sie wartete. Es bedeutete ihr mehr als nur die Erleichterung, nicht mehr nach Hause laufen zu müssen. Es bedeutete Unabhängigkeit.

Auf dem Weg aus der Klinik hinaus holte sie die Wagenschlüssel aus ihrer Handtasche und ließ sie in der Hand klingeln. Die Welt gehörte ihr! Anna hatte ihr Ego nie für übertrieben groß gehalten, aber als ihrem Vater beim Anblick des neuen Autos praktisch das Wasser im Mund zusammengelaufen war und er um eine Probefahrt gebeten hatte, war ihr das zu Kopf gestiegen. Endlich. Endlich hatte sie seine Zustimmung. Sie hatte ihr eigenes Geld benutzt, ihre eigene Wahl getroffen, und es hatte keinen Ton der Kritik gegeben. Sie sah wieder vor sich, wie er ihre Mutter am Arm aus dem Haus gezogen und auf den Rücksitz verfrachtet hatte. Fast eine volle Stunde war Anna durch Boston gefahren, ihre Eltern zufrieden und traulich vereint wie die Teenager im Wagenfond.

Endlich sahen sie in ihr etwas anderes als das kleine Mädchen, dem man immer noch die nächsten Schritte vorpredigen musste. Ob es ihnen schon bewusst geworden war oder nicht, aber sie hatten sie als erwachsene Frau akzeptiert. Vielleicht, dachte Anna jetzt, aber auch nur vielleicht, würden sie auch stolz sein, wenn sie ihr Examen in der Tasche hatte.

Schwindlig vor Glück über ihren Durchbruch, warf sie die Schlüssel hoch und fing sie wieder auf. Sekunden später stieß sie mit Daniel zusammen.

„Du hast nicht aufgepasst, wo du hingehst."

Sie war glücklich gewesen, aber jetzt war sie noch glücklicher, weil sie ihn sah. Fast hätte sie es ihm gesagt. „Nein, stimmt."

Er hatte sich entschieden, wie er ab jetzt mit ihr umgehen würde. Auf seine Art. „Du wirst heute Abend mit mir essen." Bevor sie antworten konnte, legte er die Hände um ihre Schultern. „Ich dulde keinen Widerspruch." Er sprach so laut, dass einige Passanten sich schon nach ihnen umdrehten. „Ich bin diese ewige Streiterei leid und habe im Moment sowieso keine Zeit dafür. Du wirst mit mir essen. Ich hole dich um sieben ab."

Es gab mehrere Möglichkeiten, wie sie reagieren könnte. In Sekunden war Anna sie in Gedanken durchgegangen. Sie wählte die eine, die er mit Sicherheit am wenigsten erwartete. „Einverstanden, Daniel", sagte sie gehorsam.

„Mir ist egal, ob du ... Was?"

„Ich sagte, einverstanden", wiederholte sie lächelnd. Wie sie erwartet hatte, brachte ihn das völlig aus der Fassung.

„Ich ... Na gut." Stirnrunzelnd schob er die Hände in die Taschen. „Bis dann." Er hatte genau das bekommen, was er gewollt hatte, aber er blieb auf halbem Weg zu seinem Wagen stehen und sah über die Schulter zurück. Anna stand noch immer da, eingehüllt in strahlenden Sonnenschein. Ihr Lächeln war ruhig und gelassen und engelsgleich. „Frauen", brummte er und riss die Wagentür auf. Man konnte ihnen einfach nicht trauen.

Anna wartete, bis er losgefahren war, dann brach sie in helles Lachen aus. Ihn so stottern zu hören war besser als jeder Streit. Noch immer lachend, ging sie zu ihrem Wagen. Ein Abend mit Daniel war bestimmt interessanter als einer mit einem Buch, dessen war sie gewiss. Als sie den Motor startete, spürte sie die Macht. Sie hatte alles unter Kontrolle. Und das gefiel ihr.

Er brachte ihr Blumen mit. Nicht die weißen Rosen, die er ihr nach wie vor täglich schickte, sondern bescheidene Veilchen aus seinem eigenen Garten. Er beobachtete voller Wohlgefallen, wie sie sie in einer kleinen Glasvase arrangierte, während er sich mit ihren Eltern unterhielt. In dem kleinen Salon ihrer Mutter wirkte er riesig und einschüchternd, aber er fühlte sich wie ein linkischer Teenager beim ersten Rendezvous. Nervös setzte er sich auf einen Stuhl, der seiner Meinung nach besser in ein Puppenhaus gepasst hätte, und nippte an dem mittlerweile lauwarmen Tee, den Mrs. Whitfield ihm serviert hatte.

„Sie müssen zum Abendessen kommen", forderte sie ihn auf. Die unablässigen Rosenlieferungen hatten ihr Hoffnung gemacht. Hatten ihr auch ein Thema geboten, mit dem sie auf ihren Bridge-Abenden angeben konnte. Die Wahrheit jedoch war, dass sie ihre Tochter nicht verstand und wohl nie verstehen würde. Natürlich, Anna war ein wunderbares Kind gewesen, aber sie selbst war sich immer mehr oder weniger ratlos vorgekommen, wenn es um andere Dinge als das Aussuchen eines Kleides oder das Zusammenstellen eines Menüs gegangen war. Annas verbissener Ehrgeiz und stille Entschlossenheit waren ihr vollkommen fremd.

Mrs. Whitfield war jedoch nicht blind. Ihr entging nicht, wie Daniel Anna ansah, und verstand nur zu gut. Mit einer Mischung aus Wehmut und Erleichterung stellte sie sich vor, wie aus Anna eine Ehefrau und Mutter wurde. Sicher, Daniel mochte vielleicht etwas ungeschliffen wirken, aber daran würde ihre Anna noch erfolgreich feilen. Vielleicht wäre sie in ein oder zwei Jahren schon Großmutter. Noch eine Vorstellung, die gemischte Gefühle in ihr wachrief. Während sie an ihrem Tee nippte, musterte Mrs. Whitfield Daniel.

„John und Sie sind ja jetzt Geschäftspartner, aber über die Arbeit wollen wir jetzt nicht reden. Ich verstehe sowieso nichts von den geschäftlichen Dingen." Sie tätschelte Daniels Hand. „John erzählt mir ja nie etwas, obwohl ich ihn immer auszufragen versuche."

„Oh ja, das tut sie", warf Mr. Whitfield ein.

„Also wirklich, John." Mit einem Lachen sah sie Daniel scharf an. Wenn dieser Mann ernste Absichten gegenüber ihrer Tochter hegte – und sie war sicher, dass er die hatte –, so würde sie alles über ihn herausfinden, was es herauszufinden gab. „Natürlich sind wir alle neugierig, was Mr. MacGregors Geschäfte angeht. Pat Donahue hat mir übrigens erzählt, dass Sie ihnen ein Grundstück in Hyannis Port abgekauft haben. Ich hoffe doch, Sie wollen nicht aus Boston wegziehen."

Daniel ahnte, woher der Wind wehte. „Ich mag Boston."

Anna fand, dass er lange genug Rede und Antwort gestanden hatte, und reichte ihm ihren Umhang. Erleichtert sprang er sofort auf und legte ihn ihr um die Schultern.

„Macht euch einen schönen Abend, Kinder." Mrs. Whitfield wollte sie zur Tür bringen, aber ihr Mann legte ihr eine Hand auf den Arm.

„Gute Nacht, Mutter." Anna küsste sie auf die Wange und lächelte ihrem Vater dankbar zu. Ihr war nie richtig klar geworden, wie einfühlsam er doch war. Sie gab auch ihm einen Kuss.

„Viel Spaß", sagte er und strich ihr über den Kopf, wie er es tat, seit sie denken konnte.

Vor dem Haus atmete Daniel tief durch. „Dein Zuhause ist ..."

„Voll gestellt", beendete Anna den Satz für ihn und hakte sich lachend bei ihm ein. „Meine Mutter schleppt alles an, was ihr gerade gefällt. Erst vor ein paar Jahren ist mir aufgegangen, wie tolerant mein Vater ist." Entzückt, dass er mit dem blauen Cabrio gekommen war, raffte sie ihren Rock und stieg ein. „Wo wollen wir essen?"

Er glitt hinters Steuer und ließ den Motor an. „Zu Hause. Bei mir zu Hause."

Anna verspürte einen Anflug von Nervosität. Hastig erinnerte sie sich an ihre beste Waffe – ihren Willen –, um das Flattern in ihrem Magen zu beruhigen. Sie hatte nicht vergessen, dass sie alles unter Kontrolle hatte. Sie würde schon mit ihm fertig werden. „Aha."

„Ich bin die Restaurants und die Menschenmengen leid", erwiderte er, und sie hörte die Anspannung aus seiner Stimme heraus. Erfreut stellte sie fest, dass auch er nervös war. Selbst im Sitzen überragte er sie um Hauptlänge. Seine Stimme hätte jedes Fenster zum Klirren bringen können, aber er war nervös, weil er den Abend mit ihr verbrachte. Es kostete sie ungeheure Mühe, nicht selbstzufrieden zu grinsen.

„So? Ich hatte den Eindruck, dass du gern unter Menschen bist", sagte sie sehr ruhig.

„Ich habe keine Lust, mich beim Essen anstarren zu lassen."

„Es ist erstaunlich, wie unhöflich manche Menschen sein können, nicht wahr?"

„Und wenn ich mit dir rede, möchte ich nicht, dass uns halb Boston zuhört."

„Natürlich nicht."

Er bog in seine Einfahrt ein. „Falls du dir Sorgen machst ... Ich habe Personal."

Sie warf ihm einen undurchdringlichen Blick zu. „Warum sollte ich mir Sorgen machen?"

Er war nicht sicher, wie er das auffassen sollte, aber er wusste, dass sie mit ihm spielte. Er wusste nur nicht, nach welchen Regeln. „Du wirkst auf einmal sehr selbstsicher, Anna."

„Daniel." Sie griff nach dem Türgriff und stieg aus. „Das war ich immer."

Nach einem ersten schnellen Blick beschloss sie, dass sein Haus ihr gefiel. Eine schulterhohe Hecke schirmte es zur Straße hin ab. Nicht so kalt oder unpersönlich wie eine Mauer, aber die Hecke hatte den gleichen Effekt. Während sie zu den hohen Fenstern hinaufblickte, von denen einige schon erleuchtet waren, nahm sie die Gerüche wahr, die aus dem angrenzenden Garten herüberwehten.

Wicken, wie sie ausmachte. Sie lächelte. Sie hatte eine Schwäche für Wicken. Er hatte ein imposantes Haus für sich ausgesucht, groß genug für eine zehnköpfige Familie, aber er hatte nicht vergessen, es mit etwas so Simplem wie einem Garten zu einem Heim zu machen. „Warum hast du dir ausgerechnet dieses Haus ausgesucht?"

Er folgte ihrem Blick und betrachtete das Haus. Er sah die massiven Ziegelsteine, von den Jahren auf attraktive Weise leicht verwittert, die Fenster mit ihren frisch gestrichenen weißen Läden. Für ihn gab es hier kein Zugehörigkeitsgefühl, es war nur ein Eigentum. Schließlich hatte jemand anders es gebaut. Als er die Abendluft einatmete, roch er nicht den Duft der Wicken, sondern nur den der Frau neben sich. „Weil es groß ist."

Lächelnd beobachtete sie einen Sperling, der in einem Ahornbaum von Ast zu Ast hüpfte. „Das ist nachvollziehbar. Du hast dich in Mutters Salon unwohl gefühlt, nicht wahr? So als hättest du Angst gehabt, dich zu bewegen und etwas umzustoßen. Das hier passt besser zu dir."

„Für den Moment", murmelte er, denn er hatte andere Pläne. „Von diesen Fenstern aus kann man den Sonnenuntergang beobachten." Er zeigte hinauf, dann nahm er ihren Arm und führte sie über den schmalen Weg zur Haustür. „Aber nicht mehr lange."

„Wieso?"

„Der Fortschritt. Sie werden hier Häuser hochziehen und damit die Aussicht verbauen. Natürlich nicht überall, aber es reicht." Er schloss die Haustür auf, trat mit ihr zusammen ein und wartete.

Als Erstes fielen ihr die gekreuzten Schwerter an der Wand auf. Es waren keine schmalen Klingen, wie Anna sie aus den Kostümfilmen kannte, sondern schwere, tödlich aussehende Waffen, die nur beidhändig zu führen waren. Anna konnte nicht widerstehen und trat näher heran. Es kostete sie keine Mühe, sich vorzustellen, was so ein Schwert einem Körper aus Fleisch und Blut antun konnte. Ja, diese Waffen waren tödlich, aber nicht abstoßend.

„Die Schwerter stammen aus meinem Clan. Meine Vorfahren haben sie getragen." Stolz lag in der einfachen Erklärung. „Die MacGregors waren immer Krieger."

Hörte sie da eine Herausforderung in seinen Worten? Möglich. Anna betrachtete die Schwerter genauer. Die Schneiden waren nicht stumpf geworden, sondern scharf wie immer. „Das sind die meisten von uns, oder?"

Ihre Antwort überraschte ihn. Aber er hätte wissen müssen, dass sie kein zart besaitetes Geschöpf war, das beim Anblick einer Waffe oder von Blut in Ohnmacht fiel. „Der englische König", fast spuckte er aus und hatte damit Annas ungeteilte Aufmerksamkeit, „hat uns den Namen und das Land genommen, aber unseren Stolz konnte er uns nicht nehmen. Wenn es sein musste, haben wir so manchen Kopf abgehackt", erklärte er, und seine blauen Augen leuchteten kämpferisch, als würde er wie seine Vorfahren zum Schwert greifen, wenn es nötig war. „Die meisten davon gehörten den Campbells." Jetzt grinste er und nahm ihren Arm. „Sie wollten uns aus Schottland vertreiben, aber wir haben uns gewehrt."

Sie fragte sich, wie er in einem Kilt aussehen mochte, mit einem solchen Schwert in den Händen. Nicht albern, sondern eindrucksvoll. Anna sah wieder auf die Schwerter. „Nein, ich bin sicher, das hätten sie nie geschafft. Du hast guten Grund, stolz zu sein."

Er strich ihr über die Wange. „Anna ..."

„Mr. MacGregor." McGee stand reglos da, als Daniel herumwirbelte. Er hielt dem zornigen Blick des Hausherrn stand.

„Aye?" In diesem einen Wort lagen tausend deftige Flüche.

„Ein Anruf aus New York, Sir", sagte der Butler ungerührt. „Ein Mr. Liebowitz. Er sagt, es sei wichtig."

„Führen Sie Miss Whitfield in den Salon, McGee. Entschuldige, Anna, ich beeile mich."

„Schon gut." Erleichtert über die Atempause, sah sie ihm nach.

„Hier entlang, Miss."

Ihr fiel der Akzent auf, der stärker war als bei Daniel, und lächelte in sich hinein. Natürlich, Daniel würde sich mit seinesgleichen umgeben, wenn es irgend möglich war. Nach einem letzten Blick auf die Schwerter folgte sie dem Butler. Verglichen mit Daniels Salon wirkte der ihrer Mutter wie ein Wandschrank. Keine Frage, der Mann liebte es großzügig.

„Möchten Sie einen Drink, Miss Whitfield?"

„Nein, danke."

Er deutete eine Verbeugung an. „Bitte läuten Sie, wenn Sie etwas brauchen."

„Danke", sagte sie noch einmal und schaute sich um, kaum dass er fort war. Groß, ja, viel größer als normale Räume. Wenn sie sich nicht täuschte, hatte Daniel eine komplette Wand einreißen lassen, um aus zwei Räumen einen zu machen.

Die imposante Größe wurde durch ebenso imposante Möbel ergänzt. Ein Beistelltisch war mit solch feinen Schnitzereien ausgestattet, dass man es für Spitze hätte halten können. Ein Stuhl mit hohen Rückenlehnen und dunkelroten Samtpolstern wirkte eher wie ein Thron. Hier könnte er Hof halten, dachte sie lächelnd. Warum eigentlich nicht?

Anstatt sich zu setzen, schlenderte Anna in dem Raum umher. Kräftige Farben herrschten vor, aber sie sagten Anna zu. Vielleicht hatte sie genug von den ewigen Pastelltönen ihrer Mutter. Ein Sofa nahm fast die ganze Wandbreite ein, es wären vier starke Männer nötig, um dieses Möbelstück zu bewegen. Anna lachte leise auf. Wahrscheinlich hatte Daniel diese Couch aus genau diesem Grund gewählt.

Am westlichen Fenster war seine Kristallsammlung aufgestellt. Waterford, Baccarat. Eine Vase, mehr als einen halben Meter hoch, fing die letzten Strahlen der untergehenden Sonne ein und schickte Funken durch den Raum. Eine zarte Schale passte in ihre Handfläche, und Anna fragte sich, was dieses Stück hier unter den Riesen zu suchen hatte.

So fand Daniel sie vor. Sie stand da, eingehüllt in Sonnenlicht, und lächelte auf die glitzernde Schale herab. Sein Mund wurde trocken. Obwohl er nichts sagte, nichts sagen konnte, drehte sie sich zu ihm um.

„Was für ein wunderbarer Raum." Begeisterung hatte einen rosa Hauch auf ihre Wangen gezaubert, ihre Augen strahlender gemacht. „Im Winter, mit einem Feuer im offenen Kamin, muss es einfach großartig sein." Als er nichts sagte, erstarb ihr Lächeln. „Der Anruf", sagte sie. „Schlechte Nachrichten?"

„Wie?"

Den Anruf hatte er völlig vergessen. Wie alles andere auch. Es behagte ihm überhaupt nicht, dass ein einziger Blick von ihr ausreichte, um seine Zunge zu lähmen und seinen Magen zu verknoten. „Nein. Ich muss für ein paar Tage nach New York, um einige Wogen zu glätten." Unter anderem die in mir, dachte er. „Ich habe etwas für dich."

„Das Abendessen, hoffe ich", erwiderte sie lächelnd.

„Das auch." Ihm wurde klar, dass er noch bei keiner Frau je so verlegen gewesen war. Er holte eine kleine Schachtel aus seiner Tasche und reichte sie ihr.

Für einen Moment stieg Panik in ihr auf. Ein Ring? Was fiel ihm ein? Doch dann setzte ihre Vernunft wieder ein. Dieses Kästchen war nicht aus Samt wie die, in denen Verlobungsringe steckten, sondern alt und aus Pappe. Gespannt hob sie den Deckel an.

Die Kamee war fast so lang wie ihr Daumen und fast zweimal so breit. Alt und anmutig lag sie auf verblasstem Seidenpapier. Ein sanftes Profil mit stolzem Ausdruck.

„Sie passt zu dir", sagte Daniel leise. „Das erwähnte ich schon einmal."

„Sie hat deiner Großmutter gehört", erinnerte sie sich. Gerührt strich sie mit der Fingerspitze darüber. „Sie ist wunderschön." Es fiel ihr schwer, den Deckel wieder zu schließen. „Daniel, du weißt, dass ich sie nicht nehmen kann."

„Nein, das weiß ich nicht." Er nahm ihr die Schachtel ab, öffnete sie und nahm die Kamee an ihrem samtenen Band heraus. „Ich möchte sie dir anlegen."

Fast spürte sie schon seine Finger an ihrem Nacken. „Ich sollte kein Geschenk von dir annehmen."

Er zog eine Augenbraue hoch. „Sag nicht, dass dich das Gerede schert, Anna. Würdest du sonst Medizin studieren?"

Natürlich hatte er Recht, aber sie wollte fest bleiben. „Es ist ein Erbstück, Daniel. Es wäre nicht richtig."

„Es ist mein Erbstück, und ich will es nicht länger in einer Schachtel verschlossen halten. Meine Großmutter würde wollen, dass eine Frau das Stück trägt, die es auch zu schätzen weiß." Er legte ihr die Kamee um, und sie schmiegte sich an ihre Haut, als wäre sie für Anna geschaffen. „Dort gehört es hin."

Sie konnte nicht widerstehen, sie tastete danach. Alle Vernunft war längst verschwunden. „Danke. Sagen wir einfach, ich hebe es für dich auf. Wenn du es zurückhaben willst ..."

„Verdirb nicht den Moment." Er legte eine Hand unter ihr Kinn. „Ich wollte sehen, wie du sie trägst."

Es war unmöglich, das Lächeln zurückzuhalten. „Und du bekommst immer, was du willst?"

„Genau." Sehr zufrieden mit sich, strich er mit dem Daumen über ihre Wange und ließ dann die Hand sinken. „Möchtest du etwas trinken? Einen Sherry?"

„Lieber nicht."

„Keinen Drink?"

„Keinen Sherry. Hast du noch etwas anderes?"

Er spürte, wie die Nervosität von ihm abfiel. „Ich lasse mir von einem Freund in Edinburgh erstklassigen Scotch schicken. Schmuggelware, wenn du so willst."

Sie rümpfte die Nase. „Der schmeckt wie Seife."

„Seife?" Er sah so verblüfft aus, dass sie lachte.

„Nimm es nicht persönlich."

„Probier ihn einfach", meinte er und ging zur Bar. „Seife", murmelte er, während er ihr das Getränk einschenkte. „Das ist nicht der Fusel, den du auf deinen feinen Bostoner Partys bekommst."

Je länger sie ihn kannte, desto liebenswerter wurde er. Wie von selbst tastete Anna nach der Kamee. Sie atmete tief durch und erinnerte sich daran, dass sie die Zügel in der Hand hatte. Kontrolle. Als er ihr ein Glas reichte, betrachtete sie den Inhalt. Sehr dunkel, dachte sie, und vermutlich so tödlich wie die Schwerter an der Wand. „Kein Eis?"

„Nie." Er leerte sein Glas und sah sie herausfordernd an. Anna holte tief Luft und nippte an ihrem Scotch.

Warm, weich und kräftig. Mit gerunzelter Stirn nippte sie erneut. „Nein, der schmeckt wirklich nicht wie Seife. Im Gegenteil, er schmeckt ganz ausgezeichnet", gestand sie und gab ihm das Glas zurück. „Wenn ich allerdings mehr davon trinke, kann ich nicht mehr stehen."

„Dann musst du etwas essen."

Sie warf ihr Haar zurück und reichte ihm ihre Hand. „Wenn das deine Art ist, mir zu sagen, dass das Essen angerichtet ist, nehme ich die Einladung gerne an."

Er nahm ihre Hand und hielt sie fest. „Du wirst nicht viele charmante Schmeicheleien von mir zu hören bekommen, Anna. Ich habe nie allzu großen Wert auf geschliffene Manieren gelegt. Und habe auch nicht vor, sie mir anzueignen."

Das Haar lag ihm in weichen Wellen um sein Gesicht, ungezähmt und abenteuerlich. Der Bart ließ ihn verwegen aussehen, wie die Krieger, deren Blut in ihm floss. „Nein, das solltest du auch nicht."

Nein, er war nicht geschliffen, aber er umgab sich gern mit schönen Dingen. Nicht die feinen, dezenten Dinge, an die Anna so gewöhnt war, sondern es war eine kraftvolle, wagemutige Schönheit, die einen packte und überwältigte. Im Esszimmer hingen ein Schild und ein Speer an der Wand. Darunter stand eine Chippendale-Vitrine, um die ihn jeder Antiquitätensammler beneidet hätte. Der Tisch war massiv, und darauf stand das feinste Porzellan, das Anna je gesehen hatte. Sie setzte sich auf einen Stuhl, der in eine mittelalterliche Burg gepasst hätte, und stellte erstaunt fest, wie entspannt sie sich fühlte.

Das Licht der untergehenden Sonne drang rotgolden durch die Fenster. Während sie aßen, wurde es immer dunkler. McGee erschien, um die Kerzen anzuzünden, und verschwand ebenso geräuschlos, wie er gekommen war.

„Wenn ich meiner Mutter von diesem Essen erzähle, wird sie versuchen, deine Köchin abzuwerben." Anna nahm einen Bissen von der Schokoladentorte und verstand endlich die Bedeutung der Worte „sündhaft reich".

Es bereitete ihm ein stilles, warmes Vergnügen, sie zu beobachten, wie sie sein Essen genoss, von den Tellern, die er selbst ausgewählt hatte. „Jetzt verstehst du vielleicht, warum ich lieber zu Hause als im Restaurant esse."

„Absolut." Sie nahm noch einen Bissen, weil es manche Dinge im Leben gab, denen man nicht widerstehen durfte. „Hausmannskost wird mir fehlen, wenn ich in meine eigene Wohnung ziehe."

„Warum kochst du nicht selbst?"

„Das würde ich gern, aber ich kann es nicht. Keine Sorge", sagte sie, als er die Stirn runzelte. „Ich habe vor, es zu lernen. Reiner Selbsterhaltungstrieb." Sie verschränkte die Hände und stützte das Kinn darauf. „Ich nehme nicht an, dass du kochst."

Er wollte lachen, ließ es aber. „Nein."

Es gefiel ihr mehr und mehr, dass sie ihn so überrumpeln konnte. „Aber du findest es seltsam, dass ich als Frau nicht kochen kann?"

Es war schwer, sich nicht von ihrer Logik beeindrucken zu lassen, auch wenn sie sich gegen ihn richtete. „Du hast die Angewohnheit, einen Mann in die Enge zu treiben, Anna."

„Es macht mir einfach Spaß, dir zuzusehen, wie du dich da wieder herausboxt. Ich weiß, es könnte deinem Ego gefährlichen Auftrieb geben, aber ... du bist nun mal ein interessanter Mann."

„Mein Ego ist groß genug. Da muss schon mehr kommen, um mich zu beeindrucken. Aber warum erklärst du nicht genauer, warum ich interessant bin?"

Lächelnd stand sie auf. „Vielleicht ein anderes Mal."

Er erhob sich ebenfalls und nahm ihre Hand. „Dann wird es ein anderes Mal geben?"

Sie hielt nichts von Lügen und wenig von Ausweichmanövern. „Das wird es wohl. Mrs. Higgs hat heute nur von dir gesprochen", sagte sie, als sie gemeinsam in den Salon gingen.

„Eine bezaubernde Frau."

Anna musste lächeln. Er sagte es mit solcher Überzeugung. „Sie rechnet fest damit, dass du sie wieder besuchst."

„Ich habe es versprochen." Er sah die Frage in ihren Augen und blieb stehen. „Und ich halte mein Wort."

„Ja, das tust du. Und das ist edel von dir, Daniel. Sie hat sonst niemanden."

Verlegen runzelte er die Stirn. „Verpass mir keinen Heiligenschein, Anna. Ich will unsere Wette gewinnen, aber nicht unter falschen Voraussetzungen."

„Ich habe nicht vor, dir einen Heiligenschein zu verpassen." Sie schob sich das Haar von der Schulter. „Genauso wenig, wie ich vorhabe, die Wette zu verlieren."

Im Durchgang zum Salon war sie es, die stehen blieb. Überall brannten Kerzen, Dutzende, ihr Schimmer erfüllten den Raum.

Durchs Fenster fiel der Mondschein, wetteiferte mit dem sanften Licht. Leise Musik erklang, ein Blues, der aus dem Schatten zu kommen schien. Anna fühlte, wie ihr Puls sich beschleunigte, ging jedoch weiter.

„Sehr stilvoll", stellte sie fest, als sie die silberne Kaffeekanne bemerkte, die zusammen mit zwei Tassen neben der Couch bereitstand.

Während Daniel zur Bar ging, um den Brandy einzugießen, blieb sie stehen und fragte sich, warum sie nicht angespannt war. „Ich mag es, wie du bei Kerzenschein aussiehst", gestand er und reichte ihr den Schwenker. „Es erinnert mich an den Abend, an dem wir uns das erste Mal begegnet sind. Du standest auf der Terrasse, und der Mond schien dir ins Gesicht." Als er ihre Hand nahm, glaubte er, sie zittern fühlen zu können. Aber ihre Augen blickten so ruhig. „Ich habe dich angesehen und wusste, dass ich dich haben musste. Seitdem denke ich Tag und Nacht an dich."

Es wäre so einfach, nur zu einfach, dem nachzugeben, was seine Nähe, seine Berührung in ihr auslöste. Sollte sie das tun, würde sie seinen Mund wieder auf ihren Lippen spüren können, würde das Prickeln auf ihrer Haut fühlen, das seine großen, sanften Hände auslösen konnten. Ja, es wäre so einfach. Doch das Leben, das sie gewählt hatte, war damit nicht vereinbar.

„Ein Mann in deiner Position müsste wissen, wie gefährlich spontane Entscheidungen sind."

„Nein." Er hob ihre Hand und küsste jeden Finger, langsam, träge, sinnlich.

Der Atem stockte ihr in der Kehle, und nur mit reiner Willenskraft gelang es ihr, gelassen und, wie sie hoffte, unbeteiligt zu klingen, als sie sprach. „Daniel, versuchst du etwa, mich zu verführen?"

Wann würde er sich je an diese ruhige, ehrliche Direktheit gewöhnen? Würde es ihm überhaupt möglich sein? Er stieß ein knappes Lachen aus und nahm einen Schluck Brandy. „Ein Mann verführt nicht die Frau, die er heiraten will."

„Natürlich tut er das", widersprach Anna und klopfte ihm auf den Rücken, als er sich verschluckte. „Genauso, wie ein Mann Frauen verführt, die er nicht zu heiraten beabsichtigt. Aber ich werde dich nicht heiraten, Daniel." Sie trat an den Tisch neben der Couch und sah ihn über die Schulter an. „Und ich lasse mich nicht verführen. Kaffee?"

Er liebte sie nicht nur, er betete sie förmlich an, das wurde ihm in diesem Moment klar. Im Moment gab es vieles, über das er sich nicht so recht im Klaren war, aber eines wusste er mit Bestimmtheit: Ohne sie würde er nicht mehr leben können. „Aye." Er ging zu ihr und nahm die Tasse. Vielleicht war es besser, wenn er seine Hände beschäftigt hielt. „Du kannst nicht behaupten, dass du mich nicht begehrst, Anna."

Ihr Körper prickelte. Er brauchte sie nur zu berühren, und sie fühlte ihr Verlangen, ihre Schwäche. Sie zwang sich dazu, ihn anzusehen. „Nein, das kann ich nicht. Aber das ändert nichts."

Er stellte den Kaffee ab, ohne getrunken zu haben. Dabei war ihm mehr danach, die Tasse an die Wand zu werfen. „Natürlich tut es das. Du bist hergekommen."

„Zum Abendessen", erinnerte sie ihn ruhig. „Und weil ich aus irgendeinem unerfindlichen Grund deine Gesellschaft genieße. Es gibt Dinge, die ich akzeptieren muss, aber auch solche, die ich nicht riskieren darf."

„Ich darf." Behutsam legte er eine Hand um ihren Nacken, auch wenn es ihm schwer fiel, sanft zu bleiben, wo er sie doch lieber an sich gerissen und wild genommen hätte, wonach ihn dürstete. Sie wich zurück, aber er ignorierte es und zog sie an sich. „Und ich werde."

Als sie seine Lippen an ihren spürte, wusste Anna, dass es noch etwas gab, womit sie sich abfinden musste. Mit dem Unausweichlichen. Sie hatte gewusst, dass sie beide nicht zusammen sein konnten, ohne dass sich Leidenschaft in ihnen regte. Und doch war sie hier, aus freien Stücken. Zwischen ihnen brannte ein Feuer, das auf Dauer nicht einzudämmen war. Irgendwann würde die Zeit kommen, da es sie beide verschlang, das war ihr klar. Sie legte die Arme um ihn und näherte sich dem Feuer.

Als er sie auf die Couch drückte, protestierte sie nicht, sondern zog ihn an sich. Nur für einen Moment, nahm sie sich vor. Nur für einen Moment wollte sie erfahren, wie es sein könnte, wollte seinen festen, kräftigen Körper an ihrem fühlen. Sie konnte das verzweifelte Verlangen spüren, und wider besseres Wissen genoss sie es.

Er ließ seinen Mund über ihr Gesicht gleiten. Sein Atem strich heiß über ihre Lippen und den Hals, als er ihren Namen flüsterte. Sie schmeckte den Brandy, als ihre Zungen sich fanden. Um sie herum flackerten die Kerzen, und die Musik schien einen noch sinnlicheren, lockenderen Rhythmus anzunehmen.

Er musste sie anfassen. Wenn er nicht mehr von ihr bekam, würde er den Verstand verlieren. Doch als er sie berührte, ihre weiche Haut und ihr rasendes Herz spürte, wusste er, dass er nie genug von ihr bekommen würde. Seine Hände, so groß und kräftig, strichen über ihren Körper mit einer Zärtlichkeit, die sie erbeben ließ. Als er hörte, wie sie zitternd seinen Namen wisperte, musste er sich beherrschen, um sich nicht einfach zu nehmen, was er wollte. Er küsste sie, und ihr Mund schien auf seinen gewartet zu haben.

Fiebrig kämpfte er mit den Knöpfen an ihrem Kleid. Seine Hände waren so groß, die Knöpfe so winzig. Das Blut begann in seinen Ohren zu rauschen. Als er sah, dass seine korrekte Anna Spitze und Seide auf der Haut trug, stockte ihm der Atem.

Unter seiner Berührung bog sie sich ihm entgegen, wand sich und erschauerte, verlangte nach mehr. Was er in ihr auslöste, war mehr, als sie erwartet hatte, mehr, als sie je hätte erahnen können. Er entführte sie in eine Traumwelt, unglaublich sanft strich er mit seinen kräftigen Fingern über ihren Körper. Er streichelte sie, verhielt, wagte sich dann weiter. Das Gefühl war unwiderstehlich, und sie ließ sich von ihm führen. Kontrolle war nicht mehr wesentlich, Ehrgeiz und Ambitionen unwichtig geworden. Es gab nur noch eins. Verlangen. Und für einen verrückten Moment gab sie sich diesem Gefühl hin.

Mit jedem Herzschlag wuchs seine Verzweiflung. Er wusste, was er wollte. Jetzt und sein ganzes Leben lang. Anna. Nur Anna. Ihr Mund war heiß, ihre Haut kühl. Die Bilder, die durch seine Gedanken flimmerten, waren dunkel und gefährlich wie unerschlossenes Land. Sie klammerte sich an ihn und schien ihm alles zu geben. Vor Lust und Freude wurde ihm fast schwindlig. Dann presste sie das Gesicht an seinen Hals und erstarrte.

„Anna?" fragte er mit rauer Stimme.

„Ich kann nicht behaupten, dass ich das hier nicht will." Der Widerstreit, der in ihr tobte, erschreckte sie. „Aber ich kann auch nicht sicher sein, dass ich es wirklich will." Sie erschauerte und zog sich zurück. Im Kerzenschein konnte er ihr Gesicht sehen. Es war blass, die Augen dunkel. „Ich hatte nie damit gerechnet, so etwas zu fühlen, Daniel. Ich muss nachdenken."

In ihm brannte das Verlangen. „Ich kann für uns beide denken."

Bevor er sie küssen konnte, legte sie beide Hände an seine Wangen. „Und genau das macht mir Angst." Sie machte sich frei und setzte sich auf. Ihr Kleid stand fast bis zur Taille offen. Zum ersten Mal in ihrem Leben hatte sie sich einem Mann so gezeigt. Dennoch empfand sie keine Scham. Ihre Finger zitterten nicht, als sie die Knöpfe schloss. „Was zwischen uns passiert ... zwischen uns passieren könnte ... ist die wichtigste Entscheidung meines Lebens. Ich muss sie allein treffen."

Er packte sie bei den Armen. „Sie ist längst getroffen."

Ein Teil von ihr stimmte ihm zu, ein anderer wehrte sich voller Angst dagegen. „Du weißt, was du willst. Ich nicht. Und solange ich das nicht weiß, kann ich dir nichts versprechen." Erst jetzt begannen ihre Finger zu zittern. „Vielleicht werde ich dir nie etwas versprechen können."

„Wenn ich dich in den Armen halte, fühlst du, dass es richtig ist. Fühlst du das nicht, wenn ich dich berühre?"

„Doch." Anna zwang sich, ruhig zu bleiben. „Und genau deshalb brauche ich Zeit. Wie immer meine Entscheidung ausfällt, ich muss sie mit einem klaren Kopf treffen."

„Mit klarem Kopf." Wütend und von schmerzhaftem Verlangen durchtränkt, sprang er auf und begann im Zimmer auf und ab zu marschieren. „Mein Kopf ist nicht mehr klar, seit ich dich zum ersten Mal gesehen habe."

Sie erhob sich ebenfalls. „Dann brauchen wir beide Zeit, ob es dir nun gefällt oder nicht."

Er nahm ihr Glas und leerte es. „Du brauchst Zeit, Anna." Er drehte sich zu ihr um. Nie hatte er wilder, wunderbarer ausgesehen für sie. Eine kluge Frau würde auf ihr Herz aufpassen, Anna versuchte sich daran zu erinnern. „Ich werde drei Tage in New York sein. Da hast du deine Zeit. Wenn ich zurückkomme, werde ich zu dir kommen. Dann will ich deine Entscheidung hören."

Anna hob das Kinn, gab unbewusst den Blick auf den langen, fein geschwungenen Hals frei. Würde umhüllte sie wie ein eleganter Umhang. „Ich lasse mich von dir nicht unter Druck setzen, Daniel."

„Drei Tage", wiederholte er und stellte das Glas ab, bevor er es zerbrechen würde. „Ich bringe dich nach Hause."

6. KAPITEL

Als aus drei Tagen eine ganze Woche wurde, wusste Anna nicht, ob sie wütend oder erleichtert sein sollte. So zu tun, als würde weder das eine noch das andere sie interessieren, und ihr Leben wie üblich weiterlaufen zu lassen, war unmöglich. Er war doch derjenige gewesen, der ihr eine Frist gesetzt hatte, und jetzt hielt er sich selbst nicht daran. Allerdings musste sie sich auch ehrlich eingestehen, dass sie noch zu keiner Entscheidung gelangt war.

Wenn Anna sich vornahm, ein Problem zu lösen, dann tat sie es auch. Man musste die Sache von allen Seiten betrachten, alle Möglichkeiten durchspielen und Prioritäten setzen. Allerdings gab es in ihrer Beziehung mit Daniel so viele verschiedene Aspekte, was eine vernünftige Lösung praktisch unmöglich machte. Auf der einen Seite war er unhöflich und aufreibend, andererseits steckte er voller Leben und Energie und war amüsant. Er war unerträglich arrogant – und unwiderstehlich zärtlich. Seine rauen Kanten würden nie ganz abgeschliffen werden können. Er verfügte über eine ausgesprochen wache und schnelle Intelligenz. Er war listig. Er konnte über sich selbst lachen. Er war erdrückend. Er war unglaublich großzügig.

Wenn sie Daniel nicht analysieren konnte, wie sollte es ihr gelingen, ihre eigenen Gefühle für ihn zu analysieren? Verlangen. Sie hatte wenig Erfahrung mit diesem Gefühl, aber sie konnte es klar in sich erkennen. Wie erkannte man Liebe? Und falls es das sein sollte, was wollte sie dann unternehmen?

Nur eines hatte Anna während seiner Abwesenheit herausgefunden: Sie vermisste ihn. Sie war so sicher gewesen, dass sie nicht einmal an ihn denken würde. Dabei hatte sie kaum an etwas anderes als an ihn gedacht. Aber wenn sie nachgab, wenn sie alle Vorsicht in den Wind schlug und seinen Antrag annahm, was würde dann aus ihrem Traum werden?

Sie könnte ihn heiraten, seine Kinder bekommen, ihm ihr Leben widmen – und ihn mehr und mehr verabscheuen, weil sie dafür ihre eigenen Wünsche hatte aufgeben müssen. Das wäre nur ein halbes Leben, und Anna zweifelte nicht daran, dass sie das nicht ertragen würde. Und wenn sie ihn abwies? Hieße das nicht auch, nur ein halbes Leben zu führen?

Diese Fragen quälten sie tagaus, tagein, ließen sie in der Nacht nicht zur Ruhe kommen. Sie kannte die Fragen, aber sie fand keine Antworten. Also traf sie gar keine Entscheidung, wohl wissend, dass ein solcher Entschluss ein Leben lang seine Gültigkeit bewahren würde.

Sie zwang sich dazu, die Routine in ihrem Leben aufrechtzuerhalten. Um sich von den quälenden Fragen abzulenken, ging sie mit Freunden ins Theater und auf Partys. Tagsüber stürzte sie sich in die Arbeit im Krankenhaus, getrieben von einer Energie, die ihrer Frustration entstammte.

Wie immer besuchte sie zuerst Mrs. Higgs. Anna brauchte keinen Titel, um zu erkennen, dass die alte Dame nicht mehr lange zu leben hatte. Trotz ihrer anderen Pflichten versuchte sie, so viel Zeit wie möglich in Zimmer 521 zu verbringen.

Eine Woche nach dem Abendessen bei Daniel setzte Anna bewusst ein Lächeln auf und ging zu Mrs. Higgs. Diesmal waren die Vorhänge zugezogen, im Raum lagen mehr Schatten als Licht. Fast schien es, als würden diese Schatten geduldig warten.

Ihre Lieblingspatientin war wach und starrte lustlos auf die welken Blumen neben dem Bett. Als sie Anna sah, leuchteten ihre Augen auf.

„Ich bin so froh, dass Sie hier sind. Ich habe gerade an Sie gedacht."

„Ich musste doch kommen." Anna legte die Zeitschriften auf den Nachttisch. Instinktiv spürte sie, dass Hochglanzbilder der schillernden Modewelt nicht das waren, was Mrs. Higgs heute brauchte. „Wie sonst sollte ich Ihnen den neuesten Klatsch berichten, den ich gestern auf der Party, bei der ich war, gehört habe?" Sie tat, als müsste sie das Laken glatt streichen, und warf einen Blick auf das Krankenblatt. Betrübt stellte sie fest, dass Mrs. Higgs' Zustand sich rapide verschlechtert hatte. Doch als sie sich auf den Stuhl neben dem Bett setzte, lächelte sie.

„Sie erinnern sich doch an meine Freundin Myra?" Anna wusste, wie gern Mrs. Higgs von Myras Eskapaden hörte. „Gestern Abend trug sie ein trägerloses Kleid. Der Ausschnitt war so gewagt, dass einige der älteren Damen fast in Ohnmacht gefallen wären."

„Und die Männer?"

„Nun ja, sagen wir, Myra konnte sich zwischen den Tänzen kaum ausruhen."

Mrs. Higgs lachte und verzog das Gesicht, als der Schmerz einsetzte. Anna sprang auf.

„Ich hole den Arzt."

„Nein." Die Hand, mit der Mrs. Higgs nach Annas Hand griff, besaß überraschend viel Kraft. „Der gibt mir nur wieder eine Spritze."

Tröstend rieb Anna über das zerbrechlich wirkende Handgelenk, während sie den Puls maß. „Nur gegen die Schmerzen, Mrs. Higgs. Sie müssen doch nicht leiden."

Mrs. Higgs entspannte sich und ließ den Kopf wieder in die Kissen sinken. „Lieber Schmerzen, als gar nichts fühlen. Es geht schon wieder." Sie lächelte matt. „Mit Ihnen zu reden ist besser als jede Medizin. Ist Ihr Daniel schon zurück?"

Den Finger noch immer am Puls, setzte Anna sich wieder. „Nein."

„Es war so nett von ihm, mich zu besuchen, bevor er nach New York flog. Stellen Sie sich vor, auf dem Weg zum Flughafen ist er bei mir vorbeigekommen."

Diese Neuigkeit verwirrte Anna nur noch mehr. „Er besucht Sie gern. Das hat er mir erzählt."

„Er hat mir versprochen, dass er wieder kommt, wenn er aus New York zurück ist." Sie warf einen Blick auf die Rosen, die die Schwestern nicht wegnehmen durften, obwohl sie schon eine Woche alt waren. „Es ist etwas Besonderes, jung und verliebt zu sein."

Anna spürte einen Stich im Herzen. Liebte er sie denn? Er hatte sie erwählt, er begehrte sie, aber Liebe war etwas anderes. Sie wünschte, sie hätte jemanden, bei dem sie sich aussprechen könnte. Aber Myra war in letzter Zeit ständig beschäftigt, und jemand anders würde sie nicht verstehen. Und Mrs. Higgs durfte sie mit ihren Problemen sicherlich nicht belasten, wenn sie doch gekommen war, um zu trösten. Also streichelte sie lächelnd die Hand der Patientin. „Sie waren bestimmt oft verliebt."

„Oh ja. Sich zu verlieben ist so einfach, Anna. Es ist so aufregend, das ständige Auf und Ab, die Erregung. Wie ein sich ewig drehendes Karussell, und die Musik hört nie auf zu spielen. Aber es dann auch zu bleiben, zu lieben ..." Sie seufzte, in Erinnerungen versunken. „Das ist der Irrgarten, das Verworrene, immer wieder neue Abzweigungen und Straßen, die ins Nichts führen. Man darf die Hoffnung nicht aufgeben, muss immer weitergehen und es neu versuchen, voller Zuversicht und Vertrauen. Ich hatte nur so kurze Zeit mit meinem Mann, und nach ihm habe ich es nie wieder im Irrgarten versucht."

„Wie war er, Ihr Mann?"

„Oh, er war jung und so ehrgeizig. Voller Pläne. Sein Vater hatte ein Lebensmittelgeschäft, und Thomas wollte es erweitern. Er war so clever. Aber dazu kam er nicht mehr ... Es sollte nicht sein. Glauben Sie daran, dass manche Dinge vorherbestimmt sind, Anna?"

Sie dachte an ihr Studium, an ihren Wunsch, Menschen zu heilen. Sie versuchte, nicht an Daniel zu denken. „Ja, das tue ich."

„Thomas war es vorherbestimmt, jung zu sterben. Und doch, er war so voller Tatkraft und hat in seinem kurzen Leben viel erreicht. Je öfter ich an ihn denke, desto mehr bewundere ich ihn. Ihr Daniel erinnert mich an ihn."

„Wie das?"

„Der Schwung – jene Tatkraft, die man ihnen vom Gesicht ablesen kann. Und dann weiß man einfach, dass diese Menschen großartige Dinge vollbringen werden." Mrs. Higgs lächelte und wehrte sich gegen den Schmerz. „Da ist eine gewisse Rücksichtslosigkeit zu erkennen, die sie antreibt, alles zu tun, war nötig ist, um zu erreichen, was sie sich vorgenommen haben. Aber da gibt es auch Sanftmut, Güte und Großzügigkeit. Jene Großzügigkeit, die Thomas dazu brachte, einem Kind, das kein Geld hatte, eine Hand voll Bonbons zu schenken. Jene Güte, die Ihren Daniel dazu bringt, eine alte Frau zu besuchen, die er gar nicht kennt. Ich habe mein Testament geändert ..."

Besorgt richtete Anna sich auf. „Mrs. Higgs ..."

„Oh, jetzt regen Sie sich gefälligst nicht auf." Die alte Dame schloss die Augen, um Kraft zu sammeln. „Ich sehe Ihnen schon an, Sie fürchten, ich könnte Sie da in was hineinziehen. Thomas hat mir etwas hinterlassen, und ich habe es gut angelegt. Es hat mir ein gutes Leben garantiert. Ich habe keine Kinder, keine Enkel. Aber für Reue ist es jetzt zu spät. Ich möchte der Welt etwas zurückgeben, ich möchte, dass jemand sich an mich erinnert." Sie sah Anna an. „Ich habe mit Daniel darüber gesprochen."

„Mit Daniel?" Beunruhigt beugte Anna sich vor.

„Er ist clever, genau wie mein Thomas. Ich habe ihm gesagt, was ich will, und er hat mir erklärt, wie ich es tun muss. Mein Anwalt hat für mich eine Stiftung gegründet, und ich habe Daniel zu meinem Nachlassverwalter ernannt, damit er sich um alles kümmern kann."

Anna wollte das Thema Sterben als viel zu verfrüht abtun, doch dann wurde ihr bewusst, dass Mrs. Higgs keine Angst vor dem Tod hatte. „Was für eine Stiftung?"

„Eine Stiftung für junge Frauen, die in die Medizin gehen wollen." Mrs. Higgs lächelte über Annas verblüfften Gesichtsausdruck. „Ich wusste, dass es Ihnen gefallen würde. Ich habe mich gefragt, was ich machen könnte, und dann musste ich an Sie denken und an all die wunderbaren Schwestern, die sich so nett um mich gekümmert haben."

„Das ist eine wunderbare Idee, Mrs. Higgs!"

„Ich hätte allein sterben können, ohne jemanden, der bei mir sitzt und mit mir redet. Ich hatte Glück." Sie ergriff Annas Hand. „Anna, machen Sie nicht den gleichen Fehler wie ich. Denken Sie nicht, dass Sie niemanden brauchen. Lassen Sie die Liebe zu, leben Sie mit ihr. Fürchten Sie sich nicht vor dem Irrgarten."

„Nein", flüsterte Anna. „Das werde ich nicht."

Mrs. Higgs fühlte keinen Schmerz mehr. Sie fühlte kaum noch etwas, starrte mit gebrochenen Augen in das Licht, das immer schwächer wurde. „Wissen Sie, was ich tun würde, wenn ich noch einmal von vorn anfangen könnte?"

„Was denn?"

„Ich würde mir alles nehmen." Sie lächelte, auch wenn die Ränder um das Licht verschwammen. „Es war dumm von mir zu glauben, man könnte mit einzelnen Teilen zufrieden sein. Thomas hätte es besser gewusst." Erschöpft schloss sie die Augen. „Bleiben Sie noch ein Weilchen bei mir."

„Natürlich."

Anna saß in dem abgedunkelten Zimmer, die schmale Hand der Sterbenden in ihrer, und lauschte dem schwächer werdenden Atem. Als es vorbei war, stand sie leise auf und küsste Mrs. Higgs auf die Stirn. „Ich werde Sie nie vergessen."

Ruhig und beherrscht ging sie über den Korridor zu Mrs. Kellerman. Die Oberschwester war gerade mit fünf Neuaufnahmen beschäftigt und warf ihr einen kurzen Blick zu. „Wir sind im Moment ein wenig unter Druck, Miss Whitfield."

Sie stand sehr gerade. Als sie sprach, klang sowohl Autorität als auch Geduld in ihrer Stimme mit. „Schicken Sie einen Arzt zu Mrs. Higgs."

Sofort stand Mrs. Kellerman auf. „Hat sie Schmerzen?"

„Nein." Anna verschränkte die Hände. „Nicht mehr."

Mrs. Kellerman verstand sofort, und ein Anflug von Trauer trat in ihre Augen. „Danke, Miss Whitfield. Schwester Bates, rufen Sie Doktor Liederman. 521." Ohne eine Antwort abzuwarten, eilte sie selbst den Korridor hinunter. Anna folgte ihr und wartete in der Tür zu Mrs. Higgs' Zimmer. Die Oberschwester drehte sich zu ihr um. „Miss Whitfield, Sie brauchen nicht zu bleiben."

Entschlossen hielt Anna den Blick auf die Oberschwester gerichtet. „Mrs. Higgs hatte niemanden."

Mitgefühl lag in Mrs. Kellermans Blick und zum ersten Mal auch Respekt. Sie kam von dem Bett zu Anna und legte ihr eine Hand auf den Arm. „Bitte warten Sie draußen. Ich sage dem Doktor, dass Sie mit ihm sprechen möchten."

„Danke." Langsam ging Anna zum Warteraum und setzte sich. Mit jeder Minute, die verging, wurde sie ruhiger. So etwas würde sie als Ärztin Tag für Tag erleben, für den Rest ihres Lebens. Dies war das erste, aber nicht das letzte Mal. Der Tod würde zu ihrem Leben gehören. Sie würde ihn mit allen Mitteln bekämpfen, aber auch akzeptieren müssen, wenn sie verlor. Und sie würde lernen müssen, sich dagegen zu wappnen. Damit würde sie jetzt sofort anfangen.

Anna holte tief Luft und schloss die Augen. Als sie die Augen wieder öffnete, sah sie Daniel auf sich zukommen.

Für einen Moment wich jeder Gedanke aus ihrem Kopf. Dann sah sie die Rosen in seiner Hand, und sie spürte, wie ihr die Tränen kamen. Sie verdrängte sie, und als sie aufstand, zitterten ihre Beine nicht.

„Ich dachte mir, dass ich dich hier finde." Alles an ihm wirkte aggressiv, sein Gang, sein Gesicht, selbst seine Stimme. Nur einen flüchtigen Moment wünschte sie, sich den Luxus erlauben zu können, sich in seine Arme zu werfen und den Tränen freien Lauf zu lassen.

„Ich bin jeden Tag hier." Und daran würde sich nichts ändern, dessen war sie sich jetzt sicherer als je zuvor.

„Die Sache in New York hat länger gedauert." Und in den Nächten hatte er nur wenig geschlafen, weil er immerzu an sie gedacht hatte. Er wollte weiterreden, genauso scharf und zornig wie zuvor, aber etwas in ihrem Blick ließ ihn innehalten. „Was ist?" Sie schaute auf die Rosen, und er wusste Bescheid. „Mist." Mit einem Seufzer ließ er den Strauß fallen. „War sie allein?"

Dass er das fragte, dass er zuerst an Mrs. Higgs dachte, ließ sie nach seiner Hand greifen. „Nein, ich war bei ihr."

„Das ist gut." Eiskalt lag ihre Hand in seiner. „Ich bringe dich nach Hause."

„Nein." Wenn er jetzt zu viel Mitgefühl zeigte, würde ihre beherrschte Haltung zusammenbrechen. „Ich möchte erst mit ihrem Arzt sprechen."

Er wollte widersprechen, legte dann aber nur den Arm um ihre Schultern. „Ich warte mit dir."

Schweigend saßen sie nebeneinander. Der Duft der Rosen stieg ihr in die Nase. Es waren junge Knospen, frisch und noch feucht. Teil eines Kreislaufs. Wenn man das Leben schätzen wollte, musste man diesen Kreislauf verstehen lernen und akzeptieren.

Als der Arzt hereinkam, stand Anna langsam auf.

„Miss Whitfield. Mrs. Higgs hat oft von Ihnen gesprochen. Sie sind Medizinstudentin."

„Ja."

Er nickte, behielt sich ein Urteil vor. „Sie wissen, dass wir ihr vor einigen Wochen einen Tumor, einen bösartigen, entfernt haben. Leider gab es noch einen weiteren. Eine zweite Operation hätte sie nicht überstanden. Uns blieb nur, ihr das Ende so leicht wie möglich zu machen."

„Ich verstehe." Anna begriff, dass auch sie eines Tages solche Entscheidungen treffen musste. „Mrs. Higgs hatte keine Angehörigen. Ich möchte mich um ihre Beisetzung kümmern."

Ihre Haltung erstaunte den Arzt ebenso sehr wie ihre Antwort. Interessiert musterte er sie. Sollte sie ihr Studium erfolgreich abschließen, würde er sie gern als Assistenzärztin unter sich haben. „Ich bin sicher, das wird sich machen lassen. Wir werden Mrs. Higgs' Anwalt bitten, sich mit Ihnen in Verbindung zu setzen."

„Danke." Sie gab ihm die Hand. Ihr kühler, aber fester Griff beeindruckte Liederman. Ja, er würde sie gern weiter ausbilden.

„Gehen wir", sagte Daniel, sobald sie allein waren.

„Meine Schicht ist noch nicht zu Ende", wandte Anna ein.

„Doch, das ist sie." Er nahm ihren Arm und führte sie zum Fahrstuhl. „Es ist dir erlaubt, auch mal zum Durchatmen zu kommen. Und keine Widerrede jetzt." Er hatte geahnt, dass das kommen würde. „Sagen wir einfach, dass du mir einen Gefallen tust. Außerdem möchte ich dir etwas zeigen."

Sie hätte protestieren können. Allein das Wissen um ihre Kraft ließ sie nachgeben. Sie würde mit ihm gehen, denn morgen würde sie ohnehin wiederkommen und tun, was immer getan werden musste.

Als sie ins Freie traten, winkte Daniel seinem Chauffeur.

„Ich habe meinen eigenen Wagen", sagte sie.

Er zog eine Augenbraue hoch und nickte dann. „Augenblick." Er ging zu seinem Rolls-Royce und schickte Steven nach Hause. „Dann fahren wir eben mit deinem Wagen. Fühlst du dich in der Lage dazu?"

„Ja. Ja, sicher." Sie zeigte auf ihr kleines weißes Cabrio und ging darauf zu.

„Ich habe deinen Geschmack immer bewundert", meinte er anerkennend.

„Wohin fahren wir?"

„Nach Norden. Ich beschreibe dir den Weg."

Das Fahren, der Wind in ihren Haaren und die Tatsache, nicht zu wissen, wohin es gehen sollte, beruhigte sie irgendwie. Sie fuhren zur Stadt hinaus, und eine Weile lang überließ er sie ihren Gedanken.

„Tränen zu vergießen ist nicht unbedingt ein Zeichen von Schwäche."

„Nein, stimmt." Sie seufzte und sah auf die Schatten, die das Sonnenlicht auf die Straße warf. „Ich kann nicht. Noch nicht. Erzähl mir von deiner Reise nach New York."

„Eine verrückte Stadt. Mir gefällt sie." Er grinste und legte den Arm auf die Sitzlehne. „Ich möchte dort nicht leben, aber dem Trubel kann man sich nicht entziehen. Sagt dir 'Dunripple Publishing' etwas?"

„Ja, natürlich."

„Nun, ab jetzt heißt es 'Dunripple & MacGregor'." Er war sehr zufrieden damit, wie der Deal sich entwickelt hatte – oder besser gesagt, in welche Richtung er den Deal gelenkt hatte.

„Sehr angesehen."

„Pfeif auf das Ansehen", knurrte er. „Die brauchten frisches Blut und eine kräftige Finanzspritze."

„Und du? Was brauchtest du?"

„Ich muss meine Investitionen streuen. Ich mag es gar nicht, wenn alle meine Geschäfte alle in ein und dieselbe Richtung zielen."

Sie runzelte nachdenklich die Stirn. „Woher weißt du, in was du investieren sollst?"

„In alteingesessene Firmen, die an Marktanteil verlieren, oder neue Firmen, die groß im Kommen sind. Bei Ersteren kann ich in Stand bringen, durch Letztere eröffnet sich mir die Möglichkeit, Neues zu versuchen."

„Aber woher weißt du, dass sich die Investitionen auch lohnen?"

„Sicher werden nicht alle Profit einbringen. Aber das ist ja das Interessante daran. Es ist ein Spiel."

„Hört sich nach einem riskanten Spiel an."

„Mag sein, aber so ist das Leben." Er musterte sie. Sie war immer noch blass, ihre Augen zu groß, zu ruhig. „Ein Arzt ist sich auch bewusst, dass nicht alle seine Patienten es schaffen werden. Das hält ihn aber nicht davon ab, weiter Kranke zu behandeln."

Ja, er verstand. Sie hätte es wissen müssen. „Stimmt, du hast Recht."

„Wir alle gehen Risiken ein, Anna, wenn wir wirklich leben wollen."

Sie fuhr schweigend weiter, folgte Daniels Richtungsanweisungen. Gedanken wirbelten durch ihren Kopf, aufgewühlte Gefühle rauschten durch ihren Körper. Es war eine lange, ruhige Fahrt, eigentlich hätte sie sie beruhigen müssen. Aber als sie schließlich die Küstenstraße entlangfuhren, war Anna angespannt und nervös. Als in einiger Entfernung ein kleines Lebensmittelgeschäft auftauchte, zeigte Daniel darauf.

„Halt dort vorn an."

Sie fuhr auf den Parkplatz. „Ist es das, was du mir zeigen wolltest?"

„Nein. Aber du wirst Hunger bekommen."

Sie presste die Hand auf den Magen. „Ich glaube, ich bin schon hungrig." Ohne große Erwartungen auf ein opulentes Mahl, folgte Anna Daniel in das Geschäft.

Es war ein altmodischer Tante-Emma-Laden. Konserven standen an den Wänden gestapelt, haltbare Lebensmittel waren in offenen Regalen verstaut. Ein frisch gewachster Steinboden glänzte Anna entgegen, an der Decke drehte sich träge ein Ventilator.

„Mr. MacGregor!" Mit strahlendem Gesicht glitt eine rundliche Frau von ihrem Hocker hinter dem Tresen.

„Mrs. Lowe. Hübsch wie immer."

Sie war nicht hübsch, und sie wusste es. Also quittierte sie das Kompliment nur mit einem verächtlichen Schnauben. „Was kann ich heute für Sie tun?" fragte sie und musterte Anna unverhohlen.

„Die junge Dame und ich brauchen alles, was zu einem ordentlichen Picknick gehört." Daniel beugte sich über den Tresen. „Sie haben doch hoffentlich noch etwas von diesem zarten Roastbeef, bei dem einem das Wasser im Mund zusammenläuft, oder?"

„Keinen Krümel mehr." Sie blinzelte ihm zu. „Aber ich habe da einen Schinken, bei dem Ihnen die Augen übergehen werden und Sie Ihrem Schöpfer danken."

Ganz Charmeur, griff er ihre Hand und drückte einen Kuss darauf. „Da werde ich doch lieber Ihnen dafür danken, Mrs. Lowe."

„Also ein Sandwich für die Lady", sagte Mrs. Lowe. „Und für Sie mache ich wohl besser zwei. Die kalte Limonade steure ich bei ... Vorausgesetzt, Sie kaufen die Thermoskanne."

„Einverstanden."

Kichernd verschwand Mrs. Lowe nach hinten.

„Du warst schon mal hier", stellte Anna trocken fest.

„Ab und zu. Ein bemerkenswerter Laden." Er wusste, dass die Lowes ihn selbst führten und sich um alles kümmerten. „Wenn sie anbauen und einen richtigen Imbiss aufziehen würden, könnte Mrs. Lowe ein Vermögen mit ihren Sandwiches verdienen."

Anna lächelte über den Blick in seinen Augen. „Lowe & MacGregor."

Lachend lehnte er sich an den Tresen. „Nein, manchmal ist es besser, stiller Teilhaber zu sein."

Die Ladeninhaberin kehrte mit einem großen Korb zurück. „Den Korb bringen Sie mir zurück, nicht?" Sie zwinkerte Daniel zu. „Die Thermoskanne können Sie ja behalten."

Daniel holte einige Geldscheine aus seiner Brieftasche. Anna zählte mit und zog eine Augenbraue hoch. „Bestellen Sie Ihrem Mann schöne Grüße von mir, Mrs. Lowe."

„Mache ich. Ich wünsche Ihnen und Ihrer Begleiterin viel Spaß", sagte Mrs. Lowe, während sie das Geld einsteckte.

„Den werden wir haben", erwiderte Daniel. „Vertraust du mir deinen neuen Wagen an?" fragte er Anna auf dem Parkplatz.

Anna hielt die Schlüssel schon in der Hand. Niemand hatte sich bisher hinter dieses Steuer setzen dürfen, obwohl ihr Vater es mit mehr als einem Wink mit dem Zaunpfahl versucht und Myra ganz offen gequengelt hatte. Nach kurzem Zögern überließ sie ihm die Schlüssel.

Augenblicke später fuhren sie die steile Straße hinan. Nie zuvor war Anna auf einer so engen, so kurvenreichen und stetig bergauf führenden Straße gewesen. Die Aussicht über die Klippen, die direkt daneben steil zum Meer abfielen, raubte ihr den Atem. Zwischen dem grauen Fels leuchtete ab und zu etwas Farbe auf, ein Klecks Rot, eine Andeutung von Grün. An manchen Stellen wirkte der Fels, als hätte sich jemand mit einer Axt daran zu schaffen gemacht und große Stücke herausgehauen. Wellen brandeten an die Küste, zogen sich zurück, nur um mit voller Wucht erneut zuzuschlagen. Ein endloser Kreislauf, ursprünglich und wild. Anna sog tief den Geruch des Meeres ein und lehnte sich zurück.

Meile um Meile legten sie zurück. Die wenigen Bäume hatten sich in Jahrzehnten dem Wind gebeugt. Kurz fragte Anna sich, was Daniel wohl tun würde, sollte ihnen ein anderes Auto entgegenkommen. Aber es beunruhigte sie nicht. Sie sah einem Seevogel nach, der über der Wasseroberfläche dahinglitt und wenig später steil in die Lüfte emporstieg.

Als die Straße wieder eben wurde, verspürte sie fast so etwas wie Enttäuschung. Und dann sah sie das Land vor sich. Überwuchert, felsig und einsam erstreckte es sich bis an den äußersten Rand der Klippe. Irgendetwas breitete sich in ihr aus, scharf und schnell wie ein Pfeil, sanft und süß wie ein Kuss. Ein Wiedererkennen.

Daniel hielt an, stieg aus und nahm alles in sich auf. Die wilde Ursprünglichkeit war es, die ihn anzog, ihn festhielt. Er spürte das Meer und den Wind. Er war zu Hause angekommen.

Wortlos folgte Anna ihm. Die wuchtige Leidenschaft der Landschaft überwältigte sie, aber sie spürte auch die tiefe Ruhe, die dieser Gegend innewohnte. Ein Windstoß zerzauste ihr Haar. „Dies ist dein Land", murmelte sie, als er neben sie trat.

„Aye."

Ungeduldig strich sie sich das Haar aus dem Gesicht. Sie wollte alles genau sehen. „Es ist wunderschön."

Ihre Worte klangen so aufrichtig, es war eine so einfache Feststellung. Erst jetzt wurde ihm richtig bewusst, wie wichtig es für ihn war, dass sie seine Begeisterung teilte, dass sie verstand. Mehr noch, er hatte nicht gewusst, wie wichtig es ihm war, dass sie dieses Land vom ersten Anblick an liebte, so wie er es getan hatte. Die Sonne schien auf sein Gesicht, als er ihre Hand an seine Lippen hob und einen Kuss darauf hauchte.

„Dort kommt das Haus hin." Er zeigte auf eine ebene Stelle und zog sie mit sich. „Dicht an der Klippe, damit man das Meer hört. Es wird aus Stein sein, Tonnen von aufgeschichteten Steinen, sodass es selbst wie ein Fels wirkt. Einige Fenster werden vom Boden bis zur Decke reichen, und die Eingangstür wird breit genug für drei Männer sein." Er blieb stehen. „Und hier wird ein Turm stehen."

„Ein Turm?" Entgeistert starrte sie ihn an. „Das hört sich an wie eine Burg."

„Richtig. Eine Burg. Und über den Eingang kommt das Wappen der MacGregors."

Kopfschüttelnd versuchte sie sich das Haus vorzustellen. Eine faszinierende und gleichzeitig unverständliche Vorstellung. „Warum so gewaltig?"

„Es ist nicht nur für mich. Meine Großenkel sollen es auch noch sehen." Er ging zum Wagen, um den Korb zu holen.

Da sie nicht wusste, wie sie seine Stimmung einzuschätzen hatte, half Anna ihm, die Decke auszubreiten, die Mrs. Lowe ihnen mitgegeben hatte. Außer den Sandwiches gab es würzigen Kartoffelsalat und als Dessert Kuchen. Sie setzte sich mit überschlagenen Beinen, der Wild spielte mit ihrem Rock, während sie aß und den Wolken nachsah.

So vieles war in so kurzer Zeit geschehen, irgendwie konnte sie das alles gar nicht verarbeiten. Sie hatte keine Ahnung mehr, was sie finden würde, wenn sie nach links oder rechts abbog. Der Pfad, der einst so klar und gerade vor ihr gelegen hatte, verlief jetzt in einem seltsamen Zickzack. Sie konnte nicht mehr wissen, was sie hinter der nächsten Biegung erwarten würde. Und da Daniel schwieg, sagte auch sie nichts, aber sie wusste, dass er sich genauso unbehaglich fühlte wie sie.

„In Schottland haben wir in einem kleinen Cottage gelebt", brach er schließlich das Schweigen und sprach mehr zu sich selbst. „Es war nicht größer als die Garage am Haus deiner Eltern. Ich war fünf oder sechs, als meine Mutter krank wurde. Nach der Geburt meines Bruders wurde sie nie wieder richtig gesund. Meine Großmutter kam jeden Tag, um zu kochen und sich um das Baby zu kümmern. Ich saß bei meiner Mutter, redete mit ihr. Sie war noch so jung."

Anna hatte die Hände im Schoß verschränkt, ihr Blick ruhte ernst auf Daniels Gesicht. Noch vor ein paar Wochen hätte Anna nur höflich zugehört, jetzt hing sie an seinen Lippen. „Erzähl weiter, bitte."

Es war nicht leicht für ihn. Er hatte auch gar nicht vorgehabt, darüber zu sprechen. Aber jetzt, da er einmal angefangen hatte, merkte er, dass er es ihr schon die ganze Zeit über hatte erzählen wollen. „Mein Vater kam aus dem Bergwerk nach Hause, mit roten Augen in dem von Kohlenstaub schwarzen Gesicht.

Himmel, wie erschöpft muss er gewesen sein. Aber er setzte sich zu meiner Mutter, spielte mit dem Baby und hörte mir zu. Sie hielt noch fünf Jahre durch, und dann, als ich zehn war, schlief sie einfach ein. Sie hatte gelitten, aber sie hat sich nie beklagt."

Anna dachte an Mrs. Higgs. Jetzt hielt sie die Tränen nicht zurück. Daniel machte keine Bemerkung, sah nur aufs Meer hinaus.

„Meine Großmutter zog zu uns. Sie war verdammt zäh. Sie brachte mich dazu, aus Büchern zu lernen. Als ich im Alter von zwölf Jahren ins Bergwerk ging, konnte ich besser lesen, schreiben und rechnen als die erwachsenen Männer. Ich war schon so groß wie manche von ihnen." Er lachte und machte eine Faust, spreizte die Finger wieder. Mehr als einmal war er dankbar dafür gewesen.

„Die Mine war die Hölle. Staub in der Lunge, in den Augen. Jedes Mal, wenn die Erde bebte, wartete man auf den Tod und hoffte, dass es schnell gehen würde. Ich war etwa fünfzehn, als ich McBride, dem die Mine gehörte, auffiel. Da ich gut mit Zahlen umgehen konnte, half ich ihm bei den Abrechnungen. Auf seine Art war er ein fairer Mann, er bezahlte mich für die Extraarbeit. Ein Jahr später blieb ich ganz über Tage und wurde sein Buchhalter. Obwohl wir arm waren, sorgte mein Vater dafür, dass ich die Hälfte meines Lohns in einer Blechdose sparte. Mein Bruder Alan musste das auch tun."

„Er wollte, dass ihr es weiter bringt als er", murmelte Anna.

„Aye. Es war sein Traum, dass Alan und ich aus der Mine herauskamen. Wir sollten nicht das Leben führen, das er gehabt hatte." Er sah sie an. Seine Augen brannten. „Ich war zwanzig, als der Hauptstollen einstürzte. Wir haben drei Tage und drei Nächte lang gegraben. Zwanzig Männer waren tot, darunter mein Vater und mein Bruder."

„Oh, Daniel." Sie legte den Kopf an seine Schulter. Da war mehr als nur Trauer. Sie konnte die Wut, die Verbitterung und das Schuldgefühl spüren. „Das tut mir so Leid."

„Als wir sie beerdigten, schwor ich mir, dass dies nicht das Ende bedeutete, sondern ein neuer Anfang. Ich würde den Traum meines Vaters erfüllen und genug Geld verdienen, um dem Bergbau den Rücken kehren zu können. Als ich genug Geld hatte, war es allerdings zu spät, um meine Großmutter mitzunehmen. Sie hatte ein langes Leben, und bevor sie starb, nahm sie mir ein Versprechen ab. Ich sollte nicht der Letzte unserer Familie sein und nicht vergessen, woher ich komme. Ich werde dieses Versprechen halten, Anna." Er drehte sie zu sich, damit sie ihn ansah. „Wegen ihr, wegen mir. Mit jedem Stein, aus dem dieses Haus gebaut werden wird."

Jetzt verstand sie ihn, vielleicht zu gut. Und sie wusste, dass sie sich hier, auf diesem einsamen, vom Wind gepeitschten Kliff, in ihn verliebt hatte. Aber mit dieser Erkenntnis kamen nur noch mehr Fragen.

Sie stand auf und ging dorthin, wo er sein Haus bauen wollte. Er würde es bauen, dessen war sie sicher. „Sie wären stolz auf dich."

Er folgte ihr. „Eines Tages werde ich nach Schottland fahren, um mich an alles zu erinnern. Ich möchte, dass du dann an meiner Seite bist."

Sie drehte sich zu ihm um. Und während sie dies tat, blitzte der Gedanke in ihrem Kopf auf, dass es genau diese Bewegung war, für die sie ihr ganzes bisheriges Leben gelebt hatte. „Ich fürchte, ich werde dir nie alles geben können, was du erwartest, Daniel. Und ich fürchte mich noch mehr davor, dass ich es trotzdem versuchen werde."

Er blieb vor ihr stehen. Immer noch viel zu viel Abstand. „Du hast mir gesagt, dass du Zeit brauchst. Ich habe dich gebeten, eine Entscheidung zu treffen. Jetzt frage ich dich, wie sie lautet."

Anna stand da, reglos und gefasst am Rande ihrer Welt.

7. KAPITEL

Sie wollte ihm alles geben, worum er sie bat. Sie wollte ihm viel mehr geben, als er je zu fragen gewagt hätte. Sie wollte alles nehmen, was sie ergattern konnte, festhalten und nie wieder loslassen. In diesem Moment verstand Anna, was der nächste Schritt für sie beide bedeuten konnte. Sie fragte sich, ob auch er sich dessen bewusst war. Ein Schritt vorwärts konnte ihrer beider Leben für immer ändern, selbst wenn dieser Schritt später vielleicht zurückgegangen werden sollte. Ein Schritt nur, und alles, was gesagt oder getan wurde, konnte nicht mehr geändert werden. Anna glaubte an das Schicksal. Ein Schicksal, dem man sich mit offenen Augen und bei vollem Verstand stellte.

Und auch wenn die Vernunft darum rang, die Oberhand zu behalten, übernahm ihr Herz langsam, aber unausweichlich, die Zügel. Was war Liebe? In diesem Moment wusste sie nur, dass die Liebe viel, viel stärker war als die Logik, nach der sie immer gelebt hatte. Wegen der Liebe waren Kriege geführt worden und Imperien zusammengebrochen, die Liebe hatte Männer in den Wahnsinn getrieben und aus Frauen Närrinnen gemacht. Anna könnte stundenlang rational über dieses Thema nachdenken und es zu analysieren versuchen, aber nie würde sie die Kraft dieser allumfassenden Macht schmälern können.

Sie standen am Kliff. Der Wind brauste gegen den Fels, heulte durch das hohe Gras und über das Land, auf dem Daniel einen Traum verwirklichen und ein Versprechen einlösen wollte. Wenn Daniel ihre Bestimmung war, würde sie sich diesem Schicksal stellen.

Er sah wilder aus als je zuvor, fast Angst einflößend. Seine Augen brannten sich in ihre, während die Sonne in seinem Rücken stand. Zeus, Thor, er hätte beide verkörpern können. Aber er war aus Fleisch und Blut, ein Mann, der das Schicksal verstand und akzeptierte und Berge versetzen würde, um den Weg zu gehen, den er gewählt hatte. Er hatte sie gewählt.

Sie ließ sich Zeit, fest entschlossen, ihre Entscheidung mit klarem Verstand zu treffen. Aber die Gefühle, die in ihr tobten, waren weder klar noch ruhig. Wie hätte sie auch in seine Augen sehen sollen, die Wünsche und Bedürfnisse darin erkennen, und ruhig bleiben können? Er hatte von Familie gesprochen, von Versprechen, von einer Zukunft, von der sie nicht sicher war, ob sie sie auch mit ihm teilen konnte. Aber es gab etwas, das sie jetzt mit ihm teilen konnte, etwas, das sie geben konnte und nur einmal geben würde. Sie ließ sich von ihrem Herzen führen, trat auf ihn zu und in seine Arme.

Zusammen waren sie wie der Donner, drängend, wild, ungestüm. Ihre Münder trafen sich, voll der Begierde, die sie bis jetzt zurückgehalten hatten. Anna fühlte die Macht des Strudels, der sie mitriss, das Feuer, das hell auflöderte, sich unaufhörlich ausbreitete, jenseits aller Kontrolle. Es gab nur das Hier und Jetzt.

Seine Hände griffen in ihr Haar, wühlten durch die seidigen Strähnen, dass die Kämme, die ihr Haar zusammengehalten hatten, unbeachtet zu Boden fielen. Sein Mund war gierig und fordernd, strich fiebrig über ihr Gesicht, presste sich auf ihre Lippen, wanderte weiter, begierig, ihren Geschmack in sich aufzunehmen. Sie hörte, wie er mit tiefer, heiserer Stimme ihren Namen flüsterte, spürte die Vibrationen an ihren Lippen. Sie schmiegte sich enger an ihn, merkte, wie ihr Körper weich und nachgiebig wurde, eine fließende Sehnsucht, die nur eine Frau empfinden konnte. Ihr Verstand jubelte, als er erkannte, dass man sich ergeben konnte und gleichzeitig Macht besaß. Dann verließ jeder klare Gedanke sie, bis auf einen: Sie war, wo sie sein wollte.

Zusammen ließen sie sich ins Gras sinken, so eng umschlungen, dass nicht einmal der Wind sich zwischen sie drängen konnte. Wie zwei Liebende, die jahrelang getrennt gewesen waren, erforschten sie einander, ohne Zurückhaltung, ohne

Zögern. Voller Ungeduld, endlich das wunderbare Gefühl von Haut an Haut auskosten zu können, zerrte Anna an seinem Hemd. Muskeln, die er schon als Junge entwickelt hatte, liefen über seine Arme, seinen Rücken, spannten sich unter ihrer Berührung an. Angespornt durch seine Stärke, setzte Anna ihren Zärtlichkeiten keine Grenzen und erfuhr, wie herrlich es war, einem Mann – ihrem Mann – mit ihren Berührungen ein heiseres Stöhnen entlocken zu können.

Er begehrte sie, wollte sie hier und jetzt. Anna spürte es mit jedem Schlag ihres eigenen Pulses. Bis zu diesem Moment hatte sie nicht gewusst, wie wichtig es gewesen war, sich ganz sicher zu sein. Was immer er sonst noch von ihr wollte, welche Pläne er auch immer für die Zukunft schmiedete, es war ihr egal. Denn jetzt beherrschte sie nur noch eins: Verlangen. Pures, nahezu verzweifeltes Verlangen.

Er hatte sich vorgenommen, behutsam und zärtlich zu sein, aber sie weckte in ihm etwas, das er noch nie erlebt hatte. Angesichts dieser Realität verblassten alle Fantasien, alle Träume. Anna war viel mehr als ein Ziel, das er erreichen wollte, oder eine Frau, die es zu erobern galt. Ihre Hände waren schmal, geschickt und neugierig, ihr Mund warm und fordernd. Das Verlangen pochte in seinem Körper, so laut, dass er selbst die krachende Brandung nicht mehr wahrnahm. Ihr sanfter, unaufdringlicher Duft überlagerte den Geruch des wilden Grases, auf dem sie lagen. Sie war so zart, so herzzerreißend nachgiebig, dass er sich zügeln musste, während er sie auszog. Aber sie gestattete es ihm nicht nur, sie verlangte es, indem sie sich unter ihm wand.

Er konnte ihr nicht widerstehen, genauso wenig wie er dem Druck, der sich in ihm bildete, etwas entgegenzusetzen hatte. Angefeuert von Leidenschaft, zerrte er ihr die restlichen Kleider vom Leib und ergab sich seinem Verlangen. Ihre Haut war weiß wie Porzellan im Schein der heißen Sommersonne, ihr Körper so perfekt und geschmeidig wie ihr Verstand. Keine andere Frau, kein Traum hatte ihn je so sehr erregt. Auf den Laut, der tief in seiner Kehle entstand, folgte ihr erstauntes Aufstöhnen wie ein lustvolles Echo.

Da gab es noch mehr? Sie hatte es für unmöglich gehalten, aber Daniels Lippen verschafften ihr überall, wo sie sie berührten, unaussprechliches Vergnügen. Hätte sie wissen müssen, dass ein Mann und eine Frau am helllichten Tage etwas so Geheimnisvolles, etwas so Intimes erleben konnten? Hätte sie ahnen können, dass sie, die sie stets so beherrscht und vernünftig war, sich hier, im tiefen Gras über einem Kliff, der Leidenschaft hingeben würde? Sie begriff nur, dass es nicht mehr wichtig war. Es gab nur noch Daniel, würde immer nur Daniel geben.

Sie wollte jede neue Empfindung auskosten, doch bevor sie das tun konnte, folgte schon die nächste. Mit einem atemlosen Lachen begriff sie, dass sie nicht mehr verstehen, sondern nur noch fühlen musste. Doch statt Angst vor dem Unbekannten spürte sie nichts als Vorfreude darauf.

In ihr loderte das gleiche Feuer wie in ihm, sie bewegte sich im gleichen Rhythmus, der ihn vorantrieb. Aber sie war noch unberührt. Und bei aller Ungeduld wusste Daniel, dass er das nicht vergessen durfte. Sie umklammerte ihn, bot sich ihm ungehemmt dar, aber er durfte und wollte ihr unter keinen Umständen wehtun.

Er holte tief Luft, um sich wieder unter Kontrolle zu bekommen. „Anna ..."

„Ich will dich." Ihr Flüstern hallte in seinen Ohren. „Ich brauche dich, Daniel." Als er ihre Worte hörte, fühlte er den süßen Schmerz in sich, als sie sie sagte, fühlte sie herrlich.

„Ich werde dir nicht wehtun." Er hob den Kopf und sah, dass ihr Blick verschleiert war.

„Nein, du wirst mir nicht wehtun."

Er brachte seine gesamte Willenskraft auf, als er in sie eindrang. Sie nahm ihn in sich auf, und ein völlig neues Gefühl durchströmte ihn mit ungekannter Wucht. Er hatte Frauen besessen, aber noch nie war es so gewesen wie jetzt. Er hatte sich der Leidenschaft ergeben, aber nie war es so gewesen wie mit ihr.

Anna fühlte, wie er in sie eindrang, sie füllte und erfüllte. Es dauerte nur einen Herzschlag, bis ihre Unschuld in einer Leidenschaft unterging, die jeden Schmerz vertrieb. Macht, schoss es ihr durch den Kopf. Ich habe Macht über ihn. Es war ein Gefühl von Macht, das das ungläubige Staunen überlagerte. Berauscht davon, zog sie Daniel noch fester an sich und hörte, wie er ihren Namen rief, bevor er seine Lippen auf ihren Mund presste.

Dann warfen sie alle Vorsicht über Bord und nahmen einfach, was sie einander geben konnten.

Natürlich kannte er den Spruch von der Katze, die den Kanarienvogel gefressen hatte. Jetzt verstand er ihn. Hier so zu liegen, auf dem wilden Gras, mit Anna im Arm, kam er sich vor wie eine Katze, die man unbeaufsichtigt im Vogelhaus allein gelassen hatte. Die nie gekannte noch je erlangte Zufriedenheit entlockte ihm einen trägen Seufzer.

Er hatte sich eine wunderbare, intelligente Frau zum Heiraten ausgesucht. Eine logische Wahl für einen Mann, der vorhatte, ein Imperium aufzubauen, das Generationen überdauern sollte. War es da nicht großartig, dass er sich in sie verliebt hatte und jetzt wusste, wie liebevoll, sanft und leidenschaftlich sie war? Seine zukünftige Frau, die Mutter seiner noch ungeborenen Kinder passte hervorragend zu ihm. Es lohnte sich also, clever zu sein und gleichzeitig Glück zu haben.

Sie lag still neben ihm. An ihrem ruhigen Atem und an der Art, wie ihre Hand auf seiner Brust lag, wusste er, dass sie ihren Gedanken nachhing, aber kein Bedauern fühlte. Ihren Kopf hatte sie an seine Schultern geschmiegt, so natürlich und vertraut, dass er hätte schwören mögen, sie hätten schon vorher und viele Male so gelegen, das Gras weich unter ihren Rücken, der Himmel blau und klar über ihnen. Wolkengucker. Kinder legten sich so auf den Boden, um Gesichter und Träume in den Wolken zu erkennen. Als Junge hatte er keine Zeit für so etwas gehabt. Mit Anna würde er sich diese Zeit nehmen, und er brauchte nicht nach Träumen zu jagen.

Er hätte stundenlang hier so liegen können, auf der Erde, mit dem Wind und der Sonne. Er hatte seine Frau, sein Land, und das war nur der Anfang. Ihm war klar, dass sie bald aufbrechen mussten. Dennoch rührte er sich nicht, ließ den Arm um Annas Schultern, während in seinem Kopf die Zukunft Gestalt annahm.

„Im Haus gibt es mehr als genug Platz für uns", sagte er mehr zu sich selbst. Mit halb geschlossenen Augen und dem immer noch anhaltenden sanften Glühen in seinem Körper konnte er sie sich bestens in dem Haus vorstellen. Sie würde die Akzente setzen, die er oft einfach vergaß. Vasen mit Blumen, Musik, die durch die Räume schwebte. „Sicherlich wirst du einiges verändern wollen, alles ein bisschen aufpeppen."

Sie sah zu, wie die Sonnenstrahlen durch die Blätter fielen. Sie hatte einen Schritt vorwärts gemacht. Der Zeitpunkt, ihn wieder zurückzugehen, war bereits gekommen. „Mit deinem Haus ist alles in Ordnung, so wie es ist, Daniel."

„Aye, aber es ist ja nicht für immer." Seine Finger spielten mit ihrem Haar, während er auf den Platz blickte, wo er seinen Traum bauen würde. Ab jetzt ihrer beider Traum. Wie viel schöner es doch war, jemanden zu haben, mit dem man einen Traum teilen konnte. „Wenn das hier erst gebaut ist, verkaufen wir das Haus in Boston. Oder vielleicht behalten wir es auch, fürs Geschäft. Ich werde nicht mehr so viel reisen, wenn ich eine Frau habe."

Die Wolken zogen langsam über den Himmel, der Wind, der durch das Gras raschelte, berührte sie nicht. „Reisen ist wichtig für dein Geschäft."

„Im Moment noch. Aber nicht mehr lange, und dann kommen sie alle zu mir. Sie werden hierher kommen. Ich habe nämlich nicht vor, zu heiraten und meine Frau dann ständig allein zu lassen."

Die Hand immer noch auf seiner Brust, fragte sie sich, ob er sich im Klaren war, mit welcher Selbstgefälligkeit er ‚meine Frau' aussprach. Mit der gleichen Lässigkeit könnte ein Mann sein neues Auto beschreiben.

„Ich werde dich nicht heiraten, Daniel."

„Ich werde ab und zu nach New York fliegen müssen, aber du kannst mich begleiten."

„Ich sagte, ich werde dich nicht heiraten."

Lachend zog er sie an sich, bis sie halb über ihm lag. Ihre Haut war warm von der Sonne und der Leidenschaft. „Was soll das denn heißen? Natürlich wirst du."

„Nein." Sie legte eine Hand an seine Wange. „Das werde ich nicht."

„Wie kannst du so etwas sagen?" Er packte sie an den Schultern. Panik ergriff ihn, als er ihren ruhigen Blick erkannte. Ein Teil seines Erfolges lag in seiner Fähigkeit, Angst in Wut zu verwandeln, und Wut in Entschlossenheit. „Jetzt ist nicht die Zeit für Spielchen, Anna."

„Da hast du Recht." Ohne Hast zog sie sich an.

Zwischen Verwirrung und Ärger hin- und hergerissen, packte er ihre Handgelenke, bevor sie in die Bluse schlüpfen konnte. „Wir haben gerade miteinander geschlafen. Du bist zu mir gekommen."

„Ja, aus freien Stücken", erwiderte sie. „Weil wir einander brauchten."

„Und das wird auch in Zukunft so sein. Deshalb wirst du mich heiraten."

Sie zwang sich, lautlos auszuatmen. „Ich kann nicht."

„Warum nicht, zum Teufel?"

Sie zitterte. Trotz der warmen Sonne fror sie plötzlich. Sie wollte sich von ihm losmachen, aber sie wusste, dass er jede

Gegenwehr ignorieren würde. Plötzlich wollte sie wegrennen, schneller rennen, als sie je in ihrem Leben gerannt war. Doch sie blieb still stehen. „Du willst, dass ich dich heirate, eine Familie gründe und umziehe, wenn deine Geschäfte es erfordern." Sie schluckte. „Aber dazu müsste ich auf etwas verzichten, das mir wichtig ist, seit ich denken kann. Das kann ich nicht, Daniel, nicht einmal für dich."

„Unsinn." Er schüttelte sie leicht. „Wenn dir dein verdammter Abschluss so wichtig ist, hol ihn dir. Du kannst mich trotzdem heiraten."

„Nein." Jetzt trat sie doch zurück und zog sich mit fahrigen Händen an. Sie würde sich nicht einschüchtern lassen, genauso wenig, wie sie sich von ihm überreden lassen würde, selbst wenn er ein Meister in beidem war. „Wenn ich als Mrs. MacGregor weiterstudiere, werde ich es nie schaffen. Du würdest mich daran hindern, auch wenn du es nicht willst."

„Das ist doch lächerlich." Nackt stand er vor ihr, aber Anna hielt der Versuchung stand und erhob sich.

„Nein, durchaus nicht. Und ich werde mein Examen ablegen, Daniel. Ich muss."

„Also ist dir deine Medizin wichtiger als ich." Er war verletzt und wütend, und es interessierte ihn nicht, ob er fair war oder nicht. Er sah nur, dass ihm das, was sein Leben vollständig machen würde, es wirklich werden lassen würde, entglitt.

„Ich will beides." Sie schluckte. „Ich werde dich nicht heiraten, aber ich werde mit dir leben."

Er kniff die Augen zu schmalen Schlitzen zusammen. „Du wirst was?"

„Ich werde bis September mit dir in deinem Haus in Boston leben. Danach können wir uns eine Wohnung außerhalb des Campus suchen, und dann ..."

„Und dann was, Anna?" fiel er ihr scharf ins Wort und sah sie wütend an.

Sie hob hilflos die Hände, ließ sie wieder sinken. „Und dann weiß ich auch nicht."

Den Kopf hatte sie stolz erhoben, der Wind spielte mit ihrem Haar. Aber sie war bleich, und ihre Augen viel zu groß. Er liebte sie, dass es schon fast an Wahnsinn grenzte, und seine Wut war ebenso groß. „Kommt gar nicht in Frage, Anna! Ich will dich als meine Frau, nicht als meine Geliebte."

Die Zweifel in ihren Augen schwanden, machten einer Rage Platz, die der seinen in nichts nachstand. Empörung hatte Farbe auf ihre Wangen gebracht. „Ich biete dir ja auch nicht an, es zu werden." Sie drehte sich auf dem Absatz um und wollte zum Wagen zurück, doch er griff ihren Arm und schwang sie so heftig herum, dass sie fast das Gleichgewicht verloren hätte.

„Was bietest du mir dann an?"

„Mit dir zu leben." Sie schrie nicht oft, aber wenn, dann gab sie alles, was sie hatte. Wäre er nicht so wütend gewesen, hätte er ihr Respekt gezollt. „Ich werde mich nicht von dir aushalten lassen. Ich will weder dein Geld noch dein großes Haus oder ein Dutzend Rosen am Tag. Dich will ich. Der Himmel allein weiß, warum."

„Dann heirate mich." Immer noch nackt, immer noch wütend, zog er sie an sich.

„Bildest du dir ein, du kannst alles erreichen, nur weil du lauter schreist und stärker bist?" Sie schob ihn von sich und stand da, klein und grazil und überwältigend. „So viel werde ich dir geben, mehr nicht."

Er fuhr sich mit beiden Händen durchs Haar. Wie sollte ein Mann mit einer solchen Frau umgehen? „Wenn du nicht an deinen Ruf denkst, ich tue es."

Sie zog eine Augenbraue in die Höhe. „Du solltest besser an deinen eigenen Ruf denken." Mit der majestätischen Haltung, die sie so mühelos einnehmen konnte, musterte sie ihn von oben bis unten. „Im Moment scheint dich das auch nicht zu stören."

Mit einem wütenden Ruck griff er nach seiner Hose. Bei jedem anderen Mann hätte es lächerlich gewirkt, Daniel sah großartig aus. „Vor ein paar Minuten habe ich dich verführt ...", setzte er an.

„Oh, mach dir doch nichts vor." Kühl und selbstsicher reichte sie ihm sein Hemd. „Vor ein paar Minuten haben wir uns geliebt. Das hatte nichts mit Verführen zu tun."

Er riss ihr das Hemd aus der Hand und zog es über. „Du bist sehr viel härter, als du aussiehst, Anna Whitfield."

„Stimmt." Sehr zufrieden mit sich, begann sie die Reste des Picknicks einzusammeln. „Du hast mir mal gesagt, ich solle dich nehmen, wie du bist. Das gilt auch für dich, Daniel. Wenn du mich willst, dann nur zu meinen Bedingungen. Denk darüber nach." Sie ließ ihn halb angekleidet zurück und ging zum Wagen.

Auf der langen Rückfahrt sprachen sie kaum. Anna war nicht zornig, sondern ausgelaugt. In so kurzer Zeit war derart viel passiert, was in ihrer Lebensplanung nicht vorgesehen gewesen war. Sie brauchte Zeit, um in Ruhe über alles nachzudenken. Daniel kochte. Er musste nichts sagen, damit sie es erkannte.

Zum Teufel mit seinem Temperament, dachte sie. Sollte er doch wütend sein. Immerhin sah er dann so großartig aus, was lange nicht jeder von sich behaupten konnte.

Seine Geliebte. Sie merkte, wie auch in ihr die Wut aufstieg, aber sie riss sich zusammen. Niemals würde sie die Geliebte eines Mannes werden. Anna lehnte sich mit verschränkten Armen in den Sitz zurück. Und sie würde auch erst dann die Frau eines Mannes werden, wenn sie bereit dazu war. Ihr Puls beschleunigte sich, als sie daran dachte, was sie tun würde: Ja, sie würde mit einem Mann schlafen. Auf ihre eigene ruhige Art war sie genauso stur und entschlossen wie Daniel, genau das zu tun, was sie wollte.

Mit ihm leben. Daniel umklammerte das Lenkrad mit

eisernem Griff, während er die Kurve mit einer Geschwindigkeit nahm, die jeder Vernunft widersprach. Er bot ihr die Hälfte von allem, was er hatte, die Hälfte von allem, was er war. Und was am wichtigsten war, er bot ihr seinen Namen. Und was tat sie? Sie schleuderte es ihm vor die Füße!

Bildete sie sich ein, er hätte ihr die Unschuld genommen, wenn es für ihn nicht selbstverständlich wäre, dass sie nun zueinander gehörten? Was für eine Frau schlug einen ernst gemeinten Antrag aus und schlug stattdessen vor, mit ihm durchzubrennen? Er wollte eine Frau, verflucht, eine Familie. Und sie wollte ein Stück Papier, das ihr erlaubte, Nadeln in Leute zu stechen.

Er hätte von Anfang an auf sie hören sollen. Anna Whitfield war die letzte Frau in ganz Boston, die eine passende Ehefrau für ihn abgeben würde. Also würde er sie eben vergessen. Er würde sie vor ihrer Tür absetzen, sich höflich verabschieden und seiner Wege gehen. Aber er konnte sie immer noch schmecken, roch noch immer den Duft ihres Haars, spürte noch immer ihre samtene Haut an seinen Fingern.

„Das werde ich nicht akzeptieren."

Mit quietschenden Reifen zog er den Wagen an den Bordstein vor ihrem Elternhaus. Nur wenige Meter entfernt schnitt Annas Mutter gerade Rosen. Das Geräusch ließ sie zusammenzucken. Nervös schaute sie sich um. Die Tatsache, dass keiner der Nachbarn draußen war und mitbekam, dass Daniel das Cabrio lenkte, beruhigte sie nur bedingt.

„Das bleibt dir überlassen", entgegnete Anna mit absoluter Ruhe.

„Jetzt hörst du mir zu." Daniel drehte sich auf seinem Sitz und packte Anna bei den Schultern. Er wollte nicht streiten, auch nicht diskutieren. In dem Moment, als die großen braunen Augen sich auf ihn richteten, wollte er nichts anderes, als sie an sich ziehen und sie lieben.

Anna zog wartend eine Augenbraue in die Höhe. „Ich bin ganz Ohr."

Er versuchte sich zu erinnern, was er hatte sagen wollen. „Was zwischen uns passiert ist, erleben nur die wenigsten Menschen. Ich weiß das."

Sie lächelte milde. „Da werde ich mich wohl auf dein Urteil verlassen müssen."

Die Frustration wuchs. „Genau darum geht es ja", murmelte er, bemühte sich aber, genauso beherrscht zu bleiben wie sie. „Ich will dich heiraten", erklärte er, und zwischen den Rosenbüschen ließ Mrs. Whitfield die Schere fallen. „Ich wollte dich schon heiraten, als ich dich zum ersten Mal sah."

„Und genau das ist das Problem." Da ihr Herz schon fast ganz ihm gehörte, legte Anna beide Hände an seine Wangen. „Du suchtest etwas Passendes, und ich schien deiner Vorstellung zu entsprechen. Vielleicht könnte ich den Platz, den du mir in deinem Leben zugedacht hast, sogar ausfüllen, aber das werde ich nicht tun."

„Jetzt ist viel mehr daraus geworden." Er zog sie an sich, und für einen Moment erkannte sie das Aufleuchten von Leidenschaft in seinen Augen, dann spürte sie dieses Gefühl auf ihren Lippen. Ohne Zögern erwiderte Anna seinen Kuss. Ja, jetzt gab es da viel mehr – vielleicht zu viel, um damit fertig zu werden. Wenn sie so zusammen waren, schien alles andere nicht mehr zu existieren. Und das machte ihr unglaubliche Angst. Es berauschte sie aber auch.

Verzweifelt hielt er sie von sich ab. „Du siehst doch, was wir zusammen haben. Was wir zusammen haben können."

„Ja", erwiderte Anna ruhig. „Und ich will es. Ich will dich – aber keine Ehe."

„Ich will dir meinen Namen geben."

„Und ich will, dass du mir zuallererst dein Herz gibst."

„Du denkst nicht vernünftig." Er auch nicht. Zögernd ließ er seine Hände von ihren Schultern gleiten. „Ich denke, du brauchst nur Zeit."

„Nicht unbedingt." Bevor er sie aufhalten konnte, war sie aus dem Wagen gestiegen. „Aber es ist offensichtlich, dass du Zeit brauchst. Auf Wiedersehen, Daniel."

Mrs. Whitfield beobachtete, wie ihre Tochter ausstieg und zum Haus ging. Als sie sich umdrehte, sah sie, wie Daniel losfuhr. Dann fiel ihm ein, wessen Wagen er fuhr. Er bremste scharf und legte den Rückwärtsgang ein. Er hielt vor dem Haus, stieg aus, knallte die Fahrertür zu und marschierte davon.

Anna wollte mit klopfendem Herzen im Haus verschwinden, doch am Fuß der Treppe holte Mrs. Whitfield ihre Tochter ein.

„Anna! Was ist los?"

Anna wollte allein sein. Sie wollte in ihr Zimmer gehen, die Tür verriegeln und sich aufs Bett werfen. Es gab so vieles, über das sie sich klar werden musste. Sie wollte endlich den Tränen freien Lauf lassen und wusste nicht einmal, warum. Trotzdem blieb sie stehen. „Was soll los sein?"

„Nun, ich habe Rosen geschnitten ..." Verlegen streifte Mrs. Whitfield die Handschuhe ab. „Ich habe zufällig mit angehört, wie du und ..." Sie brach ab, der ruhige Blick aus den braunen Augen ihrer Tochter schien ihr plötzlich so erwachsen, so reif.

„Mir ist klar, dass du nicht absichtlich gelauscht hast, Mutter."

„Natürlich nicht! Das würde mir im Traum nicht einfallen!" Sie atmete tief durch. „Anna, sind du und Mr. MacGregor ... Habt ihr?" Sie ließ die Frage unvollendet und starrte in ihren Korb mit Rosen.

„Ja." Lächelnd ließ Anna das Geländer los. „Wir haben heute Nachmittag miteinander geschlafen."

„Oh." Eine dürftige Reaktion, aber zu mehr konnte Mrs. Whitfield sich nicht bringen.

„Mutter", Anna nahm ihr den Rosenkorb ab, „ich bin kein Kind mehr."

„Nein." Mrs. Whitfield besann sich auf ihre Mutterpflichten. „Wenn Mr. MacGregor dich verführt hat, dann muss ..."

„Er hat mich nicht verführt."

Annas Mutter blinzelte verwirrt. „Aber du sagtest doch ..."

„Ich sagte, wir haben miteinander geschlafen. Er brauchte mich nicht zu verführen." Anna nahm den Arm ihrer Mutter. „Vielleicht sollten wir uns einen Moment hinsetzen."

„Ja, vielleicht sollten wir das." Mrs. Whitfield ließ sich in den Salon führen.

Anna setzte sich neben ihre Mutter auf das Sofa. Wie sollte sie anfangen? Nie hätte sie sich träumen lassen, eines Tages neben ihrer Mutter in dem kleinen Salon voller Krimskrams zu sitzen und über Liebe und Sex zu reden. Sie holte tief Luft und sprang ins kalte Wasser. „Mutter, ich war nie zuvor mit einem Mann zusammen. Mit Daniel wollte ich zusammen sein. Es ist nicht aus einer Laune heraus geschehen, sondern ich habe gründlich darüber nachgedacht."

„Ich habe ja immer gesagt, dass du zu viel denkst", kam die automatische Bemerkung von Mrs. Whitfield.

„Entschuldige." An die elterliche Kritik gewöhnt, verschränkte Anna die Finger in ihrem Schoß. „Ich weiß, du willst das alles nicht unbedingt hören, aber ich will auch nicht lügen."

Liebe, Diskretion und Verwirrung kämpfen miteinander. Die Mutterliebe gewann. „Oh Anna." Es war eines der seltenen Male, dass Mrs. Whitfield ihre Tochter umarmte. „Geht es dir denn gut?"

Gerührt legte Anna den Kopf an die Schulter ihrer Mutter. „Aber natürlich. Ich fühle mich großartig. Es ist, als ob ... ich weiß nicht ... als ob ich schwebte."

„Ja." Mrs. Whitfield blinzelte. „So sollte es auch sein. Ich weiß, wir haben nie darüber gesprochen, aber dein Studienfach, und dann diese Bücher ..." Sie erinnerte sich nur zu gut daran, wie schockiert sie gewesen war, als sie eines mal durchgeblättert hatte.

„Ich denke, ich habe mich einfach unnütz und unwissend gefühlt."

„Es ist überhaupt nicht so, wie es in den Büchern steht."

„Nein, das ist es wirklich nicht." Mrs. Whitfield nahm Annas Hände. „Bücher kann man zuklappen. Anna, ich möchte nicht, dass du verletzt wirst."

„Daniel wird mir nicht wehtun." Wenn sie nur daran dachte, wie zärtlich er gewesen war, wurde ihr ganz warm. „Um genau zu sein ... er will mich heiraten."

Ihre Mutter seufzte vor Erleichterung. „Ja, mir war, als hätte ich das gehört, aber es klang, als würdet ihr euch streiten."

„Das war kein Streit, sondern eine Meinungsverschiedenheit. Ich werde ihn nämlich nicht heiraten."

„Anna!" Streng sah sie ihre Tochter an. „Was soll der Unsinn? Ich gebe ja zu, ich verstehe dich nicht immer, aber ich kenne dich gut genug, um eins zu wissen. Wenn er dir nicht sehr viel bedeuten würde, wäre ... wäre nichts passiert."

„Er bedeutet mir viel. Vielleicht zu viel." Ihre Selbstbeherrschung begann zu wanken. Anna presste zwei Finger auf ihre Augen. „Und das macht mir Angst. Er will eine Ehefrau, Mutter, fast so, wie ein Mann einen Schuh will, der perfekt passt."

„So ist das nun mal eben bei Männern." Jetzt auf sicherem Gebiet, setzte Mrs. Whitfield sich weiter zurück. „Manche Männer sind Dichter, andere Träumer, aber die meisten sind einfach nur Männer. Ich kenne genügend Frauen, die meinen, romantische Musik und Kerzenschein seien unerlässlich. Aber in Wahrheit ist es viel simpler."

Neugierig betrachtete Anna ihre Mutter. Aus Erfahrung wusste sie, dass ihre Mutter nie einen Hang zum Philosophieren gehabt hatte. „Wolltest du denn romantische Musik und Kerzenschein?"

„Aber natürlich." Mit einem verträumten Lächeln dachte Mrs. Whitfield an die Vergangenheit zurück. „Dein Vater ist ein guter

Mann, aber seine Gesetzbücher faszinieren ihn mehr. Ich glaube, Mr. MacGregor ist auch ein guter Mann."

„Ja, das ist er. Ich will ihn nicht verlieren, aber ich kann ihn nicht heiraten."

„Anna ..."

„Ich werde mit ihm zusammenleben."

Mrs. Whitfield öffnete den Mund, schloss ihn wieder und schluckte. „Ich glaube, ich brauche einen Drink."

Anna ging an den Barschrank. „Sherry?"

„Scotch. Einen doppelten."

Lächelnd goss Anna den Drink ein. „So ähnlich hat Daniel auch reagiert." Sie brachte ihrer Mutter das Glas. Die leerte es in einem Zug. „Daniel bedeutet mir sehr viel", setzte Anna wieder an und stieß langsam die Luft aus. „Ich habe mich in ihn verliebt. Das habe ich mir nicht ausgesucht, deshalb habe ich jetzt das Gefühl, ich müsste die Kontrolle zurückgewinnen. Wenn ich ihn heirate, verliere ich alles, wofür ich gearbeitet habe."

Mrs. Whitfield stellte ihr leeres Glas ab. „Deinen Abschluss."

„Ich weiß, das verstehst du auch nicht. Niemand scheint es zu verstehen." Sie fuhr sich durchs Haar. Es fiel ihr auf die Schultern und erinnerte sie daran, dass ihre Kämme noch irgendwo in dem hohen Gras über der Klippe liegen mussten. Die Kämme ließen sich ersetzen, andere Dinge, die sie dort oben verloren hatte, nicht. „Ich weiß, dass ich das Studium nie beenden werde, wenn ich Daniel heirate. Und das könnte ich weder mir selbst noch ihm verzeihen. Ich habe es dir immer zu erklären versucht, Mutter. Ärztin zu werden ist nicht etwas, das ich tun will, sondern das ich tun muss."

„Manchmal müssen wir Dinge, die uns wichtig sind, gegeneinander abwägen und eine Wahl treffen."

„Ja, und manchmal muss man das nicht tun." Sie sehnte sich so nach Geborgenheit und ließ sich zu ihrer Mutter Füßen nieder. „Vielleicht ist es egoistisch, beides zu wollen, aber ich habe es immer und immer wieder durchdacht. Ich will Ärztin werden, und ich will nicht ohne Daniel leben."

„Und Daniel?"

„Er will heiraten. Weiter denkt er nicht. Aber das wird sich schon noch ändern."

Ihre Mutter lächelte. „Ich muss zugeben, ich habe immer gehofft, dass du die Medizin vergessen und heiraten würdest. Ich wollte, dass du eine Familie gründest und glücklich wirst, aber andererseits habe ich dich auch bewundert."

Anna nahm ihre Hand. „Du glaubst gar nicht, wie wichtig mir das ist."

„Ich ahne es. Aber dein Vater ..." Mrs. Whitfield schloss die Augen. Sie konnte sich seine Reaktion bildlich vorstellen.

„Er wird sich aufregen, ich weiß. Das tut mir Leid."

„Ich werde schon mit ihm fertig." Die Worte waren impulsiv gesprochen worden, aber in dem Moment, da sie heraus waren, wusste sie, dass sie wahr waren. Mrs. Whitfield straffte die Schultern.

Anna hob den Kopf. Ihre Mutter und sie wechselten einen Blick. Zum ersten Mal von Frau zu Frau. „Ich liebe dich, Mutter."

„Und ich liebe dich." Mrs. Whitfield zog ihre Tochter zu sich auf die Couch. „Und dazu muss ich dich nicht verstehen."

Seufzend legte Anna den Kopf an ihre Schulter. „Ist es zu viel verlangt, dich zu bitten, mir Glück zu wünschen?"

„Für eine Mutter, ja." Sie lächelte. „Aber als Frau wünsche ich dir alles Glück der Welt."

8. KAPITEL

Mit jedem Tag, der verging, wuchs in Anna die Angst, Daniel verloren zu haben. Es gab keine Anrufe mehr, keine zornigen Auftritte. Und auch keine weißen Rosen. Die, die noch in ihrem Zimmer standen und verblühten, waren wie ein Mahnmal, das sie daran erinnerte, was hätte sein können.

Immer öfter ertappte sie sich dabei, dass sie bei dem Geräusch eines vorbeifahrenden Wagens aus dem Fenster blickte. Oder zum Telefon rannte, sobald das Klingeln ertönte. Und jedes Mal schwor sie sich hinterher, es nicht mehr zu tun. Vergeblich.

Nie verließ sie das Krankenhaus, ohne auf dem Parkplatz nach einem blauen Cabrio Ausschau zu halten. Jedes Mal, wenn sie ins Freie trat, rechnete sie damit, einen breitschultrigen, rotbärtigen Mann mit blitzenden Augen und voller Ungeduld auf sie warten zu sehen. Er war nie da, aber sie hörte nicht auf, gespannt nach ihm Ausschau zu halten.

Die Erkenntnis, von ihm abzuhängen, war aufreibend. Noch schlimmer war allerdings, was für sie von ihm abhing. Ihr Glücklichsein. Ohne ihn war sie zu zufrieden mit ihrem Leben und ihrer Karriere. Aber jetzt war Anna sich nicht mehr sicher, ob sie ohne Daniel in ihrem Leben auch wirklich glücklich sein konnte.

Als sie an einem Tag einer kleinen Patientin mit einem gebrochenen Bein vorlas, schweiften ihre Gedanken ab. Mal wieder. Das passierte ihr jetzt oft, seit Daniel an jenem Tag von ihrem Haus fortgegangen war. Immer wieder hatte sie sich während der Arbeitszeit ertappt, wie sie Tagträumen nachhing. Sie ging streng mit sich ins Gericht und widmete ihre Aufmerksamkeit wieder der Patientin und dem Märchen.

Ihre Gedanken zerstoben wie Sand. Die Geschichte mit dem glücklichen Ausgang hatte nichts mit der Realität gemein. Das Letzte, was Anna wollte, war geduldig auf den Prinzen zu warten, damit er ihr den gläsernen Schuh anprobieren konnte. Und natürlich war sie viel zu nüchtern, um an Burgen hoch auf den Klippen, in den Wolken zu glauben. Natürlich hatte so ein Märchen seinen Reiz, es war schön, von Prinzen und Helden zu träumen. In einem Märchen. Im wahren Leben brauchte eine Frau ... nun, einen Partner, keinen edlen Ritter und jungen Prinzen, zu dem man aufblickte und den man bewunderte. Eine echte Frau wollte einen echten Mann. Und eine kluge Frau saß nicht in ihrem Turm und wartete, bis irgendwann einer vorbeikam. Sie lebte ihr eigenes Leben und traf ihre eigenen Entscheidungen.

Jeder war seines eigenen Glückes Schmied, daran glaubte Anna fest. Man gestaltete sich sein Leben nach den eigenen Bedürfnissen, mit Verstand und Geduld. Warum also saß sie herum und wartete, fragte sie sich plötzlich. Wenn sie doch angeblich so unabhängig war, warum wartete sie jammernd darauf, dass das Telefon klingelte? Jeder, der still und brav ausharrte, bis der andere die Initiative ergriff, war ein Narr und ein Versager. Sie hatte nicht vor, weder das eine noch das andere zu sein.

Mit diesem Entschluss im Hinterkopf las Anna dem kleinen Mädchen weiter vor, bis ihm die Augen zufielen. Dann klappte sie das Buch zu und trat in den Korridor hinaus. Auf ihrem Weg nach unten begegnete sie einem völlig übermüdeten Assistenzarzt. Fast hätte sie gelächelt. Er würde bestimmt nicht verstehen können, warum sie ihn beneidete. Niemand konnte das, höchstens vielleicht ein anderer Medizinstudent. Aber in ein paar Monaten würde sie nicht einfach mehr so spontan das Krankenhaus verlassen können. Es konnte also nichts schaden, wenn sie die ihr verbleibende Zeit noch einmal ausnutzte.

Als sie ins Freie trat, war der Himmel grau, und es war so heiß, dass der Regen zu verdampfen schien, sobald er auf dem Asphalt aufschlug. Bis sie ihren Wagen erreicht hatte, war sie klitschnass und summte vor sich hin. Als sie durch die Stadt fuhr, drehte sie das Radio auf. Die laute Musik passte zu ihrer Stimmung.

Das Gebäude der „Old Line Savings and Loan" sah würdevoll und Vertrauen erweckend aus. Während sie über den Rasen rannte, fragte sie sich, welche Veränderungen Daniel wohl vorgenommen haben mochte. Innen konnte man den frischen Anstrich und den neuen Teppich bemerken, aber gesprochen wurde immer noch mit einem geflüsterten Murmeln. Anna fuhr sich mit beiden Händen übers Haar und verteilte Wassertropfen auf dem Boden, dann ging sie auf den nächsten Bankangestellten zu und hielt die Finger hinter dem Rücken über Kreuz.

Oben in seinem Büro betrachtete Daniel die Anzeigen, die in der Woche darauf in den Zeitungen erscheinen sollten. Der Manager hatte sich gekrümmt, als er die Unterlagen durchgesehen hatte, aber der junge Assistent, den Daniel eingestellt hatte, war begeistert gewesen. Manche Entscheidungen mussten eben aus dem Instinkt heraus getroffen werden. Und der Instinkt sagte Daniel, dass diese Anzeigen sowohl den Umsatz als auch seinen Ruf steigen lassen würden. Das eine war genauso wichtig wie das andere. Er würde der Old Line nicht nur wieder auf die Füße helfen, sondern in zwei Jahren gedachte er eine Zweigstelle in Salem zu eröffnen.

Doch noch während er sich das ausmalte, wanderten seine Gedanken zurück zu einer windigen Klippe, zu einer Frau mit dunklen Haaren und braunen Augen. Die Erregung, die ihn jetzt durchlief, war ebenso intensiv wie zu dem Zeitpunkt, als er sie in seinen Armen gehalten hatte. Er konnte noch immer ihren Duft wahrnehmen. Selbst hier, allein in seinem Büro, meinte er sie schmecken zu können.

Mit einem ungeduldigen Knurren schob er die Papiere zur Seite und stellte sich ans Fenster. Er sollte sich nach einer anderen Frau umsehen. Hatte er sich das nicht vorgenommen, als er von Anna weggegangen war? Er hatte es ernst gemeint, hatte sogar erste Schritte unternommen. Aber jedes Mal, wenn er an eine andere Frau dachte, schob sich Anna vor seine Augen. Sie war so fest in seinem Kopf verankert, dass kein Platz mehr für irgendjemand anderen blieb. Er würde nicht über sie hinwegkommen.

Daniel starrte hinaus in den Regen. Boston wirkte grau und düster. Es passte zu seiner Stimmung. Wenn er hier mit dem Papierkram fertig war, würde er einen langen Spaziergang am Fluss entlang machen.

Schlechtes Wetter oder nicht, er musste allein sein, ohne Diener oder Angestellte. Nur ohne Anna konnte er nicht sein. Er würde auch nicht vor ihr fliehen können. Wie konnte man vor etwas fliehen, das man im Blut hatte, in jeder einzelnen Körperzelle? Denn da war Anna. Ganz gleich, wovon er sich auch zu überzeugen versuchte – genau da war sie.

Er wollte sie heiraten. Daniel wandte sich vom Fenster ab und marschierte im Zimmer auf und ab, die Hände tief in den Hosentaschen. Verflixtes Weib! Er wollte morgens neben ihr aufwachen. Er wollte abends nach Hause kommen und sie in die Arme schließen. Er wollte sehen, wie sein Kind in ihr heranwuchs. Und er wollte all das mit einer Verzweiflung, die ihm ebenso fremd war wie eine Niederlage.

Niederlage? Allein das Wort ließ ihn mit den Zähnen knirschen. Bevor er eine Niederlage eingestand, musste noch einiges mehr geschehen. Zum Teufel mit anderen Frauen, entschied er abrupt. Es gab für ihn nur eine Frau, und die würde er bekommen.

Als das Telefon auf seinem Schreibtisch läutete, war er schon fast an der Tür. Mit einem leisen Fluch riss er den Hörer von der Gabel. „MacGregor."

„Mr. MacGregor, hier ist Mary Miles, die Hauptkassiererin. Entschuldigung, dass ich störe, aber hier unten ist eine junge Frau, die Sie unbedingt sprechen möchte."

„Sie soll sich bei meiner Sekretärin einen Termin geben lassen."

„Ja, Sir, das habe ich ihr auch gesagt, aber sie besteht darauf, Sie jetzt zu sprechen. Sie meint, sie will warten."

„Ich habe keine Zeit, mich um jeden zu kümmern, der von der Straße hereinspaziert, Mrs. Miles." Daniel sah auf die Uhr. Annas Dienst im Krankenhaus war längst vorbei. Er würde zu ihr nach Hause fahren müssen.

„Ja, Sir. Genau das habe ich ihr erklärt, aber ... Sie ist sehr hartnäckig, Mr. MacGregor, ich glaube nicht, dass sie wieder gehen wird."

Daniel verlor die Geduld und fluchte. „Sagen Sie ihr ..." Er verstummte, als die Beschreibung der Kassiererin sich zu einem Bild verdichtete. „Wie heißt sie?"

„Whitfield. Anna Whitfield."

„Wieso lassen Sie sie da unten in der Lobby warten?" brüllte er. „Schicken Sie sie hoch."

Mary Miles verdrehte die Augen und dachte an die Gehaltserhöhung, die Mr. MacGregor jedem Angestellten gegeben hatte, sobald er die Bank gekauft hatte. „Ja, Sir, sofort."

Sie hatte es sich anders überlegt! Ha! Das Triumphgefühl breitete sich nicht langsam aus, sondern rauschte machtvoll über ihn hinweg. Seine Geduld hatte sich also ausgezahlt, auch wenn es schwer gewesen war. Sie war zur Vernunft gekommen. Sicher, in seinem Büro über eine Heirat zu sprechen war nicht gerade das, was er sich vorgestellt hatte. Aber er war zu Zugeständnissen bereit. Zu vielen Zugeständnissen sogar. Immerhin war sie zu ihm gekommen. Er würde alles bekommen, was er wollte, einschließlich seinen Stolz bewahren.

Seine Sekretärin klopfte an die Tür und öffnete sie. „Miss Whitfield, Sir."

Er nickte ihr kurz zu, bevor er seinen Blick und jeden seiner Gedanken auf Anna richtete. Klitschnass stand sie auf dem edlen grauen Teppichboden. Das Make-up war durch den Regen verlaufen. Ihr Haar lag feucht und lockig auf den Schultern. Ihr Anblick raubte ihm den Atem.

„Du bist ja völlig durchnässt." Es klang mehr wie eine Anschuldigung denn wie ein Ausdruck der Sorge.

Sie lächelte. „Es regnet." Es tat so gut, ihn zu sehen. Einen Moment würde sie es sich erlauben, ihn einfach nur anzusehen. Er hatte die Krawatte abgelegt, sein Kragen stand offen. Seinem Haar war anzusehen, wie oft er mit den Fingern hindurchgefahren war. Sie wollte die Arme um ihn schlingen, ihn an sich ziehen, denn da, so wurde ihr immer klarer, gehörte er hin. Doch sie lächelte nur weiter und tropfte still auf seinen eleganten Teppich. Und während sie lächelte, starrte er sie an. Für endlose Sekunden sagte keiner von ihnen ein Wort.

Dann räusperte Daniel sich. „Wer Medizin studiert, sollte wissen, wie gefährlich es ist, in nassen Sachen herumzulaufen." Er nahm eine Flasche Brandy aus dem Schrank. „Du wirst noch mehr Zeit in deinem Krankenhaus verbringen, als dir lieb ist."

„Ich glaube nicht, dass ein kleiner Sommerschauer mir schaden wird." Erst jetzt ging ihr auf, wie sie vermutlich aussah. Aber sie blickte nicht an sich herab. Durchnässt oder nicht, sie hatte ihre Würde.

„Trotzdem, trink das hier." Er drückte ihr ein Glas in die Hand. „Setz dich."

„Nein, ich ..."

„Setz dich", wiederholte er scharf.

Sie zog eine Augenbraue hoch und ging zu einem Sessel. „Wenn du darauf bestehst."

Sie setzte sich. Er blieb stehen. Das süße Gefühl des Triumphs war vergangen. Er brauchte sie nur anzusehen, um zu wissen, dass er sich geirrt hatte. Sie hatte es sich nicht anders überlegt. Nun ja, er hätte es wissen müssen. Die Frau, in die er sich verliebte, konnte nicht wankelmütig sein. Sie war nicht gekommen, um seinen

Heiratsantrag anzunehmen. Nun, und er war nicht bereit, ihre Alternative auch nur in Betracht zu ziehen.

Er verzog die Lippen zu einem leichten Lächeln. Ein Funkeln trat in seine Augen, das die, die geschäftlich mit ihm zu tun hatten, kannten – und fürchteten. Lass gut sein, Daniel, ermahnte er sich still. Doch er würde Miss Anna Whitfield nicht den Gefallen tun und zugeben, dass es ihr gelungen war, ihn an den Rand des Wahnsinns zu treiben. Noch einmal musterte er sie von Kopf bis Fuß, wie sie da saß und seinen Sessel ruinierte.

„Brauchst du einen Kredit, Anna?"

Sie nippte an ihrem Brandy und ließ sich durch seinen unbeschwerten Tonfall nicht täuschen. Also war er noch immer wütend. Hatte sie denn etwas anderes erwartet? Hätte sie sich in einen Mann verliebt, der so leicht zu besänftigen war? Nein, sie hatte sich in Daniel verliebt, weil er genauso war, wie er eben war.

„Im Moment nicht." Sie sah sich in seinem Büro um. „Sehr schön, Daniel." An der Wand hing ein abstraktes Gemälde in diversen Blautönen. Man musste schon genau hinsehen, um zu erkennen, dass es darauf um Erotik ging. „Sehr dezent."

Er sah, wie sie das Bild betrachtete, und wusste, dass sie es verstand. Er hatte eine Menge Geld für den Picasso bezahlt. Es gefiel ihm, und in kürzester Zeit würde der Wert sich vervielfachen. „Du bist nicht leicht zu schockieren, Anna."

„Das stimmt." Sie entspannte sich. „Ich war schon immer der Überzeugung, dass das Leben viel zu kurz ist, um sich ständig über etwas aufzuregen. Ich habe deine Rosen vermisst."

Er lehnte sich mit der Hüfte an den Schreibtisch. „Ich dachte, du willst nicht, dass ich dir Rosen schicke."

„Wollte ich auch nicht. Bis keine mehr kamen." Sicherlich hatte auch sie ein Recht auf ein paar bissige Bemerkungen. „Seit Tagen habe ich nichts mehr von dir gehört, deshalb frage ich mich, ob ich dich vielleicht schockiert haben könnte."

Vor wenigen Minuten hatte er gleichzeitig Anspannung und

Langeweile gefühlt. Jetzt, in Annas Gegenwart, beruhigte sich alles wieder. „Ich bin auch nicht so leicht zu schockieren."

„Gekränkt? Weil ich zwar mit dir leben, dich aber nicht heiraten will?"

Fast hätte er gegrinst. Hatte er nicht einmal gesagt, dass er Frauen vorzog, die ihre Meinung sagten – bis zu einem gewissen Punkt? Mittlerweile wunderte es ihn nicht mehr, dass er seine Meinung geändert hatte. „Verärgert", korrigierte er. „Man könnte sogar sagen, du hast mich in Rage gebracht."

Sie erinnerte sich nur zu gut an seine Reaktion. „Ja, so könnte man wohl sagen. Und das bist du noch immer?"

„Richtig. Du willst mich nicht heiraten?"

„Nein."

Er holte eine Zigarre heraus, steckte sie an, blies eine Rauchwolke an die Decke. Im Geschäftsleben wusste er, wie er mit seinem Gegenüber umzugehen hatte. Ihn aus der Reserve locken. Wenn der andere das Erklären übernahm, konnte man selbst die Zügel in der Hand behalten. Zigarrenrauch schwebte über seinem Kopf, während er Anna studierte und wartete. „Warum bist du gekommen, Anna?"

Also hatte er nicht vor, auch nur einen Zentimeter nachzugeben. Sie nippte wieder an dem Brandy. Na gut, dann würde sie es auch nicht tun. „Weil mir klar wurde, dass ich dich wiedersehen musste." Sie stellte das Glas ab und stand auf. „Gehst du heute Abend mit mir essen?"

Er runzelte die Stirn. „Normalerweise lädt der Mann die Frau ein."

Seufzend trat sie vor ihn hin. „Du vergisst schon wieder, in welchem Jahrhundert wir leben. Ich hole dich um sieben ab."

„Du ..."

„Um sieben", wiederholte sie und stellte sich auf die Zehenspitzen, um ihn zu küssen. „Danke für den Brandy, Daniel. Jetzt will ich dich nicht länger aufhalten."

Erst als sie an der Tür war, rief er: „Anna."

Lächelnd drehte sie sich zu ihm um. „Ja?"

Er sah ihr an, dass sie mit seinem Protest rechnete. Ändere die Taktik, verwirre sie, dachte Daniel und zog an der Zigarre. „Ich kann erst um halb acht. Eine Besprechung."

Zufrieden registrierte er die Verunsicherung in ihrem Blick. Dann nickte sie. „Einverstanden."

Als sie die Tür hinter sich schloss, atmete sie tief durch.

An seinem Schreibtisch lächelte Daniel. Dann schmunzelte er. Schließlich lachte er aus vollem Hals. Er hätte nicht sagen können, wer hier wen übertrumpft hatte, aber das war auch nicht wichtig. Er war immer offen für ein neues Spiel. Er würde Anna das Mischen und Austeilen der Karten überlassen.

Aber er würde gewinnen.

Als Anna nach Hause kam, war aus dem strömenden Regen ein Nieseln geworden. Ihre Eltern waren ausgegangen, aber das Parfüm ihrer Mutter hing noch in der Luft. Froh darüber, dass sie allein war, ging Anna nach oben, um sich ein Bad einzulassen. Es war ein gutes Gefühl, die Initiative ergriffen zu haben. Jetzt hatte sie wieder die Kontrolle, auch wenn ihr Fundament nicht ganz so fest war, wie es hätte sein können.

Daniel MacGregor war kein Mann, der sich manipulieren ließ. Das hatte sie von Anfang an gewusst. Doch sie hielt ihn für einen Mann, der offen für Verhandlungen war. Ihr Hauptproblem lag darin, ihn nicht merken zu lassen, wie viel sie zu geben bereit war. Nämlich alles.

Sie ließ sich in das heiße Wasser gleiten und schloss die Augen. Wenn er das herausfand, würde er sie gnadenlos in eine Ecke zwängen. Er hatte sich nicht mit Nachgiebigkeit an die Spitze gearbeitet. Aber sie wollte es in ihrem Beruf ebenfalls bis an die Spitze schaffen. Deshalb musste sie ebenso entschlossen und unnachgiebig sein.

Sie würde ihn also abholen, und sie würden ein ruhiges Dinner zusammen verbringen. Nur leichte Konversation. Beim Kaffee würden sie dann – ganz vernünftig – ihre Situation besprechen. Und dann würde er ihre Gefühle und ihre Einstellung verstehen.

Anna sank bis ans Kinn ins Wasser. Wem machte sie hier eigentlich etwas vor? Ein Dinner mit Daniel MacGregor würde nie so verlaufen. Sie würden sich wie Boxkämpfer im Ring gegenüberstehen. Sie würden debattieren, streiten und wahrscheinlich noch mehr zusammen lachen. Sicherlich würde er zu brüllen anfangen. Und es war davon auszugehen, dass sie zurückbrüllen würde. Wenn sie sich dann wieder beruhigt hatten, würde er gar nichts verstehen. Nur, dass er sie heiraten wollte.

In ihrem Magen flatterte es bei dem Gedanken. Er wollte sie. Sie wäre vielleicht durch ihr ganzes Leben gegangen, ohne dass jemand sie ansah, wie Daniel es tat. Vielleicht hätte nie jemand an die festen Schlösser gerüttelt, hinter der sie ihre Leidenschaft verschlossen hielt. Wie ihr Leben dann wohl ausgesehen hätte?

Fad. Das Wort zauberte ein Lächeln auf ihr Gesicht. Damit würde sie sich jetzt nie mehr zufrieden geben können. Sie wollte Daniel MacGregor. Und sie würde ihn bekommen.

Sie hatte schon den halben Sieg in der Tasche, wenn sie sich ihr Selbstvertrauen von ihm nicht erschüttern ließ. Dabei war es so einfach, alles zu vergessen, wenn er sie ansah. Aber das würde sie heute Abend nicht zulassen.

Sie stieg aus der Wanne, zog sich einen Bademantel über und wickelte sich ein Handtuch um das Haar. Sie hatte ihn zum Dinner eingeladen. Nur ein winziger Vorteil, aber den würde sie ausnutzen.

Mit gerunzelter Stirn betrachtete sie den Inhalt ihres Kleiderschranks. Normalerweise hatte sie ein untrügliches Gespür dafür, welche Garderobe für die Gelegenheit angebracht war. Doch alles, was sie herausnahm, erschien ihr viel zu schlicht. Sie griff nach dem meergrünen Seidenkleid. Es war so dezent, dass es schon fast streng wirkte, aber für den heutigen Abend mochte es wohl die beste Wahl sein. Wenn ich etwas Aufregenderes suche, hätte ich vorher Myras Kleiderschrank plündern sollen, dachte sie gerade, als es unten an der Haustür läutete.

Bei der Unterbrechung stieß sie einen verärgerten Fluch aus. Das war so untypisch für sie, dass sie sich auf dem ganzen Weg die Treppe hinunter Vorhaltungen machte. Kaum dass sie die Tür aufgezogen hatte, stürmte Myra herein und ergriff ihre Hände.

„Oh, Anna, gut, dass du zu Hause bist."

„Myra. Ich habe gerade an dich gedacht." Erst jetzt registrierte sie, wie fest Myra ihre Hände gepackt hielt. „Was ist los?"

„Ich muss mit dir reden. Allein. Sind deine Eltern da?"

„Nein."

„Gut. Aber erst brauche ich einen Drink. Hast du einen Brandy?"

„Sicher." Belustigt führte Anna sie in den Salon und gab ihr den gewünschten Drink. „Toller Hut."

„Wirklich?" Myra fuhr mit der Hand über die elfenbeinfarbene Kappe mit dem kleinen Schleier. „Nicht zu gewagt?"

„Gewagt?" wiederholte Anna und schenkte einen doppelten Brandy ein. „Du fragst mich, ob etwas, das du trägst, zu gewagt ist?"

„Lass die Witze, Anna." Myra drehte sich zum Spiegel und zupfte an dem Schleier. „Vielleicht sollte ich die Feder herausziehen ..."

Anna betrachtete die weiße Feder, die sich vorwitzig um Myras Ohr ringelte. „Jetzt bin ich sicher, dass etwas mit dir nicht stimmt."

„Was sagst du zu dem Kleid?" Myra schlüpfte aus dem roten Regenmantel und stand in einem schmal geschnittenen, elfenbeinfarbenen Kostüm mit Spitzenbesatz da.

„Wunderschön. Ist es neu?"

„Zwanzig Minuten alt."

Anna ließ sich auf einer Sessellehne nieder, während ihre Freundin den Brandy hinunterstürzte. „Für mich hättest du dich aber nicht so schick zu machen brauchen."

„Jetzt ist wirklich nicht der Zeitpunkt für dumme Witze." Myra stieß den Atem aus und stellte ihr Glas ab.

„Das merke ich. Warum sagst du mir nicht endlich, was los ist?"

„Wie schnell kannst du etwas Tolles anziehen und eine Tasche packen?"

„Eine Tasche packen? Myra, was ist los?" fragte Anna nun zum dritten Mal.

„Ich heirate", platzte Myra heraus und ließ sich auf die Couch fallen.

„Du heiratest?" Entgeistert verharrte Anna regungslos. „Myra, ich weiß, du bist schnell und wir haben uns zwei Wochen lang nicht gesehen, aber heiraten? Wen denn? Peter?"

„Wer? Oh nein, natürlich nicht."

„Natürlich nicht", murmelte Anna. „Ich weiß. Jack Holmes."

„Unsinn."

„Steven Marlowe."

Myra nestelte an ihrem Rocksaum. „Anna, den kenne ich doch kaum."

„Also wirklich, vor sechs Monaten hast du ..."

„Das war vor sechs Monaten, okay?" unterbrach Myra und wurde zum ersten Mal, seit Anna sie kannte, rot. „Vergiss alles, was ich über ihn gesagt habe, ja? Und verbrenn am besten alle Briefe, in denen ich ihn erwähnt habe."

„Liebes, die sind von allein in Flammen aufgegangen, ehe ich sie zu Ende lesen konnte. Du hättest feuerfestes Papier benutzen sollen."

Obwohl sie unendlich nervös war, musste Myra grinsen. „Du

redest mit einer verlobten Frau. Das habe ich alles hinter mir gelassen. Sieh mal." Sie hob die linke Hand.

„Oh." Anna starrte auf den Brillanten. „Wunderschön, Myra, wirklich wunderschön." Sie umarmte ihre Freundin und lachte. „Aber wie kann ich mich für dich freuen, wenn ich nicht einmal weiß, wen du heiratest?"

„Herbert Ditmeyer." Myra wartete auf den erstaunten Gesichtsausdruck und wurde nicht enttäuscht.

„Aber du fandest ihn doch immer ..." Anna räusperte sich.

„Spießig", ergänzte Myra und lächelte glücklich. „Und das ist er auch. Und schrecklich nüchtern und korrekt. Aber er ist auch der süßeste Mann, dem ich je begegnet bin. In den letzten zwei Wochen ..." Mit verträumtem Blick hielt sie inne. „Ich wusste ja nie, wie es ist, wenn ein Mann dir zeigt, dass du etwas ganz Besonderes bist. Ich bin mit ihm ausgegangen, weil ich sah, wie schwer es für ihn war, mich überhaupt zu fragen. Er hat mir Leid getan, und ich habe mich auch geschmeichelt gefühlt", gestand sie ein. „Und dann bin ich wieder mit ihm ausgegangen, weil das erste Mal so viel Spaß gemacht hat. Herbert kann so lustig sein. Irgendwie merkst du es gar nicht, und dann, plötzlich, hat es dich gepackt."

„Ja, ich weiß."

„Du warst ihm immer eine so gute Freundin. Ich bin froh, dass er sich nicht in dich verliebt hat. Weißt du, er hat mir gestanden, dass er mich seit Jahren liebt." Mit fahrigen Fingern zog sie eine Zigarette hervor. „Wir sind zwei Wochen lang ausgegangen, und da hat er es mir gesagt. Ich war so perplex, dass ich kein Wort herausbekam. Dann wollte ich mich zurückziehen, ganz vorsichtig und sanft, um ihm nicht wehzutun."

Anna hob die beringte Hand ihrer Freundin an. „Sieht aber nicht danach aus, als hättest du dich zurückgezogen."

„Nein." Myra schien es selbst noch nicht richtig fassen zu können. Sie starrte auf den blitzenden Stein. „Denn plötzlich ging mir auf, dass ich verrückt nach ihm war. Ist das nicht irre?"

„Ich finde es wunderbar."

„Ich auch." Myra drückte die Zigarette aus. Ungeraucht. „Und heute Abend hat er mir diesen Ring auf den Finger gestreift und verkündet, dass wir um acht nach Maryland fliegen und dort heiraten."

„Heute Abend?" wiederholte Anna skeptisch. „So schnell, Myra?"

„Warum warten?"

Ja, warum warten? Sie könnte hundert gute Gründe vorbringen, aber keiner würde durch das verträumte Funkeln in Myras Augen dringen. „Bist du dir sicher, Myra?"

„So sicher wie noch nie in meinem Leben, Anna. Freu dich für mich."

„Das tue ich." Tränen verschleierten Annas Blick, als sie Myra an sich drückte. „Das weißt du doch."

„Dann zieh dich an." Halb lachend, halb weinend hielt Myra sie von sich ab. „Du bist meine Brautjungfer."

„Du willst, dass ich heute Abend mit dir nach Maryland fliege?"

„Ja. Wir haben beschlossen durchzubrennen. Das ist einfacher, als sich mit Herberts Mutter auseinander zu setzen. Sie mag mich nicht und wird mich wahrscheinlich nie mögen."

„Oh, Myra ..."

„Aber das ist uns egal. Ich liebe Herbert, und er liebt mich. Ich will gar keine große Hochzeit. Aber ohne meine beste Freundin kann ich einfach nicht heiraten. Ich brauche dich, Anna. Ich will Herbert heiraten, aber ich habe solche Angst."

Alle Einwände waren vom Tisch gewischt. „Gib mir zwanzig Minuten, ja?"

Myra umarmte sie nochmal. „Weil du dabei bist, werde ich daran glauben."

„Ich muss meinen Eltern allerdings eine Nachricht hinterlassen." Anna hielt den Kugelschreiber schon in der Hand.

„Oh, Anna." Myra fuhr sich mit der Zungenspitze über die Zähne. „Ich weiß, du kannst nicht lügen, aber ... könntest du den wahren Grund verschweigen? Herbert und ich würden es gern geheim halten, bis wir es seiner Mutter beichten."

Anna überlegte kurz und begann zu schreiben. „Fahre kurz mit Myra weg. Bin in ein oder zwei Tagen zurück." Sie unterschrieb und zeigte Myra die Nachricht. „Okay?"

„Perfekt. Danke."

„Komm, du kannst mir helfen." Sie eilte davon, blieb stehen und drehte sich um. „Oh, ich muss Daniel anrufen und das Essen absagen."

„Daniel MacGregor?" Auf ihre unnachahmliche Art zog Myra die Brauen hoch.

„Genau der." Anna ignorierte den Blick und eilte ans Telefon.

„Du kannst in Maryland mit ihm essen." Myra nahm ihr den Hörer aus der Hand. „Herbert hat ihn gebeten, Trauzeuge zu sein."

„So?" Anna lächelte. „Tja, das ist ja praktisch."

„Ja, sehr, nicht wahr?" Mit einem Grinsen zog Myra sie zur Treppe.

9. KAPITEL

Anna war noch nie geflogen, und wäre Myra nicht ihre beste Freundin gewesen, hätte sie auf der Stelle kehrtgemacht. Dabei war sie sicher, dass die Blechkiste mit Propellern sich in die Luft erheben würde. Sie wünschte allerdings, sie wäre genauso sicher, dass das Ding auch heil wieder landen würde.

„Tolle Maschine, was?" Daniel wartete, bis Anna sich gesetzt und angeschnallt hatte. Dann nahm er neben ihr Platz.

„Ja, toll", murmelte sie und überlegte, ob Fallschirme an Bord waren.

„Erster Flug?"

„Ja", gestand sie ein wenig atemlos.

„Sieh es einfach als Abenteuer an", schlug er vor.

Sie schaute auf die Startbahn und wünschte sich, sie würde noch darauf stehen. „Gute Idee. Ich nehme an, du bist das Fliegen gewöhnt. Nimmst du so ein Flugzeug, wenn du nach New York musst?"

Schmunzelnd überprüfte er ihren Sicherheitsgurt, bevor er seinen anlegte. „Ich nehme dieses hier. Es gehört mir."

„Oh." Dass es Daniels Flugzeug war, nahm ihr die Angst. Sie sah zu Myra und Herbert hinüber. Die beiden hatten die Köpfe zusammengesteckt. Na gut, dachte Anna. Ein Abenteuer. Sie nahm sich vor, es zu genießen. „Wann starten wir?"

„Tapferes Mädchen", murmelte er und gab dem Piloten ein Zeichen. Mit lautem Dröhnen sprangen die Triebwerke an, und die Maschine rollte zur Startbahn.

Obwohl ihre eigene Anspannung sich gelegt hatte, war die Luft angefüllt mit Erregung und freudiger Erwartung. Anna sah, wie Myra nervös ihr Spitzentaschentuch zwischen den Fingern zerknüllte, während sie unablässig plapperte und lachte. Herbert saß blass und steif da und sagte nur dann etwas, wenn er angesprochen wurde. Anna hörte die Stimmen und Geräusche um sich herum und betrachtete die Landschaft unter sich mit einem Gefühl, als wäre alles nur ein Traum. Daniel tat sein Bestes, die Stimmung aufzulockern. Ohne sein Witzeln und seine Bemerkungen hätte sich gut leichte Hysterie breit machen können. Er flirtete zwanglos mit Myra und hielt die zukünftige Braut so davon ab, die Wände hochzugehen. Er war nicht nur ein interessanter Mann, er war auch ein guter Freund. Anna beschloss, ihm zu helfen.

„Du hast einen ausgezeichneten Geschmack, Herbert."

„Wie?" Er schluckte und rückte seine Krawatte gerade. „Oh ja. Danke." Dann sah er Myra an. In seinem Blick lag nichts als Liebe. „Sie ist wundervoll, nicht wahr?"

„Das ist sie. Ich weiß nicht, was ich ohne sie gemacht hätte. Bestimmt wäre mein Leben viel langweiliger gewesen."

„Wir ernsthaften Menschen brauchen jemanden, der unser Leben ein wenig aufpeppt, nicht wahr?" Er schenkte Anna ein Lächeln, das etwas gezwungen ausfiel.

Ernsthaft? Ja, vermutlich war sie das. Und Herbert hatte Recht. „Und Menschen mit ... Pep brauchen jemanden, der sie davor bewahrt, im Übermut von einer Klippe zu springen."

„Ich werde sie glücklich machen."

Weil Herberts Worte eher fragend als entschlossen klangen, nahm Anna seine Hände. „Ja, das wirst du. Sehr glücklich sogar."

Die kleine Privatmaschine landete auf einem ländlichen Flugplatz in Maryland. Es war spät am Abend und der Himmel voller Sterne.

Herbert legte sich Myras Hand auf den Arm und führte sie in das kleine Terminal. „Der Friedensrichter, der mir empfohlen wurde, wohnt nur zwanzig Meilen von hier. Mal sehen, ob wir ein Taxi oder einen Mietwagen bekommen."

„Nicht nötig." Im Terminal blickte Daniel sich um und winkte dann einem wartenden Chauffeur.

„Mr. MacGregor?"

„Aye. Beschreib ihm den Weg", sagte er zu Herbert. „Ich habe mir erlaubt, für eine Fahrgelegenheit zu sorgen."

Der Chauffeur nahm ihr Gepäck und ging voran zu einer silbergrauen Limousine, die vor dem Terminal stand.

„Ihr habt einem ja nicht viel Zeit gelassen, ein passendes Geschenk zu finden", erklärte Daniel. „Das hier war das Beste, was mir in der Eile einfiel."

„Es ist perfekt." Lachend umarmte Myra ihn. „Einfach perfekt."

Über ihren Kopf hinweg zwinkerte Daniel Herbert zu. „Als Trauzeuge sollte man sich um die Details kümmern."

Anna wartete, bis Herbert seiner Braut in den Wagen half. „Das war sehr nett von dir", sagte sie leise zu Daniel.

„Ich bin eben ein sehr netter Mann", erwiderte Daniel.

Lachend stieg sie ein. „Mag sein. Aber darauf würde ich mich nicht verlassen."

Im Fond der Limousine hatte Myra sich schon bei Herbert eingehakt. „Zwei Flaschen Champagner?"

„Eine für vorher." Daniel nahm eine aus dem Eiskübel. „Eine für danach." Er öffnete sie und schenkte vier Gläser ein. „Auf das Glück."

Vier Gläser klirrten, doch als Daniel trank, sah er nur Anna an. Der Champagner prickelte auf ihrer Zunge, und sie begriff, dass das Abenteuer noch längst nicht vorüber war.

Als sie vor dem kleinen weißen Haus hielten, war die Flasche leer. Myra verschwand mit Anna in dem kleinen Waschraum und richtete ihr Haar und das Make-up.

„Wie sehe ich aus?"

„Wunderschön."

„Mir haben immer ein paar Kleinigkeiten gefehlt, um als wirklich schön durchzugehen, aber heute Abend, das muss ich schon sagen, bin ich auf jeden Fall eindrucksvoll."

Mit beiden Händen drehte Anna ihre Freundin wieder zum Spiegel. „Heute Abend bist du schön. Sieh nur genau hin."

Zusammen sahen sie in den Spiegel. Myra lächelte. „Er liebt mich wirklich, Anna."

„Ich weiß." Anna schlang den Arm um Myras Hüfte. „Ihr werdet ein tolles Team abgeben."

„Ja, das werden wir bestimmt." Mit hoch erhobenem Kopf betrachtete Myra sich. „Ich glaube, er weiß noch gar nicht, was für ein Team." Sie stieß den Atem aus und blickte auf Anna. „Ich werde nur ungern sentimental, aber ich beabsichtige, nur einmal in meinem Leben zu heiraten. Also ist es das jetzt wohl. Du bist meine beste Freundin, und ich liebe dich. Ich wünsche mir, dass du genauso glücklich wirst, wie ich in dieser Minute bin."

„Ich werde daran arbeiten."

Myra nickte. „Okay, gehen wir. Und noch etwas ..." Mit der Hand am Türgriff hielt sie inne. „Falls ich anfangen sollte zu stottern, verrat's niemandem, vor allem nicht Cathleen Donahue."

Mit ernstem Gesicht legte Anna die Hand aufs Herz. „Kein Sterbenswörtchen, Ehrenwort."

In einem winzigen Salon mit Marmorkamin und Sommerblumen war Anna dabei, als ihre Freundin Herbert versprach, ihn zu lieben und zu ehren. Als ihre Augen feucht wurden, kam sie sich albern vor und blinzelte heftig. Eine Heirat war schließlich nicht mehr als ein Vertrag. Und bevor man den unterschrieb, musste man sorgfältig überlegen. Trotzdem rann ihr eine Träne über die Wange. Daniel drückte ihr sein Taschentuch in die Hand, wie er es schon mal getan hatte. Kurz darauf war die Zeremonie bereits vorüber. Und dann schloss sie eine völlig benommene Myra in die Arme.

„Ich habe es getan", murmelte Myra, dann lachte sie auf und drückte Anna fest an sich.

„Und ohne zu stottern."

„Ich hab's getan", wiederholte sie und hielt die Hand hoch, an deren Ringfinger jetzt ein goldener Reif über dem Diamantring steckte. „Verlobt und verheiratet innerhalb von fünf Stunden!"

Daniel nahm die Hand, die sie so bewunderte, und küsste sie formvollendet. „Mrs. Ditmeyer."

Lachend fasste Myra seine Finger. „Ihr müsst mich heute Abend noch viel öfter so nennen, damit ich mich daran gewöhne. Oh, Anna, ich werde gleich weinen und mein Make-up ruinieren", schluchzte Myra.

„Das macht nichts." Anna reichte ihr Daniels zerknautschtes Taschentuch. „Herbert kann nicht mehr zurück." Sie drückte ihn fest an sich.

Der frisch gebackene Ehemann lachte. „Und sie auch nicht."

„Dein Leben wird komplizierter werden."

„Ich weiß."

„Ist das nicht herrlich?" Anna küsste ihn herzhaft. „Ich weiß nicht, wie es euch geht, aber ich habe Hunger. Das Hochzeitsmahl spendiere ich."

Auf Empfehlung des Friedensrichters und mit der Hilfe des Chauffeurs fanden sie ein kleines Landgasthaus, das auf dem Gipfel eines bewaldeten Hügels lag. Es war bereits geschlossen, aber ihre Überredungskunst und ein paar Geldscheine brachten den Eigentümer dazu, das Restaurant zu öffnen und den Koch zu wecken. Während die anderen in den Speisesaal geführt wurden, entschuldigte Anna sich und nahm den Eigentümer beiseite.

„Mr. Portersfield, ich kann Ihnen gar nicht genug danken, dass Sie für uns aufgemacht haben."

Natürlich war er über jeden zahlenden Gast glücklich, aber die späte Stunde hatte ihn doch ein wenig verstimmt. Jetzt allerdings fand er es unmöglich, bei diesem netten Lächeln, das Anna ihm schenkte, noch länger böse zu bleiben. „Meine Türen stehen immer offen", sagte er liebenswürdig. „Leider schließt die Küche um neun, das Mahl wird also vielleicht nicht ganz unserem Ruf entsprechen."

„Ich bin sicher, es wird ganz köstlich sein. Um genau zu sein, meine Freunde werden Ihnen bestimmt versichern, dass es das beste Essen ihres Lebens ist. Sehen Sie", sie hakte sich bei ihm ein und zog ihn ein wenig weiter von den anderen fort, „sie haben gerade eben geheiratet. Deshalb brauche ich Ihre Hilfe, um ein paar Dinge zu arrangieren."

„Frisch Vermählte." Mr. Portersfield war nicht gänzlich unempfänglich für Romantik. „Es freut uns immer, wenn wir Brautpaare aufnehmen können. Wenn wir vorher davon gewusst hätten ..."

„Oh, ich bin sicher, dass alles zur vollsten Zufriedenheit verläuft. Habe ich übrigens schon erwähnt, dass Mr. Ditmeyer Bezirksstaatsanwalt in Boston ist? Wenn er mit seiner Braut zurück zu Hause ist, wird er Sie allen seinen Freunden empfehlen. Und Mr. MacGregor ... nun, ich brauche Ihnen bestimmt nicht zu sagen, wer er ist, oder?"

Mr. Portersfield hatte nicht die geringste Ahnung, aber die Andeutung reichte ihm völlig. „Nein, natürlich nicht."

„Ein Mann in seiner Position findet nur selten ein ruhiges Fleckchen, wo er sich entspannen kann. Hausmannskost, frische Landluft. Ich weiß, wie beeindruckt er von Ihrem Restaurant ist. Sagen Sie, Mr. Portersfield, haben Sie zufällig einen Plattenspieler?"

„In meinem Wohnraum, ja, aber ..."

„Wunderbar!" Anna tätschelte seine Hand und setzte ihr nettestes Lächeln auf. „Ich wusste doch, dass Sie mir helfen werden."

Als sie zehn Minuten später an den Tisch zurückkehrte, stand nicht viel mehr als ein Brotkorb und ein Teller mit Butter auf der Tafel.

„Wohin bist du denn verschwunden?" fragte Daniel, als sie sich setzte.

„Ich habe mich um ein paar Details gekümmert. Auf die Braut und den Bräutigam", brachte sie einen Toast mit ihrem Wasserglas aus.

Myra lachte. „Ich habe Herbert gerade gewarnt, dass er sich auf viele Mahlzeiten wie diese einstellen kann." Mit dem Kopf deutete sie auf Wasser und Brot. „Bis wir einen Koch einstellen."

Herbert nahm ihre Hand und küsste sie. „Ich habe dich nicht wegen deiner kulinarischen Talente geheiratet."

„Umso besser", ließ Anna sich vernehmen. „Sie hat nämlich keine."

Ein verschlafener Fünfzehnjähriger kam und stellte eine Vase voller Wildblumen auf den Tisch. Er musste sie frisch gepflückt haben. Es sah also so aus, als würde Mr. Portersfield doch noch mitmachen.

„Oh, wie schön." Myra nahm einen Stängel aus der Vase, während der Junge davonschlurfte und damit begann, Tisch umzustellen. Lautstark. Mr. Portersfield kam mit einem Plattenspieler auf dem Arm herein, und innerhalb weniger Augenblicke ertönte Musik.

„Der erste Tanz für das Brautpaar Ditmeyer." Anna stand auf und zeigte auf die Stelle, die der Junge frei gemacht hatte.

Als sie allein am Tisch saßen, strich Daniel Butter auf ein Stück Brot und reichte es Anna. Hungrig biss sie hinein.

„Weißt du, als du mich zum Abendessen einludst, hatte ich mir das etwas anders vorgestellt."

Jetzt strich Anna Butter auf ein Stück Brot und gab es an ihn weiter. „Eigentlich hatte ich auch vorgehabt, etwas näher an Zuhause zu bleiben."

„Die beiden sehen glücklich aus."

Sie sah zu Myra und Herbert hinüber, wie sie einander auf der winzigen Tanzfläche festhielten. „Ja. Schon seltsam, die beiden wären die Letzten gewesen, die ich mir zusammen vorstellen konnte. Aber wenn ich sie jetzt so sehe – sie passen perfekt zueinander."

„Gegensätze." Daniel hielt seine Hand an ihre. Seine war groß und hart, ihre klein und weich. „Nur die machen das Leben spannend."

„Ja, so langsam fange ich auch an, es zu glauben."

Mit dem freundlichsten aller Lächeln servierte Mr. Portersfield den Salat. „Aus unserem eigenen Garten", verkündete er stolz. „Das Dressing ist ein altes Familienrezept." Er arrangierte die Blumen um und verschwand wieder.

„Er wirkt sehr viel fröhlicher als vorhin noch", bemerkte Daniel.

„Das sollte er auch." Sie dachte daran, wie viel sie für dieses freundliche Lächeln bezahlt hatte. „Daniel ..." Nachdenklich spießte sie Salat auf die Gabel. „Dieser Kredit, den du heute Nachmittag erwähntest ... Könnte sein, dass ich darauf zurückkommen muss. Aber nur, bis wir wieder in Boston sind."

Daniel sah zu Portersfield, der pfeifend in der Küche verschwand, dann zu Anna, deren dunkle Augen schelmisch funkelten. Und nachdem er zwei und zwei zusammengezählt hatte, brach er in schallendes Gelächter aus. Er nahm ihr Gesicht in beide Hände und küsste sie herzhaft. „Für dich sogar ohne Zinsen, Liebste."

Es gab nur zwei Flaschen Champagner. Mehr hatte der Wirt nicht auf Lager. Es gab einen Braten, der auf der Zunge zerging, sowie eine zerkratzte Billie-Holiday-Schallplatte, nach der Daniel die Braut auf die improvisierte Tanzfläche führte. Myra hielt nichts davon, lange um den heißen Brei herumzureden.

„Du hast dich in Anna verliebt."

Da er keinen Grund sah zu leugnen, ging er über ihre Taktlosigkeit hinweg. „Aye."

„Und was gedenkst du jetzt zu tun?"

Seine Lippen zuckten. „Ich könnte sagen, das geht dich nichts an."

„Das könntest du", stimmte Myra zu. „Allerdings gedenke ich es herauszufinden."

Daniel zögerte nur kurz. Er wollte sie auf seiner Seite. „Ich hätte sie heute Abend geheiratet, aber sie ist einfach zu störrisch."

„Oder zu schlau." Myra lächelte, als seine Augen aufblitzten. „Ich mag dich, Daniel. Wirklich. Aber ich erkenne eine Dampfwalze, wenn ich eine sehe."

„Gleichgesinnte erkennen sich eben sofort."

„Genau." Myra war nicht gekränkt, sondern geschmeichelt. „Anna wird Ärztin, wahrscheinlich die beste Chirurgin im Staat."

Er sah düster auf sie herunter. „Was verstehst du denn von Ärzten?"

„Ich verstehe etwas von Anna", erwiderte sie. „Und ich verstehe genug von Männern, um zu sehen, dass dir ihr Beruf nicht passt."

„Ich will eine Ehefrau, keinen Skalpellschwinger."

„Dein Blinddarm sieht das vielleicht anders."

„Dann würde ich mich nicht von meiner Frau aufschneiden lassen."

„Wenn du Anna willst, musst du auch ihren Beruf akzeptieren. Hast du um ihre Hand angehalten?"

„Du bist zu neugierig."

„Natürlich. Hast du?"

Diese amerikanischen Frauen, dachte er. Würde er sich je daran gewöhnen? „Ja."

„Und?"

„Sie hat abgelehnt, aber sie will mit mir zusammenleben."

„Klingt vernünftig."

Daniel hob stumm die Hand, an der Myras Ehering glitzerte.

„Oh, das ist etwas ganz anderes. Ich liebe Herbert, aber ich hätte ihn nie geheiratet, wenn er mich nicht so nehmen würde, wie ich bin."

„Und wie ist das?"

„Neugierig, indiskret, verrückt und ehrgeizig", erwiderte sie mit einem Blick zum Tisch hinüber. „Herbert wird sich noch wundern, was für eine Ehefrau er sich da eingefangen hat."

Daniel sah sie an. Ihr Blick war voller Liebe, aber ihr Kinn war entschlossen vorgereckt. „Das wird er wohl."

Daniel wollte gerade Myra den Stuhl halten, als Portersfield einen Servierwagen hereinrollte, auf dem ein Schichtkuchen mit Blüten aus rosafarbenem Zuckerguss thronte. Mit schwungvoller Geste reichte er Myra ein silbernes Tortenmesser.

„Mit unseren besten Wünschen für eine lange und glückliche Ehe", erklärte er.

Den Tränen nahe, legte Myra die Finger um den Griff und wartete, bis sie Herberts Hand auf ihrer fühlte.

Anna wartete, bis vom Kuchen nur noch Krümel übrig waren und es keinen Champagner mehr gab. „Eins noch." Sie nahm einen Schlüssel aus ihrer Handtasche und gab ihn Herbert. „Die Hochzeitssuite."

Grinsend ließ er ihn in die Tasche seines Jacketts gleiten. „Ich hätte nicht gedacht, dass es hier so etwas gibt."

„Gab es auch nicht. Bis vor zwei Stunden." Lächelnd sah Anna den beiden nach, als sie Arm in Arm zur Tür eilten.

„Dein Stil gefällt mir, Anna Whitfield."

„Tatsächlich?" Aufgeputscht vom Champagner und ihrem Erfolg, lächelte sie Daniel an. Ohne den Blick von ihm zu wenden, griff sie erneut in ihre Handtasche. „Ich habe noch einen."

Daniel starrte auf den einzelnen Schlüssel auf ihrer Handfläche. „Du neigst dazu, die Dinge selbst in die Hand zu nehmen, was?"

Sie zog eine Augenbraue hoch und stand auf. „Wenn es dir

nicht passt, kannst du Portersfield wecken. Bestimmt hat er noch ein Zimmer für dich."

Er erhob sich und nahm den Schlüssel an sich. „Nicht nötig."

Wortlos stiegen sie die knarrende Treppe hinauf. In der kleinen Herberge, die eben noch eine fröhliche Feier erlebt hatte, lag alles still und ruhig da. Als Daniel die Zimmertür aufschloss, stieg ihm der blumige Duft eines Potpourris in die Nase. Es ließ ihn an seine Großmutter denken, an Schottland und alles, was er dort zurückgelassen hatte. Sobald Anna die Tür schloss, dachte er nur noch an sie.

Sie sagten noch immer nichts. Eine kleine Lampe erhellte den Raum mit mildem Licht. Durch die offenen Fenster drang die warme Sommerluft. Die Vorhänge bauschten sich leicht, und aus dem Wald hinter dem Haus ertönte der melancholische Gesang eines Nachtvogels.

Anna wartete. Oben auf dem Kliff war sie zu Daniel gegangen. Jetzt wartete sie auf ihn. Ihr Herz gehörte bereits ihm, auch wenn sie sich fürchtete, es ihm zu gestehen. Ihr Körper würde nie einem anderen gehören. Trotzdem wartete sie, eingehüllt in sanftes Licht und laue Sommerluft.

Daniel sah sie an. Nie hatte sie schöner ausgesehen. Leidenschaft, Sehnsüchte, Liebe, Träume. Das alles war sie. Sein Herz machte den ersten Schritt, und er folgte ihm.

Zärtlich umfasste er ihr Gesicht. So zärtlich, dass sie den Druck seiner Finger auf ihrer Haut kaum spürte. Trotzdem hielt sie den Atem an. Mit offenen Augen und fest aneinander geschmiegt, küssten sie sich und genossen, wie das Verlangen augenblicklich erwachte.

Anna war nicht sicher, wie lange sie so dastanden. Ihr Verlangen wurde zu einem Begehren, das an Schmerz grenzte. Mit einem lustvollen Stöhnen legte sie den Kopf in den Nacken, und er schlang die Arme um sie. Der Kuss wurde leidenschaftlicher, und Anna gab sich ihren Gefühlen hin. Ihren Gefühlen und Daniel.

Es brachte ihn fast um den Verstand, die starke, selbstbewusste Anna so weich und nachgiebig zu erleben. Es machte ihn schwach, es machte ihn stark. Sie schien Stück für Stück mit ihm zu verschmelzen, bis es keinen Raum mehr für nichts anderes gab als sie.

Er hielt sie von sich ab, erschreckt über die Intensität, besorgt über diese Verschmelzung. Sie stand da, den Kopf immer noch in den Nacken gelegt, die Arme um ihn geschlungen. Was er in ihren Augen sah, war weit mehr als nur bloßes Verlangen. Es war eine bewusste Entscheidung. Für ihn. Für sie beide. Langsam, ohne Hast begann er damit, sie auszuziehen.

Die dünne, fast durchsichtige Jacke, die sie über ihrem Kleid trug, glitt an ihr hinab wie ein Windhauch. Mit beiden Händen strich er über ihre Arme, und als er innehielt, um ihre warme Haut an seiner zu fühlen, löste sie seine Krawatte. Wie in Zeitlupe streifte sie ihm das Jackett von den Schultern.

Er verlor sich immer schneller in ihr, aber das war gleichgültig. Der Sommerwind seufzte leise durch die Fenster hinter ihm, als er den Reißverschluss ihres Kleides aufzog. Lautlos glitt es zu Boden.

Sie hörte, wie sein Atem schneller ging, und war plötzlich stolz auf ihren Körper. Er schien ihren Anblick in sich aufzusaugen, Zentimeter für Zentimeter. Unter seinem Blick brannte ihre Haut. Die Kamee, die er ihr geschenkt hatte, lag kühl auf ihrer Haut. Durch das spitzenbesetzte Nichts ihres Unterkleides hindurch spürte er die Wärme ihres Körpers.

Ihre Hände zitterten, als sie ihm das Hemd auszog, aber ihr Blick blieb mit seinem verschmolzen. Irgendwo im Haus schlug eine Uhr die Stunde, aber so etwas wie Zeit und Raum gab es für sie längst nicht mehr. Wortlos sanken sie gemeinsam aufs Bett.

Die alte Matratze knarrte leise, als Daniel sich auf die Arme stützte, um Anna zu betrachten. Doch bald zog sie ihn auf sich.

Mund an Mund, heiß und ungeduldig. Haut an Haut,

pulsierend und empfindsam. Die Lampe warf ihre Schatten an die Wand. Die Brise trug ihr Seufzen in die Nacht hinaus. Der Vogel sang noch immer, aber sie hörten ihn nicht. Die Welt – ihre Welt – war nur noch ein kleines Zimmer in einem alten Landgasthaus. Ihre ehrgeizigen Pläne verblassten angesichts des Verlangens zu nehmen, zu geben und noch zu erleben. Zu besitzen und besessen zu werden.

Er sog ihren Duft in sich ein und nahm den der getrockneten Blüten gar nicht mehr wahr. Es gab nur noch Anna. Langsam, aber nicht mehr ganz so zärtlich ließ er seinen Mund an ihrem Hals hinabwandern, bis er die Seide an ihren Brüsten fühlte. Durch sie hindurch sog und zog er an den längst festen Knospen.

Dann erkundete er ihren ganzen Körper und ließ Feuer auflodern, von denen sie gar nicht geahnt hatte, dass sie in ihr glühten. Mit Zunge und Fingern brachte er sie immer wieder an den Rand der Ekstase. Nie hätte sie geglaubt, dass Qual so lustvoll, dass Lust so qualvoll sein konnte.

Sie atmete immer heftiger, als er sie ganz entblößte, und ihre Haut war feucht. Wo immer er sie berührte, flackerte ein Feuer auf.

Anna schlang die Arme um seine Taille, wälzte sich mit ihm übers Bett, tastend, suchend, entdeckend. Sie fühlte, wie er erbebte, presste die Lippen auf seine Haut und schmeckte nichts als Verlangen. Und dann, bevor er es erahnen konnte, ließ sie sich auf ihn sinken und nahm ihn in sich auf.

Anna sah ihm tief in die Augen und entdeckte in dem strahlenden Blau etwas, das sie erschauern ließ. Liebe. Sie klammerte sich an Daniel, während sie ihn dorthin entführte, wo Verstand und Vernunft keinen Zutritt hatten.

Genau dort wollte sie mit ihm bleiben und alles andere vergessen. Worum er sie jetzt auch bat, sie würde es ihm geben, denn in diesem Moment gehörte sie nur ihm.

Ihr Körper war so zart und schmal, dass er ihr Gewicht kaum

spürte, als sie erschöpft auf ihm lag. Er spürte ihr Zittern, die langsam abklingende Leidenschaft, und wusste, dass er nicht mehr ohne sie leben konnte.

Also gut, dachte er, wenn es nicht anders geht. Dann legte er den Arm um sie. „Du ziehst morgen bei mir ein." Er griff in ihr Haar und hob ihren Kopf an, um sie anzusehen. Er gab nach, aber er gab nicht auf. „Wenn wir wieder in Boston sind, packst du deine Sachen. Ich werde keine Nacht mehr ohne dich verbringen."

Sie starrte ihn an. Hinter der Leidenschaft, die immer noch in seinen Augen funkelte, lag auch Wut. Wie sollte sie mit einem Mann wie Daniel umgehen? Anna hatte das Gefühl, dass es eine ganze Weile dauern würde, das zu lernen. „Morgen?"

„Ja. Du ziehst morgen in mein Haus. Hast du noch etwas hinzuzufügen?"

Sie überlegte kurz und lächelte. „Du machst besser Platz in deinem Kleiderschrank."

10. KAPITEL

Annas erste Besichtigung des Hauses fand unter der Aufsicht eines äußerst steifen und wortkargen McGee statt. Denn kaum hatte der Butler ihre Taschen nach oben getragen, war Daniel in einer dringenden Angelegenheit in seine Bank gerufen worden. Er war gegangen, wütend, mit einem knappen Kuss für sie und der zerstreuten Order an McGee, sie herumzuführen. So war sie also allein mit einem distanzierten Butler und einer Köchin, die ihren Kopf bisher noch nicht zur Küche herausgesteckt hatte.

Der erste Gedanke, der ihr kam, war sich zu entschuldigen und ins Krankenhaus zurückzukehren, wohin sie gehörte. Sie konnte es sich genauso wenig leisten wie Daniel, den Nachmittag einfach freizunehmen. Und der war jetzt fort, während sie hier war. Aber etwas an dem steifen breiten Rücken des Mannes, der vor ihr die Treppe hinaufstieg, ließ sie durchhalten. Stolz und Würde waren nun mal untrennbar für sie verbunden. Sie hatte ihre Entscheidung getroffen, und wenn der Butler der Erste war, dem sie missfiel, würde sie das akzeptieren. Mehr noch. Sie würde damit leben lernen müssen. Und zwar ab sofort.

„Mr. MacGregor beherbergt hin und wieder auswärtige Geschäftsfreunde", erklärte McGee. „Dazu haben wir mehrere Gästezimmer. Auch sein Büro ist auf dieser Etage. Er findet es so bequemer. Dies ist sein Schlafzimmer", fuhr er fort und öffnete eine schwere, handgeschnitzte Tür.

Der Raum war groß, ganz wie Daniel es mochte, aber nur spärlich möbliert, so als würde er hier nur wenig Zeit verbringen. Anna konnte sich vorstellen, dass sein Büro ganz anders aussah, voller Unterlagen und Bücher. Sicherlich verriet sein Arbeitszimmer mehr über den wahren Menschen, als es dieser, eigentlich der persönlichste, Raum tat. Hier gab es weder Fotografien noch irgendwelche anderen Erinnerungsstücke. Die Farbe an den

Wänden war noch frisch und die Vorhänge steif mit Stärke. Das Bett war aus Eiche und groß genug für vier Personen. Am Fußende stand ihr Gepäck.

Anna hatte erwartet, sich verlegen und befangen zu fühlen. Stattdessen verspürte sie nur ein vages Gefühl von Neugier. Die Stelle oben auf den Klippen über dem Meer hatte ihr mehr von Daniel MacGregor offenbart als dieser Raum, in dem er seine Nächte verbrachte. Aber jetzt war nicht der Zeitpunkt, um Rätsel zu lösen. Als sie sich zu McGee umdrehte, war ihr Kinn ein kleines bisschen höher erhoben als normal.

„Mr. MacGregor hat sich nicht bezüglich der Haushaltungsführung geäußert. Liegt dies nun in Ihrem Verantwortungsbereich?" Falls überhaupt möglich, wirkte McGees Rücken noch gerader. „Dreimal pro Woche kommt eine Haushälterin. Ansonsten kümmere ich mich um alles. Mr. MacGregor teilte der Köchin und mir mit, dass Sie eventuell ein anderes Arrangement treffen möchten."

Sie hätte Daniel liebend gern dafür erwürgt. Doch sie hielt sich gerade und sah sich kühl im Raum um. „Ich denke nicht, dass das nötig sein wird, McGee. Sie scheinen ein Mann zu sein, der sowohl seine Pflichten kennt als auch seinen eigenen Wert."

Ihr kühles Kompliment war weder dazu gedacht gewesen, ihn zu besänftigen, noch tat es das. „Danke, Miss. Möchten Sie die anderen Räume ebenfalls sehen?"

„Später. Ich möchte erst auspacken." Und allein sein, dachte Anna.

„Natürlich, Miss." Er verbeugte sich und ging zur Tür. „Wenn Sie etwas benötigen, brauchen Sie nur zu läuten."

„Danke, McGee."

Kaum war er fort, ließ sie sich auf das riesige Bett sinken. Was hatte sie nur getan? Alle Zweifel, die sie bisher verdrängt hatte, stürzten auf sie ein. Sie hatte das Heim ihrer Kindheit verlassen, aber nicht, um in ihr eigenes kleines Apartment zu ziehen, sondern in dieses riesige Haus, in dem sie eine Fremde war. Ein Eindringling. Und wenn man sich den steifen McGee ansah, hielt er sie wohl eher für den Teufel persönlich. Wenn sie nicht so nervös wäre, könnte sie fast darüber schmunzeln.

Sie strich mit der Hand über die weiße Tagesdecke. Hier werde ich also ab jetzt schlafen, dachte sie. Jede Nacht. Und morgens mit ihm aufwachen. Keinen Rückzug mehr in ein ruhiges Bett nach dem Gutenachtgruß. Er würde immer in ihrer Nähe sein. Und sie in seiner.

Panik stieg in ihr auf. In einem Wandspiegel sah sie sich an. Klein, blass und mit weiten Augen auf dem viel zu großen Bett. Und sie sah die massive Eichenkommode, sehr klare Linien, sehr maskulin. Mit weichen Knien stand sie auf und ging hinüber. Ihre Finger waren taub, als sie den Verschluss von einer Eau-de-Cologne-Flasche abdrehte. Dann stieg ihr Daniels typischer Duft in die Nase – herb, lebendig und sehr männlich. Die Welt hörte endlich auf sich zu drehen. Als sie die Flasche wieder zuschraubte, waren ihre Hände ruhig, sie zitterten nicht mehr.

Was hatte sie denn getan? Genau das, was sie hatte tun wollen. Mit einem leisen erleichterten Lachen begann sie, ihre Sache in Daniels Schrank zu verstauen.

Außer ihrer Kleidung und ein paar Lieblingsfotos hatte sie nichts mitgebracht. Trotzdem fühlte sie sich nach dem Auspacken wohler und sogar ein wenig zu Hause. Was noch fehlte, war ein Nachttisch für sie, passend zur Kommode natürlich. Und die steifen Vorhänge ließen sich sicherlich durch etwas Freundlicheres, Fließenderes ersetzen.

Zufrieden sah sie sich um. Nie wäre ihr der Gedanke gekommen, dass es sie faszinieren könnte, ein paar häusliche Entscheidungen zu treffen. Sicher, es war nicht, als müsste sie entscheiden, ob eine Operation nötig war oder eine medikamentöse Behandlung ausreichte, aber es war trotzdem ein gutes Gefühl. Vielleicht konnte sie wirklich alles haben. Im Moment würde sie sich damit begnügen, McGee damit zu beauftragen, ein paar bequeme Sessel für das Schlafzimmer aufzutreiben. Und eine Leselampe, dachte sie, als sie das Zimmer verließ. Vielleicht noch ein kleiner Schreibtisch für sie. Der Raum war mit Sicherheit groß genug dafür. In einem Haus wie diesem würden sich bestimmt ein paar passende Dinge finden lassen. Falls nicht, würde Anna morgen nach ihrem Dienst eben ein wenig bummeln gehen.

Im ersten Stock war sie versucht, den Salon und die Bücherei zu durchstöbern und selbst ein paar Sachen umzustellen. Aber da sie das Prinzip des Stolzes verstand, ließ sie es sein. Es selbst in die Hand zu nehmen würde nur McGees Butler-Ego verletzen. Und McGee gehörte zu Daniels Leben. Wenn sie ihre Entscheidungen erfolgreich durchsetzen wollte, musste sie zusehen, dass der Butler auch zu ihrem Leben gehören würde.

Sie eilte nach unten und steuerte die Küche an, einfach weil die der logischste Anlaufpunkt war. Als sie näher kam, hörte sie Stimmen und blieb stehen.

„Wenn sie für den MacGregor gut genug ist, dann bin auch ich mit ihr einverstanden. Ich weiß gar nicht, warum du dich so aufregst, McGee." Die Frauenstimme hatte den gleichen melodischen schottischen Akzent wie die des Butlers.

„Ich rege mich nicht auf. Sie hat kein Recht, ohne Heiratsurkunde unter diesem Dach zu leben", erwiderte McGee mit eisiger Entrüstung.

„Unsinn", kam es humorvoll zurück, und Anna fand die Köchin auf Anhieb sympathisch. „Seit wann bist du denn Richter? Der MacGregor weiß, was er tut, und das Mädchen sicher auch, sonst würde er sie kein zweites Mal ansehen. Und genau das interessiert mich jetzt – ist sie hübsch?"

„Hübsch genug", knurrte McGee. „Immerhin hat sie genug Anstand, sich nicht zur Schau zu stellen."

„Zur Schau stellen", schnaubte die Köchin ungnädig. „Eine

Frau macht sich für einen Mann hübsch, und sie stellt sich zur Schau, wie? Und wenn sie es nicht tut, ist sie vernünftig. Pah! Jetzt geh wieder an deine Arbeit, und lass mich meine machen, sonst schaffe ich es nicht, sie mir noch vor dem Abendessen anzusehen."

Anna überlegte noch, ob sie sich diskret zurückziehen oder hineingehen sollte, als ein Schmerzensschrei ihr die Entscheidung abnahm. Als sie die Küchentür aufriss, beugte McGee sich bereits über eine rundliche Frau mit weißem Haar. Auf dem Boden lag ein blutverschmiertes Messer, und daneben bildete sich schon eine kleine Lache.

„Lassen Sie mich sehen."

„Miss Whitfield ..."

„Weg da!" befahl Anna und schob den Butler einfach beiseite. Ein kurzer Blick auf das Handgelenk der Köchin zeigte ihr, dass das Messer eine Schlagader verletzt hatte. Sofort presste sie die Finger auf die Wunde und stillte die Blutung.

„Es ist nichts, Miss", wehrte die Köchin ab, während ihr Tränen übers Gesicht liefen. „Sie werden sich schmutzig machen."

Anna ging gar nicht auf die Bemerkung ein, nahm ein trockenes Geschirrtuch und warf es McGee zu. „Reißen Sie das in Streifen, und dann fahren Sie meinen Wagen vor die Tür."

Daran gewöhnt, auf Anordnungen zu reagieren, begann McGee das Tuch zu zerreißen. Anna drückte die Wunde zu und führte die Frau zu einem Stuhl.

„Ganz langsam. Keine Angst." Anna sprach beruhigend auf die Köchin ein. Sie wusste, wie schwer es werden würde, sollte die massige Frau in Ohnmacht fallen. „McGee, binden Sie den Arm ab, genau hier." Ohne die Finger von der Wunde zu nehmen, zeigte sie ihm die Stelle. „Wie heißen Sie?"

„Sally, Miss."

„Okay, Sally, schließen Sie die Augen, und entspannen Sie

sich. Nicht zu fest", warnte sie den Butler. „Gut. Jetzt holen Sie den Wagen. Sie fahren."

„Ja, Miss." Doppelt so schnell wie sonst und ganz ohne die übliche Würde eilte er davon.

„So, Sally. Können Sie gehen?"

„Ich versuche es. Mir ist schwindlig."

„Kein Wunder", murmelte Anna. „Halten Sie sich an mir fest. Wir gehen durch die Küchentür zum Wagen. In fünf Minuten sind wir im Krankenhaus."

„Ins Krankenhaus." Anna spürte, wie die Frau zu zittern begann. „Ich mag keine Krankenhäuser."

„Kein Grund, Angst zu haben. Ich bleibe bei Ihnen. Ich arbeite nämlich dort. Einige von den Ärzten sehen recht gut aus." Während sie sprach, half sie Sally aufzustehen und führte sie vorsichtig zur Tür. „So gut, dass Sie sich fragen werden, warum Sie sich nicht schon eher geschnitten haben, um die Herren kennen zu lernen."

Als sie durch die Tür traten, war McGee da, um ihr das Gewicht der Frau abzunehmen.

„Gut gemacht, Miss Whitfield", lobte Dr. Liederman, während er sich die Hände wusch. „Ohne Ihr schnelles Handeln wäre die Frau vermutlich verblutet."

Anna hatte einen Blick auf Sallys Handgelenk geworfen. Wie sie geschätzt hatte, war die Wunde mit zehn Stichen genäht worden. „Wirklich eine unglückliche Stelle, um sich mit einem Küchenmesser zu schneiden."

„Ja, wir haben hier Selbstmordpatienten, die nicht so genau getroffen haben. Nur gut, dass Sie nicht in Panik geraten sind."

Sie zog eine Augenbraue hoch. Hielt er das etwa für ein Kompliment? „Wenn ich kein Blut sehen könnte, würde ich eine schlechte Chirurgin abgeben."

„Chirurgie also, ja?" Er warf einen Blick über die Schulter. Sie hatte kein leichtes Fach gewählt. „Um ein Skalpell zu führen, braucht man mehr als Geschick, wissen Sie. Man braucht Mut und Selbstsicherheit."

„Ich dachte, Arroganz", erwiderte sie lächelnd.

Es dauerte einige Sekunden, bis er das Lächeln erwiderte. „So könnte man es wohl auch nennen. Ihre Patientin wird sich noch ein paar Tage schwach fühlen und die Hand zwei oder drei Wochen schonen müssen."

„Möchten Sie, dass der Verband täglich gewechselt wird?"

„Ja. Und er muss trocken gehalten werden. Ich möchte sie in zwei Wochen wieder sehen, um die Fäden zu ziehen." Der Arzt drehte sich zu Anna um. „Aber eigentlich könnten Sie das ebenso gut erledigen, was?"

„Erst in einigen Monaten."

„Wissen Sie, Miss Whitfield, Sie haben in dieser Klinik einen guten Ruf."

Das überraschte sie, aber noch hielt sie sich zurück. „Wirklich?"

„Wirklich." Er warf das Handtuch fort. „Und das kommt aus direkter Quelle. Von den Schwestern."

„Das freut mich", sagte Anna, und es stimmte.

„Sie stehen kurz vor dem Abschluss. Wie sind Ihre Noten?"

Stolz hob sie das Kinn. „Ausgezeichnet."

Er lachte leise und musterte sie eindringlich. „Wo wollen Sie Ihre Assistentenzeit verbringen?"

„Hier."

Er streckte die Hand aus. „Melden Sie sich bei mir."

Anna ergriff sie freudig. „Das werde ich tun."

„McGee!" Fluchend eilte Daniel durchs Haus. Wo, zum Teufel, steckten bloß alle? Als Erstes hatte er nachgesehen, ob Annas Sachen in seinem Schrank hingen. Dass sie also wirklich eingezogen war, freute ihn. Er hatte keine Blaskapelle erwartet, aber dass kein Mensch ihn willkommen hieß, ärgerte ihn. Er riss sämtliche Türen auf und knallte sie wieder zu. Als er die Küche betrat, war seine Stimmung auf dem Nullpunkt.

„Wieso ist kein Mensch da?" rief er zornig.

„Könntest du aufhören, hier herumzuschreien?" bat Anna leise. „Ich habe sie gerade zu Bett gebracht."

Daniel fuhr herum. „In meinem Haus schreie ich so laut ..." Jäh brach er ab, als er sie in der Tür stehen sah und das Blut an ihrer Kleidung bemerkte. „Um Himmels willen!" Mit zwei Schritten war er bei ihr und zog sie an sich. „Was ist passiert? Hast du dich verletzt? Ich bringe dich ins Krankenhaus."

„Da komme ich gerade her." Bevor sie ihn daran hindern konnte, hob er sie auf die Arme. „Daniel, das ist nicht mein Blut. Daniel!" Er war schon fast durch die Tür. „Sally hatte einen Unfall, nicht ich."

„Sally?"

„Deine Köchin."

„Ich weiß, wer Sally ist", knurrte er und drückte sie noch fester an sich, als die Erleichterung ihn durchflutete. „Mit dir ist alles in Ordnung?"

„Ja", brachte sie gerade noch heraus, bevor er seinen Mund auf ihren presste. Leidenschaft flammte auf, und durch diese Leidenschaft spürte sie seine Erleichterung, die ebenso intensiv war. Bewegt ließ sie ihn sich den Trost nehmen, den er brauchte. „Daniel, ich wollte dich nicht erschrecken."

„Das hast du aber." Er küsste sie erneut, fest, und wurde ruhiger. „Was ist mit Sally?" fragte er schließlich.

„Das Küchenmesser ist abgerutscht und hat eine Schlagader am Handgelenk getroffen. Daher das viele Blut. McGee und ich haben sie ins Krankenhaus gebracht. Sie schläft jetzt. Sie wird ein paar Tage Ruhe brauchen."

Erst jetzt bemerkte er das Messer im Waschbecken und das Blut auf dem Boden. „Ich gehe zu ihr."

„Nein, bitte. Sie schläft. Warte bis morgen früh."

Er warf einen zweiten Blick auf das Messer. Ihm oblag die Verantwortung – für seine Köchin, seinen Butler, seine Angestellten. „Bist du sicher, dass es ihr gut geht?"

„Ja. Sie hat eine Menge Blut verloren, aber ich stand vor der Tür, als es passierte. McGee hat mir geholfen."

„Wo ist er?"

„Er parkt meinen Wagen. Da ist er schon", sagte sie, als der Butler erschien.

„Mr. MacGregor." Blass, aber korrekt wie immer blieb McGee neben der Tür stehen. „Ich fürchte, das Abendessen wird sich verzögern."

„Miss Whitfield hat mir erzählt, wie sehr Sie ihr geholfen haben."

Über McGees sonst so starres Gesicht huschte etwas, das wie eine Gefühlsregung aussah. „Ich fürchte, ich konnte nur wenig tun. Miss Whitfield war sehr besonnen ... und, wenn ich das sagen darf, sehr tapfer."

Anna unterdrückte ein Schmunzeln. „Danke, McGee."

„Machen Sie sich wegen des Essens keine Sorgen", meinte Daniel. „Wir versorgen uns selbst."

„Sehr wohl, Sir. Gute Nacht, Miss."

„Gute Nacht, McGee." Die Küchentür fiel hinter ihnen zu. „Daniel, du kannst mich jetzt absetzen."

„Nein." Mühelos trug er sie die Treppe hinauf. „So hatte ich mir deinen Einzug nicht vorgestellt." Er küsste ihren Hals. „Tut mir Leid."

Bisher hatte sie nicht gewusst, wie schön es war, getragen zu werden, als wäre man etwas sehr Kostbares. „Niemand konnte etwas dafür."

Gott, sie roch so gut. Jeder Hunger in ihm würde gestillt werden, sobald er mit ihr allein war. „Deine Bluse ist völlig ruiniert, Liebes."

„Jetzt hörst du dich schon an wie Sally. Den ganzen Weg zum Krankenhaus hat sie das vor sich hin gemurmelt."

„Ich kaufe dir eine neue."

„Na, Gott sei Dank!" Anna lachte. „Daniel, haben wir denn nichts Wichtigeres zu tun, als über meine Bluse zu reden?"

„Weißt du, woran ich während der ganzen Sitzung gedacht habe?"

„Nein, woran?"

„Daran, wie ich dich in meinem Bett ... in unserem Bett willkommen heiße."

„So?" Als er die Schlafzimmertür aufstieß, verschränkte sie die Hände in seinem Nacken. Ihr Puls begann bereits vor Erwartung zu rasen. „Weißt du, woran ich gedacht habe, während ich meine Sachen ausgepackt habe?"

„Nein, woran?"

„An genau dasselbe."

Ihre Worte verliehen dem Raum, aus dem er sich nie viel gemacht hatte, etwas Besonderes. „Na, dann sollten wir schnellstens etwas in dieser Hinsicht unternehmen." Zusammen mit Anna ließ Daniel sich auf die weiße Tagesdecke fallen.

Mit Daniel zu leben, mit ihm aufzuwachen und einzuschlafen war leichter, als Anna es sich vorgestellt hatte. Trotzdem verliefen die ersten Wochen ihres Zusammenlebens nicht ohne ein gewisses Umstellen und Eingewöhnen.

Im Hause ihrer Eltern und auf dem Campus war Anna daran gewöhnt gewesen, nach ihrem eigenen Gutdünken zu agieren und Zeit für sich allein zu haben.

Jeden Morgen neben einem anderen Menschen aufzuwachen war etwas ganz anderes. Vor allem, wenn es sich dabei um einen Mann handelte, der Schlaf als vergeudete Zeit betrachtete. Daniel MacGregor war nicht der Typ, der gern lange schlief und dann gemütlich bei einer Tasse Kaffee wach wurde. Der Morgen war die ideale Zeit für Geschäfte, und der begann, sobald Daniel die Augen aufschlug.

Weil Anna einem anderen Rhythmus folgte, tappte sie erst für ihre erste Tasse Kaffee in die Küche, wenn er schon seine zweite und letzte getrunken hatte. Die Verabschiedung war knapp und gehetzt und alles andere als romantisch. Daniel war mit seinem Aktenkoffer zur Tür hinaus, noch bevor ihr Gehirn überhaupt richtig zu arbeiten begonnen hatte. Nicht gerade wie Flitterwochen, schoss es ihr durch den Kopf, als sie wieder einmal allein am Frühstückstisch saß. Aber mit dieser Routine konnte sie leben.

Bis sie dann zum Krankenhaus fuhr, hatte Daniel bereits etliche Geschäftsentscheidungen getätigt. Während sie Laken faltete und den Patienten vorlas, jonglierte er auf dem Aktienmarkt mit Firmenübernahmen und Aufkäufen. Da sie jetzt mit ihm lebte, bekam sie langsam eine Vorstellung davon, wie mächtig er wirklich war. Sie hatte schon einen Senator am Telefon gehabt, und der Gouverneur von New York hatte eine Nachricht hinterlassen.

Dass die Politik ein Aspekt seiner Karriere war, daran hatte sie bisher nie gedacht. Und sie hatte erfahren, dass er, obwohl er nur selten die Oper oder das Ballett besuchte, enorme Summen für die Künste spendete. Kultur, Politik, Wirtschaft – für Daniel war das alles Geschäft. Und auch wenn sie jetzt wusste, dass das Geschäft den größten Teil seiner Zeit und seines Lebens einnahm, so tat er ihre Fragen danach doch mit knappen Antworten ab, so wie ein Vater die lästigen Fragen eines neugierigen Kindes abfertigen würde.

Anna verbrachte ihre Tage im Krankenhaus, in Vorlesungen und über Büchern, um sich für das letzte Studienjahr und auf ihr Abschlussexamen vorzubereiten. Daniel fragte sie selten danach, und wenn er es tat, geschah es aus reiner Höflichkeit. Anna spürte das und erzählte daher auch nicht viel.

Stunde des Schicksals

Die Abende verbrachten sie bei einer gemeinsamen Mahlzeit oder beim Kaffee im Wohnzimmer. Keiner von ihnen beiden sprach über seine Wünsche und Ambitionen, was sie in ihrer Karriere erreichen wollten. Während sie die Gesellschaft des anderen genossen, schien es doch so, als läge ein Teil ihres Lebens hinter einem Schleier, den keiner als Erster lüften wollte.

Kleinlich wachten sie über ihre freie Zeit, verbrachten sie fast nur allein zu Hause. Wenn sie ausgingen, dann mit den frisch vermählten Ditmeyers. Man ging ins Kino, wo sie im Dunkeln Händchen halten und den Druck des Alltags vergessen konnten. Sie lernten einander kennen, die Gewohnheiten, Vorlieben und Abneigungen des anderen, die Schwächen und Fehler. Aber obwohl ihre Liebe sich festigte, waren sie beide sich noch immer nicht einig.

Daniel wollte eine Ehe. Anna wollte eine Partnerschaft. Sie hatten noch nicht herausgefunden, wie sich beides verbinden ließ.

Die Sommerhitze flirrte durch den August. Sie weichte den Asphalt auf und hing drückend in der Luft. An den Wochenenden fuhren Daniel und Anna hinaus und picknickten auf Daniels Grundstück in Hyannis Port. Dort schliefen und lachten sie miteinander, so ungehemmt wie beim ersten Mal. Und dort war es auch, wo Daniel wieder anfing, Druck auf Anna auszuüben.

„Nächste Woche wird der erste Spatenstich getan", berichtete Daniel eines Tages, während sie den Rest einer Flasche Chablis tranken.

„Nächste Woche schon?" Überrascht hob Anna den Kopf und sah ihn an. Er starrte dorthin, wo bald sein Haus stehen würde. Er konnte es bereits vor sich sehen, das wusste sie, so als blinkten dort schon gemauerte Wände im Sonnenlicht. „Ich hätte nicht gedacht, dass es so schnell gehen würde." Er hatte ihr nichts gesagt. Er hatte ihr keine Pläne gezeigt, obwohl sie danach gefragt hatte.

Er zuckte nur die Schulter. „Es hätte schon früher sein sollen, aber ich musste erst noch ein paar Dinge klarstellen."

„Ich verstehe." Diese anderen Dinge hatte er auch mit keinem Wort erwähnt. Anna unterdrückte einen Seufzer und versuchte zu akzeptieren. „Ich weiß, wie wichtig dieses Haus für dich ist, aber ich werde das hier vermissen." Sie lächelte und legte eine Hand an seine Wange. „Hier ist es so friedlich. Nur Wasser und Felsen und Gras."

„Das bleibt, auch wenn das Haus steht und wir darin leben." Er fühlte, dass sie sich zurückzog, und nahm ihre Hand. „So schnell wird es nicht gehen. Solide Dinge brauchen ihre Zeit. In etwa zwei Jahren wird es fertig sein. Aber unsere Kinder werden hier aufwachsen."

„Daniel ..."

„Das werden sie", fiel er ihr ins Wort. „Und wann immer wir uns in diesem Haus lieben, werde ich an unser erstes Mal hier denken. In fünfzig Jahren noch."

Sie konnte ihm nicht widerstehen, wenn er so war. Er war viel gefährlicher, wenn er leise sprach, wenn seine Stimme sie warm und zärtlich einhüllte. Für einen Moment glaubte sie ihm. Dann dachte sie daran, welch weiter Weg noch vor ihnen lag. „Du verlangst schon wieder Versprechen, Daniel."

„Aye. Darauf warte ich."

„Bitte, nicht."

„Und warum nicht? Du bist die Frau, die ich will, die mich will. Es wird Zeit, dass wir uns etwas versprechen." Ohne ihre Hand loszulassen, griff er in die Tasche und holte ein kleines Samtetui hervor. „Ich will, dass du das hier trägst, Anna." Mit dem Daumen klappte er den Deckel hoch. Zum Vorschein kam ein herrlich geschliffener Diamant.

Anna stockte der Atem. Zum Teil vor Staunen über die Schönheit des Rings. Aber auch aus Angst vor dem, was er bedeuten sollte. Ein Versprechen, ein Schwur, eine Verpflichtung.

Sie wollte es, sie sehnte sich danach, sie hatte panische Angst davor.

„Ich kann nicht."

„Natürlich kannst du." Als er den Ring aus dem Kästchen nehmen wollte, legte sie beide Hände über seine.

„Nein, ich kann nicht. Ich bin noch nicht bereit dazu, Daniel. Ich habe versucht, es dir zu erklären."

„Und ich habe versucht, dich zu verstehen, Anna." Aber seine Geduld schwand rapide. Jeden Tag, den er mit ihr verbrachte, war er gezwungen, nur die Hälfte von dem zu akzeptieren, was er wirklich wollte. „Du willst keine Ehe, zumindest jetzt noch nicht. Aber ein Ring ist keine Heirat, nur ein Versprechen."

„Ein Versprechen, das ich dir nicht geben kann." Dabei wollte sie es, mit jedem Tag mehr. „Wenn ich den Ring nehme, gebe ich dir ein Versprechen, das vielleicht gebrochen wird. Das kann ich nicht. Du bist mir zu wichtig."

„Was du sagst, ergibt keinen Sinn." Er hatte damit gerechnet, abgewiesen zu werden. Schon als er den Ring gekauft hatte, hatte er gewusst, dass sie ihn nicht annehmen würde. Aber die Tatsache, dass er richtig vermutet hatte, schmälerte den Schmerz nicht. „Ich bin dir wichtig, aber du nimmst meinen Ring nicht?"

„Oh, Daniel, ich kenne dich." Sie nahm sein Gesicht zwischen ihre Hände. „Wenn ich diesen Ring nehme, wirst du mich spätestens in einem Monat bedrängen, einen Ehering zu akzeptieren." Sie seufzte traurig, denn was sie tun musste, fiel ihr unendlich schwer. „Manchmal denke ich, du denkst über uns beide wie über eine Firmenfusion."

„Vielleicht." Ärger flackerte in seinen Augen auf, aber er beherrschte sich. Bei Anna konnte er das. „Vielleicht ist das der einzige Weg, den ich kenne."

„Ja, schon möglich", stimmte sie leise zu. „Und das versuche ich zu verstehen."

„Und du siehst es wie ein Rechtsverfahren." Er sagte es tonlos und absolut nüchtern. Als sie erstaunt aufblickte, fuhr er in demselben Ton fort. „Nur ist mir nicht ganz klar, wer von uns vor Gericht steht, du oder ich."

„Das stimmt nicht. Bei dir hört sich das so kalt und kalkuliert an."

„Nicht kalkulierter als eine Fusion."

„Für mich hat das, was zwischen uns ist, nichts mit Geschäft zu tun, Daniel."

Hielt er es denn für ein Geschäft? Mit einem unwohlen Gefühl wurde ihm klar, dass er das früher wohl getan hatte. Aber jetzt wusste er nicht mehr so genau, was es war. „Vielleicht solltest du mir sagen, wie du es siehst."

„Du machst mir Angst." Die Worte waren so schnell und mit solcher Inbrunst herausgekommen, dass sie beide für einen Moment schockiert dasaßen.

„Anna, ich würde dir nie wehtun."

„Ich weiß." Sie dachte an den Ring in dem Kästchen, an das Haus, das gebaut werden sollte, und ihre Nerven spielten verrückt. „Am liebsten würdest du mich behandeln, als wäre ich aus Glas, etwas so Zerbrechliches, das unbedingt beschützt werden muss und das man dann bewundert. Aber es ist einfacher für mich, wenn du das vergisst und mich anbrüllst."

Er verstand nicht, tat gar nicht erst so. Aber er stand auf und stellte sich hinter sie. „Dann brülle ich eben öfter."

„Das wirst du bestimmt", murmelte sie, „wenn ich dich verärgere und nicht mit dir einer Meinung bin. Aber was passiert, wenn ich dir alles gebe, was du willst?" Sie drehte sich zu ihm um und sah ihn mit glühenden Augen an. „Was geschieht, wenn ich sage, okay, ich gebe auf?"

Er hielt ihre Hände fest, weil er Angst hatte, sie könnte sich von ihm abwenden. „Ich verstehe nicht, was du meinst."

„Oh doch, ich glaube schon. Du weißt, dass ein Teil von mir genau das Gleiche will wie du. Aber kann einer von uns wissen, ob ich das für mich selbst will oder nur deshalb, um dir einen Gefallen zu tun? Wenn ich Ja sagen und dich morgen heiraten würde, müsste ich alles andere aufgeben."

„Das würde ich nie verlangen. Niemals."

„Wirklich nicht?" Anna schloss für einen Moment die Augen und rang um Fassung. „Kannst du mir ehrlich sagen, dass du Dr. Anna Whitfield genauso akzeptieren würdest wie mich jetzt?"

Er wollte etwas sagen, doch ihre Augen waren so ernst, so dunkel. Bei Anna gab es nur die Wahrheit. „Ich weiß es nicht."

Sie seufzte, langsam und leise. Hätte er gelogen, wenn er gewusst hätte, wie sehr sie es sich wünschte, es aus seinem Mund zu hören? Und falls er gelogen hätte, hätte sie dann den Ring angenommen und das Versprechen gegeben? „Lass uns beiden Zeit. Wenn ich deinen Ring annehme, will ich es von ganzem Herzen tun, mit allem, was ich bin. Und wenn er erst an meinem Finger sitzt, wird er für immer dort bleiben. Das kann ich dir versprechen. Wir müssen beide vollkommen sicher sein, dass er dort auch hingehört."

„Der Ring kann warten." Daniel steckte das Kästchen wieder ein und nahm Anna in die Arme. Als sie den Kopf hob, küsste er sie. „Das hier nicht", murmelte er und zog sie mit sich ins warme Gras.

11. KAPITEL

Anna nahm es mit relativer Gelassenheit hin, dass man eine Party für den Gouverneur geben würde. Schon ihre Großeltern und auch ihre Eltern hatten solche Empfänge für Würdenträger arrangiert. Sie wusste, wie man ein entsprechendes Menü zusammenstellte, wusste, welche Weine und Spirituosen gereicht werden mussten. Was sie ärgerte, war nicht so sehr das Organisieren dieses Abends, sondern die Tatsache, mit welcher Selbstverständlichkeit Daniel voraussetzte, dass sie es übernehmen würde.

Natürlich hätte sie ihm das sagen können. Anna debattierte mit sich, während sie nach einem langen Tag im Krankenhaus auf dem Weg nach Hause war. Sie hätte ihn daran erinnern können, dass sie zwischen den Stunden im Krankenhaus und dem Studieren ihrer Bücher weder Zeit noch Lust hatte, sich Gedanken darüber zu machen, ob sie nun Austern oder Coquilles St. Jacques als Vorspeise servieren sollte. Wahrscheinlich hätte ihr das für einen kurzen Moment immense Befriedigung eingebracht. Und dann hätte sie sich ewig lang schuldig gefühlt, weil sie so kleinlich war.

Immerhin würde es ihre erste Dinnerparty als Paar sein. Und es war wichtig für ihn. Es ging ihm ebenso sehr darum, sie vorzuführen, wie auch den Gouverneur zu unterhalten. Eigentlich hätte es sie wütend machen sollen, aber irgendwie fand sie es rührend. Mit einem Kopfschütteln gestand sie sich ein, dass die Liebe zu Daniel sie seltsame Dinge tun ließ. Wenn er sie unbedingt vorführen wollte, würde sie ihn nicht enttäuschen.

Um ehrlich zu sein – die Vorbereitung eines Menüs fiel ihr genauso leicht wie das Aufzählen jedes einzelnen Handknochens. Was sie daran erinnerte, dass sie sich gleich nach ihrer Ankunft zu Hause Sallys Hand ansehen musste.

Zu Hause. Anna lächelte unwillkürlich. Erst drei Wochen

war es her, dass sie ihre Sachen in das Zimmer geräumt hatte, das einst Daniels Schlafzimmer gewesen war. Jetzt war es ihrer beider Schlafzimmer. Vielleicht hegte sie Zweifel wegen morgen, nächster Woche, nächstes Jahr, aber über das Heute gab es nicht die geringste Unsicherheit. Sie war glücklich. Das Zusammenleben mit Daniel hatte ihrem Leben eine Dimension hinzugefügt, von deren Existenz sie nie gewusst hatte. Der Gedanke an eine Heirat jedoch sandte ihr immer noch einen Schauder über den Rücken. Es war Misstrauen, wie sie sich eingestand. Aber wem misstraute sie? Daniel oder sich selbst? Er hatte gesagt, dass sie mit ihrer Einstellung sie beide vor ein Tribunal stellte. Vielleicht stimmte das sogar, aber nur, weil sie Angst hatte, ihn zu verletzen. So wie sie Angst hatte, selbst verletzt zu werden.

In manchen Augenblicken schien ihr alles so klar. Sie würde ihn heiraten, ihm Kinder schenken, das Leben mit ihm teilen. Sie würde Ärztin werden, und zwar die beste, die es geben konnte. Er wäre stolz auf ihre Errungenschaften, so wie sie auf seine stolz sein würde. Sie hätte alles, was eine Frau sich je wünschen könnte. Es war möglich.

Und dann fiel ihr wieder ein, wie desinteressiert er an ihrer Arbeit im Krankenhaus war. Wie er sich in sein Arbeitszimmer einschloss und seinen Geschäften nachging, ohne ihr gegenüber auch nur ein Wort fallen zu lassen. Und dass er keine Fragen stellte über die medizinischen Lehrbücher, die jetzt überall im Schlafzimmer herumlagen. Kein einziges Mal hatte er angesprochen, dass sie in wenigen Wochen nach Connecticut zurückmusste. Oder ob er gedachte, sie zu begleiten.

Konnten zwei Menschen ein Leben, eine Liebe teilen, wenn sie nicht auch das teilten, was für sie als Individuen das Wichtigste war? Wenn sie diese Antwort gefunden hätte, könnte sie endlich alle anderen Fragen vergessen.

Anna riss sich zusammen, als sie auf die Auffahrt einbog. Sie weigerte sich, jetzt düsteren Gedanken nachzuhängen. Sie war zu Hause, das war genug.

Als sie in die Küche trat, schob Sally gerade etwas in den Ofen.

„Sie sollen diese Hand doch schonen."

„Die hat genug Schonung abbekommen." Ohne sich umzudrehen, holte Sally eine Tasse aus dem Schrank. „Sie sind spät heute."

„Ein Autounfall in der Notaufnahme, mit vielen Schnitten, Kratzern und blauen Flecken. Ich bin dageblieben, um ein paar Hände zu halten."

Sally schenkte Kaffee ein und stellte die Tasse auf den Tisch. „Viel lieber hätten Sie genäht, nicht wahr?"

Mit einem Seufzer setzte Anna sich an den Tisch. „Ja. Es ist so schwer, wenn man nicht einmal die kleinsten Dinge tun darf. Nicht einmal Blutdruck messen."

„Nicht mehr lange, dann werden Sie viel mehr als das übernehmen."

„Ja, das sage ich mir auch immer wieder. Nur noch ein Jahr. Aber ich bin so ungeduldig, Sally."

„Das haben Sie und der MacGregor gemein." Da sie wusste, dass sie willkommen sein würde, setzte Sally sich mit einer eigenen Tasse zu Anna an den Tisch. „Er hat angerufen und Bescheid gesagt, dass er später kommt. Er meinte, Sie sollten ruhig schon zu Abend essen, aber man hat ihm angehört, dass es ihm lieber wäre, wenn Sie auf ihn warteten."

„Ich kann warten. Haben Sie noch Schmerzen in der Hand?"

„Morgens nach dem Aufwachen ist sie ein bisschen steif, aber tagsüber merke ich kaum etwas." Sally streckte den Arm aus und betrachtete die Stiche. „Hätte ich selbst kaum ordentlicher machen können." Dann grinste sie. „Ich denke, menschliches Fleisch zu nähen hat nicht viel gemein mit dem Nähen eines Saums an einer Tischdecke."

„Die Technik ist sehr ähnlich." Anna tätschelte Sallys Hand. „Da Daniel erst später kommt, ist das doch eine gute Gelegenheit für uns, die Menüfolge für nächste Woche durchzugehen. Ich hätte da ein paar Vorschläge, aber wenn Sie eine Spezialität haben ..." Sie brach ab und schnupperte. „Sally, was haben Sie da im Ofen?"

„Pfirsichkuchen." Sally strahlte. „Ein Rezept meiner Großmutter."

„Oh." Anna schloss die Augen und nahm den Duft in sich auf. Warmer Pfirsichkuchen an einem Sommerabend. „Wie spät, sagte Daniel, kommt er?"

„Gegen acht."

Anna sah auf ihre Uhr. „Wissen Sie, Sally, ich denke, diese Menüzusammenstellung ist anstrengende Arbeit. Da müsste ich mich vorher ein wenig stärken."

„Vielleicht mit einem Stück Pfirsichkuchen?"

„Ja, das könnte helfen."

Als Daniel nach Hause kam, saß Anna mit Sally immer noch in der Küche. Rezepte, Listen und Notizzettel lagen auf dem Tisch verstreut, die Hälfte eines Pfirsichkuchens und eine Flasche Weißwein standen dazwischen.

„Mir ist gleich, wie sehr wir den Gouverneur beeindrucken wollen", sagte Anna zu Sally. „Haggis wird nicht serviert. Ich würde grün werden, wenn ich Innereien essen muss."

„Sie werden ja eine feine Chirurgin abgeben, wenn Sie so empfindlich sind."

„Ich bin nicht empfindlich, wenn ich es sehen oder anfassen muss, sondern wenn es in meinen Magen soll."

„Guten Abend, Ladys."

Annas Kopf ruckte mit einem strahlenden Lächeln hoch. „Daniel." Sie sprang auf und nahm seine Hände. „Sally und ich planen gerade für die Dinnerparty. Ich fürchte, ich habe sie gekränkt, weil ich ihren Haggis nicht gebührend würdige. Aber ich denke, unsere Gäste würden sich auch lieber für den Coq au Vin entscheiden."

„Das überlasse ich ganz euch." Er beugte sich vor, um sie zu küssen. „Es hat länger gedauert, als ich annahm. Ich bin froh, dass du nicht mit dem Abendessen auf mich gewartet hast."

„Abendessen?" Erst jetzt wurde ihr bewusst, wie flau sie sich fühlte. „Sally und ich haben ihren Pfirsichkuchen probiert. Möchtest du ein Stück?"

Seine Augen brannten vom Lesen einer Unmenge von Seiten mit Kleingedrucktem. „Später. Aber ich könnte ein Glas Wein gebrauchen. Wenn ihr noch welchen übrig gelassen habt ..."

„Oh." Verdutzt blickte sie auf die fast leere Flasche Wein.

„Ich gehe erst duschen."

„Ich komme mit dir nach oben." Anna suchte zwischen den Blättern auf dem Tisch nach etwas. „Hier. Ich wollte die Einladungsliste mit dir durchgehen, damit wir niemanden vergessen."

„Gut. Gehen Sie ruhig zu Bett, Sally. Ich nehme mir nachher ein Stück von Ihrem Kuchen."

„Ja, Sir. Gute Nacht."

„Du siehst müde aus, Daniel. War es ein harter Tag?"

„Nicht anders als sonst." Den Arm um ihre Taille gelegt, ging er gemeinsam mit ihr die Treppe hinauf. „Nur ein paar Probleme mit den Details in einem Deal, an dem ich gerade arbeite. Ich denke, wir haben sie gelöst."

„Kannst du darüber reden?"

„Ich bringe meine Probleme nicht mit nach Hause." Er drückte sie leicht. „Ich habe den Nachmittag mit deinem Vater verbracht."

„So?" Argwohn flackerte auf, aber ihre Stimme blieb ruhig. „Wie geht es ihm?"

„Gut. Und er kann Geschäft und Privates auseinander halten.

Er hat aber auch nach dir gefragt." Er sagte es leise, denn er kannte das angespannte kleine Lächeln auf ihrem Gesicht.

„Wirklich?"

„Aye."

Daniel öffnete die Schlafzimmertür, und sie trat vor ihm ein. Weil ihr plötzlich heiß war, ging sie ans Fenster und lehnte sich hinaus. „Vielleicht sollte ich ihn anstellen, damit er aufhört, mir aus dem Weg zu gehen."

„Er sorgt sich eben nur um seine Tochter."

„Es gibt nichts, worum er sich Sorgen machen müsste."

„Davon kann er sich bei dem Dinner nächste Woche selbst überzeugen."

Anna drehte sich um, die Gästeliste in der Hand zerknüllt. „Er kommt?"

„Aye."

Sie stieß den Atem aus, dann lächelte sie. „Wahrscheinlich muss ich dir dafür danken."

„Ich glaube, deine Mutter hat da mehr mit zu tun." Er warf Jackett und Krawatte auf einen der Sessel, die Anna vor den Kamin hatte stellen lassen. Als er sein Hemd aufknöpfte, stieg ihm der Duft von Wickenblüten in die Nase, die Anna in einer Schale auf der Fensterbank arrangiert hatte. Kleine Dinge, die einen riesengroßen Unterschied machten. Daniel ließ von den Knöpfen seines Hemdes ab, um Anna in die Arme zu nehmen.

Sie spürte das jähe Aufflammen von Emotionen, schlang die Arme um seine Taille und ließ sich von den Gefühlen überschwemmen. Daniel küsste sie aufs Haar und gab sie dann frei.

„Wofür war das?"

„Dafür, dass du hier bist", sagte er simpel. „Dafür, dass du du bist." Mit einem erleichterten Seufzer streifte er seine Schuhe und die restliche Kleidung ab. „Ich brauche nicht lange. Du kannst mir die Namen vorlesen, während ich unter der Dusche stehe." Damit ging er ins Bad.

Mit gerunzelter Stirn sah Anna auf den achtlos zu Boden geworfenen Kleiderhaufen. Würde sie sich je daran gewöhnen können? Die offensichtliche Alternative, die sich aufdrängte, ignorierend, stieg sie mit einem großen Schritt über den Stapel. Eine Frau, die einem Mann hinterherräumte, war selbst schuld.

„Also, da wären zum einen der Gouverneur und seine Gemahlin", rief sie laut durch die Tür. „Und Ratsvorsitzender Steers mit Frau."

Aus dem Bad kam eine wenig schmeichelhafte Bezeichnung für den Ratsvorsitzenden. Anna räusperte sich und beschloss, dieses Paar so weit wie möglich vom Gastgeber entfernt am Tisch zu platzieren.

„Dann Myra und Herbert, die Maloneys und die Cooks." Ihr war immer noch so heiß. Sie öffnete die ersten drei Knöpfe ihrer Bluse. „Die Donahues, John Fitzsimmons als Begleiter für Cathleen." Anna musste blinzeln, die Buchstaben schienen zu hüpfen.

„John wer?"

„Fitzpimmons ... Fitzschimmons. Fitzsimmons", brachte sie endlich hervor. „Dann Carl Benson und Judith Mann. Myra sagte mir, dass die beiden so gut wie verlobt sind."

„Sie ist gebaut wie eine ..." Daniel unterbrach sich rechtzeitig. „Eine attraktive Frau. Wer noch?"

Mit zusammengekniffenen Augen marschierte Anna ins Bad. „Sie ist gebaut wie was?" verlangte sie zu wissen.

Hinter dem Duschvorhang begann Daniel zu grinsen. „Was sagtest du?" Als Anna den Vorhang beiseite riss, war er dann doch überrascht. „Weib, ist dir denn nichts heilig?"

„Ich will wissen, woher du weißt, wie Judith Mann gebaut ist."

„Zieh lieber den Vorhang wieder zu, sonst wirst du noch nass." Stattdessen stieg sie, voll bekleidet, die Gästeliste in der Hand, zu ihm unter die Dusche. „Anna!" Lachend sah er zu, wie das Wasser ihre Bluse an ihren Körper drückte. „Was soll denn das?"

„Ich will eine klare Antwort." Sie wedelte mit der tropfenden Liste vor seinem Gesicht. „Was weißt du über Judith Manns Anatomie?"

„Nicht mehr als jeder Mann, der Augen im Kopf hat." Er fasste ihr Kinn und betrachtete sie eindringlich. „Und diese Augen zeigen mir jetzt noch etwas anderes."

Sie musste sich an seiner eingeseiften Brust abstützen, um das Gleichgewicht zu halten. „Und was sollte das sein?"

„Du bist betrunken, Anna Whitfield."

Würdevoll straffte sie die Schultern. „Das ist ja lächerlich!"

Entzückt strich er ihr das nasse Haar aus der Stirn. „Doch, du bist eindeutig betrunken", wiederholte er. „Betrunken wie ein irischer Seemann, aber mindestens zweimal so hübsch."

„Ich war noch nie in meinem ganzen Leben betrunken. Du willst nur vom Thema ablenken, damit du meine Frage nicht beantworten musst."

„Wie lautete die Frage?"

Sie öffnete den Mund, schloss ihn wieder. Dann grinste sie. „Ich hab's vergessen. Habe ich dir eigentlich schon gesagt, was für einen wunderbaren Körper du hast, Daniel?"

„Nein." Er zog sie an sich und machte sich daran, ihr die Bluse auszuziehen.

„Die Pektoral-Muskulatur ist wundervoll entwickelt."

Die Bluse fiel voll gesogen und klatschend zu Boden. „Und wo genau sitzt die?"

„Hier." Mit einer Hand strich sie über seine Brust. „Der Deltamuskel ist sehr fest. Und der Bizeps ... nicht übertrieben, aber beeindruckend." Sie fuhr über seine Schultern und Arme. „Das zeugt nicht nur von Stärke, sondern auch von Ausdauer. Wie auch das Abdomen. Sehr fest, sehr kräftig."

Der Atem stockte ihm, als ihre Finger dorthin glitten. „Sag

mir, Anna", flüsterte er an ihrem Ohr, "wie viele Muskeln hat ein Mensch eigentlich?"

Ihr Kopf fiel zurück, als er an ihrem Ohr knabberte. Nackt, nass und verführerisch lächelte sie ihn an. "Über sechshundert, alle mit den zweihundertundsechzig Knochen verbunden, die das Skelett ausmachen."

"Faszinierend. Ob du wohl alle diese Muskeln in meinem Körper aufzeigen könntest?" Er drehte das Wasser ab und griff nach einem Badelaken, um sie beide darin einzuwickeln. Dann hob er sie auf seine Arme und trug sie zum Bett hinüber.

"Nun, da ist zum Beispiel der Adduktor. Das ist der Muskel an der Innenseite deines Schenkels ..."

"Zeig ihn mir."

"Genau hier." Sie fuhr mit den Fingern über die Stelle, während er sich über sie beugte und ihren Mund in Besitz nahm.

Mit halb geschlossenen Augen stieß sie einen Seufzer aus und schmiegte sich enger an ihn. "Du passt ja gar nicht auf, was ich dir erkläre", murmelte sie.

"Oh doch, sehr genau sogar. Der Adduktor. Hier ist er." Starke Finger griffen nach ihrem Schenkel. "Genau hier, wo deine Haut so weich und samten ist. Und wie", seine Finger glitten zu der Stelle, wo ihre Schenkel sich trafen, "heißen diese Muskeln hier?"

"Das sind die ..." Aber sie konnte nur aufstöhnen und sich an ihn pressen.

Er biss zärtlich in ihr Ohrläppchen. "Weißt du es etwa nicht?"

"Berühr mich einfach nur", flüsterte sie. "Ganz egal, wo."

Mit einem triumphierenden Laut nahm er sie. Und jedes Mal, so dachte sie benommen, war die Erfahrung aufregender, schöner, wunderbarer. Das erste Mal, das hundertste Mal, die Leidenschaft würde nie stumpf werden. Ob unter freiem Himmel auf dem Gras oder in einem Zimmer unter warmen Federn. Ob am helllichten Tag oder im schützenden Dunkel der Nacht. Sie würde nie aufhören, sich nach ihm zu sehnen. Von all den Fragen, die in ihrem Kopf schwirrten, dieser Antwort war sie sich absolut sicher. Die Sehnsucht nach ihm würde nie schwinden.

Sie schlang die Beine um ihn und barg das Gesicht an seiner Schulter, während ihr Atem immer schneller ging. Sie krallte sich in seinem Rücken fest und fühlte seinen Schweiß an ihren Händen. Und während sie sich miteinander bewegten, saß sie auf dem Karussell, flog mit der Achterbahn und verlief sich im Irrgarten.

„Du siehst wunderbar aus." Daniel betrachtete sie, während sie sich im Spiegel musterte. „Absolut umwerfend."

Die Worte wärmten sie, auch wenn sie sich bisher nie viel aus Komplimenten gemacht hatte. Das Kleid ließ ihre Schultern frei und fiel in weichen Falten bis zu ihren Füßen. Perlen waren auf die Korsage gestickt und liefen bis auf den langen Rock hinunter. Myra hatte sie überredet, dieses Kleid zu kaufen. Es hatte ein großes Loch in ihre Ersparnisse gerissen, Geld, das sie eigentlich für ihren Unterhalt im Herbst eingeplant hatte, aber sie war sicher, dass sie die Habenseite irgendwie wieder ausgleichen konnte. Und der Ausdruck auf Daniels Gesicht war jeden Penny wert.

„Gefällt es dir?"

Wie konnte er ihr erklären, dass, obwohl er jeden Zentimeter an ihr kannte, allein ihr Anblick ihm immer noch den Atem rauben konnte? Sie hatte Recht damit gehabt, als sie ihm vorgeworfen hatte, dass er sie vorführen wollte. Wenn einem Mann etwas so Exquisites gehörte, musste er es der Welt zeigen. Nein, das konnte er nicht erklären. „Es gefällt mir so gut, dass ich wünschte, der Abend wäre schon vorüber."

Sie drehte sich einmal um die eigene Achse, für sich selbst und für ihn. „Du siehst aber auch wunderbar in dem Dinnerjacket aus. So elegant barbarisch."

Er zog eine Augenbraue in die Höhe. „Barbarisch?"

„Ändere das nie." Sie streckte ihm beide Hände entgegen. „Was immer auch anders wird, das darf sich nicht ändern."

Er hielt ihre Hände an seine Lippen, küsste erst die eine, dann die andere. „Ich bezweifle, dass ich das könnte, selbst wenn ich wollte. Genauso wenig wie du etwas daran ändern kannst, dass du eine Lady bist – selbst nach zu viel Wein und Pfirsichkuchen."

Sie wollte ihm einen vorwurfsvollen Blick senden, doch sie musste lachen. „Das wirst du mich wohl nie vergessen lassen."

„Himmel, nein! Das war einer der faszinierendsten Abende meines Lebens. Anna, ich bin verrückt nach dir."

„Ja, das sagtest du schon." Sie presste ihrer beider verschlungenen Hände an ihre Wange. „Das ist auch so etwas. Ändere das nie."

„Das werde ich nicht. Ich mag es, wenn du die Kamee trägst." Er strich mit einem Finger darüber.

„Sie bedeutet mir sehr viel."

„Aber meinen Ring nimmst du nicht an."

„Daniel ..."

„Du nimmst meinen Ring nicht an", wiederholte er. „Aber ich möchte, dass du das hier annimmst." Er zog ein Etui aus seiner Tasche.

Anna faltete die Hände. „Daniel, du musst mir keine Geschenke kaufen."

„Das ist mir klar." Was ihm nicht klar war, war, wie er diese Tatsache akzeptieren sollte. „Vielleicht bringt mich das dazu, es zu wollen. Komm schon, tu mir den Gefallen", sagte er und brachte sie damit zum Lachen.

„Auch das hast du schon gesagt." Weil er lächelte, nahm sie das Etui entgegen. „Danke." Und als sie dann das flache Kästchen öffnete, verschlug es ihr die Sprache.

„Stimmt etwas nicht damit?"

Sie schaffte es, den Kopf zu schütteln. Perlen und Diamanten.

Stunde des Schicksals

Unschuldig in ihrer Reinheit, arrogant in ihrer Schönheit, lagen die Ohrringe auf schwarzem Samt und funkelten vor Leben. Eine diamantene Träne hing von dem milchig weißen Globus herab. Der eine strahlend schillernd, der andere sanft schimmernd, bildeten sie zusammen eine perfekte Einheit.

„Daniel, sie sind ..." Sie sah zu ihm hoch. „Sie sind so wunderschön. Ich weiß nicht, was ich sagen soll."

„Du hast es doch gerade gesagt." Erleichtert nahm er die Ohrringe aus ihrem Futteral. „Wahrscheinlich solltest du Myra danken, ich habe sie nämlich um Rat gefragt. Sie sagte etwas über Klasse und Extravaganz, die das beste Team bilden würden."

„Das hat sie gesagt?" murmelte Anna in sich hinein, während Daniel ihr die Ohrringe anlegte.

„Da." Befriedigt trat er zurück. „Ja, sie sind hübsch. Und hoffentlich werden sie die Männerblicke anziehen anstatt deine wunderbare Haut, von der du heute so viel zeigst."

Anna lachte. „Aha, ich wusste doch, dass du Hintergedanken hast."

„Es fällt mir schwer, mir keine Gedanken darüber zu machen, ob du dich nicht doch genauer umsiehst und jemanden findest, der dir mehr gefällt."

„Sei nicht albern." Sie tat es als Scherz ab und hakte sich bei ihm ein. „Wir sollten wohl besser nach unten gehen. Die Gäste werden gleich eintreffen. Und dann wird McGee uns böse sein, weil wir zu spät kommen und somit unverzeihlich unhöflich sind."

„Ha!" Als sie zur Tür hinausgingen, verschränkte Daniel seine Finger mit ihren. „Als wenn du ihn nicht schon längst um den kleinen Finger gewickelt hättest."

Anna sah ihn unschuldig an. „Ich weiß gar nicht, was du meinst."

„Er bringt dir Sonntagshörnchen mitten in der Woche. Für mich hat er das noch nie getan."

„So, da wären wir." Sie hielt auf dem letzten Treppenabsatz. „Versprich, dass du keine bösen Blicke schleuderst, auch nicht an Ratsvorsitzenden Steers."

„Ich starre nie", log er unbefangen und führte sie in die große Eingangshalle.

Innerhalb von zwanzig Minuten war das große Wohnzimmer angefüllt mit Gästen, die sich angeregt unterhielten. Auch wenn Anna wusste, dass sie und Daniel das Gesprächsthema des Tages waren, ging sie von Gruppe zu Gruppe und begrüßte ihre Gäste charmant. Die Warnung ihrer Mutter, dass sich einige aus der Gesellschaft von ihr abwenden würden, war nicht nötig gewesen. Sie wusste es, aber sie hatte ihre Entscheidungen noch nie von der Meinung anderer beeinflussen lassen.

Louise Ditmeyers Begrüßung fiel steif aus, aber Anna ignorierte es und führte sie mit leichtem Geplauder weiter zu einer Gruppe von Bekannten. Mehr als einmal fing sie argwöhnische Blicke auf, aber damit konnte sie umgehen. Anna ahnte nicht, dass ihre ruhige, gelassene Art mehr dazu tat, den Klatsch im Keim zu ersticken, als Daniels Macht oder der Name ihrer Familie.

Ein Wermutstropfen fiel für Anna in den Abend, als der Gouverneur sie nach ihrer Meinung über Daniels geplante Textilfabrik fragte. Wie konnte sie eine intelligente Antwort geben, wenn sie noch nicht einmal von diesem Vorhaben wusste? Daniel hatte dieses Projekt mit keinem Wort erwähnt, und so musste sie sich das überschwängliche Lob des Gouverneurs über ein Vorhaben anhören, das Hunderte von Arbeitsplätzen schaffen und dem Staat ansehnliche Einnahmen bringen würde. Es war ihrer Erziehung zu verdanken, dass sie die Situation mit einem charmanten Lächeln und nichts sagenden Antworten überstand. Für Ärger blieb kein Raum, als sie vom Gouverneur und seiner Gemahlin einem anderen Paar vorgestellt wurde. Nur der Neid ließ sich nicht ganz abstellen, weil die Frau des Gouverneurs so viel über seine Arbeit zu wissen schien. Aber ihre Pflichten als

Gastgeberin verlangten, dass Anna auch dieses Gefühl beiseite schob.

Erst als ihre Eltern eintrafen, wurde sie nervös. Mit angehaltenem Atem ging sie auf ihren Vater zu.

„Ich freue mich so sehr, dass ihr gekommen seid." Sie stellte sich auf die Zehenspitzen und küsste ihn auf die Wange, auch wenn sie nicht wusste, wie es aufgenommen werden würde.

„Du siehst gut aus." Seine Stimme klang nicht kühl, aber Anna spürte seine Reserviertheit.

„Du auch. Hallo, Mutter." Anna legte die Wange an die ihrer Mutter und fühlte die aufmunternde Umarmung.

„Du siehst wunderschön aus." Sie warf ihrem Mann einen Seitenblick zu. „Und sehr glücklich."

„Ich bin auch glücklich. Kommt, ich hole euch etwas zu trinken."

„Mach dir wegen uns keine Umstände", wandte ihre Mutter ein. „Du hast noch so viele andere Gäste. Da kommt Pat Donahue. Geh nur, wir kommen schon zurecht."

„Also gut, danke." Als Anna sich abwenden wollte, fasste ihr Vater nach ihrer Hand.

„Anna ..." Als er zögerte, drückte sie seine Hand fest. „Es tut gut, dich zu sehen."

Das reichte aus für sie. Sie schlang die Arme um ihn und hielt einen Moment ganz still. „Wenn ich irgendwann bei dir im Büro auftauche, wirst du dann ausbüchsen und mit mir eine Spritztour im Wagen machen?"

„Lässt du mich deinen Wagen fahren?"

Sie lächelte strahlend. „Vielleicht."

Er blinzelte ihr zu und streichelte ihr über den Kopf, so wie er es immer getan hatte. „Kümmer dich jetzt um deine Gäste."

Als sie sich umdrehte, stand Daniel nur wenige Schritte hinter ihr und lächelte sie an. Sie ging auf ihn zu, und ihr Glück strahlte aus ihren Augen. „Jetzt bist du noch schöner", murmelte er.

„Was soll das denn?" Myra kam auf sie zu und stellte sich zwischen sie. „Die Gastgeber sollten bei einer solchen Veranstaltung gar keine Zeit füreinander haben. Daniel, du solltest besser den Gouverneur vor unserem geschätzten Ratsvorsitzenden retten, sonst vergeht ihm noch der Appetit. Dem Gouverneur, meine ich." Als Daniel eine unhöfliche Bemerkung über den Ratsvorsitzenden knurrte, nickte Myra zustimmend. „Aber es hilft nichts, geh schon. Anna, wir beide werden uns jetzt zu Cathleen gesellen, die gerade die armen Maloneys zu Tode langweilt. Außerdem möchte ich sehen, wie sie erstickt, sobald sie deine Ohrringe sieht."

„Mäßige dich, Myra", warnte Anna, während sie sich durch die Menge schlängelten. „Erinnere dich an Takt und Diskretion."

„Liebes, natürlich werde ich das. Aber mir würde es auch gefallen, wenn du ab und zu mal mit der Faust auf den Tisch schlagen würdest. Ah, Cathleen, was für ein bezauberndes Kleid!"

Cathleen hielt in der Auflistung ihres sommerlichen Terminkalenders inne und wandte sich zu Myra. Anna hätte es nicht schwören wollen, aber sie glaubte, einen erleichterten Seufzer von beiden Maloneys zu hören.

„Danke, Myra. Man muss wohl gratulieren, nicht wahr? Ich habe dich nicht mehr gesehen, seit du und Herbert zusammen durchgebrannt seid."

„Stimmt." Myra nippte an ihrem Drink und ignorierte die wenig schmeichelhafte Beschreibung ihrer Heirat. Wenn man glücklich war, konnte man über solche Kleinigkeiten hinwegsehen.

„Ich muss schon sagen, das war ja wirklich eine Blitzheirat."

„Jeder nach seiner Fasson", gab Myra zurück und versuchte in Erinnerung zu behalten, dass das hier Annas Dinnerparty war.

„Sicher." Cathleen nickte knapp. „Nur schade, dass Herbert

Stunde des Schicksals

und du jetzt unter die Eremiten gegangen seid, nachdem ihr uns schon um eine anständige Hochzeitsfeier gebracht habt."

„Ja, ich fürchte, Herbert und ich hatten noch keine Gelegenheit, um Gäste zu laden. Wir wollen erst noch das Haus renovieren, bevor wir unsere engsten Freunde zu uns bitten. Das verstehst du doch sicher."

Anna hielt es für nötig, vorbeugend einzuschreiten. „Du hast doch sicherlich einen interessanten Sommer verbracht, nicht wahr, Cathleen?"

„Oh ja, sehr interessant." Sie lächelte Anna kühl an. „Obwohl sich bei manch anderen sehr viel mehr in kurzer Zeit ereignet hat. Da fahre ich mal für ein paar Tage an die Küste, und als ich zurückkomme, muss ich erfahren, dass Herbert und Myra durchgebrannt sind und eine neue Adresse haben. Sind etwa schon Glückwünsche in anderer Hinsicht angebracht?"

Anna legte Myra eine beruhigende Hand auf den Arm. „Aber nein. Du hast wirklich eine gesunde Bräune an der Küste bekommen. Schade, dass ich es dieses Jahr nicht an den Strand geschafft habe. Aber dazu blieb einfach keine Zeit."

„Natürlich, das verstehe ich." Cathleen nippte genüsslich an ihrem Glas. Es war nicht einfach zu akzeptieren, dass zwei Frauen, mit denen sie auf dem Debütantinnenball gewesen war, sich innerhalb kürzester Zeit die beiden einflussreichsten Junggesellen der Stadt geschnappt hatten – vor allem, weil sie selbst fest entschlossen gewesen war, sich Daniel zu angeln. „Sag mir, Anna, wie soll ich dich und Daniel denn bei nächster Gelegenheit vorstellen? Ich fürchte, ich habe in solchen Dingen nur wenig Erfahrung."

Selbst Annas Geduld hielt nur für eine begrenzte Zeit. „Ist das denn wichtig?"

„Oh, aber natürlich. Denn ich hatte vor, demnächst selbst eine kleine Dinnerparty zu geben. Ich habe keine Ahnung, was ich auf eure Einladung schreiben soll."

„Darüber würde ich mir keine Gedanken machen."

„Oh, aber ich schon. Es wäre mir fürchterlich peinlich, wenn ich einen Fauxpas beginge. Ich meine, wie nennt man denn die Mätresse eines Mannes, ohne die Höflichkeit zu verletzen?" Sie schrie leise auf, als Myras Drink sich über ihr Kleid ergoss.

„Meine Güte, wie ungeschickt von mir!" Myra lehnte sich zurück, um den Schaden auf Cathleens rosa Crêpe de Chine zu begutachten. Sie war befriedigt. „Manchmal bin ich ein solcher Tollpatsch", sagte sie leichthin. „Ich gehe mit dir nach oben, Cathleen. Nur zu gern werde ich dich abreiben."

„Das mache ich selbst", stieß Cathleen zwischen zusammengepressten Zähnen hervor. „Bleib mir einfach vom Leib!"

Myra steckte sich eine Zigarette an und blies blauen Rauch zur Decke. „Ganz, wie du meinst."

Anna fühlte sich verpflichtet. Sie nahm Cathleens Arm. „Komm, lass uns zusammen nach oben gehen."

„Nimm deine Finger da weg", zischte Cathleen. „Du und deine tölpelhafte Freundin." Sie wirbelte auf dem Absatz herum und verschwand in der Menge.

„Mäßigung und Takt." Anna seufzte. „Hatten wir vorhin nicht noch darüber gesprochen?"

„Immerhin habe ich ihr den Drink nicht ins Gesicht gekippt", gab Myra arglos zurück. „Und um ehrlich zu sein, das hatte ich schon lange vor. Dieses Mal hatte ich endlich eine absolut wasserdichte Berechtigung." Sie grinste Anna verschmitzt zu. „Kriege ich jetzt noch einen Drink vor dem Dinner?"

12. KAPITEL

Vielleicht, wenn Daniel den Zwischenfall mit Cathleen Donahue nicht mitbekommen hätte, hätte er sich anders verhalten. Aber er hatte es bemerkt. Vielleicht, wenn die Wut über die Beleidigung nicht so an ihm genagt hätte, hätte ihre Beziehung wie bisher weiterlaufen können. Aber dem war nicht so. Während des restlichen Abends blieb er ganz der souveräne Gastgeber, seine Gäste verließen sein Haus satt und zufrieden. Dabei konnte er es kaum erwarten, hinter dem Letzten die Tür zu schließen.

„Wir müssen miteinander reden", sagte Daniel zu Anna, noch bevor sie den ersten Seufzer der Erleichterung hatte ausstoßen können.

Sie wappnete sich innerlich und nickte. Andere hatten sich durch Daniels Geplauder und seine scheinbar gut gelaunte Großzügigkeit täuschen lassen, aber sie hatte seine Wut und seine Anspannung gespürt. In schweigendem Einverständnis stiegen sie gemeinsam die Treppe zum Schlafzimmer empor.

„Etwas beschäftigt dich." Anna setzte sich auf eine Sessellehne. Dabei war sie so erschöpft, dass sie am liebsten ins Bett gefallen wäre. „Ich habe gesehen, wie du mit dem Gouverneur gesprochen hast. Gab es Probleme?"

„Mit meinen Geschäften läuft alles bestens." Er ging ans Fenster und steckte sich eine Zigarre an. „Nur in meinem Privatleben gibt's Probleme."

Nervös verschränkte sie die Hände im Schoß. „Ich verstehe."

„Nein, du verstehst nicht." Er drehte sich angriffslustig um. „Wenn du es verstehen würdest, wären wir längst verheiratet. Unsere Ehe wäre Fakt."

„Fakt also", wiederholte sie und ermahnte sich, daran zu denken, wie unproduktiv Ärger war. „Daniel, das größte Problem unserer Beziehung entstammt unseren verschiedenen Ansichten über die Ehe. Für mich ist das kein Fakt, sondern der größte Schritt, den ein Mensch mit einem anderen machen kann. Ich kann es erst, wenn ich dazu bereit bin."

„Falls du das je sein wirst", knurrte er.

Sie befeuchtete ihre Lippen. Hinter dem wachsenden Ärger versteckte sich Bedauern. „Ja, falls ich das je sein werde."

Der Zorn, den er den ganzen Abend hindurch unterdrückt hatte, machte sich Luft. „Also versprichst du mir nichts, Anna. Gar nichts."

„Ich habe dir gesagt, ich verspreche nichts, was ich nicht halten kann. Aber ich gebe dir alles, was ich kann, Daniel."

„Das reicht mir nicht." Er zog an seiner Zigarre und musterte sie durch die Rauchwolke hindurch.

„Das tut mir Leid. Wenn ich könnte, würde ich dir mehr geben."

„Wenn du könntest?" Der Zorn raubte ihm die Vernunft. „Was hindert dich denn? Außer deiner Sturheit!"

„Wenn dem so wäre, wäre ich eine Närrin." Anna stand auf. Es war an der Zeit, dass sie sich ihm stellte. Dass sie sich sich selbst stellte. „Vielleicht bin ich das sogar, denn ich erwarte, dass du meine Wünsche und Ziele ebenso sehr respektierst wie ich deine."

„Was, zum Teufel, hat das mit einer Heirat zu tun?"

„Alles. In neun Monaten habe ich meinen Abschluss."

„Ein Stück Papier."

Alles an ihr wurde kalt. Ihre Haut, ihre Stimme, ihre Augen. „Ein Stück Papier? Was anderes sind denn deine Aktien und Verträge? Aber sie sind so wichtig, dass du sie nie mit mir besprechen würdest, nicht wahr? Oder die Textilfabrik, über die mich der Gouverneur heute Abend befragt hat. Offensichtlich hältst du mich nicht für intelligent genug, um deine Arbeit zu verstehen."

„An deiner Intelligenz habe ich nie gezweifelt", knurrte er. „Aber was haben Aktien und Verträge mit uns zu tun?"

„Sie sind ein Teil von dir, genau wie mein Abschluss ein Teil von mir ist. Ich habe Jahre dafür investiert. Man sollte annehmen, das würdest du verstehen."

„Ich sage dir, was ich verstehe." Wütend drückte er die Zigarre aus. „Ich verstehe, dass ich es leid bin, an zweiter Stelle zu stehen. Hinter deinem verdammten Abschluss."

„Verdammt, Daniel, dir kann man überhaupt nichts erklären." Sie stützte sich mit beiden Händen auf die Kommode und rang um Beherrschung. „Das hat nichts mit erster oder zweiter Stelle zu tun, es ist kein Wettbewerb."

„Was dann? Was, zum Teufel, ist es?"

„Eine Frage des Respekts", entgegnete sie ruhiger und drehte sich zu ihm. „Respekt und Achtung."

„Und was ist mit der Liebe?"

Er sprach so selten von Liebe, dass die Frage sie beinahe aus der Fassung brachte. Tränen brannten in ihren Augen, und ihre Stimme klang brüchig. „Ohne Respekt ist Liebe ein leeres Wort. Von einem Mann, der mich nicht so akzeptieren kann, wie ich bin, möchte ich sie nicht. Und ich möchte sie keinem Mann schenken, der seine Probleme nicht ebenso mit mir teilt wie seinen Erfolg."

Daniels Stolz war so groß wie ihrer. Selbst jetzt, als er sie sich zurückziehen fühlte, klammerte er sich daran, als wäre es alles, was er besaß. „Dann wäre es dir vielleicht lieber, wenn ich aufhörte, dich zu lieben. Ich werde mein Bestes tun." Er drehte sich auf dem Absatz um. Sekunden später hörte Anna, wie die Haustür laut ins Schloss fiel.

Sie hätte sich weinend aufs Bett werfen können. Aber sie tat es nicht. Jetzt gab es nur noch eins. Mechanisch begann sie ihre Sachen zu packen.

Die Fahrt nach Connecticut war lang und einsam. Noch Wochen später erinnerte Anna sich lebhaft daran. Sie fuhr die ganze Nacht hindurch, bis ihre Augen schmerzten und die Sonne aufging. Völlig erschöpft stieg sie in einem Motel ab und schlief bis zum Abend. Als sie erwachte, versuchte sie zu vergessen, was sie hinter sich gelassen hatte.

Zum Glück fand sie eine Wohnung in der Nähe der Universität. Ihre Tage waren angefüllt mit Plänen und Vorbereitungen für das Studienjahr. Anna bedauerte nur, dass ihre Nächte nicht ebenso erfüllt waren.

Während des Tages gelang es ihr, Daniel für längere Zeitspannen aus ihrem Kopf zu verbannen, aber in der Nacht lag sie in ihrem Bett und dachte an das Gefühl, wie es war, an ihn geschmiegt einzuschlafen. Oder sie aß abends allein in ihrer winzigen Küche und erinnerte sich daran, wie lange Daniel und sie stets am Tisch gesessen und geredet hatten.

Sie ließ bewusst kein Telefon installieren. Das hätte es ihr zu einfach gemacht, Daniel anzurufen. Als die Vorlesungen und Seminare begannen, stürzte sie sich erleichtert ins Studium.

Den anderen Studenten fiel auf, dass sie sich verändert hatte. Die umgängliche, vielleicht etwas zurückhaltende Miss Whitfield war verschlossen geworden. Sie sprach nur, wenn sie eine Frage stellen oder beantworten musste. Wer am späten Samstagabend an ihrer Wohnung vorbeifuhr, sah unweigerlich, dass bei ihr noch Licht brannte. Selbst den Professoren fielen die Schatten unter ihren Augen auf. Jede Frage blockte sie mit höflicher, aber unerbittlicher Zurückhaltung ab.

Die Tage verliefen nach einem eintönigen Muster, doch das war ihr nur recht so. Wenn sie hart genug, lange genug arbeitete, konnte sie wenigstens sechs Stunden traumlos schlafen.

Ein goldener September breitete sich über Connecticut, aber Anna bemerkte nicht einmal, mit welch wunderbaren Farben sich das Laub schmückte, stattdessen vertiefte sie sich in medizinische Lehrbücher und Anatomie-Klassen. Früher hatte sie immer Zeit gefunden, um ihre Umgebung zu bewundern, aber wenn sie jetzt einen Blick auf die Farbenpracht um sich herum warf, sah sie nur eine Klippe über dem Meer und die Wellen, die heranrauschten. Und für einen kurzen Moment, bevor sie sich zusammenriss, fragte sie sich, ob Daniel wohl schon sein Haus baute.

Um sich zu schützen, hatte sie sogar den Kontakt zu Myra vermieden, auch wenn die Freundin ihr lange, besorgte Briefe sandte. Erst als das Telegramm eintraf, wurde ihr klar, dass sie sich nicht ewig verstecken konnte.

Wenn Du nicht willst, dass ich in 24 Stunden vor Deiner Tür stehe, ruf an. Stop. Myra. Stop.

Anna wühlte es zwischen ihren Aufzeichnungen über den Herzkreislauf hervor und betrat, mit Kleingeld bewaffnet, die Telefonzelle in der Cafeteria.

„Hallo?"

„Myra, wenn du vor meiner Tür stehst, wirst du auf der Fußmatte schlafen müssen. Ich habe kein Gästebett."

„Anna! Gott sei Dank! Ich hatte schon gedacht, du wärst in den Atlantik gefallen." Anna hörte das Klicken eines Feuerzeugs und einen tiefen Atemzug. „Immerhin wäre das besser zu verkraften gewesen, als zu glauben, dass du unhöflich genug bist, um meine Briefe nicht zu beantworten."

„Tut mir Leid. Ich hatte viel zu tun."

„Du hast dich versteckt", verbesserte Myra unverblümt. „Solange du dich nicht vor mir versteckt hast, toleriere ich das. Ich habe mir Sorgen um dich gemacht."

„Es geht mir gut."

„Natürlich."

„Nein, es geht mir nicht gut", gestand Anna, weil es Myra war. „Aber ich bin wirklich beschäftigt. Ich stecke bis über beide Ohren in Büchern und Aufzeichnungen."

„Hast du Daniel angerufen?"

„Nein, das kann ich nicht." Anna schloss die Augen und legte die Stirn an das kühle Metall des Telefons. „Wie geht es ihm? Hast du ihn gesehen?"

„Gesehen? An dem Abend, an dem du ihn verlassen hast, ist er fast durchgedreht. Er hat Herbert und mich um zwei Uhr morgens geweckt und wollte wissen, wo du bist. Herbert hat ihn beruhigt. Der Mann ist einfach erstaunlich – Herbert, meine ich. Seitdem haben wir ihn kaum zu Gesicht bekommen. Er ist oft in Hyannis Port auf der Baustelle seines Hauses."

„Ja, das kann ich mir vorstellen." Er würde sehen wollen, wie das Haus wuchs.

„Anna, wusstest du, dass er Cathleens kleinen Auftritt auf eurer Party mitbekommen hat?" fragte Myra besorgt.

„Nein." Anna schüttelte den Kopf. „Nein, das hat er mir nicht erzählt. Oh ..." Sie erinnerte sich an den Zorn, den er nur mühsam gebändigt hatte. Das erklärte eine Menge.

„Er hat Herbert gesagt, dass er ihr am liebsten den dürren Hals umdrehen würde. Ich fand die Idee gut, aber Herbert hat es ihm ausgeredet. Daniel ist offenbar der Ansicht, dass er dich vor Beleidigungen schützen muss. Das ist ja wirklich süß von ihm, aber ich denke, wir können auf uns selbst aufpassen."

„Ich kann Daniel nicht heiraten, nur um nicht beleidigt zu werden", murmelte Anna.

„Natürlich nicht. Aber er hat sein Herz am rechten Fleck. Er liebt dich, Anna."

„Nur einen Teil von mir." Sie schloss die Augen und beschwor sich, stark zu bleiben. „Tut mir Leid, dass er euch da mit reingezogen hat."

„Oh bitte, Anna. Du weißt doch, wie gern ich mich in so was hineinhänge. Anna, möchtest du darüber reden? Soll ich kommen?"

„Nein. Jedenfalls noch nicht." Anna rieb sich die Schläfen und rang sich ein Lachen ab. „Ich bin froh, dass ich deine Briefe nicht beantwortet habe. Mit dir zu sprechen hat mir gut getan."

„Dann gib mir deine Nummer. Es gibt keinen Grund, warum wir nicht miteinander reden können."

„Ich habe kein Telefon."

„Kein Telefon?" Myra klang entsetzt. „Anna, Liebling, wie überlebst du das?"

Diesmal lachte sie wirklich. „Du wärst noch schockierter, wenn du meine Wohnung sehen könntest." Sie fragte sich, ob Myra je verstehen würde, warum sie die Nachmittage mit einem Dutzend anderer Medizinstudenten und einer Leiche verbrachte. Aber manche Dinge blieben besser ungesagt. „Hör zu, ich verspreche, ich setze mich heute Abend hin und schreibe dir einen langen Brief. Und nächste Woche rufe ich wieder an."

„Na gut. Noch einen Rat, Anna. Daniel ist ein Mann. Also hat er von Anfang an schon mal einen Punkt gegen sich. Vergiss das nicht."

„Danke. Grüß Herbert von mir."

„Mache ich. Und denk an den Brief, ja?"

„Gleich heute Abend", versprach Anna. „Bis bald, Myra."

Als sie einhängte, fühlt sie sich zum ersten Mal seit Wochen wirklich ruhig. Mit ihrer Abfahrt aus Boston hatte sie ihr eigenes Leben in die Hand genommen. Sie hatte eine eigene Wohnung angemietet, sich nach ihrer eigenen Zeitplanung für die Kurse eingetragen. Sie war jetzt selbst verantwortlich für Erfolg oder Scheitern, aber sie war nicht glücklich. Dafür war sie auch selbst verantwortlich, wie sie sich erinnerte, als sie den Korridor zurücklief. Es war an der Zeit, sich den Entscheidungen, die sie getroffen hatte, zu stellen. Und wenn sie allein leben musste – wie es aussah –, würde sie eben das Beste daraus machen.

Ein Blick auf ihre Armbanduhr sagte ihr, dass ihr noch zehn Minuten bis zum nächsten Seminar blieben. Solange würde sie ins Freie gehen und das schöne Wetter genießen, anstatt die Nase ins Lehrbuch zu stecken.

Draußen sah sie die Symphonie der Farben, die sie seit Wochen ignoriert hatte. Sie sah ihre Kommilitonen, die zum nächsten Seminarraum schlenderten oder sich auf dem grünen

Gras ausgestreckt hatten und im Sonnenschein lasen. Sie sah den alten roten Backstein des Krankenhauses oben auf der flachen Anhöhe. Und sie sah das blaue Cabrio am Straßenrand.

Für einen Moment war Anna unfähig, sich zu bewegen. Es war genau wie damals in Boston, als Daniel vor der Klinik auf sie gewartet hatte. Unwillkürlich umklammerte sie das Buch, das sie trug, fester. Aber dies ist nicht Boston, beruhigte sie sich. Und es gab noch mehr blaue Cabrios an der Ostküste. Ein Streich, den das Schicksal ihr spielte, dass sie ausgerechnet jetzt ins Freie getreten war. Entschlossen ging sie davon. Sekunden später war sie wieder da, um sich den Wagen genauer anzusehen.

„Soll ich dich mitnehmen?"

Als sie seine Stimme hörte, blieb ihr fast das Herz stehen, aber sie fasste sich schnell. „Daniel, was machst du denn hier?" Das war doch völlig egal. Es war genug, ihn nur ansehen zu können.

„Wie es aussieht, warte ich auf dich." Er hätte sie gern berührt, ließ die Hände jedoch in den Taschen. „Wann ist dein letztes Seminar zu Ende?"

„Letztes Seminar?" Sie hatte plötzlich vergessen, welcher Tag heute war. „Oh, in etwa einer Stunde."

„Na gut, dann bin ich in einer Stunde zurück."

Zurück? Wie benommen sah sie, wie er um den Wagen herumging und die Fahrertür öffnete. Bevor ihr bewusst wurde, was sie tat, riss sie die Beifahrertür auf.

„Was tust du?"

„Ich fahre mit", platzte sie heraus.

Er bedachte sie mit einem langen, kühlen Blick. „Was ist mit deinem Seminar?"

„Ich leihe mir von jemandem die Aufzeichnungen", sagte sie beim Einsteigen. „Das hole ich nach." Eine Stunde mit ihm konnte sie nicht nachholen.

„Du bist nicht der Typ, der Seminare schwänzt."

„Nein, bin ich nicht." Sie legte die Bücher auf den Schoß. „Es ist nicht weit bis zu meiner Wohnung. Wir können Kaffee trinken. Hinter dem Krankenhaus nach links und dann ..."

„Ich weiß", unterbrach er sie. Allerdings sagte er nicht, dass er es schon gewusst hatte, als die Tinte auf dem Mietvertrag kaum trocken gewesen war.

Während der fünfminütigen Fahrt ging ihr alles Mögliche durch den Kopf. Wie sollte sie ihn behandeln? Höflich? War er noch wütend? Zum ersten Mal konnte Anna Daniels Stimmungslage nicht einschätzen. Als er vor dem Haus hielt, zitterte sie vor Nervosität. Er dagegen war ganz ruhig.

„Ich hatte niemanden erwartet", sagte sie, als sie die Treppe zu ihrer Wohnung im zweiten Stock emporstiegen.

„Tja, man könnte sich telefonisch anmelden ... wenn du ein Telefon hättest."

„Darüber habe ich nicht viel nachgedacht." Sie schloss die Tür auf. „Komm herein."

In dem Moment, als er ihre Wohnung betrat, wurde ihr bewusst, wie unmöglich klein ihr Zuhause war. Im Wohnbereich hätte Daniel nur die Arme ausbreiten müssen, um sämtliche Wände zu berühren. Sie besaß eine Couch, einen Tisch und eine Lampe. Mehr hatte sie nicht für erforderlich gehalten.

„Setz dich. Ich mache Kaffee", forderte sie ihn auf und flüchtete in die Küche.

Kaum dass er allein war, lockerte er seine Fäuste. Er sah nicht nur einfach einen winzigen Raum, sondern auch die Details. Da lagen farbenfrohe Kissen auf der Couch, eine Schale mit Muscheln stand auf dem Tisch. Mehr noch – in dem sonnendurchfluteten Raum lag ihr Duft. Jener Duft, der in seinem Schlafzimmer immer schwächer wurde. Er ballte unwillkürlich wieder die Fäuste und folgte ihr in die Küche.

Ob sie oft kochte, wusste er nicht, aber er sah sofort, dass sie hier arbeitete. Auf dem Tisch am Fenster stand eine Schreibmaschine, daneben lagen Bücher und Papierstapel. In einer Tasse steckten stumpfe und frisch angespitzte Bleistifte. Hier befand er sich auf unbekanntem Gebiet. Er fühlte es. Und kämpfte dagegen an.

„Der Kaffee dauert nur eine Minute", sagte sie, um das angespannte Schweigen zu brechen. Er war hier, und sie hatte keine Zeit gehabt, sich vorzubereiten. Sie konnte nicht ahnen, dass er sich genauso fühlte wie sie. „Leider kann ich dir nichts anderes anbieten. Ich war diese Woche noch nicht einkaufen."

Er hörte an ihrer Stimme, wie nervös sie war. Erstaunt sah er, dass ihre Hände zitterten, als sie nach den Tassen griff. Das Flattern in seinem eigenen Magen beruhigte sich ein wenig. Wie sollte er sich ihr gegenüber verhalten? Er zog sich einen Stuhl heran und setzte sich.

„Du siehst blass aus, Anna."

„Ich bin selten in der Sonne. In den ersten Wochen geht es immer hektisch zu."

„Und an den Wochenenden?"

„Bin ich im Krankenhaus."

„Wenn du Ärztin wärst, würdest du Überarbeitung diagnostizieren müssen."

„Ich bin noch nicht Ärztin." Sie stellte ihm den Kaffee hin, zögerte kurz und setzte sich zu ihm. Fast so wie früher. Und doch ganz anders. „Ich habe heute mit Myra gesprochen. Sie hat mir erzählt, dass du in Hyannis Port zu bauen begonnen hast."

„Ja." Er hatte zugesehen, wie die Fundamente geschüttet wurden. Und es hatte ihm nichts bedeutet. Überhaupt nichts. „Wenn alles klappt, wird das Haus im nächsten Sommer bezugsfertig sein."

„Du musst sehr zufrieden sein." Ihr Kaffee schmeckte grauenhaft. Sie schob ihn beiseite.

„Ich habe die Pläne im Wagen. Möchtest du sie sehen?"

„Gern."

Stirnrunzelnd starrte er auf seine Hände. Er war ein Spieler, oder? Jetzt war der Zeitpunkt, ein Risiko einzugehen. „Ich spiele mit dem Gedanken, hier in der Stadt ein Bürogebäude zu kaufen. Niedrige Mieten für kleinere Unternehmen, aber ich bin sicher, der Grundstückspreis wird sich in den nächsten fünf bis sieben Jahren verdoppeln." Er gab Zucker in seinen Kaffee, rührte aber nicht. „Mit der Textilfabrik gibt es ein paar Schwierigkeiten. Dein Vater versucht die Unebenheiten auszubügeln."

Sie sah ihn unentwegt an. „Was willst du mir damit sagen?"

Er brauchte eine ganze Minute, um genug Mut aufzubringen. Geständnisse fielen ihm nicht leicht. Aber ihm war klar geworden, dass er sie so sehr brauchte wie seinen eigenen Stolz. „Ein Mann gibt nicht gern zu, dass er sich geirrt hat, Anna. Und er stellt sich auch nicht gern der Frau, die sich von ihm abgewandt hat, weil er es nicht zugeben konnte."

Seine Ehrlichkeit machte ihr bewusst, wie sehr sie ihn liebte. „Ich habe mich nicht von dir abgewandt, Daniel."

„Du bist weggelaufen."

Sie schluckte. „Also gut, ich bin weggelaufen. Vor uns beiden. Ist dir klar, dass du mir in den letzten fünf Minuten mehr von dir gegeben hast als in der ganzen Zeit unseres Zusammenlebens?"

„Es ist mir nie in den Sinn gekommen, dass du dich für Fabriken und Zinsraten interessieren könntest." Er wollte aufstehen, sah jedoch die Ungeduld in ihren Augen. „Sag lieber gleich, was dir durch den Kopf geht."

„Als ich das erste Mal dein Schlafzimmer betrat, fiel mir auf, wie wenig von dir selbst dort in diesem Raum zu entdecken ist. Dann wurde mir klar, warum. Du bist so entschlossen, vorwärts zu kommen. Sosehr du dir auch ein Heim und eine Familie wünschst, in deiner Vorstellung machst du das alles allein. Ich sollte einfach nur mitlaufen."

„Ohne dich gäbe es keine Familie, Anna."

„Du willst geben, aber du willst nicht teilen. Du hast mir nie angeboten, die Pläne für das Heim, von dem du behauptest, es für uns beide zu wollen, einzusehen. Du hast mich nie nach meiner Meinung oder meinen Vorschlägen gefragt."

„Nein. Und als ich zusah, wie sie das Fundament legten, erkannte ich, dass ich das Haus haben würde, das ich wollte, aber nie ein Heim, das ich brauche." Er ließ den Löffel geräuschvoll fallen. „Ich wusste nicht, dass es dir wichtig war."

„Und ich wusste nicht, wie ich es dir zeigen sollte." Sie lächelte schwach. „Dumm, nicht wahr?" Sie stand auf und trat ans Fenster, weil sie Abstand brauchte. Seltsam, aber bisher war ihr die tiefrote Farbe der Ahornblätter vor ihrem Fenster nie aufgefallen, obwohl sie jeden Abend hier gesessen und gearbeitet hatte. Wie viel Schönheit hatte sie sonst noch aus ihrem Leben ausgeschlossen? „Ein Teil von mir wünscht sich nichts anderes, als dieses Heim mit dir zu teilen."

„Aber nur ein Teil."

„Es ist dieser andere Teil, den du nicht akzeptieren kannst, der mich davon zurückhält. Der uns beide zurückhält. Du hast mich nie gefragt, warum ich im Krankenhaus arbeite, hast mich nie nach meinen Büchern gefragt oder warum ich Chirurgin werden will."

Auch er erhob sich. „Ein Mann fragt eine Frau, die er liebt, nicht nach ihrem anderen Liebhaber."

Schwankend zwischen Verwirrung und Ärger, drehte sie sich zu ihm um. „Daniel ..."

„Erwarte nicht von mir, dass ich vernünftig bin", knurrte er. „Ich bin schon fast so weit, dass ich auf Knien bettle, aber vernünftig kann ich nicht sein."

Sie schnaubte und schüttelte den Kopf. „Na schön. Dann lass uns einfach sagen, eine Frau kann zwei Liebhaber haben und trotzdem ein glückliches Leben führen, weil jeder dem anderen gibt, was er braucht."

„Ein schweres Leben."

„Nicht, wenn beide Liebhaber bereit sind, der Frau zu geben, was sie braucht."

Die Küche war zu klein, um hier auf und ab zu marschieren, also wippte Daniel auf den Fersen. „Weißt du, in den letzten Wochen habe ich viel über deine Arztkarriere nachdenken können. Mehr, als ich je vorhatte." Er nahm eins ihrer Bücher vom Tisch und las den Titel. „Ich habe dich nie gefragt, warum du Chirurgin werden willst. Jetzt frage ich dich."

Sie zögerte, hatte Angst davor, dass er eine gönnerhafte Bemerkung machen würde. Er war zu ihr gekommen und spielte mit hohem Einsatz. Nun, sie war auch bereit zu setzen. „Ich habe einen Traum", antwortete sie leise. „Ich möchte etwas bewirken."

Schweigend musterte er sie, intensiv, mit leuchtend blauen Augen. „Ich habe auch einen Traum, Anna." Er legte das Buch hin. Erst jetzt machte er einen Schritt auf sie zu. „Das hier ist eine kleine Wohnung. Aber ich glaube, sie ist groß genug für zwei."

Langsam stieß sie den angehaltenen Atem aus, bevor sie die Arme um ihn schlang. „Wir werden ein größeres Bett brauchen."

„Das ist mein Mädchen." Lachend nahm er sie auf die Arme und küsste sie. Die Erleichterung durchströmte ihn, bis er geradezu berauscht war. „Ich habe dich vermisst, Anna. Ich möchte nie wieder ohne dich sein."

„Nein." Das Gesicht an seinem Hals geborgen, sog sie tief seinen Duft in sich auf. „Nie wieder, Daniel. Ich fühle mich, als würde ich nur halb leben ohne dich. Ich habe versucht, die Tage mit Lernen voll zu packen, härter zu arbeiten, länger im Krankenhaus zu bleiben, aber es bedeutete mir nichts. Ich will, ich brauche dich bei mir."

„Du hast mich. Ein größeres Bett und drei Telefone müssten reichen."

Lachend presste sie ihren Mund auf seine Lippen. Sollte er doch seine Telefone haben, solange sie ihn hatte. „Ich liebe dich."

„Das hast du mir nie gesagt." Bewegt hielt er sie von sich ab. „Nie zuvor hast du mir das gesagt."

„Ich hatte Angst, es auszusprechen. Ich dachte, wenn du erst weißt, wie sehr ich dich liebe, würdest du es benutzen, damit ich alles aufgebe."

Er wollte es leugnen, dann verfluchte er sich selbst, weil es die Wahrheit war. „Und jetzt?"

„Jetzt bedeutet mir alles nicht mehr so viel, wenn du nicht bei mir bist."

Er zog sich noch weiter zurück. „Als ich dir einmal sagte, dass ich Angst davor hätte, du könntest dich umsehen und jemanden finden, der dir besser gefällt, meinte ich das ernst."

Sie schüttelte ihn leicht. „So ein Unsinn."

Wusste sie denn nicht, wie wunderbar sie war, wie würdevoll? Ahnte sie denn nicht, dass sich ein Mann bei dem kleinsten Lächeln von ihr wie ein Tollpatsch vorkommen konnte? „Glaub nie, dass ich dich als selbstverständlich hinnehmen würde, selbst wenn es manchmal den Anschein haben mag. Anna, du bist die Antwort auf alle meine Fragen, und ich wünsche mir, dass ich dasselbe für dich bedeute."

Einen Moment lang legte sie die Wange an seine Schulter. Nie wäre es ihr in den Sinn gekommen, dass er unsicher sein könnte. Sie liebte ihn dafür nur umso mehr. „Das bist du, Daniel. Ich wusste nur nie, ob ich dir würde geben können, wonach du dich so sehr sehntest."

„Ich wollte eine Frau, die auf mich wartet, wenn ich abends nach Hause komme. Eine, die immer frische Blumen in den Vasen und strahlend weiße Spitzengardinen an den Fenstern hat. Eine, die immer mit dem zufrieden ist, was ich ihr biete."

Sie blickte zu dem Bücherstapel auf dem Tisch, bevor sie Daniel ansah. „Und jetzt?"

„Jetzt glaube ich, dass eine solche Frau mich schon nach einer Woche langweilen würde."

Sie presste die Finger auf ihre Augen, um die Tränen zurückzuhalten. „Das würde ich zu gern glauben."

„Ich gebe nicht auf, Anna." Seine Stimme klang plötzlich rau. „Du wirst mich heiraten. Am Tag nach deinem Abschluss. Du wirst keine vierundzwanzig Stunden Dr. Whitfield sein."

Sie legte die Hände an seine Brust. „Daniel, ich ..."

„Ab dann wirst du Dr. MacGregor sein."

Ihre Finger erstarrten, sie musste tief Luft holen, bevor sie zu sprechen wagte. „Ist das dein Ernst?"

„Aye. Ich meine immer, was ich sage. Und du wirst es ertragen müssen, dass ich meine Frau als die beste Chirurgin des Landes vorstelle. Ich will deinen Traum mit dir teilen, Anna, und ich möchte, dass du meinen mit mir teilst."

„Es wird nicht leicht werden. Als Assistenzärztin werde ich fast rund um die Uhr im Dienst sein."

„Und in zwanzig Jahren werden wir zurückblicken und uns fragen, wie wir das durchgestanden haben. Mir gefällt es, auf lange Sicht zu planen. Ich wollte dich heiraten, weil du in meinen Plan passtest." Er nahm ihre Hände in seine. „Jetzt bitte ich dich, meine Frau zu werden, weil ich dich so liebe, wie du bist."

Lange schaute sie ihm in die Augen. Dieses Mal würde es keine Möglichkeit geben, um den Schritt zurückzunehmen. „Hast du den Ring noch?"

„Aye." Er griff in die Tasche. „Ich hatte ihn immer bei mir."

Lachend umfasste sie mit beiden Händen sein Gesicht. „Dieses Mal nehme ich ihn." Als er ihr den Ring aufsetzte, legte sie eine Hand auf seine. „Und hier ist mein Versprechen, Daniel. Ich werde mein Bestes tun."

Der Ring glitt auf ihren Finger. „Das ist gut genug."

EPILOG

Anna hatte in der Nacht kaum geschlafen, war nur hin und wieder eingenickt. Sie legte sich nicht auf die Liege, die man ihr gebracht hatte, sondern blieb auf dem Stuhl an Daniels Bett sitzen. Wenn er ihren Namen flüsterte, machte sie ihm Mut und sprach leise mit ihm, bis er sich wieder beruhigte.

Nur einmal ließ sie ihn allein, um nach Shelby zu sehen. Ansonsten saß sie bei ihm, betrachtete ihn und lauschte dem vertrauten Klicken und Summen der Maschinen.

Neue Schwestern traten ihre Schicht an. Jemand brachte ihr Kaffee. Der Mond ging langsam unter. Sie dachte an den Mann, den sie liebte, und an alles, was sie sich zusammen aufgebaut hatten.

Kurz vor Tagesanbruch beugte sie sich vor, um den Kopf neben seine Hand aufs Bett zu legen. Als Daniel erwachte, war sie das Erste, was er sah. Sie war eingeschlafen.

Es dauerte nur einen Moment, bis er sich an den Unfall erinnerte. Auch wenn die Medikamente ihn benommen machten, erinnerte er sich mit erschreckender Klarheit. Er dachte kurz an seinen Wagen. Ein hübsches Spielzeug, an dem er sehr gehangen hatte. Dann spürte er den Druck in seiner Brust und sah die Schläuche, die an seinem Arm lagen.

Jetzt erinnerte er sich an das, was nach dem Unfall geschehen war. An Anna, wie sie sich über ihn beugte und beruhigend auf ihn einsprach, während man ihn auf einer Trage ins Krankenhaus rollte. An die Angst in ihren Augen, bevor er das Bewusstsein verlor. An seine eigene Panik, dass man ihn von ihr wegbrachte.

Komischerweise erinnerte er sich auch daran, wie er auf sich selbst heruntergeschaut hatte, während Ärzte und Schwestern hektisch herumliefen. Dann war es ihm erschienen, als würde er wieder in seinen Körper zurückgezogen werden, aber dieses Gefühl war zu verschwommen, um es überhaupt zu beschreiben. Und dann wieder an Anna. Wie sie sich über ihn beugte, ihn verfluchte und seine Hand küsste. Danach hatte er nur noch geträumt.

Sie sah so erschöpft aus. Dann wurde ihm bewusst, wie schwach er selbst war. Wütend darüber, versuchte er sich aufzurichten, doch es gelang ihm nicht. Hilflos tastete er nach Annas Wange. Augenblicklich war sie wach.

„Daniel." Sie schloss ihre Finger um seine. Er sah alle Gefühle, die in Sekundenbruchteilen über ihr Gesicht huschten: Angst, Erleichterung, Trauer, unendliche Sorge und Stärke. Nur ihre Willenskraft hinderte sie daran, den Kopf auf seine Brust fallen zu lassen und in Tränen auszubrechen. „Daniel ..." Ihre Stimme war so ruhig und sachlich wie bei ihrer ersten Begegnung. „Erkennst du mich?"

Es kostete ihn viel Kraft, aber er hob eine Augenbraue. „Warum, zum Teufel, sollte ich die Frau, mit der ich seit fast vierzig Jahren lebe, nicht erkennen?"

„Ja, warum, zum Teufel, nicht?" fragte sie zurück und küsste ihn sanft auf den Mund.

„Du hättest es bequemer, wenn du dich zu mir ins Bett legen würdest."

„Vielleicht später", versprach sie und zog sein Augenlid hoch, um sich die Pupille anzusehen.

„Hör auf, an mir herumzufummeln. Ich will einen richtigen Arzt." Er brachte ein Lächeln zu Stande.

Sie drückte auf den Knopf neben seinem Bett. „Siehst du mich verschwommen?"

„Ich sehe dich deutlich genug. Du bist so schön wie bei unserem ersten Walzer."

„Du halluzinierst", entgegnete sie trocken und sah auf, als eine Schwester den Raum betrat. „Bitte rufen Sie Dr. Feinstein.

Mr. MacGregor ist bei Bewusstsein und verlangt nach einem richtigen Arzt."

„Ja, Dr. MacGregor."

„Ich liebe es, wenn sie dich so anreden", murmelte er und schloss kurz die Augen. „Welchen Schaden habe ich angerichtet, Anna?"

„Gehirnerschütterung, drei gebrochene Rippen und ..."

„Nicht bei mir", unterbrach er sie ungeduldig. „Am Wagen."

Schnaubend verschränkte sie die Arme vor der Brust. „Du bist unverbesserlich, Daniel. Ich weiß wirklich nicht, warum ich mir Sorgen gemacht habe. Jetzt tut es mir Leid, dass ich die Kinder angerufen habe."

„Die Kinder?" Das Funkeln mochte nicht so stark wie sonst sein, aber es war da. „Du hast die Kinder angerufen?"

Das war genau die Reaktion, die Anna erhofft hatte. Sie ließ es sich nicht anmerken. „Ja, sie sind hier. Ich werde mich bei ihnen allen entschuldigen müssen."

„Sie sind gekommen?"

Sie kannte ihn gut genug, sie wusste, worauf er hinauswollte. „Natürlich."

„Wozu? Um an meinem Totenbett zu trauern?"

Sorgfältig deckte sie ihn zu. „Wir wollten auf alles vorbereitet sein."

Er zog die Stirn kraus und zeigte mit schwacher Hand zur Tür. „Na, dann hol sie herein."

„Ich wollte nicht, dass sie die Nacht im Krankenhaus verbringen. Sie sind zu Hause."

„Zu Hause? Du meinst, sie sind nicht hier geblieben? Sie haben ihren eigenen Vater auf dem Sterbebett zurückgelassen und sind auf und davon, um seinen Scotch zu trinken?"

„Ja, ich fürchte, es sind sehr eigensinnige Kinder. Sie kommen nach dir, Daniel. So, hier kommt Dr. Feinstein", schloss sie, als ihr Kollege das Zimmer betrat. „Ich lasse euch beide allein."

„Anna."

Sie blieb in der Tür stehen und drehte sich lächelnd zu ihm um. „Ja, Daniel?"

„Bleib nicht zu lange fort."

Für sie war er noch immer so, wie sie ihn vor vielen Jahren kennen gelernt hatte. Unerschütterlich, selbstsicher und stark genug, sie zu brauchen. „Habe ich das je getan?"

Sie verließ die Intensivstation und ging direkt in ihr eigenes Büro. Sie verschloss die Tür und gönnte sich den Luxus, zwanzig Minuten lang zu weinen. Sie hatte schon oft dort geweint. Jedes Mal, wenn sie einen Patienten verlor. Dieses Mal weinte sie vor Erleichterung. Und aus Liebe. Beide Gefühle waren zu groß, um sie in Worte zu fassen. Nachdem sie sich das Gesicht ausgiebig mit kaltem Wasser gewaschen hatte, ging sie ans Telefon.

„Hallo?"

„Caine", sagte sie.

„Mom, wir wollten gerade anrufen. Ist er ..."

„Euer Vater will euch sehen", unterbrach sie ihn. „Er hat Angst, dass ihr seinen Scotch ausgetrunken habt."

Caine machte eine unflätige Bemerkung, aber sie wusste, dass er damit nur seine unermessliche Erleichterung verbarg. „Sag ihm, dass noch genug für ihn da ist. Bist du okay, Mom?"

„Ich fühle mich großartig. Bitte Rena, mir ein paar Sachen zum Umziehen mitzubringen, wenn ihr kommt."

„Wir sind in einer halben Stunde da."

„Es ist wirklich eine Schande, dass ein Mann fast sterben muss, damit seine Kinder ihn besuchen."

In die Kissen gelehnt, von Kopf bis Fuß bandagiert, hielt Daniel Hof.

„Ein paar gebrochene Rippen." Serena saß am Fußende und kniff ihn leicht in den Zeh. Die ganze Nacht über hatte sie wach in Justins Armen gelegen.

„Ha! Sag das dem Arzt, der mir diesen Schlauch in die Brust geschoben hat. Und du hast es nicht einmal für nötig gehalten, meinen Enkel mitzubringen." Er starrte Serena finster an, bevor er den Blick ebenso anklagend auf Caine richtete. „Oder meine Enkelin. Sie werden auf dem College sein, bevor ich sie wiedersehe. Sie werden nicht einmal wissen, wer ich bin."

„Wir zeigen Laura einmal pro Woche dein Foto", meinte Caine trocken. Dianas Hand ließ er nicht los. Er fragte sich, wie er die letzten vierundzwanzig Stunden ohne die Stärke seiner wunderbaren Frau hätte durchstehen sollen. „Nicht wahr, Liebling?"

„Jeden Sonntag", stimmte Diana ungerührt zu.

Mit einem entrüsteten Brummen wandte er sich an Grant und Gennie. „Ich nehme an, deine Schwester hat einen guten Grund für ihre Abwesenheit", sagte er zu Grant. „Und da ist es nur richtig, dass Alan bei ihr ist. Auch wenn er mein Erstgeborener ist. Schließlich wird sie mir in den nächsten Wochen ein weiteres Enkelkind schenken."

„Jede Entschuldigung zählt", sagte Grant glatt, und Caine studierte grinsend seine Nägel.

„Du siehst hübsch aus, Mädchen", sagte Daniel jetzt zu Gennie. „Eine Frau blüht immer auf, wenn sie ein Kind unter dem Herzen trägt."

„Ja, und sie geht in die Breite." Gennie strich sich über den gewölbten Leib. „Noch einen Monat, und ich komme nicht mehr an meine Staffelei heran."

„Du wirst einen Schemel benutzen", ordnete Daniel an. „Eine Schwangere soll nicht den ganzen Tag auf den Füßen stehen."

„Und du sieh zu, dass du bis zum Frühling wieder auf deinen

Stunde des Schicksals

eigenen Füßen stehst." Grant legte seiner Frau einen Arm um die Schultern. "Du wirst nämlich nach Maine kommen müssen, um Patenonkel für unser Kind zu werden."

"Patenonkel." Daniel verzog das Gesicht. "Wie weit ist es mit der Welt schon gekommen, wenn ein MacGregor Pate eines Campbells wird." Er ignorierte Grants Grinsen, auch wenn seine eigenen Lippen zu zucken begannen, und sah zu Gennie. "Aber für dich tue ich es. Ruhst du dich auch genug aus?"

Anna legte die Finger an sein Handgelenk und maß unauffällig seinen Puls. "Er vergisst, dass ich während der letzten drei Monate meiner Assistenzzeit mit Alan schwanger war. Habe mich nie besser gefühlt."

"Ich muss sagen, ich habe meine Schwangerschaft auch genossen", warf Serena ein. "Wahrscheinlich mache ich es deshalb nochmal."

Daniel verstand sofort. "Nochmal?"

Serena gab Justin einen Kuss, bevor sie ihren Vater anlächelte. "Ja, in sieben Monaten ist es so weit."

"Also da ..."

"Es gibt keinen Scotch, Daniel." Anna wusste genau, was er im Sinn gehabt hatte. "Zumindest nicht, bevor du nicht die Intensivstation verlassen hast."

Er runzelte die Stirn, brummte etwas Unverständliches und breitete die Arme aus, so weit es ihm möglich war. "Komm her, kleines Mädchen."

Serena umarmte ihn vorsichtig. "Erschrecke uns nie wieder so", murmelte sie inbrünstig.

"Jetzt schimpf nicht." Er streichelte ihr übers Haar. "Schon genauso schlimm wie deine Mutter. Und du passt gut auf sie auf", befahl er Justin. "Ich will nicht, dass mein nächstes Enkelkind an einem Roulettetisch auf die Welt kommt."

"Acht zu fünf, dass es ein Mädchen wird", bot Justin grinsend an.

„Die Wette gilt." Dann wandte Daniel sich an Diana. „Du hängst hinterher, du wirst aufholen müssen."

„Nicht gierig werden", tadelte sie gespielt ernst und nahm seine Hand.

„Ab einem gewissen Alter ist es einem Mann erlaubt, gierig zu sein, oder etwa nicht, Anna?"

„Eine Frau hat das Recht auf ihre eigene Entscheidung, und zwar in jedem Alter."

„Ha! Habe ich euch eigentlich je erzählt, dass eure Mutter schon für Gleichberechtigung gekämpft hat, als es noch gar nicht in Mode war? Das Leben mit ihr war die reinste Hölle. Und hör endlich auf damit, mir den Puls zu fühlen, Frau! Für einen Mann gibt es keine bessere Medizin als die Familie."

„Dann sollten wir wohl die Dosis erhöhen." Anna nickte der Schwester an der Tür zu. Sie brachen bereits alle Krankenhausregeln, da kam es auf eine mehr oder weniger auch nicht mehr an. Sie spürte, wie Daniels Finger sich fester um ihre Hand klammerten, als Alan Shelby in einem Rollstuhl ins Zimmer schob.

„Was ist das?" Wenn Anna ihn nicht zurückgehalten hätte, hätte er versucht, sich aufzusetzen.

„Das", setzte Shelby an und wickelte das Bündel auf ihrem Arm aus, „ist Daniel Campbell MacGregor. Er ist acht Stunden und zwanzig Minuten alt und will endlich seinen Großvater kennen lernen."

Alan nahm seinen Sohn und legte ihn seinem Vater in die Arme. Die ganze Nacht hatte er gebetet, genau dies tun zu können.

„Sieh nur, Anna." Daniel bemühte sich nicht, die Tränen zurückzuhalten. „Ein Enkelsohn. Er hat meine Nase. Da, jetzt lacht er mich an." Als Anna sich mit kritischem Blick vorlehnte, um das zu überprüfen, lachte Daniel. „Erzähl mir jetzt nichts von Narkose und Halluzinationen, Anna. Ich erkenne ein Lachen, wenn ich es sehe." Strahlend sah er zu seinem Sohn auf. "Gut gemacht, Alan."

"Danke." Alan setzte sich auf die Bettkante und legte seine Hand über die seines Vaters, der das Baby hielt. Drei Generationen von MacGregor-Männern waren glücklich.

"Campbell", stieß Daniel plötzlich hervor. "Hast du gesagt, er heißt Campbell?" Er warf Shelby einen bohrenden Blick zu.

"Allerdings." Sie erhob sich und griff nach Alans Hand. Vielleicht hatte sie vor weniger als neun Stunden noch auf der Entbindungsstation gelegen, aber sie fühlte sich, als könnte sie Bäume ausreißen. Auf jeden Fall war sie stark genug, um es mit einem MacGregor aufzunehmen. "Du gewöhnst dich besser gleich an die Tatsache, dass er zur Hälfte ein Campbell und zur Hälfte ein MacGregor ist." Herausfordernd hob sie ihr Kinn ein wenig an.

Daniels Augen blitzten. Anna sah, wie Farbe in sein Gesicht schoss, und war zufrieden. Dann hörte sie sein Lachen. Daniel lachte, bis er schwach davon war. "Was für ein Mundwerk! Immerhin hattest du genug Verstand, ihn Daniel zu nennen."

"Ich habe ihn nach jemandem benannt, den ich liebe und bewundere."

"Du brauchst mir nicht um den Bart zu gehen." Nur widerwillig gab er Alan ein Zeichen, ihm das Baby aus dem Arm zu nehmen, dann ergriff er Shelbys Hand. "Du siehst wunderschön aus."

Sie lächelte und war überrascht über die Tränen, die in ihren Augen schwammen. "Ich fühle mich auch wunderschön."

"Du hättest sie den Arzt verfluchen hören sollen." Alan drückte ihr einen Kuss auf die Schläfe. "Sie hat gedroht, aufzustehen und nach Hause zu gehen und das Kind ohne seine lästige Einmischung zu bekommen."

"Recht so. Es gibt nichts Schlimmeres als einen Arzt, der wie ein aufgescheuchtes Huhn um einen herumschwirrt, wenn man nur seine Ruhe haben will." Er warf Anna ein unschuldiges Lächeln zu und wandte sich dann wieder an Shelby. „Und jetzt ab mit dir, zurück ins Bett, wo du hingehörst. Ich will mir keine Sorgen um dich machen müssen. Du hast uns ein wunderbares Geschenk gemacht."

Shelby beugte sich vor und küsste ihn auf die Wange. „Und du mir, nämlich Alan. Ich liebe dich, du alter Griesgram."

„So was muss ich mir von einer Campbell anhören. Marsch ins Bett."

„Ich fürchte, ihr werdet jetzt alle gehen müssen, bevor der Krankenhausvorstand mir die Kündigung reicht."

„Aber, aber, Anna ..."

„Wenn euer Vater genug Ruhe bekommt", Anna drehte sich zu ihm um und warf ihm einen viel sagenden Blick zu, „kann er morgen früh die Intensivstation verlassen."

Es ging weder leise noch schnell vor sich, doch schließlich hatte Anna ihre versammelte Nachkommenschaft aus dem Zimmer gescheucht. Sie tat, als hätte sie es nicht gehört, wie Daniel Justin leise bat, auf ein Pokerspiel zurückzukommen. Oder Caine noch leiser die Order erteilte, ihm die im Arbeitszimmer versteckten Zigarren zu bringen. Sie wäre besorgt gewesen, hätte er nicht darum gebeten. Aber sie wusste auch, wie sehr Besuche einen Kranken anstrengen konnten. Bis sie mit Daniels Zustand zufrieden war, würde sie die Kinder nur einzeln oder paarweise zu ihm lassen. Und nur kurz. Der Trick dabei war, es ihm als seine eigene Idee zu verkaufen. Aber darin hatte sie jahrelange Übung.

Sie strich ihm das Haar aus der Stirn. „So, ich habe noch andere Dinge zu erledigen. Die habe ich vernachlässigt, weil ich mich um dich kümmern musste. Überflüssigerweise", fügte sie lächelnd hinzu.

Jetzt, da er mit ihr allein war, brauchte er seine Schwäche nicht mehr zu verbergen. „Geh nicht, Anna. Ich weiß, du bist müde, aber ich möchte, dass du noch ein wenig bleibst."

„Na gut." Sie setzte sich zu ihm. „Aber ruh dich aus."

„Wir haben gute Arbeit geleistet, was?"

Er meinte ihre Kinder, das wusste sie. „Ja."

„Bereust du es?"

Verwirrt schüttelte sie den Kopf. „Was für eine dumme Frage."

Er nahm ihre Hand. „Ich habe geträumt. Von dir. Von unserem ersten Walzer."

„Der Sommerball", flüsterte sie. Sie konnte den Mondschein sehen, die Blumen riechen. Seltsam, auch sie hatte in der Nacht davon geträumt. „Es war ein wunderschöner Abend."

„Du warst wunderschön", verbesserte er. „Und ich wollte dich mehr als alles andere auf der Welt."

„Du warst arrogant", erinnerte sie sich lächelnd. „Und unwiderstehlich attraktiv." Sie küsste ihn voller Zärtlichkeit. „Das bist du noch immer."

„Ich bin alt, Anna."

„Das sind wir beide."

Er presste ihre Hand an die Lippen. Der Ring, den er ihr vor so vielen Jahren geschenkt hatte, lag kühl an seiner Haut. „Und ich will dich noch immer so, wie ich nichts anderes gewollt habe."

Anna verstieß gegen alle Regeln und legte sich neben ihn, um seine Schulter unter ihrem Kopf zu spüren. „Das hier wird mich meinen Ruf kosten." Sie schloss die Augen. „Aber das ist es mir wert."

„Du bist mir gerade die Richtige, um über Reputation zu reden." Er berührte mit den Lippen ihr Haar. Selbst nach all den Jahren war es immer noch der gleiche Duft. „Ist schon komisch, aber ich habe jetzt unheimlich Lust auf Pfirsichkuchen."

Sie lag einen Augenblick still, dann lachte sie und sah ihn an.

Ihre Augen blitzten jung und verführerisch und voller Lebenslust. „Sobald du ein Einzelzimmer hast."

– ENDE –

Nora Roberts

Ein Meer von Leidenschaft

Bei Wind, Wellen und leidenschaftlichen Nächten an Bord erkennt Kate, dass sie nie aufgehört hat, Dominic zu lieben. Doch ihre Lebensstile scheinen unvereinbar zu sein ...

Band-Nr. 25087
6,95 € (D)
ISBN 3-89941-114-5

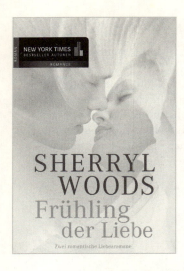

Band-Nr. 25088
6,95 € (D)
ISBN 3-89941-115-3

Sherryl Woods

Frühling der Liebe

Ich liebe, wen ich will
Als der stets korrekte Steuerprüfer Tom McAndrews an einem warmen Frühlingstag die lebenslustige Kathleen trifft, verändert sich seine Welt – endlich weiß er, was es heißt zu lieben ...

Heiße Nächte in Colorado
Als Lindsay während des Flugs nach Denver mit einem Fremden flirtet, ahnt sie nicht, dass er der berühmte Autor ist, den sie in Colorado aufsuchen soll ...

Nora Roberts
Die MacGregors (Band 1)
Band-Nr. 25080
6,95 € (D)
ISBN 3-89941-103-X

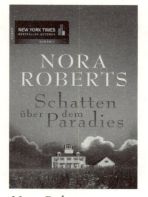

Nora Roberts
Schatten über dem Paradies
Band-Nr. 25081
6,95 € (D)
ISBN 3-89941-106-4

Heather Graham
Zwischen Liebe und Gefahr
Band-Nr. 25082
6,95 € (D)
ISBN 3-89941-107-2

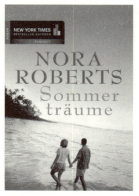

Nora Roberts
Sommerträume
Band-Nr. 25059
6,95 € (D)
ISBN 3-89941-074-2

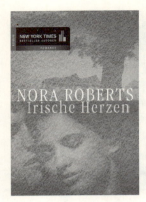

Nora Roberts
Irische Herzen
Band-Nr. 25065
8,95 € (D)
ISBN 3-89941-086-6

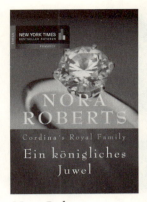

Nora Roberts
Cordina's Royal Family
„Ein königliches Juwel"
Band-Nr. 25072
6,95 € (D)
ISBN 3-89941-094-7

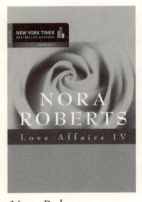

Nora Roberts
Love Affairs IV
Band-Nr. 25074
7,95 € (D)
ISBN 3-89941-096-3

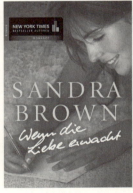

Sandra Brown
Wenn die Liebe erwacht
Band-Nr. 25057
6,95 € (D)
ISBN 3-89941-072-6